Wolf S. Dietrich

FRIESISCHES GOLD

Rieke Bernsteins 2. Fall

Kriminalroman

BASTEI LÜBBE
TASCHENBUCH

BASTEI LÜBBE TASCHENBUCH
Band 17490

Dieser Titel ist auch als E-Book erschienen

MIX
Papier aus verantwortungsvollen Quellen
FSC® C014496
FSC
www.fsc.org

Originalausgabe

Lektorat: Judith Mandt
Textredaktion: Anita Krätzer, Schwarzenbek
Titelillustration: © shutterstock/gyn9037; © shutterstock/Sergei25
Umschlaggestaltung: Massimo Peter
Satz: Urban SatzKonzept, Düsseldorf
Gesetzt aus der Garamond
Druck und Verarbeitung: GGP MediaGmbH, Pößneck
Printed in Germany
ISBN 978-3-404-17490-4

5 4 3 2 1

Sie finden uns im Internet unter
www.luebbe.de
Bitte beachten Sie auch: www.lesejury.de

Die Hauptpersonen

1803

Johann Barghus, Schiffszimmermann
Marinus Mulder, Kapitän
Jacob Lüders, Apotheker auf Norderney,
Helene, seine Frau
Clara und Felicitas, Zwillinge, Töchter von
Jacob und Helene Lüders
Ommo Lüders, sein Sohn
Emmius Nordbrook, Ommos Freund und späterer
Ehemann von Felicitas

1904–1906

Ubbo Nordbrook, Hotelier,
Luise, seine Frau
Hauke Hinrich Lüders,
Eleonore, geborene Nordbrook, seine Frau
Harm Harmsen, Kriminalkommissar

1969

Eleonore Lüders, Witwe
Heinz-Hermann Lüders, Apotheker
Wilhelm Nordbrook, Hotelier
Günter Beek, Kaufmann,
Friederike Beek, verwitwete Lüders, seine Frau
Walter Tjaden, Polizeihauptwachtmeister

2016

Rieke Bernstein, Kriminalhauptkommissarin
Julia Jacobsen, ihre Freundin
Hannah Holthusen, Journalistin
Jan Eilers, Gerit Jensen, Kriminalbeamte
Gabriele Visser, örtl. Polizeihauptkommissarin
Dennis Ullrich, örtl. Polizeikommissar
Heinz-Hermann Lüders, Apotheker
Frank Lüders, Apotheker,
Sohn von Heinz-Hermann Lüders
Laura Lüders, Medizinstudentin, Tochter von
Frank Lüders
Thomas Nordbrook, Hotelier
Patrick Nordbrook, dessen Neffe

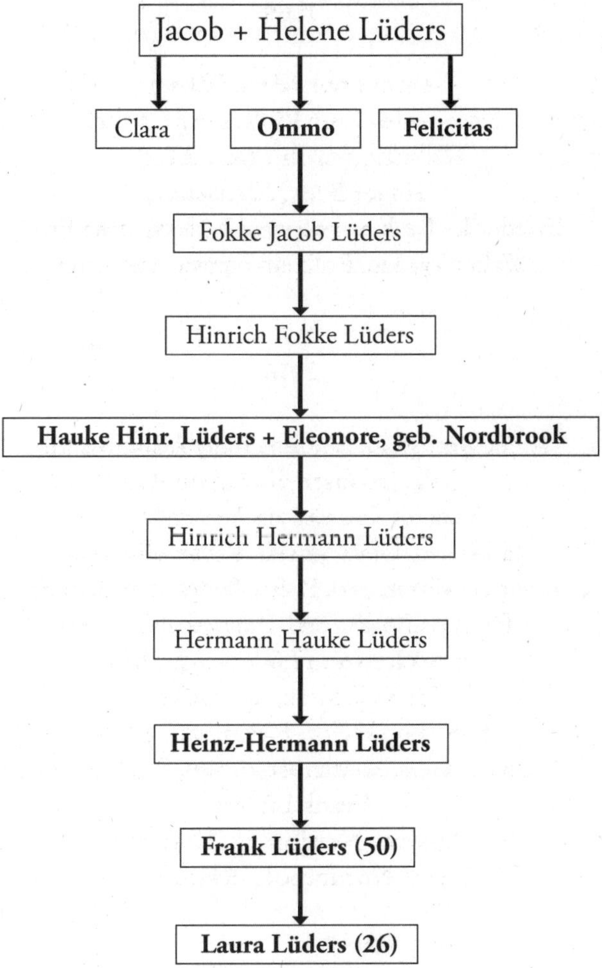
Jacob + Helene Lüders
Clara
Ommo
Felicitas
Fokke Jacob Lüders
Hinrich Fokke Lüders
Hauke Hinr. Lüders + Eleonore, geb. Nordbrook
Hinrich Hermann Lüders
Hermann Hauke Lüders
Heinz-Hermann Lüders
Frank Lüders (50)
Laura Lüders (26)

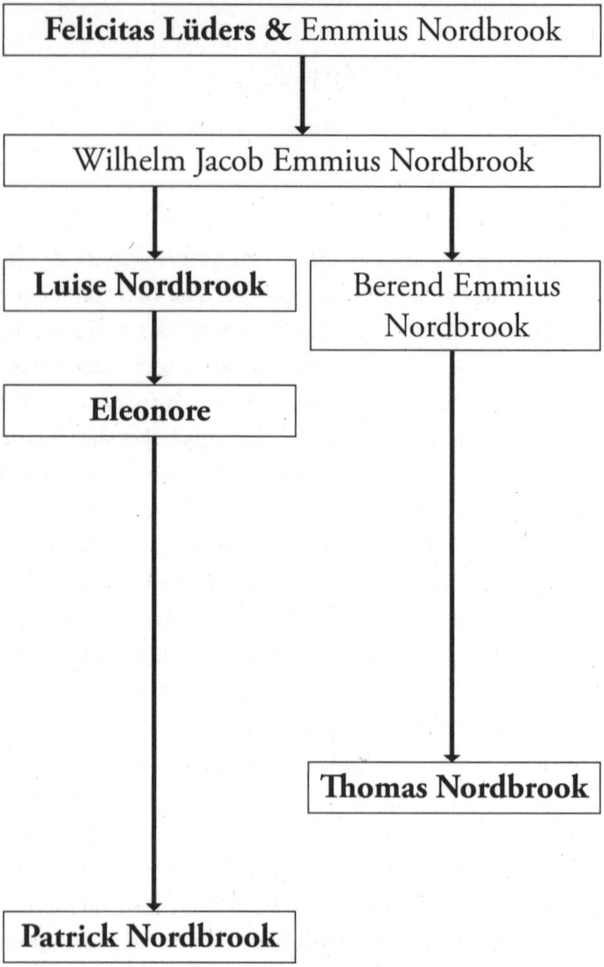
Felicitas Lüders & Emmius Nordbrook
Wilhelm Jacob Emmius Nordbrook
Luise Nordbrook
Berend Emmius Nordbrook
Eleonore
Thomas Nordbrook
Patrick Nordbrook

Prolog

Seit seinem achten oder neunten Lebensjahr wusste er von der Pistole. Die Luger Parabellum 7,65 befand sich seit über hundert Jahren im Familienbesitz. Er hatte es versäumt, seinen Vater, als der noch nicht dement war, zu fragen, wer sie erworben oder mitgebracht hatte. Seinen Großvater hatte er nicht fragen können, denn der war im Krieg in Russland gefallen. Als Kind hatte er lange Zeit nicht verstanden, was das Wort bedeutete, denn wenn er selbst hingefallen war, hatte er stets wieder aufstehen können. Der Ton, in dem das Wort ausgesprochen wurde, hatte ihm jedoch unmissverständlich klargemacht, dass es verboten war, nach einer Erklärung zu fragen. In russischer Erde, hatte Michaels Großmutter oft geklagt, musste ihr Mann nun liegen. Ohne einen ordentlichen Sarg und ohne ein christliches Begräbnis.

Bei ihm, Michael Nordbrook, würde es anders sein. Der Sarg würde aus edlem Holz, die Beisetzung prächtig und würdevoll sein und unter großer Anteilnahme der Bevölkerung stattfinden. Der Bürgermeister würde sprechen, der Vorsitzende des Hauptverbandes der Deutschen Bauindustrie, vielleicht sogar der Wirtschaftsminister des Landes Niedersachsen. Eine Blaskapelle würde für den musikalischen Rahmen sorgen und die Gärtnerei am Friedhof das Geschäft des Jahres machen. Der Blumenschmuck würde alles in den Schatten stellen, was die Stadt je erlebt hatte.

Er strich über das kühle Eisen und nahm die Waffe aus der

Schatulle. Das Griffstück lag gut in der Hand. Sein Vater hatte sie in den siebziger Jahren aus ihrem Versteck geholt. Damals waren Persönlichkeiten des öffentlichen Lebens von der terroristischen Vereinigung »Rote Armee Fraktion« ermordet worden. »Wenn von denen einer hier auftaucht, weiß ich, was ich zu tun habe«, hatte er Michaels Mutter erklärt, die entsetzt die Hand vor den Mund geschlagen hatte. Und dann hatte er seinem Sohn die Pistole erklärt. »Charakteristisch für die Parabellum ist der Kniegelenkverschluss, der beim Schießen nach oben knickt, anstatt gerade zurückzulaufen. Durch diesen Rücklauf von Gabelstück und Verschluss wird eine hohe Präzision erreicht.«

Im Garten hinter dem Haus hatte er eine Zielscheibe aufgestellt und drei oder vier Schüsse darauf abgegeben. Wegen des lauten Knalls hatte Michael sich die Ohren zugehalten.

Später war die Waffe wieder unter Verschluss gekommen und nicht mehr hervorgeholt worden. Aber er hatte sie nicht vergessen und sich an sie erinnert, nachdem all seine Versuche gescheitert waren, das Ruder herumzureißen. Die Banken hatten ihm neue Kredite verweigert. Seine Parteifreunde, von denen er Unterstützung erwartet hatte, waren von ihm abgerückt. Ein halbes Jahr würde die Firma noch arbeiten, wenn die drohende Insolvenz unter der Decke gehalten werden konnte. Bis die Zulieferer nicht mehr mitmachten, weil ihre Rechnungen nicht bezahlt wurden. Dann würde es endgültig aus sein.

Endgültig aus. Die Worte hallten in seinem Kopf nach. *Endgültig aus.* Claudia würde irgendwann einen neuen Partner finden. Patrick hatte ohnehin andere Interessen.

Er lud die Pistole und spannte den Verschluss. *Endgültig aus.* Sorgfältig richtete er den Lauf gegen den Rachen und drückte ab.

1

1803

Es zog ihn wieder auf See. Schneller als er erwartet hatte, war seine Barschaft geschrumpft. Die Huren von Amsterdam waren teurer als die in den Häfen von Venedig und Lissabon, Montevideo oder Kapstadt. Immerhin konnte man sich leichter mit ihnen verständigen. Auch der Wirt des Gasthauses »Kapitein Kok«, der ihm eine winzige Mansarde im Hinterhaus überlassen hatte, schröpfte ihn nicht zu knapp.

Mehr noch als praktische Erwägungen trieb Johann Barghus aber die Sehnsucht nach der Weite des Meeres und der Unendlichkeit des Horizonts immer öfter in den Hafen, um nach einer geeigneten Heuer Ausschau zu halten. Damit war er nicht allein. Immerhin hatte er gegenüber vielen Seeleuten, die in Amsterdam anheuern wollten, den Vorteil, jung, groß und kräftig zu sein. Darum schlug er, solange sich noch Münzen in seinem Beutel fanden, die schlechten Angebote aus, die ihm verlotterte Maate von heruntergekommenen Seglern machten. Auch die Arbeit auf einem Sklavenschiff oder einem Kohletransporter kam für ihn nicht infrage. Inzwischen blieben ihm zwar nur noch wenige Tage, um ein Schiff zu finden, das ihm zusagte, doch einem Heuerbaas, der Schiffspersonal vermittelte, würde er sich nur anvertrauen, wenn seine eigenen Versuche scheiterten.

Das Schicksal führte ihn schließlich im richtigen Augenblick mit einem Bootsmann zusammen, der im Kapitein Kok eingekehrt war. Wie jeden Abend war die Gaststube voller Männer, während einige Straßendirnen an den blanken Holztischen entlangstreiften und versuchten, ihre Dienste an den Mann zu bringen. Es wurde verhandelt, gelacht und gerufen. Mögliche Kunden riefen obszöne Worte oder machten mit eindeutigen Gesten auf sich aufmerksam. Andere widmeten sich dem Würfelspiel, schlugen den Becher krachend auf die Tischplatte und johlten, wenn ihnen das Ergebnis zusagte. Laut und unruhig ging es zu, und der Wirt hatte alle Hände voll zu tun, seine Gäste mit gefüllten Bierkrügen zu versorgen. Die Luft war vom Rauch etlicher Pfeifen geschwängert, und es roch nach Tabaksqualm, Männerschweiß und billigem Parfüm. Dazu gesellte sich der Dunst von Gesottenem und Gebratenem aus der Küche hinter der Schankstube, wo die Wirtin hantierte und die Mägde zur Arbeit antrieb.

Johann fand einen freien Platz neben einem fremden Seemann, der ihm freundlich zunickte und sich als Landsmann zu erkennen gab. Er bot ihm Kautabak an und lud ihn zu einem Bier ein. »Es gab gute Heuer«, erklärte er, spuckte den braunen Saft von seinem Priem auf den Boden und schlug mit der flachen Hand auf seine Geldkatze. Dann streckte er die Hand aus. »Ich heiße Caspar. Mit C wie Cäsar. Bootsmann auf der *Conquistador del Mar.*«

Johann schlug ein und nannte seinen Namen. »Fahre als Carpenter's Mate«, fügte er hinzu und grinste. »Auch mit C wie Cäsar.«

Caspar musterte ihn einen Moment lang aufmerksam. »So einen wie dich könnten wir gebrauchen. Unser Schiffszimmermann sucht einen Gehilfen. Willst du nicht auf unserer Bark anheuern?«

Er berichtete von seiner letzten Reise, die ihn von Batavia in Indonesien nach Amsterdam geführt hatte. »Hauptsächlich Gewürze und Textilien. Haben wir heute gelöscht. Morgen wird Proviant gebunkert, übermorgen laufen wir aus«, schloss er. »Nach Hamburg. Von da aus geht die Reise in die Neue Welt.«

»Neu Amsterdam, ich meine, New York?«, fragte Johann interessiert. Nordamerika hatte er noch nicht gesehen, und der Name dieser Stadt löste eine unbestimmte Sehnsucht aus.

»New York, Pennsylvania, Boston«, antwortete der Bootsmann. »Kommt drauf an. Kapitän Mulder macht ein Geheimnis um die Ladung. Weiß nicht, was die *Conquistador* in Hamburg aufnehmen wird. Vielleicht Auswanderer. Und es entscheidet sich erst kurz vor der Abreise, welchen Hafen wir ansteuern. Je nachdem, welches Ziel die meisten Passagiere erreichen wollen. »Mulder?«, fragte Johann. »Ein holländisches Schiff?«

Caspar neigte den Kopf. »Die Bark stammt ursprünglich aus Spanien. Deshalb der Name. Mulder fährt für die niederländische Ostindien-Kompanie.« Er sah sich um, beugte sich zu Johanns Ohr hin und senkte die Stimme. »Der Kapitän führt ein strenges Regiment. Auf einer früheren Reise soll er zwei Leute am Hanf tanzen lassen haben. Angeblich wegen Meuterei. Aber in der Mannschaft geht das Gerücht um, die beiden Männer hätten nur ihre Wache verpennt.« Er richtete sich wieder auf und grinste. »Aber Mulder zahlt gut. Und solange ich an Bord bin, hat er noch niemanden aufgeknüpft.«

Es blieb nicht bei dem einen Bier. Als Johann Barghus weit nach Mitternacht die Stiege hinauf zu seiner Kammer wankte, hatte er noch keinen Entschluss gefasst, aber Caspar versprochen, die *Conquistador del Mar* im Hafen aufzusuchen und sie sich anzusehen. Der Bootsmann hatte seinerseits versprochen, mit dem Ersten Offizier zu reden und diesem von seiner Begegnung mit einem großen und kräftigen deutschen Seemann zu berichten, der Erfahrungen als Helfer des Schiffszimmermanns mitbrachte und auf einem soliden Handelsschiff anheuern wollte.

Kurz bevor der Schlaf ihn übermannte, schoss Johann der Gedanke durch den Kopf, dass er Caspar noch etwas hatte fragen wollen. An dessen Beschreibung der Bark stimmte etwas nicht. Aber mit dem fortschreitenden Biergenuss war die Unstimmigkeit verblasst und schließlich ins Unterbewusstsein abgetaucht.

Am Morgen erinnerte ihn ein brummender Schädel an den vergangenen Abend in der Schankstube. Nach und nach kehrten die Bilder in seinen Kopf zurück, die von den Erzählungen des Landsmannes erzeugt worden waren. Wie hieß er noch? Caspar ... irgendwas mit Au... nein, Hau... Hauschild! Caspar Hauschild. Bootsmann auf der ... *Conquistador del Mar.* Johann erhob sich vorsichtig aus dem Bett und schlurfte zu der kleinen Kommode, auf der eine Schüssel und ein Krug mit Wasser standen. Er nahm einen kräftigen Schluck und füllte die hohle Hand, um sich damit durch das Gesicht zu fahren. Dann betrachtete er sein Gegenüber in der trüben Spiegelscherbe, die über dem Möbel angebracht war. Sollte er auf der Bark anheuern? Es wurde Zeit, wieder in See zu stechen. Schon wegen der schwindenden Barschaft. »Kapitän Mulder zahlt gut«, hatte Caspar behauptet. Aber auch die Weltmeere lockten. Nordamerika, vielleicht sogar New York. Die Neue Welt, von der er viel gehört, aber noch nichts gesehen hatte.

»Ich schau mir den Kahn erst einmal an«, beschied er seinem Spiegelbild. »Und dann entscheide ich, ob ich an Bord gehe.« Plötzlich war die Frage wieder da, die schon am Abend durch seinen Kopf gegeistert war. Was stimmte mit der *Conquistador* nicht?

Die Antwort bekam er einen Tag später. Das Schiff machte einen guten Eindruck, doch der Kapitän jagte ihm Angst ein.

Der kleine Mann von fünfzig oder mehr Jahren hatte gelbliche Gesichtshaut und einen wirren Haarschopf. Er stand im Hintergrund, als Johann die Matrosen ansprach, die am Fallreep Wache hielten. Im Arm hielt er eine schwarze Katze, deren Fell er kraulte. Sein Blick war so kalt und abschätzend, dass es Johann schauderte.

Am nächsten Morgen sollte die *Conquistador del Mar* auslaufen, aber von Ladetätigkeit war nichts zu sehen – abgesehen von Fässern mit Wasser, Brot und Pökelfleisch, die der Smutje unter Aufsicht des Zahlmeisters an Bord schaffen ließ. Die Bark würde die Reise nach Hamburg also ohne Ladung antreten. Und Ballast wurde auch nicht eingeschifft. Das war es gewesen, was ihm an Caspars Bericht aufgefallen war. Ein Schiff ohne Ladung – da stimmte etwas nicht. Ohne Last lag die Bark nicht stabil, und auch auf dem kurzen Weg über die Nordsee konnte sie in einen Sturm geraten. Dann würde sie auf den Wellen tanzen wie eine hohle Nuss. Und dieser Kapitän Mulder war ihm unheimlich. Johann entschied, nach einer anderen Heuer Ausschau zu halten.

Auf dem Rückweg zu seiner Herberge spürte er Blicke in seinem Rücken. Mehrmals sah er sich um. Folgte ihm jemand? Wahrscheinlich, dachte er, bilde ich mir das ein, weil der Kapitän der *Conquistador* etwas Dämonisches ausstrahlt. Vor der Tür der Herberge begegneten ihm zwei Matrosen. Einer von ihnen trug einen leeren Kartoffelsack mit sich. Bevor Johann das Haus betreten konnte, sprangen die Männer auf ihn zu und stülpten ihm den Sack über den Kopf. Blitzschnell banden sie ihn zu und warfen ihn auf einen Karren, der sofort losrollte. Als Johann begann, um Hilfe zu schreien, schlug ihm einer der Männer eine Holzlatte über den Schädel. Der Schmerz explodierte in seinem Kopf, dann spürte er nichts mehr.

Johann erwachte in einer Hängematte. Offenbar befand er

sich im leeren Mannschaftsdeck eines Schiffes. Er ahnte, dass es sich um die *Conquistador del Mar* handelte.

Vorsichtig stieg er aus der Matte, unter der ein Bündel baumelte, das er unschwer als seine Habe aus dem Gasthaus erkannte. Jemand musste sie zusammengerafft und aufs Schiff gebracht haben. Misstrauisch und neugierig zugleich schlich er zur Luke und kletterte nach draußen.

Kaum war Johann an Deck, wurde er zum Klarmachen eingeteilt. Eigentlich keine Arbeit für einen Schiffszimmermann. Doch er wusste, dass er sich nicht widersetzen durfte. Kapitän Mulder würde nicht lange fackeln und ihn der Meuterei bezichtigen. So zog er den Decksbären – eine schwere Kiste zum Reinigen der Planken – über das Deck der Bark und nahm sich vor, in Hamburg wieder abzumustern.

Die anderen Matrosen betrachteten ihn mitleidslos, aber nicht ohne Respekt. Caspar musste verbreitet haben, welche Reisen der neue Carpenter's Mate bereits hinter sich hatte. Ob sie wussten, dass er nicht freiwillig an Bord war?

»Fahren wir ohne Ladung nach Hamburg?«, fragte Johann seinen Landsmann, der neben ihm die Decksplanken schrubbte. Der zuckte mit den Schultern. »Sieht so aus. Irgendwas Wichtiges muss trotzdem an Bord sein. Kapitän Mulder hat doppelte Wachen eingesetzt.«

»Der Laderaum ist leer, ich habe nur Holzplanken gesehen«, wandte Johann ein. »So liegt dieses Schiff nicht gut im Wasser.«

Caspar schob die Unterlippe vor. »Das geht uns nichts an. Wahrscheinlich nehmen wir in Hamburg Passagiere auf. Dann muss unterwegs das Zwischendeck umgebaut werden.« Er richtete sich auf und tippte Johann auf die Brust. »Du und der Zimmermann – ihr werdet gut zu tun haben. Und wenig Zeit. Bis Hamburg ist es nur ein Katzensprung.«

Johann nickte nachdenklich. Dass Arbeit auf ihn zukommen würde, hatte er erwartet. Es war ihm recht. Nichts Schlimmeres gab es auf hoher See als Langeweile. Wenn Matrosen zu viel Whisky – auf diesem Schiff vielleicht eher Genever – tranken, kam es leicht zu Streitereien, die gelegentlich mit einem tödlichen Messerstich endeten, zumindest jedoch die Stimmung an Bord beeinträchtigten. Aber nach Caspars Worten gehörte Marinus Mulder zu den Schiffsführern, die sofort eingreifen und Unruhestifter auspeitschen oder gar kielholen lassen würden.

Noch hatte er den Kapitän nicht wieder zu Gesicht bekommen. Er musste aber an Bord sein, denn Matrosen, Maaten und Offiziere bewegten sich zügig, verloren wenig Worte und verrichteten ihre Arbeit ohne viel Aufhebens. Nirgends lungerte jemand herum. Auch Caspar wandte sich wieder den Planken zu.

In dem Augenblick erschien Mulder auf dem Oberdeck. Er trug schwarze Kleidung, hielt sich aufrecht und ließ den Blick über das Vorschiff schweifen. Im Arm hielt er wieder die schwarze Katze, deren Fell er mit der freien Hand kraulte. Allein durch seine Haltung strahlte er Autorität aus, und Johann vermochte in ihm durchaus den eisernen Herrscher über die *Conquistador* zu erkennen, den er sich nach Caspars Schilderung vorgestellt hatte. Zwar kannte er den Kapitän nicht, doch nach allem, was er bisher gehört hatte, war es sicher aussichtslos, sich über die unrechtmäßige Anheuerung zu beschweren. Der Bootsmann schien seine Gedanken zu erraten. »Du wirst ihn noch näher kennenlernen«, raunte er, ohne seine gleichmäßigen Bewegungen mit der Wurzelbürste zu unterbrechen.

Dazu bekam Johann schon am nächsten Tag Gelegenheit. Im Morgengrauen war aufgetakelt worden, und bei Tagesanbruch verließ die Bark Amsterdam. Ein wie immer erhebender Augenblick. Sobald der Wind die Segel blähte und das Schiff Fahrt aufnahm, verschwanden die Gerüche und Geräusche des Hafens. Statt ihrer zog der Seemann salzige Meeresluft ein, und in seinen Ohren rauschten nur noch Wind und Wellen. Wenn das Land zurückblieb, die Konturen der Häuser verschwammen und schließlich zu einem Strich am Horizont verschmolzen, erfüllte ihn stets das Gefühl von Weite und Größe.

Trotz der frühen Stunde hatte sich Johann aus der Hängematte gewälzt und war auf Deck geschlichen, um die Abreise mitzuerleben. Als er sich umwandte, um zum Mannschaftsdeck zurückzukehren, vernahm er einen herrischen Befehl und die klägliche Antwort eines Halbwüchsigen vom Oberdeck. Er wandte den Kopf und entdeckte Kapitän Mulder und den Schiffsjungen. Der höchstens dreizehnjährige Piet hatte ebenfalls in Amsterdam angeheuert. Ein magerer Junge, der vermutlich von Seefahrerromantik geträumt hatte und seinen Eltern davongelaufen war. Nun deutete Mulder nach oben und bellte einen Befehl, auf den ein scharfer Knall folgte. Wollte er den Jungen in die Wanten schicken? Johann drückte sich in den Schatten der Segel und schob sich weiter nach vorn, um die Szene besser beobachten zu können.

»Du gehst jetzt da rauf!«, bellte Mulder und ließ erneut die Peitsche knallen. »Ins Krähennest. Von dort meldest du ›Schiff in Sicht‹. Verstanden?«

Piet nickte verängstigt und starrte auf die Peitsche. Dann griff er in die Wanten und begann nach oben zu klettern. Doch nach wenigen Metern hielt er inne und wandte, offenbar ratlos, den Kopf abwechselnd nach unten und nach oben. Johann hörte die Peitschenschnur pfeifen. Sie traf die nackten Füße des Schiffsjungen. Der zuckte unter dem Schmerz zusammen, klammerte sich in sichtlicher Panik ans Tauwerk und ließ ein kaum wahrnehmbares Wimmern hören. Dann zog er sich hoch, ertastete das nächsthöhere Geviert der Taue und entkam so der Reichweite von Mulders Peitsche. Er wandte den Blick nach oben, erklomm nach und nach den Mast und erreichte schließlich den Ausguck.

Das hätte leicht schiefgehen können, dachte Johann und zog sich rasch unter Deck zurück. Für den Schiffsjungen war das Abenteuer noch nicht beendet. Der Abstieg war, wie Johann aus eigener Erfahrung wusste, schwieriger als der Aufstieg. Zudem frischte der Wind auf, und die See wurde unruhiger. Ein kurzer Blick nach Westen hatte ihn erkennen lassen, dass dunkle Wolken aufzogen, die rasch näher kamen. Das konnte Sturm bedeuten. Ein erfahrener Seemann wie Kapitän Mulder musste die Gefahr gesehen haben. Dennoch hatte er Piet ins Krähennest geschickt. Rechnete er nicht mit Sturm? Oder wollte er dem Schiffsjungen eine Feuertaufe bereiten?

Unter Deck stieß Johann auf Caspar und berichtete ihm von seinen Beobachtungen. Der Bootsmann winkte ab. »Da oben kann ihm nichts passieren. Schlimmstenfalls kotzt er sich die Seele aus dem Leib. Aber danach weiß er, ob die Seefahrt für ihn das Richtige ist.«

Johann überzeugte das nicht, aber er erwiderte nichts, sondern dachte an seine eigenen Erlebnisse. *Vielleicht habe ich es leichter gehabt, ich war immerhin schon siebzehn, als ich mich auf den Weg gemacht habe, um mein Glück zu suchen.* Zu Hause hatte es nur Hunger und Arbeit gegeben. Den kleinen Hof würde der ältere Bruder übernehmen, und Johann hätte sich lediglich als Tagelöhner verdingen können, ohne Aussicht auf etwas Eigenes.

Ganze Familien waren nach Bremerhaven oder Hamburg aufgebrochen, um ein neues Leben in der Neuen Welt zu finden. Einem der Trecks hatte er sich heimlich angeschlossen.

Schließlich war er im Hafen der Hansestadt gelandet, wo er hatte feststellen müssen, dass seine Ersparnisse bei Weitem nicht für eine Überfahrt reichten. Ein Heuerbaas hatte ihn angesprochen und ihm einen guten Verdienst in Aussicht gestellt. So war er auf einem Handelsschiff gelandet, dessen Weg ihn auf die großen Meere der Welt geführt hatte.

Das Leben auf dem Schiff war nicht weniger hart und nicht weniger entbehrungsreich gewesen als auf der elterlichen Scholle. Aber er hatte fremdartige Länder, exotische Städte und außergewöhnliche Menschen kennengelernt und sein eigenes Geld ausgeben können. Inzwischen war er vom Matrosen zum Carpenter's Mate aufgestiegen, bekam monatlich zehn Taler ausbezahlt und konnte sich davon in den Hafenstädten eine Herberge für mehrere Tage leisten, brauchte am Essen und Trinken nicht zu sparen und hatte immer noch manchen Groschen für sonstige Vergnügungen übrig.

Dass er gegen seinen Willen auf diesem Schiff gelandet war, machte für die kurze Reise nach Hamburg keinen nennenswerten Unterschied. Und dort würde er abmustern, wenn es ihm bei Kapitän Mulder nicht gefiel. Wer zur See fuhr, durfte nicht allzu wählerisch sein.

Es wurde Zeit, sich beim Schiffszimmermann zu melden. Wie Caspar vermutet hatte, wurden die Zwischendecks für den Transport von Menschen ausgebaut. Es gab viel Arbeit, und wenn das Stampfen und Rollen der Bark weiter zunahm, würde der Umbau nicht mehr so zügig vorangehen.

Unter gewaltigem Donnern tobte plötzlich eine mächtige Brechsee über das Deck. Das Wasser fegte alles, was nicht festgebunden war, von Bord und riss die komplette Kombüse mit sich. Entsetzt beobachteten die Männer, wie Kessel und Herd, Töpfe und Pfannen im Inferno der Wellen verschwanden. Wie ein Geschoss flog der Smutje inmitten seines Geschirrs über die Reling und tauchte mit einem stummen Aufschrei in die Gischt. »Gute Reise«, murmelte Caspar und bekreuzigte sich.

Am Abend musste die Arbeit unter Deck eingestellt werden. Der Sturm hatte sich zu einem Orkan ausgewachsen und heulte ohrenbetäubend in der Takelage. Unter Einsatz ihres Lebens hatten die Matrosen den größten Teil der Segel gerefft. Johann hoffte, dass Piet seinen Ausguck rechtzeitig hatte verlassen können. Nun machte sich das Fehlen der Ladung bemerkbar, die *Conquistador del Mar* tanzte wie ein Flaschenkorken auf den Wellen. Abwechselnd lag sie auf Steuerbord und Backbord so weit über, dass die jeweils gegenüberliegende Bordwand untertauchte.

Zudem hatten sich die Schleusen des Himmels geöffnet. Auf Deck sah man kaum die Hand vor Augen, geschweige denn einen Horizont. Wer nicht draußen sein musste, rettete sich in die Hängematte. Der Steuermann hatte sich und das Ruder verzurrt, und wer nicht über Bord gefegt werden wollte, musste sich ebenfalls mit einem Seil sichern.

Krachend stürzte die Bark von Wellental zu Wellental. Bei jedem Sturz knarrten und ächzten Streben und Balken, die Masten bogen sich gefährlich, und jedes Mal brach die tobende See über das Vorschiff und drückte Wasser in alle Öffnungen. Die Männer wechselten sich an den Lenzpumpen ab, doch schien ihr Bemühen wenig Erfolg zu zeigen. Obwohl sie bis zur Erschöpfung pumpten, stieg der Pegel im Laderaum höher und höher.

2

2016

Obwohl Frank Lüders auf die fünfzig zuging, fühlte er sich wie Anfang dreißig. Er war auf Norderney geboren und aufgewachsen, und wenn sein Leben weiter so verlief, wie er es sich vorstellte, würde er eines fernen Tages auch auf dieser Insel sterben und begraben werden. Ein abstrakter Gedanke, denn Krankheit und Tod kamen in seinen Überlegungen nicht als reale Möglichkeiten vor. Sein Vater, der die siebzig bereits überschritten hatte, sprach gelegentlich davon, dass seine statistische Lebenserwartung nicht mehr allzu hoch sei. Frank lachte dann und winkte ab. »Solange du nichts von dem nimmst, was wir verkaufen, bleibst du gesund. Nur bei deinem Altherrensport musst du aufpassen. Golfbälle können tödlich sein.«

Um sich fit zu halten, lief er während der Sommermonate jeden Abend, nachdem er die Apotheke abgeschlossen hatte, zum Nordstrand und stürzte sich in die Fluten. Seinen Jahresurlaub legte er in die kalte Jahreszeit und fuhr zum Skilaufen in die Alpen. Wenn nur wenige Feriengäste auf der Insel waren, ließ sich der Betrieb in der Apotheke mit kleiner Besetzung problemlos aufrechterhalten. Nach seiner Scheidung hatte er die Aufenthalte in der Schweiz oder in Österreich um einige Wochen ausgedehnt und seine Aktivitäten für den Rest des Jahres um einige Sportarten erweitert. Segeln, Surfen und Radfahren gehörten dazu. Gelegentlich ging er auch zum Beachvolleyball – hauptsächlich, um dort junge Urlauberinnen abzuschleppen. Auch in dieser Beziehung nahm er es mit jedem Dreißigjährigen auf.

In diesen Tagen war Lüders besonders gut gelaunt. Mit der Hilfe eines guten Freundes aus dem Bankmanagement hatte er endlich herausgefunden, was ihn seit Jahren beschäftigt hatte. Nun stand er vor seinem größten Coup, mit dem er sich eine goldene Zukunft schaffen und zugleich einen Lebenstraum verwirklichen wollte.

Die Luft war mild, und zusätzlich wärmten die Strahlen der Abendsonne. Ihr weiches Licht tauchte die Häuser der Stadt in sanft leuchtende Farben. Frank Lüders aktivierte die Alarmanlage, schloss die Eingangstür ab und wandte sich zum Gehen. Nach einigen Schritten fiel er in einen leichten Trab. Er folgte der Ellernstraße, passierte das Surfcafé, winkte dort einigen bekannten Gesichtern zu und schlug den Weg zum Nordstrand ein. Hinter dem Strandrestaurant Cornelius streifte er die Schuhe ab, zog T-Shirt und Hose aus, wickelte beides in sein Handtuch und legte sein Bündel im Schatten eines verlassenen Strandkorbs ab. Dann rannte er los. Bei auflaufendem Wasser kurz vor dem höchsten Stand waren die Bedingungen günstig. Rasch erreichte er die Brandung und warf sich hinein.

Er hatte den sandfarben gekleideten Mann in den Dünen nicht bemerkt, der ihn nun durch sein Fernglas beobachtete, wie er mit kraftvollen Zügen den Wellen entgegenkraulte, in den Tälern verschwand, wieder auftauchte und sich mehr und mehr vom Ufer entfernte. Zufrieden steckte der Beobachter sein Fernglas ein und sah sich um. Am Strand bewegten sich Spaziergänger, in kleinen Gruppen oder allein. Ihre Blicke waren dem Meer im Norden oder der untergehenden Sonne im Westen zugewandt. Niemand hatte ein Auge für die Dünen. Er verstaute das Fernglas in seinem Rucksack, zog ein Smartphone aus der Tasche und wählte. »Es kann losgehen«, sagte er, als sich sein Gesprächspartner meldete. »In genau einer Minute gebe ich Lichtzeichen. Ende.«

Er eilte über den Strand zur Wasserlinie, zog einen Handspiegel aus dem Rucksack und beobachtete den Sekundenzeiger seiner Uhr. Dann hob er den Spiegel, fing damit die Abendsonne ein und lenkte deren Strahlen hinaus aufs Meer. Wenig später sah man die Silhouette eines Sportbootes, das rasch näher kam. Er kehrte in die Dünen zurück, packte erneut das Fernglas aus und beobachtete das Geschehen auf dem Wasser. Noch war das Boot einige hundert Meter von dem Schwimmer entfernt. Es hatte seine Geschwindigkeit verringert und schien nun auf den Mann zuzutreiben.

Frank Lüders hatte das Geräusch des Motors gehört, ohne das Boot zu sehen. Das dumpfe Dröhnen breitete sich im Wasser aus, aber es ließ sich nicht einschätzen, aus welcher Richtung es kam. Eigentlich sollte hier kein Boot unterwegs sein, aber er wusste, dass sich mancher Freizeitkapitän in die Nähe der Badestrände verirrte. Vielleicht war er auch schon zu weit hinausgeschwommen. Das Motorengeräusch erstarb, und Lüders blickte auf seine Uhr. Noch musste er nicht an Umkehr denken. Bei auflaufendem Wasser fiel der Rückweg zum Strand leicht und kostete weniger Kraft und Zeit als sonst.

Plötzlich tauchte ein Schatten neben ihm auf. Das Boot war geräuschlos näher gekommen. Verärgert kraulte er ein Stück zur Seite und versuchte, eine Kennung oder einen Namen abzulesen, um dem Hafenmeister und dem Vorsitzenden des Seglervereins Nachricht geben zu können. Doch außer *Zodiac Zoom* trug das Sportboot keine Bezeichnung.

An Bord war nur eine Person zu erkennen. Ein dunkel gekleideter schlanker Mann mit Elbseglermütze. Lüders streckte den Arm aus dem Wasser und schüttelte die Faust. »Verpiss dich! Du hast hier nichts zu suchen!«

»Nun seien Sie mal nicht so unfreundlich«, erwiderte der Bootsführer. »Es sah für mich aus, als bräuchten Sie Hilfe.« Er startete den Motor und tuckerte im Leerlauf auf ihn zu. »Sie sind ziemlich weit draußen. Sind Sie sicher, dass Sie es zurückschaffen?«

Als er Lüders erreicht hatte, stellte er erneut den Motor ab. Dann bückte er sich ins Boot, hob etwas über den Kopf und warf es in Lüders Richtung. Wie ein Fallschirm breitete sich eine Art Fischernetz über ihm aus, legte sich über Kopf und Schultern und behinderte die Bewegung seiner Arme. Lüders stieß einen Fluch aus und riss wütend an den Maschen, doch das Gewebe gab nicht nach. »Was soll der Scheiß?«, schrie er, während Panik in ihm aufstieg.

Erneut warf der Mann etwas über Bord. Es klatschte schwer ins Wasser. Lüders registrierte ein Betongewicht, wie man es zur Sicherung von Zelten und mobilen Pavillons verwendete, dann wurde das Netz zusammengezerrt und zog ihn abwärts.

Plötzlich wusste Lüders, dass er keine Chance hatte. Eine Minute konnte er unter Wasser aushalten, vielleicht auch zwei. Aber die Zeit würde nicht reichen, um sich aus dem Netz zu befreien. Beim Tauchen hatte er immer ein Messer dabei. Hier nicht. Unter Aufbietung aller Kräfte zerrte er an dem Nylongewebe und spürte, wie die eine oder andere Faser riss, doch es entstand nicht einmal ein Loch. Er wusste, was auf ihn zukam. Die Atemnot würde unerträglich werden. Er würde dagegen anzugehen versuchen, doch in seiner Lunge würde der Druck des Kohlendioxids steigen. Schließlich würde er nachgeben müssen, Wasser atmen und ersticken. Jetzt sterbe ich noch vor meinem Vater, war sein letzter Gedanke.

*

»Es kann sich nur um einen Unfall handeln.« Bürgermeister Claus Clasen war aufgestanden und ans Fenster getreten. Sein Blick war in die Ferne gerichtet. »Es *muss* sich um einen Unfall handeln. Frank ist topfit und ein guter Schwimmer. Er war im Sommer bei jedem Wetter draußen. Und vorgestern herrschte kaum Wind. Allenfalls mittlerer Wellengang.«

»Warum ist er dann nicht einfach zurückgeschwommen?«, fragte Kriminalhauptkommissar Jan Eilers. Sein Kollege, Oberkommissar Gerit Jensen, nickte. »Ist schon etwas merkwürdig, dass man seine Sachen gefunden hat, aber von ihm fehlt jede Spur.«

»Auch ein guter Schwimmer kann ertrinken«, erwiderte der Bürgermeister. »Ein Wadenkrampf, plötzliches Unwohlsein, vielleicht auch eine Herzschwäche, von der Frank nichts geahnt hat. Was weiß ich.«

»Wenn er ertrunken wäre, hätte ihn die Flut angespült«, gab Eilers zu bedenken. »Oder wir hätten ihn im Wasser gefunden. Wir haben nicht nur am Nordstrand gesucht, sondern auch an der gesamten nördlichen Küstenlinie. Und die Kollegen von der Wasserschutzpolizei haben den entsprechenden Bereich auf See mit Booten abgesucht.«

»Haie gibt's hier ja nicht«, fügte Jensen ironisch hinzu, was ihm einen tadelnden Blick des Bürgermeisters einbrachte. Clasen kehrte zu seinem Schreibtisch zurück und ließ sich in seinen Bürosessel fallen. »Wenn Sie tatsächlich vermuten, dass jemand nachgeholfen haben könnte, behalten Sie das bitte für sich. Gerüchte über einen Mörder können wir auf der Insel nicht gebrauchen. Schon gar nicht jetzt. Wir stehen unmittelbar vor dem Beginn der Hauptsaison. Täglich kommen mehr Gäste zu uns. Davon lebt Norderney. Wir können es uns nicht leisten, Urlauber zu vergraulen.«

Kommissar Eilers hob die Schultern. »An uns soll's nicht liegen. Aber ermitteln müssen wir schon. Solange Fremdverschulden nicht ausgeschlossen werden kann, dürfen wir die Akte nicht schließen.«

»Ermitteln Sie!« Bürgermeister Clasen seufzte. »Das ist schließlich Ihre Aufgabe. Aber ich bitte um Diskretion.« Er stand erneut auf. »Ich habe gleich eine Besprechung mit dem Chefredakteur des *Ostfriesischen Kuriers*. Er wird dafür sorgen, dass Franks Verschwinden nicht durch Spekulationen aufgebauscht wird.«

Eilers und Jensen erhoben sich ebenfalls. Clasen öffnete die Bürotür. »Auf Wiedersehen, meine Herren. Und vielen Dank für Ihr Verständnis!«

*

»Der hat vielleicht Sorgen«, murmelte Jensen, während sie das Rathaus verließen. »Anscheinend belastet ihn der mögliche Tod des Apothekers weniger als die Vorstellung, er könnte ermordet worden sein.«

»Wahrscheinlich ist er auch gar nicht ermordet worden«, entgegnete Eilers. »Wir können es nur noch nicht ausschließen. Das ist der Punkt, den Clasen nicht begreift. Warum sollte jemand einen alteingesessenen Apotheker umbringen? Selbst wenn ihn ein Junkie überfallen hätte, weil er irgendwelche Drogen haben wollte, wäre Lüders dabei wohl kaum gestorben. Einen Mordfall kann ich mir hier nicht vorstellen.« Er deutete auf die gut besetzten Bänke im Kurpark, auf spielende Kinder und Spaziergänger. »Hier ist doch alles wunderbar friedlich.«

»Hoffentlich behältst du recht.« Jensen machte ein skeptisches Gesicht. »Sonst hätten wir uns nicht für die Inselverstärkung auf Norderney melden müssen und könnten wieder auf

Borkum Dienst machen. Nach dem grausamen Fall dort dachte ich, hier auf Norderney wäre die Welt noch in Ordnung.«

»Ist sie ja auch.« Eilers lachte. »Schau dich um! Überall glückliche Urlauber. Dass aus dem Verschwinden des Herrn Lüders ein Mordfall wird, ist nicht gesagt. Vielleicht taucht er ja ganz plötzlich wieder auf. Jetzt planen wir erst mal die weiteren Schritte. Dann wird sich schon zeigen, was passiert ist.«

Auf dem Weg zur Dienststelle in der Knyphausenstraße berieten die Kommissare ihr Vorgehen. Außer der Kleidung und dem Handtuch des Apothekers, die neben dem Strandkorb gefunden worden waren, gab es keine Hinweise. »Als Erstes«, schlug Jensen vor, »sollten wir einen Aufruf im *Norderneyer Morgen* veröffentlichen. Wer hat wann was gesehen?, und so weiter. Außerdem im *Norderney Kurier*, und im *Ostfriesischen Kurier* natürlich auch.«

»Wir müssen uns auch in der Apotheke umschauen«, ergänzte Eilers. »Und die Villa von Lüders durchsuchen. Ich glaube zwar nicht, dass wir dort etwas finden, das uns weiterhilft. Aber man weiß ja nie. Vorsichtshalber habe ich Staatsanwalt Rasmussen eine Mail geschickt. Ich hoffe, dass er noch für uns zuständig ist. Bei dem Fall auf Borkum hat er jedenfalls einen guten Eindruck hinterlassen, findest du nicht?«

»Die Kollegin vom LKA war auch nicht übel.« Jensen grinste. »Am Anfang mochte ich sie nicht leiden. Aber sie hat was drauf. Und sie sieht einfach umwerfend aus. Die würde ich gern mal am Strand sehen. Im Bikini. Und dann ...«

»Mach mal halblang, Kollege!«, unterbrach Eilers ihn. »Du glaubst doch nicht im Ernst, dass du bei der Frau Chancen hättest.«

»Weiß man's?« Jensen hob die Schultern. »Es wurde ja dann ziemlich schnell hektisch. Wir hatten keine Gelegenheit, uns in Ruhe zu unterhalten. Jedenfalls trug sie keinen Ehering.«

»Das muss nichts bedeuten«, erwiderte Eilers. »Oder es kann alles Mögliche bedeuten. Wie auch immer – wir kommen ohne sie aus. Und du solltest sie vergessen. Kümmere dich lieber um die Apothekerin, die Lüders als vermisst gemeldet hat. Aber bitte nur als Zeugin. Das heißt …« Er blieb stehen und hielt seinen Kollegen am Ärmel fest. »Da wir noch keinen Durchsuchungsbeschluss haben, kannst du deinen Charme bei ihr spielen lassen. Vielleicht erlaubt sie dir einen Blick in die Räume der Apotheke. Und frag sie, ob ihr irgendetwas aufgefallen ist!«

»Natürlich«, antwortete der Oberkommissar. »Was ist mit der Ex von Lüders? Und hat er nicht auch eine Tochter?«

»Um die kümmere ich mich.« Sie hatten die Knyphausenstraße erreicht und steuerten auf das Gebäude zu, in dem die Polizeiwache untergebracht war.

*

»Moin.« Als Gerit Jensen die Apotheke betrat, war die Kollegin von Frank Lüders gerade damit beschäftigt, einer älteren Dame ein Mittel gegen Schwindelgefühle zu verkaufen. »Das ist ein natürliches Arzneimittel mit einer besonderen Wirkformel aus Carolina-Jasmin und Indischer Scheinmyrte. Es wirkt außerdem beruhigend auf das Nervensystem und hilft gegen Kopfschmerzen.« Sie sah kurz auf und wandte sich dann wieder ihrer Kundin zu. »Herr Lüders würde Ihnen das sicher auch empfehlen.«

Die Apothekerin erinnerte ihn an Heike Makatsch in ihrer Rolle als Tante Polly. Vor fünf oder sechs Jahren hatte er die Tom-Sawyer-Verfilmung gesehen. Blonde hochgesteckte Haare, an den Seiten in dünnen Strähnen herabhängend, Augen und Lippen ungeschminkt. Eine dunkle Hornbrille gab ihr zusätzlich das Aussehen einer strengen Lehrerin und machte sie wahrscheinlich um etliche Jahre älter. Ihr Vorname Stefanie war in den Siebzigern beliebt gewesen. Also, schloss Jensen, war sie wohl nicht fünfzig, wie er zunächst vermutet hatte, sondern eher um die vierzig.

»Und was ist mit Nebenwirkungen?«, fragte die alte Dame.

Die Apothekerin schüttelte den Kopf. »Die Wirkstoffe kommen aus der Natur. Wie gesagt, es sind Heilpflanzen. Die haben keine Nebenwirkungen.«

Jensen sah sich um und fühlte sich in vergangene Zeiten versetzt. Der Raum war mit dunkel glänzendem Holz vertäfelt. Die Schranktüren und Schubladen bestanden aus dem gleichen Material und waren mit Frakturlettern auf kleinen ovalen Schildern aus Porzellan beschriftet. Die Einrichtung wirkte museal und gediegen; nicht alt und abgenutzt, sondern hochwertig und edel. Lüders musste die Restaurierung der Jugendstil-Apotheke viel Geld gekostet haben.

»Aber dafür, dass es nur Pflanzen sind, ist der Preis ziemlich hoch«, wandte die Kundin ein.

»An der Gesundheit sollte man nicht sparen. Vielleicht probieren Sie erst einmal die kleine Flasche aus. Und wenn es Ihnen geholfen hat, kommen Sie wieder.«

»Nein.« Die Kundin klang entschlossen. »Ich nehme die große. Und dann brauche ich noch …« Sie sah sich um und senkte die Stimme, sodass Jensen sie nicht richtig verstehen konnte. Es klang wie »Hühneraugenpflaster«.

Nachdem die Kundin bezahlt und die Apotheke verlassen hatte, wandte sich Stefanie Rodenbeck an Gerit Jensen. »Hallo, Herr Kommissar. Kann ich noch etwas für Sie tun?«

»Ich wundere mich gerade, dass Sie heute geöffnet haben. Immerhin ist Ihr Chef seit gestern …«

»Darauf können wir keine Rücksicht nehmen.« Die Apothekerin sah ihn an wie eine Lehrerin, die eine falsche Antwort bekommen hatte. Und für einen Augenblick fühlte er sich wie ein Schüler, der seine Hausaufgaben nicht gemacht hatte. »Wir haben einen gesetzlichen Auftrag zu erfüllen«, belehrte ihn Stefanie Rodenbeck. »Da können wir nicht nach Lust und Laune öffnen oder schließen. Nicht einmal bei einem Todesfall.«

»Todesfall?« Jensen war wieder Kriminalist. »Wie kommen Sie darauf?«

Die Apothekerin hob die Schultern. »Nur so. Ganz allgemein gesprochen.«

»Nehmen wir mal an, dass Ihr Chef tatsächlich zu Tode gekommen ist. Haben Sie eine Idee, wer ihm nach dem Leben getrachtet haben könnte?«

Stefanie Rodenbeck nahm die Brille ab, schob die Unterlippe vor und schüttelte den Kopf. »Niemand. Herr Lüders hat keine Feinde. Er war ... äh, *ist* sehr beliebt. Besonders bei älteren Damen. Die Norderneyer mochten ... äh, *mögen* ihn. Auch manche junge Urlauberin. Wenn Sie verstehen, was ich meine.«

Jensen verstand. Die Apothekerin hatte ein hübsches Gesicht, und unter dem weißen Kittel zeichnete sich eine sehr weibliche Figur ab. Ohne Brille, und wenn sie ihre Haare öffnete ... Vielleicht war sie sogar unter vierzig. War Stefanie Rodenbeck Lüders Geliebte gewesen? Hatte er ihr Hoffnungen gemacht, die er dann nicht erfüllen mochte? Der Oberkommissar rief sich zur Ordnung. Reine Spekulation. Er war hier, um Fakten zu eruieren. »Darf ich mich mal umsehen?«, fragte er.

»Von mir aus.« Sie zuckte mit den Schultern. »Aber bitte nichts anfassen.«

Mit einer Handbewegung deutete Jensen in den hinteren Teil des Raumes. »Gibt es hier einen Safe?«

»Nur unseren Giftschrank. Wir nennen ihn noch so, aber er

heißt heute BtM-Schrank. Darin werden Opiate und dergleichen aufbewahrt. Außerdem haben wir noch einen Schrank für Substanzen, die laut Gefahrstoffverordnung unter Verschluss gehalten werden müssen.«

»Können Sie mir die Schränke zeigen?«

Stefanie Rodenbeck warf einen Blick zur Tür und nickte. »Grad' keine Kundschaft. Kommen Sie!« Sie führte ihn in einen Nebenraum und deutete auf zwei weiß lackierte Stahlschränke, die sich deutlich von den sie umgebenden dunklen Regalen abhoben.

»Bewahren Sie darin wirklich giftige Substanzen auf? Ich würde gern einen Blick hineinwerfen.«

»Heute spricht man nicht mehr von Giften, sondern von Gefahrstoffen. Früher mussten alle Venena, also Gifte, unter Verschluss gehalten werden. Neben der Gefahrstoffverordnung gibt es eine Apothekenbetriebsordnung, in der die Aufbewahrung und Handhabung der unterschiedlichen Stoffe und Zubereitungen geregelt ist.«

»Können Sie die Schränke mal aufmachen?«

Die Apothekerin zog einen Schlüsselbund aus der Tasche und öffnete die Schranktüren. »Links sind die Betäubungsmittel, rechts Gefahrstoffe. Aber wie gesagt, bitte nichts anfassen!«

»Keine Sorge.« Jensen trat näher an den Giftschrank heran. Die Beschriftungen der Packungen, Flaschen und anderen Behälter sagten ihm nichts. In den Fächern herrschte penible Ordnung, nichts deutete darauf hin, dass hier etwas aufbewahrt wurde, das nicht hineingehörte. Er wandte sich um. »Vielen Dank! Das war sehr freundlich.«

Über Stefanie Rodenbecks strenges Gesicht huschte die Andeutung eines Lächelns. »Haben Sie sonst noch einen Wunsch, Herr Kommissar?«

Gerit Jensen verneinte, bedankte sich und wandte sich zum

Gehen. An der Tür drehte er sich noch einmal um. »Auf Wiedersehen, Frau Rodenbeck.« Die Apothekerin nickte ihm zu und lächelte. Diesmal ausgesprochen herzlich.

Herausgefunden hatte er nichts. Trotzdem kehrte er gut gelaunt zur Polizeiwache zurück. Die Begegnung hatte ihn beflügelt. Gegen eine erneute Befragung der Zeugin hätte er nichts einzuwenden. Im Gegenteil …

*

Hauptkommissar Eilers legte gerade den Hörer auf, als Jensen die Dienststelle betrat. »Habe eben mit Staatsanwalt Rasmussen gesprochen. Solange es keinen konkreten Verdacht auf ein Tötungsdelikt gibt, ist er außen vor. Einen Durchsuchungsbeschluss müssen wir selbst beim Gericht beantragen.«

»Für die Villa von Frank Lüders?«

Eilers nickte. »Und? Hast du in der Apotheke Erfolg gehabt? Du siehst jedenfalls so aus.«

Bedauernd schüttelte Jensen den Kopf. »Ich habe die Apothekerin etwas näher kennengelernt. Wenn man genauer hinschaut, ist sie eine attraktive Person. Erst dachte ich …«

Sein Kollege richtete die Augen zur Decke. »Gerit, ich habe nach Ergebnissen im Fall Lüders gefragt. Herrscht bei dir Notstand? Gestern wolltest du noch die Kollegin aus dem LKA abschleppen, heute die Zeugin Rodenbeck. Sieh zu, dass du bald zu einer festen Beziehung kommst! Aber mit einer Dame, die dienstlich nichts mit uns oder unserem Fall zu tun hat, wenn ich bitten darf.«

»Okay, okay.« Jensen hob abwehrend die Hände. »War leider nichts in der Apotheke. Kein Anhaltspunkt. Frau Rodenbeck beschreibt Lüders als allseits beliebt. Viele Freunde, keine Feinde. Kam wohl auch gut bei Frauen an.«

»Auch bei ihr?« Jan Eilers fixierte ihn. »Raus mit der Sprache!«

Jensen zögerte. Er wollte die attraktive Apothekerin nicht in Schwierigkeiten bringen. Doch dann siegte seine Professionalität. »Durchaus möglich. Ich hatte das Gefühl, dass zwischen den beiden mal was war.«

»Aha.« Eilers klopfte auf den Tisch. »Da hätten wir schon mal eine Möglichkeit. Enttäuschte Geliebte bringt Liebhaber um. Als Pharmazeutin hat sie Zugang zu allen möglichen Drogen. Betäubungsmitteln zum Beispiel. Sie könnte Lüders Tropfen oder Tabletten untergejubelt haben, die ihn kurze Zeit später bewegungsunfähig gemacht oder sonst wie beeinträchtigt haben. Sie kannte wahrscheinlich seine Gewohnheiten, wusste genau, wann das Mittel wirken musste. Er schwimmt raus aufs Meer, kriegt eine Lähmung oder einen Herzkasper oder was weiß ich und ertrinkt. Solange Lüders nicht gefunden wird, können wir ihr die Tat nicht nachweisen. Und wenn die Leiche nach Wochen oder Monaten auftaucht, finden die Rechtsmediziner wahrscheinlich auch nichts mehr. Ein perfekter Mord. So einfach wie genial, findest du nicht?«

Jensen machte dicke Backen und stieß die Luft aus. »Schon. Aber … ich weiß nicht. So eine kaltblütige Tat traue ich ihr nicht zu. Und das Motiv? Nur aus verschmähter Liebe …«

»Vielleicht erbt sie ja die Apotheke«, warf Eilers ein. »Das müssen wir noch klären. Die Exfrau jedenfalls nicht. Mit der habe ich telefoniert. Sie hat bei der Scheidung eine großzügige Abfindung bekommen und verdient im Übrigen ihr eigenes Geld. Als Ärztin. Die Tochter studiert Medizin in Göttingen. Die habe ich noch nicht erreicht.«

»Was ist mit dem Vater? Heinz-Hermann Lüders.«

»Der weiß wahrscheinlich noch gar nichts vom Verschwinden seines Sohnes. Befindet sich zurzeit in Portugal. Golfturnier. Das wusste die Schwiegertochter. Aber sie konnte mir nicht sagen, wo genau. Und seine Handynummer scheint auch niemand zu kennen. Der Sohn wird sie natürlich haben. Bestimmt hat er sie irgendwo gespeichert. Aber in seinen Sachen haben wir nichts gefunden. Kein Smartphone, kein Notizbuch, nichts dergleichen. Nur einen Schlüssel.«

»Der dürfte zu seiner Villa gehören. Damit könnten wir sie betreten«, schlug Jensen vor. »Am besten sofort. Wer weiß, ob wir heute noch einen Beschluss bekommen. In der Villa finden wir wahrscheinlich nicht nur die Nummer des Vaters, sondern auch Hinweise auf Personen, die als Täter infrage kommen. Falls es ein Tötungsdelikt war. Ich glaub's ja noch nicht. Vielleicht stoßen wir auf einen Abschiedsbrief. Dann wäre der Fall geklärt.«

3

1803

Johann hatte damit begonnen, die für den Umbau mitgeführten Bohlen und Bretter aus den Sicherungsseilen zu ziehen und zurechtzusägen. Keine leichte Arbeit, denn obwohl sich der Sturm etwas gelegt hatte, warf die unruhige See das Schiff noch immer heftig hin und her.

Plötzlich erschien Marinus Mulder unter Deck, vier kräftige Matrosen im Schlepptau. Johann widmete sich in der Hoffnung, nicht weiter beachtet zu werden, ohne aufzublicken und in geduckter Haltung seiner Arbeit. Der Kapitän öffnete das schwere Schloss vor einem der Verschläge und deutete hinein. »Die Truhe kommt nach oben! Zu mir!«

Mit sichtlicher Anstrengung zerrten die Männer eine offenbar ungewöhnlich schwere, eisenbeschlagene Kiste heraus und schleppten sie zum Aufgang. Ein schwieriges Unterfangen, denn sie mussten sich immer wieder abstützen oder festhalten, wenn das Schiff nach vorn oder nach hinten oder auf die Seite kippte.

Kaum lösbar schien die Aufgabe, die Kiste über den Aufgang aufs Oberdeck zu befördern. Die Matrosen schlangen Seile um das Ungetüm und legten sie sich über die Schultern. So zerrten sie den unförmigen Kasten Stück für Stück aufwärts. Schließlich verschwand er durch die Luke nach oben.

Erleichtert richtete sich Johann auf. In ihm wuchs die Neugier. Was mochte die Kiste enthalten? Und warum ließ der Kapitän sie ausgerechnet bei diesem Teufelswetter nach oben schleppen? Johann fasste den kühnen Plan, sich bei passender Gelegenheit in Mulders Kajüte zu schleichen, um einen Blick auf und vielleicht sogar in die geheimnisvolle Truhe zu werfen.

Doch vorerst lagen andere Dinge näher. Der Sturm nahm wieder an Heftigkeit zu, und Johann wurde mit seinem Brett und der Säge zu Boden geschleudert. Das Schiff ächzte unter der Belastung, und aus den Verankerungen der Masten drang ein beunruhigendes Wimmern. Als machten sich Riesenfäuste daran, die *Conquistador* zu zerlegen. An eine Weiterarbeit war bei dem Seegang nicht zu denken, und so machte er sich auf den Weg zum Mannschaftsdeck. Noch vor ein oder zwei Stunden hatten menschliche Laute von den beängstigenden Geräuschen des Sturmes und seiner Gewalt gegen das Schiff abgelenkt. Rufe und Befehle, gelegentlich sogar Gelächter oder höhnische Drohungen gegen Petrus und Poseidon waren über die Decks geflogen. Inzwischen waren die Seeleute verstummt. Im Mannschaftsdeck herrschte gespenstisches Schweigen. Die Männer verharrten stumm in ihren schaukelnden Hängematten oder kauerten auf dem Boden, Füße und Hände gegen Wände, Vorsprünge und Balken gestemmt.

Johann hangelte sich zu seinem Schlafplatz, schwang sich hinein und hielt Ausschau nach Caspar. Der hob grinsend die Hand. »Wenn Rasmus und Neptun nicht bald ein Einsehen haben, holt uns der Teufel.«

An Gott oder irgendwelche Götter glaubte Johann schon lange nicht mehr. Ebenso wenig an den Teufel. Aber jetzt schon das Leben verlieren? Unwillkürlich schüttelte er den Kopf. *Nein, ich habe noch viel vor.* Das Schicksal hatte ihm bisher unter anderem die Reise nach Amerika vorenthalten. New York, Boston, Pennsylvania – wo immer die *Conquistador del Mar* oder ein anderes Schiff anlegen würde –, diese Städte waren Ziele, die er nicht aufgeben wollte. Wenn er die Neue Welt erreichte, würde er seine Heuer nicht verprassen, sondern dort ein neues Leben beginnen. Im Land der unbegrenzten Möglichkeiten, so hatte er oft genug gehört, gab es für einen arbeitswilligen, kräftigen Mann die Chance, zu Wohlstand und Reichtum zu kommen. Er würde sie nutzen.

Plötzlich mischte sich ein beruhigendes Zittern in das Getöse von Wind und Wellen. Das Schiff richtete sich schneller auf als zuvor. Im nächsten Augenblick übertönte das schreckliche Geräusch berstenden Holzes den Lärm. Einige Matrosen bekreuzigten sich. Johann wusste sofort, dass mindestens ein Mast gebrochen war. Jetzt mussten sämtliche Taue gekappt und der gebrochene Mast abgetrennt werden. Aber wie? Bei dem Sturm würde sich kein Mann auf dem Oberdeck halten können.

In diesem Moment wurde die Luke aufgerissen, und eine Bootsmannpfeife schrillte. »Alle Mann an Deck!«, brüllte eine Stimme. Johann erkannte den holländischen Steuermann Willem Brouwer. Er warf Caspar einen Blick zu. Der schüttelte den Kopf, wälzte sich aber aus der Hängematte. »Sinnloses Unterfangen«, murmelte er. Keiner der anderen Männer rührte sich. In der Luke erschien der Kopf des Ersten Offiziers. Er beugte sich herab und richtete eine Pistole in den Raum. »Das ist Meuterei!«, schrie er und spannte den Hahn. Im nächsten Augenblick ergoss sich ein Schwall Seewasser über ihn und in die Luke. Der Offizier zog den Abzug durch, aber nichts geschah. Inzwischen hatten Caspar und Johann den Aufgang erreicht. »Zwei Männer sind besser als keiner«, rief Caspar. »Macht Platz, wir kommen!«

Als sie aus der Luke kletterten, warf ihnen der Steuermann Seile zu. »Festmachen!« Mit einer Hand hielt er sich am Ruder fest, mit der anderen hob er eine Axt in die Höhe. Eine weitere

Axt steckte in seinem Gürtel. »Und dann kappt ihr die Taue!«
Unterdessen hatte der Erste Offizier seine Pistole weggesteckt und zog ebenfalls ein Beil aus dem Gürtel. Wenig später hieben die Männer wortlos auf den zersplitterten Großmast ein und schlugen die zum Zerreißen gespannten Taue durch. Wenn ein Brecher kam, unterbrachen sie die Arbeit für Sekunden, klammerten sich irgendwo fest und versuchten durchzuatmen, ohne Wasser zu schlucken.

Plötzlich stand Kapitän Mulder neben ihnen. »Lasst das!«, brüllte er gegen das Getöse an und deutete nach achtern. »In meine Kammer! Ihr müsst eine Kiste ins Beiboot schaffen!«

Entsetzt sahen die Männer ihn an. »Wir verlieren das Schiff«, wandte der Steuermann ein, »wenn wir nicht …«

»Maul halten!«, schrie Mulder und zog eine Pistole aus dem Gürtel. »Seit wann bestimmt ein hergelaufener Rudergänger, was auf der *Conquistador del Mar geschieht?* Dies ist mein Schiff! Ich bin der Kapitän! Los jetzt!«

Obwohl der Alte holländisch sprach, hatte Johann ihn verstanden. Den Steuermann als Rudergänger zu bezeichnen war eine schwere Beleidigung. Gespannt sah Johann die beiden Männer an. Doch Brouwer zuckte nur mit den Schultern.

Die Männer schoben die Äxte in den Gürtel und hangelten sich mühsam in Richtung Kapitänskajüte. Wenn die See überkam, klammerten sie sich fest, duckten sich unter den hereinbrechenden Wassermassen und schlingerten über die nassen Planken zum Heck. Überrascht registrierte Johann, dass die Bewegungen des Schiffes gedämpft wurden. Entsetzt erkannte er, wie tief die *Conquistador* inzwischen im Wasser lag. Der gebrochene Hauptmast hielt das Schiff in Schräglage, durch die seitlichen Luken strömte Wasser ins Innere und beschwerte den Rumpf.

Als sie die Kajüte erreichten, deutete Mulder auf die Kiste, die er vor wenigen Stunden aus dem unteren Deck hatte holen lassen. »Ins Beiboot damit!«, bellte er. Caspar fasste einen der Griffe und hob die Truhe an. »Zu schwer. Das schaffen wir nicht.«

Der Kapitän öffnete den Mund, schloss ihn aber wieder, ohne einen Ton herauszubringen, denn in diesem Augenblick legte sich die *Conquistador* noch weiter auf die Seite, die Kiste rutschte über den Boden und krachte gegen die Wand der Kajüte. Wortlos riss Mulder die Tür eines Schrankes auf, griff hinein und zerrte zwei Seesäcke hervor. Er warf sie den Männern zu, rutschte auf der schiefen Ebene seiner Truhe nach, zog einen Schlüssel aus der Tasche und öffnete den Deckel. Er griff hinein und wühlte darin herum. Als er die Hand herauszog, schimmerten darin mehrere Goldstücke. Jedem der Männer warf er ein paar zu. »Das ist für euch. Alles andere in die Säcke!«, kommandierte er. »Schnell! Und dann ins Beiboot damit und vertäuen.«

Brouwer, Caspar und Johann steckten die Goldstücke in die Tasche. Stumm packten sie kleine und große Beutel und in Stoff eingeschlagene, golden schimmernde Gegenstände aus der Kiste in die Seesäcke. Schließlich schleppten sie die seltsame Ladung nach draußen und warfen sie ins Beiboot, das bereits auf dem Wasser tanzte und nur noch von einer Trosse am Schiff gehalten wurde. Während sie die Säcke an den Duchten festbanden, stieg Kapitän Mulder hinein. Dabei trug er die schwarze Katze im Arm. Er deutete auf das Seil. »Losmachen!«

Johann versuchte, dem Befehl nachzukommen; doch das nasse Tau hatte sich derart festgezogen, dass es ihm nicht gelang, es zu lösen. Caspar zog seine Axt hervor und durchschlug den Knoten. Das Beiboot schoss davon und verschwand im nächsten Wellental.

Der Kapitän hatte das Schiff verlassen.

Fassungslos starrten die Männer in die tobende See. »Wir müssen die Leute aus dem Mannschaftsdeck holen!«, brüllte Johann gegen das Getöse. »Die ersaufen sonst.«

»Wir ersaufen alle«, erwiderte Caspar. »Wer soll uns jetzt noch retten?«

»Wenn wir den gebrochenen Mast loswerden«, rief der Steuermann, »richtet sich das Schiff wieder auf. Der Sturm lässt nach. Sobald sich die See beruhigt hat, gehen wir wieder an die Lenzpumpen. Und alle anderen müssen schöpfen.«

Eine Riesenwelle klatschte über die Bordwand und erstickte jedes weitere Wort. Johann hatte sich bereits abgewandt, um sich zum Niedergang zu den Mannschaftsräumen vorzuarbeiten, als hinter ihm ein Schrei ertönte. Er wandte den Kopf und sah Caspar, der mit ausgestrecktem Arm in die Wellen deutete. Dort wurde eine menschliche Gestalt durch die Gischt geschleudert. Brouwer. Er winkte, strampelte und schrie. Doch die tosende See übertönte ihn. Sekundenlang starrten die Männer auf ihren Steuermann, dann war er verschwunden.

Schweigend kämpften sich Johann und Caspar zurück zur Luke, durch die das Mannschaftsdeck zu erreichen war. Sie ließ sich nicht öffnen. Offenbar hatten die Männer sie von innen verriegelt, um weiteren lebensgefährlichen Befehlen zu entgehen. Johann schlug mit der Faust gegen das Holz. »Aufmachen!«

In dem Augenblick wälzte sich das Schiff auf die Seite, und die noch stehenden Masten klatschten auf die Wasseroberfläche. Gleichzeitig wurde die *Conquistador* auf einen Wellenberg gehoben. Johann rutschte ab, landete an der Reling und klammerte sich fest. Doch die Bewegung ließ nicht nach. Als würde ein Riese ein makabres Spiel mit der Bark treiben, tauchte die Steuerbordseite ins Meer und zog ihn unter die Wasseroberfläche. Johann hielt die Luft an. Gewaltige Kräfte zerrten an seinem Körper. Schließlich kam die Drehbewegung zum Stillstand. Das Schiff lag plötzlich viel ruhiger im Wasser, aber seine verbliebenen Masten zeigten zum Meeresgrund. Die *Conquistador* war gekentert und würde sich nicht wieder aufrichten. Johann stieß sich ab und tauchte auf. Kieloben trieb der ehemalige Stolz des Marinus Mulder in den Wellen. Wo war Caspar? Auf der anderen Seite? Hatte ihn das Schiff erschlagen? Wir ersaufen alle, hatte er gesagt. Nun schienen seine Worte zur bitteren Wahrheit zu werden. Die Mannschaft war verloren. Aber vielleicht hatte Caspar sich retten können?

Rings um den Rumpf der Bark tanzten Gegenstände in den Wellen, darunter, ganz in seiner Nähe, eine Holzkiste, die zur Aufbewahrung von Tauen und Tampen gedient hatte. Johann erreichte sie mit einigen kräftigen Schwimmstößen und klammerte sich daran fest. Es gelang ihm schließlich hineinzukrabbeln. Mit einem herumschwimmenden Stück Holz begann er zu paddeln, um vom sinkenden Schiff wegzukommen. Denn in den Lärm von Sturm und Wellen mischten sich gurgelnde Geräusche aus dem Schiffsleib. Wenn er in den Sog der sinkenden Bark geriete, würde er mit in die Tiefe gerissen werden.

Doch die *Conquistador* sank nicht weiter. Ihr Kiel ragte etwa fünf Fuß aus dem Wasser. Dabei blieb es vorerst. Die Ladung fehlt, schoss es Johann durch den Kopf. Mehr als die Kiste des Kapitäns hatte das Schiff nicht zu tragen gehabt. Der fehlende Tiefgang war ihm zum Verhängnis geworden, aber nun trieb es wie ein verloren gegangenes Spielzeug im Wasser. Wahrscheinlich hatten die Männer im Mannschaftsdeck noch Luft zum Atmen. Aber gegen den Wasserdruck würden sie die Luke nicht öffnen können. Sie waren dem sicheren Tod ausgeliefert, würden ersticken oder ertrinken.

Das Meer ließ ihm keine Zeit, sich auszumalen, wie es seinen

Kameraden ergehen würde. Es erforderte seine ganze Kraft und Aufmerksamkeit, die Holzkiste vor dem Kentern zu bewahren. Er versuchte das Wrack der *Conquistador* zu umrunden, um nach Caspar oder anderen Überlebenden Ausschau zu halten, doch entfernte er sich mehr und mehr vom Unglücksort.

Wie der Steuermann vorhergesagt hatte, flaute der Wind plötzlich ab, und die Bewegung der Wellen wurde sanfter. Die Wolkendecke riss auf. Dennoch wurde es nicht heller, denn inzwischen hatte die Dämmerung eingesetzt. Johann spürte plötzlich die Erschöpfung. Die Anstrengungen der letzten Stunden waren in allen Muskeln spürbar. Seine Augen brannten, Durst und Hunger machten sich bemerkbar. Ob er die Nacht überleben würde?

Immer wieder fielen ihm die Augen zu, immer wieder schreckte er hoch, suchte den Horizont nach Lichtern ab, die auf ein Schiff oder menschliche Siedlungen hindeuteten. Gegen Morgen hatte sich der Sturm vollständig verzogen. Die See lag ruhig wie ein Teich. Erst glutrot, dann gleißend gelb tauchte die Sonne am Horizont auf. Im Süden entdeckte er einen schmalen Streifen am Horizont, der auf eine Sandbank, eine Insel oder flaches Festland hindeuten konnte. Vielleicht spielten ihm seine übermüdeten Augen einen Streich. Mit dem Holzstück, das ihm als Paddel diente, brachte er die Kiste in Bewegung. Stunde um Stunde tauchte er es ins Wasser, um sein unförmiges Gefährt voranzubringen. Doch er kam dem verheißungsvollen Ziel nicht näher. Inzwischen stand die Sonne senkrecht über ihm, brannte erbarmungslos auf die vom Salzwasser geweichte Haut. Unerträglicher Durst wütete in seinem Rachen. Mehr als einmal war er versucht, Seewasser zu trinken. Aber er wusste, dass er damit sein sicheres Ende besiegeln würde. Er spürte, wie seine Kräfte nachließen, hatte zunehmend Mühe, die Augen offen zu halten. Obwohl er dagegen ankämpfte, schwanden ihm zeitweise die Sinne. Irgendwann verlor er das Bewusstsein.

*

Als er zu sich kam, spürte er nicht mehr die Bewegung der Wellen, befand sich nicht mehr in der Holzkiste, sah nicht mehr Wasser unter sich, sondern Land. Er lag auf festem Untergrund, das Gesicht in feuchtem Sand. Mit einiger Mühe hob er den Kopf, blinzelte in die Helligkeit einer tief stehenden Sonne. Sein hölzernes Gefährt lag wenige Schritte entfernt auf der Seite. Johann suchte nach einer Erinnerung. Was war geschehen? Hatte er geschlafen? War er ohnmächtig geworden? Hatten glückliche Winde ihn an die Küste getrieben? An jenen Strand, den er aus weiter Ferne als schmalen Streifen wahrgenommen hatte?

Er richtete sich auf und wandte den Blick zum Meer. Als wäre es nie anders gewesen, rollten sanfte Wellen heran, kaum höher als einen Fuß. Flach wie ein Binnengewässer im Sommer breitete sich die Nordsee vor ihm aus. Nirgends eine Spur des mörderischen Orkans, der die *Conquistador del Mar* vernichtet und ihre Mannschaft getötet hatte. Auf halbem Wege zwischen Amsterdam und Hamburg. Ob Caspar überlebt hatte? Wohl kaum. Johann dachte an den halbwüchsigen Schiffsjungen Piet, der auf seiner ersten Reise das Leben verloren hatte. Und alles nur, weil der besessene Kapitän die Fahrt ohne Ladung angetreten hatte. Nur seine Kiste mit dem Gold hatte er im Kopf gehabt. Oder hatte Johann das bloß geträumt? Er schob eine Hand in die Hosentasche und zog drei Goldmünzen heraus. Niederländische Dukaten. Nein, ein Traum war es nicht gewesen. Der Beweis glänzte in seinen Händen. So viel Reichtum hatte Johann noch nie besessen. Doch was waren drei Dukaten gegen den unermesslichen Schatz des Marinus Mulder? Konnte der Kapitän den Sturm überlebt haben? Oder ruhte er mitsamt seinem Schatz auf dem Meeresboden?

Während die Erinnerung zurückkehrte und in seinem Kopf Bilder von der kurzen Reise mit der *Conquistador* vorüberzogen, sank Johann erneut auf den Sand und fiel in Schlaf.

4

2016

Das Haus am Januskopf gehörte zu den Gebäuden, die ein Makler wohl als »besonders hochwertige Immobilien« bezeichnet hätte. Seine moderne Bauhaus-Architektur in stilvollem Weiß mit dunkel abgesetzten Elementen und großen Fensterflächen aus getöntem Glas ließ erahnen, zu welcher Preiskategorie es gehörte. »Anderthalb Millionen«, schätzte Hauptkommissar Eilers, als sie sich dem Anwesen näherten. »Mindestens. Das Grundstück nicht mitgerechnet. In der Lage bestimmt auch noch mal eine halbe Million.«

»Und was hat er jetzt davon?«, fragte sein Kollege Jensen und drückte auf die Klingel. Drinnen erklang ein melodischer Gong. »Wie auf einem Flughafen«, kommentierte er. »Gehen wir rein.«

Die Räume waren großzügig geschnitten und stilvoll eingerichtet. Eilers registrierte eine Sitzgruppe aus weißem Leder, viel Glas und Edelstahl. An den Wänden hingen in Aluminium gerahmte Gemälde mit Meeresmotiven. »Nicht schlecht«, stellte er fest, »so eine Apotheke scheint einiges abzuwerfen.«

»Die Einrichtung ist der totale Gegensatz.« Gerit Jensen deutete mit einer Kopfbewegung zu einem riesigen, gebogenen Fernsehbildschirm und stemmte die Hände in die Hüften. »Hier ist alles edel und supermodern, die Apotheke dagegen ist total auf alt gemacht. Auch irgendwie edel, aber wie früher. Fast ein Museum.«

»Die hat wahrscheinlich der Großvater eingerichtet«, vermutete Eilers. »Oder der Vater. Ich bin schon auf Heinz-Hermann Lüders gespannt. Wer weiß, wie lange der noch den Daumen auf der Apotheke hatte oder noch hat. Vielleicht hätte sein Sohn die auch gern modernisiert, durfte aber nicht.«

Jensen zuckte mit den Schultern. »Das reicht nicht als Mordmotiv. Allenfalls andersherum. Frank Lüders hätte seinen Vater aus dem Weg räumen müssen, um frei schalten und walten zu können.«

»Spekulation.« Eilers winkte ab. »Lass uns nach oben gehen. Schlafzimmer, Arbeitszimmer und Abstellräume sind meistens ergiebiger als Wohnzimmer und Küche. Und aus dem Bad müssen wir noch etwas für einen eventuellen DNA-Abgleich mitnehmen.«

Im Obergeschoss standen alle Türen offen. Jensen sah es als Erster und stieß einen Laut der Überraschung aus. Er deutete in einen Raum, der wie ein modernes Büro eingerichtet war. »Hier hat jemand die Schränke und Schubladen durchwühlt. Sieh dir das an! Diese Unordnung passt nicht zum Haus.«

Jan Eilers kratzte sich am Kopf. »Jetzt haben wir ein Problem. Eigentlich brauchen wir die Spurensicherung.«

»Eigentlich?« Sein Kollege sah ihn fragend an.

»Auf Norderney gibt's das nicht«, erklärte Eilers. »Die Kollegen müssen aus Aurich anreisen. Das können wir nur verantworten, wenn es Anhaltspunkte für ein Tötungsdelikt gibt. Dann muss der Staatsanwalt ein Todesermittlungsverfahren eröffnen. Aber außer dieser Unordnung hier haben wir nichts in der Hand. Gut, jemand hat offensichtlich etwas gesucht. Aber das könnte auch Lüders selbst gewesen sein. Es gibt keine Einbruchsspuren.«

»Deswegen sollten wir uns keinen Kopf machen«, schlug Jensen vor. »Wir informieren Rasmussen. Er kann entscheiden, ob wir weiterermitteln oder nicht.«

»Und dann? Siehst du einen Ansatzpunkt?«

»Die meisten Morde sind Beziehungstaten«, erinnerte Jensen seinen Kollegen. »Wir haben Stefanie Rodenbeck, den Vater von Frank Lüders, seine Ex und seine Tochter. Das sind schon mal vier Ansatzpunkte. Theoretisch.«

Eilers grinste. »Willst du die schöne Apothekerin jetzt doch in den Kreis der Verdächtigen aufnehmen?«

»Ungern, das gebe ich zu. Aber die anderen sind als Kandidaten auch nicht sonderlich überzeugend. Der Vater hat ein Alibi, die Exfrau und die Tochter haben kein Motiv.« Jensen seufzte. »Das wird ein schwieriger Fall. Besonders, wenn Lüders nicht wieder auftaucht. Dann ermitteln wir uns hier selbst zu Tode.«

»Und wahrscheinlich ohne Ergebnis. Komm, lass uns gehen! Wir versiegeln die Tür und warten ab.«

Irgendwo im Haus begann ein Telefon zu klingeln, im nächsten Augenblick summte auch der Apparat im Arbeitszimmer. Die Kommissare traten an den Schreibtisch. »Handynummer«, murmelte Jensen.

Nach dem vierten Rufzeichen schaltete sich der Anrufbeantworter ein. »Anschluss Frank Lüders, Nachrichten bitte nach dem Signalton.«

»Hallo, Frank«, meldete sich der Anrufer. »Hier ist dein Vater. Lande morgen Nachmittag in Bremen. Bin siebzehnachtunddreißig in Emden. Hol mich bitte ab!«

Jan Eilers griff rasch zum Hörer, doch der Anrufer hatte bereits aufgelegt. Seine Hand schwebte noch einen Moment lang über der Tastatur, um einen Rückruf auszulösen. Aber dann zog er sie zurück. »Vielleicht sollten wir ihm die Situation nicht am Telefon erklären, sondern ihn am Emder Bahnhof in Empfang nehmen.«

Sein Kollege verzog das Gesicht. »Nach Emden und zurück,

das sind vier Stunden Fahrt. Mit Verzögerungen und Wartezeiten kommst du auf fünf. Ruf ihn lieber an! Sag ihm, dass sein Sohn ihn nicht abholen kann. Weil er ... verhindert ist. Man kann mit der Bahn auch bis Norddeich fahren.«

»Okay. Vielleicht hast du recht.« Eilers studierte die Tastatur und drückte dann auf »Rückruf«.

Das Gespräch mit Heinz-Hermann Lüders war kurz. Er wirkte nicht sonderlich überrascht, als Hauptkommissar Eilers ihm erklärte, dass sein Sohn wegen eines Unfalls nicht nach Emden kommen könne. Zwar fragte er, was ihm zugestoßen sei, begnügte sich aber mit der Antwort, dass es sich um einen Badeunfall handele und er am Tag nach seiner Ankunft Näheres erfahren würde. Er bedankte sich für die Information und legte auf.

Verblüfft sahen sich die Kommissare an. »Merkwürdige Reaktion.« Jensen schüttelte den Kopf. »Da stimmt etwas nicht im Verhältnis zwischen Vater und Sohn. Mindestens.« Sein Blick wanderte über die geöffneten Schubladen und Schranktüren. »Wenn wir wenigstens wüssten, was hier jemand gesucht hat.«

»Vielleicht weiß der Vater mehr.« Mit einer Kopfbewegung deutete Eilers zur Tür. »Wir können jedenfalls im Moment nichts weiter tun. Du solltest allerdings noch einmal mit Stefanie Rodenbeck sprechen und sie nach einem Schlüssel zu Lüders' Villa fragen. Ob sie einen hat oder ob in der Apotheke einer deponiert ist. Wenn ja, schau nach, ob er an seinem Platz liegt.«

»Immer wieder gern.« Jensen grinste fröhlich. »Danke für dein Vertrauen!«

*

Heinz-Hermann Lüders war keineswegs der alte Herr, den der Hauptkommissar erwartet hatte. Im ersten Moment hatte Eilers geglaubt, der vermisste Frank Lüders sei wieder aufgetaucht. Doch die hellen Haare waren nicht blond, sondern weiß, und die sportliche Erscheinung konnte nicht darüber hinwegtäuschen, dass sich im gebräunten Gesicht Falten zeigten, die das wahre Alter ahnen ließen.

»Was wissen Sie über meinen Sohn?«, fragte Lüders, nachdem Eilers ihn in das kleine Büro im hinteren Bereich der Polizeiwache geführt und ihm einen Stuhl angeboten hatte.

»Sehr wenig«, antwortete Eilers und informierte den Besucher über den Stand der Dinge. »Wir gehen derzeit von einem Unfall aus. Jedenfalls deutet nichts auf einen Suizid hin. Hinweise auf Fremdverschulden gibt es allerdings auch nicht.«

Lüders schüttelte den Kopf. »Frank ist topfit und ein guter Schwimmer. Er schwimmt fast täglich. Auch bei unruhiger See. Zurzeit ist das Meer wenig aufgewühlt. Ich kann mir nicht vorstellen, dass er ertrunken ist.«

Eilers breitete die Arme aus. »Wir haben, wie gesagt, keine Erkenntnisse, die auf etwas anderes hindeuten.« Er beugte sich vor. »Halten Sie es für möglich, dass Ihr Sohn Opfer eines Verbrechens geworden ist?«

»Es wäre für mich die einzige Erklärung. Frank hat keinen Grund, sich umzubringen. Ihm geht es in jeder Hinsicht gut. Selbstmord würde auch nicht zu ihm passen.«

»Dann stellt sich die Frage nach möglichen Tätern.« Eilers fixierte sein Gegenüber. »Gibt es jemanden, der Ihrer Meinung nach dafür infrage käme?«

Diesmal schüttelte Lüders nicht den Kopf. Er presste nur die Lippen zusammen und schwieg.

»Jemand hat das Arbeitszimmer Ihres Sohnes durchsucht«, bemerkte der Hauptkommissar in beiläufigem Ton. »Jemand, der einen Schlüssel besitzt«, ergänzte er, als Lüders noch immer nicht reagierte. »Es gibt keine Einbruchsspuren.«

»Ich habe einen Schlüssel. Wem Frank sonst noch einen gegeben hat, weiß ich nicht.«

»Vielleicht einer Dame?«

Heinz-Hermann Lüders zuckte mit den Schultern. »Nicht, dass ich wüsste. Ich glaube es auch nicht. In letzter Zeit hatte er wechselnde Bekanntschaften. Nichts Festes. Mit Sicherheit hat er keiner dieser ... Damen ... seinen Schlüssel anvertraut.«

Eilers nickte verhalten. »Wo wohnen Sie eigentlich?«

»In meinem Haus. Über der Apotheke.«

»Und dort bewahren Sie den Schlüssel auf?« Eilers zog eine Visitenkarte aus der Brusttasche und reichte sie über den Tisch. »Würden Sie bitte nachschauen, ob er sich noch an seinem Platz befindet, und mir dann telefonisch Bescheid geben?«

»Selbstverständlich.« Lüders steckte die Karte ein. »Was unternehmen Sie jetzt?«

»Wir suchen weiter nach Zeugen«, antwortete Hauptkommissar Eilers. »Und wir lassen im Haus Ihres Sohnes nach Spuren des unbekannten Eindringlings suchen. Wir werden Ihre Schwiegertochter befragen und Ihre Enkelin. Wenn sich keine neuen Erkenntnisse ergeben, müssen wir die Akte schließen.« Er erhob sich. »Vielen Dank für Ihren Besuch!«

Lüders stand ebenfalls auf und wandte sich zur Tür. »Auf Wiedersehen, Herr Hauptkommissar.«

»Einen Moment noch«, sagte Eilers. »Sie haben meine Frage nicht beantwortet. Wer könnte Ihrem Sohn nach dem Leben trachten?«

»Niemand. Oder jeder. Wie Sie wollen. Jedenfalls hat er keine Feinde, wenn Sie das meinen.«

*

Nachdem Heinz-Hermann Lüders gegangen war, starrte Jan Eilers noch eine Weile auf die Tür. Normal ist das jedenfalls nicht, dachte er. So verhält sich kein Vater. Außerdem hat er die Frage nach möglichen Verdächtigen zuerst überhört und dann einen Augenblick zu lange mit der Antwort gezögert. Jensen sollte sein Alibi überprüfen. Eigentlich hätte er längst da sein müssen. Er setzte sich wieder hin und griff zum Telefon.

»Wo bist du gerade?«, fragte er, als sich sein Kollege meldete.

»Schon in der Knyphausenstraße. Bin gleich bei dir.«

»Und? Hast du mit Stefanie Rodenbeck gesprochen?«, fragte Eilers, als sein Kollege in der Dienststelle eintraf.

»Ja. Sie besitzt keinen Schlüssel zum Haus von Lüders. Im Schlüsselschrank der Apotheke wurde einer aufbewahrt. Lüders hat ihn dort deponiert. Für den Notfall.«

»Also hätte sie ins Haus kommen und das Arbeitszimmer durchsuchen können. Völlig aus dem Kreis der möglichen Verdächtigen ausschließen können wir sie also nicht, mein lieber Gerit.«

»Das ist mir schon klar. Und was hat das Gespräch mit dem Vater ergeben?«

»Der Mann ist nicht so leicht zu durchschauen.« Eilers schüttelte den Kopf. »Ich weiß nicht, was ich von ihm halten soll. Er verhält sich irgendwie merkwürdig. Wir sollten sein Alibi überprüfen. Übernimmst du das?«

Jensen nickte. »Gern.«

»Finde bitte heraus, wann Lüders aus Portugal gekommen ist. Mehr als eine Maschine am Tag dürfte nicht in Bremen landen.«

*

Vom Polizeirevier aus hatte Heinz-Hermann Lüders den Weg zum Friedhof eingeschlagen. Hier lag die Grabstelle, die er immer aufsuchte, wenn er von einem Besuch bei Angelika de Boer zurückkehrte. Nicht weit von den Gräbern seiner Urgroßmutter Eleonore, seiner Großmutter und seiner Mutter. Drei Generationen, in denen die Männer ihr Leben im Krieg verloren und nicht nach Norderney hatten zurückkehren können, nicht einmal als Leichnam.

In Gedanken entschuldigte er sich bei Karin, die vor mehr als zehn Jahren ihren Kampf gegen den Krebs verloren hatte, und bat sie um Verständnis für die neue Liebe, die ihm noch im siebten Lebensjahrzehnt begegnet war. Angelika stammte von der Insel, lebte in Aurich und war dort verheiratet gewesen. Ihren Mann hatte sie durch einen Verkehrsunfall verloren. In ihrer Jugend waren sie befreundet gewesen, hatten während der Fünfzigerjahre zusammen die Schule besucht. Nach Karins Tod waren sie sich zufällig auf Norderney begegnet, hatten sich anschließend gegenseitig besucht und schließlich zueinander gefunden.

Während er ein paar trockene Blätter vom Grab entfernte und einige Unkräuter herauszog, beschlich ihn das Gefühl, beobachtet zu werden. Er sah sich unauffällig um, konnte jedoch niemanden entdecken. Dennoch spürte er, wie sich sein Puls beschleunigte.

Franks Verschwinden mochte Zufall sein; vielleicht war er tatsächlich Opfer seines sportlichen Ehrgeizes geworden, aber daran glauben konnte er nicht. Stattdessen befürchtete er ein anderes, viel größeres Unheil auf seine Familie zukommen. Wenn die andere Seite es darauf abgesehen hatte, sich gewaltsam durchzusetzen und sich zu holen, was ihr nach ihrer Sicht zustand, war nicht nur sein Leben gefährdet, sondern auch das seiner Enkelin. Laura liebte er über alles. Von Frank hatte er sich emotional gelöst. Dessen eigenwillige Auffassung von der Führung einer Apotheke hatte ebenso häufig zu Auseinandersetzungen geführt wie die schäbige Art und Weise, in der er seine Frau hintergangen hatte. Claudia lebte inzwischen in Wilhelmshaven, aber auch sie war in Gefahr. Und nicht zuletzt sogar Angelika.

Lüders richtete sich auf und wandte sich um. Auf den Wegen waren nur wenige Menschen unterwegs. An einigen Grabstellen wurde gegossen, Grabschmuck niedergelegt oder der Erdboden bearbeitet. Niemand schien sich für ihn zu interessieren.

Er brachte das Unkraut zum Abfallkorb, warf noch einmal einen Blick auf das Grab und kontrollierte dann den Zustand der anderen Gräber seiner Familie. Schließlich machte er sich auf den Heimweg.

Niemand schien ihm gefolgt zu sein. Trotzdem musterte er, als er sich der Apotheke näherte, die Menschen in der Straße. Auch hier konnte er nichts Verdächtiges entdecken. Nachdem er seine Wohnung erreicht hatte, ging er zuerst zum Schlüsselbrett. Dort fehlte nichts. Erleichtert griff er zum Telefon, um Eilers anzurufen. »Der Schlüssel zum Haus meines Sohnes ist da, wo er sein soll«, sagte er, als sich der Kriminalkommissar meldete.

Dann kümmerte er sich um sein Reisegepäck. Er brachte die Golfausrüstung in den Abstellraum, packte die restlichen Sachen aus und warf Kleidungsstücke in den Wäschekorb, mit dem sich in den nächsten Tagen die Putzfrau befassen würde.

Schließlich öffnete er die unterste Schublade seines Schreibtischs, zog eine abgegriffene braune Ledermappe hervor und schlug sie auf. Eine Weile starrte er auf die Schriftstücke, dann klappte er die Mappe zu und sah zur Uhr. In einer Stunde würde Stefanie Rodenbeck die Apotheke für die Mittagspause abschließen. Solange musste er warten. Er trug die Zeitungen, die sich während seiner Abwesenheit angesammelt hatten, aus dem Flur in sein Arbeitszimmer, legte sie auf den Schreibtisch und begann, die Schlagzeilen der vergangenen Tage zu überfliegen.

Seit vielen Monaten wurde die Berichterstattung von der Flüchtlingskrise beherrscht. Es gab Streit um die Aufnahme von Menschen aus den Kriegsgebieten, Anschläge auf Asylbewerber, Demonstrationen für und gegen die Unterbringung von Flüchtlingen und Hassparolen von Rassisten.

Auf Norderney war ein Viersternehotel wiedereröffnet worden, nachdem es wegen Befall mit Legionellen hatte schließen müssen. Inzwischen war die Ursache – fehlende Rückschlagventile in den Wasserhähnen – gefunden und beseitigt worden.

Als er das charakteristische Geräusch der ins Schloss fallenden Eingangstür zur Apotheke hörte, trat er ans Fenster und beobachtete, wie Stefanie Rodenbeck die Straße überquerte. Sie würde in der Pizzeria Vecchia Roma zu Mittag essen und frühestens in einer Stunde zurückkehren. Er nahm die Ledermappe und ging nach unten. In der Apotheke öffnete er den BtM-Schrank und legte die Mappe unter das Abgabebuch. Es enthielt noch zahlreiche leere Seiten. Der letzte Eintrag lag drei Monate zurück; auf Norderney wurden kaum Betäubungsmittel abgegeben. So bald würde niemand das Buch in die Hand nehmen.

Lüders verschloss den Schrank und kehrte in die Wohnung zurück. Hier nahm er das Telefon und wählte Angelikas Nummer. Als der Polizeibeamte ihn über Franks Verschwinden informiert hatte, hatte er sie zunächst nicht mit dieser Nachricht beunruhigen wollen. Doch dann hatte er sich gesagt, dass sie so oder so davon erfahren würde.

*

Gerit Jensen rief den Bremer Flughafen an. Schließlich bedankte er sich und legte den Hörer auf. Jan Eilers sah ihn erwartungsvoll an. »Das hat sich nicht danach angehört, als wäre unser Freund erst gestern aus Portugal gekommen.«

»Du sagst es.« Jensen hob das Blatt hoch, auf dem er sich Notizen gemacht hatte. »Heinz-Hermann Lüders ist bereits vor drei Tagen zurückgeflogen. Mit TAP Portugal von Faro über Lissabon. Die Maschine ist um vierzehn Uhr fünfunddreißig in Bremen gelandet.«

»Sieh mal einer an.« Eilers nickte nachdenklich. »Aber warum hat er dann so spät bei seinem Sohn angerufen? Um ihn zu bitten, ihn in Emden abzuholen?«

»Vielleicht gehörte der Anruf zu einem raffinierten Plan. Er wusste, dass seine Worte auf dem AB aufgezeichnet werden würden. Eine Art Absicherung für sein windiges Alibi. Jedenfalls müssen wir ihn noch einmal befragen. Bin gespannt, welche Geschichte er uns auftischen wird.«

»Ich auch. Trotzdem kann ich mir nicht vorstellen, dass er etwas mit dem Verschwinden seines Sohnes zu tun hat. Wir müssen herausfinden, wie das Verhältnis zwischen den beiden war. Soll ich Stefanie Rodenbeck noch einmal befragen?«

»Ja«, bestätigte Eilers. »Und ich spreche mit dem Bürgermeister. Der müsste etwas darüber wissen. Oder er kann uns Leute nennen, die der Familie Lüders nahestehen. Ich rufe gleich mal im Rathaus an.«

Jensen stand auf. »Ich gehe zur Apotheke.«

*

Die steile Falte über der Nase des Bürgermeisters wurde zusehends tiefer, als Hauptkommissar Eilers nach dem Verhältnis zwischen Vater und Sohn Lüders fragte.

»Ich denke«, antwortete Clasen, »wir gehen von einem Unfall aus. Oder? … Jedenfalls nicht von einem Verbrechen. Und jetzt wollen Sie Heinz-Hermann verdächtigen?«

»Wir wollen gar nichts«, entgegnete Eilers. »Wir unterstellen auch nichts. Wir sammeln nur Fakten. Und da die Aussage von Herrn Lüders in einem wichtigen Detail nicht stimmig ist, müssen wir dem nachgehen und alle Möglichkeiten in Erwägung ziehen.«

»Ich verstehe.« Clasen verzog missbilligend das Gesicht. »Und eine dieser *Möglichkeiten* wäre, dass Herr Lüders …« Er brach ab und schüttelte den Kopf. »Das kann nicht Ihr Ernst sein.«

»Doch«, beharrte der Hauptkommissar. »Wir können keine Variante ausschließen, auch wenn sie uns abwegig erscheint. Einen Abschiedsbrief haben wir nicht gefunden, sodass ein Suizid wenig wahrscheinlich ist. Herr Lüders selbst vertritt die Ansicht, dass sein Sohn nicht ertrunken sein kann. Wenn wir – hypothetisch – diese beiden Möglichkeiten ausschließen – was bleibt dann?«

Der Bürgermeister presste die Lippen zusammen und richtete den Blick aus dem Fenster. »Die ganze Geschichte gefällt mir nicht. Wenn Sie gegen ein Mitglied der angesehenen Familie ermitteln, bringen Sie Unruhe in die Stadt. Können Sie den Fall nicht einfach ruhen lassen? Bis sich eine neue Lage ergibt? Vielleicht taucht Frank wieder auf.«

»Herr Clasen«, fragte Eilers, »erwarten Sie wirklich von der Polizei, dass sie angesichts eines verschwundenen Menschen die Hände in den Schoß legt? Sie sollten meine Frage beantworten und uns unsere Arbeit machen lassen. Wenn wir uns näher mit Herrn Lüders befassen, kann das schließlich auch seiner Entlastung dienen.«

»Also gut.« Clasen wandte sich seinem Besucher zu. »Es gab

da mal eine Auseinandersetzung zwischen Vater und Sohn. Vor fünf oder sechs Jahren. Damals wollte Frank, der als Angestellter seines Vaters arbeitete, die Apotheke übernehmen und alles total umkrempeln. Er war ein richtiger Heißsporn. Aber Heinz-Hermann wollte den Stil erhalten und noch lange nicht in den Ruhestand gehen. Darauf hat Frank gekündigt und damit gedroht, ins Gastgewerbe zu wechseln. Damit wäre das Ende der traditionsreichen Apotheke Lüders eingeläutet worden. Denn Frank hat keinen Sohn, und seine Tochter studiert Medizin.«

Clasen breitete die Arme aus. »Ich weiß nicht, warum sein Vater daraufhin eingeknickt ist. Jedenfalls war Heinz-Hermann völlig fertig und hat ziemlich schnell nachgegeben. Frank hat im Gegenzug darauf verzichtet, die Apotheke zu modernisieren. Stattdessen hat er die Villa am Januskopf gebaut.«

»Eine nicht unerhebliche Investition«, warf Hauptkommissar Eilers ein. »Heutzutage sind Apotheken nicht mehr die Goldgruben, die sie mal waren. Woher hatte Lüders so viel Geld?«

»Das habe ich mich auch gefragt«, antwortete Clasen und stieß einen trockenen Lacher aus. »Er hat den Bau jedenfalls nicht über Kredite finanziert. Vielleicht hat er gut gewirtschaftet, vielleicht hat die Familie noch Vermögen im Hintergrund. Das Haus gehört den Lüders seit Beginn des vorigen Jahrhunderts. Heinz-Hermanns Urgroßvater hat es gebaut. Die Apotheke, die der Familie zuvor schon gehörte, war noch einmal hundert Jahre älter. Da wird sich einiges angesammelt haben.«

»Und wie ist heute das Verhältnis zwischen Vater und Sohn?«

Der Bürgermeister neigte den Kopf und hob die Schultern. »Schwer zu sagen. Beide achten sehr darauf, nichts nach außen dringen zu lassen. Ich würde die Beziehung als etwas angespannt bezeichnen. Sie ist aber keineswegs zerrüttet.« Erneut breitete er die Arme aus und drehte die Handflächen nach oben. »Mehr kann ich Ihnen wirklich nicht sagen.«

»Sie haben mir schon sehr geholfen.« Eilers nickte zufrieden und erhob sich. »Vielen Dank für Ihre Offenheit.«

Clasen stand ebenfalls auf. »Diese Informationen behandeln Sie doch vertraulich?«

»Selbstverständlich.« Eilers nickte und wandte sich zur Tür. »Auf Wiedersehen, Herr Bürgermeister.«

»Noch etwas, Herr Hauptkommissar«, rief der Bürgermeister und trat dicht an ihn heran. »Wenn Sie Hilfe bei den Ermittlungen brauchen – ich könnte da sicher etwas für Sie tun.« Er senkte die Stimme. »Der Innenminister ist ein alter Freund von mir.«

»Danke für das Angebot, Herr Clasen.« Eilers verabschiedete sich rasch. Während er dem Ausgang zustrebte, fragte er sich, ob das Hilfsangebot nicht in Wahrheit eine Drohung war.

*

Als der Hauptkommissar in die Dienststelle zurückkehrte, empfing ihn Gerit Jensen in bester Laune. »Wir kommen der Sache näher!«, rief er ihm zu. »Der alte Lüders ist ein Tyrann. Er hat seinen Sohn unterdrückt und schikaniert. Vielleicht hat er ihn sogar gehasst. Damit rückt er in der Liste der Verdächtigen wieder an die Spitze.«

Eilers ließ sich auf seinen Bürostuhl fallen und schüttelte den Kopf. »Bürgermeister Clasen hat einen anderen Eindruck vermittelt. Danach hat wohl eher der Sohn den Vater unter Druck gesetzt. Schon vor Jahren. Dabei ging es um die Zukunft der Apotheke. Heute beschreibt er das Verhältnis als angespannt, aber nicht zerrüttet.«

»Das verstehe ich nicht.« Irritiert sah Jensen seinen Kollegen an. »Stefanie Rodenbeck ist der Meinung, dass der alte Lüders seinen Sohn um sein Glück gebracht hat. Er hat Franks Ehe zerstört und neue dauerhafte Beziehungen verhindert.«

»Interessant.« Nachdenklich kratzte sich Eilers am Kinn. »Mit der *neuen dauerhaften Beziehung* meint sie wahrscheinlich ihre eigene. Und weil die nicht funktioniert hat, sucht sie einen Schuldigen. Bürgermeister Clasen hat Lüders als allseits geachteten und honorigen Geschäftsmann beschrieben, das Verhältnis zu seinem Sohn sei allenfalls angespannt gewesen. Da kannst du mal sehen, wie unterschiedlich ...«

Das Telefon läutete. Er nahm den Hörer ab und meldete sich. Interessiert sah Jensen zu ihm hinüber, denn sein Kollege trug fast nichts zu dem kurzen Gespräch bei, notierte nur ein paar Zahlen. »Danke für den Anruf«, sagte er und legte auf. Dann hob er den Kopf. »Ein paar Hochseeangler haben ihre Angelhaken am Meeresgrund verhakt. Einer ist getaucht und behauptet, dort läge ein menschlicher Körper, gefangen in einem Fischernetz. Das müssen wir uns ansehen.«

Mit offenem Mund starrte Jensen ihn an. »Auf dem Meeresgrund? Willst du da ... runtertauchen?«

»Dafür gibt es die Kollegen von der Wasserschutzpolizei.« Eilers schob seinen Notizzettel über den Schreibtisch und deutete aufs Telefon. »Ruf in Norden an! Sie sollen einen Taucher mitbringen.«

5

1803

Als Johann erneut zu sich kam, vernahm er helle Stimmen. Vorsichtig blinzelte er in eine vage Helligkeit. Über sich sah er den blauen Himmel und eine schemenhafte Gestalt, die sich über ihn beugte. Gab es doch einen Ort, an dem man von blonden Engeln empfangen wurde?

»Wer bist du?«, fragte die Stimme. Gleichzeitig erschien auf der anderen Seite ein weiteres engelsgleiches Wesen. »Woher kommst du?«

Johann wollte antworten, bekam aber kein Wort heraus. Die Zunge klebte am Gaumen, sein Unterkiefer schien unbeweglich, und die Lippen waren geschwollen.

»Was machen wir mit ihm?«, fragte die eine Stimme.

»Wir müssen ihn ins Haus bringen«, antwortete die andere. »Bestimmt ist es ein Schiffbrüchiger, hat vielleicht seit Tagen nichts gegessen und getrunken.«

»Aber wir können ihn nicht tragen«, seufzte die erste Stimme. »Jedenfalls nicht so weit.«

»Lauf nach Hause und hol Enders! Er kann es schaffen, wenn wir ihm helfen. Ich bleibe bei ihm.«

Zwei menschliche Wesen. Also war er doch nicht im Himmel gelandet. »Wo bin ich?«, wollte er fragen, bekam aber nur ein schwaches Krächzen heraus. Doch das Mädchen schien ihn verstanden zu haben oder seine Frage zu erahnen. Sie beugte sich zu seinem Ohr herab. »Du bist am Strand von Norderney. Der schönsten aller ostfriesischen Inseln.« Sie legte eine Hand auf die Brust. »Ich bin Clara. Meine Schwester Felicitas holt Hilfe. Wir bringen dich in unser Haus. Du bekommst Essen und Trinken und wirst wieder gesund.«

Ein lange nicht gespürtes Wohlbefinden erfasste Johann. Er schloss die Augen und gab sich ganz dem Gefühl von Erleichterung und Dankbarkeit hin. Diese wunderbaren Mädchen würden ihn retten. Und er würde sich erkenntlich zeigen. Schließlich besaß er drei Goldmünzen. Mit diesem Gedanken versank er erneut in Bewusstlosigkeit.

Als Johann erwachte, fand er sich in einem weichen Bett mit üppigen Kissen und warmen Decken wieder. Das Zimmer hatte eine hohe Decke, die Wände waren mit Stoff bespannt. Nie zuvor hatte er eine solche Pracht gesehen.

»Er ist aufgewacht«, flüsterte eine Stimme. Johann wandte den Kopf und entdeckte die zwei wunderschönen Mädchen, die ihm zuvor schon im Traum erschienen waren. Beide waren zart und blond, und beide trugen Kleider des gehobenen Standes. Weite geblümte Röcke, darüber Schoßjacken aus dem gleichen Stoff. Die blonden Haare waren kunstvoll hochgesteckt. Erwartungsvoll sahen ihn zwei Augenpaare an, beide so blau wie das Meer an wolkenlosen Sommertagen.

Plötzlich war die Erinnerung wieder da. Die *Conquistador del Mar*, der Sturm, die Havarie, Kapitän Mulder, die Holzkiste. Er hob den Kopf. »Wo bin ich?«

»Im Haus des Apothekers Jacob Lüders auf der Insel Norderney«, antwortete eines der Mädchen. »Wir haben dich am Strand aufgelesen. Halb verhungert und verdurstet.« Sie strahlte ihn an. »Jetzt geht es dir schon viel besser. Wir haben dir Wein und Hühnersuppe eingeflößt. Und dich gewaschen und deine Haut mit Salbe aus dem Medizinschrank unseres Vaters behandelt.« Sie schlug die Hand vor den Mund und kicherte. »Nicht wir natürlich. Das hat Enders übernommen. Unser Hausdiener.«

Die andere trat einen Schritt vor. »Ich bin Felicitas. Wer bist du? Woher kommst du?«

»Mein Name ist Johann Barghus«, begann er zögernd. »Ursprünglich komme ich aus ... einem Dorf bei Memmingen in Oberschwaben. Seit zehn Jahren fahre ich zur See. Zuletzt als Carpenter's Mate, Helfer des Schiffszimmermanns. Wir waren auf dem Weg nach Hamburg. Mein Schiff ist gekentert und untergegangen. Wahrscheinlich bin ich der einzige Überlebende.« Er zögerte, weil ein Bild vor seinem inneren Auge auftauchte. Das Beiboot der *Conquistador*, das mit Marinus Mulder und dessen Schatz in die aufgewühlte See schoss. Schließlich fuhr er fort: »Vielleicht noch ... der Kapitän. Er ist mit dem Beiboot ...« Johann brach ab, weil ihm bewusst wurde, wie wenig glaubhaft seine Geschichte klingen musste. Ein Kapitän, der sein Schiff auf hoher See verließ – mit einer schwarzen Katze und Seesäcken voller Gold.

»Wie aufregend!«, rief Felicitas. »Und die anderen Männer sind umgekommen?«

Johann nickte, während er in seinem Gedächtnis nach dem Namen des zweiten Mädchens suchte. Hatte sie ihn genannt? Oder hatte er es nur geträumt? Die Schwestern waren sich sehr ähnlich. Zwillinge vielleicht. Allenfalls ein Jahr auseinander. Töchter eines Apothekers. Wie sollte er sie ansprechen? Sie mochten kaum zwanzig Jahre alt sein. Als Sohn eines einfachen Bauern kannte er die Gepflogenheiten der höheren Stände nicht. Auf seinen Reisen hatte er alles über die Seefahrt und viel über die Arbeit des Zimmermanns gelernt, nicht aber wie man in den Kreisen, zu denen Apotheker gehörten, Konversation machte.

Felicitas unterbrach seine Gedanken. »Dann war es ein großes Glück, dass du an dieser Küste gelandet bist und wir dich gefunden haben.« Sie deutete auf eine Kommode. »Dort findest du Kleidung. Enders hat ein paar Sachen aus der Kleiderkammer meines Bruders für dich bereitgelegt. Und auf dem Waschtisch findest du eine Schüssel und Wasser. Wir erwarten dich später im Salon. Enders wird dich hinführen.«

Ihre Schwester machte ein besorgtes Gesicht. »Du wirst doch aufstehen können?« Johann fiel ihr Name wieder ein. Clara. Er nickte. »Vielen Dank. Ich fühle mich schon recht gesund.«

Sie strahlte. »Wir können es kaum erwarten, mehr von dir zu hören. Auf deinen Reisen musst du viel von der Welt gesehen und außerordentliche Abenteuer erlebt haben. Hier auf der Insel gibt es nicht viel Abwechslung. Besonders im Winter ist es trist.« Sie nickte ihrer Schwester zu. »Dann lassen wir unseren ... unser *Strandgut* jetzt allein.«

Verhalten kichernd verließen die Schwestern den Raum. Bevor sie die Tür schlossen, steckte Clara noch einmal den Kopf hindurch und winkte ihm zu. Oder war das gar eine Kusshand?

Mit zwiespältigen Gefühlen hob Johann die Beine aus dem Bett und richtete sich vorsichtig auf. Er war unendlich dankbar, dass ihn die Schwestern aufgelesen hatten. Ohne sie wäre er wohl am Strand dieser Insel gestorben. Gleichzeitig beschlich ihn das Gefühl, dass Felicitas und Clara ihn als ihre persönliche Fundsache, als eine Abwechslung versprechende menschliche Beute betrachteten.

Sein Körper war noch geschwächt, aber die Muskeln gehorchten wieder, und es gelang ihm, ein paar Schritte zu gehen, ohne zu schwanken. Er trat ans Fenster und sah hinaus. Auf den ersten Blick war nicht zu erkennen, ob er sich in einem Dorf oder in einer Stadt befand. Die benachbarten Häuser und die gepflasterte Straße deuteten eher auf einen städtischen Charakter hin. Gegenüber warb ein Bijouteriegeschäft für Pretiosen aus aller Welt. Daneben residierte ein Medizinalrat Doktor Gerhard Nordbrook. Königlicher Badearzt. Etwas weiter, jenseits der Kreuzung der am Haus vorbeiführenden Straße mit einer anderen Straße, deren Namen er auf einem kunstvoll bemalten Schild als »Damenpfad« entzifferte, entdeckte er das Schuhwarengeschäft eines Fokko Visser. Ob er dort Ersatz für seine Stiefel finden würde? Sie waren von Salzwasser durchtränkt und untragbar hart geworden. Weiter hinten verlor sich die Straße in Richtung Meer. Am Horizont war Festland oder eine Nachbarinsel zu erkennen.

Johann wandte sich ab, wusch sich und zog die Kleidung an, die für ihn bereitgelegt worden war. Hemd und Hose passten einigermaßen. Sie waren aus einem feinen Stoff gearbeitet, den er nie zuvor auf der eigenen Haut gespürt hatte. Die Schuhe waren aus feinstem Leder.

Während er probeweise ein paar Schritte machte, klopfte es. Wenig später stand ein Mann in der Tür, bei dem es sich offensichtlich um den angekündigten Enders handelte. Er deutete eine Verbeugung an. »Wenn Sie die Güte hätten, mir zu folgen. Die Herrschaften erwarten Sie.«

Unsicher folgte Johann dem Hausdiener. Der führte ihn durch einen mit schweren Teppichen ausgelegten Flur zu einer Halle, deren Wände mit dunkel glänzendem Holz verkleidet waren, klopfte an eine Tür, öffnete sie und trat zur Seite. Mit einer Geste bedeutete er Johann einzutreten.

Der Salon wurde von einer prachtvollen Tafel mit einem weißen Tischtuch, blau gemustertem Porzellan und silbernem Besteck beherrscht. Sechs mit rotem Samt gepolsterte Stühle waren in sorgfältig bestimmtem Gleichmaß um den Tisch herum gruppiert.

Johann zuckte zusammen, als hinter ihm die Tür zufiel und er feststellen musste, dass er allein im Raum war. An der Fensterfront hingen schwere Brokatvorhänge im gleichen Farbton wie die Stuhlpolster. Die anderen Wände waren mit Ölgemälden bedeckt. Einige zeigten Schiffe und Jagdszenen. Auf anderen prangten Bildnisse hochmütig dreinblickender Männer. Die Ahnen des Hausherrn?

»Das sind die Vorfahren meines Vaters«, erklärte eine weibliche Stimme. Johann fuhr herum. Eine Tür hatte sich geöffnet, und Clara und Felicitas drängten herein. Nach ihnen betrat eine dritte Dame den Raum, ganz offensichtlich die Mutter. Oder eine dritte Schwester? – Nein. Ihre Schönheit glich der von Clara und Felicitas. Aber feine Linien auf der Stirn und um die Augen ließen ein höheres Alter erkennen. Sie nickte ihm freundlich zu. »Willkommen im Hause Lüders! Meine Töchter haben mir bereits von Ihrem bemerkenswerten Schicksal berichtet. Sie müssen ja halb verhungert sein. Aber unsere Köchin versteht ihr Handwerk. Gemeinsam werden wir Ihre Kraft und Ihre Gesundheit wiederherstellen.« Sie griff zu einer silbernen Glocke und läutete. »Enders wird gleich auftragen.«

»Es gibt gebundene Muschelsuppe und gebratenen Seehecht«, verriet Franziska. »Beim Dessert müssen wir uns überraschen lassen. Trientje hat nichts verraten.«

Unsicher flog Johanns Blick zwischen den eleganten Erscheinungen hin und her. Wie begrüßte man in diesen Kreisen eine Dame? Sollte er die Hand der Hausherrin ergreifen? Wurde ein Handkuss erwartet? Clara rettete ihn aus seiner Verlegenheit. Sie deutete auf einen der Stühle. »Hier ist dein Platz.« Fast gleichzeitig nahmen sie und ihre Schwester hinter den gegenüberliegenden Sitzmöbeln Aufstellung.

Dankbar trat Johann hinter den zugewiesenen Stuhl. In dem Augenblick öffnete sich eine weitere Tür. Zwei Männer betraten den Salon. Unverkennbar Vater und Sohn. Der ältere Herr hatte volles, leicht ergrautes Haar und einen imposanten, sorgfältig gestutzten Bart. Er trug einen dunkelblauen Anzug mit Weste, auf der eine goldene Uhrkette glitzerte. »Da ist ja unser Gast.« Seine Stimme dröhnte durch den Raum. »Willkommen, Herr Schiffsoffizier. Seeleute sind in diesem Haus gern gesehen.« Er deutete zu einem der Gemälde. »Mein Vater und mein Großvater waren auf den Weltmeeren zu Hause. Allerdings nicht als Seefahrer, sondern als Handelsherren. Ich habe es vorgezogen, mein Leben der Wissenschaft zu widmen.« Er wandte sich an den jungen Mann neben ihm. »Mein Sohn Ommo ist noch unschlüssig, ob er das Lebenswerk seines Vaters fortführen wird.«

Lüders junior grinste schief und senkte den Blick. Er war in Johanns Alter und wirkte von Statur und Aussehen wie die jüngere Ausgabe seines Vaters. Allerdings strahlte er nicht dessen Selbstbewusstsein aus. Im Gegenteil, Ommo schien, obwohl er offenbar der einzige Sohn der Familie war, unsicher und schüchtern. Vielleicht stand er allzu sehr im Schatten des alten Herrn. Oder seine Schwestern waren gemeinsam stärker und hatten sein Selbstwertgefühl untergraben.

»Bitte nehmen Sie Platz, Herr Offizier!« Die kräftige Stimme des Hausherrn riss Johann aus seinen Gedanken. »Ihr dürft euch ebenfalls setzen«, ergänzte Lüders und nickte seinen Töchtern zu. Johann hätte gern richtiggestellt, dass er nicht als Offizier, sondern als Schiffszimmermann – genau genommen ja nicht einmal das, sondern nur als dessen Gehilfe – zur See fuhr, wagte es aber nicht, das Wort zu ergreifen.

Kaum hatte sich die Familie niedergelassen, wurde die Suppe serviert. Die Mutter sprach ein Tischgebet, dann griff der Hausherr zum Löffel und gab damit das Zeichen, dass die Mahlzeit begann.

Johann aß mit gutem Appetit. Der Wein, der zum Essen gereicht wurde, löste seine Zunge, und so begann er der dringenden Aufforderung der Schwestern nachzukommen und von seinen Reisen und dem Untergang der *Conquistador del Mar* zu berichten. Die Schatzkiste von Marinus Mulder erwähnte er nicht.

»Das ist ja schrecklich«, bemerkte die Dame des Hauses. »Was Sie durchgemacht haben müssen!« Mitfühlend, zugleich wohlwollend, betrachtete sie den Gast. »Wir danken Gott, dass Sie überlebt haben. Er hat Sie zu uns geführt. Wir werden unsere Christenpflicht erfüllen und alles für Sie tun, was in unserer Macht steht.«

Wenn es einen Gott gäbe, dachte Johann, der dafür sorgt, dass eine ganze Schiffsmannschaft ertrinkt und nur der Carpenter's Mate gerettet wird, wäre der grausam und ungerecht. Wie konnte die Frau eines Apothekers so blind sein?

Offenbar waren Clara und Felicitas ebenfalls anderer Meinung als ihre Mutter. Sie stießen sich an und verdrehten die Augen.

»Womöglich treibt der Kapitän in seinem Boot noch auf der Nordsee«, wechselte Jacob Lüders das Thema. Seine Miene ließ erahnen, wie er über die Rede seiner Gattin dachte.

»Schon möglich«, bestätigte Johann. Vor seinem inneren Auge sah er das Beiboot mit Mulder, seinen Seesäcken und der schwarzen Katze auf Norderney zutreiben. Unwahrscheinlich. Aber nicht ausgeschlossen. Vielleicht sollte man den Strand im Auge behalten. Immerhin bargen die Säcke ein unvorstellbares Vermögen. Und wenn Mulder nicht mehr lebte …

»Der ist bestimmt tot«, warf Clara ein. »Einen Kapitän«, fügte sie leise hinzu, »der seine Mannschaft in Gefahr bringt und dann im Stich lässt, kann kein Gott belohnen, indem er ihm ein zweites Leben schenkt.« Aus dem Augenwinkel beobachtete sie ihre Mutter. Doch die schüttelte nur unmerklich den Kopf und läutete die silberne Glocke.

Enders erschien, um die Suppenteller abzuräumen. Anschließend servierte er den Seehecht und schenkte Wein nach. Jacob Lüders brachte das Gespräch auf Johanns Zukunftspläne. »Werden Sie trotz Ihrer Erlebnisse weiter zur See fahren?«

Johann hatte sich die Frage auch schon gestellt, aber noch keine Antwort gefunden. Das lag vermutlich daran, dass sein Ziel Amerika in weite Ferne gerückt war und er sich den Gefahren der Seefahrt nicht für alle Zeiten aussetzen wollte. »Ich weiß es noch nicht«, antwortete er wahrheitsgemäß. »Eigentlich wollte ich nach New York, in der Neuen Welt ein neues Leben beginnen.«

»Das kannst du doch auch hier!«, platzte Clara heraus. »*Warum in die Ferne schweifen? Sieh, das Gute liegt so nah. Lerne nur das Glück ergreifen, denn das Glück ist immer da.* Hat schon Johann Wolfgang von Goethe gewusst.«

Ihr Vater warf ihr einen erstaunten Blick zu. »Deine literarischen Kenntnisse in allen Ehren, mein Kind. Aber ein Mann muss seine Ziele im Auge behalten. Was soll der erfahrene Schiffsoffizier auf einer ostfriesischen Insel, wenn er als Kapitän über die Weltmeere segeln kann?«

»Vielleicht möchte sich unser Gast erst einmal von seinen Strapazen erholen«, warf Felicitas ein und schenkte Johann ein Lächeln. »Norderney ist schließlich ein öffentliches Seebad.« Sie wandte sich an ihren Vater. »Hat nicht der Vogt Feldhausen die Einrichtung privater Seebäder angeboten? Habt ihr – ich meine die ostfriesischen Landstände – nicht beschlossen, darauf einzugehen? Nachdem König Friedrich Wilhelm den Antrag genehmigt hat, sind wir ein Seebad. Und …«

»Das ist richtig«, bestätigte Jacob Lüders. »Wir haben ein Konversationshaus mit Kursaal, Billardstube und Warmbadehaus errichtet. Aber darauf wird Herr Barghus keinen Wert legen. In einigen Tagen, spätestens in wenigen Wochen dürfte er wieder im Vollbesitz seiner Kräfte sein und nach neuen Taten und Abenteuern dürsten.«

Unsicher sah Johann erst ihn und dann die Schwestern an. Wartete der Hausherr auf eine Entscheidung? Clara und Felicitas hatten einen seltsamen Ausdruck in den Augen. Gespannt und erwartungsvoll. Auch sie mochten eine Antwort erwarten. Schließlich kam ihm eine rettende Idee. »Ich bin außerordentlich dankbar für Ihre Gastfreundschaft«, begann er, um eine angemessene Sprechweise bemüht. »Keinesfalls möchte ich Ihnen jedoch zur Last fallen. So bald wie möglich werde ich versuchen, meine Reise fortzusetzen.«

»Mein lieber Herr Barghus«, schaltete sich Helene Lüders ein. »Sie können bleiben, solange es Ihnen beliebt. Mögen Sie über Ihre Pläne entscheiden, wenn Sie vollständig wiederhergestellt sind. Vorher lassen wir Sie ohnehin nicht gehen.«

Johann nickte höflich. »Sie sind sehr gütig.«

»Wir tun nur unsere Christenpflicht«, antwortete die Dame des Hauses hoheitsvoll.

Jacob Lüders erhob sein Glas. »Trinken wir auf die Genesung unseres Gastes!«

Erleichtert trat Johann es ihm nach. Er war froh, sich nicht festlegen zu müssen. Bis vor wenigen Augenblicken hatte er noch keine Zweifel daran gehabt, dass er sich bei nächster Gelegenheit auf den Weg nach Hamburg machen würde. Doch ging von den Lüders-Schwestern eine seltsame Anziehungskraft aus. Ihre Schönheit allein war es nicht. Eher die Blicke, die sie ihm zuwarfen, der Glanz in ihren Augen, die Bewegung ihrer Zungen über die roten Lippen, das Beben ihrer Brüste, wenn sie ihn ansprachen – alles erschien ihm wie ein inneres Feuer, dessen Hitze auf ihn ausstrahlte. Das muss am Wein liegen, sagte er sich. Oder an meiner Schwäche. Sobald ich zu

Kräften gekommen bin, dürfte mein Kopf wieder klar sein. Und dann werden die eingebildeten Flammen wohl erlöschen.

*

In den folgenden Stunden und Tagen musste Johann erkennen, dass er sich geirrt hatte. Clara und Felicitas kümmerten sich aufopferungsvoll um ihn. Sie schienen wenig zu tun und nichts anderes im Sinn zu haben, als sich um sein Wohlbefinden zu sorgen. Dabei stießen sie an die Grenzen der Schicklichkeit. Johann hatte keine rechte Vorstellung davon gehabt, wie man in höheren Ständen mit der Körperlichkeit umging. Eigentlich hatte er erwartet, für das, was er von den Reden der Seeleute, den Erlebnissen in Gasthäusern und aus seinen Erfahrungen mit Huren gelernt hatte, in der besseren Gesellschaft keine Entsprechung zu finden. Und tatsächlich wurde darauf geachtet, dass er niemals mit einer der Damen allein war. Doch wenn die Schwestern gemeinsam zu ihm kamen und sonst niemand in der Nähe war, schienen sie ihre Erziehung zu vergessen. Sie befühlten seine Oberarme, strichen ihm mit zarter Hand über Brust und Schultern und beugten sich zu ihm herab, sodass er die Ansätze ihrer Brüste sehen konnte. Stets war die körperliche Nähe verbunden mit der Frage, wie weit seine Genesung fortgeschritten sei. Ihr Duft und ihre Berührungen ließen sein Blut sieden, und er hatte Mühe, die Wirkung vor Clara und Felicitas zu verbergen.

Rascher als erwartet, kam er auf die Beine, und es drängte ihn, jenen Strand aufzusuchen, an den er angeschwemmt worden war, um nach dem Beiboot der *Conquistador del Mar* Ausschau zu halten.

Am dritten Tag seines Aufenthalts im Hause Lüders erwachte Johann, weil er eine Bewegung an seiner Seite spürte. Erst auf der einen, dann auch auf der anderen. Der Morgen dämmerte noch, denn durch die Vorhänge drang nur wenig Licht ins Zimmer. Schläfrig versuchte er, seine Lage zu verändern, um der Störung zu entgehen. Doch plötzlich spürte er eine Hand auf seiner Brust, und eine zweite strich über seinen Bauch. Er öffnete die Augen und hielt erschrocken den Atem an, als er die Situation erfasste. Zwei weibliche Körper schmiegten sich an ihn. Er spürte ihre Haut und roch ihr Parfüm.

Instinktiv schloss er die Augen, atmete gleichmäßig weiter und suchte fieberhaft nach einem Ausweg. Vielleicht hätte er empört sein, die Schwestern zurückweisen, aus dem Bett springen müssen. Doch schon waren die Hände unterhalb seines Bauchnabels angekommen. Es gab nun nichts mehr zu verbergen. Clara und Felicitas schienen zu wissen, was sie wollten. Sie bemächtigten sich ihres Ziels und begannen ein Spiel, dessen Folgen nicht aufzuhalten waren. Johann gab sich den Wellen der Erregung hin, die ihn überschwemmten.

Mit gesenktem Kopf betrat er später die Veranda des Hauses, in der das Frühstück serviert wurde. Dort empfingen ihn die Schwestern mit schwer zu deutenden Blicken. Selbstbewusst, geradezu triumphierend, aber auch mit zärtlicher Zuneigung schienen sie ihn zu mustern. »Kopf hoch«, forderte Clara in munterem Ton. »Es ist Sonntag. Ein schöner Tag, und er hat ganz wunderbar begonnen. Du bist schon erstaunlich gut bei Kräften.« Sie unterdrückte ein Kichern.

»Heute können wir dir die Insel zeigen.« Felicitas deutete nach draußen, wo sich unter blauem Himmel weißer Sand ausbreitete. »Allerdings wirst du mit uns als Begleitung vorliebnehmen müssen. Unsere Eltern sind in aller Frühe zu einem Besuch auf dem Festland aufgebrochen. Sie kehren erst am

Abend zurück. Vielleicht auch erst morgen oder übermorgen. Ommo begleitet sie zum Hafen.«

Die Vorstellung, den Strand nach Spuren des Beibootes der *Conquistador* absuchen zu können, beflügelte Johann. Im gleichen Maße verflog seine Furcht, wegen des morgendlichen Ereignisses in der Schlafkammer in irgendeiner Weise zur Verantwortung gezogen zu werden. Zwar war es nicht zu jenem Akt gekommen, der ihn verpflichtet hätte, das Haus zu verlassen oder um die Hand einer der Schwestern anzuhalten. Aber nachdem Clara und Felicitas in ihre Morgenröcke geschlüpft und aus dem Zimmer geeilt waren, hatte er sich gefragt, wie ihre Eltern reagieren würden, wenn sie erführen, dass er mit ihnen das Bett geteilt hatte.

Erleichtert stimmte er dem Vorschlag zu. Lieber hätte er seine Erkundungen allein durchgeführt, doch begann er die Gegenwart der Schwestern zu genießen. Wenn er ehrlich war, empfand er eine bis dahin nicht gekannte Sehnsucht nach körperlicher Nähe. Wenn er sich nur darüber klar werden könnte, welche der beiden sein Herz und seine Leidenschaft entflammt hatte. Sein Glück nicht in Amerika zu suchen, sondern es auf dieser Insel zu finden und zu ergreifen, schien ihm das Schicksal nahezulegen. Wäre es nicht ein großes Glück, in die Familie eines wohlhabenden Apothekers einzuheiraten?

Johann schob seine Gedanken beiseite und konzentrierte sich auf die Worte von Clara und Felicitas, die begonnen hatten, von einer vielversprechenden Zukunft Norderneys als Seebad zu schwärmen.

Nachdem sie die befestigten Wege verlassen hatten, ging es nur mühsam voran. Clara und Felicitas trugen ihre Sonntagskleider, dazu elegantes Schuhwerk und Sonnenschirme. Der feine Sand, der große Teile des östlichen Teils von Norderney bedeckte, ließ die Füße bei jedem Schritt einsinken. »Wir sollten die Schuhe ausziehen und die Kleider ablegen«, schlug Clara vor. »Barfuß und im Unterkleid lässt es sich viel besser ausschreiten.« Sie sah Johann an. »Du hättest doch sicher nichts dagegen. Schließlich hast du uns ...«

Felicitas unterbrach ihre Schwester und gab zu bedenken, dass in diesem Teil der Insel sonntägliche Spaziergänger unterwegs sein könnten.

»Leider hast du recht«, seufzte Clara und deutete auf die Dünen. »Lass uns eine Verschnaufpause einlegen. Dort drüben könnten wir ein wenig ausruhen.« Sie strich Johann über die Wange und nahm seine Hand. »Außerdem sollte sich unser Rekonvaleszent nicht überanstrengen.«

Die Wanderung zum Strand brachte keinen Erfolg. Von Marinus Mulder und seinem Boot gab es nicht die geringste Spur. Ein wenig enttäuscht kehrte Johann – von beiden Schwestern an den Armen geleitet – ins Haus der Familie Lüders zurück. Clara und Felicitas hingegen schienen außerordentlich zufrieden. Mit übermütigen Redensarten geleiteten sie ihren Schützling in dessen Kammer, verabschiedeten sich zum Umkleiden und ermahnten ihn kichernd, in der Zeit bis zur Mittagsmahlzeit zu ruhen, um Kräfte für den Nachmittag zu sammeln.

Clara hatte sich für den Ausflug eine Überraschung ausgedacht. In der Mittelstraße lebte ein junger Künstler, dessen naturgetreue Gemälde es ihr angetan hatten. Ihn hatte sie beauftragt, ein Bild zu malen, auf dem sie und ihre Schwester gemeinsam mit Johann dargestellt wären. Dazu sollten das Meer und ein Boot als Symbole für die abenteuerlichen Erlebnisse des Schiffbrüchigen zu sehen sein.

Voller Unruhe wanderte Johann in seinem Zimmer auf und ab. Die Sitzung mit dem Maler und das sichtliche Vergnügen der beiden Schwestern daran hatten ihm zu denken gegeben. Einer Wiederholung des Spiels vom frühen Morgen hätte er sich nicht widersetzt. Dennoch quälte ihn die Frage, ob es ihm gelänge, eine der Schwestern für sich zu gewinnen, ohne die andere zu verprellen. Eine gemeinsame Zukunft konnte es nur mit Clara *oder* Felicitas geben. Intime Nähe erschien ihm auf Dauer nur mit einem Menschen möglich. Und so lustvoll er die morgendliche Begegnung auch erlebt hatte, war sie doch von einem Missverhältnis geprägt. Nicht er hatte die Frau seines Begehrens ausgewählt, sondern die Frauen hatten ihn zum Objekt ihres Spieltriebes gemacht. Das konnte nicht richtig sein.

In Zukunft würde er die Initiative ergreifen, sich für eine der Schwestern entscheiden und bei Jacob Lüders um ihre Hand anhalten. Vielleicht würde der Apotheker ihn aus dem Haus jagen, denn ihm schwebte wahrscheinlich ein standesgemäßer Schwiegersohn vor. Dann wäre die Entscheidung gefallen, und seine Zukunft läge nicht auf Norderney, sondern bliebe vorerst ungewiss. Bis ein Schiff ihn über den Ozean nach Amerika trüge. Die Goldmünzen aus Mulders Schatzkiste würden es ihm erlauben, Hamburg zu erreichen und dort eine annehmbare Heuer zu finden.

Der Gedanke an den Kapitän brachte das Bild des schwarz gekleideten Mannes im Beiboot der *Conquistador del Mar* zurück. Heute hatte er nur einen kleinen Strandabschnitt sehen können, weil er in Begleitung der Frauen war. Morgen, nein, schon heute Nachmittag, würde er sich auf den Weg machen und die gesamte Küste absuchen. Auch an der kleinen, östlich gelegenen Insel konnte das Boot gestrandet sein. Wenn er auf Norderney nichts fand, würde er in den nächsten Tagen versuchen, sich dorthin übersetzen zu lassen, um dort die Strände in Augenschein zu nehmen.

6

2016

»Die Kollegen von der Wasserschutzpolizei Norden haben keinen Taucher«, berichtete Gerit Jensen. »Der muss aus Oldenburg angefordert werden. Von der Technischen Einsatzeinheit. Kann ein paar Stunden dauern.«

Jan Eilers hob die Schultern. »In der Zwischenzeit können wir uns überlegen, ob wir Verstärkung anfordern. Wenn wir tatsächlich eine Leiche aus der Nordsee bergen, könnte es sich um die von Frank Lüders handeln. Und der wird sich ja nicht selbst unter das Netz gelegt haben. Das werden sehr schwierige Ermittlungen. Ein erfahrener Mordermittler aus Aurich wäre da sicher hilfreich.«

Jensen schüttelte den Kopf. »Ich habe eine bessere Idee. Wir fragen Staatsanwalt Rasmussen, ob er nicht wieder die Kollegin aus dem LKA dabeihaben möchte. Du weißt schon ... Vielleicht kann er sie ...«

»Diese toughe Lady nimmt uns doch bestimmt wieder alles aus der Hand. Wollen wir das?«

»Das hängt auch von uns ab«, wandte Jensen ein. »Am Anfang kam mir die Frau wirklich etwas überheblich vor. Aber mit der Zeit ging's doch besser. Wir müssen nur von vornherein klarstellen, dass wir ermitteln und sie uns unterstützt, nicht umgekehrt. Ich kann mir jedenfalls gut vorstellen, dass wir ...«

»Ich weiß, was du dir vorstellst.« Eilers verzog missbilligend das Gesicht. »Du bist scharf auf sie und willst sie ...«

»Nicht doch, Jan.« Jensen hob abwehrend die Hände. »Ich will gar nichts. Wenn sich was ergeben sollte, laufe ich nicht weg. Aber anbaggern werde ich sie nicht. Versprochen!«

Sekundenlang fixierte Eilers seinen Kollegen. Dann griff er zum Telefonhörer. »Also gut. Ich rufe Clasen an. Der Bürgermeister ist mit dem Innenminister befreundet. Über den Weg könnte es funktionieren. Soll er seine Beziehungen spielen lassen.«

*

Die Sonne war noch nicht zu sehen, aber von Osten her leuchtete der Himmel rötlich und tauchte den weißen Sand in warmes Licht. Sie hatten entschieden, den frühen Morgen für die Aktion zu nutzen, weil der Strand um diese Zeit noch leer war. Am Abend zuvor wäre ohnehin nicht mehr viel Zeit geblieben, um einen Bergungsversuch zu starten.

»Mit dieser Nussschale wollen die da raus und die Leiche bergen?« Jensen hob das Fernglas an die Augen und verfolgte die Kollegen von der Technischen Einsatzeinheit. »Sieh dir das an! Wie das Boot da vorn schon in der Brandung schaukelt.« Er gab das Glas an seinen Kollegen weiter.

»Die werden schon wissen, was sie tun.«

Während Eilers das Schalenboot mit dem Fernglas verfolgte, rieb sich sein Kollege die Hände. »Noch ganz schön kühl um diese Zeit.«

»Wenn die Sonne rauskommt, wird es schnell wärmer.« Der Hauptkommissar deutete aufs Meer. »Jetzt gibt er richtig Gas. Das Ding schießt wie ein Rennboot durch die Wellen, da schaukelt nichts mehr. Alle Achtung.«

»Sie haben die Stelle erreicht«, berichtete er kurze Zeit später. »Das Boot wird langsamer, fährt im Kreis. Der Taucher macht sich bereit. Sitzt schon auf der Bordkante. Jetzt lässt er sich rückwärts ins Wasser fallen.« Eilers gab das Fernglas an Jensen zurück. »Nun bin ich gespannt.«

*

»So richtig überzeugend ist das alles nicht.« Rieke Bernstein klappte das Notebook zu und sah auf die Uhr. »Zwei Stunden Recherche, tausend Urlaubsziele, aber nichts dabei, was mich wirklich anspricht. Fernreisen finde ich anstrengend. Und ökologisch fragwürdig. Im Süden ist es mir im Sommer zu heiß, im Norden zu kalt.«

Julia trat hinter sie und legte ihr die Hände auf die Schultern. »Wie wäre es mit einer Kreuzfahrt?« Sie begann Riekes verspannte Nackenmuskulatur zu massieren. »Faul im Liegestuhl herumliegen, Cocktails trinken und auf die nächste Mahlzeit warten. Abends an der Bar führen wir unsere Klunker aus, und während wir teuren Whisky schlürfen, flirten wir mit schneidigen Kerlen in Uniform.« Sie unterdrückte ein Glucksen.

»Oder wir angeln uns reiche dicke Männer«, ergänzte Rieke, während ihre Schultern verdächtigt zuckten, »und lassen uns von ihnen aushalten.«

»Aber jetzt mal im Ernst, Steinchen. Wenn du keine Lust auf ferne Länder, Norden oder Süden hast – was ich gut verstehe –, können wir doch mal etwas ganz anderes machen.«

Rieke griff nach Julias Händen, zog sie daran zu sich herab und küsste ihre Freundin auf die Wange. »Du hast mich schon lange nicht mehr *Steinchen* genannt. Aber es gefällt mir immer noch.«

Julia knabberte vorsichtig an Riekes Ohrläppchen. »Woran denkst du?«

»An unseren Urlaub. Was hast du damit gemeint? Mal etwas

ganz anderes machen – willst du in Hannover bleiben? Tagsüber Maschsee, abends Steintorviertel?«

Julia hockte sich vor der Freundin auf den Boden und sah zu ihr hoch. »Nein. Das wäre mir dann doch zu … eintönig. Aber die Vorstellung, nicht so weit reisen zu müssen, nicht mit dem Flugzeug irgendwohin zu jetten und trotzdem in wenigen Stunden am Ziel zu sein, finde ich verlockend.«

»Hast du einen konkreten Vorschlag? Wollen wir nach Sylt fahren?«

»Zum Beispiel. Aber Sylt, Föhr und Amrum kennen wir. Wie wäre es mit einer der ostfriesischen Inseln? Langeoog, Juist, Norderney, Borkum … Ich glaube, es sind insgesamt sieben, die zur Auswahl stehen. Von da aus könntest du zwischendurch deine Eltern besuchen. Warst ja lange nicht da.«

Rieke hatte plötzlich Bilder im Kopf. Grüne Inseln mit weißen Sandstränden, türkisfarbenes Meer und blauer Himmel. Strandkörbe in allen Farben. Sie hörte Möwenschreie, Wellenrauschen und Stimmengewirr, roch die salzige Seeluft. Doch vor das Urlaubsidyll schob sich plötzlich die Erinnerung an eine Mordermittlung. Auf Borkum hatte es ein ziemlich grausames Tötungsdelikt gegeben. Die zuständige Polizeidienststelle hatte Unterstützung aus dem LKA angefordert, und ihr Chef hatte sie nach Borkum geschickt. Mit Hilfe einer Journalistin war sie dem Täter auf die Spur gekommen. Hannah Holthusen. Eine kluge und couragierte Frau, aber leider alkoholkrank. Einen ihrer schrecklichen Abstürze hatte Rieke miterlebt. Dann war da noch der Kollege mit der aufregenden Stimme, die klang wie die von Robert de Niro. Seinen Namen hatte sie vergessen. Aber der des attraktiven Staatsanwalts war ihr noch gegenwärtig. Fokko Rasmussen. Ein Mann, bei dem sie hätte schwach werden können.

»Borkum scheidet aus«, sagte sie. »Ich würde ständig an den

Fall mit dem abgeschnittenen Penis denken müssen. Langeoog auch. Da war ich schon oft – als Kind mit meinen Eltern. Aber sonst finde ich die Idee gar nicht so schlecht. Lass uns am Wochenende zusammen nach Hotels googeln!«

»Super!« Julia küsste sie. »Hätte nicht gedacht, dass du so schnell einverstanden bist.«

»Ich auch nicht.« Rieke lachte. »Aber je länger ich darüber nachdenke, desto besser gefällt mir die Idee. Man ist schnell da und hat keinen Stress mit Wartezeiten auf dem Flughafen oder Streiks bei der Lufthansa. Das einzige Risiko ist das Wetter. An der Nordsee kann es auch im Sommer unfreundlich sein.«

»Wir nehmen das beste Hotel, das wir finden können. Und falls es mal draußen stürmt und regnet, machen wir es uns drinnen gemütlich. Selbst wenn wir einen ganzen Tag im Bett verbringen – wäre das ein verlorener Tag?«

Rieke schüttelte den Kopf. »Nein. Im Gegenteil. Frühstück im Bett, und dann …« Ihre Hand begann über Julias Bauch zu wandern.

*

Für einen Augenblick glaubte Kriminaldirektor Robert Feindt an ein Déjà-vu, als er die interne Mail des LKA-Präsidenten las. Vor genau zwei Jahren hatte er Hauptkommissarin Bernstein nach Borkum geschickt – in der Hoffnung, sie würde dort scheitern oder unangenehm auffallen, sodass ihre Karriere im Landeskriminalamt abgebremst wurde. Er hatte befürchtet, dass von dieser Kollegin, die trotz ihres jugendlichen Alters auf einen bemerkenswerten Aufstieg zurückblicken konnte, eine Gefahr für seine Position als Leiter des Dezernats 31 ausging. Im Kollegenkreis war gemunkelt worden, sie würde von ganz oben protegiert werden und sei auserkoren, die Frauenquote in der Führungsetage des Landeskriminalamts zu erhöhen.

Entgegen seiner Erwartung hatte die Bernstein auf Borkum erfolgreich ermittelt. Und entgegen seiner Hoffnung war das öffentliche Echo auf den Fall nicht zu einem Nachteil für sie geworden. Im Gegenteil, der Präsident des Landeskriminalamts hatte ihr einen Fernsehauftritt in der Talkshow von Maybrit Illner genehmigt. In der Sendung hatte sie einen guten Eindruck hinterlassen, das hatte Feindt widerwillig einräumen müssen. Später waren weitere Interviews und andere öffentliche Auftritte gefolgt. Seitdem schickte die Presseabteilung immer dann, wenn ein Gesicht gebraucht wurde, Rieke Bernstein vor die Kameras. Im Amt wurde ihr diese Sonderrolle von einigen Kolleginnen und Kollegen geneidet, aber die meisten waren stolz auf die schöne Hauptkommissarin.

Einige Monate hatte Feindt um seine Position als Dezernatsleiter gebangt, doch dann hatte sich herausgestellt, dass Rieke Bernstein kein Interesse daran hatte. Sie zog ihre Arbeit als Ermittlerin der nächsten Karrierestufe vor und hatte einen entsprechenden Vorschlag des Präsidenten abgelehnt. Darauf war Feindt zum Kriminaldirektor ernannt worden und konnte nun sicher sein, sein Büro am Waterlooplatz die letzten Jahre bis zur Pensionierung behalten zu können.

Er drückte einen Knopf auf der Telefonanlage. »Bitte schicken Sie Hauptkommissarin Bernstein zu mir.«

Wenig später betrat die hochgewachsene, schlanke junge Frau sein Büro. Für Robert Feindt war die Kollegin eine Spur zu elegant gekleidet. Enge petrolfarbene Lederhose, dazu passende hochhackige Stiefeletten und eine kurze Jacke im gleichen Farbton über einer weißen Bluse. Polizisten sollten unauffällig auftreten und bürgernah wirken. Dazu gehörte nach seiner Auffassung eine dezente Kleidung. Wenn schon Frauen im Polizeidienst unvermeidlich waren, sollten sie nicht aussehen, als kämen sie gerade aus einer Edelboutique. Er selbst trug stets einen grauen Anzug, dazu ein weißes Hemd und eine schlichte Krawatte.

»Guten Tag, Herr Kriminaldirektor.« Die Bernstein klang aufreizend fröhlich. Sie kam lächelnd auf ihn zu. Feindt musste an eine Wildkatze denken.

»Bitte nehmen Sie Platz!«, sagte er rasch, um ihr nicht die Hand geben zu müssen, und deutete auf die Besuchersessel vor seinem Schreibtisch.

Die Hauptkommissarin setzte sich, schlug die Beine übereinander und beugte sich vor. Im Ausschnitt der Bluse ahnte Feindt den Ansatz ihrer Brüste.

»Was kann ich für Sie tun?«

Er dachte an längst vergangene Zeiten, verpasste Gelegenheiten und das faltige Dekolleté seiner Frau. Er stieß einen unhörbaren Seufzer aus und wischte die Erinnerungen zur Seite. »Wir sollen mal wieder Amtshilfe leisten.« Mit einer Kopfbewegung deutete er auf den Monitor. »E-Mail vom Präsidenten. Diesmal habe ich keine Wahl. In dem Fall auf Borkum hatte man einen erfahrenen Ermittler angefordert. Jetzt geht es um Sie. Ich habe den Präsidenten zurückgerufen und mich vergewissert. Die Anfrage kommt über das Ministerium. Man möchte die örtliche Polizei unterstützen. Auf Anregung des Bürgermeisters der Stadt. Wenn ich es richtig herausgehört habe, gibt es, sagen wir mal: Verbindungen zwischen ihm und unserem Herrn Minister. Immerhin ist die Polizeiinspektion informiert und einverstanden. Man hat auch beim zuständigen Staatsanwalt vorgefühlt. Die Beteiligten wünschen sich ...« Er beugte sich zum Monitor. »Ich zitiere: ›dass Kriminalhauptkommissarin Bernstein vom LKA mit den Ermittlungen befasst wird.‹ Zitat Ende.« Feindt lehnte sich zurück. »Die

Kollegen vor Ort sind wahrscheinlich überfordert. Zu wenig Personal, Erkrankungen, was weiß ich. Vielleicht ist der Fall auch kompliziert. Und wahrscheinlich will der Bürgermeister die Geschichte so schnell wie möglich vom Hals haben. Todesfallermittlungen schaden dem Ruf seiner Stadt.«

»Aber ich habe ab übernächster Woche Urlaub«, wandte Rieke ein. »Sie selbst haben ihn genehmigt. Außerdem verstehe ich nicht, dass die ausgerechnet mich haben wollen. Die kennen mich doch gar nicht.«

Feindt winkte ab. »Entweder klären Sie den Fall bis dahin auf, oder Sie verschieben Ihren Urlaub. Eine andere Lösung sehe ich nicht. Wer Sie kennt und wer Sie nicht kennt, weiß ich nicht. Aber mit dem Staatsanwalt hatten Sie schon mal zu tun.«

Rieke dachte enttäuscht an Julia und ihre Urlaubspläne. Vor dem Kriminaldirektor wollte sie jedoch keine Gefühle zeigen. »Es geht also um ein Tötungsdelikt? In welcher Stadt? Und welchen Staatsanwalt meinen Sie?«

»Ich werte Ihre Fragen als Zustimmung«, unterbrach Feindt sie und zeigte die Andeutung eines Grinsens. »Ja, es geht um den Tod eines Geschäftsmannes. Der Staatsanwalt heißt Rasmussen. Und die Stadt ist ...«

»Rasmussen? Doch nicht wieder Borkum?«

»Nein.« Feindt schüttelte den Kopf. »Nicht Borkum. Norderney.«

»Norderney?«

»Genau. Eine wunderbare Insel. Besonders um diese Jahreszeit. Da zu ermitteln ist doch ... fast wie Urlaub.«

»Schöner Urlaub«, murmelte Rieke. »Soll ich vielleicht vom Strandkorb aus nach dem Mörder Ausschau halten?«

Feindt überhörte ihre Bemerkung. Er schlug mit der flachen Hand auf den Schreibtisch. »Dann ist ja alles klar. Sie können morgen fahren. Wenn es schwierig werden sollte, eine Unterkunft zu bekommen, weil die Saison gerade beginnt, dürfen Sie eine etwas bessere Hotelkategorie buchen.«

»Davon können Sie ausgehen, Herr Kriminaldirektor. In der Jugendherberge werde ich sicher nicht übernachten.«

»Versteht sich, Frau Bernstein. Lassen Sie sich vom Bürgermeister beraten. Der sollte in der Lage sein, Ihnen zu einer angemessenen Unterbringung zu verhelfen. Muss ja nicht gleich ein Luxushotel sein.« Er stand auf und machte zwei Schritte in Richtung Tür.

Rieke erhob sich ebenfalls. »Vielen Dank! Ich finde allein hinaus.« Während sie das Büro ihres Chefs verließ, überlegte sie, wie sie Julia die überraschende Wendung schonend beibringen konnte.

*

»Aber das ist doch überhaupt kein Problem!«, rief Julia, nachdem Rieke ihr am Abend die Neuigkeit gebeichtet hatte. »Wir fahren zusammen nach Norderney. Du machst deine Arbeit, und in der freien Zeit vergnügen wir uns auf der Insel. Uns bleiben immerhin die Abende und die Nächte. Und wenn der Fall aufgeklärt ist, beginnt unser gemeinsamer Urlaub. Wie findest du das?«

»Ich weiß nicht.« Rieke zog die Stirn kraus. »Ich müsste immer daran denken, dass du auf mich wartest.«

»Das musst du nicht.« Julia küsste sie auf die Wange. »Mir wird die Zeit schon nicht lang. Aber wenn es dir lieber ist, können wir es auch anders machen. Du fährst vor, kümmerst dich um den Fall und rufst mich an, wenn ich nachkommen soll.«

»Danke!« Rieke umarmte ihre Freundin. »Lass mich bis morgen darüber nachdenken. Jetzt bin ich erst mal froh, dass du nicht sauer bist.«

Julia lachte. »Dafür gibt es doch gar keinen Grund. Ich freue mich auf Norderney. So oder so. Ich schaue gleich mal nach Hotels.«

*

»Ja, das ist mein Sohn.« Heinz-Hermann Lüders war nicht wiederzuerkennen. Der Hauptkommissar hatte ihn zum örtlichen Bestatter geführt, wo man den Leichnam provisorisch aufgebahrt hatte. Bleich, mit wirrem Haar und hängenden Schultern stand er neben dem Toten. Ein Mitarbeiter des Unternehmens hatte das weiße Tuch zurückgeschlagen, sodass Kopf und Oberkörper des durch das Wasser aufgedunsenen Toten zu sehen waren. Lüders' Unterlippe zitterte. »Also ist er doch ertrunken. Das hätte ich nicht für möglich gehalten. Er war so gut in Form.«

»Kann gut sein«, sagte Eilers, »dass er ertrunken ist. Aber jemand hat dabei kräftig nachgeholfen. Wir werden den Körper Ihres Sohnes obduzieren lassen müssen.«

»Nachgeholfen?« Lüders sah ihn verständnislos an. »Wie meinen Sie das?«

»Er lag unter einem Fischernetz, das mit einem schweren Gewicht unten gehalten wurde. Mein Kollege von der Technischen Einsatzeinheit musste ihn aus dieser Falle herausschneiden, um ihn bergen zu können.« Eilers hob das Tuch an und deutete auf den nackten Körper, dessen Haut sich bläulich weiß verfärbt hatte. Wenn Sie genau hinschauen, sehen Sie die Abdrücke, die das Netz hinterlassen hat. Und an seinen Fingern ist die Haut aufgeplatzt. Wahrscheinlich hat er versucht, die Maschen aufzureißen.«

Stumm starrte Lüders auf die Leiche. »Wenn Sie schon alles wissen, warum muss er dann noch aufge... ich meine... obduziert werden?«

»Das Gericht braucht ein rechtsmedizinisches Gutachten.«

Lüders nickte kaum merklich. »Kann ich jetzt gehen?«

»Selbstverständlich.« Der Hauptkommissar zog das Tuch wieder über den Toten. »Wenn Sie erlauben, begleite ich Sie noch ein paar Schritte. Ich hätte nämlich noch eine Frage.«

Als die Männer aus dem kühlen Aufbahrungsraum auf die Jann-Berghaus-Straße hinaustraten, empfingen sie eine gleißende Mittagssonne und fröhlicher Urlaubslärm. Gegenüber dem frühen Morgen hatte sich die Temperatur, schätzte Eilers, verdreifacht. Sommerlich gekleidete Menschen, bepackt mit Schwimmreifen und Sonnenschirmen, Strandmatten und Sandschaufeln zogen sichtlich gut gelaunt in Richtung Strand.

Mit schnellen Schritten schlug Lüders die entgegengesetzte Richtung ein. Eilers hatte Mühe, ihm zu folgen. »Sie haben noch eine Frage?«, rief er ihm über die Schulter zu.

»Es geht um Ihr Alibi«, antwortete Eilers. Lüders blieb abrupt stehen, sodass der Kommissar fast in ihn hineinrannte.

»Alibi?« Lüders starrte ihn böse an. »Sind Sie von allen guten Geistern verlassen?«

»Sie haben angegeben, am Tag nach dem Verschwinden Ihres Sohnes aus Portugal gekommen zu sein.«

»Richtig«, knurrte Lüders. »Ich habe dort an einem Golfturnier teilgenommen. Das können Sie nachprüfen. Mein Name steht auf der Teilnehmerliste.«

»Das bezweifelt niemand. Allerdings sind Sie laut Passagierliste der TAP Portugal bereits drei Tage früher in Bremen gelandet. Sie könnten also zum Tatzeitpunkt auf Norderney gewesen sein.«

Lüders öffnete den Mund und schloss ihn wieder. »Ich war nicht hier«, beharrte er schließlich.

»Wenn Sie nicht in Portugal waren und auch nicht auf Norderney – wo waren Sie dann?« Eilers registrierte die Anspannung der Kaumuskeln in Lüders' Unterkiefer.

»In Aurich.«

»Aha.« Eilers musste sich zwingen, nicht sarkastisch zu klingen. »Drei Tage in Aurich. Nicht gerade eine touristische Offenbarung, oder?«

»Ich habe dort jemanden besucht.«

»Verwandte?«

Lüders schüttelte stumm den Kopf.

»Es wäre schon hilfreich, wenn Sie die Person benennen können, die Sie dort aufgesucht haben.«

»Eine Dame. Angelika de Boer. Ich muss Sie aber bitten, diese Informationen vertraulich zu behandeln.«

»Wir sind so diskret wie möglich«, versicherte Eilers. »Aber befragen werden wir sie. Daran führt kein Weg vorbei. Sie werden uns Adresse und Telefonnummer nennen müssen.«

Nach kurzem Zögern nickte Lüders. »Also gut.«

Eilers zog sein Smartphone aus der Tasche und ließ sich die Angaben diktieren. Dann steckte er es wieder ein und verabschiedete sich. »Wir informieren Sie«, fügte er hinzu, »wenn die Leiche, ich meine ... Ihr Sohn ... von der ... aus Osnabrück zurück ist und beigesetzt werden kann.«

Ohne erkennbare Reaktion wandte sich Lüders ab und setzte seinen Weg fort. Jan Eilers sah ihm nach. Ein Kind zu verlieren, dachte er, ist ein harter Schlag. Auch wenn das Verhältnis zwischen Vater und Sohn angespannt war. Der Mann war sichtlich erschüttert.

Während er in Richtung Dienststelle ging, fragte sich Eilers, warum ihm Heinz-Hermann Lüders trotzdem rätselhaft blieb. Dass der Witwer eine neue Beziehung eingegangen war, schien nachvollziehbar. Auch sein Bemühen, dies vor der Öffentlichkeit zu verstecken. Trotzdem beschlich ihn erneut das Gefühl, der Mann würde etwas verheimlichen. Konkrete Anhaltspunkte gab es dafür nicht. Aber sein Instinkt, sein Unterbewusstsein schickte ihm ein vages Signal, das er nicht zu fassen bekam.

7

1803

Ommo Lüders hatte seine Eltern zum Hafen gebracht, von wo aus das Boot sie nach Fischerhausen bringen würde. Am späten Abend würde er schauen, ob sie zurückgekehrt waren oder ob sie es vorzogen, die Rückreise nach Norderney erst am nächsten oder übernächsten Tag anzutreten. Neben dem Besuch bei den Großeltern würde sein Vater in Norden Geschäftliches zu erledigen haben. Mit der elterlichen Kutsche würde er zu den Ankunftszeiten des Fährbootes den Anleger aufsuchen und seine Eltern abholen, wann immer sie eintrafen. In der Zwischenzeit gedachte er, den Zweispänner für seine eigenen Zwecke zu nutzen.

Außerhalb des Ortes, im mittleren Teil der Insel, hatte er einen Verschlag eingerichtet, von dem außer ihm niemand wusste. Die baufällige Bretterbude hatte früher einem Fischer zur Aufbewahrung von allerlei Gerätschaften gedient, war jedoch verlassen worden, nachdem es dort einen mysteriösen Todesfall gegeben hatte. Ein junger Mann, der Sohn des Besitzers, war leblos, aber ohne äußere Verletzungen in der Hütte aufgefunden worden. Daraufhin hatte sich das Gerücht verbreitet, dass er von einer in der Nähe lebenden Alten verhext worden war.

Ommo glaubte nicht an Hexerei. Er hatte den Verschlag für wenig Geld erworben und für seine Zwecke hergerichtet. Hier lagerte er Tabak und Gewürze, Tee und Kaffee, Zucker und Schnaps. Die Waren kamen übers Meer, meist von der Insel Helgoland, wurden abseits des Hafens in der Dämmerung ausgeladen und später durch Mittelsmänner an Abnehmer auf dem ostfriesischen Festland verkauft. Die Gewinnspanne war beträchtlich, da die ausländischen Erzeugnisse nicht verzollt wurden. Das einzige Problem dabei war, die Einnahmen aus dem einträglichen Geschäft vor der Familie zu verstecken. Einen Teil legte er für später zurück, das meiste aber verjubelte er mit Freunden bei Wein und Würfelspiel in der Schänke Zum Ankerplatz.

Der Versuch seines Vaters, ihn für Naturwissenschaften, Heilkunde und Arzneimittel zu begeistern, war fehlgeschlagen. Offiziell half er zwar in der elterlichen Apotheke, doch beschränkte sich seine Tätigkeit auf einfache Hilfsdienste und Botengänge. Seine Hauptaufgabe, Medikamente auf der gesamten Insel Norderney auszuliefern, gab ihm Gelegenheit, seinen eigenen Geschäften nachzugehen.

Den heutigen Tag wollte er nutzen, um einen größeren Vorrat an Flaschen und Paketen zum Hafen zu transportieren und dort im Boot eines Fischers zu verstauen, der die Ware in einer der nächsten Nächte zu seinem Gewährsmann nach Fischerhausen bringen würde.

Nachdem er den Ort verlassen und den Weg zur Hütte eingeschlagen hatte, fielen ihm die Silhouetten von drei Personen auf, die zum Nordstrand unterwegs waren. Zwei von ihnen waren ihm vertraut. Clara und Felicitas. Der große blonde Mann, den sie in ihre Mitte genommen hatten, konnte nur der schiffbrüchige Gast sein.

Ommo versteckte die Kutsche und folgte, in sicherem Abstand und stets Deckung suchend, seinen Schwestern und ihrem Begleiter. Deren vertraulicher Umgang entsetzte ihn. Gleichzeitig wurde ihm bewusst, dass auch seine Eltern den Seemann wohlwollend betrachteten und großzügig behandelten. Wollte sich dieser hergelaufene Matrose, der gewiss kein

Offizier und ohne jedes Vermögen war, in die Familie einschleichen, indem er Clara oder Felicitas als Ehegattin zu gewinnen dachte?

Ein unschönes Szenario setzte sich in seinem Kopf fest. Darin überreichte Jacob Lüders seinem Schwiegersohn Johann Barghus symbolisch den Schlüssel zur Apotheke, überschwänglich bejubelt von der übrigen Familie, zu der auch schon zwei oder drei kleine Kinder gehörten, die am Rockzipfel ihrer Mutter – seiner Schwester! – hingen.

»Das lasse ich nicht zu«, murmelte Ommo und beschloss, den unerwünschten Gast im Auge zu behalten. Sollte er einer seiner Schwestern schöne Augen machen, würde er dafür sorgen, dass er aus dem Haus und von der Insel verschwand. Gegen eine Flasche Rum würde der eine oder andere seiner Zechkumpane ihm gern behilflich sein. Dann hätte sein Freund Emmius Nordbrook wieder freie Bahn, der sich schon länger für die Zwillinge interessierte. Ommo hatte ihm zugesichert, dabei behilflich zu sein. Im Gegenzug würde Emmius bei seiner Cousine Johanna ein gutes Wort für ihn, Ommo, einlegen.

Er zog sich zurück, holte die Kutsche aus dem Versteck und transportierte wie geplant die Waren zum Hafen. Als seine Eltern am Abend nicht im Hafen von Norderney eintrafen, stattete Ommo, da an diesem Tag kein weiteres Fährboot mehr erwartet wurde, seinem bevorzugten Gasthaus einen Besuch ab, beruhigte sein erregtes Gemüt mit einigen Gläsern Köm und kehrte schließlich nach Hause zurück.

Seine Schwestern schienen nicht sonderlich beunruhigt über die Nachricht zu sein, dass die Eltern noch nicht zurückgekehrt waren. Im Gegenteil – sie warfen sich verschwörerische Blicke zu, und auf ihren Gesichtern erschien ein erwartungsfroher Ausdruck.

»Dann musst du dich morgen um die Apotheke kümmern«,

erklärte Felicitas. »Bis die Eltern wieder zurück sind. Clara und ich werden unseren Gast über die Insel führen. Er soll an die frische Luft und sich ein wenig anstrengen, damit seine Kräfte zurückkehren und seine Glieder erstarken.«

»Soso«, knurrte Ommo. »Kräfte und Glieder.« Er fragte sich, was sich hinter der Fürsorge verbarg, fand jedoch keine Antwort. Der Eifer, mit dem sich seine Schwestern um den Seemann bemühten, schien ihm nicht angemessen. Doch er wusste nicht, wie er dagegenhalten sollte. Christliche Tugenden wurden von Helene Lüders seit jeher hochgehalten. Clara und Felicitas konnten also mit der Unterstützung ihrer Mutter rechnen. Und ihren Vater wickelten sie, seit sie auf der Welt waren, mit Leichtigkeit um den Finger. Das war ihm schon immer ein Dorn im Auge gewesen.

Dem schiffbrüchigen Gast gegenüber verhielten sie sich jedoch allzu arglos. Also nahm er sich vor, den morgigen Ausflug zu beobachten. Sobald die Mädchen mit ihrem Schützling das Haus verließen, würde er Enders den Dienst in der Apotheke überlassen und ihnen folgen.

*

Nach dem Mittagessen zogen sich Clara und Felicitas zurück, um sich für die Wanderung zum Strand umzuziehen. Diesmal wollten sie sich nicht im Sonntagsstaat, sondern in schlichten Reformkleidern ohne Korsett und in Schuhwerk, das für eine längere Wanderung geeignet war, auf den Weg machen.

Johann nutzte die Gelegenheit und verließ das Haus ohne die Schwestern. Am großen Spiegel in der Eingangshalle befestigte er ein Blatt Papier, das er hinter einer Tür mit der Aufschrift *Kontor* gefunden und auf das er eine entschuldigende Erklärung geschrieben hatte.

Den Weg hatte er sich eingeprägt. Rasch fand er die Stelle wieder, von der aus er am Vormittag einen Blick in die Runde hatte werfen können. Diesmal hielt er jedoch nicht inne, sondern verfiel in einen gemäßigten Laufschritt und wandte sich in die Richtung, in der die Nachbarinsel Baltrum lag.

Im Süden war Norderney begrünt, doch hier im Norden schien sich der weiße Sand endlos auszubreiten. Je weiter er nach Osten vordrang, desto breiter und unberührter wurde der Strand. Er passierte die Stelle, an der er angetrieben worden war und die ihm die Schwestern gezeigt hatten. So weit wären sie normalerweise nie gegangen, aber nachdem sie in der Ferne eine Gestalt hatten liegen sehen, waren sie weitergelaufen.

Johann setzte seinen Weg schnellen Schrittes fort und ließ den Blick schweifen. Er kniff die Lider zusammen und erblickte schließlich einen dunklen Punkt an der Wasserlinie. Ein Boot war nicht zu erkennen, aber plötzlich entdeckte er auf dem weißen Sand einen länglichen Körper und beschleunigte seine Schritte. Die Gestalt wurde größer. Sie schien sich zu verändern, setzte sich langsam, dann immer schneller, in Bewegung und robbte in Richtung Nordsee. Andere Gestalten erhoben sich aus dem Sand und folgten ihr.

Enttäuscht blieb Johann stehen und stieß die Luft aus. Seehunde. Schon verschwanden sie in den Wellen. Als er die Stelle erreichte, war der Strand wieder leer wie zuvor. Nur am äußersten Ende der Insel, dort, wo sich bereits die Häuser von Baltrum abzeichneten, dümpelte etwas im seichten Wasser. Eine Schar Möwen kreiste kreischend über der Stelle. Hin und wieder stieß eine hinab, hackte flatternd auf irgendetwas ein und erhob sich wieder in die Luft. Ein Brett? Ein Balken? Eilig setzte er sich wieder in Bewegung.

Sein Herz schlug schneller, als er sich dem schwimmenden

Objekt so weit näherte, dass er die Form erkennen konnte. Es schien tatsächlich ein Boot zu sein. Nur Bug und Achtersteven und der obere Rand der Bordwand mit seinen Dollen ragten aus dem Wasser. Der Kiel schien aufgesetzt zu haben, und nun wankte das Boot im Rhythmus der Wellen, ohne von der Strömung fortgetrieben zu werden. Niemand schien an Bord zu sein. Johann war sich sicher, das Beiboot der *Conquistador del Mar* gefunden zu haben. Er krempelte seine Hosenbeine hoch und lief ins Wasser. Als er das Boot erreichte, fand er im halb vollgelaufenen Inneren das, was die Möwen angelockt hatte.

Von der Katze war nur das Fell übrig. Marinus Mulders Leiche steckte noch in der schwarzen Kleidung, aber die aus den Ärmeln ragenden Hände und Unterarme waren so stark zerhackt, dass man die bleichen Knochen sehen konnte. Und sein Schädel grinste ihm mit offenem Gebiss und dunklen Augenhöhlen entgegen.

Unter den Duchten, von Tauwerk fest umschlungen, hingen jene Seesäcke, in denen der Kapitän seinen Goldschatz transportiert hatte. Johann atmete tief durch. Seine Gedanken überschlugen sich. Allein würde er das Boot nicht bergen können. Die Leiche des Kapitäns musste beerdigt, die Seesäcke in Sicherheit gebracht werden. Sollte er Ommo Lüders zu Hilfe holen? Mit den Pferden würde er das Boot vielleicht auf den Strand ziehen können. Und dann ... Was würde mit dem Goldschatz geschehen? Konnte er Ommo trauen? Oder sollte er bis morgen warten und sich Jacob Lüders anvertrauen? Der Apotheker würde vielleicht Rat wissen. Andererseits konnte er das Vermögen für seine Familie beanspruchen. Und wenn die Sache bekannt wurde, schickte der Vogt womöglich Soldaten, die das Gold im Namen des Königs beschlagnahmten.

Es war zweifellos besser, den Fund zu verstecken und niemandem davon zu erzählen. Doch wie sollte er die schweren

Säcke transportieren? Und wo auf der Insel war ein sicherer Ort? Konnte er Clara und Felicitas ins Vertrauen ziehen?

Johann verschob die Suche nach einer Antwort auf später. Er stieg in das schwankende Boot, vermied die Berührung mit der darin schwimmenden Leiche und begann, die Taue zu lösen, mit denen die Seesäcke an den Duchten befestigt waren. Es gelang ihm, sie zu befreien und zum Strand zu schleppen. Hier ließ er sich schwer atmend in den Sand fallen. Trotz des kühlen Meerwassers, in dem er hantiert hatte, lief ihm der Schweiß über die Schläfen.

Er gönnte sich einige Minuten Ruhe, dann zerrte er die Säcke nacheinander bis zur ersten Düne. In deren Schatten schaufelte er mit den Händen eine Senke, schob die nassen Behältnisse hinein und bedeckte sie mit Sand. Ein flüchtiger Betrachter würde das Versteck nicht erkennen. Bis er eine andere Lösung gefunden hatte, war Mulders Nachlass einigermaßen sicher. Um die Leiche des Kapitäns würde er sich morgen kümmern. Ob die Möwen einen Tag mehr oder weniger auf ihr herumhackten, würde nun nichts mehr ändern. Vielleicht nahm die nächste Flut das Boot auch wieder mit und setzte es woanders ab.

Mit einiger Mühe erhob sich Johann aus dem Sand und machte sich auf den Rückweg. Er war erschöpft, und so ließ er sich Zeit. Auf halbem Wege kamen ihm Clara und Felicitas entgegen. So hatte er sie noch nie gesehen. Statt der modischen Gewänder und Schuhe trugen sie einfache Kleider und festes Schuhwerk. Obwohl ihre Silhouetten deutlich schmaler waren, erinnerten sie ihn an Marktweiber. Sie winkten aufgeregt und eilten mit besorgter Miene auf ihn zu.

»Wir waren sehr beunruhigt!«, rief Clara, als sie ihn erreichten. »In deinem Zustand solltest du dich nicht allein so weit vom Haus entfernen.«

»Du hättest ruhig auf uns warten können«, fügte ihre Schwester hinzu und deutete an sich hinunter. »Heute sind wir für einen längeren Spaziergang eingerichtet.«

Johann lächelte bei dem Gedanken, dass die Mädchen beim Anblick von Marinus Mulders Leiche vermutlich in Ohnmacht gefallen wären. Dann hätte er auch sie noch an den Strand tragen müssen. Er winkte ab. »Es ist alles in Ordnung. Ich möchte euch nicht zu sehr in Anspruch nehmen. Ihr habt schon so viel für mich getan.«

Die Schwestern sahen sich an und brachen in Gelächter aus. Erst später wurde Johann klar, woran die Mädchen dabei gedacht hatten. Doch ihn beschäftigte nun ausschließlich die Frage, wie er Mulders Schatz in Sicherheit bringen konnte. Seine geistige Abwesenheit sahen die Schwestern als Bestätigung an, dass er sich zu viel zugemutet hatte und nun Erholung brauchte. Sie begleiteten ihn nach Hause, führten ihn zu seiner Kammer und verordneten ihm ein Bad und Bettruhe.

*

Am nächsten Morgen verschlief Johann den Tagesbeginn. Die halbe Nacht hatte er sich den Kopf zermartert, um eine Lösung zu finden. Schließlich hatte er sich dazu durchgerungen, Clara und Felicitas ins Vertrauen zu ziehen. Er würde ihnen nur so viel erzählen, wie zur Bergung und Aufbewahrung der Seesäcke erforderlich war. Über deren Inhalt gedachte er sie im Unklaren zu lassen oder sich eine Lügengeschichte auszudenken.

Nachdem Enders ihn geweckt hatte, musste er sich beeilen, um nicht mit allzu großer Verspätung am Frühstückstisch zu erscheinen. Zum Glück waren Jacob Lüders und seine Frau noch nicht von der Reise zurückgekehrt. Allerdings musterte

Ommo ihn mit misstrauischem Ausdruck, während er wortlos sein Frühstück aß und seine Schwestern unbefangen und fröhlich Ideen für die Gestaltung des Tages austauschten. Claras Vorschlag, eine Kutschfahrt über die Insel zu unternehmen, kommentierte ihr Bruder mit einem unwillig hervorgestoßenen Einwand. »Ich muss die Eltern vom Hafen abholen.«

»Das nächste Fährschiff vom Festland«, erwiderte Felicitas, »kommt erst am Nachmittag. Bis dahin sind wir längst zurück.«

Ommo schwieg und zuckte mit den Schultern. Aber seine Miene verdüsterte sich weiter.

»Wenn euer Bruder die Kutsche für geschäftliche Erledigungen braucht«, warf Johann scheinheilig ein, »sollten wir dem nicht im Wege stehen.«

»Solange unser Vater abwesend ist«, erwiderte Clara, »muss Ommo sich um die Apotheke kümmern. Bis zur Ankunft des Schiffes können wir über den Zweispänner verfügen. Sie wandte sich an Johann. »Du kannst doch kutschieren?«

»Selbstverständlich.« Johann lächelte bescheiden. »Aber ich möchte keine Umstände verursachen.« Beinah hätte er erwähnt, dass er von einem oberschwäbischen Bauernhof stammte und mit Pferden aufgewachsen war. Doch Ommos ablehnende Haltung konnte auch bedeuten, dass er die väterliche Unterstellung, Johann müsse Offizier auf der *Conquistador del Mar* gewesen sein, nicht teilte. Vielleicht missgönnte er ihm auch die unverhohlene Zuneigung seiner Eltern und seiner Schwestern. In jedem Fall schien es angeraten, sich den Bruder nicht zum Feind zu machen.

»Damit ist es entschieden«, verkündete Felicitas. Sie rief nach Enders und gab ihm auf, Pferde und Kutsche für eine Ausfahrt vorzubereiten.

Die Aussicht, mit den Schwestern allein unterwegs sein zu können und über ein Transportmittel zu verfügen, erfüllte

Johann mit Freude und Zuversicht. Wenig später lenkte er den Zweispänner durch die Straßen von Norderney. Clara deutete auf verschiedene Gebäude und nannte die Namen der Besitzer und deren Gewerbe. Johann hörte nur halb zu, denn in seinen Gedanken beschäftigte er sich mit der Ladung, die er in Sicherheit zu bringen gedachte. Und mit der Erfindung einer Geschichte, die das Vorhaben erklären würde. Als er schließlich unvermittelt stoppte und sich den Schwestern zuwandte, sahen ihn diese erwartungsvoll an.

»Ich möchte euch etwas anvertrauen«, begann er. »Niemand darf jemals davon erfahren. Könnt ihr mir versprechen, ein Geheimnis bis in alle Ewigkeit zu bewahren?«

Clara und Felicitas sahen sich an und nickten eifrig. »Bis ins Grab«, bestätigten sie wie aus einem Munde.

Während Johann die Pferde antrieb und die Kutsche in Richtung Strand lenkte, berichtete er von Martinus Mulders Goldschatz. Er veränderte das Geschehen in einigen Einzelheiten, um die Geschichte weniger unglaubwürdig erscheinen zu lassen, und am Ende begeisterten sich die Schwestern dafür, Mitwirkende einer geheimnisumwitterten und abenteuerlichen Begebenheit zu sein, und erboten sich, Johann ein Versteck zu zeigen, in dem der Nachlass des verstorbenen Kapitäns sicher aufbewahrt werden könnte. Gleichzeitig warfen sie sich Blicke zu, die als Bekräftigung des Geheimbundes gedeutet werden konnten. Zügig brachte er das Gefährt in Richtung Ostspitze der Insel in Fahrt und steuerte jene Düne an, in deren Schatten er die Seesäcke vergraben hatte.

*

Ommo Lüders hatte Enders mit der Aufsicht über die Apotheke beauftragt und vom Nachbarn ein Pferd ausgeliehen. In sicherem Abstand war er der Kutsche mit seinen Schwestern und dem Seemann gefolgt. Nun beobachtete er, wie das Gespann über den Nordstrand in Richtung Osten rollte. Am östlichen Ende Norderneys bog es zu einer größeren Düne ab und hielt.

Um sich nicht der Gefahr der Entdeckung auszusetzen, glitt Ommo vom Pferd, band es an einer Krüppelkiefer fest und hastete zu Fuß weiter durch den Sand, sich stets in Deckung haltend. Als er den elterlichen Kutschwagen in den Blick bekam, setzte sich dieser bereits wieder in Bewegung. Ommo eilte zurück, schwang sich aufs Pferd und ritt nach Hause. Wider Erwarten hatte er nichts Ungebührliches gesehen, aber er empfand den vertraulichen Umgang der Mädchen mit dem Fremden als Bedrohung. Wenn sein Vater nicht für ein Ende der fragwürdigen Dreisamkeit sorgte, würde er es tun. Dank der Nordsee war es auf Norderney nicht allzu schwierig, einen Menschen verschwinden zu lassen.

Am Abend waren Jacob und Helene Lüders noch immer nicht zurückgekehrt. Sie hatten jedoch über den Fährmann ausrichten lassen, dass am Folgetag mit ihnen zu rechnen sei und Ommo sie zur Ankunftszeit des Fährschiffes am Hafen zu erwarten hätte.

Das Abendessen und die darauffolgenden Stunden verbrachten seine Schwestern und der Seemann in ausgelassener Stimmung. Clara und Felicitas hatten Enders schon zum Abendessen eine Flasche Wein öffnen lassen und später eine weitere geleert. Dabei waren sie sich in Andeutungen ergangen, die Ommo nicht verstand, hatten erneut eine geradezu ungehörige Vertrautheit an den Tag gelegt und sich wie unzüchtige Frauenzimmer benommen. Nachdem er sich aus der heiteren Runde verabschiedet hatte, um im Wirtshaus seine Zechbrüder zu treffen, klang das laute Gelächter noch lange in seinen Ohren.

8

2016

Rieke Bernstein hatte sich entschlossen, Julias Vorschlag anzunehmen. Sie würde erst einmal schauen, was die Kollegen vor Ort schon herausgefunden hatten, das Hotelzimmer beziehen, das ihre Freundin gebucht hatte, und sie dann – je nach Verlauf der weiteren Ermittlungen – nachkommen lassen. Auch die Anregung, bei der Gelegenheit ihre Eltern zu besuchen, hatte Rieke aufgegriffen. Sie war früher aufgebrochen und erreichte Aurich – obwohl der Verkehr auf der A 7 bis zum Walsroder Dreieck zähflüssig gewesen war – zur Mittagszeit.

Ihre Mutter war von der Ankündigung begeistert gewesen und hatte sofort Vorschläge parat gehabt. »Wir können einen Ausflug mit dem Schiff machen, durch den Ems-Jade-Kanal bis nach Emden und Ihlow. Oder shoppen gehen, im Carolinenhof. Auf jeden Fall gibt es ostfriesisches Mittagessen.« Dass Rieke dienstlich unterwegs, nur auf der Durchreise war und sich allenfalls wenige Stunden in ihrem Elternhaus aufhalten würde, hatte sie überhört. »Du kannst in deinem Zimmer schlafen. Es ist noch alles da.«

Für einen Moment hatte Rieke ihre Entscheidung bereut. Sie würde erklären müssen, weshalb sie nicht bei ihren Eltern übernachten und länger bleiben würde, und auf wenig Verständnis stoßen. Aber die Freude, sie zu treffen, überwog. Besonders lag ihr daran, ihren Vater zu sehen. Während sie vor zwei Jahren auf Borkum ermittelt hatte, war sie zwischendurch voller Angst nach Aurich gefahren, weil er wegen Herzrhythmusstörungen ins Krankenhaus eingeliefert worden war. Es ging ihm wieder gut, aber Rieke war sich nicht sicher, ob sie seinen Beteuerungen am Telefon Glauben schenken konnte.

Als Rieke ihren Wagen vor dem Haus abstellte und ausstieg, erschien ihre Mutter bereits in der Tür. Sie hatte ihr Haar mit einem Kopftuch bedeckt und trug eine Schürze. Ihre Wangen waren gerötet. Wahrscheinlich stand sie schon seit dem frühen Morgen in der Küche, um für ihre Tochter ein ostfriesisches Mittagsgericht zuzubereiten.

»Dat gifft Snirtjebraa«, rief sie und breitete die Arme aus. »Schön, dass du da bist.« Rieke schlug innerlich die Hände über dem Kopf zusammen. In Butter angebratenes und geschmortes Schweinefleisch mit schwerer Soße und Kartoffeln, Apfelrotkohl und grünen Bohnen, dazu sauer eingelegten Kürbis, Rote Bete und saure Gurken. Eine gehaltvolle Mahlzeit, die man früher zum Schlachtfest servierte, eigentlich etwas für den Winter. Und das an einem Sommertag! Sie würde nur wenig davon essen können und sich vorwurfsvolle Blicke gefallen lassen müssen. Rieke umarmte ihre Mutter und sog deren Küchenduft ein. »Das wäre doch nicht nötig gewesen, Mama. So viel Arbeit für ein Mittagessen.«

»Ach was! Papa und ich freuen uns schon seit deinem Anruf auf dich. Wenn du nach Aurich kommst, muss es etwas Ordentliches geben. Komm rein, mein Kind.«

»Willkommen zu Hause, mein Augenstern.« Riekes Vater war im Hintergrund aufgetaucht. Er strahlte sie an und schloss sie in die Arme.

»Wie geht es dir?«, fragte Rieke, nachdem er sie freigegeben hatte.

»Blendend! Aber lass dich anschauen! Du siehst toll aus. Geht es dir gut?« Als seine Tochter nickte, nahm er ihre Hand und zog sie in Richtung Esszimmer. »Deine Mutter hat ein Festmahl vorbereitet. Ich hoffe, du hast Appetit mitgebracht.«

Rieke suchte nach einer Erklärung für ihre Abneigung gegen schwere Kost an warmen Sommertagen, doch der Duft aus der Küche ließ sie mit einer Antwort zögern. Sie verspürte plötzlich Hunger auf Deftiges. »Ja«, sagte sie, »ich glaube, ich könnte ein Stück Snirtjebraa vertragen.«

Während des Essens wich die Anspannung, die Rieke auf dem Weg zu ihrem Elternhaus befallen hatte. Während der letzten Monate hatte sie am Telefon immer nur ihre Mutter erreicht. Um sie machte sie sich keine Sorgen, denn sie würde sofort sagen, wenn ihr etwas fehlte. Ihrem Vater traute sie zu, gesundheitliche Probleme zu verschweigen. Doch er sah frisch aus, wirkte zufrieden und schien voller Energie zu sein. Lebhaft erkundigte er sich nach Riekes aktuellem Fall auf Norderney.

»Ich weiß nur«, antwortete sie, »dass ein Mann in seinen besten Jahren auf nicht natürliche Weise ums Leben gekommen ist. Alles Weitere erfahre ich heute Abend, wenn ich auf der Insel ankomme. Vielleicht auch erst morgen. Mir ist nicht einmal bekannt, ob die Kollegen vor Ort schon Ermittlungen angestellt oder gar einen Tatverdächtigen haben.«

»Hast du schon eine Unterkunft?«, fragte ihre Mutter besorgt.

»Julia hat eine Unterkunft für mich gebucht. Also eigentlich für uns beide. Sie kommt so bald wie möglich nach. Dann machen wir zusammen Urlaub.«

»Urlaub? Auf Norderney? Das ist ja toll!« Riekes Vater legte Messer und Gabel beiseite und sah sie mit leuchtenden Augen an. »Dann können wir euch ja mal besuchen. Oder ihr kommt nach Aurich. Oder wir treffen uns in Norden. Julia haben wir ewig nicht gesehen. Wir könnten …«

»Das lässt sich sicher einrichten, Papa«, unterbrach Rieke ihn. »Aber lass es uns bitte besprechen, wenn es so weit ist. Sobald Julia auf Norderney ist und wir ein paar Tage entspannen konnten, rufen wir euch an und verabreden uns. Jetzt muss ich mich erst auf meinen Fall konzentrieren.«

»Damals auf Borkum«, warf ihre Mutter ein, »hast du doch auch in einem Hotel gewohnt. Kam nicht der Mörder aus genau diesem Hotel?«

»Ja, das stimmt.« Rieke staunte. »Du hast ein gutes Gedächtnis. Aber das war Zufall.«

»Ich habe mir noch nachträglich Sorgen gemacht. Wenn er dir etwas getan hätte ... Du musst mir versprechen, dass du diesmal besser auf dich aufpasst.«

»Oh Mama.« Rieke lachte und schüttelte den Kopf. »Nun mach aber mal 'nen Punkt. Ich war nicht in Gefahr. Und ich werde auch diesmal nicht in Gefahr sein. Sehr unwahrscheinlich, dass der Täter ausgerechnet in dem Hotel auftaucht, das Julia per Internet gefunden hat.«

»Man kann nie wissen«, beharrte ihre Mutter.

Ihr Vater zwinkerte ihr zu. »Deine Mutter sieht zu viele Krimis im Fernsehen. Da geraten die Kommissarinnen oft selbst in Gefahr.« Er nahm sein Besteck auf und schnitt ein Stück Fleisch von seinem Braten. »Ihre männlichen Kollegen übrigens weniger.«

»Siehst du!« Riekes Mutter gab nicht auf. »Frauen sind eben stärker gefährdet. In welchem Hotel wirst du wohnen? Wenn ich drei Tage nichts von dir höre, rufe ich an.«

»Lass gut sein, Mama!« Rieke seufzte. »Du musst nicht anrufen. Ich melde mich. Das Hotel heißt Nordbrook. Soll eins der besten sein. Wir haben eine Suite mit Meerblick.«

»Nordbrook? Was für ein seltsamer Name für ein Hotel.«

»Wahrscheinlich heißt der Inhaber so«, warf Riekes Vater

ein. »Mein Vater hat manchmal von einem Nordbrook erzählt, der von der Insel Norderney kam. Sie waren im Krieg zusammen in Russland. Ein Granatsplitter hat ihm die Halsschlagader zerfetzt. Bevor er starb, hat er meinem Vater ein angebliches Geheimnis anvertraut, eine verworrene Geschichte von einem Goldschatz, den seine Familie angeblich besessen hat. Leider weiß ich keine Einzelheiten mehr. Die Kriegsgeschichten meines Vaters mochte ich irgendwann nicht mehr hören, deswegen habe ich meine Ohren meistens auf Durchzug gestellt.«

»Ja«, bestätigte die Mutter. »Das hast du bis heute nicht verlernt.«

Vater und Tochter grinsten sich an. Dann legte Rieke Messer und Gabel ab. »Ich kann nicht mehr.«

»Du musst aber noch meine Ostfriesentorte probieren. Biskuit mit Sahne und Branntweinrosinen. Lecker.«

»Später«, stöhnte Rieke. »Und dann nur ein ganz kleines Stück.«

Zu Snirtjebraa und Torte gesellte sich zur Teetied ein Tee mit Sahne und Kluntjes, und danach servierte Riekes Vater noch einen Moorgeist.

*

Als Rieke wieder im Auto saß, lockerte sie den Gürtel ihrer Hose und öffnete alle Fenster. Schwer lag das Essen im Magen, und ihr Kopf brummte vom ununterbrochenen Ansturm mütterlicher Fürsorge und vom neuesten Klatsch aus Aurich. Sie startete, rollte vom Grundstück und winkte ihren Eltern zu, die ihr bis zum Wagen gefolgt waren. Die Mutter hielt noch die Tupperdosen in den Händen, die sie ihrer Tochter hatte mitgeben wollen, was Rieke nur mit Mühe hatte abwehren können.

Auf der Bundesstraße 72 kam sie zügig voran und erreichte nach knapp 40 Minuten Norddeich-Mole. Der große Ansturm war offensichtlich schon vorüber, sodass sie nach nur wenigen Minuten auf die weiße Friesia-Fähre rollen konnte. Nachdem sie den Wagen abgestellt hatte, ließ sie sich auf einer der roten Bänke auf dem Oberdeck nieder, hielt das Gesicht in die Spätnachmittagssonne und schloss die Augen.

Sie öffnete sie erst wieder, als sich die Fähre in Bewegung setzte und den Hafen in Richtung Nordsee verließ. In das Dröhnen der Schiffsdiesel mischten sich die Schreie der Möwen und das Klatschen der Wellen an die Bordwand. In weniger als einer Stunde würde sie auf Norderney sein. Die frische Seeluft und das monotone Grollen der Motoren, vielleicht auch die Nachwirkungen des üppigen Essens, ließen sie plötzlich Müdigkeit spüren. Sie nahm sich vor, erst am nächsten Morgen Kontakt mit der örtlichen Polizeidienstelle aufzunehmen. Im Hotel würde sie ausgiebig duschen und sich ein Stündchen hinlegen. Später würde sie Julia anrufen und sich dann ein wenig in der Stadt umsehen, ein Eis oder einen Cocktail oder beides genießen und früh schlafen gehen, um am nächsten Tag ausgeruht zu sein.

*

Sie hatte es geahnt. Julia hatte sich vom Preis nicht abschrecken lassen und womöglich das teuerste Zimmer der Insel gebucht. Ganz offensichtlich war das Hotel Nordbrook das erste Haus am Platz. Ein dreigeschossiger Bau in schneeweißer Bäderarchitektur der Gründerzeit, mit Veranden und Balkonen und Rundbogenfenstern, die von Halbsäulen flankiert wurden. Die Abendsonne tauchte das Gebäude in warmes Licht, gleichzeitig leuchteten die Fenster von innen im gleichen Ton und gaben dem Anwesen einen gediegenen und heimeligen Charakter.

Im Gegensatz zur historischen Anmutung der Fassade waren die Innenräume modern und großzügig gestaltet. Eine Wand aus Glas grenzte die Hotelhalle von einem üppig bepflanzten Innenhof ab.

Am Empfang wurde Rieke von einer hübschen jungen Frau herzlich begrüßt und nach einem Blick auf den Monitor und Eingabe ihrer Kreditkartendaten zum Aufzug geleitet. In der Zwischenzeit hatte ein dunkelhäutiger Hotelboy ihre Koffer aufgenommen. Er folgte ihr zum Fahrstuhl, drückte auf den Knopf für die dritte Etage und strahlte sie fröhlich an, als wäre sie der erste Gast des Tages.

Als sie die Suite betrat, wusste sie sofort, dass sie sich hier wohlfühlen würde. Die Räume waren modern und geschmackvoll eingerichtet. Sie wirkten sauber und gepflegt, und vor dem Balkon breitete sich das Panorama der Nordsee aus. Rieke drückte dem Pagen ein Trinkgeld in die Hand und kontrollierte das Bad. Auch hier war alles perfekt. Zufrieden begann sie mit dem Auspacken.

*

Zwei Etagen unterhalb der Hotelsuite, in der sich Rieke Bernstein wohnlich einrichtete, im Büro des Hoteliers, saßen zwei Männer vor einem Computer. Ein jüngerer, etwa fünfundzwanzig Jahre alt, und ein älterer, der bereits in den Fünfzigern war. Sie betrachteten Zahlenkolonnen. Zwischendurch griff einer von ihnen, der Jüngere, nach einem Stapel Papier, fuhr mit dem Zeigefinger an weiteren Zahlen entlang, schüttelte den Kopf und legte die Blätter wieder ab. »Es geht nicht«, murmelte er. »Wir müssen bei unserem Plan bleiben, Thomas. Spätestens in einem Dreivierteljahr geht die Bombe hoch.« Er lehnte sich zurück und kippelte nervös mit dem Stuhl. »Dein Vater hat für meinen Vater gebürgt. Wenn unser Unternehmen zusammenbricht, geht es auch euch an den Kragen. Dann sind über einhundert Jahre Tradition im Eimer. Und meine Zukunft.« Er zog eine Packung John Player Special aus der Tasche, zündete sich eine Zigarette an und warf dem anderen die Schachtel zu.

Gemeinsam rauchten die Männer eine Weile stumm. Schließlich schaltete der Ältere den Computer aus. »Wir brauchen einen neuen Plan. Wenn der alte Lüders erfährt, dass sein Sohn tot ist, haben wir kein Druckmittel mehr. Der *Kurier* hat zwar keine Namen genannt, aber bei der Leiche kann es sich nur um Frank Lüders handeln. Und die Bullen werden es seinem Vater gesagt haben. Die Sache mit dem Netz war gut ausgedacht, aber trotzdem scheiße.«

»Der Plan war genial«, widersprach der Jüngere. »Niemand konnte voraussehen oder auch nur ahnen, dass die bekloppten Angler ausgerechnet an der Stelle ihre Haken auswerfen. Viel zu nah an der Insel. Immerhin haben wir verhindert, dass Lüders uns übernimmt. Es ist mir ein Rätsel, wie Frank hinter unsere finanzielle Situation gekommen ist. Aber wenn er uns erst mal im Sack gehabt hätte, wäre es nur ein Schritt zur Übernahme des Hotels gewesen.«

»Stimmt«, bestätigte der Ältere. »Aber wie kommen wir jetzt an die Unterlagen? In seiner Villa hast du gründlich gesucht und nichts gefunden.«

»Wahrscheinlich sind sie in der Apotheke, aber da kommen wir nicht rein. Wir müssen uns die Freundin vom alten Lüders schnappen. Kann nicht so schwer sein, herauszufinden, wie sie heißt und wo sie wohnt.«

»Und dann?« Der Ältere verzog skeptisch das Gesicht. »Mit

dem … Unfall … von Frank Lüders kann uns niemand in Verbindung bringen. Aber wenn du jemanden … festsetzt, hast du eine Menge Probleme am Hals. Du brauchst einen sicheren Raum, musst dich um die Versorgung kümmern und hast, wenn es schlecht läuft, einen Zeugen, der dich wiedererkennt. Außerdem wissen wir nicht, ob Heinz-Hermann Lüders dann wirklich die Unterlagen rausrückt.«

»Wir müssen es versuchen. Ohne sie sind wir verloren. Und wenn es mit der Freundin vom alten Lüders nicht klappt, nehmen wir seine Enkeltochter. Du hast selbst gesagt, für sie würde er alles hergeben, was er hat. Das wüsste hier jeder.«

»So weit können wir nicht gehen. Es würde das Risiko noch einmal verdoppeln. Wenn uns die Bullen draufkommen, sieht unsere Zukunft auch düster aus. Schau erst mal, ob du mehr über die Freundin herausbekommst. Dann sehen wir weiter.«

»Mach ich.« Sein Gegenüber nickte zuversichtlich. »Die Bullen kannst du vergessen. Unsere Inselsheriffs haben keine Ahnung, und die Pappnasen vom Festland, die da jetzt während der Hauptsaison mitmischen, sind auch nicht schlauer. Außerdem haben wir ja meinen alten Schulfreund Dennis. Der hält mich auf dem Laufenden.«

»Hoffentlich überlegt er es sich nicht irgendwann anders.«

»Keine Sorge. Dennis ist ein Spieler. War er schon immer. Er weiß, dass er seine Prämie nur bekommt, wenn wir Erfolg haben. Und ich weiß, wie er tickt. Mein Alter war auch so einer. Hat schließlich eine ganze Firma verzockt.«

»Na dann.« Der Ältere sah auf die Uhr. »Ich muss noch mal zur Rezeption. Kümmere dich meinetwegen um Lüders' Freundin. Überleg dir aber gut, wie es weitergehen soll!« Er drückte seine Zigarette aus und verließ den Raum.

Patrick Nordbrook wandte sich dem Computermonitor zu,

und während der Rechner hochfuhr, lauschte er auf die sich entfernenden Schritte seines Verwandten. Dann rief er ein Internetportal auf und klickte eins der Bondage-Videos an, das die Seite präsentierte.

*

Rieke hatte fast eine Stunde geschlafen. Nun fühlte sie sich ausgeruht und unternehmungslustig. Und sie war neugierig auf die Insel. Als Kind war sie schon einmal mit ihren Eltern auf Norderney gewesen, hatte aber kaum noch Erinnerungen daran. Trotz des üppigen Mittagessens verspürte sie Appetit. Nach einem Blick auf die Uhr stand sie auf, zog sich aus und stieg unter die Dusche. Es war noch nicht zu spät für einen Erkundungsgang durch die Stadt und einen kleinen Imbiss.

Nachdem sie sich abgetrocknet hatte, öffnete sie die Balkontür und trat hinaus, um die Temperatur zu prüfen. Die Sonne stand bereits tief am westlichen Himmel, aber ihre Strahlen wärmten noch. Während sie die passenden Kleidungsstücke heraussuchte, telefonierte sie mit Julia. Ihre Freundin klang erleichtert, nachdem Rieke ihr versichert hatte, dass ihr das Hotelzimmer gefalle und sie sich vorstellen könne, zwei oder drei Wochen hierzubleiben. »Ich gehe jetzt auf die Piste«, erklärte sie. »Eine Kleinigkeit essen, vielleicht irgendwo was trinken. Morgen Abend rufe ich wieder an. Vielleicht lässt sich dann schon abschätzen, wie lange ich hier zu tun haben werde.«

»Das wäre schön«, antwortete Julia. »Ich freue mich, wenn ich nachkommen kann. Und lass dich nicht ansprechen!«

Rieke lachte. »Du weißt ja, wie gern ich Kerle in die Flucht schlage.«

Nach dem Gespräch mit Julia und nachdem sie sich angezogen hatte, rief sie ihre Eltern an, um ihnen mitzuteilen, dass sie gut angekommen war, das Hotel einen seriösen Eindruck machte und es keinen Anlass für irgendwelche Befürchtungen gab. Wenig später verließ sie das Gebäude und schlug den Weg zum Zentrum ein. Ihr Ziel war die Giftbude, ein traditionsreiches Restaurant am Weststrand, dessen Ursprünge im neunzehnten Jahrhundert lagen. Julia hatte es bei ihren Internetrecherchen über Norderney entdeckt, und Riekes Vater hatte es ebenfalls erwähnt. »Da kann man gut essen. Mit Blick aufs Meer.« Der seltsame Name, las sie in der Speisekarte, hatte nichts mit Mord und Vergiftung zu tun, sondern ging auf eine plattdeutsche Redewendung zurück. »Dor gift een int Bud«, sagten die Insulaner, als sie vor fast zweihundert Jahren im damaligen Herrenpavillon, einer aus Holz errichteten Bude, günstig speisen konnten, weil die Kurverwaltung einen Teil der Kosten übernahm.

Rieke genoss ihre gegrillten Garnelen mit Baguette und Knoblauchsoße, dazu einen Chardonnay aus dem Piemont. Sie betrachtete den rötlichen Abendhimmel und fühlte sich wie im Urlaub. Dass sie am nächsten Morgen die Polizeidienststelle aufsuchen und sich mit den Fakten eines ungeklärten Todesfalls vertraut machen musste, erschien ihr irgendwie unwirklich.

Auf dem Rückweg schlenderte sie noch einmal durch die Stadt. In der Schmiedestraße entdeckte sie eine Bar, in der Caipirinha angeboten wurde. Ein erfrischender Cocktail schien ihr verlockend.

Sie betrat den Gastraum, dessen Wände mit einer beeindruckenden Anzahl von Flaschen dekoriert waren. Von außen wirkte das Gebäude wie aus einem vergangenen Jahrhundert, innen jedoch hatte man eine moderne Einrichtung geschaffen. Rieke nahm an der Bar Platz und bestellte einen Caipi Cachaça. Kaum hatte der Keeper das Getränk serviert, schob sich ein

Mann in den Vierzigern neben sie auf den Barhocker. Das dunkle Haar hatte er nach hinten gegelt, darauf klemmte eine Sonnenbrille. Im offenen Hemd baumelte ein Goldkettchen auf gebräunter Haut.

»Na, schöne Frau, ganz allein hier?«

»Nein«, Rieke schüttelte den Kopf. »Ich bin nicht allein, ich habe meinen Dildo dabei.« Ihr Blick fixierte kurz den Bereich unter der Gürtellinie des Mannes, dann griff sie nach ihrer Handtasche. »Ich brauche einen etwas größeren. Willst du ihn sehen?« Suchend kramte sie in der Tasche herum.

Als sie den Kopf hob, war der Mann verschwunden.

Rieke zahlte und verließ die Bar. Im Eingang kam ihr eine Frau entgegen, deren Gang darauf schließen ließ, dass sie bereits woanders ordentlich getankt hatte. Sichtlich bemüht, sich nichts anmerken zu lassen und geradeaus zu gehen, stolzierte sie erhobenen Hauptes an Rieke vorbei. Eine Wolke aus Rauch, Parfüm und Alkoholdunst begleitete sie.

Vor Riekes innerem Auge erschien das Bild von Hannah Holthusen. Die alkoholkranke Journalistin hatte sie auf Borkum kennengelernt. Mit ihrer Hilfe war sie den Hintergründen eines bizarren Mordes auf die Spur gekommen. Ihr hatte sie es zu verdanken, dass sie den Fall erfolgreich hatte abschließen können. Der Kontakt zu Hannah war nie ganz abgerissen, hatte sich jedoch zuletzt auf gelegentliche E-Mails beschränkt.

Sie nahm sich vor, Hannah anzurufen, um sich mit ihr zu verabreden. Schließlich lag zwischen Emden und Norddeich weniger als eine Stunde Fahrzeit.

Bei Dunkelheit wirkte das Hotel Nordbrook noch imposanter als am Tag. Helle Fenster und zahlreiche Lampen im Außenbereich ließen das langgestreckte Gebäude märchenhaft, fast ein wenig verwunschen erscheinen. Je näher sie dem Haus kam, desto stärker spürte Rieke ihre Müdigkeit. Obwohl sie nicht wirklich gearbeitet hatte, empfand sie den hinter ihr liegenden Tag als anstrengend. Es war gut, früh ins Bett zu kommen.

Seitlich der erleuchteten Fassade tauchte ein dunkler Punkt auf, der sich langsam bewegte und schließlich ganz erstarrte. Rieke blinzelte in die Dämmerung und fixierte die Erscheinung. Zweifellos ein junger Mann in einem schwarzen Kapuzenpulli. Nichts Ungewöhnliches, aber in diese Umgebung, in der die Hotelgäste überwiegend elegante Garderobe und das Personal weiße Blusen und Hemden zu dunkelroten Röcken und Hosen trug, passte diese Person nicht. Rieke blieb instinktiv stehen, wandte den Kopf nach oben, als betrachte sie den Sternenhimmel, hielt aber den Blick weiter auf den Mann geheftet. Der duckte sich und verschwand hinter einer niedrigen, kegelförmig beschnittenen Konifere. Rasch trat Rieke ein paar Schritte auf den Baum zu. Im nächsten Moment sah sie den Unbekannten als schwarzen Schatten durch die Außenanlagen rennen und in der Dunkelheit verschwinden. Hatte sie einen Einbrecher vertrieben? Ihre kriminalistische Erfahrung sagte ihr, dass um diese Zeit und bei dieser Beleuchtung kein Ganove versuchen würde, in das Hotel einzudringen.

Sie zog eine kleine Taschenlampe aus der Handtasche und untersuchte die Spuren, die der Mann hinterlassen hatte. Sie führten sie zu einem Hintereingang oder -ausgang, denn die Fußabdrücke des Mannes zeigten, dass er hier herausgekommen war. Sie drückte auf die Klinke; die Tür war verschlossen.

Kein Eindringling. Erleichtert kehrte sie zum Haupteingang zurück. Aber sie fragte sich, wer das Hotel auf diese Weise – wie ein Dieb in der Nacht – verlassen haben mochte.

Nachdem sie die Zimmertür hinter sich geschlossen, die Schuhe abgestreift und ihre Jacke in die Garderobe gehängt hatte, nahm sie ihr Smartphone aus der Handtasche und kontrollierte es auf eingegangene Nachrichten. Das Display zeigte eine SMS und drei E-Mails. Die Kurznachricht war von Julia, die ihr eine gute Nacht und schöne Träume wünschte. Eine Mail stammte von einem unbekannten Absender namens Sonny.

Guten tag bitte, fur Unruhe entschuldigen. Du einsame Frau? Ich will auch Sorge und warm. Es schwierig und sehr einsam in 46 Jahre, keine Kinder auch. Ich will sehr vollstandig mein Leben andern, strebe danach seit Langem. Naturlich wird Treffen mit dir auch interessant. Ich werde froh sein, in deiner Antwort dein Bild auch sehe. wunsche Gesundheit und Erfolg!

Die zweite enthielt ihre Mobilfunkrechnung, die dritte kam von Staatsanwalt Rasmussen. Zwei kurze Sätze. *Willkommen im Team! Freue mich auf die Zusammenarbeit. Fokko Rasmussen.*

Für einen Moment flackerte die Erinnerung an die Ermittlungen im Fall Krabbenhöft auf. Das Bild des Staatsanwalts erschien vor ihrem inneren Auge. Ein attraktiver Mann. Groß, mit vollem Haar, einer sportlichen Figur und dynamischem Auftreten.

Rieke fiel ein, dass sie Hannah Holthusen anrufen wollte. Sie löschte die Mail von »Sonny« und rief ihre Kontakte auf. Für einen Anruf war es reichlich spät. Aber eine Kurznachricht konnte sie ihr schicken.

9

1803

Johann hatte den grimmigen Blick des Apothekersohns registriert, sich aber keine neuerlichen Gedanken darüber gemacht. Die erfolgreiche Bergung des Mulder'schen Schatzes und das heitere Wesen der Schwestern versetzten ihn in eine lange nicht erlebte Hochstimmung. Dazu mochte auch der vorzügliche Wein beigetragen haben, den der unerschütterliche Enders eingeschenkt hatte.

Nachdem Clara und Felicitas sich schließlich verabschiedet hatten und er seine Kammer aufsuchte, verspürte er keinerlei Müdigkeit. Die offenherzige Zuwendung der Schwestern, ihre gelegentlichen Berührungen und zweideutigen Bemerkungen hatten ihn in Unruhe versetzt. Der Gedanke, in den nächsten Stunden mit ihnen allein im Haus zu sein, trieb ihn zusätzlich um. Ihre Eltern waren auf dem Festland, und Ommo würde sicher erst im Morgengrauen zurückkehren. Jetzt wäre die Gelegenheit, eine von beiden aufzusuchen und ein Schäferstündchen mit ihr zu verbringen. Er musste nur entscheiden, an welche der beiden Türen er klopfen sollte.

Für die richtige Wahl fand er keinen Anhaltspunkt. In ihrer Schönheit glichen sie sich wie ein Ei dem anderen, und bei keiner hatte er einen Charakterzug entdeckt, der ihn hätte stören können. Die unaussprechliche Art, in der sie seinen Körper und dessen Reaktionen erkundet hatten, war offenbar beiden gleichermaßen gegeben. Klug und redegewandt war die eine wie die andere. Was er in ihren Augen las, irritierte ihn, doch auch darin unterschieden sie sich nicht. Wenn er entschied, eine Tochter des Apothekers zu ehelichen, musste er sich gegen ihre Schwester entscheiden.

Seine Gedanken begannen sich im Kreis zu drehen, ohne ihm eine Hilfe zu bieten. Sollte er sich dem Schicksal anvertrauen und das Los entscheiden lassen? Je länger er darüber nachdachte, desto einleuchtender erschien ihm dieser Weg. Während er noch überlegte, ob die Augen eines Würfels oder die Laufrichtung der nächsten Katze, die ihm begegnen würde, den Ausschlag geben sollten, kratzte es an der Tür. Als er öffnete, schlüpfte eine der Schwestern durch den Spalt. Sie schloss die Tür hinter sich, ließ ihren Morgenrock zu Boden gleiten und umarmte ihn. Während sie ihn küsste, nestelte sie an seinem Hosenbund. Wenig später schlüpften sie in Johanns Bett. Während die sofort entflammte Erregung in ein leidenschaftliches Liebesspiel mündete, war es Johann, als habe sich die Tür seiner Kammer noch einmal bewegt.

Mehr als einmal wurde Johann in dieser Nacht auf den Gipfel der Wollust getrieben – ohne wirklich zu wissen, ob es Claras oder Felicitas Schrei war, der ihn dabei begleitete.

*

Als Ommo mit schweren Beinen und getrübtem Blick sein Elternhaus erreichte, vernahm er ungewohnte Geräusche. In einem der vorderen Räume, dort, wo der Seemann untergebracht war, stöhnte ein Mensch, zugleich ertönten helle Rufe, als sei eines der Mädchen in höchster Not. Augenblicklich rannte er los. Er fluchte, weil der Schlüssel nicht ins Schloss der Haustür wollte, und hastete schließlich durch die Eingangshalle, um seiner Schwester zu Hilfe zu kommen. Doch als er die Tür zum Wohntrakt öffnete, war plötzlich alles still. Kopfschüttelnd wankte er zur Vorratskammer, um sich mit einem Schlummertrunk zu versorgen. Dort fand er eine angebrochene Flasche Wein, trug sie in die Küche und leerte das wohlschmeckende Getränk in einem Zug.

Auf dem Weg zu seiner Kammer kamen ihm wieder die seltsamen Stimmen in den Sinn. Da er es als seine Aufgabe betrachtete, die Mädchen vor Ungemach zu beschützen, schlich er zu Claras Tür und öffnete sie vorsichtig einen Spalt. In der Dunkelheit konnte er nicht erkennen, ob sie in ihrem Bett lag, darum trat er näher und befühlte das Lager. In dem Augenblick gab es hinter ihm ein Geräusch.

»Was machst du in meinem Zimmer?«, fuhr seine Schwester ihn an. »Das gehört sich nicht, schon gar nicht zu nächtlicher Stunde.« Plötzlich stand Felicitas neben ihr. »Unser Herr Bruder«, bemerkte sie mit spitzer Zunge, »hat wohl wieder einmal ausführlich den alkoholischen Getränken zugesprochen und sich in der Tür geirrt.«

»Ich wollte nur nach euch sehen«, knurrte Ommo. »Hab Geräusche gehört. Wie von Menschen, die ...«

Er brach ab, weil ihm in diesem Augenblick klar wurde, was sich in der vorderen Kammer abgespielt haben musste. Seine Schwestern verströmten einen Geruch, den er kannte. Sprachlos starrte er die Silhouetten seiner Schwestern an, die sich im schwachen Gegenlicht des Mondscheins abzeichneten. Die Vorstellung, der fremde Matrose könnte sich mit Clara oder Felicitas so vergnügt haben, wie er selbst es wöchentlich im Hurenhaus trieb, ließ ihn vor Zorn und Rachedurst beben. Aber warum gab es kein Geschrei? Es konnte nicht sein, dass die Mädchen den Mistkerl freiwillig aufgesucht hatten. Alles war so unwirklich. Sein benebeltes Gehirn suchte nach einer Lösung, fand aber nicht einmal eine Erklärung. Ommo fühlte sich plötzlich kraft- und ratlos, von der Situation überfordert.

In ihm kochte die Wut, aber an wem er sie auslassen sollte, wusste er nicht.

Clara schob ihn aus dem Zimmer. »Geh schlafen! Du siehst und hörst Gespenster.«

Widerwillig verließ er den Raum und trottete zurück zur Küche, um in der Vorratskammer nach einer weiteren Flasche zu suchen.

*

Während der folgenden Wochen wiederholten sich die nächtlichen Begegnungen zwischen Johann und den Töchtern des Apothekers, sobald die Eltern und der Bruder das Haus verlassen hatten. Weder Clara noch Felicitas schienen ein Interesse daran zu haben, Johann für sich zu gewinnen. Wenn er einer der Schwestern allein begegnete, wich sie ihm aus und blieb zurückhaltend. Nur gemeinsam nahmen sie hemmungslos von ihm Besitz.

Er verschob die Entscheidung, welcher von beiden er den Vorzug geben sollte, von einem zum anderen Mal. Obwohl er das Ende der Heimlichkeiten herbeisehnte, fürchtete er sich vor dem Tag, an dem die Episode ihren Abschluss finden würde.

Jacob Lüders fragte nicht mehr nach Johanns Zukunftsplänen, nachdem der Gast begonnen hatte, sich im Haus des Apothekers nützlich zu machen. Zuerst hatte er nur dem Hausdiener bei den Pferden helfen wollen, doch dann hatte er den Stall repariert und ausgebaut. Daraufhin zog Lüders ihn hinzu, wenn im Haus oder an den Wirtschaftsgebäuden Reparaturen auszuführen waren. Wenig später verzichtete der Hausherr ganz auf Handwerker und überließ Johann alle anfallenden Arbeiten.

Während er das Wohlwollen des Hausherrn und seiner Gattin genoss, blieb ihm deren Sohn feindselig gesinnt. Er begegnete ihm einsilbig und beobachtete ihn misstrauisch. Gelegentlich, wenn er sich unbeobachtet glaubte, starrte er Johann aus zusammengekniffenen Augen an und ließ dabei einen Ausdruck tiefster Abneigung erkennen. Sie schien täglich zu wachsen und sich zu blankem Hass zu entwickeln.

Ich muss auf der Hut sein, dachte Johann. Wenn Ommo erfährt, was sich zwischen mir und seinen Schwestern abspielt, bringt er mich um. Ihm dämmerte, dass die Gefahr, die vom Bruder ausging, zunehmen und irgendwann in eine bedrohliche, vielleicht sogar lebensgefährliche Situation münden würde. Es wurde Zeit, dass er sich ernsthaft Gedanken über die Zukunft machte und endlich eine Entscheidung traf.

Nach wie vor fand er keinen Grund, eine der Schwestern der anderen vorzuziehen. Also würde – wie er schon vor einiger Zeit erwogen hatte – das Schicksal entscheiden. Diejenige, die ihm am Morgen des nächsten Sonntags als Erste begegnete, sollte die Auserwählte sein. Noch am selben Tag würde er bei Jacob Lüders um ihre Hand anhalten.

In der Nacht zu jenem Sonntag, der die Entscheidung bringen sollte, kratzte es an seiner Tür. Weil von Ommo Lüders dieser hasserfüllte Blick ausging, war Johann dazu übergegangen, die Kammertür zu verriegeln. Seitdem machten sich Clara und Felicitas durch jenes Kratzen bemerkbar, das er soeben vernommen hatte.

Dass der Apotheker und seine Frau das Haus verlassen hatten, musste ihm entgangen sein. Auch ihren Sohn hatte er nicht fortgehen sehen. Aber bei Ommo konnte er sicher sein, dass dieser den Abend im Ankerplatz verbrachte. Überrascht und in freudiger Erregung öffnete er die Tür.

Statt der Schwestern erwartete ihn eine kräftige Gestalt.

Erschrocken trat Johann einen Schritt zurück. Im nächsten Augenblick war der Mann in der Kammer und schloss die Tür hinter sich. Er roch nach Alkohol. Ommo!

»Was willst du hier?«, fuhr er ihn an. »Verschwinde!«

»Du bist mit dem Teufel im Bunde«, knurrte der Besucher mit schwerer Zunge. »Hast meine Schwestern verhext und zu unzüchtigen Handlungen verführt. Darum wirst du sterben.« Im schwachen Licht des Mondes, das durch ein Fenster hereinfiel, blitzte die Klinge eines Messers auf. Mit einer schnellen Bewegung hob er es an und zielte mit der Spitze auf Johanns Kehle. »Am letzten Sonntag habe ich euch beobachtet. Und belauscht.« Er spuckte aus. »Es ist widerwärtig, seine eigene Schwester in den Armen eines angeschwemmten Matrosen Schreie ausstoßen zu hören, wie sie sonst nur von Huren hervorgebracht werden. Unter dem Dach meines Vaters, der dich wie einen verlorenen Sohn aufgenommen hat.« Erneut spuckte Ommo auf den Boden. »Und womöglich war es nicht das erste Mal.« Er trat einen halben Schritt vor, Johann wich zurück. »Wie lange geht das schon?«

»Von Anfang an«, antwortete Johann betont gleichmütig. Er hatte sich entschieden, sein Gegenüber zu reizen, damit sich dieser in wildem Zorn blindlings auf ihn stürzte. Die Erregung würde ihm nicht erlauben, das Messer sicher und gezielt zu führen. Nur so gab es eine Chance, ihm die Waffe zu entwinden. »Allerdings ging alles von Clara und Felicitas aus«, fuhr er fort. »Deine Schwestern sind zu mir gekommen. Sie haben mich verführt. Ich wollte das nicht. Aber sie waren zu zweit. Ich hatte keine Chance.«

Mit einem Wutschrei stürzte Ommo auf ihn zu, das Messer zielte noch immer auf Johanns Kehle. Der duckte sich, packte den Arm des Angreifers und drehte sich einmal um sich selbst, sodass Ommo zu einer Art Verbeugung gezwungen war. Dann schlug er den Arm mit aller Kraft auf sein Knie. Das Messer polterte zu Boden. Doch als er sich danach bückte, verlor er das Gleichgewicht, denn Ommo riss mit unbändiger Kraft und ohne Rücksicht auf den Schmerz seinen Arm aus der Umklammerung. Gleichzeitig trat er Johann gegen das Standbein. Als dieser sich wieder gefangen hatte, war es zu spät. Ommo hielt das Messer bereits in der Hand.

Mit einer ausholenden Bewegung ließ er die Klinge auf Johann niedersausen. Ungezielt, aber dennoch wirksam, fuhr das scharfe Eisen an dessen Oberkörper entlang, zerschnitt die Kleidung und hinterließ eine brennende Wunde, die vom Brustbein bis zum Rippenbogen reichte. Den Schmerz spürte Johann kaum. In Todesangst wich er dem nächsten Stoß aus, packte erneut den Arm mit dem Messer. Doch diesmal gelang es ihm nicht, ihn umzudrehen, denn Ommo hatte in seine Haare gegriffen und schlug nun Johanns Kopf gegen seinen. Gleichzeitig fuhr Johann die Klinge in den Bauch. Der höllische Schmerz nahm ihm fast das Bewusstsein. Mit letzter Kraft bäumte er sich auf, umklammerte die Faust seines Gegners, die das Messer führte, und stieß sie gegen das Kinn seines Gegners. Es knirschte, als der Stahl eindrang. Doch das Geräusch erreichte ihn nicht mehr.

Schwer atmend starrte Ommo auf den leblosen Körper. Die Klinge hatte er reflexartig aus seinem Kiefer gezogen. Während sich der Schmerz in Wellen ausbreitete, folgte sein Blick dem Rinnsal des Blutes, das von seinem Kinn floss und auf den Körper des Seemanns tropfte. Unter dessen Rücken breitete sich eine Blutlache aus.

Ommo ließ das Messer fallen, spuckte aus und wandte sich ab. Er schmeckte sein Blut und spürte, wie sich sein Mund mit Flüssigkeit füllte. Rasch verließ er den Raum und verschloss die Tür. Den Schlüssel steckte er ein. Draußen zog er sein

Taschentuch hervor und presste es auf die Wunde. So eilte er aus dem Haus, um Medizinalrat Nordbrook aufzusuchen, mit dessen Sohn Emmius er gelegentlich im Ankerplatz zechte.

*

Am Frühstückstisch der Familie fehlten Ommo und Johann. Dass ihr Sohn am Sonntagmorgen nicht erschien, war für Jacob Lüders und seine Frau Helene nichts Ungewöhnliches. Sie hatten es aufgegeben, sich deswegen Gedanken zu machen und nach ihm suchen zu lassen. Doch der junge Gast hatte noch nie eine Mahlzeit versäumt. Helene Lüders wollte Enders losschicken, um ihn holen zu lassen, als ihre Töchter sie baten, noch damit zu warten.

»Es ist vielleicht ein Wink des Schicksals«, begann Clara. »Jedenfalls trifft es sich gut, dass wir unter uns sind. Felicitas und ich haben euch etwas mitzuteilen.«

Verwundert sahen sich die Eltern an. »Nur heraus mit der Sprache!«, forderte Jacob Lüders gut gelaunt und köpfte geschickt ein Ei. »Ich glaube, ich ahne etwas. Mir ist nicht entgangen, dass ihr Gefallen an dem jungen Schiffsoffizier gefunden habt. Nun bin ich gespannt, welche von euch das Rennen gemacht hat.«

Helene Lüders lächelte. »Ich hätte mir wohl einen standesgemäßen Schwiegersohn gewünscht. Mit angemessenem Vermögen. Muss aber zugeben, dass dieser Johann einen vorteilhaften …«

»Er ist reich!«, platzte Felicitas heraus. »Viel vermögender als wir.«

»Aha«, bemerkte Jacob Lüders ironisch. »Ist er vielleicht in Wahrheit ein verloren gegangener Königssohn?«

»Lass uns das später klären!«, warf Clara ein. Mit feierlicher

Miene wandte sie sich an ihren Vater. »Es geht um eine ernsthafte Angelegenheit. Um unsere Zukunft. Johann hat sich weder für Felicitas noch für mich entschieden, sondern für uns beide. Die Folgen werden bald sichtbar sein. Bis dahin müssen wir eine Lösung finden.«

Helene Lüders stieß einen erstickten Laut aus und schlug die Hände vors Gesicht. »Ihr seid ...? Beide?«

Die Schwestern nickten. »Ohne jeden Zweifel«, bestätigten sie wie aus einem Munde.

Jacob Lüders starrte seine Töchter fassungslos an. Mühsam nach Atem ringend umklammerte er mit den Händen die Tischkante, während seine Gesichtsfarbe zu einem fahlen Weiß wechselte, in ein tiefes Rot umschlug und wieder zu einem fahlen Weiß wurde. Schließlich räusperte er sich. »Dann gibt es nur eine Lösung«, stieß er hervor. »Eine von euch wird Johann heiraten. Später wird sie beide Kinder als ihre eigenen ausgeben. Die andere verbringt die letzten Monate bis zur Niederkunft bei meiner Schwester in Aurich. Sobald sie nach Norderney zurückgekehrt ist, werden wir die Geburt von Zwillingen im Hause Lüders bekannt geben. Wäre schließlich nicht die erste.«

»Aber wer soll ...?«, setzte Clara an.

»Das, mein liebes Kind«, unterbrach sie der Vater, »überlasse ich euch. Beratet euch mit eurem ... mit Johann. Über das Ergebnis soll er mich unterrichten. Und jetzt geht ihr auf eure Zimmer.«

*

Nachdem der Medizinalrat Ommos Wunde im Kiefer und die durch die Messerklinge gespaltene Zungenspitze unter dem Einsatz von Äther genäht hatte, verließ der Sohn des Apothekers eilig den Behandlungsraum. Kopfschüttelnd sah der Arzt ihm nach. »Eine Konstitution wie ein Bulle«, murmelte er. »Aber sonst …? Jacob hat wenig Freude an seinem Filius.«

Unter heftigen Schmerzen hastete Ommo zurück ins Haus und verkroch sich in seiner Kammer. Wenn Enders an die Tür klopfte, um ihn zu den Mahlzeiten zu rufen, antwortete er mit jenem unwilligen Grunzlaut, den der Hausdiener zur Genüge kannte. Sprechen hätte er wegen der Verletzungen ohnehin nicht können. Und seiner Familie mochte er in diesem Zustand nicht begegnen. Erst während der Nacht, nachdem vollständige Ruhe im Haus eingekehrt war, wagte er sich aus seinem Zimmer.

Vorsichtig schlich er zur Kammer des fremden Seemanns. Die Tür war noch immer verschlossen. Also hatte sich noch niemand ernsthaft Sorgen um ihn gemacht, obwohl er nicht, wie sonst, zu Tisch erschienen war. Falls die Zwillinge ihn hatten aufsuchen wollen, waren sie nur auf eine verschlossene Tür gestoßen und mussten, da sich niemand meldete, davon ausgehen, dass er ausgeflogen war, wie er es zuweilen tat.

Als Ommo die Tür aufschloss, sah er, dass der Mann unverändert in seiner Blutlache lag, die inzwischen geronnen war. Ommo streifte dem Körper einen Sack über, warf ihn sich über die Schulter und trug ihn hinaus auf den Hof. Dort lud er ihn auf einen zweirädrigen Karren. Dann kehrte er ins Haus zurück und beseitigte, so gut es ging, die Blutspuren auf dem Boden und schob einen Teppich darüber. Schließlich verschloss er die Kammer erneut und verließ das elterliche Anwesen, den Wagen mit dem toten Seemann vor sich herschiebend, in Richtung Strand.

Die Räder des hölzernen Gefährts dröhnten, vom Echo der Hauswände verstärkt, unheilvoll auf dem Pflaster der Straße. Ommo empfand den schauerlichen Transport nicht als Bürde. Je näher er den Wellen der Nordsee kam, je stärker die Brandung in seinen Ohren rauschte, desto besser wurde seine Stimmung. Das Meer würde den Leichnam verschlingen, seine Schwestern und sein Erbe waren gerettet, und die Ehre der Familie wiederhergestellt. Nun würde sein Freund Emmius Nordbrook Clara oder Felicitas heiraten. Wer von beiden den Sohn des Medizinalrats zum Ehemann nahm, mochten sie sich aussuchen.

*

Mit einer Mischung aus Mitleid und Unverständnis betrachtete Jacob Lüders seine Töchter, die sich seit Tagen die Augen ausweinten.

»Es tut mir wirklich leid«, wiederholte er. »Aber eine andere Lösung gibt es nicht. Nachdem der saubere Herr Barghus es vorgezogen hat, das Weite zu suchen, muss ein anderer als Ehemann und Vater der Kinder herhalten. Gegen Emmius Nordbrook ist nichts einzuwenden. Er stammt aus gutem Hause und weiß sich zu benehmen. Es dürfte wohl auch niemand sonst bereit sein, die Nachkommen eines anderen Mannes als seine eigenen aufzuziehen.« Er warf seiner Frau Helene einen hilfesuchenden Blick zu, den diese ausdruckslos erwiderte. Mit grimmigem Ton fügte Lüders hinzu: »Zu seinem Nachteil gereicht allenfalls, dass er unnütz viel Zeit mit eurem Bruder verbringt. Aber das wird sich ändern. Mit der Verantwortung für Frau und Kind wird ohnehin alles anders. Medizinalrat Nordbrook und ich sind übereingekommen, dem jungen Paar ein kleines Gästehaus einzurichten, das es selbstständig bewirtschaften kann. Norderney als anerkanntes Seebad wird in Zukunft eine zunehmende Zahl an Feriengästen beherbergen. Ein aussichtsreiches Geschäft also. Wer von euch beiden wird nun die Ehe mit Emmius Nordbrook eingehen? Clara? Felicitas?«

Die Schwestern sahen sich an. Felicitas schniefte. Lüders wertete das Geräusch als Zustimmung. »Damit ist es entschieden«, knurrte er. »Felicitas heiratet den jungen Nordbrook. Für Clara wird sich zu einem späteren Zeitpunkt ein Ehemann finden lassen, denn das Kind, das sie zur Welt bringt, wird nicht ihr Kind sein. Die Nachkommen des Johann Barghus werden als Zwillinge von Felicitas und Emmius Nordbrook ausgegeben. So kommt alles wieder in Ordnung.«

10

2016

Patrick Nordbrook ärgerte sich über sich selbst. Er hatte das Hotel durch den Hinterausgang verlassen und nicht auf seine Umgebung geachtet. Konnte sein, dass ihn die Tussi, die gerade vorbeigegangen war, gesehen hatte. Aber mehr als einen Schatten hatte sie sicher nicht wahrnehmen können. Und wenn, dann hatte sie die Begegnung wahrscheinlich gleich wieder vergessen. Mit geübtem Schwung sprang er über den Zaun und setzte seinen Weg im Laufschritt fort.

Wenig später erreichte er die Apotheke. Der Verkaufsraum war kaum beleuchtet, nur der Schaukasten an der Tür mit den Informationen über die Notdienste leuchtete hell. Aus den Fenstern der Wohnung im ersten Stock drang ein schwacher Lichtschein. Der Alte war zu Hause. Er hatte die Gardinen zugezogen.

Patrick wandte sich ab. Um ihn aus dem Haus zu bekommen, brauchte er ein Lockmittel. Frank Lüders hatte einmal erwähnt, dass sein Vater seinem an Altersschwäche gestorbenen Boxer nachtrauerte. Suchend streifte Patrick durch die benachbarten Straßen. In einer Hofeinfahrt wurde er fündig. Ein mittelgroßer Mischling, den sein dickliches Herrchen an einen Zaunpfosten gebunden hatte, um sich im Schutz der Dunkelheit zu erleichtern, schien geradezu auf ihn zu warten. Schwanzwedelnd leckte er ihm über die Hand. Patrick löste die Leine und rannte los. Sichtlich begeistert flitzte der Hund neben ihm her. Es dauerte eine Weile, bis sein Herrchen den

Verlust bemerkte und nach seinem Caruso rief. Doch der zog es vor, die unverhoffte Jagd fortzusetzen.

Der Garten hinter dem Haus lag fast vollständig im Dunkeln. Alter Baumbestand sorgte für eine zusätzliche Abschirmung gegen einfallendes Licht. Patrick nahm den Hund an die kurze Leine und band ihn an einen Baum im hinteren Teil des Gartens. Dann lief er zum Haus, hob ein paar Kieselsteine auf und begann, ihn damit zu bewerfen. Seine Rechnung ging auf. Das Tier jaulte und fing schließlich an zu bellen. Wenig später wurde im ersten Stock ein Fenster geöffnet und wieder geschlossen. Kurz darauf schwang die Terrassentür auf, und Lüders erschien. Mit einer Taschenlampe leuchtete er in die Dunkelheit. Schließlich durchquerte er den Garten und näherte sich dem Hund.

Patrick zog Handschuhe über, näherte sich unbemerkt dem Haus, trat ein und erklomm rasch die Stufen zur Wohnung. Die Tür war angelehnt. Er huschte hindurch und sah sich um. Wo würde ein alter Mann Briefe und Adressen aufbewahren? Vorsichtig öffnete er eine Tür nach der anderen. Schließlich entschied er, mit dem geräumigen Wohnzimmer zu beginnen, in dem ein schwerer Schreibtisch aus dunklem Eichenholz stand. Zügig, aber ohne Hast durchsuchte er die Schubladen. Dabei lauschte er auf Geräusche im Treppenhaus. Lüders war anscheinend noch draußen und beschäftigte sich mit dem Hund.

Am Arbeitsplatz des Hausherrn standen etliche Aktenordner, und es gab Fächer mit erledigter und unerledigter Korrespondenz. Aber alle Unterlagen bezogen sich entweder auf die Apotheke oder auf den Golfsport.

Irgendwo musste die Adresse der Freundin doch zu finden sein. Patricks Blick fiel auf den Schreibtischstuhl, über dessen Rückenlehne ein Jackett hing. Rasch trat er näher und durchsuchte es. In der Brieftasche entdeckte er das Foto einer älteren Frau, die sicher weit über fünfzig war. Und einen handgeschriebenen Brief mit einem Absender. Angelika de Boer, Schirumer Weg, Aurich. Das musste sie sein.

Er steckte alles zurück an seinen Platz und verließ den Raum. Auf dem Flur vernahm er Schritte. Das Geräusch kam von unten. Offenbar kehrte Lüders schon zurück. Auf Zehenspitzen schlich Patrick zur nächsten Tür, öffnete sie geräuschlos und schlüpfte hindurch. Hier war es dunkel, und der Geruch von Reinigungsmitteln verriet ihm, dass er sich in einer Abstellkammer befand. Vorsichtig drückte er die Tür ins Schloss und lauschte auf die Geräusche. Lüders schloss die Etagentür, durchquerte den Flur und verschwand in einem der anderen Räume. Kurz darauf hörte er ihn telefonieren.

Eine günstige Gelegenheit, unbemerkt zu verschwinden. Sicherheitshalber schloss Patrick den Reißverschluss seines Pullis und zog die Kapuze tief ins Gesicht. Auf dem Flur war es dunkel. Lüders, der alte Geizkragen, sparte wahrscheinlich am Strom. Vorsichtig tastete sich Patrick zur Tür, die zum Treppenhaus führte. Als er sie öffnete, wurde es plötzlich hinter ihm hell.

»Wen haben wir denn da?«, rief Lüders. »Na warte!«

Patrick hastete, ohne sich umzusehen, die Stufen hinunter. Der Alte würde ihn niemals einholen können. Als er den Treppenabsatz erreichte, ging das Licht an. Polternd nahm Lüders die Verfolgung auf. Patrick erreichte die Tür zur Terrasse und wollte sie aufstoßen, doch sie gab nicht nach. Er rüttelte an der Klinke. Abgeschlossen. Hektisch durchquerte er den Flur, um den Haupteingang zu erreichen. Aber auch hier war die Tür verschlossen. Patrick fluchte leise und suchte nach einer Fluchtmöglichkeit. Es gab nur noch einen Weg: die Treppe nach unten. Vielleicht konnte er durch ein Kellerfenster entkommen.

In den Räumen roch es muffig, die Luft war kühl und feucht.

Patrick öffnete verschiedene Türen. Alle Fenster waren vergittert. Er saß in der Falle. Um das Haus verlassen zu können, würde er seinen Verfolger außer Gefecht setzen müssen. In einem der Kellerräume entdeckte er Gartengeräte. Er griff nach einem Spaten, stellte sich hinter die Tür und lauschte auf die näher kommenden Schritte.

*

Die Polizeiwache an der Knyphausenstraße war in einem schlichten Gebäude untergebracht, das nach einem Mehrfamilienhaus aussah. Die eintönige Fassade unter dem dunkelroten Dach war von undefinierbarer Farbe, einer Mischung aus Grau, Rosa und Beige.

Als Hauptkommissarin Bernstein die Dienststelle betrat, wurde sie von einem freundlichen jungen Mann mit strohblondem Haarschopf begrüßt. Seine Schulterklappen wiesen ihn als Polizeikommissar aus, doch auf Rieke wirkte er wie ein Praktikant, den man zur Probe in eine Uniform gesteckt hatte. Auf dem Hemd trug er ein Namensschild: »PK D. Ullrich«.

»Moin«, begrüßte er sie jovial. »Was kann ich für Sie tun? Zu dieser frühen Stunde verirrt sich selten ein Kurgast zu uns ...« Er brach ab und starrte sie an. In seinem Blick lag Bewunderung. Rieke lächelte nachsichtig und suchte nach einer Antwort, mit der sie den jungen Kollegen nicht in Verlegenheit bringen würde. Doch der plapperte schon weiter. »Lassen Sie mich raten! Sie gehören zu den Frühaufstehern, waren schon schwimmen, und man hat Ihnen am Strand die Klamotten geklaut. Ich könnte darauf wetten. Sagen wir ... eine Flasche Sekt?«

»Ich wette nicht.« Rieke winkte ab. Dabei schoss ihr die Frage durch den Kopf, wie dieser Junge wohl durch die Polizeischule gekommen war. »Ich würde gern mit dem Dienststellenleiter sprechen. Mein Name ist Bernstein, und ich bin …«

»Unser Chef ist eine Chefin«, unterbrach er sie. »Sie muss jeden Augenblick kommen. Aber ob sie Zeit für Sie hat, weiß ich nicht. Sie können alles mir erzählen. Ich nehme ein Protokoll auf. Und dann …«

»… heften Sie es ab.« Rieke lachte. Ihr Blick streifte das Namensschild. »Herr Ullrich, ist denn sonst niemand hier?«

»Zwei Kommissare vom Festland.« Mit dem Daumen deutete er zu den hinteren Räumen. »Unsere Inselverstärkung. Ein Kriminalhauptkommissar und ein Kriminaloberkommissar, um genau zu sein.« Er senkte die Stimme. »Die arbeiten an einem … Mordfall.« Das letzte Wort war nur noch geflüstert.

Rieke nickte. »Genau deswegen bin ich hier. Wenn Sie so freundlich wären, die Herren Kommissare zu informieren …«

»Selbstverständlich!« Ullrich drehte sich auf dem Absatz um, ging zu einer der Türen und riss sie auf. »Kollegen«, rief er. »Ich habe eine Zeugin für euch. Sie kann etwas zum Fall Lüders sagen.«

Er kehrte zu Rieke zurück und vergewisserte sich. »Das können Sie doch, oder?«

»Im Augenblick noch nicht«, antwortete sie lächelnd. »Aber in den nächsten Tagen bestimmt.«

Aus der offenen Tür im Hintergrund trat ein Mann, der Rieke bekannt vorkam. »Herzlich willkommen auf Norderney«, sagte er.

Robert de Niro. Die Stimme. »Kollege Eilers«, rief sie. »Was für eine Überraschung!«

Der Hauptkommissar nickte. »Gerit Jensen ist auch wieder mit von der Partie. Wir hatten uns gemeinsam für Norderney gemeldet, weil wir glaubten … Na ja, egal. Jedenfalls haben wir es mit einem schwierigen Fall zu tun. Deshalb haben wir uns erlaubt, beim LKA um Unterstützung zu bitten.«

»Sie?« Rieke staunte. »Sie haben mich angefordert? Mein Chef hat gesagt, die Anfrage käme aus dem Ministerium.«

Eilers hob verlegen die Schultern. »Natürlich würde in Hannover niemand auf uns hören. Nicht einmal auf Staatsanwalt Rasmussen. Aber der Bürgermeister ist mit dem Minister befreundet und hat seine Beziehungen spielen lassen. Jedenfalls bin ich froh, dass Sie hier sind. Kommen Sie bitte herein! Unser Büro ist ähnlich bescheiden wie seinerzeit auf Borkum, aber mit Aktenarbeit werden wir den Fall ohnehin nicht lösen können.«

Rieke begrüßte Oberkommissar Jensen, der aufgesprungen war, einen Stuhl heranrückte und ihr freudestrahlend und länger als nötig die Hand drückte. »Ich finde es toll, dass Sie uns unterstützen.«

»Das überrascht mich ein wenig«, sagte Rieke Bernstein. »Bei dem Fall auf Borkum hatte ich das Gefühl, Ihnen beiden auf die Nerven zu gehen.«

Jensen winkte ab. »Nur am Anfang. Wir waren, muss ich zugeben, etwas voreingenommen. Später haben wir gut zusammengearbeitet. Finden Sie nicht?«

»Freut mich«, erwiderte Rieke, »wenn Sie das so sehen. Dann lassen Sie uns mal mit der guten Zusammenarbeit fortfahren. Bringen Sie mich auf den aktuellen Stand! Wer ist das Opfer? Was wissen Sie über sein Umfeld? Gibt es Tatverdächtige?«

Hauptkommissar Eilers und Oberkommissar Jensen fassten die bisher ermittelten Fakten und Hintergrundinformationen zusammen. Rieke notierte sich Stichworte, fragte gelegentlich nach und gab die nächsten Ermittlungsschritte vor. »Sobald Frank Lüders' Ex und seine Tochter befragt worden sind, wüsste ich gern mehr über die Vermögensverhältnisse der Familie. So genau wie möglich. Suchen Sie außerdem bitte im Umfeld des Toten weiter nach Hinweisen auf Streitigkeiten, Feindschaften und Widersacher. Fragen Sie bei Freunden und Nachbarn nach Besuchern in letzter Zeit!«

Gerit Jensen sah seinen Kollegen auffordernd an, aber der schien den Appell nicht zu verstehen. »Für die Kontoauskunft wollen die Banken bestimmt ein staatsanwaltliches Auskunftsersuchen sehen«, murmelte er.

»Dafür wird Staatsanwalt Rasmussen sorgen. Er hat doch das Todesermittlungsverfahren inzwischen eröffnet. Oder?«

Eilers nickte. »Hat er. Ich rufe ihn an. Und was machen Sie, wenn ich fragen darf?«

»Ich stürze mich erst einmal auf die Akten. Als Erstes interessiert mich die Spurenakte, dann möchte ich die Vernehmungsprotokolle …«

Rieke wurde unterbrochen, weil die Tür aufschwang. Polizeikommissar Ullrich stürzte herein. »Der alte Herr Lüders«, rief er. »Er ist überfallen worden. In seinem Haus. Die Chefin ist schon auf dem Weg dorthin. Hab sie gleich angerufen.« Erwartungsvoll sah er von einem zum anderen. »Sollen wir auch …«

»Kollege Eilers und ich übernehmen das.« Rieke stand auf und wandte sich an Oberkommissar Jensen. »Wären Sie so freundlich, den Staatsanwalt wegen der Kontoauskunft anzurufen? Vielleicht können Sie sich dann auch noch um die Tochter von Frank Lüders kümmern. Es wäre gut, wenn sie nach Norderney kommen könnte. Ich würde sie ungern von Kollegen vor Ort befragen lassen, sondern lieber selbst mit ihr sprechen.«

»Ja, aber …« Jensen machte ein Gesicht, als hätte er eine Heuschrecke verschluckt.

»Sie schaffen das.« Rieke nickte ihm aufmunternd zu. »Sie haben übrigens recht, eine gute Zusammenarbeit ist wichtig für die Lösung eines Falles.«

Hauptkommissar Eilers grinste verhalten. Er erhob sich ebenfalls und wandte sich zur Tür, um Rieke zu folgen.

»Und ich?«, fragte der junge Polizeikommissar erwartungsvoll, als die Kriminalisten an ihm vorbei zur Tür der Dienststelle marschierten.

»Sie verständigen bitte die Spusi. Ein Überfall bringt oft eine aufschlussreiche Spurenlage mit sich. Schicken Sie die Kollegen direkt zum Haus des Opfers! Und rufen Sie noch einmal Ihre Chefin an. Sagen Sie ihr, dass wir auf dem Weg sind.« Rieke wandte sich an Eilers. »Gehen wir zu Fuß, oder nehmen wir den Dienstwagen?«

*

Hannah Holthusen rieb sich den schmerzenden Nacken und starrte auf das Display ihres Smartphones. *Hallo*, lautete die Nachricht. *Wie geht es dir? Bin in Ostfriesland. Ermittlungen auf Norderney. Wollen wir uns treffen? Evtl. in Norddeich? Hast du Zeit? L. G. Rieke*

»Danke«, murmelte Hannah. »Mir geht es beschissen. Am liebsten würde ich mir die Kante geben.«

Zeit habe ich mehr, als mir lieb ist, antwortete sie. *Komme gern auf die Insel. Muss sowieso mal raus. Mir fällt die Decke auf den Kopf.*

Sie legte das Smartphone ab und ging in die Küche, um Kaffee aufzusetzen. Während sie mit der Kaffeemaschine hantierte, zogen die Erlebnisse mit Rieke Bernstein wie in einem Film an ihrem inneren Auge vorüber. Die Polizistin hatte sie gerettet, nachdem sie abgestürzt war. Jemand, der von ihrer

Sucht wusste, hatte sie reingelegt, ihr Alkohol eingeflößt und zwei Flaschen untergejubelt. Wodka und Wein. Die Etiketten sah sie noch immer vor sich. Sie hatte nicht widerstehen können und war rückfällig geworden. Rieke war gekommen, hatte die Alkoholreste entsorgt, die Wohnung aufgeräumt und Hannah unter die Dusche gestellt.

Aus dem Fall, den die Kriminalistin bearbeitet hatte, war eine sensationelle Story entstanden. Peter von Hahlen, Chefredakteur und väterlicher Freund, war volles Risiko gefahren, hatte die Geschichte freigegeben und damit seinen eigenen Job riskiert. Leider war Peter, der immer zu Hannah gehalten hatte, ein Jahr später in den Ruhestand gegangen. Der junge Nachfolger dagegen war ihr gegenüber auf Distanz geblieben. Nachdem er von ihrer Alkoholsucht erfahren hatte, war er dazu übergegangen, sie zu mobben. Schließlich hatte er sich geweigert, mit ihr zusammenzuarbeiten, und ihr nahegelegt, sich woanders zu bewerben. »Sie kriegen natürlich eine erstklassige Beurteilung, liebe Frau Holthusen.«

Hannah hätte kotzen können. Es hatte nicht viel gefehlt, und sie wäre in die nächste Kneipe gegangen, um sich volllaufen zu lassen. Davor hatte sie ein Gedankenblitz bewahrt. Peter würde Rat wissen. Sie hatte ihn angerufen, und er war sofort gekommen – und geblieben, bis sie sich einigermaßen gefangen hatte. Und er war nicht ohne das Versprechen gegangen, ihr zu helfen. Stellen für Redakteure waren nicht gerade reich gesät, schon gar nicht in Ostfriesland. Nun wartete sie Tag für Tag auf eine Nachricht von einem der Zeitungsverlage, bei denen er sich für sie verwendet hatte. Und Tag für Tag wurde die Hoffnung geringer. Hannah wusste, wo sie landen würde, wenn sich kein neuer Job für sie ergab. Im Delirium. In der Gosse.

Der Kaffee war durchgelaufen. Stark und schwarz schwappte er in der Kanne. Sie füllte einen Becher und zündete sich eine Zigarette an. Wenig später meldete sich ihr Magen mit einem stechenden Schmerz. *Ich sollte das Zeug nicht auf nüchternen Magen trinken. Und schon gar nicht dazu rauchen.* Sie schob den Becher zur Seite, ging zum Kühlschrank, nahm ein Brötchen aus dem Tiefkühlfach und legte es in die Mikrowelle. Als sie noch gearbeitet hatte, war sie morgens nach dem Aufstehen zum Bäcker gelaufen, um trotz des knappen Zeitplans in Ruhe frühstücken zu können. Jetzt hatte sie Zeit, aber ihr fehlte der Antrieb.

Sie drückte die Zigarette auf einer Untertasse aus. Gegen die Magensäure mussten noch irgendwo Tabletten sein. Hannah zog eine Schublade auf und kramte darin herum. Wo hatte sie die Pillen nur gelassen? Ein Korkenzieher rollte ihr entgegen. Hannah seufzte. Ein milder Sherry würde jetzt guttun. Oder ein Pastis. Anis tat einem übersäuerten Magen gut. Glücklicherweise hatte sie alle alkoholischen Getränke aus ihrer Wohnung verbannt. Die Gefahr, mit einem kleinen Schluck anzufangen und im Koma zu enden, war einfach zu groß.

Sie schloss die Schublade und verließ die Küche. Die Tabletten lagen wahrscheinlich im Bad. Im Flur hing ihre Jacke am Haken. Eigentlich konnte sie doch noch zum Bäcker gehen. Ein Croissant, frische Brötchen, eine Zimtschnecke. Vom Kiosk eine Zeitung mitbringen, Zigaretten kaufen. Und eine Flasche Magenbitter. Eine ganz kleine natürlich. Nur als Medizin. Eventuell eine zweite. Auf Vorrat. Die Vorstellung war verlockend. Nicht sofort, aber nach wenigen Augenblicken würde ein wohliges Gefühl durch ihren Körper strömen, ihre Muskeln würden sich entspannen, die Schmerzen im Nacken verschwinden, die Magensäure wäre neutralisiert. Wenn sie nur zwei oder drei dieser Miniflaschen mitbrachte, konnte nicht viel passieren.

Hannah nahm die Jacke vom Haken und schlüpfte hinein, griff nach der Handtasche und vergewisserte sich, dass Geld und Schlüssel darin waren. Das Smartphone fehlte, es lag noch auf dem Nachttisch. Sie lief ins Schlafzimmer, steckte das Telefon ein. Als sie die Wohnungstür erreichte, signalisierte es den Eingang einer SMS.

Rieke Bernstein. *Wann kommst du? Wenn es irgendwie geht, hole ich dich am Anleger ab.*

Es war fast wie nach einem Glas Sekt. In Hannah ging eine seltsame Wandlung vor. Plötzlich hatte sie ein Ziel. Sie würde nach Norderney fahren. Sofort. Die Vorstellung beflügelte sie. Hastig warf sie ihre Jacke von sich, legte die Handtasche ab und lief ins Arbeitszimmer. Ungeduldig wartete sie darauf, dass der Computer hochfuhr und sich mit dem Internet verband. Auf der Webseite der Reederei Frisia fand sie den Fahrplan. Eine Dreiviertelstunde würde sie benötigen, um nach Norddeich zu kommen. Zu jeder vollen Stunde legte dort eine Fähre in Richtung Norderney ab. Sie sah auf die Uhr. Schon am frühen Nachmittag würde sie Rieke treffen können.

Hannah schaltete den Rechner aus, kehrte in die Küche zurück und nahm das Brötchen aus der Mikrowelle. *Besser als nichts.* Sie biss hinein, kaute das trockene Backwerk und schüttete den Kaffee in die Spüle. Frühstücken oder zu Mittag essen würde sie auf dem Schiff. *Hoffentlich hat Rieke nichts dagegen, wenn ich so schnell auftauche.* Sie nahm ihr Smartphone zur Hand und tippte eine neue Nachricht ein. *Wenn es dir recht ist, komme ich heute Nachmittag. Mache mich gleich auf den Weg. Ankunftszeit von unterwegs.*

Sie ging ins Schlafzimmer, nahm die Reisetasche aus dem Schrank und begann zu packen.

*

Die Dienststellenleiterin erwartete sie vor der Apotheke. Sie war mittelgroß und kräftig, ihr schwarzes Haar sehr kurz geschnitten. Die Mütze ihrer Uniform klemmte unter dem Arm. Sie machte ein ernstes, aber nicht unfreundliches Gesicht. Dunkle aufmerksame Augen unter kräftigen Brauen sahen ihr entgegen. Offenbar lebte sie schon länger auf der Insel. Ihre Haut war sonnengebräunt und vom Wetter gegerbt. Rieke schätzte die Frau auf Mitte fünfzig, die Falten waren nicht zu übersehen.

Jan Eilers nickte ihr zu. »Moin, Gaby. Darf ich bekannt machen? Das ist die Kollegin, die wir ... um Hilfe ... gebeten haben. Rieke Bernstein vom LKA.« Er wandte sich ihr zu. »Und das ist Polizeihauptkommissarin Gabriele Visser, die Chefin dieser Dienststelle.«

»Willkommen auf Norderney.« Eine tiefe, rauchige Stimme. Gabriele Visser gab Rieke die Hand. »Gaby. Wir duzen uns hier.« Mit dem Daumen deutete sie hinter sich. »Herr Lüders ist im Krankenhaus. Wurde im Keller gefunden. Wahrscheinlich mit einem Spaten niedergeschlagen.«

»Ich heiße Rieke. – Wer hat ihn gefunden?«

»Eine Mitarbeiterin der Apotheke. Sie hat sich darüber gewundert, dass im Haus noch Licht brannte, als sie kam.«

Rieke erinnerte sich an den Bericht der Kollegen. Sie hatten zwei Namen von möglichen Verdächtigen genannt. Heinz-Hermann Lüders. Und die angestellte Apothekerin.

»Stefanie Rodenbeck?«

Ein anerkennender Blick traf sie. »Bist ja schon gut informiert.«

»Gehen wir rein?«

Gabriele Visser nickte und wandte sich um. »Wir müssen in den Keller.« Jan Eilers schloss sich ihr an.

»Ich komme sofort nach«, rief Rieke und griff in ihre

Handtasche. Ihr Smartphone hatte den Eingang einer Nachricht gemeldet.

Hannah Holthusen. Sie würde noch heute nach Norderney kommen. Riekes Gefühle waren zwiespältig. In der Anfangsphase der Ermittlungen würde sie wenig Zeit für die Journalistin haben. Gleichzeitig beschlich sie die Ahnung, dass Hannah vielleicht Hilfe brauchte. Sie sandte ein Smiley zurück und schrieb dazu nur ein Wort. *Willkommen!*

Vorsichtig jede Berührung von Türen, Türklinken und Geländern vermeidend folgte Rieke ihren Kollegen.

Schließlich standen die drei Beamten an der Stelle, die Stefanie Rodenbeck beschrieben hatte. Neben der Fundstelle des Verletzten lag der Spaten, auf der glänzenden Fläche klebte ein rotbrauner Fleck.

»Ziemlich eindeutig«, kommentierte Eilers.

Rieke wandte sich an Gabriele Visser. »Waren Sie ... ich meine, warst du in den Wohnräumen? Hat der Täter dort etwas gesucht? Hat er Schränke oder einen Schreibtisch durchwühlt?«

»Davon ist zumindest nichts zu erkennen.«

»Was ist mit den Türen?«, fragte Rieke »Gibt es Aufbruchspuren?«

»Nein«, antwortete Visser. »Aber die hintere Tür, die zum Garten, stand offen.«

»Wenn er oben in der Wohnung war und dort nichts durchsucht hat«, warf Jan Eilers ein, »ist doch die Frage, was er dort gewollt hat. Und warum er hier im Keller war.« Er deutete vage auf die benachbarten Räume. »Hier ist doch nichts zu holen. Nur Gartengerätschaften und Gerümpel.«

»Vielleicht Betäubungsmittel?«, fragte Rieke. »Gibt es eine Verbindung vom Keller zur Apotheke?«

Ihre Kollegen schüttelten den Kopf. »Die Apotheke hat keinen Zugang zum Keller«, antwortete Visser.

»Für BtM und Gefahrstoffe gibt es oben verschließbare Stahlschränke«, ergänzte Eilers. »Hinter dem Verkaufsraum.« Mit einem Kopfnicken deutete er auf die Fundstelle und den Spaten. »Ich glaube, wir kommen hier jetzt nicht weiter.«

»Abwarten.« Rieke verkniff sich eine sarkastische Bemerkung zum Ermittlungseifer. »Die Kollegen von der Spurensicherung werden sicher herausfinden, ob wir es mit einem Einbruch zu tun haben. Und wir befassen uns inzwischen mit der Zeugin.«

»Ja«, bestätigte Gabriele Visser. »Die wäre wichtig. Nach ihrer Aussage hat Lüders noch behauptet, er sei gestürzt. Bevor er … das Bewusstsein verloren hat. Es sei niemand sonst im Haus gewesen.«

Verblüfft sahen ihre Kollegen sie an. »Und der blutige Spaten?«, fragten sie wie aus einem Munde.

Visser zuckte mit den Schultern. »Dazu werden wir Herrn Lüders befragen müssen. Soll ich das übernehmen?«

»Okay.« Rieke Bernstein nickte. »Kollege Eilers, ich meine Jan, kann Sie fahren.«

Die Polizeikommissarin winkte ab. »Ich nehme das Fahrrad.«

11

1904–1906

Zufrieden ließ Ubbo Nordbrook seinen Blick durch die Hotelhalle schweifen. Das Haus war ausgebucht, alle Zimmer und Suiten mit vornehmen Gästen aus dem ganzen Reich belegt. Die Jahrhundertwende hatte Norderney einen gewaltigen Aufschwung beschert. Als Königlich-Preußisches Seebad wurde die Insel in einem Atemzug mit Cannes, Baden-Baden und Biarritz genannt. Alle großen Häuser hatten angebaut oder aufgestockt und großzügig renoviert. Außerdem waren ganze Straßenzüge mit neuen Hotels entstanden. Aber niemand hatte so problemlos investieren können wie er.

Um die nötigen Mittel zu bekommen, hatte er die jährlichen Winterferien mit Luise und Eleonore in Davos genutzt, um einen Teil des Familienerbes zu Geld zu machen. Die alten Münzen waren als Zahlungsmittel nicht mehr brauchbar, aber sie bestanden aus reinem Gold. Und hatten – zusammen mit Schmuckstücken, Leuchtern und Gefäßen aus dem Edelmetall – eine so große Summe eingebracht, dass er für den Ausbau des Hotels keinen Kredit hatte aufnehmen müssen. Und noch immer lagen unschätzbare Werte in der Schweizer Bank.

Die Reisen hatte er zudem genutzt, einen Schweizer Koch anzuwerben, der nun den Ruf des Nordbrook als kulinarischen Tempel Norderneys festigte und ausbaute. Sogar der Reichskanzler pflegte im Restaurant des Hauses zu dinieren. Bernhard Fürst von Bülow residierte schon seit Jahren in der

Villa Fresena am Weststrand. Nun hieß es, dass er die Villa Edda anmieten oder erwerben wolle. Der Reichskanzler reiste regelmäßig mit Gattin Maria und Privatsekretär Scheefer an. Es hieß, er meide Hotels, weil seine Beziehung zu Scheefer über das normale Verhältnis zu einem Untergebenen hinausging und er kompromittierende Situationen fürchtete. Bei dem Gedanken verkniff sich Nordbrook ein Schmunzeln.

Er grüßte nach allen Seiten, erkundigte sich bei den wichtigsten Gästen nach deren Wohlbefinden und der Wirkung der Kurmaßnahmen. Die meisten kannte er seit Jahren. Wenn neue Gäste in größerer Zahl auftauchten, ließ er sich von einem der Sekretäre eine Liste schreiben, die neben den Namen Beschreibungen der auffälligsten Merkmale enthielt. So wurden der Geheimrat von Carlsburg durch die Anmerkung »Glatze und Hohlkreuz«, ein Fabrikdirektor Senftleben mit dem Zusatz »quadratische Gattin« und der Regierungsbaumeister Moritz von Adlersberg durch »Totenkopf auf Stelzen« gekennzeichnet. Die kurzen und treffenden Charakterisierungen seines Mitarbeiters waren eine verlässliche Hilfe.

Zu seiner Überraschung erschien in den scheinbar ungeordneten Strömen gut gekleideter Menschen seine eigene Gattin. Luise bewegte sich zielstrebig auf eine Gruppe von Damen zu, die sich in lebhafter Unterhaltung befanden. Begleitet wurde sie von Eleonore. Stolz und wohlwollend verweilte sein Auge auf der eleganten Erscheinung seiner Frau und auf seiner hübschen Tochter. Das Mädchen war siebzehn. Es wurde, ob er wollte oder nicht, Zeit, für sie entsprechende gesellschaftliche Verbindungen zu knüpfen. Die Vorstellung, sie an einen Schwiegersohn zu verlieren, machte ihm zu schaffen. Gleichwohl war der Lauf der Zeit nicht aufzuhalten. Luise würde wissen, welche Kontakte nützlich werden konnten. Soeben stellte sie ihre Tochter den Damen vor, die das Mädchen neugierig beäugten und mit hellen Stimmen ihre Bewunderung für das schöne Kind zum Ausdruck brachten.

Ubbo Nordbrook riss sich von dem Anblick los und wandte sich wieder dem Betrieb in der Lobby zu.

Vom Eingang her näherte sich ein Mann, der nicht gerade zu den geschätzten Gästen gehörte. Hauke Hinrich, der Sohn des Apothekers Hinrich Jacob Lüders. Nordbrooks Laune verschlechterte sich. Der junge Mann war nach seiner Überzeugung nicht gut geraten. Er ging keiner geregelten Arbeit nach, trieb sich mit Künstlern und Schauspielern herum und übernahm sogar gelegentlich kleine Rollen im Kur-Theater. Hin und wieder lieh er sich Geld von ihm.

Schon mehrfach hatte Nordbrook ihm aus der Bredouille geholfen, doch nun war ein Punkt erreicht, an dem er einen Schlussstrich zu ziehen gedachte, familiäre Bindung hin oder her. Wenn man den hinter vorgehaltener Hand weitergegebenen Gerüchten glaubte, war Nordbrooks Großvater vor zweihundert Jahren als Sohn der zweiten Lüders-Tochter, Clara, geboren worden, den man dann als Kind ihrer Zwillingsschwester Felicitas ausgegeben hatte, die ebenfalls schwanger war, und zwar ebenso wie Clara Lüders von einem unbekannten Seemann, der plötzlich abgetaucht war. Um das Ganze zu vertuschen, hatte man eine überstürzte Heirat für Felicitas arrangiert und ihr das Kind ihrer Zwillingsschwester untergeschoben. Besagter Seemann sollte als Einziger den Untergang eines Handelsschiffs vor Norderney überlebt und jenen Schatz in die Familie gebracht haben, aus dem Nordbrook seine Investitionen finanziert hatte. Das Gold gehörte zweifellos ihm, denn sein Großvater hatte es von seiner Mutter geerbt und an seinen Sohn – Nordbrooks Vater – weitergegeben.

Unwillig deutete er mit dem Kinn in die Richtung, in der seine Büroräume lagen. In seinen Privatgemächern würde er mit dem jungen Lüders nicht sprechen, und erst recht nicht in der Hotelhalle oder im Restaurant, wo die Gäste etwas aufschnappen konnten. Auffallen würde der Besucher zum Glück nicht, denn er trug einen dunklen Anzug und ein weißes Stehkragenhemd mit Krawatte, war ordentlich frisiert und wusste sich elegant zu bewegen. Da er überdies ein gut aussehender junger Mann war, insgesamt also ein erfreulicher Anblick, wären die angereisten Damen vielleicht sogar von seiner Anwesenheit entzückt.

Wenn Hauke Lüders seinen Charme ausspielte, konnte er außerordentlich gewinnend wirken. Vom Erscheinungsbild her hätte der junge Mann eine erfolgreiche Karriere im Staatsdienst machen können. Tatsächlich ließ er sich jedoch während der Saison von zuwendungsbedürftigen, gut betuchten Damen aushalten, die er mit erstaunlicher Sicherheit in der Norderneyer Gästeschaft ausmachte und mit Leichtigkeit um den Finger wickelte.

Hauke nickte und schlug den Weg zum Verwaltungstrakt ein. Er war es gewohnt, von Nordbrook nicht als seinesgleichen behandelt zu werden. Wahrscheinlich war es ihm auch gleichgültig, solange er sein Geld bekam. Doch damit war jetzt Schluss. Lüders wusste es nur noch nicht.

Ubbo Nordbrook atmete tief durch und folgte dem unerwünschten Besucher. Als er ihm im Büro gegenüberstand, breitete er die Arme aus. »Mein lieber junger Freund«, begann er. »Es wird Zeit, dass Sie zu einem eigenständigen Einkommen und einem anständigen Leben finden. Mich wundert, mit welcher Geduld Ihr Herr Vater Ihrem nutzlosen und wenig einträglichen Dasein zusieht. Ich für meinen Teil habe beschlossen, Ihren Müßiggang nicht länger zu unterstützen. Wenn Sie gekommen sind, um sich erneut Geld zu *leihen*, muss ich Sie enttäuschen. Meine Schatulle bleibt heute und in Zukunft für Sie geschlossen.«

Der junge Lüders stutzte, sah seinen Verwandten einige Sekunden lang an und nickte dann. »Ein nachvollziehbarer Standpunkt. Allerdings werde ich mich, wie Sie sich denken können, damit nicht zufriedengeben. Es wird mir ein Vergnügen sein, Sie davon zu überzeugen, dass ein gewisser Vermögensausgleich zwischen unseren Familien in unser beider Interesse ist.«

Irritiert hob Nordbrook die Augenbrauen. »Vermögensausgleich? Wie darf ich das verstehen?«

Hauke lächelte. »Meine Eltern und meine Großeltern haben sich in ihr Schicksal gefügt und den Verlust hingenommen. Zum Glück sind die Geschäfte stets zufriedenstellend gelaufen, sodass sie keine Not leiden mussten. Ich bin aus anderem Holz geschnitzt. Man sagt, ich käme nach meinem Urgroßvater. Wie dem auch sei – Sie werden sich nicht aus der Verantwortung ziehen können.«

Er wandte sich zum Gehen, drehte sich aber noch einmal um. »Im Augenblick genieße ich die Gunst einer überaus freigebigen Dame. Es besteht also vorerst keine Dringlichkeit. Aber ich werde mich zu gegebener Zeit wieder an Sie wenden, werter Herr Oheim. Guten Tag!« Mit einer eleganten Drehung erreichte er die Tür, öffnete sie und verschwand.

Seufzend ließ sich Nordbrook hinter seinem Schreibtisch nieder. Was sollte er von der Andeutung des jungen Lüders halten? Konnte dessen Familie vom Nachlass seiner Eltern und Großeltern wissen? Selbst wenn – es war nichts Unrechtes daran, sein Erbe für eigene Interessen und Geschäfte einzusetzen. Erhob der junge Mann etwa Ansprüche auf das Familienvermögen der Nordbrooks? Mit welchem Recht? Gab es etwas, von dem er nichts wusste?

Seinen Vater konnte er nicht fragen, der war vor Jahresfrist gestorben. Konnte Berend mehr wissen? Sein Bruder hatte mit seinem Teil des Vermögens ein Bauunternehmen gegründet, das fast alle größeren Gebäude auf Norderney errichtet hatte. Für Berend war die Geschichte der Familie allerdings nie von Interesse gewesen. Nordbrook erschien es unwahrscheinlich, dass sein Bruder mehr Details kannte als er. Trotzdem würde er mit ihm darüber sprechen. Er erwog, sofort zum kaiserlichen Postamt zu gehen und ein Ferngespräch anzumelden. Die Baufirma verfügte seit Kurzem über einen eigenen Fernsprechanschluss. Doch dann dachte er daran, dass das Fräulein vom Amt versucht sein konnte, mitzuhören und Einzelheiten an die beste Freundin weiterzugeben. Und damit wäre der Weg in die Norderneyer Öffentlichkeit frei. Also ließ er einen Sekretär kommen und diktierte ihm einen Brief an Berend. Anschließend begab er sich ins Restaurant, um dort die Vorbereitungen für das Mittagsmenü zu kontrollieren und erste Gäste zu begrüßen.

*

Die Absage seines Verwandten hatte Hauke Lüders nicht sonderlich beeindruckt. Ihm war klar gewesen, dass dieser Punkt früher oder später erreicht werden musste. Um an sein Ziel zu kommen, würde er einen anderen Weg beschreiten. Bis dahin würde er sich mit einem Guthaben behelfen, das auf dem Festland auf ihn wartete. In Norden besuchte er gelegentlich einen privaten Spielclub. Dort hatte er kürzlich seinem Glück etwas nachhelfen können und einen Landjunker um einen ansehnlichen Betrag gebracht. Der Unglückliche hatte nur eine kleine Anzahlung leisten können und war ihm noch einen Tausender schuldig. Ihn würde er aufsuchen und ein wenig erleichtern. Danach konnte der Coup beginnen, mit dem er sich das Vermögen der Nordbrooks aneignen würde. Kein Geringerer als der Reichskanzler würde ihm dabei helfen. Fürst von Bülow war bereits auf Norderney eingetroffen. Nun galt es, in seine Nähe zu gelangen.

Die Gelegenheit ergab sich schon bald, denn im Kur-Theater wurde der *Raub der Sabinerinnen* gegeben. Hauke Hinrich war für einen erkrankten Schauspieler eingesprungen und spielte den Emil Groß, den Sohn des Weinhändlers. Zu Ehren des Reichskanzlers gab der Theaterdirektor nach der Aufführung im Hotel Deutsches Haus einen Empfang für ausgewählte Persönlichkeiten, zu dem auch die Darsteller geladen waren. Gewöhnlich gaben sich Angehörige der besseren Gesellschaft nicht mit Schauspielern ab. Doch in gewissen Kreisen galt es neuerdings als interessant und abenteuerlich, ja, als geradezu verwegen, sich diesen Berufsstand vis-à-vis anzusehen und sich mit den exaltierten, oft überraschend gebildeten, noch öfter besonders ansehnlichen und freizügigen Menschen zu vergnügen.

Er brauchte nur wenig Zeit, um die Aufmerksamkeit des Reichskanzlers auf sich zu lenken. Schon während des Stückes hatte er Bernhard von Bülow, der zwischen Gattin Maria und Privatsekretär Max Scheefer in der ersten Reihe saß, gelegentlich heiße Blicke zugeworfen. Unter den Schauspielern gab es den einen oder anderen, der dem eigenen Geschlecht zugetan war. Deren Sprechweise, Gesten und Mimik hatte er sich angeeignet und damit den Blick des Mannes eingefangen. Allerdings auch den des Privatsekretärs, der ihn misstrauisch beäugte. Gleichwohl sprach von Bülow Hauke später eine Einladung in die Villa Fresena aus.

Wenige Tage darauf war Hauke Lüders um eine – in seinen Augen nicht unbedingt erstrebenswerte – Erfahrung reicher. Mit dem ungewöhnlichen Erlebnis verband sich jedoch die Gewissheit, in Zukunft auf ein gewisses Wohlwollen des Reichskanzlers zählen zu können.

Bei einer weiteren intimen Begegnung deutete er gegenüber seinem neuen Gefährten Ungemach an. Ein Außenstehender hätte – möglicherweise durch Max Scheefer – von seinem Besuch in der Villa erfahren und verlangte für sein Schweigen eine nicht unerhebliche Summe. Diese aufzubringen sei ihm derzeit unmöglich. Es gebe allerdings einen Ausweg.

»Diesen Scheefer muss ich loswerden«, murmelte von Bülow. »Der macht mir schon lange zu schaffen.« Dann fragte er: »Und der Ausweg besteht worin?«

»Wenn ich in absehbarer Zeit mit einer gewissen Dame die Ehe eingingen, bekäme ich die Mittel in die Hand, um den Mann ruhigstellen und eventuelle Gerüchte verstummen lassen zu können. Allerdings bräuchte ich dafür die Unterstützung einer hochstehenden Persönlichkeit.« Hauke lächelte gewinnend. »Es bedarf lediglich eines kleinen Winks.«

»Gehe ich recht in der Annahme, dass du von mir sprichst?«

»So ist es.« Hauke nickte ernst. »Demnächst findet anlässlich des Sommerfestes im Hotel Nordbrook ein Diner für die auf der Insel anwesenden Honoratioren statt. Eine gute Gelegenheit, dem Hausherrn die Empfehlung auszusprechen, seine Tochter mit meiner Wenigkeit zu verloben.«

»Das ist alles?«

Hauke neigte den Kopf. »Davon ist auszugehen. Unter Umständen müsste der Hinweis zu einem späteren Zeitpunkt mit etwas Nachdruck wiederholt werden. Ich gehe aber davon aus, dass Herr Nordbrook freudig zustimmen wird, denn er ist einer deiner größten Verehrer. Außerdem sind seine und deine Gemahlin befreundet. Sein Vermögen hat der Hotelier … geerbt. Gesellschaftliches Ansehen dagegen fällt nicht vom Himmel. Ihm liegt sehr daran, es zu erhalten und zu mehren.«

»Gut«. Bernhard von Bülow nickte. »Wenn es weiter nichts

ist.« Er strich Hauke über die Wange. »Sehen wir uns wieder?«

»Ich weiß nicht«, antwortete Hauke gedehnt, »ob es angesichts der Umstände angezeigt ist …«

»Verstehe.« Von Bülow zog seine Hand zurück. »Warten wir die Entwicklung ab.«

*

Eleonore konnte es kaum erwarten, das Briefchen zu öffnen, das ihr der Oberkellner unauffällig zugesteckt hatte. »Von wem?«, hatte sie ihm gerade noch zuflüstern können, doch der Mann war erhobenen Hauptes weitergegangen, das Tablett mit Champagnergläsern, unter dem er die Botschaft verborgen hatte, virtuos in Kopfhöhe balancierend. Ihr blieb nichts anderes übrig, als sich in ihr Zimmer zurückzuziehen, um dort den Inhalt unbeobachtet zu erfahren.

Mit klopfendem Herzen öffnete sie den Umschlag und zog das beschriebene Blatt hervor. Sie überflog die wenigen Zeilen, die in großzügiger Schrift die Seite füllten. Von Zeile zu Zeile schlug ihr Herz schneller.

Geliebte Eleonore!

Du bist mein Land,
ich deine Flut,
die sehnend dich ummeeret;
Du bist der Strand,
dazu mein Blut
ohn' Ende wiederkehret.
An Dich geschmiegt,
mein Spiegel wiegt

das Licht der tausend Sterne;
und leise rollt
dein Muschelgold
in meine Meergrundferne.

H. L.

Von Glücksgefühl durchströmt, ließ Eleonore den Brief sinken. Seit sie fünfzehn war, hatte sie für den jungen Lüders geschwärmt. Doch er hatte ihr nie einen Blick gegönnt, war lieber mit reiferen Damen ausgegangen. Wie hatte sie die alten Schachteln gehasst! Aber anscheinend hatte Hauke seine Meinung geändert. Schon seit Tagen war er bei verschiedenen Gelegenheiten im Hotel aufgetaucht. Beim Spaziergang auf der Strandpromenade oder auf dem Damenpfad war er ihr begegnet und hatte ihr verstohlene Blicke zugeworfen.

Und nun das! Eine solche Liebeserklärung! Gereimt! Ihre Freundinnen würden vor Neid platzen, wenn sie erfuhren, dass sich der gut aussehende Sohn des Apothekers ernsthaft für sie interessierte. Fieberhaft überlegte sie, welche Gelegenheit es für ein Stelldichein geben konnte. Sie musste der Aufsicht der Eltern entkommen und Hauke Lüders insgeheim treffen. Eine ihrer Freundinnen hatte in derartigen Dingen Erfahrung, sie würde wissen, was zu tun war. Die Mutter auf ihre Seite zu ziehen konnte so schwer nicht sein. Schließlich hatte sie erst neulich davon gesprochen, dass es an der Zeit sei, gewisse gesellschaftliche Verbindungen zu knüpfen, um den Weg für eine spätere Heirat zu ebnen.

Ein Schatten schob sich in Eleonores Gedanken, als sie sich daran erinnerte, wie heftig ihr Vater auf die Erwähnung des jungen Lüders reagiert hatte. Die Familien waren miteinander verwandt. Doch in ihrem Elternhaus durfte der Name nicht erwähnt werden, schon gar nicht das verwandtschaftliche Verhältnis. Die heikle Beziehung beruhte auf alten Geschichten, die Eleonore nicht wirklich interessierten. Ein neues Jahrhundert war angebrochen. Jahr für Jahr kamen mehr Kurgäste nach Norderney, darunter hochstehende Persönlichkeiten. Reichskanzler von Bülow – wie vor ihm schon Otto von Bismarck – und General von Blücher besuchten das Seebad. Musiker und Künstler bevölkerten die Insel, etwa die Komponisten Robert und Clara Schumann oder der Maler Poppe Folkerts. In diesen Kreisen bewegte sich auch Hauke Lüders. Was Eleonore wahnsinnig aufregend fand, ihr Vater jedoch als Beleg für den schwachen Charakter des jungen Mannes ansah. Sie drückte den Brief an die Brust.

»Ich arrangiere das«, erklärte Charlotte, nachdem Eleonore sich ihr tags darauf anvertraut hatte. »Allein darfst du den Herrn nicht treffen. Also werde ich ihm eine Nachricht zukommen lassen und dich zur Verabredung begleiten. Ein guter Treffpunkt ist der Leuchtturm. Mit etwas Glück bekommen wir Gelegenheit, unbegleitet nach oben zu steigen. Von dort gibt es eine beeindruckende Aussicht. Auf der Plattform könnt ihr euch ungestört unterhalten.«

Schon am übernächsten Tag stand Eleonore dem jungen Lüders mit heißen Wangen und klopfendem Herzen auf dem Norderneyer Leuchtturm gegenüber. Weitere Besucher waren nicht anwesend, und Charlotte wartete unten am Eingang. So sehr Eleonore das Treffen herbeigesehnt hatte, so wenig wusste sie nun, was sie sagen sollte. Zum Glück übernahm er nach kurzem Zögern das Sprechen.

Hauke war es gewohnt, in Freundeskreisen oder mit Schauspielerkollegen geistreiche Reden zu führen. Auch mit den Damen wusste er galant zu parlieren. Er war belesen und konnte – was Frauenherzen regelmäßig zum Schmelzen brachte – Gedichte oder Passagen aus Dramen und Komödien zitieren. So war es ihm auch nicht schwergefallen, in einem Büchlein des Dichters Christian Morgenstern ein passendes Liebesgedicht zu finden und für Eleonore aufzuschreiben. Ihr nun vis-à-vis so nah gegenüberzustehen verschlug ihm jedoch für einen Moment die Sprache. Er hatte natürlich längst bemerkt, dass aus dem einst etwas pummeligen Mädchen eine schlanke Frau mit ausgeprägten weiblichen Formen und einem hinreißend hübschen Gesicht geworden war, aber ihre Wirkung war aus der Nähe noch umwerfender. Und er bemerkte überdeutlich, wie sehr sie sich zu ihm hingezogen fühlte. Offenbar war ihm das Schicksal wohl gesonnen und schenkte ihm, der sich nicht aus Liebe, sondern mit Blick auf das Vermögen des Hoteliers Nordbrook auf Freiersfüße begeben hatte, ein bezauberndes Wesen. So würde er nicht nur seinem Ziel näher, sondern auch in Liebesdingen auf seine Kosten kommen.

12

2016

»Ich habe die Adresse.« Patrick wedelte mit einem Zettel und grinste vielsagend, als er am Empfang erschien.

»Nicht hier«, knurrte Thomas Nordbrook und bedeutete ihm mit einer Kopfbewegung zu verschwinden. »Geh nach hinten ins Büro! Ich komme in ein paar Minuten nach.«

Nordbrook bereute es bereits, sich auf Patricks Vorschlag eingelassen zu haben. Der junge Mann nahm die Sache allzu sehr auf die leichte Schulter. Frank Lüders aus dem Verkehr zu ziehen war erstaunlich leicht gewesen. Einfach ein Netz aus dem Boot werfen. Sekunden später war er unter der Wasseroberfläche verschwunden. Doch seit er als Leiche wieder aufgetaucht war, war alles anders. Die Polizei wusste, dass Frank gewaltsam ums Leben gekommen war. Und bald würden es alle wissen. Viele Norderneyer würden sich Gedanken machen. Jeder würde jeden belauern. Zum Glück ahnte niemand etwas von den Hintergründen. Die Verbindung zwischen den Familien lag über zweihundert Jahre zurück, und stets hatten sie darauf geachtet, dass kein Außenstehender davon erfuhr. Auch konnte niemand die finanzielle Situation der Nordbrooks einschätzen.

Das Hotel war fast immer ausgebucht, obwohl die Gäste die höchsten Preise an der gesamten ostfriesischen Küste zahlten. Alle vermuteten, dass es sich um ein gewinnbringendes Unternehmen handelte. Mit Recht. Sein Vater hatte das durch den Krieg heruntergekommene Haus zum alten Glanz zurückgeführt, betuchte Gäste gewonnen und mit geschickten Investitionen zu einem begehrten Urlaubsdomizil entwickelt. Doch dann hatte er einen großen Fehler begangen. Mit der Bürgschaft für einen Millionenkredit zur Rettung der Nordener Nordbrook-Linie.

Eigentlich konnte man beim Inhaber des Bauunternehmens nicht mehr von einem engen Verwandten sprechen, schließlich war es vier oder fünf Generationen her, dass die Brüder Ubbo und Berend Nordbrook unterschiedliche Wege eingeschlagen hatten. Ubbo, der ältere Sohn von Wilhelm Jacob und Henriette Nordbrook, hatte das Gästehaus seiner Eltern übernommen. Sein Bruder Berend hatte die Tochter eines Bauunternehmers geheiratet und war in dessen Firma eingetreten. Über vier Generationen hatten die Nordbrooks erfolgreich gewirtschaftet. Bis Patricks Vater mit Immobilienspekulationen in Spanien und den USA so hohe Verluste eingefahren hatte, dass eine Insolvenz drohte. Mit Hilfe der Bürgschaft hatte er neue Kredite bekommen. Doch die Finanz- und Eurokrise hatte die Kapitalspritze wirkungslos werden lassen. Inzwischen war das Unternehmen am Ende. Michael Nordbrook war tot. Dessen Vater hatte die siebzig überschritten und war krank. Es war nur noch eine Frage der Zeit, bis die Bank ihr Geld zurückverlangen würde. Von ihm, Thomas Nordbrook, als Inhaber des Hotels, das sein Vater aus Gutmütigkeit verpfändet hatte.

*

Patrick Nordbrook, der jüngste Spross der Nordener Linie, hatte ihn daran erinnert, dass es einen Ausweg gab. Jenes sagenhafte Vermögen, das eigentlich den Nordbrooks gehörte und über das aus unerfindlichen Gründen die Familie Lüders die Verfügungsgewalt hatte, konnte die Rettung bringen.

Patrick hatte Nachforschungen angestellt und behauptete nun, den Lösungsweg zu kennen. Nur der Schlüssel fehlte: der Zugangscode zum Nummernkonto eines Schweizer Geldinstituts.

»Sie heißt Angelika de Boer und wohnt in Aurich«, empfing Patrick ihn, als er das Büro betrat. »Hat leider einen kleinen Unfall gegeben, als ich bei Lüders war. Ist aber ohne Bedeutung.«

»Was meinst du mit *Unfall?*« Thomas war nicht in der Stimmung für schlechte Nachrichten. Nachdem ihm die Geschichte der Nordbrooks durch den Kopf gegangen war, kreisten alte und neue Fragen in seinem Kopf, die ihn weiter zweifeln ließen. Sollte das sagenhafte Vermögen, wenn es überhaupt existierte, tatsächlich zweihundert Jahre und zwei Weltkriege überstanden haben? War es ein Fehler, Patrick zu vertrauen? Entsprechend unwirsch war sein Ton.

Patrick hob die Hände. »Kein Grund zur Aufregung. Hab ihm eins auf die Rübe gegeben. Um ihn außer Gefecht zu setzen. Sonst hätte er mich gesehen.«

»Musste das sein?« Nordbrook schüttelte unwillig den Kopf. »Das erregt doch nur wieder Aufmerksamkeit.« Er setzte sich Patrick gegenüber und lehnte die Zigarette ab, die dieser ihm anbot. »Wir müssen noch mal über den Plan reden. Eine Entführung und Erpressung finde ich zu riskant. Außerdem frage ich mich, ob sich das Ganze lohnt. Vielleicht schauen wir am Ende doch in die Röhre.«

»Was meinst du damit?« Patrick seufzte. »Glaubst du mir nicht mehr? Denkst du, ich hätte das alles angeleiert, wenn ich nicht ganz sicher wäre?«

»Und wenn es sich nur um ein Gerücht handelt? Eine Art Familiensage? Ich habe es immer für eine schöne Geschichte gehalten. Aber eine Geschichte eben. Bis du gekommen bist.

Jetzt habe ich wieder Zweifel. Vielleicht hat dieser Schatz ja mal existiert. Aber wer sagt uns, dass noch etwas davon da ist?«

»Das habe ich dir doch lang und breit erklärt.« Patricks Tonfall und Mimik signalisierten Unverständnis. »Meine Urgroßmutter hat mir alles erzählt, bevor sie starb. Ihr Mann ist im Krieg in Russland gefallen, ihrem Sohn und ihrem Enkel hat sie sich nicht anvertraut. ›Einer muss das Vermögen unserer Familie zurückholen‹, hat sie gesagt. ›Dein Großvater glaubt mir nicht. Er denkt, ich bin nicht ganz richtig im Oberstübchen. Und dein Vater ist ein Hasardeur. Er würde alles verspekulieren. Darum sollst du das Geheimnis bewahren und eines Tages, wenn du alt genug bist, für Gerechtigkeit sorgen.‹«

»Vielleicht war deine Urgroßmutter wirklich nicht ganz dicht«, warf Thomas Nordbrook ein. »Sie war ja auch schon ziemlich alt.«

»Anfangs habe ich das auch gedacht«, räumte Patrick ein. »Aber sie war total wach. Und richtig plietsch. Die hat alle anderen Erwachsenen in die Tasche gesteckt. Und so eindringlich, wie sie mit mir gesprochen hat … Das hat sich bei mir eingebrannt. Ich war ja noch viel zu jung, um zu kapieren, was das bedeuten könnte. Aber ich bin sicher, dass stimmt, was sie gesagt hat. Kursiert die Geschichte nicht auch in eurer Familie? Und Frank Lüders? Woher hatte der so viel Kohle? Das alles können keine Zufälle sein. Also muss was dran sein. Wenn wir erst mal die Bankunterlagen haben …«

»Scheint aber irgendwie nicht zu klappen. Erst kommt Frank wieder zum Vorschein, dann ziehst du seinem Vater eins über den Schädel. Und wir sind keinen Schritt weitergekommen.«

»Aber jetzt kommen wir weiter.« Patrick hielt triumphierend seinen Zettel hoch. »Hier ist die Lösung. Wenn wir Angelika de Boer haben, rückt Lüders die Sachen raus. Sobald wir im Besitz der Dokumente sind, lassen wir die Dame laufen und holen uns die Kohle.«

»Ich habe kein gutes Gefühl mehr bei der Sache.« Nordbrook schüttelte energisch den Kopf. »Mit einer Entführung will ich nichts zu tun haben.«

In diesem Augenblick kam Patrick der Gedanke, dass es vielleicht besser wäre, Thomas Nordbrook aus dem Weg zu räumen und die Sache allein durchzuziehen.

*

Das Krankenhaus an der Lippestraße lag direkt hinter den Dünen des Nordstrands. Patienten, deren Zimmer in diese Richtung gingen, hatten das Panorama der Nordsee vor dem Fenster.

Heinz-Hermann Lüders konnte den Ausblick nicht genießen, denn sein Kopf war bandagiert, und der Arzt hatte ihm strengste Bettruhe verordnet. Zwar ließ der Verband ein Auge frei, doch Lüders hielt die Augen geschlossen.

Nach einem kurzen Blick in das Krankenzimmer schloss Polizeikommissarin Visser die Tür wieder und machte sich auf die Suche nach einem Arzt.

»Der Patient hat ein mittelschweres Schädel-Hirn-Trauma«, erklärte ihr der Stationsarzt kurze Zeit später. »Die äußere Verletzung ist nur eine Platzwunde. Für die Schmerzbehandlung und zur Reduzierung des Hirndrucks geben wir Barbiturate. Er ist ansprechbar, wird aber möglicherweise Ihre Fragen nicht beantworten können. Zum einen wegen der Sedierung, zum anderen, weil eine retrograde Amnesie besteht.«

Gabriele Visser nickte. »Herr Lüders kann sich also möglicherweise nicht an das erinnern, was ihm zugestoßen ist?«

Der Arzt nickte. »Meistens kommt die Erinnerung aber

wieder. Sie müssen sich ein paar Tage gedulden. Manchmal dauert es allerdings auch Wochen.« Wie zur Entschuldigung breitete er die Arme aus. »Oder dieser kurze Zeitabschnitt aus dem Leben des Patienten bleibt für immer verschüttet.«

»Wo befindet sich die Kopfverletzung?«, fragte die Polizistin. »Vorn, hinten, rechts, links?«

»Vorn rechts, etwas seitlich, direkt neben der Kranznaht, aber noch auf dem Stirnbein.«

»Haben Sie eine Vorstellung, was genau die Verletzung verursacht haben könnte?«

Der Arzt hob die Schultern. »Ein Sturz oder ein Schlag mit einem flachen Gegenstand. Schmutzpartikel in der Wunde deuten eher darauf hin, dass es sich um einen nicht besonders sauberen Fußboden gehandelt hat. Natürlich kommt auch ein verschmutzter Gegenstand infrage. Aber kein Baseballschläger zum Beispiel. Da wäre nichts zu sehen. Allenfalls Holzsplitter. Bei einer Eisenstange hätte man Rost finden können. Aber damit hätte der Täter die Schädeldecke zertrümmert. Ich tippe auf einen Sturz. Kommt in dem Alter manchmal vor.«

»Vielen Dank, Herr Doktor.« Gabriele Visser deutete in Richtung Patientenzimmer. »Ich würde jetzt gern mit Herrn Lüders sprechen.«

»Gut. Aber bitte nicht länger als zwei bis drei Minuten.« Der Arzt verabschiedete sich.

»Ich würde gern erfahren, was Ihnen zugestoßen ist«, sagte die Polizeikommissarin, nachdem sie sich vorgestellt hatte.

Der Patient schlug die Augen auf und bewegte kaum merklich den Kopf. »Das weiß ich selbst nicht. Ich glaube, ich bin gefallen. Auf der Kellertreppe.«

»Wir haben Grund zu der Annahme, dass Sie überfallen

worden sind, Herr Lüders. Und dass ein Unbekannter Sie niedergeschlagen hat. Mit einem Spaten aus Ihrem Keller. Daran klebt Blut.«

»Unsinn. Wahrscheinlich bin ich mit dem Kopf auf dem Spaten gelandet, der dort herumlag. Wer sollte mich überfallen?«

Gabriele Visser versuchte, den Blick des Mannes aufzufangen, und antwortete mit einer Gegenfrage. »Wer könnte Ihren Sohn umgebracht haben?«

»Ich habe nicht die geringste Ahnung«, murmelte Lüders. »Das herauszufinden ist Ihre Aufgabe.«

»Da haben Sie vollkommen recht. Aber dabei sind wir auf Ihre Hilfe angewiesen.«

»Ich kann Ihnen nicht helfen.«

»Meine Kollegen von der Spurensicherung werden herausfinden, ob jemand in Ihrem Haus war. Dann werden Sie sich hoffentlich an das Geschehen im Keller erinnern. Wenn jemand dort war und Sie niedergeschlagen hat, müssen Sie uns sagen, was Sie wissen. Vielleicht haben Sie den Eindringling gesehen und können ihn beschreiben.«

»Selbst wenn es so gewesen wäre«, entgegnete Lüders, »kann ich Ihnen nichts dazu sagen, denn ich habe keine Erinnerung daran. Also kann ich auch niemanden beschreiben. Ich wäre Ihnen dankbar, wenn Sie mich jetzt in Ruhe lassen könnten. Ich habe starke Schmerzen und bin müde.«

»Selbstverständlich.« Gabriele Visser wandte sich zum Gehen. »Aber wir werden Sie erneut befragen müssen, wenn das Ergebnis der kriminaltechnischen Untersuchung vorliegt.«

Sie verließ das Patientenzimmer und zog ihr Mobiltelefon aus der Tasche, um Jan Eilers anzurufen. »Bei Lüders ist vorläufig nichts zu holen«, sagte sie, als er sich meldete. »Beruft sich auf fehlende Erinnerung. Aber ich habe das Gefühl, dass er lügt. Trotz seiner Gedächtnislücke hat er von der Kellertreppe gesprochen.«

»Ich geb's weiter«, antwortete Eilers. »Kollegin Bernstein redet noch mit Stefanie Rodenbeck. Wir sehen uns dann in der Dienststelle.«

»Okay.« Visser schob das Handy in die Tasche. Während sie das Krankenhaus verließ, fragte sie sich, ob die junge Frau vom LKA bei Lüders erfolgreicher gewesen wäre. Vielleicht hatten die Kollegen beim Landeskriminalamt bessere Methoden. Aber für eine erfolgreiche Befragung von Zeugen oder die Vernehmung Verdächtiger brauchte man wohl eher Lebenserfahrung. Gabriele Visser hatte zwei Kinder großgezogen und als Mutter, aber auch als Polizistin, unzählige Lügengeschichten entlarvt. Für Vernehmungen gab es Strategien, bestimmte Fragen und Taktiken, mit denen man zutreffende Aussagen hervorlocken, zumindest aber Unwahrheiten erkennen konnte. Entscheidend für die Unterscheidung von Lüge und Wahrheit blieb jedoch ein Gespür.

Die junge Kollegin aus Hannover sah aus wie Mitte zwanzig. Vielleicht war sie knapp dreißig. Ein Rätsel, wie man in dem Alter bereits Hauptkommissarin sein konnte. Sie selbst hatte bis zum einundfünfzigsten Lebensjahr warten müssen, um diesen Dienstrang zu erreichen. Beförderungen waren während der letzten Jahre und Jahrzehnte immer seltener geworden.

Rieke Bernstein war ausgesprochen hübsch. Konnte ihr Aussehen die Karriere beeinflusst haben? Einen Ring trug sie nicht, und eigentlich erschien sie auch nicht wie jemand, der Männer beeindrucken wollte. Eher wie eine Frau, die wusste, was sie wollte. Zielstrebig und kompetent, andererseits aber auch sensibel. Jedenfalls wirkte sie nicht so, wie man sich LKA-Beamte vorstellt – bürokratisch, überheblich und praxisfern.

Gabriele Visser war gespannt, ob sich ihr Eindruck im Laufe

der Ermittlungen bestätigen würde. Vor dem Haupteingang des Krankenhauses öffnete sie das Bügelschloss und zog ihr Fahrrad aus dem Ständer. In dem Augenblick meldete ihr Handy den Eingang einer SMS.

Hallo Gaby, hier hast du meine Mobilfunknummer. Damit du mich erreichen kannst. Sehen uns später. Muss noch zum Anleger, jemanden abholen. Gruß!

Rieke Bernstein. Die junge Frau war auch noch kooperativ und dachte mit. Auf Vissers Gesicht erschien ein kleines Lächeln, als sie sich vorstellte, wie Gerit reagieren würde, wenn die schöne Kollegin ihren Freund anschleppte, den sie möglicherweise im Hafen in Empfang nehmen wollte.

Sie steckte ihr Telefon wieder ein und stieg auf das Rad. Während sie die Emsstraße entlang in Richtung Innenstadt fuhr, lief die Begegnung mit Heinz-Hermann Lüders in ihrem Kopf noch einmal ab. Warum wollte er nichts von einem Überfall wissen? Kannte er den Täter? Wenn ja, warum deckte er ihn? An einen Sturz glaubte sie nicht. Auch wenn der Arzt ihn für wahrscheinlich hielt.

*

Eine lange nicht gespürte Erregung erfasste Hannah Holthusen, als sich die *Frisia IV* dem Norderneyer Hafen näherte. Seit der Recherche im Fall Krabbenhöft auf Borkum hatte sie keine der Inseln mehr besucht. Schon als Kind hatte sie die Überfahrt als aufregend erlebt; die kurze Reise mit dem Schiff war stets der Auftakt zu einem Abenteuer voller Entdeckungen gewesen. Menschen, Häuser, Landschaften waren anders als auf dem Festland. Hinzu kamen ungewohnte Geräusche und Gerüche. Mit dem Rauschen der Brandung, dem Geklingel der Eisverkäufer, Kinderlachen und dem Duft von gebratenem Fisch oder süßem Fettgebackenem verband sich der Geschmack salziger Seeluft. Unbeschwerte endlose Tage am Strand. Füße in den Wellen, Hände im Sand, Haare im Wind. Sonnenbrand auf Schultern und Nase. Der Geruch von Hautcreme. Sonnenuntergänge.

Eine vergangene, aber nicht verlorene Zeit. Nur durch Existenz- und Überlebenskampf des Erwachsenendaseins verschüttet. Man sollte sich öfter an die Kindheit erinnern, dachte Hannah und lächelte unbewusst.

»Sie fraan sisch aa uff de Urlaub, gell?« Die Stimme einer Mitreisenden riss Hannah aus ihren Gedanken. Neben ihr stand eine rothaarige, sommersprossige Mittvierzigerin und deutete nach vorn. »Mer kumme schunn seit dreissisch Johrn her. Wohne als in de Pension Meeresbris.«

»Wie schön für Sie.« Hannah nickte ihr zu und wandte sich ab. Die Erinnerungen waren wie weggewischt und mit ihnen das Gefühl froher Erwartung. Gleichzeitig erfasste sie das Verlangen nach einer Zigarette. »Eine Sucht bleibt immer zurück«, hatte ihre Therapeutin gesagt. Hannah schloss die Augen, atmete tief durch und versuchte, die verlorenen Bilder und Empfindungen wieder heraufzubeschwören. Doch stattdessen befielen sie plötzlich Zweifel, ob der fluchtartige Aufbruch nach Norderney eine gute Entscheidung gewesen war. Was, wenn Rieke Bernstein überhaupt keine Zeit für sie hatte, weil sie mit Ermittlungen befasst war? Dann würde sie enttäuscht irgendwo herumsitzen und eine Zigarette nach der anderen rauchen. Womöglich in der Pension Meeresbrise, wo die rothaarige Hessin aus ihrem dreißigjährigen Erfahrungsschatz Tipps für Unternehmungen auf der Insel feilbot. Früher oder später würde sie durch die Straßen streifen, um nach einer unauffälligen Kneipe zu suchen. Und dann …

Erschreckt von ihrem eigenen Bild als heruntergekommene

Trinkerin riss Hannah die Augen auf und stopfte die Zigarettenpackung, die ihre Hand bereits aus der Handtasche gezogen hatte, hastig zurück. Angestrengt starrte sie zum Anleger im Norderneyer Hafen, auf den sich die Fähre grummelnd zubewegte. Stand Rieke dort? Zahlreiche Menschen warteten auf die Ankunft der *Frisia IV*, etliche von ihnen winkten. Ob die Polizistin unter ihnen war, ließ sich nicht erkennen. Allzu rasch drehte sich der Anleger aus ihrem Blickfeld, als die Fähre eine Wende vollzog und langsam in die schmale Einfahrt rangierte.

Hannah hastete nach unten und reihte sich in die Schlange der Wartenden ein. Zügig vollendete das Schiff sein Manöver. Polternd fielen die Gangways herab. Der Strom der Menschen setzte sich in Bewegung, gleichzeitig rollten die ersten Fahrzeuge an Land.

Erwartungsvoll musterte Hannah die Menschen am Pier, die wie ein Empfangskomitee auf ankommende Gäste zu warten schienen.

Rieke Bernstein war nicht darunter.

*

Gerit Jensen stand vor der offenen Tür der Dienststelle. Er sah aus, als hielte er nach jemandem Ausschau. Gabriele Visser lehnte ihr Fahrrad an die Hauswand und schloss es sorgfältig ab. »Wartest du auf mich?«

Jensen schüttelte den Kopf. »Nein. Ja. Also … Natürlich warte ich … auf … euch alle.«

»Vielleicht auf eine von uns etwas mehr?«

Verlegen wandte sich Jensen unter ihrem spöttischen Blick. »Es geht ja um den Fall«, murmelte er, »nicht um …«

»… die schöne Kollegin?«, ergänzte Visser. Gerit war tatsächlich rot geworden. »Hast du was erreicht?«, fragte sie, um ihn nicht noch weiter in Verlegenheit zu bringen.

»Die Spusi ist unterwegs. Staatsanwalt Rasmussen kümmert sich um die Bankauskunft zu Frank und Heinz-Hermann Lüders' Vermögensverhältnissen. Mit der Exfrau von Frank Lüders habe ich gesprochen. Sie steht uns jederzeit zur Verfügung, meint aber, dass sie kaum etwas zur Aufklärung ...«

»Heb dir die Einzelheiten auf«, unterbrach Visser ihn. »Für Jan und Rieke. Was ist mit der Tochter? Hast du die auch erreicht?«

Statt zu antworten, reagierte Jensen mit einer Frage. »Duzt ihr euch?«

»Natürlich. Wir duzen uns auf Norderney unter Kollegen. War in dieser Dienststelle schon immer so. Weißt du doch.«

»Ja, aber ... die ... Kriminalhauptkommissarin vom LKA ...«

»... ist eine Kollegin.«

»Dann könnte ich ja auch ... ich meine, wenn wir uns hier alle duzen ...«

Gabriele Visser lachte. »Hast du ein Problem damit?«

»Eigentlich nicht.« Jensen schüttelte den Kopf. »Ich dachte nur ... Wir kennen sie ja schon. Von dem Fall auf Borkum. Damals waren wir die ganze Zeit per *Sie*.«

Seine Kollegin zuckte mit den Schultern. »Wenn du keine anderen Sorgen hast ...« Sie trat in den offenen Eingang der Polizeiwache. Dort wandte sie sich noch einmal um. »Was war jetzt mit der Tochter von Frank Lüders?«

»Laura kommt nach Norderney. Ihre Mutter hat inzwischen mit ihr gesprochen. Sie weiß also, was passiert ist.«

»Na prima. Es geht voran. Kommst du mit rein?«

Jensen nickte und folgte seiner Kollegin in die Dienststelle.

»Moin«, grüßte Polizeikommissar Ullrich und sah Gabriele Visser an. »Gibt's was Neues?«

*

Laura Lüders hatte kurz vor elf in Göttingen den ICE genommen, war in Bremen in den Regionalexpress umgestiegen und erreichte nahezu pünktlich – zwanzig Minuten nach drei – Norddeich Mole. Die Fähre nach Norderney ging zu jeder vollen Stunde, sodass reichlich Zeit blieb, sich innerlich auf das einzustellen, was sie erwartete.

Im Intercity-Express hatte sie noch an einem Referat gearbeitet, während der Fahrt von Bremen nach Norddeich hatte sie aus dem Fenster gestarrt, die flache Landschaft und die vertrauten Städte – Oldenburg, Bad Zwischenahn, Leer und Emden – an sich vorüberziehen lassen und versucht, die Vorstellung von der Leiche ihres Vaters zu verdrängen. Man hatte ihn am Meeresboden gefunden, gefangen in einem Fischernetz. Wer konnte so viel Hass und Energie aufbringen, um einen Menschen auf diese Weise umzubringen? Ausgerechnet ihren Vater, der voller Lebenslust und Unternehmungsgeist gewesen war. Gewiss, auch sie hatte ihn damals gehasst, als sich ihre Mutter von ihm getrennt und mit ihr Norderney verlassen hatte, weil sie seine Eskapaden nicht mehr ertragen hatte. Laura war empört gewesen und hatte ihren Vater zutiefst verachtet.

Laura suchte sich einen Platz im Außenbereich des Restaurants Pier mit Blick auf die Hafeneinfahrt und bestellte einen Eiskaffee. Die Frisia-Fähre war bereits als weiße Silhouette auf der Nordsee zu erkennen. Um Laura herum herrschte Betriebsamkeit. Die meisten Menschen waren in Urlaubsstimmung. Rufe, Gelächter und Kindergeschrei drangen an ihr Ohr, erreichten sie aber nicht wirklich.

Obwohl sie das Bild ihres Vaters nicht vor sich sehen wollte, erschien es in unzähligen Varianten vor ihrem inneren Auge. Erinnerungen aus der Kindheit. Am Strand, auf dem Leuchtturm, im Hafen. In seinen Armen, an seiner Hand, mit ihrer Mutter im Strandkorb. Auseinandersetzungen während der Pubertät. Lautstarke Wortwechsel. Und immer wieder die aus der Fantasie geborene Vorstellung eines toten Körpers auf dem Meeresgrund, gefangen in einem Netz. Ermordet.

Die Polizei wollte sie sprechen. Was erwarteten die Kriminalisten von ihr? Hatte Ihr Vater Feinde? Wer profitiert von seinem Tod? – Fragen aus Fernsehkrimis. Aber zur Aufklärung der Tat würde sie nichts beitragen können. Allenfalls zu den Lebensumständen ihres Vaters. Ja, er hatte wechselnde Freundinnen. Nein, es gab keine finanziellen Probleme, Geld war immer genug da. Noch Fragen?

Die Fähre war rasch näher gekommen. In wenigen Minuten würde sie die Hafeneinfahrt erreichen. Auf der Sonnenterrasse des Pier verlangten die Gäste nach der Rechnung. Auch Laura zahlte und schlenderte zum Anleger. Sie verfolgte die präzise Navigation, mit der die Besatzung die *Frisia* an die Brücke bugsierte. Wenig später verließen die Fahrgäste das Schiff. Dabei fiel ihr ein junger Mann in ihrem Alter auf, der ihr vage bekannt vorkam. Als er sie sah, erstarrte er für den Bruchteil einer Sekunde, wandte dann den Blick ab und tauchte in der Menge unter.

Später, als sich die Fähre bereits Norderney näherte, entdeckte sie ihn noch einmal. Doch das musste ein Irrtum sein. Schließlich war er gerade von Norderney gekommen. Wer fuhr schon mit der Fähre einfach so hin und her?

*

Patrick Nordbrook war sich nicht sicher, aber die Ähnlichkeit der Frau mit Laura Lüders war verblüffend. Er hatte ihr Foto auf Facebook gesehen. Dass sie nach Norderney kam, war nicht unwahrscheinlich. Sie *musste* es sein. Vermutlich kam sie wegen des Todes ihres Vaters. Aber was wollte sie auf der Insel? Sich um ihr Erbe kümmern? Kurzerhand hatte er beschlossen, ihr zu folgen, und war auf die Fähre zurückgekehrt. Je länger er die Frau beobachtete, desto mehr wuchs seine Überzeugung, die Tochter von Frank Lüders vor sich zu haben. Das eröffnete ihm eine überraschende neue Perspektive. Für seine Enkelin, hatte Thomas gesagt, würde der alte Lüders alles geben. Jeder Norderneyer wüsste, wie vernarrt der alte Apotheker in das Mädchen war.

13

1904–1906

Seit der Begegnung mit Hauke Lüders auf dem Leuchtturm schwebte Eleonore im siebten Himmel. Er würde in absehbarer Zeit bei ihrem Vater um ihre Hand anhalten. Bei der Vorstellung streifte ein Anflug von Furcht ihre Gedanken. Ihr Vater verachtete Hauke. Würde er den Antrag zurückweisen? Was würde sie dann tun?

Ausmalen mochte sie sich diese Situation nicht. Vielleicht hatte sie auch keinen Grund dazu, schließlich liebte ihr Vater sie über alles und erfüllte ihr jeden Wunsch. Seine Abneigung gegen Hauke musste er überwinden; die alten Geschichten um einen Zwist zwischen seiner Familie und den Nordbrooks durften ihn nicht dazu bringen, sich der Liebe zweier junger Menschen in den Weg zu stellen. Mit der Zeit würde er sich vermutlich an den Gedanken gewöhnen, und am Ende das Glück seiner Tochter über seine Vorbehalte stellen.

Zusätzlich wurden ihre Gefühle durch die Aussicht auf ein zweites Treffen aufgewühlt. Charlotte hatte es arrangiert. Erneut würde sie ihm auf dem Leuchtturm begegnen, unter vier Augen und unbeobachtet. Eine aufregende Vorstellung. Die Art und Weise, wie er sie beim Abschied angesehen hatte, wie sein Blick sie festzuhalten versucht hatte, war ihr wie ein Versprechen erschienen. Noch einmal würde er sie nicht einfach so gehen lassen, sondern sie in den Arm nehmen, vielleicht sogar küssen. Sie sah die Szene vor sich, und ihr Herz schlug schneller. Voller Sehnsucht zählte sie die Stunden.

*

Hauke Lüders hatte nicht die Absicht, es bei einem Kuss zu belassen, wenn er Eleonore erneut treffen würde. Das Mädchen hatte ein leidenschaftliches Sehnen nach Berührungen bei ihm ausgelöst. Der Wunsch, ihren Körper anzusehen und mit Lippen und Händen zu erkunden, ihre Brüste zu streicheln und den Weg zum jungfräulichen Schatzkästchen zu finden, beherrschte sein Denken. Darum hatte er Charlotte Helmers bestochen. Sie sollte Eleonore statt zum Leuchtturm in ein verschwiegenes Liebesnest führen, das ihm dazu diente, Damen zu treffen, deren Gemächer er nicht aufsuchen konnte, weil sie verheiratet waren und in Begleitung des Gatten auf Norderney weilten. Die Stunde der Begegnung sehnte er nicht weniger heftig herbei als Eleonore.

»Nein«, antwortete Charlotte, als ihre Freundin bemerkte, dass der Weg sie nicht zum Leuchtturm führte. »Dorthin gehen wir heute nicht. Dem jungen Herrn ist der Treffpunkt nicht sicher genug. Man könnte euch trotz aller Vorsichtsmaßnahmen zusammen sehen. Deshalb erwartet er dich im abgelegenen Haus eines Freundes, das er jetzt bereits auf anderem Wege erreicht hat. So kann eine kompromittierende Situation gar nicht erst entstehen. Herr Lüders möchte verhindern, dass du ins Gerede kommst.«

Dankbar und verunsichert zugleich ließ sich Eleonore zu dem Haus am Stadtrand führen. Es war ein schlichtes, niedriges Gebäude mit kleinen Fenstern und nur einer Tür, umgeben von einem üppigen, aber verwilderten Blumengarten. Die Fassade wirkte gepflegt, und auch der Weg von der Gartenpforte, wo Charlotte sich verabschiedete, zum Haus war ordentlich hergerichtet. Als sie sich der Haustür näherte, öffnete sich diese lautlos. Im Halbdunkel des Innenraumes erkannte sie Hauke Lüders. Er trat einen Schritt zur Seite und machte eine einladende Handbewegung. »Willkommen im bescheidenen Reich eines genügsamen Mannes, der für die schönste und begehrenswerteste Frau unter der Sonne auf alles Gold der Welt verzichten würde.«

Halb blind vor Tränen der Rührung und vom plötzlichen Wechsel aus der Helligkeit des Tages ins Zwielicht des Raumes, stolperte Eleonore auf ihn zu. Hauke fing sie auf, nahm sie in die Arme, stieß mit dem Fuß die Tür ins Schloss und hob sie in die Höhe. »Welch ein hinreißender und beglückender Anblick. Deine Anwesenheit verwandelt dieses prunklose Gemäuer in ein Märchenschloss.« Er trug sie durch den dunklen Flur zu einer offenen Tür. Hier erwartete sie ein ungewöhnlicher Raum. Eine Mischung aus Salon und Schlafzimmer. Sie registrierte zwei schwere Sessel, einen kleinen Tisch mit zwei Gläsern und eine spanische Wand. Beherrscht wurde er jedoch von einem großen Bett in der Mitte.

Hauke setzte sie vor einem der Sessel ab. »Bitte Platz zu nehmen. Bevor wir ... uns ... unsere ... Unterhaltung fortsetzen, stoßen wir miteinander an. Auf das Glück im Allgemeinen und die glücklichen Umstände, die uns zusammengeführt haben, im Besonderen.« Er verschwand hinter der spanischen Wand und kehrte mit einer Flasche Champagner im Eiskübel zurück.

Eleonore setzte sich vorsichtig in den Sessel. Ihr schwirrte der Kopf. Dieser Raum löste zwiespältige Gefühle in ihr aus. Sie befand sich in einer anderen Welt. Mit Hauke. Allein und ungestört. Niemand konnte sie hören oder sehen, ob er sie in die Arme schloss oder gar küsste. Gleichzeitig war sie ihm ausgeliefert. Wenn er nun mehr von ihr wollte? Charlotte und ihre Freundinnen hatten widersprüchliche Andeutungen gemacht. Sie versuchte sich zu erinnern. Was genau hatten sie gesagt?

»Auf unser gemeinsames Wohl!« Der Champagner schäumte in den Gläsern, Hauke drückte ihr ein Glas in die Hand und hob das seine. Eleonore nahm einen Schluck. Und einen zweiten. Schließlich leerte sie das Glas. Rasch schenkte Hauke nach und lächelte liebevoll. »So ist es recht.«

Die nächste Stunde erlebte Eleonore wie im Rausch. Als er begann, sie zu entkleiden, reagierten Kopf und Bauch zwiespältig. Jede Faser ihres Körpers wollte, was doch nicht erlaubt war. Eine völlig neue Kraft drängte sie zu Handlungen, die ihr ebenso unbekannt waren wie die Empfindungen ihrer Haut, ihrer Hände und Lippen, die ganz erstaunliche Entdeckungen machten. Zugleich lösten Haukes Berührungen so lustvolle Gefühle aus, dass sie nicht genug davon bekommen konnte. Der kurze Schmerz schreckte sie nicht, denn schon wenig später wurde sie von einem wohligen Beben erfasst, dessen Ausmaß ihr kurzzeitig die Sinne trübte.

Später, als sie erschöpft in seinen Armen lag, wusste sie, dass das zwischen ihr und Hauke Geschehene verheirateten Paaren vorbehalten war. Dennoch spürte sie keinerlei Reue, sondern empfand nur eine tiefe Befriedigung. Schließlich würde er sie zur Frau nehmen, dann hatte alles seine Ordnung.

»Wir werden heiraten«, seufzte sie und stützte sich auf einen Ellbogen. »Schon bald.«

Hauke strich ihr übers Haar. »Ich spreche mit deinem Vater. Allerdings befürchte ich, dass er … gewisse … Vorbehalte hat.«

»Mutter ist bestimmt auf meiner Seite.« Eleonore küsste ihn auf die Wange. »Und mir kann Vater ohnehin nichts abschlagen. Außerdem ...« Sie kicherte und ließ ihre Hand über Haukes Bauch gleiten. »Jetzt bleibt ihm nichts anderes übrig, als einverstanden zu sein. Sonst wäre seine Tochter entehrt.«

»Er wird hoffentlich nie erfahren, dass wir ... Du solltest ... es für dich behalten.«

»Natürlich.« Eleonore nickte. »Wenn er zustimmt, wird er nie davon erfahren. Sobald wir verheiratet sind, ist es ohne Bedeutung. Wann sprichst du mit ihm?«

»Gleich morgen. Nein, morgen nicht. Ich muss erst noch etwas erledigen. Übermorgen reise ich aufs Festland. Geschäftlich. Sobald ich zurück bin, suche ich ihn auf.«

Eleonore seufzte. »Ich kann es kaum erwarten.« Verträumt ließ sie die Hand kreisen. »Pass gut auf dich auf«, murmelte sie. »Wenn dir etwas zustieße, wäre das auch mein Unglück.«

»Keine Sorge, mein Engel. Wenn ich in Geschäften unterwegs bin, habe ich immer meinen Gehstock dabei. Damit kann ich mich wirksam vor Gesindel schützen.«

*

Luise Nordbrook befiel eine unbestimmte Ahnung, als sie ihrer Tochter begegnete. Sie wirkte auf beunruhigende Weise verändert. Es schien, als habe von einem Tag auf den anderen ein Wandel ihres Wesens stattgefunden. Das Mädchen strahlte auf eine ungewöhnliche Weise. War sie verliebt? Das konnte kaum sein. Als Mutter, glaubte sie, würde sie es wissen, wenn Eleonore einem Mann begegnet wäre, der sie aus der Bahn geworfen hatte. Dergleichen hatte sie jedoch nicht bemerkt. Was also war in ihr Kind gefahren?

Als Frau mit Lebenserfahrung und Gattin eines Geschäftsmannes war es Luise gewohnt, den Dingen auf den Grund zu gehen. Also nahm sie ihre Tochter an die Hand, zog sie raschen

Schrittes in ihr Zimmer und sah ihr in die Augen. »Was ist passiert?«

Eleonore wich ihrem Blick aus. Dabei wirkte sie jedoch keineswegs schuldbewusst oder geknickt, sondern lächelte glücklich in sich hinein. »Es ist nichts geschehen, Mutter. Was sollte sich deiner Meinung nach ereignet haben?«

Seufzend fasste Luise unter das Kinn ihrer Tochter. »Schau mich an, Liebes! Ich will offen sein und erwarte dasselbe auch von dir.« Sie hob kaum merklich die Stimme. »Es gibt Dinge auf dieser Welt, die nicht sichtbar oder beweisbar, aber trotzdem vorhanden sind. Dazu gehört die Liebe zwischen Mann und Frau.«

Erschrocken starrte Eleonore sie an. Gleichzeitig schoss ihr das Blut in die Wangen. Luise sah ihre Ahnung bestätigt. »Du bist verliebt«, stellte sie fest. »Und zwar so heftig, dass du es nicht vor mir verbergen kannst.« Sie legte beide Hände um Eleonores Wangen. »Wer ist der Glückliche? Weiß er überhaupt davon? Für einen gut aussehenden jungen Mann zu schwärmen ist nicht ungewöhnlich. Das passiert früher oder später jeder jungen Frau. Auch ich habe ...«

»Es ist keine Schwärmerei«, platzte Eleonore heraus. »Es ist Liebe. Wir werden heiraten. Schon bald wird er um meine Hand anhalten.«

Luise Nordbrook trat einen Schritt zurück. »Das ist nicht dein Ernst.«

»Noch nie in meinem Leben war mir etwas so vollkommen ernst.« Eleonore legte ihre Hand auf die Brust. »Mein Herz schlägt für ihn, und seins für mich. Wir sind füreinander bestimmt.«

»Mein Gott, Kind.« Luise lächelte nachsichtig und seufzte. »*O zarte Sehnsucht, süßes Hoffen, der ersten Liebe goldne Zeit! Das Auge sieht den Himmel offen, es schwelgt das Herz in Seligkeit.* Ja, Eleonore, das wusste schon Friedrich Schiller. Und es ist schon vielen Millionen junger Menschen auf dieser Welt so ergangen. Aber heiraten, mein liebes Kind, ist eine andere Sache. Da haben dein Vater und ich ein Wörtchen mitzureden. Wenn überhaupt, werden wir diesem Gedanken nähertreten, wenn wir den jungen Mann gesehen und ihm auf den Zahn gefühlt haben. Sag nicht, dass es der junge Lüders ist!«

Eleonore strahlte ihre Mutter an und nickte. »Ihr braucht ihm auch nicht auf den Zahn zu fühlen. Das habe ich bereits getan.«

*

Als Ubbo Emmius Nordbrook begriff, was ihm Luise da verkündete, erfasste ihn ein Wirbel aus Wut und Empörung, Sorge und Entsetzen. Für einen Augenblick schien sein Herzschlag auszusetzen. Abwechselnd schossen Hitze und Kälte durch seinen Körper, und er schnappte nach Luft. Fassungslos starrte er seine Frau an.

Luise sah ihm ernsthaft in die Augen. »Du wirst dein Urteil über den jungen Lüders revidieren oder mit dem Unabänderlichen leben müssen.«

»Nur über meine Leiche«, stieß Nordbrook hervor. »Eleonore mag heiraten, wen sie will. Aber nicht diesen Erbschleicher.«

»Vielleicht solltest du das noch einmal überdenken«, entgegnete Luise.

Nordbrook starrte vor sich hin. Seine Gedanken kreisten um die Frage, wie sich eine Heirat seiner Tochter mit Hauke Lüders verhindern ließ. Zur Not würde es tatsächlich eine Leiche geben. Aber nicht seine eigene. Doch erst einmal würde er

Eleonore die Unmöglichkeit ihres Vorhabens zu erklären versuchen. Sie musste erkennen, dass es dem Brautwerber nicht um sie, sondern um das Vermögen der Familie ging. Allerdings befürchtete er, dass sie ihm, verliebt, wie sie war, keinen Glauben schenken würde.

Noch schwerer wog jedoch eine unerwartete Begebenheit, die ihn am nächsten Tag ereilte. Während des jährlichen Sommerfestes, bei dem Nordbrook das Diner für herausragende Persönlichkeiten und besonders vermögende Gäste ausrichtete, nahm ihn der Reichskanzler beiseite und deutete mit einem Kopfnicken in Richtung des Tisches, an dem Eleonore saß. »Eine ausnehmend hübsche Person, Ihr Fräulein Tochter. Wie ich hörte, gibt es bereits einen Bewerber.« Von Bülow senkte die Stimme. »Eine Apotheke ist heutzutage eine zukunftssichere Mitgift. Sie sollten nicht zögern, mein lieber Nordbrook. Zumal die jungen Leute offenbar Gefallen aneinander gefunden haben. Wir erwarten die gute Nachricht der Verlobung noch während unseres derzeitigen Aufenthaltes.«

Verwirrt fragte sich Nordbrook, welches Interesse der Reichskanzler an der Verbindung haben konnte. Oder handelte er aus rein philanthropischen Motiven? Hatte Eleonore väterliche Gefühle in ihm geweckt? Und wusste er von dem Zerwürfnis zwischen den beiden Familien und gedachte, es auf diese Weise zu heilen?

Der junge Lüders konnte ihm gleichgültig sein. Dessen Familie hatte weder persönliche Kontakte noch geschäftliche Verbindungen nach Berlin. Ein persönliches Interesse an dem jungen Mann war ebenfalls zu verneinen. Hauke war als Eroberer zahlreicher Damen – einschließlich ihrer Betten – bekannt. Ein anderweitiges Interesse war undenkbar; es wäre auf Norderney auch kaum verborgen geblieben.

Es würde schwierig werden, den Wunsch des Reichskanzlers abzulehnen. Wenn dieser das Haus Nordbrook künftig meiden würde, wäre das schlecht fürs Geschäft, denn dann bestand die Gefahr, dass sich weitere berühmte und betuchte Gäste anderweitig orientierten. Nicht auszudenken, welche wirtschaftlichen Folgen sich daraus ergeben konnten. Er würde also eine Möglichkeit finden müssen, durch die sich eine Verlobung, zumindest aber eine spätere Heirat, verhindern ließ. Vor seinem inneren Auge entstand das Bild eines Mannes, der zu nächtlicher Stunde von finsteren Gestalten erschlagen oder erstochen und anschließend den Wellen der Nordsee übergeben wurde.

Jene dunklen Kräfte galt es zu finden. Berend würde ihm helfen. Da traf es sich gut, dass er seinen Bruder bereits um ein Treffen gebeten hatte. Schon in den nächsten Tagen, hatte er telegrafisch antworten lassen, würde er auf der Insel eintreffen.

*

»Wir müssen jemanden finden, der verschwiegen ist und das für uns erledigt«, sagte Ubbo Nordbrook, nachdem er seinem Bruder die missliche Lage erklärt hatte. Berend war nicht begeistert, sah aber ein, dass man einen Lüders, einen Schauspieler mit zweifelhaftem Lebenswandel, nicht in die Familie einheiraten lassen konnte. Die Wahrscheinlichkeit, dass es gelang, dem Mädchen die Verbindung auszureden, hielt auch er für gering, ein Gespräch mit Haukes Vater für aussichtslos. Hinrich Lüders war der Sohn längst aus dem Ruder gelaufen.

Und so kamen die Brüder überein, dass Berend Nordbrook für das geräuschlose Verschwinden des Erbschleichers sorgen würde. Auf Norderney sollte es kein Aufsehen geben, deshalb musste ein Weg gefunden werden, den jungen Mann zu einer

Reise aufs Festland zu bewegen. Dort würde sich Berend um alles Weitere kümmern.

*

Den Hinweis auf eine günstige Gelegenheit, den Plan umzusetzen, lieferte ihm Eleonore selbst. »Allerliebster Papa«, teilte sie bereits am nächsten Morgen am Frühstückstisch mit, »mein Horoskop hat mir Veränderungen vorausgesagt. Ich weiß, dass es ein bedeutendes Ereignis sein wird. Bitte lass mich dabei nicht im Stich!«

Nordbrook ahnte, was jetzt kommen würde, stellte sich aber ahnungslos und lächelte nachsichtig. »Was für geheimnisvolle Andeutungen, mein Kind. Kannst du mir mehr verraten?«

»Ich werde heiraten«, verkündete Eleonore aufgeregt. »In den nächsten Tagen wird Hauke Lüders zu dir kommen und dich um meine Hand bitten. Ich wünsche mir, dass du ihn empfängst und seinen Antrag nicht abweist. Er liebt mich, und ich liebe ihn.«

»Was für eine Überraschung! Und so schnell! Ich hatte ja nicht die geringste Ahnung.« Mit gespieltem Erstaunen umarmte Nordbrook seine Tochter. »Aber so ein Schritt will gut überlegt sein. Und er bedarf einiger Vorbereitungen. Während der Saison ist im Hotel sehr viel zu tun, und ich habe wenig Zeit. Es wäre also angezeigt, die ... das ... bedeutende Ereignis ... für einen späteren Zeitpunkt vorzusehen.«

Luise warf ihm einen erstaunten Blick zu. »Du hast keine grundsätzlichen Einwände? Auch nicht hinsichtlich des Bewerbers?«

Nordbrook hob die Schultern. »Mir wäre es lieber, meine Tochter nähme einen Ehemann, der nicht den Namen Lüders trägt. Aber ich will mich dem Glück meines Kindes nicht in den Weg stellen.«

Mit einem begeisterten Jubelschrei umarmte ihn Eleonore und küsste ihn auf die Wange. »Du bist mein allerliebster Papa.«

»Wann will denn der junge Herr kommen?«, fragte Nordbrook in möglichst beiläufigem Ton. »Zurzeit ist es schwierig. Wie gesagt ...«

»In wenigen Tagen«, antwortete Eleonore fröhlich. »Morgen reist er aufs Festland, weil er geschäftlich in Norden zu tun hat. Sobald er zurück ist, wird er um ein Gespräch nachsuchen.«

Nordbrook nickte abwesend. Ihn beschäftigte bereits der Gedanke, wie er seinen Bruder erreichen konnte. Dass Lüders die Insel aus eigenem Antrieb verließ, war eine Gelegenheit, die man beim Schopf ergreifen sollte.

Er zog seine Uhr aus der Westentasche, ließ den Deckel aufspringen und legte die Stirn in Falten. »Heute muss ich euch etwas früher verlassen. Im Kontor wartet Arbeit auf mich.«

14

2016

Während Hannah Holthusen sich unschlüssig umsah, meldete sich ihr Mobiltelefon mit einer SMS. *Bin in ein paar Minuten am Hafen. Rieke.*

Erleichtert steckte sie das Handy zurück und steuerte eine der Bänke an, die für wartende Feriengäste aufgestellt worden waren. Kaum hatte sie sich gesetzt, ließ sich neben ihr die rothaarige Hessin von der Fähre nieder. »Waade Sie aa uff jemande, der Sie abholt? Sunschd warn die als schunn doa. Isch verstäj's nedd.«

Hannah wunderte sich über sich selbst. Eigentlich hätte sie vom Gequatsche der Frau genervt sein müssen. Aber die Nachricht von Rieke hatte sie in gute Laune versetzt. »Kann schon mal passieren«, lachte sie, »dass sich jemand verspätet. Und einmal in dreißig Jahren – das ist ja nicht gerade oft.«

»Mer häwwe fär heit schunn des Middagesse gebucht. Doa wolle mer nedd zu spät kumme. Mein Moann legt Wert uff regelmässische Mahlzeite.« Sie winkte mit ausholenden Bewegungen einem kleinen kahlköpfigen Mann zu, der am Fahrbahnrand das Gepäck bewachte. Er reagierte mit einem kaum wahrnehmbaren Nicken. Sein Blick kehrte rasch zur Straße zurück, wo in diesem Augenblick ein blau-silbriger Streifenwagen der Polizei heranrollte.

Das Fahrzeug hielt, und aus einer der hinteren Türen stieg eine blonde Frau aus. Sie war groß und schlank und stilvoll gekleidet. Rieke Bernstein. Hannah sprang auf und griff nach ihrer Reisetasche. »Auf Wiedersehen«, rief sie der Banknachbarin zu. »Und schönen Aufenthalt!«

»Des wärd schunn werrn. – Ehne aa«, antwortete die Hessin, während Hannah eilig dem Streifenwagen zustrebte. Dort beugte sich Rieke gerade zum Fenster des Fahrers hinab und sprach mit ihm. Der Mann warf Hannah einen neugierigen Blick zu und nickte. Dann fuhr er langsam weiter.

Wenig später umarmten sich die beiden Frauen. Rieke Bernstein musterte Hannah. »Ist mit dir alles in Ordnung?«

»Im Moment ja. Ich freue mich so, dich zu sehen.« Sie küsste sie auf die Wange. »Danke, dass du Zeit für mich hast.«

Der kahlköpfige Mann der Hessin starrte sie an. Rieke griff nach Hannahs Reisetasche. »Komm, wir gehen zum Hotel. Ist nicht weit. Wir stellen deine Tasche ab, und wenn du willst, kannst du dich ein bisschen frisch machen. Ich muss noch mal zur Dienststelle der hiesigen Polizei.«

»Ich hab noch keine Bleibe«, wandte Hannah ein. »Vielleicht sollte ich erst mal zur Zimmervermittlung ...«

»Du kannst bei mir wohnen. Ich habe eine Suite mit zwei Räumen. Julia kommt später nach, wir wollen unseren Urlaub dranhängen. Bis dahin steht das Zimmer leer.«

»Aber ...«

»Kein Aber! Du kommst mit«, bestimmte Rieke und wandte sich zum Gehen. »Außerdem würde ich gern wissen, wie es dir wirklich geht.«

Hannah seufzte, folgte Rieke und glich ihren Schritt dem der Freundin an. Während sie in Richtung Innenstadt gingen, berichtete Hannah von ihrer Kündigung. »Der neue Chefredakteur hat sich auf den Standpunkt gestellt, er könne nicht mit mir zusammenarbeiten. Daraufhin hat mich die Verlagsleitung entlassen. Unter Einhaltung der Kündigungsfrist und natürlich mit *größtem Bedauern*.«

»Warum wollte der neue Chef nicht mit dir zusammenarbeiten? Hat ihm jemand gesteckt, dass du ...«

»Ja«, antwortete Hannah. »Wegen meiner Alkoholsucht. Dabei ist überhaupt nichts vorgefallen. Meinen letzten Absturz hast du miterlebt, danach war nichts mehr.«

»Das ist doch eine gute Nachricht.« Rieke stieß ihre Freundin in die Seite. »Du findest schon einen neuen Job. Du bist gut. Deine Artikel haben Substanz und Biss. Wer das nicht erkennt, hat keine Ahnung.«

Hannah schüttelte den Kopf. »Investigativer Journalismus ist immer weniger gefragt. Stattdessen sollen wir Rücksichten nehmen. Auf Anzeigenkunden, Politiker, den Fremdenverkehr, Parteien, Verbände und was weiß ich nicht alles. Nur keinem auf die Füße treten.«

»Dein alter Chef war anders, oder?«

»Allerdings. Der hatte Rückgrat. Jedenfalls meistens. Er setzt sich auch jetzt noch für mich ein. Will mir bei der Stellensuche helfen. Bisher hatte er allerdings noch keinen Erfolg.«

»Dann ist es doch nur eine Frage der Zeit.« Rieke lächelte ihrer Freundin aufmunternd zu. »Und bis dahin solltest du deine Situation positiv nutzen und Urlaub machen.«

»Ich versuch's ja gerade.« Hannah lächelte etwas schief zurück.

*

In der Polizeidienststelle berichtete Gabriele Visser den Kollegen von ihrem Besuch im Krankenhaus. »Ich bin davon überzeugt, dass Heinz-Hermann Lüders nicht die Wahrheit sagt«, schloss sie. »Hab aber keine Idee, warum. Gibt's schon was von der Spurensicherung?«

Gerit Jensen nickte. »Die haben vorhin angerufen. Im Haus haben sie Trittspuren gefunden, die nicht von Lüders stammen können. Auch im Keller und auf der Treppe. Leider keine Fingerabdrücke oder Faserspuren. Der Täter muss Handschuhe aus Leder oder Latex getragen und sich vorsichtig bewegt haben.«

»Da scheint jemand etwas gegen die Familie zu haben«, vermutete Jan Eilers. »Wir sollten die Exfrau von Frank Lüders warnen. Und vor allem seine Tochter.«

»Ja, das sollten wir tun.« Gabriele Visser nickte Jensen zu. »Hast du mit den beiden gesprochen?«

»Mit Susanne Lüders«, bestätigte er. »Jan hatte auch schon mit ihr telefoniert. Aber wir haben sie nicht ausdrücklich gewarnt. Die Tochter ist auf dem Weg hierher. Ihre Mutter hat ihr mitgeteilt, dass sie sich bei uns melden soll.«

Jensen warf einen Blick zur Tür. »Wo Frau Bernstein, ich meine Rieke, wohl bleibt.«

Gabriele Visser sah auf die Uhr. »Vor einer halben Stunde ist die letzte Fähre angekommen. Also wird sie jeden Augenblick hier sein. Sie wollte dort nur jemanden abholen und dann herkommen.«

»Abholen?«, echote Jensen. »Kommt da noch einer vom LKA? Oder Staatsanwalt Rasmussen?«

»Nee.« Visser schüttelte den Kopf. »Das ist privat.« Sie grinste. »Wahrscheinlich ihr Freund.«

Gerit Jensen öffnete den Mund und schloss ihn wieder. Jetzt grinste auch Jan Eilers. Im nächsten Augenblick sprang die Tür auf. »Moin«, grüßte Rieke Bernstein. »Entschuldigt die Verspätung. Ich musste noch jemanden vom Hafen abholen und ins Hotel bringen. – Gibt's was Neues?« Sie ließ sich auf dem Stuhl neben dem Oberkommissar nieder, der sie unauffällig musterte und sich fragte, ob tatsächlich ihr Freund gekommen war.

»Heinz-Hermann Lüders ist eindeutig nicht gestürzt«, antwortete Gabriele Visser und berichtete von ihrem Gespräch mit dem alten Herrn. Jensen ergänzte die Informationen der Kriminaltechniker. »Die Schmutzpartikel«, schloss er, »die der Eindringling mit seinen Schuhen hinterlassen hat, müssen noch im Labor untersucht werden.«

»Was ist mit den Vermögensverhältnissen?«, fragte Rieke.

Jan Eilers nahm ein Blatt auf und schob es ihr über den Schreibtisch zu. »Hier ist die Zusammenfassung. Die Familie Lüders scheint über erhebliche finanzielle Mittel zu verfügen. Mehr als eine Apotheke meiner Meinung nach einbringen kann. Es gibt keinerlei Schulden.«

Rieke wandte sich an Gabriele Visser. »Weißt du nichts über mögliche Hintergründe? Norderney ist keine Großstadt. Du hast gesagt, du bist hier aufgewachsen. Kennt man als Einheimische nicht das eine oder andere Detail über eine Familie wie die Lüders? Gibt es Gerüchte? Wenn jemand so im Geld schwimmt ...«

»Die haben das nie gezeigt.« Visser breitete bedauernd die Arme aus. »Ich glaube nicht, dass sich hier jemand über die Vermögensverhältnisse der Familie gewundert hat. Apotheken waren doch immer Goldgruben. Zumal die von den Lüders schon seit Jahrhunderten existiert. Da gibt es andere Leute, bei denen man sich fragt, wie die zu ihrem Reichtum gekommen sind.«

»Wenn wir keine Fakten haben, müssen wir Theorien entwickeln.« Rieke lehnte sich zurück und sah von einem zum anderen. »Wir kennen die häufigsten Motive für Tötungsdelikte: Hass, Eifersucht, Rache, Habgier. Hat jemand in Bezug auf Familie Lüders eine Idee?«

»Eifersucht«, schlug Gerit Jensen vor. »Frank Lüders könnte ein Verhältnis mit der Angestellten gehabt haben. Stefanie

Rodenbeck. Er wollte sie wegen einer neuen Liebschaft verlassen. Daraufhin hat sie ihn umgebracht.«

Gabriele Visser schüttelte den Kopf. »Die Art, wie er getötet wurde, sieht nicht nach einer Frau aus.«

»Außerdem stünden einer Apothekerin andere Möglichkeiten zur Verfügung«, ergänzte Rieke Bernstein. »Weniger aufwändige. Die klassisch weibliche Variante. Mit einer tödlichen Substanz, die sich dank ihrer pharmazeutischen Kenntnisse womöglich nicht nachweisen ließe.« Sie wandte sich Jensen zu. »Haben wir Anhaltspunkte für diese Theorie?«

»Lüders hatte wechselnde Frauenbekanntschaften. Stefanie Rodenbeck ist attraktiv. Beide haben eng zusammengearbeitet. Da kann man sich schon mal näher …« Er brach ab, als er registrierte, dass Gabriele Visser und Jan Eilers ironisch grinsten. In seinen Wangen spürte er eine plötzliche Hitze.

»Das ist nicht von der Hand zu weisen«, sagte Rieke Bernstein. »Wir sollten diese Variante nicht unter den Tisch fallen lassen. – Gibt es weitere Ideen?«

»Wie wäre es mit Rache?«, schlug Jan Eilers vor. »Jemand glaubt, ein ihm nahestehender Mensch sei durch ein falsches Medikament, das Lüders hergestellt oder verkauft hat, ums Leben gekommen.« Er zuckte mit den Schultern. »Ich weiß, das klingt nicht sehr überzeugend. Es gibt auch keinen Anhaltspunkt.«

»Ich tippe auf Habgier«, meldete sich Gabriele Visser zu Wort. »Wir wissen zwar nur ungefähr, wie vermögend Lüders war. Aber eine gut gehende, schuldenfreie Apotheke, eine vollständig bezahlte Luxusvilla, dazu sechsstellige Summen auf diversen Konten – das sind beträchtliche Reichtümer. Es sind schon Leute wegen wesentlich weniger umgebracht worden.«

Rieke Bernstein nickte. »Wir müssen klären, wer das alles erbt. Außerdem reicht das noch nicht.« Sie tippte auf das Blatt, das Eilers ihr vorgelegt hatte. »Ich wüsste gern mehr über die finanziellen Aktivitäten von Frank Lüders. Nicht nur die Kontostände. Schau auch mal in die Vergangenheit!«

»Laura Lüders ist wahrscheinlich die Haupterbin«, warf Gabriele Visser ein, »und steht damit auf der Liste der Verdächtigen ganz oben. Aber auch die Rolle von Heinz-Hermann Lüders muss noch geklärt werden. Warum behauptet er, nicht überfallen worden zu sein?«

»Okay.« Rieke Bernstein sah von einem zum andern. »Damit sind die Rollen verteilt. Kollege Eilers, ich meine Jan, kümmert sich weiter um das Vermögen des Verstorbenen. Gerit befasst sich mit Stefanie Rodenbeck.« Sie nickte Gabriele Visser zu. »Und wir befassen uns mit Laura Lüders.«

*

Nachdem die junge Frau die Apotheke betreten hatte, war für Patrick die Sache endgültig klar. Sie war es. Laura Lüders. Wahrscheinlich erkundigte sie sich nach ihrem Großvater. Als sie wieder auf den Stufen des Eingangs erschien, hatte sie ihr Mobiltelefon am Ohr. Wollte sie klären, wo sie wohnen konnte? In der Wohnung ihres Großvaters über der Apotheke oder in der Villa ihres Vaters? Vielleicht rief sie auch eine Freundin an, weil sie weder im leeren Haus am Januskopf noch in den Räumen des alten Lüders übernachten mochte.

Nachdem sie ihr Telefonat beendet hatte, tippte sie noch einmal auf das Display. Das Gespräch dauerte nur wenige Sekunden. Danach hockte sie sich auf die Stufen, als wartete sie auf eine Verabredung. Kurz darauf fuhr ein Taxi vor. Laura schob ihre Reisetasche in den Fond, stieg ein und gab dem Fahrer

Anweisungen. Der Wagen setzte sich in Richtung Nordstrand in Bewegung.

Patrick stieß einen Fluch aus. Um ihr mit einem anderen Wagen folgen zu können, hatte er nicht genug Geld in der Tasche. Seine Scheck- und Kreditkarten waren gesperrt. Doch dann hatte er eine Idee. Wahrscheinlich hatte Laura in der Apotheke erfahren, dass ihr Großvater im Krankenhaus lag. Dorthin konnte er sie mit dem Bus verfolgen. Oder er nahm ein Fahrrad. Unauffällig musterte er die in der Nähe abgestellten Räder. Alle waren durch Schlösser gesichert.

Missmutig suchte er nach einem Hinweis auf Bushaltestellen. In dem Augenblick kam ein gestylter Mittfünfziger auf einem Rennrad herbei, stoppte vor der Apotheke, lehnte sein Giant TCR gegen die Hauswand und sah sich selbstgefällig um. Außer Patrick beachtete ihn niemand. Er zupfte sich die Fahrradhandschuhe von den Fingern und betrat den Verkaufsraum. Patrick wartete ein paar Sekunden, schwang sich dann auf das Rad und trat kräftig in die Pedale. Wenig später erreichte er die Richthofenstraße, folgte ihr bis zum Birkenweg und bog links ab. Einholen konnte er das Taxi nicht, aber Laura Lüders würde sich lange genug im Krankenhaus aufhalten, sodass er sie abfangen konnte.

Vor einem Apartmenthaus in der Nähe der Klinik stellte er das Rennrad ab und schlenderte zum Haupteingang. Im Wartebereich setzte er sich so hin, dass er die ein und aus gehenden Patienten und Besucher im Blick hatte.

Nach einer halben Stunde erschien Laura Lüders mit ihrer Reisetasche. Sie steuerte geradewegs auf Patrick zu. Rasch zog er sein Smartphone aus der Tasche und beugte sich tief über das Display. Kannte sie ihn? Fieberhaft überlegte er, wie er reagieren sollte, wenn sie ihn ansprach. Doch sie ging an ihm vorbei und ließ sich am anderen Ende des Wartebereichs nieder. Patrick atmete auf. Zugleich schoss ihm ein verwegener Gedanke durch den Kopf. Sollte er die Gelegenheit beim Schopf ergreifen und mit Laura Lüders ins Gespräch kommen? Vielleicht konnte er in Erfahrung bringen, wo sie wohnen würde. Oder sich mit ihr verabreden. Und dann …

Er sah auf und musterte sie unauffällig. Laut Facebook war sie in seinem Alter, wirkte jedoch jünger, eher wie zwanzig. Sie war mittelgroß, sehr schlank und blond. Die Haare hatte sie zu einem Pferdeschwanz zusammengebunden. Helle Haut und blaue Augen gaben ihr ein typisch norddeutsches Aussehen. Auch sie zog ein Smartphone hervor und vertiefte sich in das Display. Worauf mochte sie warten? Hatte sie wieder ein Taxi bestellt?

Patrick erhob sich, umrundete die Sitzgruppe und trat neben Laura. »Hallo«, sagte er. »Darf ich mich zu dir setzen?«

Sie sah auf und zuckte mit den Schultern. »Hier sind genug Plätze frei.« Sie wandte sich wieder ihrem Smartphone zu und tippte auf das Display.

Zögernd ließ er sich nieder. »Ich heiße Patrick. Und du bist Laura Lüders. Stimmt's?«

Sie hob erneut den Blick. »Kennen wir uns?«

Er lächelte so charmant wie möglich. »Ich bin öfter auf Norderney. Von *kennen* würde ich nicht sprechen, aber wir sind uns schon einmal begegnet. Letztes Jahr, beim *White Sands Festival.* Ansonsten kenne ich nur dein Facebook-Profil. Du studierst Medizin. In Göttingen. Stimmt's?«

Laura musterte ihn skeptisch. »Und du? Ich habe dich auf der Fähre gesehen. Bist du mir gefolgt?«

Patrick nickte. »Ich wollte dich kennenlernen. Seit damals bist du mir nicht mehr aus dem Kopf gegangen.«

Die Andeutung eines Lächelns huschte über Lauras Gesicht. Sie steckte ihr Smartphone ein und sah ihn herausfordernd an. »Und jetzt?«

Überrascht und verunsichert durch ihre direkte Art, geriet Patrick ins Stottern. »Vielleicht können wir ... kann ich dich ... Wie wär's mit ... einem Cappuccino? Bei Cornelius zum Beispiel? Auf der Terrasse. Ich lade dich ein.«

Sie nickte kaum wahrnehmbar. »Keine schlechte Idee. Eigentlich. Aber nicht heute.« Sie deutete auf ihre Reisetasche. »Ich muss mich um eine Bleibe kümmern.«

»Ich dachte, du wohnst hier auf Norderney.«

»Das war einmal.« Laura stand auf, griff nach ihrer Reisetasche und deutete zur Eingangstür. »Mein Taxi kommt.«

Patrick sah seine Chancen schwinden. »Kommt auch ein Hotelzimmer für dich infrage?«, fragte er hastig. »Ich könnte dir eins vermitteln. Zum Sonderpreis.«

Laura zögerte. »Ein preiswertes Zimmer? Während der Saison? Kann ich mir nicht vorstellen.«

»Im Hotel Nordbrook. Für zwei, drei Nächte geht immer was.«

»Nordbrook? Das teuerste Haus auf der Insel? Das könnte ich mir nicht mal zum Sonderpreis leisten.« Laura wandte sich zum Gehen. »Ich muss jetzt ...«

»Doch«, widersprach Patrick, »das kannst du dir leisten. Wahrscheinlich kostet es dich gar nichts. Der Besitzer ist ... ein Verwandter von mir.«

Sie blieb stehen. Ihr Blick wanderte zwischen Patrick und dem wartenden Taxi hin und her. »Ein Verwandter?«

»Ja«, versicherte er. »Das Hotel gehört Thomas Nordbrook, meinem ... Onkel. Ich heiße übrigens auch Nordbrook. Komme aus Norden.«

»Das Bauunternehmen?«

Patrick nickte. »Meine Familie.«

»Wusste nicht, dass ihr verwandt seid.« Lauras Blick hatte sich von skeptisch zu interessiert gewandelt. »Und du meinst wirklich …«

»Ich könnte was arrangieren«, versicherte Patrick. »Ganz bestimmt. Du kannst es dir anschauen. Wenn es dir nicht gefällt, suchst du dir halt was anderes.«

Laura lachte. »Ums Gefallen geht es nicht. Nur um die Kohle.« Mit einem Kopfnicken deutete sie erneut nach draußen. »Also gut. Fahren wir.«

*

Während der Fahrt im Taxi meldete sich Lauras Handy mit einem spanischen Lied. *La Camisa Negra*. Sie warf einen Blick auf das Display, schüttelte unwillig den Kopf und meldete sich. »Hallo?«

Patrick hörte eine weibliche Stimme, konnte jedoch nicht verstehen, was sie sagte. Laura hörte wortlos zu. »Ja«, sagte sie schließlich. »Ich bin auf Norderney.«

Die Frau redete weiter.

»Okay. Wenn es sein muss.«

Die nächsten Worte aus dem Mobiltelefon klangen wie eine Frage.

»Auf dem Weg zum Hotel Nordbrook«, antwortete Laura. »Weiß aber nicht, ob ich da bleibe.«

Schließlich verabschiedete sie sich von der Gesprächspartnerin. »Bis dann.«

»Probleme?«, fragte Patrick.

Sie zuckte mit den Schultern. »Wie man's nimmt. Die Polizei will mich sprechen. Mein Vater … ist … ermordet worden.«

»Oh, das tut mir leid.« Patrick sah angestrengt nach vorn. »Mein Beileid.«

Ein stummes Nicken war die Antwort.

Schweigend erreichten sie das Hotel. Während Laura das Taxi zahlte, sprang Patrick aus dem Wagen. »Warte in der Halle auf mich!«, rief er ihr zu. »Ich spreche mit meinem Onkel.«

*

Etwas atemlos saß er wenig später Thomas Nordbrook gegenüber. »Das ist die Chance!«, schloss er seinen Bericht. »Wenn sie schon mal im Haus ist! Wir können sie im Kellergewölbe … unter dem früheren Gesindetrakt … Niemand weiß, dass es da noch Räume gibt. Wenn jemand fragt, ist sie wieder abgereist. Nach Hause, zu ihrer Mutter. Nein, besser nach Göttingen, wo sie studiert. Das lässt sich nicht so schnell nachprüfen.«

Thomas Nordbrook schüttelte den Kopf. »Eine Entführung. Da mache ich nicht mit. Kann nur schiefgehen. Selbst wenn dein Plan funktioniert – hinterher kann sie dich identifizieren.«

»Was für ein Blödsinn!« Patrick rollte die Augäpfel nach oben. »Natürlich machen wir es so, dass sie keinen erkennt. Sobald wir die Unterlagen vom alten Lüders haben, bringen wir sie zurück in ihr Zimmer. Dann war sie zwei oder drei Tage weg, und niemand weiß, wo sie sich aufgehalten hat. Niemand vermisst sie. Wenn sie behauptet, im Hotel festgehalten worden zu sein, wird ihr niemand glauben.«

»Ich weiß nicht.« Nervös drehte Thomas Nordbrook einen Kugelschreiber zwischen den Fingern. »Das kann gut gehen oder auch nicht. Für mich ist es zu riskant.«

Patrick wusste, dass er im Augenblick nicht weiterkommen würde. Er hob die Hände und lenkte ein. »Gut, lassen wir das! Wir können morgen noch mal drüber reden. Was ist jetzt mit dem Zimmer? Kann sie zwei oder drei Nächte bleiben? Ich meine – ohne Kohle.«

Thomas Nordbrook nickte sichtlich erleichtert. »Meinetwegen. Aber du machst nichts, was uns in Schwierigkeiten bringt!«

»Okay.« Patrick erhob sich und wandte sich zum Gehen. In der Tür drehte er sich noch einmal um und grinste. »Vielen Dank für das Zimmer! Laura Lüders ist ziemlich heiß. Und Medizinstudentin. Die sollen ja cool sein, was Sex betrifft. Bestimmt geht bei der was.«

»Dagegen ist nichts einzuwenden.« Nordbrook grinste jetzt auch. »Vielleicht ist das überhaupt der bessere Ansatz. Fang mit ihr was an! Dann liefert sie dir die Unterlagen irgendwann freiwillig. Oder sie führt dich unabsichtlich hin.«

»Schauen wir mal.« Patrick winkte dem Hotelier zu und schloss die Bürotür. »Das dauert mir zu lange«, murmelte er vor sich hin. »Erst das eine, dann das andere. Und wenn du nicht mitspielst, mach ich es ohne dich.«

*

Laura Lüders wartete auf ihn, als er in die Hotelhalle zurückkehrte. Sie saß sehr aufrecht in einem der dunkelroten Sessel, hatte die Beine übergeschlagen und sah ihn erwartungsvoll an. In dieser Pose erschien sie ihm wie eine Schönheit aus dem Pirelli-Kalender, der Jahr für Jahr das Büro seines Vaters zierte. Nur statt des Kleides hätte sie einen Bikini tragen müssen, besser noch … Für einen Moment sah er sie nackt vor sich.

»Alles klar«, rief er ihr zu. »Ein paar Tage kannst du bleiben.«

»Und der Preis?«

Patrick wartete mit der Antwort, bis er sie erreicht hatte,

beugte sich zu ihr herab und flüsterte ihr ins Ohr: »Du zahlst null Kohle.«

*

Während Laura im Hotelzimmer ihre Sachen auspackte, klopfte es an der Tür. Zwei Frauen standen dort, als sie öffnete. Eine von ihnen trug eine Polizeiuniform. Sie hielt einen Ausweis hoch. »Hauptkommissarin Visser. Das ist meine Kollegin Bernstein vom LKA. Wir hatten telefoniert. Dürfen wir reinkommen?«

Laura nickte und trat zur Seite. »Bitte.«

»Es geht um den Tod Ihres Vaters«, begann die LKA-Beamtin. Eine auffallend gut aussehende Frau, die überhaupt nicht nach Polizistin aussah. »Sind Sie in der Lage, uns ein paar Fragen zu beantworten?«

»Klar.« Laura zuckte mit den Schultern. »Aber ich glaube nicht, dass ich Ihnen helfen kann. Ich bin schon lange weg von Norderney. Zu meinem Vater hatte ich wenig Kontakt.«

»Sie leben bei Ihrer Mutter?«, fragte die uniformierte Beamtin und zog einen Notizblock hervor. Sie war deutlich älter, hatte dunkles, kurz geschnittenes Haar und ein strenges Gesicht.

»Ja, in Leer. Meine Eltern sind geschieden«, bestätigte Laura. »Schon seit über zehn Jahren.«

»Wie würden Sie das Verhältnis zu Ihrem Vater beschreiben?«

»Meins? Oder das meiner Mutter?«

»Fangen wir mit Ihnen an«, sagte die jüngere Polizistin, während die ältere Beamtin begann, sich Notizen zu machen.

Laura berichtete, wie sie die Trennung ihrer Eltern erlebt hatte, verschwieg nicht, wie sehr sie ihren Vater damals gehasst und verwünscht hatte.

Die LKA-Beamtin sah sich im Zimmer um. »Dieses Hotel ist nicht gerade preiswert. Für eine Studentin eigentlich unerschwinglich. Rechnen Sie jetzt mit einem größeren Erbe?«

Stumm schüttelte Laura den Kopf. Sie zögerte mit einer Antwort. An das Erbe ihres Vaters hatte sie noch gar nicht gedacht. Wie sollte sie das erklären? Sollte sie Patrick Nordbrook erwähnen?

15

1904–1906

Die Arbeiter der Eisenhütte in Norden wohnten auf engem Raum in Mietskasernen. Diebstahl, Prostitution und Messerstechereien waren an der Tagesordnung. In diesen Tagen streikten die trotz harter Arbeit schlecht bezahlten Hüttenarbeiter obendrein. Zudem war, wie es hieß, allerlei Gesindel unterwegs. »Unsichere Zeiten« war im *Ostfriesischen Kurier* zu lesen. Wer die Stadt durchquerte, tat, vor allem in der Dunkelheit, gut daran, sich der Begleitung unerschrockener Männer zu versichern.

Hauke Lüders zog es vor, mit eigenen Mitteln für seine Sicherheit zu sorgen, wenn er den hohen Betrag aus der Schatulle des Landjunkers abholte und nach Norderney brachte. Deshalb hatte er sich unauffällig bewaffnet. In seinem Gehstock verbarg sich ein Langmesser, das er mit einer kurzen Drehung des silbernen Knaufs freilegen konnte. Er würde nicht zögern, sein Geld und sein Leben zu verteidigen. Für seine Mitwirkung am Kur-Theater hatte er Schauspielunterricht genossen und dabei auch das Führen eines Degens gelernt.

Der Rhythmus der Tiden war günstig, sodass er noch während des Vormittags das Fährschiff der Vereinigten Dampfschiffreedereien Norden und Norderney verlassen konnte. Unter den Passagieren hatte es eine bemerkenswerte Diskussion über Konkurrenz für das Fährschiff gegeben. In Zukunft würde die Neue Dampfschiffs-Reederei Frisia zwei Dampfer aus Holland einsetzen und damit für häufigere und preiswertere Überfahrten sorgen. Auch die Frachttarife würden günstiger werden.

Als Lüders sich im Hafen von Norddeich nach einer Mietdroschke umsah, kam bereits ein Gefährt auf ihn zu. Er winkte dem Kutscher, erklomm den Wagen und nannte ihm das Ziel. Der Mann im schwarzen Paletot nickte und ließ die Peitsche knallen. Zügig rollte das Gefährt durch die Straßen der Stadt. Am Marktplatz, dort, wo Oster- und Westerstraße aufeinanderstießen, herrschte Gedränge. Mühsam bahnte sich der Kutscher den Weg durch die Menge der Menschen und Fahrzeuge. Mehrmals musste er anhalten. Interessiert beobachtete Lüders das Treiben an den zahlreichen Ständen. Für einen Moment erwog er auszusteigen, um über den Markt zu bummeln und nach Holländerinnen Ausschau zu halten, die hier verschiedene Käsesorten anboten. Die Mädchen aus dem Nachbarland waren hübsch und galten als zugänglich. Doch wenn er das Geld holen und noch heute nach Norderney zurückkehren wollte, reichte die Zeit für ein solches Intermezzo nicht. Und auf der Insel wartete schließlich ein Honigtöpfchen auf ihn, das auch nicht zu verachten war.

Sie ließen den Marktplatz hinter sich, erreichten rasch den Stadtrand, und der Kutscher schlug den Weg zum Gutshof des Landjunkers ein. An einer schmalen, von Buschwerk umgebenen Strecke hielt das Gefährt an. Der Mann auf dem Bock drehte sich um und rief seinem Fahrgast etwas Unverständliches zu. Lüders beugte sich vor, um erkennen zu können, was ihn an der Weiterfahrt hinderte. In dem Augenblick wurde der Schlag geöffnet. Eine unglaublich starke Hand packte seinen Arm und zerrte ihn vom Sitz.

»Was soll das?«, rief Lüders, packte seinen Gehstock fester und drehte sich nach dem Kutscher um. Im nächsten Augenblick griff auch der zu. Vier kräftige Hände hoben ihn an den Oberarmen aus der Kutsche und schleiften ihn hinter das Gebüsch. Dort löste einer der Männer seinen Griff und nahm einen Knüppel auf. Hauke nutzte die Gelegenheit. Blitzschnell ließ er die Klinge aus seinem Gehstock springen und stieß dem alten Mann das Messer in die Brust. Der Angreifer ließ den Knüppel fallen, ruderte einen Augenblick mit den Armen und sackte mit einem Aufstöhnen zusammen. In der Sekunde, in der sich Lüders dem zweiten Mann zuwenden wollte, explodierte etwas auf seinem Hinterkopf. Er spürte keinen Schmerz, hatte nur für einen Moment ein loderndes Feuer vor seinen Augen, dann wurde es dunkel.

*

Ubbo Nordbrook erhielt das Telegramm seines Bruders. Doch es lautete anders als erwartet. »Ware wie bestellt geliefert. Ein Paket wurde beschädigt«, las er. Offenbar war einer seiner Leute verletzt oder getötet worden. Eine unerfreuliche Begleiterscheinung, die zu Komplikationen führen konnte. Hauke Lüders würde – außer Eleonore – so schnell niemand vermissen. Wenn aber nach dem Arbeiter gesucht und zwei Leichen gefunden wurden, konnte es Schwierigkeiten geben. Berend musste das verhindern. Telegrafisch sandte er seinem Bruder eine Antwort. »Verderbliche Ware bitte vernichten.«

*

Je nach Tide erreichte die aktuelle Ausgabe des *Ostfriesischen Kuriers* Norderney noch am Tag seines Erscheinens oder kam mit der ersten Fähre des folgenden Tages auf der Insel an. Es wurde dann Mittag, bis Nordbrook die Zeitung aufschlagen konnte. Täglich durchsuchte er das Blatt auf Meldungen über nicht natürliche Todesfälle.

Am dritten Tag nach der Abreise des jungen Lüders wurde er fündig. In einem Wassergraben am Stadtrand war ein Toter gefunden worden. Dabei handelte es sich nach Auskunft der Polizei um einen Arbeiter aus Norden, der bereits als vermisst gemeldet worden war. Er war durch einen Messerstich in die Brust getötet worden. Die Nachricht war außerordentlich beunruhigend, denn sie ergab keinen Sinn. Berend hatte den Vollzug des Auftrags gemeldet. Also war Lüders nicht mehr am Leben. Aber warum war seine Leiche nicht gefunden worden? Nordbrook beschloss, sobald wie möglich aufs Festland zu fahren, um mit seinem Bruder zu sprechen.

*

Tag für Tag verschwand ein Stück der Glückseligkeit, in der Eleonore geschwebt hatte, und machte zuerst gewissen Zweifeln, dann zunehmenden Befürchtungen Platz. War Hauke etwas zugestoßen? »Er wird schon wiederkommen«, versuchte ihre Mutter sie zu beruhigen. Sogar ihr Vater fand ein Wort des Trostes. »Geschäfte benötigen manchmal mehr Zeit, als man eingeplant hat. Das weißt du doch von mir.« Dabei lächelte er auf eine seltsame Art. War es ihm etwa ganz recht, dass sich Hauke verspätete?

Vier Tage nach Haukes Abreise nach Norden hielt sie es nicht mehr aus und wandte sich an ihren Vater. »Du musst etwas unternehmen«, flehte sie unter Tränen. »Nach Hauke suchen lassen. Jemanden aufs Festland schicken, der Erkundigungen einzieht und … und …« Haltloses Weinen erstickte ihre Worte.

»Ich werde sehen, was ich tun kann. Morgen fahre ich aufs Festland und lasse Nachforschungen anstellen.«

»Ich komme mit«, schluchzte Eleonore und trocknete sich die Tränen.

»Es ist besser, wenn du hierbleibst«, entgegnete ihr Vater. »Falls … Hauke während meiner Abwesenheit auftaucht. Vielleicht kommt er nicht mit dem Fährschiff von Norddeich, sondern mit einem Boot von Baltrum. Oder von einer anderen Insel. Weil er einen Umweg machen musste. Jemand sollte ihn begrüßen. Und wer sollte das tun, wenn nicht du?«

Eleonore zögerte, wog die Argumente ab und nickte schließlich. »Vielleicht hast du recht.«

»Ich bin sicher, dass ich recht habe.« Die Hand ihres Vaters strich über ihr Haar.

*

»Was ist geschehen?«, fragte Ubbo Nordbrook, als er seinem Bruder im Herrenzimmer von dessen Villa gegenübersaß. »In der Zeitung war von einem toten Arbeiter die Rede. Ist das einer der Männer, die …?«

Berend nickte. »Lüders hat ihn erstochen. Mit einer Klinge, die in seinem Gehstock verborgen war. Aber der zweite Mann hat ihn niedergeschlagen. Er muss sofort tot gewesen sein. Hat sich nicht mehr gerührt und nicht mehr geatmet.«

Ubbo Nordbrook schüttelte den Kopf. »Aber wo ist die Leiche? Hat dein Mann sie beseitigt?«

»Leider nicht. Nachdem er Lüders erschlagen hat, ist er mit der Kutsche geflohen und hat die Toten zurückgelassen. Am Abend ist er zurückgekehrt, um sie in der Dunkelheit wegzuschaffen. Da war Lüders nicht mehr da. Jedenfalls hat er ihn nicht gefunden. Wahrscheinlich haben wilde Tiere den Kadaver geholt. Seinen toten Kollegen hat er aufgeladen und irgendwo in einem Graben versenkt. Dummerweise in der Nähe einer Schafweide. Die Hunde des Schäfers haben den Leichnam aufgestöbert.«

Skeptisch sah Nordbrook seinen Bruder an. »Kannst du dich auf den Mann verlassen, der Lüders getötet haben will? Wenn der Kerl nur verletzt war und sich ins Unterholz geschleppt hat?«

Berend hob die Schultern. »Hundertprozentige Sicherheit gibt es nicht. Aber wenn dem so wäre, würde es keinen Unterschied machen. Sollte er den Schlag überlebt haben, ist er später gestorben. Ein so schwer verletzter Mann kann ohne Hilfe nicht überleben. Er müsste in ein Krankenhaus oder wenigstens zu einem Arzt.«

»Hoffen wir, dass du recht behältst.« Ubbo Nordbrook erhob sich und begann, unruhig im Raum hin und her zu laufen. Schließlich blieb er vor seinem Bruder stehen. »Ich will Gewissheit haben. Lass unauffällig nach Lüders suchen! Oder nach dem, was von ihm übrig ist.«

»Ich kümmere mich darum«, versprach Berend. »Außerdem habe ich Vertrauenspersonen beim *Kurier* und bei der Polizei. Wenn es Hinweise gibt, werde ich es erfahren. Aber du solltest dir keine Sorgen machen. Die Sache ist ein für alle Mal erledigt.«

»Gut.« Ubbo Nordbrook ließ sich in einen Sessel fallen. »Ich hätte nichts gegen einen Cognac und eine gute Zigarre einzuwenden.«

*

Kriminalkommissar Harm Harmsen verließ den Kellerraum, in dem die Leiche seziert worden war, atmete tief durch und zündete sich eine Zigarette an. Die Erkenntnis, dass der Arbeiter Otto Wichmann an einem Stich ins Herz gestorben war, half ihm wenig. Er wusste nun, welcher Art die Klinge gewesen sein musste. Scharf, lang und spitz. Harmsen tippte auf einen entsprechend gearbeiteten Gehstock. Derartige Waffen waren in den sogenannten besseren Kreisen sehr beliebt, auch einige seiner Kollegen hatten sich damit ausgerüstet.

Da die Untersuchung keine Hinweise auf den oder die Täter erbracht hatte, war mit einem raschen Ergebnis, wie es seine Vorgesetzten erwarteten, nicht zu rechnen. Raubmord konnte ausgeschlossen werden, da der Tote keinerlei Reichtümer besaß. Und weder in Spielerkreisen noch unter Kriminellen war sein Name bekannt. Auch die Befragung der Witwe und die Einvernahme seiner Kollegen hatten nichts erbracht. Es gab also keinen Ansatzpunkt für konkrete Ermittlungen. Wenn der Aufruf im *Ostfriesischen Kurier*, dass sich mögliche Zeugen mit sachdienlichen Hinweisen an die Polizei wenden sollten, ohne Ergebnis blieb, würde die Akte wohl geschlossen werden müssen.

Harmsen sah vor sich, was auf ihn zukommen würde. Zeitungsartikel, in denen die Kompetenz der Nordener Polizei infrage gestellt wurde, und eine Befragung durch Kriminaldirektor von Wedel. Diese Aussichten verschlechterten seine Laune zusehends. Um die Rückkehr in die Dienststelle noch ein wenig hinauszuzögern, ließ er sich auf einer der Bänke am Marktplatz nieder und zündete sich eine weitere Juno an.

Sein Blick schweifte über die Menschen, die ihren Geschäften nachgingen oder durch die Stadt schlenderten. Niemand schien in Eile zu sein. Aus Richtung Norddeich näherte sich eine Kutsche und hielt. Eine Dame stieg aus, sah sich suchend um und schlug den Weg zum Dienstgebäude der Polizei ein. Die junge Frau war ausnehmend hübsch. Ein derartig erfreulicher Anblick war Harm Harmsen schon lange nicht mehr begegnet. Er erhob sich, trat die Zigarette aus und folgte ihr.

Auf den Stufen zum Eingang holte er sie ein. »Gestatten Sie, dass ich mich vorstelle? Mein Name ist Harm Harmsen. Kriminalkommissar.«

»Oh.« Ein erstaunter und zugleich hoffnungsvoller Blick aus meerblauen Augen traf ihn. »Befassen Sie sich mit vermissten Personen?«

»Selbstverständlich.« Harmsen lächelte. »Unter anderem. Dies ist eine kleine Dienststelle.« Mit dem Daumen deutete er auf die Tür. »Vergehen und Verbrechen aller Art sind unser täglich Brot. Wir fangen Gauner, Diebe und Mörder. Dabei geht es auch immer darum, Verschwundenes wiederzufinden. Nur wenn jemand sein Leben verloren hat, können wir nicht mehr helfen.«

Die blauen Augen füllten sich mit Tränen. Harmsen fluchte innerlich. Musste er das junge Fräulein gleich mit der hässlichsten Seite seines Berufs erschrecken? »Das kommt zum Glück nicht oft vor«, ergänzte er rasch und reichte ihr sein Kavalierstuch. »Sie müssen mich für einen Grobian halten. Bitte verzeihen Sie mir. Da Sie offenbar jemanden vermissen, will ich gern versuchen, Ihnen zu helfen.«

Die Schöne nickte zaghaft und tupfte sich die Tränen ab.

»Wenn Sie mir bitte folgen wollen.« Harmsen öffnete die Tür und machte eine einladende Handbewegung. »Wir nehmen eine Vermisstenanzeige auf und schauen, was wir für Sie tun können.«

Über die ausgetretenen Steinstufen führte er die junge Dame zu seinem Büro und bot ihr einen Besucherstuhl an.

»Mein Name ist Eleonore Nordbrook«, erklärte sie. »Ich komme von der Insel Norderney. Meine Eltern …« Sie unterbrach sich und winkte ab. »Das tut nichts zur Sache. Ich vermisse meinen Verlobten. Hauke Lüders. Vor vier Tagen ist er aufs Festland gefahren. In geschäftlichen Angelegenheiten. Er wollte nach zwei Tagen zurück sein. Spätestens. Ich mache mir große Sorgen.«

»Nordbrook?«, fragte Harmsen. »Das Hotel?«

»Es gehört meinen Eltern«, bestätigte die junge Dame.

Harmsen notierte Namen, Alter und äußere Merkmale des Vermissten. »Was ist mit den Angehörigen des jungen Herrn? Haben sie ihn bei den Norderneyer Kollegen als vermisst gemeldet?«

»Ich glaube nicht. Hauke lebt sein eigenes Leben. Der Vater ist nicht gut auf ihn zu sprechen, die Mutter ist vor einem Jahr an der Roten Ruhr gestorben.«

Der Kommissar ergänzte seine Notizen. Inzwischen hatte er registriert, dass das Fräulein noch jünger war, als es zunächst den Anschein hatte. »Wissen Ihre Eltern, dass Sie hier sind?«, fragte er.

Eleonore Nordbrook schüttelte den Kopf. »Mein Vater hätte nicht erlaubt ...«

»Verstehe.« Harmsen nickte. Es ging offenbar um eine unglückliche Liebe. Dass sich ein Verlobter aus dem Staube machte, kam öfter vor. Manchmal tauchten die Männer nach einiger Zeit, wenn die Gefahr vorüber war, wieder auf. War die Braut schwanger, blieben sie in aller Regel unauffindbar. Diese Erfahrungen aus seinem Berufsalltag mochte er dem armen Kind aber nicht zumuten. Stattdessen gab er Optimismus vor. »Wir werden einen Aufruf mit Personenbeschreibung im *Ostfriesischen Kurier* veröffentlichen. Menschen verschwinden nicht einfach so. Wenn sie einen Ort verlassen, müssen sie an einem anderen Ort auftauchen. Freiwillig oder unfreiwillig, sei dahingestellt. Aber sie sind nicht aus der Welt. Wir werden Herrn Lüders finden. Also fahren Sie jetzt am besten wieder nach Hause. Sobald wir ein Lebenszeichen ihres Verlobten haben, benachrichtigen wir Sie.«

Dankbar lächelnd reichte Eleonore Nordbrook das Kavalierstuch zurück. »Sie sind sehr freundlich.«

Harmsen erhob sich. »Ich lasse Ihnen eine Kutsche rufen, die Sie zum Anleger nach Norddeich bringt. So können Sie das Fährschiff noch erreichen, das Sie hergebracht hat. Ihr kleiner Ausflug wird dann vielleicht unbemerkt bleiben.«

»Das wäre wunderbar«, bedankte sich die junge Dame.

*

Als Hauke Lüders zu sich kam, wusste er nicht, wo er war. Sein Kopf war von einem rasenden Schmerz erfüllt, der jede Erinnerung unterdrückte. Er lag in einem unbekannten Bett in einem unbekannten Raum. Die Tür öffnete sich. Eine Dienstmagd mit einem Krug Wasser in der Hand trat ein. Als sie sah, dass er wach war, stellte sie die Karaffe ab und verschwand rufend auf dem Flur. »Der Herr ist aufgewacht!«, hallte es durchs Haus.

Wenig später betrat ein schlanker, hochgewachsener älterer Mann das Zimmer. »Sehr erfreulich«, brummte er, nachdem er Lüders in die Augen gesehen hatte. »Sie sind wieder unter den Lebenden. Hat lang genug gedauert. Können Sie mich hören?«

Lüders nickte. »Mein Kopf«, stöhnte er, »dröhnt und brummt wie eine Dampfmaschine.«

Der alte Herr lächelte. »Sie können hören und sprechen. Das ist ein gutes Zeichen. Als unser Stallmeister Sie gefunden hat, mussten wir das Schlimmste befürchten. Aber nun kommt alles wieder in Ordnung.«

»Wo bin ich?«, stieß Lüders hervor. »Wer sind Sie?«

»Mein Name ist Wilhelm von der Bütten. Alles Weitere kann Ihnen mein Sohn erklären. Hans Peter. Sie waren wohl auf dem Weg zu ihm, als man Sie überfallen hat. Jedenfalls sind Sie ihm aus ... früheren ... Begegnungen bekannt.«

Nachdem der alte Herr das Zimmer verlassen hatte, fragte sich Hauke Lüders, woher er den Namen kannte.

*

Kommissar Harmsen sah der Kutsche mit dem hübschen Fräulein noch eine Weile nach, dann kehrte er an seinen Schreibtisch zurück und ging die Liste der Merkmale durch, mit deren Hilfe der vermisste Hauke Lüders gefunden werden sollte. Eine Aussage war ihm aufgefallen. »Wenn er aufs Festland fährt, hat er stets seinen Gehstock dabei«, hatte Eleonore Nordbrook erklärt. »Um sich notfalls gegen Gesindel zur Wehr setzen zu können.« Die Frage, ob es sich um einen besonderen Gehstock handelte, hatte sie nicht beantworten können. Sie hatte ihn nur einmal gesehen und erinnerte sich an einen silbernen Knauf, der in der Form eines Schlangenkopfes gearbeitet war.

Es gab zahlreiche Gehstöcke dieser Art, und nicht alle besaßen ein tödliches Innenleben. Aber wenn ein Stock mit einer versteckten Klinge auftauchte, trug er regelmäßig einen solchen Knauf. Der im Wassergraben aufgefundene Arbeiter wies die typische Wunde einer langen, schmalen Klinge auf. Also war er mit hoher Wahrscheinlichkeit Opfer eines solchen Messers geworden. Sollte das Verschwinden des Hauke Lüders mit diesem Mord zusammenhängen?

Harmsen würde die Zeugen noch einmal befragen. Außerdem musste er sofort zurück in den Leichenkeller. Wahrscheinlich war der Fundort der Leiche nicht der Tatort. Wenn der Gerichtsarzt dafür Beweise fand, war der Fall vielleicht in einem neuen Licht zu betrachten. Dann wäre der Verlobte des Fräulein Nordbrook nicht untergetaucht, um der Heirat zu entgehen. Was, wie Harmsen sich eingestand, angesichts der

Schönheit dieser jungen Dame auch kaum nachvollziehbar wäre. Eher war er vor polizeilicher Verfolgung geflohen und befand sich bereits außer Landes. Straftäter setzten sich gern in die Niederlande ab.

*

Das Gesicht habe ich schon einmal gesehen, dachte Hauke Lüders, als eine deutlich jüngere Ausgabe des Wilhelm von der Bütten ohne Gruß den Raum betrat und ihn skeptisch musterte. Offenbar der Sohn, den er kennen sollte. Er verhielt sich zurückhaltend und wirkte distanziert.

»Woher kennen wir uns?«, fragte Lüders.

»Das spielt im Augenblick keine Rolle.« Hans Peter von der Bütten richtete den Blick aus dem Fenster. »Sie befinden sich hier auf dem Gut Bütten in der Nähe der Stadt Norden. Man hat Sie auf unserem Grund und Boden gefunden. Schwer verletzt. Sie haben einen Gehstock mit einer verborgenen Klinge mitgeführt. Die blutige Waffe haben wir an einem sicheren Ort verwahrt.«

Lüders starrte von der Bütten an. »Blutig? Was ist geschehen?«

»Das wissen wir nicht. Allerdings war im *Ostfriesischen Kurier* zu lesen, dass ein Arbeiter aufgefunden wurde, der durch einen Stich mit einer solchen Klinge getötet worden ist. Es ist möglich, dass Sie den Mann umgebracht haben. Vielleicht hatte er Sie angegriffen. Ihre Verletzung am Hinterkopf deutet darauf hin. Die Polizei untersucht den Tod des Arbeiters, hat allerdings noch keine Spur.«

Hauke Lüders suchte in seiner Erinnerung, fand aber keinen Anhaltspunkt. Schemenhaft sah er sich am Hafen von Norddeich in eine Kutsche steigen. Doch deren weiterer Weg blieb im Dunkeln.

»Ihr Vater hat angedeutet, ich sei auf dem Weg zu seinem Sohn gewesen, also zu Ihnen. Waren wir verabredet?«

Von der Bütten schüttelte den Kopf. »Sicher nicht.«

Erschöpft schloss Lüders die Augen. Der Schmerz hämmerte in seinem Kopf und hinderte ihn, zusammenhängende Gedanken zu fassen. Fragen kreisten wirr und ziellos um das blutige Ereignis, in das er angeblich verwickelt war. Hatte er jemanden erstochen? Ob die Erinnerung zurückkehren würde?

»Sie brauchen noch ein paar Tage Ruhe«, erklärte von der Bütten. »Mit der Zeit werden Sie sich an alles erinnern. Wenn es so weit ist, sehen wir weiter.« Er wandte sich zum Gehen. An der Tür drehte er sich noch einmal um. »Bis dahin sind Sie unser Gast.«

16

2016

Nachdem Gerit Jensen ein weiteres Mal mit Stefanie Rodenbeck gesprochen hatte, erschien ihm die Apothekerin nicht mehr so attraktiv wie bei ihrer ersten Begegnung. Sie war freundlich geblieben, als er sich nach ihrem Verhältnis zu Frank Lüders erkundigt hatte. Ja, sie hatte eine Beziehung zu ihm gehabt, aber die lag schon mehr als ein Jahr zurück. Nein, im Streit hätten sie sich nicht getrennt. Geduldig hatte sie seine Fragen beantwortet. Und dabei überzeugend gewirkt. Je länger er sich mit ihr unterhalten hatte, desto unwahrscheinlicher erschien es ihm, dass sie etwas mit dem Tod von Frank Lüders zu tun hatte.

In der Dienststelle hatte Jan Eilers noch damit zu tun, weitere Details zu den Vermögensverhältnissen der Familie Lüders zu eruieren. Während sein Kollege mit Computer und Telefon beschäftigt war, wanderten Jensens Gedanken von Stefanie Rodenbeck zu Rieke Bernstein. Schon während des Gesprächs mit der Zeugin hatte sich das Bild der Kriminalhauptkommissarin in sein Bewusstsein gedrängt. Auf dem Weg durch die Stadt hatte sich eine Szene in verschiedenen Varianten vor seinem inneren Auge abgespielt. Das Stück hieß »Gerit Jensen lädt Rieke Bernstein zu einem Abendessen ein«. Es begann mit der Frage, ob sie am Abend schon etwas vorhabe. Halblaut murmelte er Sätze vor sich hin und verwarf sie gleich wieder. *Hast du heute Abend schon etwas vor?*, war ihm zu direkt. Umwege über *Ich hätte noch eine Frage* oder *Könntest du dir vorstellen …?*, erschienen ihm zu umständlich. Gab es keine elegante Formulierung für eine Einladung zu einem Abendessen? Oder fiel ihm nur keine ein?

Während er Jans Aktivitäten im Hintergrund des Raumes verschwommen wahrnahm, kreisten seine Gedanken um eine mögliche Antwort. Würde sie sein Ansinnen zurückweisen? *Wie kommst du auf die Idee, dass ich mit dir ...* Oder ihn vertrösten? *Heute geht es leider nicht, Gerit. Vielleicht ein andermal.* Was eigentlich auch nur eine Absage wäre. Er schob die Vorstellung beiseite und begann von vorn. *Ich würde dich gern zum Essen einladen. Passt es dir heute?* Darauf würde Rieke dann möglicherweise antworten: *Schöne Idee, Gerit. Du weißt bestimmt, wo man hier gut essen kann. Holst du mich um acht Uhr ab?* Diese Variante gefiel ihm, und er probte sie mehrmals durch. Er würde die Giftbude am Weststrand vorschlagen. *Ein wunderschöner Platz mit Blick auf das Meer. Oder möchtest du lieber italienisch oder griechisch essen?*

Sein Vorschlag würde ihr sicher gefallen. Er würde einen Tisch reservieren. Und bei Meeresfrüchten und gutem Wein würden sie einen genussreichen Abend verbringen. Der wäre nach dem Essen vielleicht noch nicht vorüber. Und jetzt wurde es wieder kompliziert. *Zu mir oder zu dir?* – ging gar nicht. Schon weil er in einem der im Obergeschoss der Polizeidienststelle für die Beamten der Inselverstärkung eingerichteten Zimmer wohnte. Die Frage war auch zu direkt. Außerdem war ihm klar, dass er Rieke überlassen musste zu bestimmen, wie der Abend weiterging. Sie war es gewohnt, Entscheidungen zu treffen; ihre Selbstsicherheit war unübersehbar. Er konnte also nicht damit rechnen, dass sie ihm die Führung überlassen würde. Andererseits – vielleicht sehnte sich die äußerlich energische Polizistin privat nach Anlehnung und einer männlichen Hand. Jensen schloss die Augen. Unkontrolliert reihten sich Bilder aneinander. Rieke und er im Hotelzimmer. *Ich bin gleich wieder da*, flüsterte sie an seinem Ohr und verschwand im Bad. Wenig später kam sie zurück. Mit ausgestreckten Armen trat sie auf ihn zu und begann, die Knöpfe seines Hemdes zu öffnen. Gerit Jensen spürte das Blut in seinen Adern pochen und stöhnte leise.

»Ist mit dir alles in Ordnung?« Die Stimme von Gabriele Visser riss ihn aus seinem Tagtraum. Erschreckt fuhr er auf. Wieso hatte er sie nicht bemerkt? Auch Rieke stand plötzlich im Raum. Schlagartig schoss ihm die Hitze in die Wangen. »Ja klar, alles bestens!«, rief er und sprang auf. »Ich war nur gerade in Gedanken …«

»… bei unserem Fall«, ergänzte Hauptkommissarin Bernstein mit einem nicht zu deutenden Lächeln. »Das nehme ich jedenfalls an.«

Gabriele Visser grinste. »Oder bei einer Frau.«

Gerit warf ihr einen wütenden Blick zu. »Hat das Gespräch mit Laura Lüders etwas ergeben?«, fragte er schnell.

»Wir sind noch nicht sicher, wie wir sie einschätzen sollen«, antwortete Rieke Bernstein. »Vermutlich hat sie nichts mit dem Tod ihres Vaters zu tun. Die Erbschaft scheint sie eher zu belasten, als zu beglücken. Von seinem Verhältnis mit Stefanie Rodenbeck hat sie gewusst, meint aber, es sei seit einem Jahr beendet gewesen.«

»Das deckt sich mit der Aussage der Apothekerin«, warf Gerit Jensen ein. »Verhältnis ja, aber es liegt mindestens ein Jahr zurück. Und wurde einvernehmlich beendet.«

»Seltsam ist nur«, bemerkte Gabriele Visser, »dass Laura im Hotel Nordbrook logiert. Selbst wenn, wie sie sagt, ihr Vater sie unterstützt hat, entsprechen die Preise dort sicher nicht dem Budget einer Studentin. Dass sie weder in der Wohnung des Großvaters noch im Haus ihres Vaters übernachten möchte, ist verständlich. Aber gleich ins Nordbrook …«

»Hat sie dafür keine Erklärung geliefert?« Jan Eilers war von seinem Computerarbeitsplatz aufgestanden und hatte sich zu Gerit und den Frauen gesellt.

»Es habe sonst kein freies Zimmer gegeben«, erklärte Rieke. »Aber das stimmt nicht. Wir haben bei der Zimmervermittlung nachgefragt. Es gibt in der Tat nur noch wenige freie Unterkünfte, aber es gibt sie. In diesem Punkt sagt Laura nicht die Wahrheit.«

»Aber warum nicht?«, fragte Gerit Jensen. »Wenn sie mit dem Tod ihres Vaters nichts zu tun hat, gibt es für sie keinen Grund zu lügen. Schon gar nicht bei einer so nebensächlichen Frage wie der nach der Unterkunft.«

»Genau das ist der Punkt.« Rieke nickte und lächelte anerkennend. »Wir haben bisher keinen Anhaltspunkt für einen Täter und sein Motiv. Also müssen wir bei den Nebensächlichkeiten anfangen. Die eine ist Lauras Lüge zu ihrer Bleibe, die andere ist die ihres Großvaters zu dem behaupteten Unfall. Sie versteht übrigens nicht, warum er bestreitet, überfallen worden zu sein.«

Rieke wandte sich an Jan Eilers. »Hat die Recherche nach den Vermögensverhältnissen der Familie noch etwas ergeben?«

Der Hauptkommissar schüttelte bedauernd den Kopf. »Keine auffälligen Kontobewegungen. Die Familie muss schon immer vermögend gewesen sein.«

Rieke Bernstein nickte, als hätte sie nichts anderes erwartet. Dann sah sie Gerit Jensen an. »Würdest du mich nachher zum Hotel begleiten?«

Gleichermaßen beglückt und erschrocken geriet Gerit ins Stottern. »Beglei... Ja, äh, gern, selbstverständlich ... sehr gern!« Sein Puls begann zu rasen, und er hoffte, dass niemand sonst bemerkte, wie ihm das Herz bis zum Hals schlug.

Rieke lächelte. Erfreut? Dankbar? Verheißungsvoll? Gerit

wusste es nicht. In seinem Kopf herrschte ein Wirbelsturm. Mit dieser Wendung hatte er am wenigsten gerechnet.

»Gut«, sagte sie. »Dann behältst du sie heute im Auge.«

»Sie? Äh, wen jetzt?« Gerit kam sich plötzlich wie ein Idiot vor.

»Laura Lüders.« Rieke lachte leise. »Wen sonst? Dich kennt sie nicht. Aber du wirst sie leicht erkennen. Mittelgroß, schlank weißblond. Schau mal auf Facebook nach. Da findest du ihr Foto.«

*

Als Rieke Bernstein später in Begleitung von Gerit Jensen zum Hotel zurückkehrte, führte sie ihn in die Bar, die um diese Zeit noch leer war. »Von hier aus hast du die Hotelhalle im Blick.«

Missmutig betrachtete Jensen die Reihe der Barhocker. »Wie lange soll ich denn …?«

»Wenn sie das Haus verlässt, folgst du ihr. Bleibt sie hier, kannst du um Mitternacht gehen.«

Jensen deutete auf das gut gefüllte Regal hinter dem Tresen. »Der Laden ist bestimmt nicht billig. Was ist mit Spesen?«

»Übernimmt das LKA.« Sie wandte sich an den Barkeeper. »Die Getränke des Herrn gehen auf meine Rechnung.« Sie nannte ihren Namen und die Zimmernummer. Die Miene des Barkeepers zeigte keine Regung. Er nickte nur und deutete eine Verbeugung an. »Selbstverständlich, Frau Bernstein.«

Rieke verabschiedete sich von ihrem Kollegen und machte sich auf den Weg zu ihrer Suite. Innerlich bereitete sie sich auf eine Aussprache mit Hannah Holthusen vor. Die Journalistin befand sich offensichtlich in einer Krise. Dass sie trotzdem nicht abgestürzt war, erschien Rieke als günstige Voraussetzung für ein Gespräch über Zukunftsperspektiven. Es war gut, dass sich ihr ehemaliger Chef um einen neuen Arbeitsplatz für sie bemühte. Aber Hannah würde selbst aktiv werden müssen. Untätig darauf zu warten, dass ihr ein Job angeboten würde, konnte sie in eine Depression treiben. Und dann wäre der Schritt zum Alkohol nicht mehr weit.

Hannah empfing sie mit ausgebreiteten Armen und einem strahlenden Lächeln. Rieke erschrak. Hastig suchte ihr Blick nach der Flasche, die für den Stimmungsumschwung verantwortlich sein musste.

»Du denkst, ich habe getrunken.« Hannahs Augen leuchteten. »Fehlanzeige!«

»Was ist passiert?« Rieke schlüpfte aus ihren Pumps und warf ihre Jacke auf den nächsten Sessel.

»Du glaubst es nicht.« Hannah nahm sie in dic Arme und drückte sie an sich. »Du hast mir Glück gebracht, Rieke! Peter von Hahlen hat mich angerufen. Und gleich danach der Chef vom *Ostfriesischen Kurier.* Nächste Woche kann ich anfangen. Das müssen wir feiern. Ich lade dich ein. Lass uns irgendwo …«

»Gratuliere, Hannah!« Rieke befreite sich lachend aus der Umarmung. »Ich freue mich mit dir. Hab ich es dir nicht gesagt? Du bist gut. Gute Leute werden gebraucht. Ich wusste, dass du früher oder später wieder einen Job bekommen würdest. War nur eine Frage der Zeit.«

»Ich war nicht so optimistisch«, gestand Hannah. »Wie ist es, gehen wir aus? Wir können in der Hotelbar …«

»Nicht so stürmisch, junge Frau!« Rieke hob die Hände. »Erst mal möchte ich mich ein wenig frisch machen. Und dann nicht unbedingt in die Bar. Dort sitzt nämlich ein Kollege mit einem Observationsauftrag. Ich habe ein bisschen ein schlechtes Gewissen, weil ich ihn dazu verdonnert habe.«

»Observation? Hier im Hotel?« Hannah war elektrisiert. »Ach ja, dein Fall. Du musst mir unbedingt mehr erzählen!«

»Später. Ich geh erst mal ins Bad.«

*

Laura Lüders wirkte im ersten Augenblick wie eine Schülerin auf ihn. Sechzehn, siebzehn, höchstens neunzehn Jahre alt. Gerit Jensen vergewisserte sich mit einem Blick auf sein Smartphone, dass sie es war. Das lange blonde Haar hatte sie zu einem Pferdeschwanz zusammengebunden. Sie trug eine schwarze Slim-Hose zu hochhackigen Schuhen, dazu ein ebenfalls schwarzes Longshirt, darüber eine kurze rote Lederjacke. Er stöhnte innerlich auf, denn er sah sich bereits mit dem Türsteher einer Disco um den Zutritt zur höllisch lauten Unterwelt streiten.

Doch die junge Frau bewegte sich nicht zum Ausgang, sondern kam direkt auf ihn zu, ging vorbei, ohne ihn wahrzunehmen, und setzte sich auf einen Barhocker am anderen Ende der Theke. Sie zog ihre Jacke aus, legte sie zur Seite und bestellte einen Black Mojito. Jensen hatte keine Ahnung, was das war, und beobachtete mit Interesse den Barmann, der Brombeerpüree, Limettensaft und braunen Rum mischte, das Glas mit Eis und Soda auffüllte und Minze hinzufügte. Das dunkle Gebräu wirkte geheimnisvoll und erfrischend. Gern hätte er es ebenfalls bestellt, doch ihm blieb nichts anderes übrig, als sich so lange wie möglich an seinem alkoholfreien Hefeweizen festzuhalten.

Nachdem Laura den ersten Schluck genommen hatte, kam ein junger Mann in die Bar. Er begrüßte das Mädchen und setzte sich neben sie. Die beiden schienen sich zu kennen, aber sehr vertraut waren sie nicht miteinander. Vielleicht ein alter

Bekannter, ein ehemaliger Mitschüler oder ein Kommilitone. Jensen prägte sich das Aussehen des Besuchers ein. Wenn er den Kollegen von der Begegnung berichtete, würde die Bernstein eine Beschreibung erwarten. In Gedanken formulierte er Stichworte. Mitte zwanzig, mittelgroß, kräftig. Kurzes, dunkles Haar, kein Bart. Bunt kariertes Hemd, dunkelblaue Jeans, Turnschuhe.

Nach einer Dreiviertelstunde verabschiedete sich der junge Mann und verschwand in Richtung Ausgang. Laura Lüders bestellte einen weiteren Black Mojito und trank ihren Cocktail mit offensichtlichem Genuss. Schließlich zeigte sie dem Barkeeper ihre Zimmerkarte und verließ die Bar.

Gerit Jensen ließ sich vom Hocker gleiten und folgte ihr. Laura durchquerte die Hotelhalle, steuerte aber nicht den Ausgang an, sondern das Restaurant. Am Eingang verharrte sie kurz vor einem schmalen Pult aus Plexiglas, auf dem die Menükarte lag. Nachdem sie im Gastraum verschwunden war, warf Jensen ebenfalls einen Blick darauf. Ein Menü aus Languste, Jakobsmuschel, Heilbutt, Wachtel, Lammrücken und Crème brûlée war die Empfehlung des Tages. Zwar hätte Jensen Kutterscholle mit Bratkartoffeln und viel Speck oder ein saftiges Steak vorgezogen, doch spürte er plötzlich einen gewaltigen Hunger. War ein teures Abendessen im Spesenbudget des LKA enthalten? Neben dem Tagesmenü gab es sicher auch noch andere Gerichte, die ihm zusagen würden.

Er sah an sich hinunter. Für ein vornehmes Restaurant war er mit seiner Freizeitkleidung vielleicht nicht passend angezogen. Aber er musste es darauf ankommen lassen. Plötzlich hörte er hinter sich Riekes Stimme. »Ist sie da drin?«

Jensen fuhr herum. Der Anblick verschlug ihm den Atem. Rieke trug ein schlichtes, tief ausgeschnittenes malvenfarbenes Kleid, als Schmuck lediglich eine schmale goldene Halskette und einen passenden Armreif. Das blonde Haar glänzte und fiel locker auf ihre Schultern. In der Hand hielt sie eine Wolljacke. Er schluckte.

»Habe ich dich erschreckt?« Sie lächelte und wiederholte: »Ist sie da drin?«

Hastig nickend beantwortete er ihre Frage. »Ja.« Und fügte hinzu: »Vorher hat sie sich in der Bar mit einem jungen Mann getroffen. Mitte zwanzig, mittelgroß ...«

»Einzelheiten besprechen wir morgen«, unterbrach ihn Rieke Bernstein. Ihr Blick wanderte zum Restaurant. »Wenn du willst, kannst du reingehen. Laura kennt mich, deswegen gehe ich lieber woanders hin.« Sie drückte ihm ihre Zimmerkarte in die Hand. »Nimm die mit. Wegen der Abrechnung.« Mit einer Kopfbewegung deutete sie zu den Fahrstühlen. »Ich warte noch auf meine Freundin.«

»Freundin?« Irritiert starrte Jensen erst auf die Karte, dann zu den Aufzügen.

»Ja«, bestätigte Rieke. »Sie wohnt für ein paar Tage bei mir.«

»Ach so.« Gerit Jensen hatte plötzlich das Gefühl, im falschen Film zu sein.

»Du kennst sie. Sie hat uns bei dem Fall auf Borkum sehr geholfen. Hannah Holthusen, die Journalistin aus Emden. Wir gehen heute Abend zusammen essen.«

Gerit fiel ein Stein vom Herzen. »Ja, dann ... gehe ich mal rein.« Mit einer vagen Handbewegung deutete er zum Restaurant. »Und schöne Grüße an Frau Holthusen.«

Rieke Bernstein lächelte wieder. »Danke, Gerit. Richte ich gerne aus.«

*

Nach der Begegnung mit Laura Lüders an der Hotelbar war Patrick Nordbrook überzeugt davon, den richtigen Plan zu haben. Zweifellos waren sie sich nähergekommen. Ohne jeden Argwohn hatte sie ihm bestätigt, wie sehr sie sich um die Gesundheit ihres Großvaters sorgte und wie Heinz-Hermann Lüders seinerseits an ihr hing. Dagegen schien der Tod ihres Vaters sie weniger zu belasten, als er angenommen hatte. Nur die Umstände seines Ablebens beunruhigten sie. Dass er sich mit zweifelhaften Leuten eingelassen haben könnte, glaubte sie nicht. Sein gewaltsames Ende musste mit seinen Frauengeschichten zusammenhängen. Patrick war das nur recht, und so hatte er sie in ihren Mutmaßungen bestärkt.

Während der Unterhaltung hatte er sie aufmerksam betrachtet und gespürt, dass sein Verlangen nach ihrem Körper unaufhaltsam gewachsen war. Sie war nicht besonders groß und verhältnismäßig schmal. Dennoch waren die weiblichen Merkmale, die sein Interesse weckten, deutlich ausgeprägt. Erneut hatte er sich vorgestellt, wie sie ohne Kleidung aussehen würde. Was angesichts der eng anliegenden Hose und des lockeren Shirts aus dünnem Stoff, das, wenn sie sich vorbeugte, mehr oder weniger großzügige Einblicke bot, nicht schwerfiel.

Für Norderney war sie eine Spur zu sexy gekleidet. Bei Touristinnen sah man gelegentlich aufreizende Kleidung, einheimische Inselbewohnerinnen waren in dieser Beziehung eher zurückhaltend. Als Medizinstudentin in einer Universitätsstadt hatte Laura wohl andere Maßstäbe. Ob das auch für sexuelle Praktiken galt? Würde sie seine Wünsche freiwillig erfüllen? Immerhin hatte sie gelacht, als er einen Bondage-Witz erzählt hatte. Und sie hatte sich mit ihm verabredet. Schon morgen, nach ihrem nächsten Besuch im Krankenhaus.

Sobald er bei ihr zum Ziel gekommen war, würde er sie aus

dem Verkehr ziehen. Leider gab es noch einen Unsicherheitsfaktor. Thomas. Den Zugang zu den stillgelegten alten Kellergewölben unter dem ehemaligen Gesindetrakt würde er sich heimlich beschaffen müssen. Für die Stahltür, die den Bereich versperrte, existierte noch ein Schlüssel, so viel hatte Thomas verraten, nur nicht, wo er aufbewahrt wurde. Ohnehin würde er die Sache allein durchziehen müssen. Zwar hatte der Hotelier ursprünglich Gefallen an der Idee gefunden, aber als es konkret zu werden drohte, war er wieder davon abgerückt. Dabei gab es keine andere Lösung. Was stellte er sich vor? Glaubte er, aus der Bürgschaft für das Bauunternehmen herauskommen zu können? Hatte er eine andere Geldquelle im Sinn? Aber welche? Wer würde in die marode Firma investieren? Die Bank hatte schon abgewinkt. Sollte er etwa mit dem Gedanken spielen, das Hotel und damit Patricks Zukunft zu verkaufen? War Thomas bereit, als Angestellter zu arbeiten? Beides war nicht leicht vorstellbar. Dennoch würde er damit rechnen müssen. Sollte Thomas Nordbrook ihn tatsächlich verraten, würde er dafür bezahlen.

*

Hannah Holthusen hatte das Restaurant de Leckerbeck empfohlen und Rieke geraten, eine warme Jacke mitzunehmen. »Auf der Terrasse ist es geschützt, aber wenn wir länger draußen sitzen wollen, wird es dir vielleicht zu kühl.«

Sie hatte den Rat beherzigt, denn sie wusste, dass Hannah schon deshalb gern draußen sitzen wollte, weil sie dort rauchen konnte. Zigarettenqualm empfand Rieke als unangenehm, aber sie wusste, dass die Freundin so schnell nicht davon loskommen würde. Ihre Alkoholsucht schien sie im Griff zu haben, da konnte man nicht von ihr verlangen, auch noch das

Rauchen aufzugeben. Immerhin nahm Hannah Rücksicht und rauchte nicht beim Essen.

Rieke hatte in Knoblauch gebratene Steinbeißerfilets bestellt, Hannah Nordseescholle Finkenwerder Art. Während sie die Vorspeise genossen – Kartoffelrösti mit Krabben –, erläuterte Hannah die Geschichte des Hauses. »Das Gebäude war ursprünglich eine Synagoge aus dem neunzehnten Jahrhundert. Hauptsächlich für Badegäste. Bis 1933 nannte man Norderney auch das Judenbad. Nachdem man die Juden vertrieben hatte, wurde daraus der Lagerraum eines Eisenwarenhändlers. Danach war es Diskothek, argentinisches Steakhaus und italienisches Restaurant. 2014 haben es die jetzigen Inhaber übernommen.«

»Du kennst dich ja gut aus.« Mit ihrer Gabel balancierte Rieke eine Krabbe zum Mund. »Hast du dich beruflich mit der Geschichte der Insel befasst?«

»Ich habe mal eine Artikelserie über historische Gebäude auf den Ostfriesischen Inseln gemacht. Dabei bin ich auf dieses Haus gestoßen. Es sind nicht nur Kirchen und Leuchttürme, die Geschichten aus der Vergangenheit erzählen.« Sie schob die letzten Krabben auf ihrem Teller zusammen. »Aber jetzt sag doch mal, was dein Fall macht. Du hast noch gar nichts erzählt.«

»Bisher haben wir wenig Konkretes.« Rieke seufzte. »Außer dem Toten natürlich. Das hast du wahrscheinlich schon in der Zeitung gelesen. Ein gewisser Frank Lüders, Inhaber einer alteingesessenen Apotheke, wurde auf ungewöhnliche und grausame Weise ermordet. Der oder die Täter haben draußen in der Nordsee ein mit Gewichten beschwertes Fischernetz über ihn geworfen. Daraus konnte er sich nicht befreien und ist ertrunken. Der Vater des Toten wurde in seinem Haus überfallen, bestreitet das aber. Dann gibt es noch eine ehemalige Geliebte, eine geschiedene Ehefrau und eine Tochter, die theoretisch als Täterinnen infrage kommen. Wir haben allerdings nicht den geringsten Hinweis auf eine Tatbeteiligung. Den genauen Todeszeitpunkt kennen wir noch nicht. Ich gehe aber davon aus, dass die drei Frauen ein Alibi haben.«

»Und wer erbt die Apotheke?«, fragte Hannah. »Sind Erben nicht immer verdächtig?«

»Grundsätzlich schon«, bestätigte Rieke. »Aber Haupterbin ist die Tochter, und der traue ich einen Mord am wenigsten zu. Schon gar nicht am eigenen Vater und auf diese Art.«

»Was ist mit dem Vater des Toten? Warum lügt er?«

»Das fragen wir uns auch. Vielleicht hat er erkannt, wer ihn überfallen hat, und will den Mann oder die Frau schützen. Aber warum und ob und wie das mit dem Mord an seinem Sohn zu tun hat – darüber können wir nur spekulieren. Eine Annahme ist, dass jemand etwas von der Familie Lüders will. Geld oder Drogen, was weiß ich. Frank Lüders könnte sich geweigert haben. Darum musste er sterben. Und jetzt hat der Täter den Vater im Visier. Dann wäre auch die Tochter in Gefahr. Wir behalten beide im Auge. Aber so richtig überzeugt mich das nicht.«

»Vielleicht hat die Familie eine Leiche im Keller«, mutmaßte Hannah. »Einen Schatten aus der Vergangenheit. Wer weiß, wie die an die Apotheke gekommen sind. In der Nazizeit und unmittelbar nach dem Krieg hat es manches dubiose Geschäft mit Immobilien gegeben.«

Rieke schüttelte den Kopf. »Die Apotheke befindet sich schon lange im Besitz der Familie. Es muss etwas anderes sein. Aber wie sollen wir das herausfinden? Wenn der alte Lüders nicht mit uns redet …«

Über Hannahs Gesicht ging ein Leuchten. »Ich habe eine Idee. Der *Ostfriesische Kurier* ist bekannt für sein Archiv, das weit in die Vergangenheit reicht. Die Zeitung gibt es schon seit 1867. Ich kann nach Artikeln über die Apothekerfamilie suchen. Vielleicht finde ich etwas, das euch weiterhilft. Wenn du willst, fahre ich schon morgen rüber und mache mich an die Arbeit.«

»Das ist wirklich nett von dir. Aber willst du dir den Aufwand wirklich antun?«

In diesem Augenblick wurde der Fisch serviert. »Darauf kommt es nicht an«, antwortete Hannah und sog genüsslich den Duft der gebratenen Scholle ein. »Ich freue mich, wenn ich nur den Hauch einer Chance habe, dir zu helfen. Guten Appetit!«

»Wünsche ich dir auch.« Rieke lächelte. Daran, auf diese Weise etwas erfahren zu können, das ihr bei den Ermittlungen weiterhalf, glaubte sie nicht, aber sie war für Hannahs freundschaftliche Geste dankbar.

17

1904–1906

Der Weg in den Leichenkeller hatte wenig neue Erkenntnisse erbracht. Zwar bestätigte der Gerichtsarzt Harmsens Vermutung, hatte aber keine Anzeichen für einen bestimmten Tatort finden können. Die Leiche hatte zu lange im Wasser gelegen, sodass es keine Anhaftungen gab, die man einem bestimmten Ort hätte zuordnen können.

Dagegen konnte einer der Zeugen, die der Kriminalkommissar noch einmal aufgesucht hatte, einen interessanten Hinweis geben. Eher beiläufig hatte er den Namen des Mannes erwähnt, in dessen Firma der getötete Arbeiter beschäftigt gewesen war. Der Inhaber der Baufirma musste ein menschenfreundlicher Unternehmer sein, denn er hatte der Witwe und ihren Kindern eine beträchtliche Summe Geldes zugesagt, damit die Familie nicht in Not geriet. Und dieser großzügige Mann hieß Nordbrook. Wie das schöne Fräulein von der Insel Norderney, das ihn besucht hatte. Erkundigungen bei älteren Kollegen der Polizeidienststelle hatten ergeben, dass der Bauunternehmer aus Norden und der Hotelier auf Norderney Brüder waren. Noch hatte Harmsen keine Theorie, ob und wie die respektablen Herren aus der Oberschicht mit dem Tod des Arbeiters und dem Verschwinden von Hauke Lüders in Verbindung zu bringen waren, aber sein Instinkt ließ ihn einen Zusammenhang vermuten.

Auf einem Blatt Papier skizzierte er die ihm bisher bekannt gewordenen Namen und verband sie mit Linien und Pfeilen, die das jeweilige Verhältnis andeuteten. Lange betrachtete er die Zeichnung und formulierte in Gedanken mögliche Konstellationen, die zu einem Mord hatten führen können. Schwachpunkt jeder dieser Theorien war die Rolle des toten Arbeiters. Beide Nordbrooks gehörten der obersten Gesellschaftsschicht an. Das galt auch für Lüders. Immerhin war er der Sohn eines angesehenen Apothekers auf Norderney, zudem künftiger Schwiegersohn des Hoteliers. Was sollten die Familien mit einem Bauarbeiter zu tun haben? Keiner der Zeugen hatte zu dieser Frage eine Antwort geben können. Welchen Schritt Harmsen auch immer als nächsten erwog – er würde sich auf dünnes Eis begeben. Denn seine Vorgesetzten würden ihm die Hölle heißmachen, wenn er ohne triftigen Grund und ohne ausdrückliche Genehmigung gegen die höchsten Kreise des Seebads ermittelte.

*

Der glückliche Umstand, für die Rückfahrt noch den Dampfer zu erreichen, der sie nach Norddeich gebracht hatte, erlaubte es Eleonore, in ihr Elternhaus zurückzukehren, ohne dass ihre Abwesenheit bemerkt worden wäre.

Trotz der zuversichtlichen Äußerungen des Kriminalbeamten blieb ihr Inneres aufgewühlt. Sie zog sich in ihr Zimmer zurück und ging dort voller Unruhe auf und ab. Je länger sie über das Gespräch nachdachte, desto stärker wurden ihre Zweifel. Hatte der Polizist sie vielleicht nur beruhigen wollen? Würde er tatsächlich alle Möglichkeiten ergreifen, um Hauke zu finden? Verfügte er über die Kompetenz, den Polizeiapparat für die Suche in einem größeren Umkreis einzusetzen? Konnte er die Ankündigung wahr machen, im *Ostfriesischen Kurier* einen Aufruf veröffentlichen zu lassen? Nur auf die letzte

Frage würde sie eine Antwort finden. Wenn ein Artikel in der Zeitung erscheinen würde. Der *Kurier* erreichte Norderney frühestens am späten Vormittag, die Exemplare für das Hotel wurden vom Portier in hölzerne Schienen gespannt und dann im Foyer und im Herrensalon ausgehängt. Sich dort zu bedienen schickte sich für eine Dame nicht. Sie würde also ihren Vater um die Zeitung bitten müssen.

*

Der Aufruf erschien zwei Tage nach Eleonores Besuch bei der Polizei in Norden. Mit klopfendem Herzen las sie die Zeilen.

Männliche Person aus Norderney vermisst

Die Kriminalpolizei Norden sucht nach dem vierundzwanzigjährigen Hauke Lüders, der am Montag mit dem Fährschiff von Norderney nach Norddeich übergesetzt und seitdem verschwunden ist. Der dunkelhaarige junge Herr trägt einen dezent karierten hellbraunen Anzug mit Weste und Uhrkette und führt einen aus Bambusrohr gearbeiteten Gehstock mit sich, der mit einem silbernen Knauf in der Form eines Schlangenkopfes ausgestattet ist. Herr Lüders hat ein ovales Gesicht, blaue Augen und leicht gebräunte Haut. Er trägt einen Oberlippenbart.

Wer hat Hauke Lüders gesehen oder kann Hinweise auf seinen Aufenthaltsort geben? Sachdienliche Hinweise erbittet das Polizeikommissariat Norden zu Händen Herrn Kriminalkommissar Harm Harmsen.

Entgegen ihrer Erwartung beruhigte der Zeitungstext Eleonore nicht. Sie war erleichtert und dankbar, dass der Polizeibeamte Wort gehalten und sich an die Bevölkerung gewandt hatte. Zugleich machte ihr der Aufruf aber auch bewusst, dass weitere Tage verstrichen waren, ohne dass man etwas von Hauke gehört hatte. Ihr Vater, der ihr den *Kurier* ausgehändigt hatte, schien von der Tragödie unberührt. »Du solltest von der Idee, diesen Mann heiraten zu wollen, Abstand nehmen«, hatte er gesagt und hinzugefügt: »Ein junger Mann, der sich ohne Abschied aus dem Staub macht, ist es nicht wert, eine Nordbrook zu ehelichen.«

Eleonore waren Tränen in die Augen geschossen. Rasch hatte sie sich abgewandt und war mit der Zeitung in ihr Zimmer geflüchtet. Nun starrte sie mit brennenden Augen aus dem Fenster und formulierte lautlos Hilferufe an höhere Mächte. *Bringt mir meinen Hauke zurück!*

*

Hans Peter von der Bütten hatte ihm den *Ostfriesischen Kurier* in die Hand gedrückt. »Seite zwei. Anscheinend sucht man nach Ihnen.«

Hastig überflog Hauke Lüders die wenigen Zeilen. Die Beschreibung passte. Sein Gehstock wurde erwähnt. Aber es gab keinen Hinweis auf das Geschehen. Sein Blick blieb an der Ortsbezeichnung hängen. Norderney. Das Wort löste einen Bildersturm in seinem Kopf aus. Szenen aus Kindheit und Jugend. Strand, Meer, Möwen und Seehunde. Die Apotheke seines Vaters. Das Kur-Theater. Der Leuchtturm. Ein Gesicht. »Eleonore!«, rief er. »Mein Gedächtnis kehrt zurück. Ich muss sofort aufbrechen und nach Norderney zurückkehren. Nein, ich muss erst mit diesem Kommissar sprechen. Damit nicht mehr nach mir gesucht wird. Vielleicht weiß er auch, was passiert ist.«

»Wenn Sie glauben, reisen zu können«, warf Hans Peter von der Bütten ein, »werden wir Sie nicht aufhalten. Aber vorher wäre noch etwas zu klären.«

»Selbstverständlich.« Lüders wedelte begeistert mit der Zeitung. »Was Sie wollen. Sie haben mir das Leben gerettet. Ich stehe tief in Ihrer Schuld und werde mich erkenntlich zeigen.«

Von der Bütten hob abwehrend die Hände. »Darum geht es nicht. Es genügt, wenn Sie erklären, auf Ansprüche gegen mich zu verzichten. Zu unserer Sicherheit ...«

»Ansprüche? Gegen Sie?« Lüders schüttelte irritiert den Kopf.

»Es gibt aus der Vergangenheit noch ... gewisse ... Verbindlichkeiten. Aus Verlusten beim Kartenspiel, die mir eine ungünstige Konstellation der Sterne beschert hat.«

Lüders starrte sein Gegenüber an. »Das war es! Ich war auf dem Weg zu Ihnen. Um jene gewissen Verbindlichkeiten, von denen Sie sprechen, einzulösen. Darum war mir Ihr Gesicht bekannt. Sie schulden mir ...« Er brach ab, als ihm bewusst wurde, was Hans Peter von der Bütten von ihm wollte.

»Was meinen Sie mit Sicherheit?«, fragte er stattdessen ahnungsvoll.

»Wir verwahren die Waffe, mit der Sie laut Zeitungsbericht einen Mann getötet haben.«

»Ich verstehe.« Hauke Lüders nickte nachdenklich. »Ihr Schweigen gegen mein Geld.«

Als Antwort zuckte von der Bütten mit den Schultern.

*

Obwohl ihm die Schmerzattacken in seinem Kopf in unregelmäßigen Abständen fast die Besinnung raubten, verließ Hauke Lüders das Gut Bütten am Tag nach dem Gespräch. Ihn zog es nach Norderney. Zu Eleonore. Außerdem zur Apotheke seines Vaters. Dort würde er Diacetylmorphin finden. Heroin wurde seit einigen Jahren als Schmerzmittel von den Ärzten bevorzugt.

Um sein Ziel möglichst schnell zu erreichen, hatte er dem Vorschlag seines Schuldners zugestimmt. Der war sichtlich erleichtert gewesen und hatte ihm eine Kutsche zugesagt, die ihn zum Fähranleger nach Norddeich bringen würde. Unterwegs würde er den Polizeibeamten aufsuchen, damit der nicht weiter nach ihm suchte.

Eines Tages, wenn Gras über die Sache gewachsen wäre, konnte er immer noch mit Hans Peter von der Bütten abrechnen. Angewiesen war er auf dessen Geld nicht. Sobald Eleonore seine Frau wäre, würde er am Vermögen der Familie Nordbrook teilhaben und hätte für den Rest seines Lebens finanziell ausgesorgt. Sollte sich der Hotelier gegen die Verbindung sträuben oder nach der Heirat als knickerig erweisen, würde er schon Mittel und Wege finden, um zu seinem Recht zu kommen.

Die Begegnung mit dem Polizisten, der sich als Kriminalkommissar Harmsen vorgestellt hatte, verlief anders, als Lüders sie sich ausgemalt hatte. Statt ihm für sein Erscheinen zu danken, musterte ihn der Beamte mit skeptischer Miene. »Können Sie sich ausweisen?«

»Dazu besteht keine Notwendigkeit«, erklärte Lüders. »Ich weiß, wer ich bin. Und ich bin hier, um Sie davon zu unterrichten, dass ich quicklebendig bin und eine amtliche Suche nach meiner Person nicht erforderlich ist.«

Der Polizist verzog keine Miene. »Immerhin hat man Sie als vermisst gemeldet. Und nicht nur die Anzeigeerstatter fragen sich, wo Sie während der letzten Tage waren.«

»Die Anzeigeerstatter? Wer hat denn ...«

»Bei mir war eine junge Dame. Fräulein Eleonore Nordbrook. Sie ist in großer Sorge. Inzwischen liegt mir auch ein

Hilfeersuchen der Norderneyer Kollegen vor, bei denen Ihr Herr Vater vorstellig geworden ist. Zumindest diese Personen hätten gern gewusst, wo Sie sich aufgehalten haben.« Seine Stimme bekam Schärfe, als er fortfuhr: »Und ich möchte von Ihnen ebenfalls eine Antwort hören.«

Empört öffnete Lüders den Mund, um das Ansinnen zurückzuweisen. Doch etwas im Blick des Kommissars ließ ihn zögern. »Ich war geschäftlich unterwegs«, murmelte er schließlich. Eine Schmerzattacke zwang ihn, die Augen zu schließen und mit ausholenden Armbewegungen gegen den drohenden Verlust des Gleichgewichts anzukämpfen.

»Ist Ihnen nicht gut?« Wie aus weiter Ferne vernahm er die Stimme des Polizeibeamten. »Setzen Sie sich!« Eine starke Hand packte ihn am Oberarm und dirigierte ihn auf einen Stuhl.

»Es ist nichts«, stieß Lüders hervor, als der Schmerz nachließ. »Nur eine kleine … Kreislaufschwäche. Ich habe heute noch nichts gegessen.«

Mitleidlos betrachtete ihn der Kommissar. »An solchen Tagen empfiehlt sich ein stabiler Gehstock. Besitzen Sie keinen?«

Lüders zuckte zusammen. Ich muss auf der Hut sein, dachte er. »Selbstverständlich«, antwortete er bestimmt. »Mehrere. Der, mit dem ich meine Reise angetreten habe, wurde mir allerdings während der Überfahrt von Norderney nach Norddeich gestohlen.«

»Soso«, brummte Harmsen. »Handelt es sich bei diesem *gestohlenen* Gehstock um ein Exemplar aus Bambus? Mit einem silbernen Knauf in der Form eines Schlangenkopfes? So wie er in dem Zeitungsartikel beschrieben wurde? Den haben sie doch gelesen, nicht wahr?«

Um keinen Fehler zu machen, nickte Lüders nur wortlos.

Da auch der Kommissar schwieg, entstand eine Pause. Lüders überkam das Bedürfnis, diesen Ort zu verlassen. Er zog seine Taschenuhr aus der Weste und ließ den Deckel aufspringen. »Ich möchte jetzt gehen. Meine Fähre geht in einer Dreiviertelstunde.«

Harmsen nickte und deutete zur Tür. »Dagegen ist nichts einzuwenden. Nur eine Frage noch, Herr Lüders. Verbirgt sich in Ihrem Gehstock eine Klinge?« Er zeigte mit den Händen eine Größe von etwa dreißig Zentimetern an. »Etwa so. Lang genug, um einen Menschen zu töten.«

Erneut durchfuhr Lüders ein Schreck. Er schüttelte den Kopf. »Wie kommen Sie darauf? Die Anwendung von Gewalt liegt mir fern.«

»Am Tag Ihres Verschwindens wurde im Stadtgebiet ein Mann mit einer solchen Klinge erstochen. Da Ihr Gehstock zuvor gestohlen worden ist, hätte der Dieb die darin verborgene Waffe benutzen können.«

Lüders biss sich auf die Unterlippe. Diesen Polizisten hatte er unterschätzt. Womöglich redete er sich hier noch um Kopf und Kragen. Höchste Zeit zu verschwinden. Er wandte sich zur Tür. »Auf Wiedersehen, Herr Kommissar.«

»Das könnte sich durchaus ergeben«, antwortete der Beamte. »Grüßen Sie Ihr Fräulein Braut!«

*

Nachdem der Besucher das Büro verlassen hatte, ergänzte Kommissar Harmsen seine Notizen. Die Aussage der Eleonore Nordbrook erschien glaubhaft. Hauke Lüders jedoch hatte, was die Klinge im Gehstock betraf, vermutlich gelogen. Möglicherweise waren auch seine anderen Angaben in Zweifel zu ziehen. Den Diebstahl hatte er wahrscheinlich erfunden, und dass er tatsächlich geschäftlich unterwegs gewesen war, erschien Harmsen fraglich. Von den Norderneyer Kollegen hatte er inzwischen erfahren, dass der Sohn des Apothekers keiner geregelten Tätigkeit nachging, sondern seine Tage vorzugsweise in Begleitung reicher Damen verbrachte und gelegentlich als Schauspieler im Kur-Theater auftrat. Aber eine Falschaussage war ihm leider nicht nachzuweisen. Harmsen seufzte. Es bedurfte eines glaubwürdigen Zeugen, der Lüders nach seiner Ankunft in Norddeich oder in Norden gesehen hatte. Mit Gehstock.

Harmsen beschloss, nach einem solchen Zeugen zu suchen. Nicht jeder Bürger las den *Ostfriesischen Kurier.* Und nicht jeder, der den Artikel gelesen und sich an Lüders erinnert hatte, war bereit, sich für eine Aussage zu melden. Polizisten wurden als Repräsentanten der Obrigkeit betrachtet. Tatsächlich verstanden sich nicht wenige Kollegen als Sachwalter des Kaisers. Die meisten hatten vorher beim Militär gedient. Sie sahen ihre Hauptaufgabe darin, für Ruhe und Ordnung zu sorgen. In jeder Beziehung. Eine deutlich bessere Bezahlung als für Arbeiter sowie die Uniform mit Pickelhaube und Säbel sorgten für Distanz zum Volk. Wandte sich eine gewöhnliche Person an einen uniformierten Beamten, wurde sie oft erst einmal angebrüllt: »Drei Schritte zurück, Kerl!« Verständlich, dass niemand gern mit der Polizei zu tun hatte. Um mit Menschen aus einfachen Verhältnissen ins Gespräch zu kommen, musste man sich in deren Milieu begeben.

Am Hafen in Norddeich gab es eine Spelunke, in der allerlei zwielichtige Gestalten verkehrten, die aber auch von Kutschern besucht wurde. Hier hatte Harmsen schon gelegentlich wertvolle Informationen aus der Unterwelt bekommen, die ihm überraschende Ermittlungserfolge beschert hatten. Gleichwohl wurden seine Nachforschungen in den Niederungen des gemeinen Volkes von Kollegen und Vorgesetzten nicht gern gesehen. Im Erfolgsfall sahen sie jedoch darüber hinweg.

In der Hafenschänke war wenig Betrieb. Harmsen bestellte ein Bier und hielt den Wirt, als er den Krug brachte, am Ärmel fest. »Ich suche jemanden, der am vergangenen Montag einen gewissen Herrn gesehen hat, der mit dem Fährschiff von Norderney gekommen ist.« Er legte eine Goldmünze auf den Tisch. »Zehn Mark für denjenigen, der den Mann gesehen hat und mir Einzelheiten mitteilen kann.«

Der Wirt nickte. »Wenn die Kutscher kommen, höre ich mich um. Die schauen sich die Fahrgäste immer genau an.« Er warf einen begehrlichen Blick auf das Geldstück. »Und was springt für mich dabei heraus, Herr Kommissar?«

Harmsen grinste. »Wenn dein Bemühen von Erfolg gekrönt ist, werde ich mich bei der nächsten Razzia daran erinnern.«

Wortlos und mit vorgeschobenem Unterkiefer schlurfte der Wirt zu seinem Ausschank zurück. Zufrieden hob der Kommissar seinen Krug. Ole Remmers war so schlau wie durchtrieben und wusste, wo er seinen Vorteil bekam. Er hielt die Ohren offen, schnappte vieles auf und konnte sich manches zusammenreimen. Niemand sonst in Norddeich verfügte über so gute Informationen. Einen Teil seiner Einnahmen erzielte er, indem er Auskünfte an Interessenten verkaufte, die bereit und in der Lage waren, dafür zu zahlen.

Eine halbe Stunde später füllte sich der Raum schlagartig. Der nächste Dampfer wurde erwartet, und der eine oder andere Gast genehmigte sich vor der Überfahrt noch ein Bier. Droschkenkutscher, die mit einträglichen Fuhren rechneten, fachsimpelten über Pferde und Zaumzeug oder klagten über hochnäsige und geizige Kundschaft. Der Wirt wechselte mit jedem, der an den Ausschank trat und bestellte, ein paar Worte. Aus der Ferne schien es sich dabei um alltägliche Belanglosigkeiten zu handeln. Doch Harmsen wusste, dass Remmers seine Gäste geschickt ausfragte. Schließlich geriet er an einen Kutscher, der nachdrücklich nickte und dann einen schnellen Blick in seine Richtung warf. Kurz darauf trat der Mann an seinen Tisch. Seine Augen waren auf die Goldmünze gerichtet.

»Sie suchen nach einem, der Montag von Norderney rübergekommen ist? Ein allein reisender junger Herr? Habe vielleicht einen gesehen.«

Harmsen beschrieb Hauke Lüders. Der Kutscher nickte. »Der Kerl hat eine Kutsche genommen, die nicht zu uns gehört. Wurde wohl abgeholt.« Er streckte die Finger nach dem Geldstück aus. Rasch legte der Kommissar die Hand über die Münze.

»Trug er etwas bei sich?«

»Gepäck meinen Sie? Nee, kein Gepäck. Aber 'n Gehstock. Wie das bei feinen Pinkeln Mode ist. Aus Bambusrohr. Mit Silberknauf.«

Der Kommissar zog die Hand zurück und erhob sich. »Besten Dank, guter Mann.« Er griff nach seinem Hut und wandte sich zum Gehen. Blitzschnell griff der Kutscher nach der Goldmünze, ließ sie in der Tasche verschwinden und eilte zum Ausschank.

Gut gelaunt verließ Harmsen die Hafenschänke und hielt Ausschau nach einer Kutsche, deren Lenker den Bock nicht verlassen hatte. Der Verlust der zehn Mark ließ sich verschmerzen. Nun konnte er den nächsten Schritt gehen und die Genehmigung zu Ermittlungen auf der Insel Norderney beantragen.

*

Nach seiner Rückkehr suchte Hauke Lüders die Apotheke seines Vaters auf, um sich mit Schmerzmitteln zu versorgen. Er harrte im Schatten eines Gebüsches aus, bis das Geschäft geschlossen war und der alte Herr das Haus verlassen hatte. Hauke wusste, wie in die Räume zu kommen war und wo die Schlüssel für die Medizinschränke aufbewahrt wurden. Er versorgte sich mit Diacetylmorphin und ließ zusätzlich eine Flasche mit Acetylsalicylsäure in Pulverform mitgehen. Dann suchte er sein Liebesnest am Stadtrand auf.

Hier löste er einen Löffel Aspirin in Wasser auf, trank in hastigen Zügen und zog mit Hilfe eines Schnupfröhrchens eine Prise Heroin in die Nase. Der bohrende Schmerz hatte ihn schon auf dem Weg überfallen und ihn kurzzeitig gezwungen, mit geschlossenen Augen in einer Nische zwischen den Häusern zu verharren. Nun ließ der Druck langsam nach und machte einem entspannten Wohlbefinden Platz. Erleichtert ließ er sich auf das große Bett fallen. Der Geruch des Lakens erinnerte ihn an das Liebesspiel mit Eleonore. Obwohl es nur einige Tage zurücklag, schien eine Ewigkeit vergangen zu sein. Morgen würde er nach Charlotte Helmers schicken lassen, um ihr aufzutragen, seine Braut zu ihm zu bringen. Mit dem Gedanken an ihren prachtvollen Körper schlief er ein.

*

Mit zitternden Händen riss Eleonore das Briefchen auf, das ihre Freundin ihr zugesteckt hatte. Es enthielt nur einen Satz: *Er ist zurückgekehrt und erwartet dich am bekannten Ort.* Hastig knüllte sie das Papier zusammen und warf es in den Kamin. Fieberhaft dachte sie über eine Möglichkeit nach, sich unbemerkt aus dem Haus zu entfernen. Zu ihrem Glück gab es für diesen Tag keine gesellschaftlichen Verpflichtungen, die ihre Gegenwart erforderten. Dennoch würde sie für eine längere Abwesenheit eine Erklärung benötigen.

Dass ein Wiedersehen mit Hauke länger als einige Minuten in Anspruch nehmen würde, bezweifelte sie nicht, denn bei dem *bekannten Ort* konnte es sich nur um jenes abgelegene Haus handeln, in dem sie die Wonnen der Liebe erfahren hatte. Seit Hauke verschollen war, geisterten die Bilder jener Begegnung durch ihren Kopf und sorgten im Wechsel für rasenden Puls und wohlige Sehnsucht. Um den geheimen Ort aufsuchen zu können, erfand sie eine Verabredung zum Tee mit Charlotte und anderen Freundinnen und eilte, kaum dass die Stunde gekommen war, aus dem Haus.

Mit klopfendem Herzen näherte sie sich dem vertrauten Grundstück. Die Haustür stand offen. Eleonore sah sich um, entdeckte niemanden, der sie hätte beobachten können, und schlüpfte hinein.

Das Zimmer war unverändert. Alles schien wie in jenem Augenblick, als sie es verlassen hatte. Hauke saß in einem der Sessel, in der einen Hand ein Glas, in der anderen eine Champagnerflasche. Bei ihrem Anblick erhob er sich und breitete die Arme aus. »Wie schön du bist!« Er schwankte ein wenig. »Komm her zu mir!«

Eleonore trat auf ihn zu, um sich in seine Arme zu stürzen. Doch etwas hielt sie zurück. Ein unangenehmer Geruch schlug ihr entgegen. Gleichzeitig registrierte sie erschreckende Veränderungen an Hauke. Sein Gesicht war blass, die Augen lagen tief in dunklen Höhlen, sie blickten glanzlos und starr.

»Was ist geschehen?«, stieß sie hervor. »Du siehst so ... anders aus. Bist du ... krank?«

Er rülpste und ließ sich zurück in den Sessel fallen. »Setz dich! Jetzt trinken wir erst mal ein Glas. Und dann erzähle ich dir, was mir auf dem Festland widerfahren ist.« Er stieß einen bösen Lacher aus. »Eine ganz und gar unglaubliche Geschichte.«

Vorsichtig ließ sich Eleonore auf der Kante des zweiten Sessels nieder. Verwirrt betrachtete sie den seltsam veränderten Hauke und kämpfte mit den Tränen. Es überstieg ihr Vorstellungsvermögen, sich auszumalen, welches Ereignis ihn derart verwandelt haben konnte. »Was ist geschehen?«, wiederholte sie, diesmal zaghaft und leise.

Mit einer ausholenden Bewegung schenkte Hauke nach. Erst füllte er sein Glas, dann auch das andere, das auf dem Tischchen neben ihm stand. »Komm, stoß mit mir an, geliebte Eleonore von Aquitanien, äh, Norderney, Tochter des Wilhelm, äh, Ubbo Emmius Nordbrook, seines Zeichens Hotelier auf …« Er brach ab und schob ihr das zweite Glas hinüber. »Auf unsere alsbaldige endgültige Verbindung!«

Er leerte das Glas, knallte es auf den Tisch und beugte sich vor. »Und jetzt kommt das sagenhafte Abenteuer, das der sagenhafte Hauke Lüders auf dem Festland erlebt hat.« Er kniff die Augenlider zusammen. »Warum trinkst du nicht?«

Eleonore nippte an ihrem Glas. »Ich habe mir Sorgen gemacht. Du wolltest mit meinem Vater sprechen. Durch deine unerklärliche Abwesenheit hast du keinen guten Eindruck hinterlassen.«

Hauke winkte ab. »Darauf kommt es nicht an. Wir werden heiraten. Punktum.« Grinsend deutete er mit dem Zeigefinger zur Zimmerdecke und fügte hinzu: »Mit Unterstützung von ganz oben.«

Kopfschüttelnd musterte Eleonore ihn. »Ich verstehe nicht.« Sie deutete auf die Champagnerflasche. »Vielleicht hast du davon zu viel …«

»Papperlapapp«, fuhr er ihr über den Mund. »Ich vertrage mehr als eine Flasche. Und dann kann ich immer noch …« Er grinste anzüglich. »Du wirst sehen … Aber vorher erzähle ich dir mein blutiges Abenteuer.«

»Blutig?« Entsetzt schlug Eleonore die Hand vor den

Mund. Doch Hauke beachtete sie nicht. Er schloss die Augen und begann zu erzählen. »Es begann mit einem falschen Kutscher in einer falschen Droschke. Am Hafen von Norddeich …«

18

2016

Patrick hatte vom Tagesablauf seines Onkels inzwischen so viel mitbekommen, dass er dessen Gewohnheiten gut genug kannte. Um das Büro des Hoteliers durchsuchen zu können, musste er nur darauf warten, dass Thomas Nordbrook sich am Empfang oder in der Hotelhalle aufhielt, um anreisende Stammgäste zu begrüßen. Das geschah zu unterschiedlichen Zeiten, aber stets eine halbe Stunde nach Ankunft der Fähre. Dann war Thomas für wenigstens zwanzig Minuten unabkömmlich. Meistens dauerte die Prozedur jedoch deutlich länger. Er musste nicht nur Hände schütteln, sondern sich auch nach dem Befinden der Gäste erkundigen, ihnen versichern, dass selbstverständlich das gewünschte Zimmer auf sie wartete, und Komplimente verteilen.

Wenn Patrick ihm dabei zusah, fragte er sich, ob es ihm gelingen würde, dieses Schauspiel ebenso routiniert zu meistern. Schon lange bevor sein Vater das Unternehmen in Schieflage gebracht hatte, war für Patrick klar gewesen, dass seine Zukunft nicht im Baugewerbe lag. Thomas Nordbrook war unverheiratet geblieben und hatte keine Kinder. Eines Tages war er bei Patricks Eltern aufgetaucht und hatte ihnen eröffnet, dass ihr Sohn das Hotel erben würde, wenn er bereit wäre, sich in das Metier einzuarbeiten und das Haus selbst zu führen. Inzwischen hatte er mehrere Praktika im Nordbrook absolviert und am Lebensstil des Hoteliers Gefallen gefunden. Thomas arbeitete zwar für seinen Geschmack zu viel, jedenfalls während der Saison, aber das würde er ändern und einen

Großteil der Aufgaben auf Angestellte übertragen. Jedes Jahr im November und von Anfang Januar bis Anfang März ging Thomas auf Reisen. Aber er flog nicht in die Karibik oder machte Tauchurlaub auf den Virgin Islands. Statt sich auf den Seychellen oder auf den Malediven im Indischen Ozean zu sonnen, fuhr er in Regionen mit Eis und Schnee. Im Sommer düste er allenfalls mit seinem Motorboot zwischen den Ostfriesischen Inseln umher. Auch das würde er anders machen.

Je schneller er handelte, desto früher würde er, Patrick Nordbrook, in den Genuss seines Lebenstraums kommen. Also passte er die nächste Gelegenheit ab, in der Thomas beschäftigt war, und schlich sich in dessen Büro. Der Schreibtisch war nicht verschlossen, sodass er alle Schubladen öffnen konnte. Rasch durchsuchte er die Fächer. Dabei stieß er auf die Schlüssel zu Thomas' Motorboot. Im untersten Fach fand er endlich, was er suchte. In einer altmodischen Schatulle lag ein großer rostiger Schlüssel. Das musste er sein. Er ließ das Fundstück in die Hosentasche gleiten und eilte ins Kellergeschoss.

Der Zugang zu den verlassenen Gewölben musste sich hinter dem Weinkeller befinden. Während seines ersten Praktikums im Hotel hatte er sich mit der Geschichte des Hauses befasst. Schon zu Beginn des neunzehnten Jahrhunderts hatten die Nordbrooks ein Gästehaus zu einem begehrten Hotel ausgebaut, das von gut betuchten Leuten aus dem gesamten Deutschen Reich bevorzugt wurde. Hochgestellte Persönlichkeiten bis hin zum Reichskanzler waren gern gesehene Gäste im Haus gewesen. Später hatten auch Künstler und Literaten Gefallen an dem luxuriösen Anwesen gefunden und mit ihrer Anwesenheit der gesamten Insel zu ihrem Ruf als Seebad verholfen.

Aus dieser Zeit stammte das verlassene Kellergewölbe. Es war so stabil, dass man seinerzeit Ställe und Gesindehäuser darauf errichtet und sie im Zweiten Weltkrieg als Luftschutzbunker verwendet hatte. Aber wegen der geringen Höhe hatte man die Nutzung nach dem Ende des Krieges aufgegeben. Patrick hoffte, dass sich die Tür auch über siebzig Jahre später noch öffnen lassen würde.

Er fand den Zugang erst nach einigem Suchen. Zur Hälfte war die rostige Tür von einem Weinregal verdeckt. Um an das Schloss zu kommen, musste es zur Seite geschoben werden. Also würde er die Flaschen umräumen müssen. Er stieß einen halblauten Fluch aus, machte sich aber sofort an die Arbeit.

*

Laura brauchte einen Moment, um sich zu orientieren, als sie die Augen aufschlug. Sie hatte lange nicht einschlafen können, war während der Nacht mehrmals aufgewacht und hatte sich jedes Mal längere Zeit im Bett gewälzt, ohne wieder in den Schlaf zu finden. Erst gegen Morgen war sie wirklich eingeschlafen. Sie hatte beunruhigende und beängstigende Träume gehabt, in denen sie von einem gesichtslosen Wesen verfolgt wurde, das zeitweise die Gestalt der uniformierten Polizistin angenommen hatte. Auch der Beerdigungsunternehmer, den sie am Nachmittag noch aufgesucht hatte, war als Verfolger aufgetaucht.

Während sie langsam in die Realität zurückkehrte, erkannte sie das Zimmer wieder, in dem sie sich befand. Sie war nicht in Göttingen, nicht zu Hause bei ihrer Mutter, hatte auch nicht bei einer Freundin übernachtet, sondern war auf Norderney, im Hotel Nordbrook.

Plötzlich war alles wieder da. Patrick, die Polizistinnen. Opa Heinzi im Krankenhaus. Ihn würde sie heute wieder besuchen. Bestimmt ging es ihm schon besser. Sie sah auf die Uhr. Zeit aufzustehen. In Hotels konnte man oft nur bis um zehn Uhr frühstücken. Obwohl – ein vornehmes Haus mit betuchten Urlaubern wie das Nordbrook bot wahrscheinlich länger dazu Gelegenheit.

Laura schloss die Augen, um noch ein wenig zu dösen. Die Begegnung mit Patrick lief noch einmal vor ihr ab. Ein attraktiver Typ. Höflich, hilfsbereit und unaufdringlich. Es gab nichts an ihm auszusetzen, deshalb hatte sie nicht gezögert, einer Verabredung zuzustimmen. Schließlich hatte er ihr das Zimmer besorgt. *Ich übernachte im teuersten Hotel der Insel und brauche nichts zu bezahlen. Ungewöhnlich ist das schon. Wahrscheinlich hat Patrick Hintergedanken.* Laura lächelte. Natürlich hatte er Hintergedanken. Wie alle Männer. Aber sie verspürte Lust, sich darauf einzulassen. Vielleicht später, wenn Opa Heinzi wieder zu Hause war und die Polizei sie nicht mehr brauchte. Ein kleines, unverbindliches Abenteuer. Warum nicht? Aber erst einmal hatte ihr Großvater Vorrang. Entschlossen warf sie die Decke von sich und rollte sich aus dem breiten Bett.

Zwanzig Minuten später saß Laura im Restaurant und bestellte Kaffee. Am Büfett suchte sie sich ein ausgewogenes Frühstück zusammen, holte eine Zeitung und ließ sich an einem Fensterplatz nieder. E-Mails und andere Nachrichten hatte sie auf dem Smartphone gecheckt und, soweit nötig, beantwortet. Auf die übliche Morgenlektüre – *Spiegel online*, Facebook und Twitter – hatte sie keine Lust. Stattdessen schlug sie den *Ostfriesischen Kurier* auf.

Der Artikel über den Mord an ihrem Vater war unauffällig auf der Norderney-Seite platziert. Rasch überflog sie den Text. Sie hatte mit einer eher reißerischen Aufmachung und mit Spekulationen über die Hintergründe der Tat gerechnet. Stattdessen fand sie eine sachliche Darstellung in wenigen Zeilen. Vom gewaltsamen Tod des Apothekers Frank L., den Ermittlungen der örtlichen Polizei, die vom Landeskriminalamt unterstützt wurden, war die Rede. Und davon, dass es noch keine Spur gebe, die zu einem Täter führen konnte. Weder Lauras Großvater noch sie selbst wurde erwähnt.

Erleichtert legte sie die Zeitung zur Seite. Sie fragte sich, wer für die zurückhaltende Berichterstattung gesorgt haben mochte. Von ihrer Göttinger Freundin Anna, die als Redakteurin beim dortigen Tageblatt arbeitete, wusste sie von vielfachen Versuchen, auf ihre Arbeit Einfluss zu nehmen. Wenn die Polizei aus ermittlungstaktischen Gründen keine Einzelheiten bekannt geben wollte, war das verständlich. Aber nicht selten gab es Versuche von Unternehmen, Parteien und Privatpersonen, Artikel in ihrem Sinn zu beeinflussen oder ganz zu verhindern. Wer konnte ein Interesse daran haben, den Mordfall auf der Insel nicht in der üblichen Weise zur Sensation aufgebauscht zu sehen? Und wer hatte so viel Einfluss? Anna hätte es sich jedenfalls nicht nehmen lassen, in großer Aufmachung darüber zu berichten. Mit Fotos. Mindestens von der Apotheke, möglichst auch vom verstorbenen Inhaber.

Nach dem Frühstück bestellte Laura ein Taxi und ließ sich erneut zum Krankenhaus fahren. Unterwegs dachte sie wieder an Patrick. Jetzt, während sie ihn vor sich sah, wie er in der Bar davon erzählte, die Nachfolge seines Onkels anzutreten, gesellte sich zu den positiven Eindrücken ein eigenartiges Gefühl. Irgendetwas stimmte nicht, fühlte sich falsch an. Aber Laura gelang es nicht, dieser unterschwelligen Empfindung eine Erkenntnis zuzuordnen. Aus ihrem Unterbewusstsein schien ein Gedanke zu winken, der sich aber nicht fassen ließ.

Noch einmal ließ sie Patricks Worte Revue passieren. Thomas Nordbrook hatte keine Nachkommen und sich entschieden, Patrick zu seinem Erben zu machen. Also würde er eines Tages das Hotel übernehmen. Vergleichbare Gedanken hatte Laura sich nie gemacht. Ihrem Vater in der Apotheke oder ihrer Mutter in der Praxis zu folgen, lag in so weiter Ferne, dass sie diese Möglichkeiten nicht als reale Perspektive in Betracht gezogen hatte. Patrick dagegen hatte sehr sicher geklungen. Als ob der Zeitpunkt der Übernahme des Nordbrook nicht mehr fern sei und nichts mehr dazwischenkommen könne. Dabei war der Hotelier höchstens Anfang fünfzig und wirkte gesund und dynamisch. Um seine Nachfolge antreten zu können, würde Patrick noch ein halbes Arbeitsleben warten müssen. War ihm das nicht bewusst?

Als das Taxi vor dem Krankenhaus hielt und sie zahlte, schob sie die Gedanken beiseite. Mit Opa Heinzi würde sie ein ernstes Wort reden müssen. Die Polizei war der Meinung, er sei in seinem Haus überfallen worden, aber er behauptete, gestürzt zu sein. Warum tat er das? Ihr würde er doch hoffentlich die Wahrheit sagen. Vielleicht irrte sich die Kriminalbeamtin ja auch.

Der Wunsch, ihren Großvater nach der Ursache seiner Verletzung zu fragen, beschleunigte ihre Schritte. Ohne auf ihr Klopfen eine Antwort abzuwarten, öffnete sie die Tür zum Krankenzimmer. Das Bett war leer.

Irritiert sah sie sich um. Auf dem Flur herrschte der übliche Betrieb. Schwestern, Pfleger und Ärzte hasteten von Tür zu Tür. Laura machte sich auf die Suche nach dem Schwesternzimmer. Dort traf sie auf einen Pfleger und fragte ihn nach Heinz-Hermann Lüders.

Der Mann antwortete mit einer Gegenfrage. »Sind Sie eine Angehörige?«

Laura nickte und nannte ihren Namen. »Ich bin die Enkelin des Patienten.«

»Okay. Bitte warten Sie einen Augenblick!« Er verschwand über den Flur und kehrte wenig später mit einem Arzt zurück. »Frau Lüders, die Enkelin – Doktor Salverius.«

Der Mediziner drückte ihr die Hand und sah sie offen an. »Ihr Großvater ist verlegt worden. Wir mussten ein Computertomogramm machen. Verdacht auf intrakranielle Hirnblutung. Das ist eine ...«

»Ich weiß, was das ist«, sagte Laura schnell. »Ich studiere Medizin. Wie geht es ihm? Was passiert als Nächstes?«

»Er wird künstlich beatmet. Wir dehydrieren und senken den Blutdruck durch Kalzium-Antagonisten. Wenn das Hämatom zu viel Druck erzeugt, müssen wir sofort operieren. Aber das wissen Sie ja.«

Laura nickte wortlos. Sätze aus einer Vorlesung kreisten in ihrem Kopf. *Hämatome mit sekundärer Hirnkompression. Öffnen des Schädelknochens. Entleeren des Blutergusses. Gefahr neurologischer Schädigungen. Langwierige Rehabilitation. Bleibende Schäden. Probleme mit der Feinmotorik, Konzentrationsstörungen, Wesensveränderungen.*

Salverius verabschiedete sich. »Ich muss leider weiter. Wenn Sie mehr wissen wollen ...«

»Danke!« Abwesend sah sie dem davoneilenden Arzt nach. Man würde sie jetzt nicht zu Opa Heinzi lassen. Sie konnte nichts tun, musste abwarten. Vermutlich würde operiert werden müssen. Nach allem, was sie wusste, führte kein Weg daran vorbei. Auch wenn der Arzt nur von der Möglichkeit gesprochen hatte.

Für den Rückweg zum Hotel verzichtete Laura auf ein Taxi. Bewegung an der frischen Luft würde ihr jetzt guttun.

*

Um sich abzulenken, suchte Laura Lüders eine der Stätten ihrer Kindheit auf. Vom Krankenhaus folgte sie der Promenade bis zur Milchbar. Wie oft hatte sie hier als kleines Mädchen Milchreis gegessen und als Vierzehnjährige mit Jungen vom Festland geflirtet. Mehrmals war sie verliebt gewesen, doch nie hatte sich etwas Festes ergeben.

Der historische Rundbau mit seinen rustikalen Tischen und Bänken war, soweit sie sich erinnern konnte, immer gut besucht. Auch jetzt herrschte Hochbetrieb. Ein fröhliches Durcheinander unzähliger Stimmen übertönte die Musik aus den Lautsprechern. Laura wurde von einem heftigen Verlangen nach Milchreis überfallen. Sie setzte sich an einen der weißen Holztische und bestellte. Dazu würde sie Himbeerlimonade trinken. Wie früher.

Laura fühlte sich in die Zeit zurückversetzt, als sie zehn Jahre alt war. Während sie ihren Milchreis löffelte und hin und wieder einen Schluck Limonade durch den Strohhalm sog, beobachtete sie die Menschen am Strand. Es war wie in dem Buch mit den Wimmelbildern. Kleine Nackedeis mit weißen oder bunten Sonnenhütchen kämpften sich schwankend durch den Sand, Jungen und Mädchen arbeiteten mit Schaufeln und Eimern an Burgen und Wasserläufen, Erwachsene in Badekleidung liefen mit Fotoapparaten herum oder saßen in Strandkörben.

Laura genoss das Gefühl der Geborgenheit inmitten des pulsierenden Lebens. Die Besuche in der Milchbar hatten zu den glücklichen Momenten gehört, in denen sie ihre Eltern ganz für sich gehabt hatte.

Das hatte sich geändert, als sie zwölf oder dreizehn war. Seit einiger Zeit hatten ihre Eltern nur noch wenig miteinander geredet. Gelegentlich hatte sie einen unbekannten Ton mitschwingen gespürt und eine bedrohliche Spannung empfunden. Immer öfter hatte ihr Vater Bemerkungen über Opa Heinzi gemacht und dabei seine Stimme gesenkt. Ihre Mutter hatte widersprochen. Laura war klar gewesen, dass die Eltern stritten, aber sie hatte nicht begriffen, worum es ging. »Er ist schließlich dein Vater«, war der Satz, mit dem die Mutter stets den Wortwechsel abgeschlossen hatte. Erst später hatte Laura verstanden, worum es ging. Ihr Vater wollte in der Apotheke freie Hand, doch der Großvater war nicht bereit, sie ihm zu überlassen.

Kurz nach ihrem vierzehnten Geburtstag hatte sie zum ersten Mal heftige und lautstarke Auseinandersetzungen zwischen ihrem Vater und Opa Heinzi mitbekommen. Später auch zwischen ihren Eltern. Dabei hatte noch eine weitere Person eine Rolle gespielt, deren Name aber in ihrer Gegenwart nie genannt worden war. Einmal hatte ihre Mutter von »Flittchen« gesprochen. Laura hatte damit nichts anfangen können und im Lexikon nachgeschlagen. Die Erklärung »Leichtlebige (junge) Frau, die häufig und mit verschiedenen Männern sexuelle Beziehungen hat«, sagte ihr nichts. Es musste aber irgendwie damit zu tun haben, dass ihr Vater nicht mehr im elterlichen Schlafzimmer schlief.

Ein Jahr später war sie mit ihrer Mutter nach Leer gezogen. Der Verlust ihrer vertrauten Umgebung, des Meeres und der Strände, nicht zuletzt der Milchbar, hatte sie schwer getroffen. Irgendwann hatte sie herausgefunden, dass die Untreue ihres Vaters der Grund dafür gewesen war. Und mit der rigorosen Moral einer Fünfzehnjährigen hatte sie ihren Vater verurteilt.

Damals hatte sie ihrem Vater den Tod gewünscht, und jetzt war er ermordet worden. Trug sie daran eine Mitschuld? Plötzlich schmeckten ihr der Milchreis und die Limonade nicht mehr. Sie schob beides von sich weg. Die sexuellen Eskapaden ihres Vaters sah sie längst in einem milderen Licht. Vielleicht hatte die ungewöhnliche symbiotische Beziehung zwischen ihrer Mutter und Opa Heinzi dazu beigetragen, dass er sich anderweitig orientiert hatte. Hätte sie, Laura, durch einen engeren Kontakt zu ihrem Vater dazu beitragen können, ihre Eltern einander wieder näherzubringen?

Aus den Tiefen ihres Unterbewusstseins drängte noch eine andere Frage an die Oberfläche. Sie hatte sie immer wieder beiseitegeschoben, doch plötzlich kristallisierte sie sich in schmerzhafter Schärfe heraus. Konnte ihr Großvater etwas mit dem Tod ihres Vaters zu tun haben?

Ihr Smartphone meldete ihr den Eingang einer SMS. Sie zog es aus der Handtasche und warf einen Blick auf das Display. *Wo bist du? Würde dich gern schon früher sehen. Patrick.*

Laura zögerte mit einer Antwort. Doch dann sagte sie sich, dass er sie auf andere Gedanken bringen würde, und tippte rasch auf das Display. *In einer Stunde im Hotel. L.* Sie ließ das Smartphone zurück in die Handtasche gleiten und winkte der Bedienung, um zu zahlen.

Am Damenpfad hielt gerade ein Bus der Linie eins. Sie stieg ein und fuhr bis zur Haltestelle Moltkestraße, um die Innenstadt zu Fuß zu durchqueren.

Seit ihrem letzten Besuch auf der Insel hatte sich nicht viel verändert. Vor vielen Läden gab es die üblichen Ständer mit Postkarten, Sonnenbrillen und Sandspielzeug, und überall wurde der übliche Souvenir-Kitsch angeboten. An der Filiale der Sparkasse Norden-Aurich ergänzte Laura ihre Barschaft um hundert Euro, dann steuerte sie die Rathaus-Apotheke an. Sie war keineswegs sicher, ob sie sich mit Patrick auf mehr als ein Gespräch einlassen würde, aber wenn es sich ergab, wollte sie gerüstet sein. Beim Thema Verhütung war auf Männer wenig Verlass.

Anschließend warf sie einen Blick in die Schaufenster von Castillo und Pomp, aber sie betrat die Läden nicht, denn sie wäre nicht ohne ein neues Paar Schuhe wieder herausgekommen, und dafür reichte die Zeit bis zu ihrer Verabredung nicht.

Wenn sich ihr Aufenthalt hinzog und sie weiter kostenlos im Nordbrook wohnen konnte, würde sie noch einmal vorbeikommen.

Kaum hatte sich Laura frisch gemacht und umgezogen, als es bereits an der Tür klopfte. Sie öffnete und ließ Patrick herein. Er strahlte sie an, küsste sie flüchtig auf die Wange und trat einen Schritt zurück. »Wow! Du siehst umwerfend aus. Echt cooles Kleid. Passt zu deinem Haar. In diesem Outfit – und mit deinem süßen Lächeln – könntest du …« Er zögerte, schien zu überlegen, wie er den Satz beenden sollte.

»Was?«, fragte Laura amüsiert. »Miss Norderney werden?«

»Ja, nein.« Patrick schüttelte den Kopf. »Für Misswahlen bist du zu intelligent. Aber jede andere Auszeichnung würde dir stehen. Zum Beispiel der Nobelpreis für Medizin.«

»Witzbold!« Laura lachte, genoss aber insgeheim das Kompliment. Platte Anmache kannte sie zur Genüge.

»Komm, setz dich!« Mit einer einladenden Handbewegung deutete sie auf die Sitzgruppe. »Möchtest du etwas trinken?«

*

»Herr Nordbrook«, flüsterte der Oberkellner seinem Chef zu, »die Herrschaften an Tisch drei möchten eine Empfehlung für einen Châteauneuf-du-Pape. Ich weiß nicht so recht, welcher Jahrgang …«

»Ich kümmere mich darum.« Thomas Nordbrook vergewisserte sich durch einen kurzen Blick, ob er richtig vermutete. Ein solcher Wunsch konnte nur von einem der Premium-Gäste kommen, die besonderen Wert auf exquisite Weine und eine persönliche Beratung legten und wussten, dass sie die hier bekommen würden. Richtig. An Tisch drei saß Staatssekretär a. D. Dr. Karl-Friedrich von dem Knesebeck mit seiner Frau.

Der Politiker mit adeligem Stammbaum gehörte seit Jahrzehnten zu den Stammgästen im Nordbrook. Er buchte jedes Jahr für einen Monat eine der teuersten Suiten, speiste mit seiner Familie täglich im Restaurant und ließ viel Geld in der Bar. Seinen Reichtum hatte er nicht mit dem Staatssekretärsgehalt erworben, sondern durch seinen Wechsel aus dem Wirtschaftsministerium auf einen Posten als Vorstandsvorsitzender in der Autoindustrie. Er betrachtete sich als Weinkenner und pflegte diesen Nimbus gern, indem er sich vom Hotelchef ausführlich beraten ließ. Für ihn und einige weitere Gäste hielt Nordbrook einen kleinen Vorrat erlesener Weine bereit, die nicht auf der Karte verzeichnet waren.

Er eilte zum Tisch des Vorstandsvorsitzenden, begrüßte ihn und seine Frau, erkundigte sich nach dem Befinden des Paars und setzte eine verschwörerische Miene auf. »Für Sie hätte ich einen ganz besonders edlen Tropfen. Wenn Sie mir erlauben würden, Ihnen einen Vorschlag zu machen ...«

»Ich bitte darum.« Von dem Knesebeck machte eine einladende Handbewegung und nickte wohlwollend. »Sie haben uns noch nie enttäuscht.«

Nordbrook trat näher an den Tisch, beugte sich herab, senkte die Stimme zu einem fast vertraulichen Ton und einigte sich mit seinem Gast auf einen Jahrgang. »Wenn Sie sich einen Moment gedulden. Ich muss kurz in den Weinkeller ... Und ein paar Minuten zum Atmen braucht ein solcher Tropfen selbstverständlich auch.«

Von dem Knesebeck nickte. Nordbrook deutete eine Verbeugung an und machte sich auf den Weg in den Keller.

*

Die besonderen Weine für besondere Gäste lagen im hintersten Regal. Sie wurden gewöhnlich nicht bewegt, sodass sich eine Staubschicht auf die Flaschen und ihre Etiketten legte. Zielsicher griff er nach dem Châteauneuf-du-Pape Tradition rouge, Domaine de la Janasse von 2011. Dieser Wein war außerordentlich lagerfähig und würde Karl-Friedrich von dem Knesebeck auch im nächsten und übernächsten Jahr zusagen. In seinem Kopf formulierte Nordbrook bereits, wie er ihm die feine Rebe schmackhaft machen würde. *Die Cuvée aus besonders edlen Reben wird durch eine fruchtige Note begleitet, die an eine Mischung aus Brombeere, Pflaume und Bitterkirsche erinnert. Mit voller Saftigkeit und vollem Körper lässt sie ein konzentriertes und tiefgründiges Gaumengefühl entstehen …*

Nordbrook blickte auf das Etikett und erstarrte. Die Staubschicht war verwischt. Der Wein war bewegt worden. Rasch vergewisserte er sich, ob auch die anderen Flaschen im Regal Spuren aufwiesen. Dem war so. Jemand hatte sie herausgenommen und wieder hineingelegt. Alle. Er hockte sich nieder und befühlte den Boden. Kratzspuren! Das Regal musste verschoben worden sein.

Mit einem wütenden Fluch stand er auf. Es kam nur einer infrage, der sich hier zu schaffen gemacht haben konnte. Denn hinter dem Regal befand sich der Zugang zu den stillgelegten Kellergewölben. »Der Junge will mich hintergehen«, murmelte er. Sekundenlang starrte er auf das Regal. Er würde Patrick vor die Wahl stellen: *Entweder du gibst deinen Plan auf, oder ich suche mir einen anderen Nachfolger.*

Er erinnerte sich, weshalb er den Weinkeller aufgesucht hatte, griff nach dem Châteauneuf-du-Pape und machte sich auf den Rückweg zum Restaurant.

19

1904–1906

»Der junge Lüders ist wieder aufgetaucht«, berichtete Luise Nordbrook. Sie hatte es von einer Freundin gehört. »Man hat ihn gesehen. Er soll sich in einem desolaten Zustand befunden haben.«

Ubbo Nordbrook verbarg seine Überraschung mit einem Hustenanfall. »Das wundert mich ... nicht«, murmelte er schließlich. »Obwohl ...« Er sah seine Frau kritisch an. »Bist du sicher?«

Luise lachte. »Auf Norderney bleibt nichts verborgen. Das müsstest du doch wissen. Ein heimliches Stelldichein, eine illegitime Schwangerschaft, eine schwere Erkrankung – die Norderneyer wissen oft früher davon als die betroffene Person selbst.« Ein weiteres Gerücht, in dem davon die Rede war, dass sich ihre Tochter bereits mit dem Apothekersohn getroffen hatte, behielt sie für sich. »Du wirst dich darauf einstellen müssen, dass Lüders um die Hand unserer Tochter anhalten wird.«

Nordbrook schüttelte unwillig den Kopf. »Sag deiner Tochter, dass sie sich den Lüders aus dem Kopf schlagen soll!«

»Das wirst du ihr selbst erklären müssen. Schließlich hast du bereits zugestimmt.«

Luises Ton ließ Nordbrook irritiert aufblicken. »Bist du immer noch auf ihrer Seite? Nach allem, was sich dieser Kerl erlaubt hat?«

»Es geht nicht um die alten Geschichten zwischen euren Familien. Auch nicht um eine vorübergehende Abwesenheit.

Hauke Lüders ist uns keine Rechenschaft schuldig. Es geht um unser Kind. Wenn Eleonore mit ihm glücklich wird, sollten wir der Verbindung nicht im Wege stehen.«

Nordbrook stieß ein unwilliges Brummen aus. Seine Gedanken kreisten um die Frage, warum Berends Plan nicht funktioniert hatte. Wieso war dieser Kerl unbeschadet nach Norderney zurückgekehrt? Und warum hatte sein Bruder sich nicht gemeldet? Er würde sofort Kontakt mit ihm aufnehmen. Und dann musste ein neuer Plan her. Ein todsicherer Plan. Damit die Sache ein Ende hätte. »Ich muss noch mal ins Büro«, murmelte er und verließ den Raum.

*

Während Ubbo Emmius Nordbrook ein Telegramm an seinen Bruder diktierte, schlich sich seine Tochter unbemerkt ins Haus und verschwand in ihrem Zimmer. Sie schloss sich ein und warf sich schluchzend aufs Bett. Das Zusammentreffen mit Hauke hatte sie verwirrt. Sein Aussehen, sein Verhalten, seine Geschichte – nichts passte so recht zu dem Bild, das sie sich bisher von ihm gemacht hatte. Unbekannte Männer hatten ihm nach dem Leben getrachtet. Warum? Wer konnte einen Grund haben, ihn umzubringen? Ein wenig Stolz empfand sie angesichts der unerschrockenen Gegenwehr, mit der Hauke die Angreifer in die Flucht geschlagen hatte. Der Gedanke an sie und an die bevorstehende Hochzeit hatte ihm die Kraft gegeben.

Dennoch war sein Verhalten heute befremdlich gewesen. Statt liebevoller Schmeicheleien und poetischer Worte hatte er Sätze formuliert, wie man sie gelegentlich von gewöhnlichen Leuten hören musste. An die Stelle zärtlicher Blicke war ein harter Ausdruck getreten, und die ersehnten sanften Berührungen waren ausgeblieben. Stattdessen hatte er sie mit festem

Griff gepackt und ohne Rücksicht auf ihre Bedürfnisse sein eigenes Vergnügen verfolgt.

Dunkel erinnerte sie sich an Andeutungen aus dem Kreis ihrer Freundinnen über eheliche Verpflichtungen, die eine Frau zu ertragen hätte. Sah so die Wirklichkeit aus? Hatte Hauke zuvor nur eine Art Theaterrolle gespielt? Hatte er zwei Gesichter? Waren alle Männer so? Fragen, die sie niemandem stellen mochte.

Eleonore trocknete ihre Tränen und zog ihr Tagebuch aus seinem Versteck. So wie sie ihr Glück der ersten Tage darin verewigt hatte, vertraute sie den Seiten nun ihre Erlebnisse, Fragen und Ängste an.

*

Wenn nicht gerade eine überraschende Schmerzattacke sein Bewusstsein trübte und seine Handlungsfähigkeit einschränkte, war Hauke Lüders guter Dinge. Die Medikamente aus der Apotheke seines Vaters waren erstaunlich wirkungsvoll. Leider ließen sich die Anfälle nicht vorhersehen, sodass es unmöglich war, das Aspirinpulver vorsorglich einzunehmen. Auch die Dosierung des Diacetylmorphins war Glückssache. Am besten ließen sich die Beeinträchtigungen in Grenzen halten, wenn er das Heroin in kleinen Portionen über den Tag verteilte und beim Anrollen der Schmerzwelle zusätzlich Aspirin einnahm.

Nach Eleonores Besuch war ihm klar geworden, wie sehr es ihn drängte, das Stelldichein zu wiederholen. Aber regelmäßige Zusammenkünfte wären auf Dauer wohl nicht möglich. Erst wenn er sie geheiratet hatte, würde sie ihm jederzeit zur Verfügung stehen. Das größte Hindernis dabei war Ubbo Emmius Nordbrook. Zwar hatte Eleonore versichert, ihr Vater habe die Ablehnung der Verbindung aufgegeben, aber Hauke glaubte an eine Finte. Ein gewaltsamer Tod des Hoteliers wiederum konnte Eleonore derart aus der Fassung bringen, dass sie vorerst nicht bereit sein würde, eine Hochzeit anzustreben. Also musste der Vater erkranken und später, nach der Heirat, friedlich das Zeitliche segnen. Die erforderlichen Mittel würde er in der Apotheke finden.

*

Kurz vor der geplanten Feier wurde Ubbo Emmius Nordbrook plötzlich von Leibkrämpfen, Durchfall, Erbrechen und Gliederschwäche heimgesucht. Sanitätsrat Doktor Kruse diagnostizierte Gastroenteritis und verordnete Schonkost, geriebenen Apfel und ungesüßten Tee. Luise Nordbrook wachte streng über die Einhaltung der ärztlichen Ratschläge, und ihr Mann erholte sich rasch.

Die Hochzeit erlebte Eleonore mit zwiespältigen Gefühlen. Hauke schien sich gefangen zu haben. Er zeigte sich von seiner besten Seite, versprühte Charme und gute Laune. Nur gelegentlich wurde sie an das unschöne Wiedersehen in seinem Liebeshaus am Stadtrand erinnert, wenn er sein Recht als Ehemann bereits vor der Hochzeit allzu grob einforderte. Oder wenn er seinen zukünftigen Schwiegervater ansah und sich dabei unbeobachtet glaubte. Dann lag ein seltsam grimmiger Ausdruck in seinem Blick. Eleonore verstand das nicht, denn ihr Vater hatte seinen Widerstand gegen die Heirat aufgegeben. Nachdem ihre Mutter ihm eröffnet hatte, in welche Umstände seine Tochter geraten war, hatte er sich in sein Schicksal gefügt.

Nun musste alles sehr schnell gehen. Ein Achtmonatskind war auf Norderney nichts Besonderes, auch Siebenmonatskinder wurden als Laune der Natur angesehen und akzeptiert. Kürzere Schwangerschaften dagegen gaben Anlass für allerlei Gerede.

Mit der Hochzeitsfeier im Hotel Nordbrook übertraf die Familie alle bisher von den Norderneyern erlebten gesellschaftlichen Ereignisse. Für den kurzen Weg zur Kirche war vom Festland eine sechsspännige Kutsche herangeschafft worden. Eleonores Kleid war in Hamburg entworfen und der Stoff mit einem Automobil nach Norden transportiert worden, wo der beste Schneider der Stadt es ihr angepasst hatte. Der *Ostfriesische Kurier* berichtete auf mehreren Seiten darüber, schmückte den Artikel mit Fotos des Brautpaares und der Hochzeitsgesellschaft und listete die Namen der Gäste auf, die der Familie die Ehre gaben. Auch Reichskanzler von Bülow gratulierte dem Paar und deren Eltern. Noch Tage und Wochen nach der rauschenden Feier war die Heirat der schönsten Frau Norderneys und des gut aussehenden Apothekersohns Gesprächsthema auf der Insel.

Genau sieben Monate später brachte Eleonore einen gesunden Jungen zur Welt. Der kleine Hinrich Hermann gewann rasch die Herzen aller Menschen, denn er war ebenso hübsch wie seine Mutter und lachte jeden an, der sich über sein Bettchen beugte.

Die Freude an dem fröhlichen Kind wurde jedoch schon bald beeinträchtigt, weil sein Großvater abermals erkrankte. Wieder wurde der Hotelier in gleicher Weise versorgt wie vor der Hochzeit, und wieder erholte er sich. Ängstlich wachten Eleonore und Luise nun über seinen Gesundheitszustand. Nachdem Nordbrook sich verbeten hatte, wie ein krankes Kind behandelt zu werden, schränkten sie ihre Aufmerksamkeit ein, ohne jedoch die Angst vor einer weiteren Erkrankung ganz zu verlieren.

Sie ahnten nicht, dass ihre Befürchtungen berechtigt waren. Nordbrook hatte das Ausmaß seines Elends und seiner Schwäche für sich behalten. Doch war ihm klar geworden, wie schnell sein Leben zu Ende sein konnte. Darum ließ er heimlich einen Notar kommen und setzte ein Testament auf. Das Hotel vermachte er seinem Neffen Jacob. Der zweitgeborene Sohn seines Bruders Berend war ein aufgeweckter junger Mann, der das Kaufmannshandwerk im Geschäft seines Vaters erlernt hatte, aber das Unternehmen seinem älteren Bruder würde überlassen müssen. Jacob hatte sich schon früh für das Hotelgewerbe interessiert und gelegentlich ausgeholfen. Er würde das Hotel in eine ertragreiche Zukunft führen. Dagegen würde Hauke Lüders, davon war Nordbrook überzeugt, das Unternehmen innerhalb weniger Jahre an den Rand des Ruins bringen. Damit Eleonore und das Kind abgesichert wären, würde er sie bei Gelegenheit über die geheime Geldquelle in der Schweiz aufklären.

Nur zögernd willigten Luise und ihre Tochter ein, die jährliche Reise nach Davos ohne männliche Begleitung anzutreten. In diesem Jahr fand dort die Eiskunstlauf-Europameisterschaft statt, der beizuwohnen Luise schon im vergangenen Jahr beschlossen hatte. Ubbo hatte wenig Interesse an der Veranstaltung, er gedachte, den Aufenthalt in der Schweiz lediglich zum Skilaufen und für Bankgeschäfte zu nutzen. So reisten die Damen voraus, während Eleonores Kind in der Obhut seiner Amme verblieb. Wenige Tage nach ihrer Ankunft erreichte die Frauen im Grandhotel Belvédère ein Telegramm. Statt der erwarteten Ankunftszeit ihres Gatten fand Luise die Nachricht von dessen erneuter Erkrankung. Sie hindere ihn daran, die Fahrt zum verabredeten Termin anzutreten; er käme später. Beunruhigt, aber auch mit einer gewissen Zuversicht ließ Luise antworten, er möge keinesfalls in geschwächtem Zustand auf die Reise gehen. Und dass sie weitere Nachricht von ihm erwarte.

Nach drei Tagen ohne Antwort traf ein weiteres Telegramm ein: *Zustand sehr ernst. Erwägen Verlegung in ein Krankenhaus.*

Luise Nordbrook beschloss, den Aufenthalt in Davos zu beenden und nach Norderney zurückzukehren. Während sie und Eleonore im Erste-Klasse-Coupé durch das schneebedeckte Deutschland rollten, traf im Grandhotel Belvédère in Davos ein weiteres Telegramm ein. *Bitte unverzüglich zurückkehren. Ubbo Emmius Nordbrook verstorben.*

*

Bei ihrer Rückkehr nach Norderney erfüllten sich Luises und Eleonores schlimmste Befürchtungen. Zu ihrer Trauer gesellte sich nach einem vertraulichen Gespräch mit Sanitätsrat Kruse eine böse Ahnung. »Die Symptome und das rasche Ende Ihres Gatten«, sagte er zu Luise, »lassen theoretisch den Schluss zu, dass er – als Folge einer verdorbenen Mahlzeit oder eines Pilzgerichts mit toxischen Bestandteilen – an einer Vergiftung verschieden ist. Man müsste, um diese Möglichkeit auszuschließen, den Leichnam untersuchen lassen.«

Entsetzt schüttelte Luise den Kopf. »Meinen Mann aufschneiden? Wo denken Sie hin? Niemals!«

Eleonore erkannte rasch eine Gefahr. »Wenn bekannt wird, dass in … im Körper meines Vaters nach … verdorbenen Lebensmitteln gesucht wird, kann das den Ruin unseres Restaurants bedeuten. Damit wäre das Hotel am Ende.«

»Selbstverständlich respektiere ich Ihre Entscheidung.« Der Sanitätsrat verbeugte sich. »Ich habe sie vorausgesehen und einen natürlichen Tod bescheinigt. Falls Sie es sich anders überlegen, geben Sie mir bitte Bescheid. Auf Wiedersehen, meine Damen.«

»Doktor Kruse war sehr rücksichtsvoll«, bemerkte Luise, nachdem der Arzt gegangen war. »Die dritte Möglichkeit hat er nicht erwähnt. Jemand könnte deinen Vater vergiftet haben.«

Mit einem erstickten Aufschrei schlug Eleonore die Hand vor den Mund. »Du glaubst doch nicht …«

»Nein«, schnitt Luise ihr das Wort ab. »Ich glaube nichts. Und ich werde mich hüten, jemanden zu verdächtigen.«

Nur langsam löste Eleonore sich aus der Erstarrung. Vor ihrem inneren Auge kreisten beunruhigende Bilder, und ihre Gedanken überschlugen sich. Sie sah die Arzneischränke in der Apotheke ihres Schwiegervaters vor sich und fragte sich, ob Hauke Zugang dazu und hinreichend medizinische Kenntnisse erworben hatte, um sich ihrer gezielt zu bedienen. Für die Nachfolge als Apotheker war sein älterer Bruder vorgesehen. Hauke hatte sich nie für das Metier seines Vaters interessiert. Gleichwohl konnte er dieses oder jenes aufgeschnappt und gewisse Zusammenhänge mitbekommen haben. Erst kürzlich hatte sie im *Ostfriesischen Kurier* gelesen, welch unterschiedliche Wirkung dem Arsen zugeschrieben und wie breit es eingesetzt wurde. Gewiss verfügte jede Apotheke über das weiße Gift.

»Denk nicht darüber nach!« Der scharfe Ton ihrer Mutter ließ Eleonore zusammenzucken. Hilflos schüttelte sie den Kopf. Auch um die Bilder zu vertreiben. Doch der Gedanke, Hauke könnte ihren Vater vergiftet haben, ließ sich nicht abschütteln.

»Ich sehe es dir an«, fuhr Luise fort. »Die dritte Möglichkeit hätte ich nicht erwähnen sollen. Aber früher oder später dürfte sich der Gedanke ohnehin eingestellt haben.« Sie erhob sich und griff nach Eleonores Hand. »Komm! Wir holen den kleinen Hinrich, dann kannst du dich besser ablenken.«

*

»Unter großer Anteilnahme der Bevölkerung und im Beisein zahlreicher hochgestellter Persönlichkeiten wurde der Norderneyer Hotelier Ubbo Emmius Nordbrook beigesetzt«, hieß es später im *Ostfriesischen Kurier.* Tatsächlich war die Kirche überfüllt, und zahlreiche Trauergäste mussten vor der Tür ausharren. Nachdem der Sarg mit den sterblichen Überresten seinen Platz im Familiengrab bekommen hatte, zog ein Teil der Trauergesellschaft zum Hotel, in dessen Restaurant Luise Nordbrook zum Leichenschmaus geladen hatte.

Mit einer Mischung aus Bewunderung und Unverständnis beobachtete Eleonore ihre Mutter, die in ihrer Trauerkleidung nicht nur eine elegante und attraktive Erscheinung darstellte, sondern sich auch liebenswürdig und charmant um die Gäste kümmerte. Der Betrieb im großen Speisesaal glich dem eines Sommerfestes. Zusätzliches Personal war angeheuert worden, damit es den Trauergästen an nichts fehlte. Erstaunt bemerkte Eleonore deren allmähliche Veränderung. Waren die Unterhaltungen anfangs leise und zurückhaltend geführt worden, wurden sie von Stunde zu Stunde lebhafter, der Geräuschpegel stieg stetig an und erreichte schließlich das Niveau einer Festveranstaltung während der Hauptsaison.

Zu den ersten Gästen, die für die Bewirtung dankten und sich verabschiedeten, gehörte der Notar Julius von Langenhain. Er sprach länger mit Luise, als für eine Verabschiedung notwendig gewesen wäre. Zwischendurch sah er zu Eleonore herüber. Redete er über sie?

Später erinnerte sie sich an die Szene und fragte ihre Mutter. »Was wollte von Langenhain? Habt ihr über mich gesprochen?«

»Dein Vater hat ein Testament hinterlassen«, erklärte Luise. »Und bei unserem Notar hinterlegt. Ich wusste davon nichts. Ich weiß auch nicht, was darin steht. Aber es betrifft auch dich. Wir werden ihn in den nächsten Tagen aufsuchen, um zu erfahren, was dein Vater als seinen Letzten Willen verfügt hat.«

*

Die Testamentseröffnung versetzte Luise und Eleonore Nordbrook einen Schock. Nach einigen einleitenden Worten und einer juristischen Erläuterung hob der Notar die Stimme und verlas den Letzten Willen von Ubbo Nordbrook. »Meine liebe Gattin Luise und meine über alles geliebte Tochter Eleonore bekommen aus den Gewinnen des Hotelbetriebs eine jährliche Apanage, die so zu bemessen ist, dass für beide, und zwar unabhängig voneinander, ein standesgemäßer Lebensstil gesichert ist. Der Betrag ist jährlich den notwendigen Ausgaben anzupassen. Darüber hinaus bekommt Luise das Wohnhaus. Das Hotel einschließlich der in der Anlage aufgeführten, dem Betrieb zugeordneten Vermögenswerte übertrage ich dem Sohn meines Bruders Berend, Jacob Nordbrook aus Norden. Ihm obliegt die Auszahlung der Apanagen an meine Gattin und meine Tochter.« Der Notar ließ das Blatt sinken und sah auf. »Möchten Sie, dass ich die Anlage mit den Vermögenswerten ebenfalls verlese?«

Luise Nordbrook schüttelte den Kopf. »Das ist nicht erforderlich. Wir müssen erst einmal verarbeiten, was Sie uns gerade eröffnet haben. Ich kann nicht verhehlen, dass damit eine gewisse ... Überraschung verbunden ist.«

»Wie Sie wünschen.« Julius von Langenhain nickte verständnisvoll.

Wieder einmal bewunderte Eleonore die Selbstbeherrschung ihrer Mutter. Trotz der schockierenden Nachricht wahrte sie Haltung. Hatte sie bereits einen Entschluss gefasst, wie mit der neuen Situation umzugehen war?

*

Hauke Lüders erlitt einen Rückfall, als Eleonore ihm eröffnete, was ihr Vater in seinem Testament verfügt hatte. Mit schmerzverzerrtem Gesicht griff er nach einem schottischen Whisky und zog sich in sein Zimmer zurück. Nur gelegentlich verließ er das Haus, und dann auch nur gegen Abend und für kurze Zeit. Nach einigen Tagen beauftragte Eleonore einen Vertrauten, ihm zu folgen, denn seit der Nachricht von dem Inhalt des Testaments hatte er sie nicht mehr angerührt. Entgegen ihrer Vermutung, er könnte sich mit einer Frau treffen, erfuhr sie, dass er sein Elternhaus in der Apotheke aufsuchte. Dort blieb er allerdings nur wenige Minuten, dann begab er sich zu seinem Liebesnest am Stadtrand. Hier hielt er sich für ein oder zwei Stunden auf, blieb aber allein. Dann kehrte er nach Hause zurück.

Eine gute Woche später verließ Hauke sein selbst gewähltes Exil und nahm Kontakt zum Kur-Theater auf. Die Schmerzattacken schienen überwunden. Seine Laune hatte sich gebessert, und nun forderte er auch wieder sein Recht als Ehemann.

»Nachdem die Dinge so sind, wie sie sind«, erklärte er Eleonore, »werde ich mich erneut den schönen Künsten widmen. Für das Hotelfach bin ich ohnehin nicht gemacht. Vielleicht erwerbe ich das Theater. Dazu bräuchte ich allerdings Kapital.«

»Da uns das Hotel nicht mehr gehört«, erwiderte Eleonore, »gibt es nichts, worauf wir eine größere Summe aufnehmen könnten. Unser Haus gehört meiner Mutter. Sie würde es niemals beleihen. Also haben wir keine Möglichkeit ...«

»Vielleicht doch«, unterbrach Hauke sie. »Irgendwo muss es einen Goldschatz geben. Aus dem vorigen Jahrhundert.«

»Einen Goldschatz?« Eleonore lachte. »Den gibt es nur im Märchen.«

Hauke schüttelte ernsthaft den Kopf. »Deine Urgroßmutter Felicitas, eine geborene Lüders, soll das Gold von einem schiffbrüchigen Offizier bekommen haben, der auf Norderney gestrandet ist. Ihr Bruder Ommo – mein Urgroßvater – hat auf dem Sterbebett seinem Enkel – meinem Vater – davon erzählt.

Der hat die Geschichte nicht geglaubt, weil sein Großvater zuletzt wohl ziemlich wirr im Kopf gewesen sein muss. Wenn es aber stimmt? Wenn irgendwo in diesem Haus oder im Hotel ein Haufen Gold versteckt ist?«

Eleonore winkte ab. »Das kann ich mir nicht vorstellen. Selbst wenn es sich damals so zugetragen haben sollte, hätten Felicitas und ihre Kinder den Goldschatz sicher zu Geld gemacht. Aber ich werde meine Mutter danach fragen. Und Onkel Berend. Die müssten ja davon wissen.«

Luise schüttelte nur den Kopf. »Was für eine abwegige Behauptung! Glaubst du wirklich, dein Vater hätte uns sein Wissen vorenthalten? Spätestens in seinem Testament hätte er auf ein verborgenes Vermögen Bezug genommen. Derartige Flausen solltest du dir nicht in den Kopf setzen lassen.«

Die Reaktion ihrer Mutter überzeugte Eleonore. Hauke musste sich irren. Oder die Geschichte war tatsächlich einem verwirrten Gehirn entsprungen. Es erschien ihr plötzlich lächerlich, ihren Onkel Berend damit zu behelligen. Also nahm sie von ihrem Vorhaben, ihn zu befragen, Abstand.

Dennoch blieb ein kleiner Zweifel zurück. Je länger Eleonore darüber nachdachte, desto stärker wurde ihr Bedürfnis, der Frage nach der Wahrheit nachzugehen. Am Ende des Trauerjahres und nachdem ihre Mutter davon gesprochen hatte, die Hinterlassenschaft ihres Gatten zu sichten und zu ordnen, beschloss Eleonore, ihr zuvorzukommen. Sie nutzte die Abwesenheit ihrer Mutter und durchsuchte das Büro ihres Vaters. Mehr als einmal, jeweils für mehrere Stunden, wühlte sie sich durch Schrankfächer und Schubladen, Akten und Kassetten. Schließlich wurde sie fündig. In einem versteckten Fach des Schreibtischs entdeckte sie eine Ledermappe mit einem Schlüssel und Formularen jener Schweizer Bank, die ihr Vater während der Winterferien gelegentlich aufgesucht hatte.

Die Bedeutung einzelner Eintragungen blieb ihr verschlossen, aber sie war sicher, damit den Zugang zu jenem rätselhaften Vermögen gefunden zu haben. Nun galt es, die Dokumente vor Hauke verborgen zu halten. Auch ihrer Mutter verschwieg sie den Fund. Eines Tages würde sie nach Davos in die Schweiz reisen und sich nach dem Wert des Kontos erkundigen und den Inhalt des Schließfaches prüfen. Möglicherweise war damit ihre und Hinrichs Zukunft gesichert, wenn Hauke etwas zustoßen sollte.

*

Kriminalkommissar Harm Harmsen hatte lange auf die Antwort auf seinen Antrag warten müssen. Sein Vorgesetzter hatte sich erst bei Direktor Weber erkundigt, ob die Ermittlungen im Fall des erstochenen Arbeiters auf die Insel Norderney ausgedehnt werden durften. Schließlich wies er Harmsens Ansinnen zurück. Der Tatverdacht gegen Hauke Lüders sei nicht hinreichend belegt. Nur aufgrund von Vermutungen offizielle Mordermittlungen in den höchsten Kreisen des Seebades durchzuführen sei nicht angemessen. Widerwillig legte der Kommissar den Fall zu den Akten, nahm sich aber vor, seinen Verdacht nicht aus den Augen zu verlieren.

Zehn Jahre später sollte er erneut auf den Namen Hauke Lüders stoßen. Hans Peter von der Bütten, ein Landjunker, der am Spieltisch hohe Schulden aufgehäuft hatte, musste einen Offenbarungseid leisten und seine Vermögenswerte offenlegen. In dem Zusammenhang wurde auch eine Haussuchung angeordnet. Auf seinem Anwesen vor den Toren der Stadt wurde eine Waffe gefunden, die dem Gehstock des Hauke Lüders entsprach.

Inzwischen war in Deutschland die Daktyloskopie eingeführt worden. Harmsen ließ die Waffe auf Fingerabdrücke untersuchen. Er nahm einen Tag Urlaub, fuhr nach Norderney und suchte Hauke Nordbrook auf. Der wunderte sich zwar über den Besuch des Kriminalbeamten, zeigte sich aber nicht beeindruckt, als ihm dieser eröffnete, dass er die Ermittlungen wieder aufnehmen wolle. Er lachte, lud Harmsen zu einem Cognac ein und klopfte ihm auf die Schulter. »Viel Erfolg, guter Mann!«

Harmsen steckte das Glas, das Nordbrook benutzt hatte, heimlich ein und kehrte nach Norden zurück. Der Vergleich der Fingerabdrücke erbrachte den Beweis, dass der Gehstock mit der Klinge von Lüders benutzt worden war. Mit dieser neuen Erkenntnis gelang es dem Kommissar, sein Anliegen durchzusetzen. Wenige Tage später erschien er in Begleitung zweier uniformierter Beamter, um Hauke Lüders festzunehmen. Doch dieser hatte die Insel inzwischen verlassen. Er war dem Aufruf Kaiser Wilhelms gefolgt und hatte sich dem Deutschen Heer angeschlossen. Als Kriegskinematograf.

Dem Kommissar blieb nichts anderes übrig, als die Akte erneut zur Seite zu legen und das Ende des Krieges abzuwarten. Doch bereits im September des Jahres erreichte ihn die Nachricht, dass der Kaiserliche Kriegskinematograf Leutnant Hauke Lüders im Kampf gegen den französischen Erbfeind gefallen war.

Harm Harmsen schloss die Ermittlungsakte. Endgültig.

20

2016

Wohlgefällig betrachtete sich Patrick im Spiegel. Er war bei Laura schneller zum Ziel gekommen, als er erwartet hatte. Und das, obwohl er sich zurückhaltend gegeben hatte. Vielleicht aber auch gerade deshalb. Wahrscheinlich glaubte sie, ihn verführt zu haben. Dabei war sie angenehm zupackend zur Sache gegangen, hatte ihm sogar die Augen verbunden, nachdem er den Vorschlag gemacht hatte. Und sie hatte ihn spüren lassen, dass sie über Erfahrung verfügte. Mit etwas Fantasie war es ihm gelungen, sich in die gewünschte Erregung zu versetzen. Trotzdem war es am Ende eher Kuschelsex gewesen als das, was er sich unter echter Befriedigung vorstellte. Aber immerhin ein Anfang.

Zum nächsten Treffen würde er ein Seil mitbringen und ihr ein paar harmlose Fesselspiele vorschlagen. Er war sicher, dass sie sich darauf einlassen würde. Danach war es nur ein kleiner Schritt zu einer echten Session. Und dann war es ohnehin Zeit für die Umsetzung seines Plans.

Das alte Kellergewölbe hatte er bereits inspiziert und vorbereitet. Luftmatratze, Lampe, Lebensmittel, Wasser lagen bereit. Über die Internetseite »Alles-rezeptfrei« hatte er ein Fläschchen Liquid Ecstasy besorgt, das er seinem Opfer vor dem Aufenthalt verabreichen würde.

Für andere menschliche Bedürfnisse musste er noch etwas organisieren. Beim Campingplatz standen einige ausgemusterte Eimertoiletten. Eine davon würde er in den Keller stellen.

Sein Handy klingelte. Anruf von der Rezeption. »Herr Nordbrook möchte Sie sprechen. Im Weinkeller. Sofort.« Patrick kannte die Stimme der Frau. Gewöhnlich klang sie freundlich und verbindlich. Diesmal war der Ton ausgesprochen geschäftsmäßig. Thomas hat schlechte Laune und hat die Angestellte wahrscheinlich angeblafft, dachte er. Seiner eigenen Stimmung tat das keinen Abbruch. Der Erfolg bei Laura Lüders und die Aussicht auf echte Fesselspiele versetzten ihn in freudige Erregung. Er fühlte sich unbesiegbar und würde sich nicht von seinem Weg abbringen lassen.

Thomas empfing ihn im hinteren Teil des Weinlagers. Im schwachen Licht der Kellerbeleuchtung war seine Miene schwer auszumachen. Er kam gleich zur Sache. »Warst du das?«, fragte er und deutete mit einer Kopfbewegung auf das Regal vor der Stahltür.

Patrick nickte. »Ich habe mich da drinnen mal umgesehen. Eigentlich schade, dass der Raum nicht genutzt wird. Gutes Klima für exquisite Weine. Gleichbleibende Temperatur, hohe Luftfeuchtigkeit …«

»Halt's Maul!« Mit einem schnellen Schritt trat Thomas auf ihn zu. »Es geht nicht um die Lagerung von Wein. Du willst die Frau hier einsperren. Oder das Mädchen. Vielleicht sogar beide? Und dann Heinz-Hermann Lüders erpressen.«

»Das ist der Plan«, antwortete Patrick ruhig. »*Unser* Plan. Jedenfalls hast du zugestimmt.«

»Bist du bescheuert?« Thomas kam seinem Gesicht sehr nahe. Jetzt konnte Patrick erkennen, wie wütend er war. »Ich habe dir klar und deutlich gesagt«, zischte er, »dass ich nicht mehr mitmache. Wir können froh sein, dass uns keiner mit dem Tod von Frank in Verbindung bringt. Aber Entführung und Erpressung sind zu riskant. So was geht fast immer schief. Willst du in den Knast? Ich nicht.«

Statt zurückzuweichen, drückte Patrick gegen die flache Brust seines Gegenübers und schob ihn auf eine Armlänge Abstand. »Wer in den Knast wandert, hat einen Fehler gemacht. Oder mehrere. Wir machen keinen Fehler. Im Übrigen gibt es keine andere Lösung. Das weißt du ganz genau.«

Thomas schlug Patricks Hand weg. »Es gibt immer eine Lösung!«, schrie er. »Jede Lösung ist besser als Gefängnis.« Er streckte die Hand aus. »Gib mir den Schlüssel zurück!«

Patrick verschränkte die Arme und schüttelte den Kopf. »Wir ziehen diese Sache durch. Die Enkeltochter vom alten Lüders sitzt oben. Sie vertraut mir. Ich brauche sie nur runterzubringen. Auf die Alte aus Aurich können wir verzichten. Zwei oder drei Tage später haben wir die Unterlagen. Dann lassen wir das Mädchen raus. Fertig. So einfach ist das.«

»Kommt nicht infrage«, beharrte Thomas und streckte die Hand aus. »Her mit dem Schlüssel!«

»Willst du das Hotel verkaufen und mich in die Wüste schicken?« Patrick versenkte die Hände in den Hosentaschen. »Das wäre keine Lösung.«

»Doch.« Thomas trat erneut auf ihn zu. »Die einzige.« Er packte Patricks Arm. »Und jetzt gibst du mir den Schlüssel zurück, oder ...«

»Oder was?« Patrick lachte, befreite seinen Arm aus der Umklammerung und stieß Thomas gegen die Brust, sodass dieser gegen das Weinregal taumelte.

Thomas streckte die Arme nach hinten aus, um sich abzustützen, erwischte den Hals einer Flasche und katapultierte sie aus dem Regal. Sie zersplitterte auf dem Boden. Vor seinen Füßen breitete sich eine Lache aus roter Flüssigkeit aus. Ihr Duft stieg ihm in die Nase. Der Verlust des kostbaren Weins gab seinem Ärger zusätzlichen Auftrieb. Er stürzte sich auf

Patrick und packte ihn mit beiden Händen am Kragen. »Du nimmst jetzt deine Siebensachen und verschwindest!«, zischte er. »Ich will dich hier nicht mehr sehen. Geh zurück nach Norden zur Firma deines Vaters. Kannst bei ihrem Untergang mithelfen.«

Mit einem kräftigen Schlag gegen die Arme seines Onkels befreite Patrick sich aus dem Klammergriff. Blitzschnell hob er den Hals der zerbrochenen Flasche auf und stieß Thomas Nordbrook die gezackten Ränder der Bruchstelle mit aller Kraft gegen die Brust.

Verblüfft starrte der Hotelier auf sein Hemd, das sich rasch dunkelrot verfärbte. »Bist du von Sinnen?«, schrie er. »Du hast mich verletzt!«

Statt einer Antwort stieß Patrick noch einmal zu. Erst jetzt spürte Thomas Nordbrook den Schmerz, schnappte nach Luft und ruderte mit den Armen, um die Balance wiederzufinden. Da trafen ihn zum dritten Mal die messerscharfen Scherben. Er wankte rückwärts, trat in das Gemisch aus Rotwein und Glassplittern. Ein Fuß rutschte zur Seite. Nun verlor er endgültig das Gleichgewicht und ging zu Boden, mit einem dumpfen Ton schlug sein Kopf auf die Steinplatten.

Heftig atmend beugte sich Patrick über Thomas Nordbrook. Dessen starrer Blick erschreckte ihn. Hatte er das Bewusstsein verloren? Er rüttelte an seiner Schulter, doch Thomas rührte sich nicht. Patrick beugte sich tiefer, hielt ein Ohr über den Mund des reglosen Mannes, spürte keinen Atem, tastete nach der Halsschlagader, fühlte auch hier nichts.

Hastig richtete er sich auf. Unter dem Hinterkopf seines Onkels breitete sich eine dunkelrote Lache aus. Allmählich dämmerte ihm, was geschehen war. Thomas Nordbrook war tot. Unglücklich gestürzt. Ein Unfall. Nein, umgebracht hatte er ihn nicht. Aber wer würde ihm glauben? Wie sollte er die Verletzungen an der Brust erklären? Es gab nur eine Lösung: Der Tote musste verschwinden.

*

»Ich war noch mal im Krankenhaus«, berichtete Gabriele Visser. »Heinz-Hermann Lüders ist nicht vernehmungsfähig. Als Folge der Schädelverletzung hatte er eine Hirnblutung und musste operiert werden.« Sie zog ein Stück Papier aus der Tasche und faltete es auseinander. »Ich habe mir das aufgeschrieben: retrograde Amnesie infolge eines geplatzten Aneurysmas der Arterie *communicans anterior.*«

»Aha«, sagten Jan Eilers und Gerit Jensen wie aus einem Mund.

»Was heißt das für uns?«, fragte Rieke Bernstein. Auch die Kollegen sahen die Polizeihauptkommissarin fragend an.

»Vorläufig bekommen wir von ihm keine Auskunft. Bis er wieder ansprechbar ist, können Tage vergehen. Kann sogar sein, dass er sich überhaupt nicht mehr erinnert.«

»Na toll!« Jan Eilers lehnte sich zurück und verschränkte die Hände hinter dem Kopf. »Haben wir jetzt überhaupt noch einen Ansatzpunkt? Heinz-Hermann Lüders war der einzige Zeuge, von dem wir uns etwas erhoffen konnten. Laura Lüders ist doch nur ein Strohhalm.«

»Wir werden noch einmal mit ihr sprechen«, antwortete Rieke Bernstein. »Aber wahrscheinlich hast du recht, Jan. Viel erhoffe ich mir von ihr auch nicht. Vielleicht bekommen wir heraus, wieso sie sich ein Zimmer im Nordbrook leistet. Aber ob uns das weiterhilft?«

Gerit Jensen wandte sich an Gabriele Visser. »Wenn die Familie so alteingesessen ist, müsste eigentlich mehr über sie in

Erfahrung zu bringen sein. Hier kennt doch bestimmt jeder jeden. Seit Generationen.«

»Natürlich kennt hier jeder jeden«, bestätigte die Polizeihauptkommissarin. »Aber trotzdem weiß man nicht viel über einander. Die Norderneyer sind zurückhaltend, wenn es um die eigene Familie geht. Natürlich erfährt der eine oder andere dieses oder jenes. Aber wen sollen wir noch fragen? Die Nachbarn haben wir schon abgeklappert. Die wissen allenfalls, was sie beobachtet haben. Und was in der Zeitung stand. Heiratsanzeigen, Todesanzeigen …«

»Das ist es!« Rieke Bernstein deutete mit ausgestrecktem Arm auf ihre Kollegin. »Die Zeitung! Familienanzeigen, Geschäftseröffnungen, Jubiläen. Die Lokalblätter sind voll davon. Die berichten doch über jeden Schei… Ich meine, über alles, was die Leute interessiert. Und das ist auf einer Insel wie Norderney überschaubar. Wo wenig passiert, wird jedes kleine Ereignis zur Sensation. Ich wette, wir finden in den Zeitungen der letzten Jahrzehnte den ein oder anderen Hinweis auf Familie Lüders und ihre Apotheke.«

Gerit Jensen sah Jan Eilers betreten an. »Und wer soll das recherchieren? Wir etwa?«

»Keine Sorge, Gerit.« Rieke lächelte nachsichtig. »Dafür haben wir eine Spezialistin. Hannah Holthusen. Meine Freundin arbeitet künftig beim *Ostfriesischen Kurier*. Sie hat angeboten, dort im Archiv nach Informationen zu suchen.«

»Archive gibt's hier auch«, sagte Gabriele Visser. »Im Rathaus und im Pfarrhaus.«

»Umso besser.« Rieke nickte dankbar. »Lasst uns an die Arbeit gehen! Ich schlage vor, du, Gabriele, wendest dich an den Pfarrer. Jan und Gerit, Bürgermeister Clasen kennt euch schon. Setzt euch mit ihm in Verbindung! Er soll euch Zugang zum Stadtarchiv verschaffen. Ich spreche mit Hannah Holthusen. Und dann befasse ich mich noch einmal mit Laura Lüders.«

*

Pastor Friedemann Kluin empfing die Polizistin in einem abgewetzten schwarzen Anzug, dessen Jacke über der rundlichen Figur sichtbar spannte. Auf dem rosigen Gesicht glänzten Schweißperlen, die er sich mit einem großen rot-weiß karierten Taschentuch abtupfte. »Ziemlich warm heute«, erklärte er, nachdem er die Besucherin begrüßt und in sein Büro gebeten hatte. »Bitte nehmen Sie Platz!« Er deutete auf zwei Besucherstühle vor dem Schreibtisch. »Wenn Sie mich einen Augenblick entschuldigen. Ich möchte nur schnell diesen Anzug ... Ich hatte gerade eine Besprechung mit dem Kirchenvorstand.«

Gabriele Visser nickte. Sie trug ihre dunkle Uniform, die gewiss nicht als luftige Sommerbekleidung bezeichnet werden konnte, war aber weit von einem Schweißausbruch entfernt.

Als der Pfarrer zurückkehrte, trug er Sandalen, eine zu kurz geratene graue Leinenhose und ein weißes Hemd. Er schwitzte immer noch.

»Was kann ich für Sie tun?«, fragte er und ließ sich auf seinem Bürosessel nieder. »Kommen Sie privat oder dienstlich zu mir?«

»Leider dienstlich«, antwortete die Polizeihauptkommissarin und lächelte herzlich, um den amtlichen Charakter ihres Besuchs abzumildern. »Wir wünschen uns von Ihnen etwas, das man im weitesten Sinn als Amtshilfe bezeichnen könnte.«

Kluin fuhr rasch mit dem Taschentuch über seine Stirn. »Sie wissen, dass ich der Schweigepflicht unterliege?«

»Selbstverständlich.« Gabriele Visser lächelte weiter. »Es

geht uns auch nicht um Fragen zu einer bestimmten Person, sondern um die Geschichte einer Familie, die schon lange auf unserer Insel zu Hause ist. Ein paar Daten aus den Kirchenbüchern. Geburten, Vermählungen, Beisetzungen.«

»Das lässt sich machen.« Der Pastor wirkte erleichtert. »Um welche Familie handelt es sich?«

»Es geht um die Besitzer der Apotheke Lüders.«

»Wegen Frank Lüders? Stand in der Zeitung, dass er ertrunken ist. Tragisch. Ein Mitglied unserer Gemeinde. Für die Beisetzung haben wir noch gar keinen Termin. Eigenartig.«

»Der Leichnam wird noch untersucht«, erklärte Gabriele Visser. »In der Rechtsmedizin in Osnabrück Es kann noch ein paar Tage dauern, bis er nach Norderney zurückgebracht wird.«

»Darf ich fragen, zu welchem Zweck Sie ...«

»Dürfen Sie. Aber Sie wissen vielleicht, dass ich der Schweigepflicht unterliege.«

»Ach ja.« Kluin lächelte gequält. »Ich verstehe.« Er griff zum Telefon. »Ich informiere unsere Mitarbeiterin, Frau Kleinert. Dann können Sie gleich mit ihr besprechen, wonach Sie suchen. Sie wird Ihnen dann die entsprechenden Auszüge kopieren.«

»Das ist sehr freundlich. Vielen Dank!«

Nach dem Telefonat des Pfarrers erhob sich Gabriele Visser. »Wo finde ich diese Frau Kleinert?«

»Warten Sie!« Kluin stand ebenfalls auf und kam hinter seinem Schreibtisch hervor. »Ich bringe Sie zu ihr. Bei der Gelegenheit kann ich Ihnen auch gleich die Grabstelle der Familie Lüders auf dem alten Friedhof zeigen. Ungefähr bis 1870 wurden hier die Toten begraben. Weil der Platz nicht mehr ausreichte, musste ein neuer Friedhof angelegt werden. Namen und Todestage der später verstorbenen Familienmitglieder finden Sie dort. Außer Frank Lüders natürlich.«

Gabriele Visser bedankte sich erneut und folgte dem Pastor nach draußen. Am Alten Friedhof war sie unzählige Male vorbeigegangen, hatte sich aber nie für die einzelnen Grabstellen interessiert. Und auf dem Friedhof an der Jann-Berghaus-Straße kannte sie nur die Hauptwege und die Gräber ihrer Eltern. Aber mit Hilfe der Inschriften auf den Grabsteinen ließ sich vielleicht so etwas wie eine Ahnengalerie von Frank Lüders erstellen. Ob das die Ermittlungen voranbringen würde?

*

Mit geschlossenen Augen stand Patrick Nordbrook unter der Dusche und ließ abwechselnd heißes und kaltes Wasser auf seine Haut prasseln. Mehr als zwei Stunden war er im hinteren Teil des Weinkellers beschäftigt gewesen. Das Regal vor der Stahltür hatte er ausgeräumt und nach vorn gerückt, die Tür geöffnet und den Toten in das abgesperrte Gewölbe gezerrt. Anschließend hatte er das Regal an seinen Platz geschoben und die Flaschen wieder eingeräumt. Zuletzt hatte er die Scherben zusammengefegt und entsorgt und den Steinfußboden gewischt.

Mit rasendem Puls hatte er die ungewohnten Arbeiten verrichtet, immer wieder innegehalten und gelauscht, ob sich jemand in den Keller verirrte. Trotz der Kühle war ihm der Schweiß über Stirn und Nacken, Brust und Rücken gelaufen. Nachdem alle Spuren beseitigt waren, hatte er aus dem Lager einen stabilen Müllsack geholt und sich in sein Zimmer geschlichen. Alle Textilien, die er am Körper getragen hatte, befanden sich nun in dem blauen Plastiksack, den er später entsorgen würde.

Pech, dass Thomas so unglücklich gestürzt war. Andererseits war ihm auf diese Weise eine Entscheidung abgenommen worden. Die Frage, ob er seinen Plan mit oder ohne die Hilfe des Hoteliers umsetzen sollte, stellte sich nicht mehr. Nun galt es, Laura Lüders festzusetzen und ihren Großvater vor die Wahl zu stellen, die Unterlagen aus Eleonore Nordbrooks Erbe herauszugeben oder das Leben seiner Enkelin zu riskieren.

Vorher musste allerdings noch die Leiche verschwinden. Nichts war dafür so geeignet wie die Nordsee. Aber wie sollte er den Toten zum Strand bringen? Ihn am wenig besuchten südöstlichen Teil der Insel, jenseits der Campingplätze, an den Salzwiesen, ins Wasser zu ziehen und der Strömung zu überlassen war nicht schwer. Problematisch war nur der Transport dorthin. Die Leiche zu bewegen war schon unerwartet mühsam gewesen. Um sie zu den Salzwiesen zu bringen, würde er ein Transportmittel benötigen.

Patrick stellte die Dusche ab und öffnete die Augen. Thomas fuhr einen geländegängigen Mercedes GLA mit Allradantrieb. Für diesen Wagen besaß er eine Ausnahmegenehmigung der Stadt, um trotz des Verkehrsverbotes für Kraftfahrzeuge auf der Insel unterwegs sein zu können. Damit würde er die Fußwege befahren können, die zu den Wasserläufen im Südosten führten. Er musste nur an den Schlüssel kommen.

Verdammte Scheiße, murmelte Patrick, als ihm klar wurde, wo er ihn mit großer Wahrscheinlichkeit finden würde. In Thomas' Hosentasche. Also musste er noch einmal in den Keller, das Weinregal ausräumen und zur Seite rücken, die Stahltür öffnen, den Schlüssel an sich nehmen und anschließend alles wieder in Ordnung bringen, den Wagen holen und dann alles von vorn beginnen, um die Leiche aus dem Keller zu schleifen. Wütend schlug er mit der geballten Faust gegen die Kacheln der Dusche. Hätte er die Taschen des Toten doch gleich durchsucht! Dann hätte er jetzt Thomas' Schlüsselbund und damit nicht nur Zugriff auf den Wagen, sondern auch auf das Büro und den Tresor.

Hastig trocknete er sich ab, nahm seine verschwitzten, blutbefleckten Sachen wieder aus dem Müllsack und schlüpfte hinein. Durch das wenig benutzte hintere Treppenhaus schlich er sich erneut in den Keller.

Während er die Weinflaschen aus dem Regal nahm, wurde ihm bewusst, dass es nicht das letzte Mal sein würde. Wenn er Laura Lüders in das Versteck brachte und sie anschließend daraus befreite, würde er die Arbeit erneut erledigen müssen. Aber dann wäre sein Ziel erreicht. Er würde über das sagenhafte Familienvermögen verfügen, die Bürgschaft ablösen und das Hotel übernehmen. Der Gedanke gab ihm Auftrieb. Rascher als gedacht erreichte er sein Ziel.

Als er die Stahltür aufzog, stockte sein Atem, denn aus dem dunklen Gewölbe vernahm er ein leises Stöhnen. Mit fliegenden Fingern aktivierte er die Lampenfunktion seines Smartphones und richtete den Lichtstrahl in die Dunkelheit.

*

»Ich mache mich sofort auf den Weg.« Hannah strahlte. Sie schien geradezu glücklich zu sein, dass Rieke sie um Unterstützung gebeten hatte. »Ich finde das wahnsinnig spannend. Damals, bei der Serie über historische Gebäude in Ostfriesland, habe ich es manchmal bedauert, nicht tiefer in die Familiengeschichten einsteigen zu können, die mir dabei begegnet sind. Wenn die Lüders schon lange hier leben und ihre Apotheke haben, finde ich nicht nur Familienanzeigen, sondern bestimmt auch den ein oder anderen Artikel. Und wenn ich dir damit helfen kann, macht mich das glücklich.«

»Ich bin nicht besonders optimistisch«, gab Rieke Bernstein zu. »Aber wir haben nichts, wo wir ansetzen können. Nur die Familie ...«

Ihr Smartphone unterbrach sie. »Das ist dienstlich. Meine Kollegin Gabriele Visser. Muss ich annehmen.«

»Natürlich!« Hannah nickte begeistert.

Rieke meldete sich und lauschte konzentriert dem Bericht der Polizeihauptkommissarin. »Interessant. Ich werde Lauras Befragung zurückstellen und erst mal mit dem Hotelchef reden. Danke, Gabriele! Gute Arbeit!«

»Hat sie etwas herausgefunden?« Die Neugier stand Hannah ins Gesicht geschrieben.

»Ich glaube, wir sind auf dem richtigen Weg.« Rieke hielt ihr Smartphone kurz in die Höhe und steckte es dann in die Handtasche zurück.

»Erzähl!«

»Gabriele hat mit dem Pfarrer gesprochen. Der hat sie auf eine gute Idee gebracht. Darauf wäre ich nie gekommen. Sie war auf dem Friedhof. Erst auf dem alten an der Kirche und dann auf dem neuen. Auf beiden hat sie interessante Grabsteine gesehen.«

»Grabsteine«, echote Hannah verständnislos. »Was sonst sieht man auf Friedhöfen?«

»Inschriften. Die Namen der Verstorbenen. Zum Beispiel *Eleonore Lüders, geborene Nordbrook. 1876 bis 1970.*«

»Das heißt, die Familien sind verwandt.«

»Genau. Darüber werde ich mit Herrn Nordbrook reden. Wenn die Familien schon hundert Jahre oder länger miteinander verwandt sind, wird er ja einiges über die Lüders wissen.«

»In Norden gibt es ein Bauunternehmen«, sagte Hannah. »Die Leute heißen auch Nordbrook. Ich weiß nicht, ob die mit dem Hotelier verwandt sind. Aber ich finde es heraus.«

»Das wäre super.« Rieke lächelte dankbar. »Jetzt bin ich

doch etwas optimistischer. Und gespannt auf die Ergebnisse deiner Recherche.«

*

»Über die einzelnen Familien werden Sie im Stadtarchiv nichts finden.« Bürgermeister Clasen schüttelte bedauernd den Kopf. »Da geht es in erster Linie um städtische Belange. Sicher wird der eine oder andere Bürger erwähnt. Zum Beispiel Medizinalrat Dr. Friedrich Wilhelm von Halem, der Ende des achtzehnten Jahrhunderts empfohlen hat, auf Norderney ein öffentliches Seebad einzurichten. Oder der König von Hannover, Kronprinz Georg, der unsere Insel zu seiner Sommerresidenz erkoren hat. Ganz bestimmt finden Sie auch etwas über Reichskanzler Bernhard Fürst von Bülow. Oder über General von Blücher. Die haben hier ...«

Jan Eilers hob abwehrend die Hände. »Wir sind nicht auf der Suche nach Prominenten, sondern nach Auskünften über eine Norderneyer Familie. Wir brauchen Hintergrundinformationen für unsere Ermittlungen im Fall Frank Lüders. Es gibt offenbar niemanden, der sich in der Vergangenheit der Familie auskennt. Sein Vater ist zurzeit nicht vernehmungsfähig, und die Angestellte, Frau Rodenbeck, scheint so gut wie nichts zu wissen. Obwohl sie mal mit Lüders liiert war.«

»Da haben Sie ja schon etwas Bedeutsames herausgefunden«, bemerkte Clasen ironisch. Dann sah er Eilers bedauernd an. »Aber zu konkreten Informationen kann ich Ihnen wirklich nicht verhelfen. Sie können sich gern mit unserem Archivar unterhalten, er wird bestätigen, was ich gerade ausgeführt habe. Sie finden ihn im Kellergeschoss.«

»Das würden wir gern tun«, sagte Eilers. »Wenn es keine Mühe macht ...«

Clasen winkte ab. »Selbstverständlich helfe ich Ihnen gern. Mir ist sehr an der raschen Aufklärung des Verbrechens gelegen.« Er drückte auf einen Knopf seiner Telefonanlage. »Würden Sie die Herren bitte ins Archiv begleiten.«

Der Archivar war ein kleiner, schmächtiger Mann mit einer großen Brille auf der vorspringenden Nase. Er hatte schütteres graues Haar und trug einen Anzug in der gleichen Farbe. Aus dem faltigen Gesicht schauten den Polizisten freundliche blaue Augen entgegen. »Kellermann«, stellte er sich vor und schüttelte, sichtlich erfreut über den Besuch, Jensen und Eilers die Hand. »Herr Clasen hat mich schon instruiert. Selbstverständlich helfe ich Ihnen, so gut ich kann.«

»Wir suchen nach Informationen über die Familie Lüders«, erklärte Jan Eilers. »Die soll es ja schon lange auf Norderney geben.«

Kellermann nickte eifrig. »Wenn Sie die Lüders von der Apotheke meinen, stimmt das. Es gibt noch zwei andere Familien mit dem Namen. Die sind aber ...«

»... für uns nicht von Interesse«, unterbrach ihn Eilers. »Wir meinen in der Tat den Apotheker und seine Vorfahren.«

»Schwierig.« Kellermann kratzte sich am Kopf. »Sehr schwierig. Unsere Dokumente sind chronologisch geordnet. Außerdem haben wir Material zu bestimmten Sachgebieten. Beispielsweise über die Franzosenzeit. Napoleon hat seinerzeit Norderney für den kontinentalen Handel gesperrt. Dadurch verarmten die Insulaner und lebten überwiegend vom Schmuggel, der von Helgoland aus organisiert wurde. 1811 hat Frankreich Norderney besetzt und eine Festung, die sogenannte Napoleonschanze, gegen den Schmuggel errichtet. Zwei Jahre später sind die Franzosen wieder abgezogen, und die Insel wurde preußisch.«

»Das ist sehr spannend«, kommentierte Jan Eilers freundlich. »Aber uns interessiert im Moment weniger die Geschichte der Insel als die der Familie Lüders.«

»Das habe ich schon verstanden, Herr Kommissar.« Kellermann hob die Schultern. »Ich will nur deutlich machen, wie unser Archiv funktioniert. Familiennamen sind kein Kriterium für die Suche.«

»Gibt es keine elektronische Datenbank?« Gerit Jensen deutete auf den Monitor auf Neumanns Arbeitsplatz. »Wo man mit einer Stichwortsuche ...«

»Bedauerlicherweise nicht.« Der Archivar schüttelte den Kopf. »So weit sind wir noch nicht. Man müsste die Dokumente digitalisieren. Das kostet Zeit und Geld.« Seine Miene drückte Bedauern aus. Doch dann ging ein Leuchten über sein Gesicht. »Vielleicht kann ich Ihnen doch helfen. Der Name der Apotheke ist mir kürzlich erst begegnet. Bei der Sichtung der Bestände unserer Inselzeitungen. Ich glaube, im *Badekurier*. Das muss Ende der sechziger, Anfang der siebziger Jahre gewesen sein. Warten Sie! Ich suche Ihnen die Ausgabe heraus.« Er verschwand hinter einer Regalwand.

Gerit Jensen machte eine skeptische Miene. »Ob das was bringt?«

Jan Eilers hob die Schultern. »Wir werden sehen.«

»Ich hab's!«, rief der Archivar aus dem Hintergrund. »Damals ging es um einen Todesfall in der Apotheke. Ich mache Ihnen eine Kopie.«

»Todesfall?«, fragten die Ermittler wie aus einem Mund.

21

1969

»Dass ich das noch erlebe!« Aufmerksam beobachtete Eleonore Lüders von ihrem Lehnsessel aus die beiden Männer in den grauen Kitteln, die sichtlich schwer an einem braunen Kasten trugen. »Ich kann es noch gar nicht glauben. Alles kommt jetzt in Farbe?«

»Nicht alles, Omama«, erklärte Heinz-Hermann. »Manche Sendungen werden weiter schwarzweiß ausgestrahlt. Zum Beispiel *Der Kommissar*, in dem Erik Ode mitspielt. Aber viele Sendungen können wir jetzt in Farbe sehen. Auch *Salto Mortale*, die Zirkusserie mit Gustav Knuth. Und *Einer wird gewinnen*.«

»Ach«, seufzte Eleonore. »Den Kulenkampff mag ich am liebsten. Das ist ein feiner Herr. Mit besten Manieren. Wenn Hinrich noch lebte, würde er aussehen wie Hans-Joachim Kulenkampff.«

»Ja, Omama, bestimmt.« Ihr Urenkel verdrehte die Augen. Für seine Urgroßmutter waren die bewegten Bilder aus aller Welt so etwas wie ein Lebenselixier. Seit vor einigen Jahren ein Fernsehgerät angeschafft worden war, verfolgte sie geradezu leidenschaftlich die *Tagesschau*. Und sie liebte alte Spielfilme. *Casablanca, Der dritte Mann* und *Vom Winde verweht* hatte Heinz-Hermann nur kennengelernt, weil seine Urgroßmutter darauf bestanden hatte, sie mit ihm zusammen anzusehen. In letzter Zeit hatte sie Gefallen an der Serie *Königlich-bayerisches Amtsgericht* gefunden. *Mosaik – das Magazin für die ältere Generation* gefiel ihr nicht. »Gymnastikübungen, Stick- und Knüpfarbeiten, Kräutergärtchen, Seniorenausflüge – das ist ja nur was für alte Leute«, war ihr Kommentar.

Heinz-Hermann zog *Percy Stuart* und *Big Valley* vor. Gelegentlich sah er sich die *ZDF-Hitparade* mit Dieter Thomas Heck an, verpasste aber niemals Radio Bremens *Beat Club* mit Uschi Nerke.

Hin und wieder kam es zu kleinen Wortgefechten mit seiner Urgroßmutter, wenn jeder ein anderes Programm sehen wollte. Am Ende gab sie stets nach. »Mir bedeutet das Fernsehen nicht so viel«, log sie dann fröhlich.

Die Fernsehtechniker hatten das Schwarzweißgerät aus dem Zimmer transportiert und hoben nun den neuen, größeren und offenbar auch schwereren Kasten auf die Anrichte.

»Geht's jetzt los?«, fragte Eleonore erwartungsvoll.

Einer der Männer im grauen Kittel schüttelte den Kopf. »Wir müssen das Gerät noch einstellen.« Er deutete auf seine Armbanduhr. »Das Programm hat sowieso noch nicht angefangen. Zurzeit gibt es nur das Testbild.«

Nachdem das neue Gerät eingestellt worden war und die Sendungen begonnen hatten, begeisterte sich Eleonore an den Farben. *Bezaubernde Jeannie* und *Bonanza* kamen als Lieblingssendungen hinzu, die sie gemeinsam mit Heinz-Hermann verfolgte.

Höhepunkte des Jahres waren jedoch ganz andere Fernsehereignisse. Die Übertragung der Landung eines Raumschiffes auf dem Mond und die Wahl eines neuen Bundeskanzlers. Als Neil Armstrong den später berühmt gewordenen Satz vom kleinen Schritt des Menschen als großen Schritt der Menschheit aussprach, kommentierte Eleonore ihn mit den Worten: »Was für ein Hochmut! Die Welt wird sich dadurch nicht verändern.«

Als im Oktober Willy Brandt als erster Sozialdemokrat zum deutschen Bundeskanzler gewählt wurde, nickte Eleonore zufrieden. »Der Adenauer hat seine Sache gut gemacht. Aber was danach kam ...« Sie machte eine abwertende Handbewegung und deutete mit ihrem knorrigen Finger auf das Fernsehbild, das Brandt bei der Regierungserklärung zeigte. »Der könnte die Welt besser machen. Hat das Zeug dazu.« Heinz-Hermann war skeptisch, sagte aber nichts. Er hatte mit seinen vierundzwanzig Jahren zum ersten Mal wählen dürfen und seine Stimme der FDP gegeben. Einig war er sich mit seiner Urgroßmutter darin, dass von der neuen Bonner Koalition mit Willy Brandt und Walter Scheel eine neue Politik erwartet werden konnte.

Im November nickte Eleonore Lüders beim Fernsehen gelegentlich ein. »Mit Farbe schläft sich's besser«, stellte sie schmunzelnd fest, wenn sie erwachte. Im Dezember schnarchte sie häufiger und länger vor dem flimmernden Gerät. Am zweiten Weihnachtsfeiertag amüsierte sie sich bei der *Feuerzangenbowle* über Heinz Rühmann. Zum letzten Mal genoss sie einen Film ohne Unterbrechung durch ein Nickerchen.

Weil sie täglich schwächer wurde, nicht mehr gehen und allein stehen konnte, schafften Heinz-Hermann, sein Stiefvater Günter und seine Mutter mit Hilfe eines Nachbarn Eleonores Bett ins Wohnzimmer, damit sie das Silvesterprogramm sehen konnte. Nachdem er seine Urgroßmutter umgebettet hatte, hielt sie Heinz-Hermann am Arm fest. »Meine Handtasche«, flüsterte sie. »Hol mir bitte meine Handtasche!« Als er ihr das schwarze Ungetüm ins Bett gestellt hatte, begann sie, darin herumzukramen. Schließlich zog sie einen zerknitterten Briefumschlag hervor und drückte ihn ihrem Urenkel in die Hand. »Darum musst du dich kümmern; mit mir geht es zu Ende, mein Junge.«

»Omama!«, protestierte Heinz-Hermann, doch Eleonore gebot ihm mit einer Handbewegung zu schweigen. »In meinem Sekretär, in der Schublade, findest du mein Tagebuch. Lies es erst, wenn ich unter der Erde bin. Und wenn du geheiratet und Kinder bekommen hast und selbst alt geworden bist, gib alles an sie weiter!« Sie lächelte zufrieden, sank zurück auf ihr Kissen und schloss die Augen.

*

Der Wind trieb regenschwere Wolken über die Insel und brachte eisige Nordmeerluft nach Norddeutschland. Die wenigen Menschen, die sich auf dem Norderneyer Friedhof versammelt hatten, trugen schwere dunkle Mäntel. Sie hatten die Kragen hochgeschlagen und Hüte oder Mützen tief ins Gesicht gezogen. Trotzdem fröstelten einige und sehnten sich nach einem heißen Tee, den man zu dieser Jahreszeit gern durch etwas Rum ergänzte.

Nur mit Mühe hatten die Friedhofsgehilfen den frostigen Boden aufbrechen und die Grube ausheben können. »Ich möchte nicht«, hatte sich Eleonore in ihren letzten Stunden gewünscht, »dass ihr harte Erdklumpen auf den Sarg poltern lasst. Das ist so ein schreckliches Geräusch. Nehmt Blüten und Blätter oder meinetwegen Sand.«

Heinz-Hermann hatte dafür gesorgt, dass dem letzten Wunsch seiner Urgroßmutter entsprochen wurde. Und so unterblieb das gewohnte Poltern, als der Pfarrer seine Beisetzungsformel aufsagte. »Erde zu Erde, Asche zu Asche, Staub zu Staub.« Blüten und Blätter, die er und die Angehörigen einem grün umkränzten Eimer entnahmen, wurden vom Wind weggefegt, nur ein wenig Sand rieselte lautlos auf den Sargdeckel.

Nach dem Ende der Zeremonie zerstreute sich die Mehrzahl

der Trauergäste rasch. Die Angehörigen der Toten und einige Freunde zogen geschlossen zum Hotel Nordbrook, in dessen Restaurant der Leichenschmaus vorbereitet worden war. In der Familie Lüders war eine Weile darüber gestritten worden, ob man sich ausgerechnet zu Eleonores Beerdigung in das Hotel begeben sollte. Doch die Nordbrooks hatten die Lüders eingeladen, sodass eine Absage einem Affront gleichgekommen wäre.

Die Familien waren einander seit Generationen durch eine seltsame Hassliebe verbunden. Heinz-Hermann hatte sich nie für die Hintergründe interessiert. Er wusste nur, dass seine Urgroßmutter eine geborene Nordbrook war und dass ihre Eltern aus einem kleinen Gästehaus das große und gefragte Hotel gemacht hatten. Nicht sie hatte es geerbt, sondern ein Cousin: Jacob, der Sohn von Ubbos Bruder Berend. Aber auch seiner Tochter Eleonore musste er ein Vermögen hinterlassen haben, denn sie hatte nach dem Ende des Zweiten Weltkriegs den Wiederaufbau der Apotheke Lüders finanziert. Was sich die alten Leute hinter vorgehaltener Hand erzählten, war für Heinz-Hermann Spökenkiekerei, die man nicht ernst nehmen konnte. Danach sollte es ein verstecktes Vermögen geben, zu dem offiziell niemand Zugang hatte. Und jede der beiden Familien verdächtigte die jeweils andere, mehr zu wissen und heimlich davon zu profitieren.

Während die Speisen aufgetragen wurden, herrschte Schweigen, doch mit der Zeit lösten sich die Zungen. Nach dem Hauptgang befand sich die Trauergesellschaft in lebhafter Unterhaltung, und beim Nachtisch wurde gescherzt und gelacht. Auf das Dessert folgten Kaffee mit Cognac oder Tee mit Rum. Danach unterschied sich die Trauerfeier nicht von Geburtstagen oder anderen Familienereignissen. Nur der etwa gleichaltrige Wilhelm Nordbrook blieb schweigsam. Gelegentlich streifte er Heinz-Hermann mit einem forschenden Blick.

Heinz-Hermann mochte Wilhelm nicht, und deshalb hatte nicht nur das gespannte Verhältnis zwischen den Familien eine Annäherung verhindert. Dabei teilten sie das Schicksal der vaterlosen Generation. Ihre Väter und Großväter waren in den beiden Weltkriegen ums Leben gekommen. Schon Heinz-Hermanns Urgroßvater, Eleonores Mann Hauke, war im September 1914 an der Westfront gestorben. Bei Filmaufnahmen für die Kriegsberichterstattung hatte ihn eine verirrte französische Kugel getroffen.

Ein ähnliches Schicksal hatte Hinrich Lüders, den Sohn von Hauke und Eleonore, im Zweiten Weltkrieg ereilt. Ebenfalls in Frankreich. Nicht im Kampf. Vielmehr war er beim Organisieren von Cognac auf eine Mine getreten. Seinen eigenen Vater hatte Heinz-Hermann nie kennengelernt, denn der war als Zweiundwanzigjähriger, wenige Monate nachdem er geheiratet hatte und kurz vor Kriegsende, von einem deutschen SS-Mann getötet worden. Weil er Fahnenflucht begangen haben sollte.

Wilhelms Großvater wiederum war während Erwin Rommels Afrikafeldzug bei der Schlacht von El Alamein gefallen. Wilhelm war wie Heinz-Hermann ohne Vater aufgewachsen, denn der war nach dem Krieg nicht aus Russland zurückgekehrt; auch später nicht, als Konrad Adenauer 1955 die Freilassung zehntausender Kriegsgefangener erreicht hatte. Wilhelms Mutter hatte nicht wieder geheiratet, sie wartete noch immer auf ihren Mann.

Nach Kaffee mit *Asbach* und Tee mit *Der gute Pott* wurden Kaffee und Tee weggelassen. Zusätzlich servierten die Kellner *Racke Rauchzart* und *Schwarzer Kater.* Es wurde noch lauter, und die Gespräche drehten sich schon lange nicht mehr um die Verstorbene. Stattdessen wurde politisiert. Die neue Bonner Regierung wollte eine neue Ostpolitik und auf Entspannung statt auf Konfrontation setzen. Auf Norderney hatte kaum jemand Beziehungen zu den Menschen in der Ostzone. Berlin und die Demarkationslinie schienen weiter entfernt als Mallorca, Rimini oder Capri. Und die jahrelang von Adenauer geschürte Angst vor den Sowjets saß tief. Einigen galt der neue Kanzler Brandt als Vaterlandsverräter, andere sahen ihn als Hoffnungsträger, der die Spaltung Deutschlands nicht weiter verschärfen, sondern abmildern würde.

Heinz-Hermann dachte an die Worte seiner Urgroßmutter und an den Briefumschlag und ihr Tagebuch. Würde er überhaupt lesen können, was sie über viele Jahrzehnte hinweg in ihrer kleinen, steilen Handschrift aufgeschrieben hatte? Wilhelm Nordbrook riss ihn aus seinen Gedanken. »Willste eine?« Er winkte mit einer Packung Marlboro.

Heinz-Hermann streckte die Hand aus. »Danke!«

Sie rauchten schweigend, während um sie herum die Diskussion brodelte. Schließlich beugte sich Wilhelm vor. »Hat deine Urgroßmutter euch was hinterlassen?«

»Na klar. Die Apotheke. Aber die hatte meine Mutter schon …«

»Das meine ich nicht.« Wilhelm fixierte Heinz-Hermann mit zusammengekniffenen Lidern. »Irgendetwas Schriftliches? Zusätzlich zum Testament?«

Ja, wollte Heinz-Hermann antworten, wie kommst du darauf? Doch der lauernde Blick seines Gegenübers hielt ihn zurück. Bevor er mit irgendjemandem über den Brief oder das Tagebuch seiner Urgroßmutter sprechen wollte, musste er erst einmal selbst hineinsehen. »Nicht dass ich wüsste.«

Er lehnte sich zurück und stieß den Rauch zur Decke. Was mochte Wilhelm zu dieser Frage veranlasst haben? Sein Blick wanderte zu seiner Mutter. Günter schien den Raum verlassen zu haben. Carl-Wilhelm Nordbrook, der Senior aus der Nordener Verwandtschaft, hatte seinen Platz eingenommen und ihr den Arm um die Schultern gelegt. Er redete auf sie ein. Ihre Miene war verschlossen. Heinz-Hermann kannte diesen Ausdruck. Aus Situationen, in denen jemand etwas von ihr wollte, das sie innerlich ablehnte, aber aus Höflichkeit nicht zurückweisen mochte. Erkundigte auch er sich nach dem Nachlass seiner Urgroßmutter?

Heinz-Hermann drückte die Zigarette aus, nickte Wilhelm zu und stand auf. Er hatte plötzlich das Bedürfnis, die Feier zu verlassen, nach Hause zu gehen und sich in sein Zimmer zurückzuziehen. Dort steckte der geheimnisvolle Umschlag im Regal mit seinen Jugendbüchern, zwischen *Moby Dick* und *Winnetou*.

Mit einiger Mühe befreite er seine Mutter aus der Umklammerung durch den schwerzüngigen Carl-Wilhelm Nordbrook und flüsterte ihr ins Ohr, dass er nach Hause gehen würde. Sie nickte dankbar. »Günter und ich kommen gleich nach.«

Dichter Regen, der vom Wind über die Insel gejagt wurde, verschleierte das Licht der Straßenlaternen. Norderney war wie ausgestorben. Mit hochgeklapptem Kragen und eingezogenem Kopf eilte Heinz-Hermann zu seinem Elternhaus. Das Jugendstil-Gebäude in der Strandstraße war Anfang der sechziger Jahre renoviert worden. Man war nicht dem Zeitgeschmack der kalten Sachlichkeit gefolgt, sondern hatte die Rundbogenfenster mit den farbig verglasten Gefachen erhalten. Die Rahmen waren weiß lackiert worden, das Gebäude selbst im ursprünglichen altrosa Farbton gestrichen. Im Erdgeschoss befand sich die Apotheke. Auch deren Eingang hatte man im alten Stil belassen. Die kleinen Schaufenster seitlich davon waren schwach beleuchtet, ansonsten lag das Gebäude im Dunkeln.

Als Heinz-Hermann sich der Haustür näherte und in seinen Taschen nach dem Schlüssel suchte, bemerkte er einen schwachen Lichtschein im Obergeschoss, der kurz über die Scheiben glitt und wieder verschwand. Irritiert starrte er auf das Fenster, das zum Zimmer seiner Urgroßmutter gehörte, doch der Regen zwang ihn, sich abzuwenden. Er musste sich geirrt haben, denn zu dieser Zeit konnte niemand im Haus sein. Alle Familienmitglieder und alle angereisten Verwandten waren noch im Hotel Nordbrook. Er musste sich getäuscht haben. Vielleicht hatte ihn der Reflex eines verirrten Lichtstrahls von irgendwo aus der Stadt genarrt.

Dennoch hastete er durchs Treppenhaus nach oben, öffnete die Tür zu Eleonores Zimmer und schaltete das Licht ein. Auf den ersten Blick sah alles aus wie immer. Sie hatten das Bett zurückgeschafft und ein wenig aufgeräumt, aber vorerst alles so gelassen, wie es war. Er wollte sich schon wieder abwenden, als sein Blick auf den alten Sekretär aus Kirschholz fiel. Eine Schublade stand offen, eine weitere war vollständig herausgezogen und auf die Arbeitsplatte ausgeleert worden. Eine dritte lag auf dem Stuhl vor dem Möbel.

Rasch trat Heinz-Hermann näher heran. Nun entdeckte er auch einen ungeordneten Stapel Dokumente, der achtlos beiseitegeschoben worden war. Kein Zweifel, der Sekretär war durchsucht worden. Unschlüssig starrte er auf die Spuren, die der unbekannte Eindringling hinterlassen hatte. In dem Augenblick vernahm er ein Geräusch im Treppenhaus. Er stürzte zur Tür, rannte hinaus und schaltete das Minutenlicht ein. Im Erdgeschoss bewegte sich eine Gestalt in Richtung Hinterausgang. Heinz-Hermann raste die Stufen hinab, um den Unbekannten zu stellen, doch der hatte das Haus bereits verlassen. Als er die Tür zum Garten aufriss, war nichts mehr von ihm zu sehen oder zu hören. Der dichte Regen war wie ein Vorhang, der alles verbarg und mit seinem Rauschen jedes andere Geräusch übertönte.

Missmutig kehrte er ins Haus zurück. Was mochte der Unbekannte im Zimmer seiner Urgroßmutter gesucht haben? Den Brief? Niemand wusste davon. Trotzdem eilte er wieder nach oben und rannte in sein Zimmer. Der Umschlag steckte noch zwischen den Büchern. Er zog ihn heraus, setzte sich an seinen Schreibtisch und schaltete die Lampe an. Es war an der Zeit, das Geheimnis zu lüften. Vorsichtig öffnete er den vergilbten Briefumschlag. Eine schmale, abgegriffene Ledermappe kam zum Vorschein. Darin lagen ein Schlüssel und mit altertümlichen Buchstaben bedruckte Formulare, eins mit einer sorgfältig aufgemalten handschriftlichen Eintragung. *Ubbo Emmius Nordbrook, geboren am 22. April 1858 in Norderney/Deutschland, Hotelbesitzer.*

Nachdem Heinz-Hermann den Eintrag entziffert hatte, wurde ihm klar, dass Eleonores Vater als Inhaber eines Kontos bei der Graubündner Kantonalbank bezeichnet wurde. Offenbar gehörte auch ein Schließfach dazu. Eingerichtet worden war es im Januar 1898. Hatte Ubbo Emmius Nordbrook dort sein Vermögen in Sicherheit gebracht? Existierte das Konto noch? War dort der sagenhafte Schatz deponiert, von dem in der Familie hinter vorgehaltener Hand geredet wurde? Unschlüssig drehte er das Blatt in den Händen.

Heinz-Hermann schrak zusammen, als im Erdgeschoss eine Tür klappte. Kehrte der Eindringling zurück? War es das Dokument, das er in den Händen hielt, wonach der Unbekannte in Eleonores Zimmer gesucht hatte? Hastig schob er das vergilbte Papier zurück in die Mappe und diese in den Umschlag, den er wieder zwischen seinen Büchern verschwinden ließ.

Erleichtert vernahm er die Stimmen seiner Mutter und seines Stiefvaters. Es drängte ihn, ihnen die Neuigkeit mitzuteilen, doch eine innere Stimme hielt ihn zurück. Erst musste er sich das Tagebuch seiner Urgroßmutter anschauen. Vielleicht fand er dort Antworten auf seine Fragen.

*

Das Tagebuch, von dem Eleonore gesprochen hatte, entpuppte sich als eine Sammlung von Schreibheften in unterschiedlichen Größen und Farben. Die meisten waren abgegriffen und vergilbt, das Papier teilweise rau und brüchig. Alle waren sorgfältig mit Jahreszahlen beschriftet. Die drei ältesten umfassten jeweils ein Jahrzehnt, dann wurde die Spanne größer. Das jüngste Heft begann im Jahr 1942 mit dem Tod von Hinrich Lüders, Eleonores einzigem Sohn. Die deutsche Schrift war schwer zu entziffern, doch mit der Zeit fiel es Heinz-Hermann leichter, Worte und Sätze zu lesen. Zwischen den Seiten fand er Postkarten, die Hinrich von der Front geschickt hatte. Kurze Grüße, nicht mehr als Lebenszeichen. *Wir halten durch, getreu vereint, bis uns des Sieges Sonne scheint,* war auf einer zu lesen. *Führer befiehl, wir folgen*, auf einer anderen. Und schließlich: *Wo der deutsche Soldat steht, kommt kein anderer hin.*

Was für ein Irrsinn, dachte Heinz-Hermann. Wie war es möglich, den Verstand junger Männer derart mit Propaganda zu vernebeln?

Er blätterte einige Hefte durch, las sich an der ein oder anderen Stelle fest und beschloss schließlich, chronologisch vorzugehen. Die älteste Eintragung stammte aus dem Jahr 1906. *Er weiß es noch nicht. Aber ich liebe ihn. Und er liebt mich. Ich weiß es, seit er mich angesehen hat. In seinem Blick liegt alles, was ein Mann geben kann. Bewunderung, Verehrung, Zuneigung, Begehren. Mein Herz tanzt wie ein Schmetterling.* Daneben hatte sie eine herzförmige Blüte gemalt. Mit zwei Buchstaben darin. H. L.

Auf den nächsten Seiten wird ein tragisches Ereignis geschildert. Hauke Lüders ist plötzlich verschwunden. Voller Gram sorgt sich Eleonore um den Verbleib ihres Verlobten, sucht sogar heimlich die Polizei in Norden auf, um nach ihm forschen zu lassen. Als Hauke wieder auftaucht, scheint er verändert, leidet unter heftigen Kopfschmerzattacken und Gedächtnislücken. Trotzdem findet eine prächtige Hochzeit statt.

Danach klagt Eleonore über mangelnde Zärtlichkeit, fehlendes Verständnis für ihre Bedürfnisse und rücksichtsloses Verhalten ihres Gatten in »Liebesdingen«. Sie berichtet über ihre Schwangerschaft und die Geburt ihres Sohnes Hinrich und macht sich Gedanken über dessen Zukunft mit einem Vater, der sich immer weniger für seine Familie interessiert.

Wie schon in früheren Jahren bewegt sich Hauke in zweifelhaften Kreisen, verkehrt mit Schauspielern und verbringt viel Zeit im Kur-Theater, wo er – so vermutet Eleonore – wechselnde Liebschaften mit jungen Frauen pflegt. Außerdem interessiert er sich bald für eine neue Technik: die fotografische Aufnahme bewegter Bilder. Obwohl die Bürger Norderneys verächtlich von »Kintopp« sprechen, riskiert Hauke Lüders eine Aufführung im Kur-Theater. Ein amerikanischer Film mit dem Titel *Der große Eisenbahnraub* zieht zahlreiche Besucher an, obwohl er nur zwölf Minuten dauert.

Theater ist für Hauke nun Vergangenheit, dem Film gehört die Zukunft. Er möchte selbst Filmaufnahmen machen, erwirbt ein Aufnahmegerät und gewinnt Darsteller für selbst erdachte kleine Geschichten. Der Versuch, mit Schauspielerinnen Badeszenen am Strand von Norderney zu filmen, führt zu einem Skandal. Als einige Zeit später der Erste Weltkrieg ausbricht und Kaiser Wilhelm zur Mobilmachung aufruft, meldet sich Hauke Lüders als Kriegskinematograf zum Deutschen Heer. Er fällt.

Im Zweiten Weltkrieg verliert Eleonore ihren Sohn. Wenig später auch ihren Enkel. Während der Kriegsjahre führt sie die Apotheke allein. Nach 1945 – sie ist inzwischen Mitte sechzig – baut sie die Apotheke mit Hilfe ihrer Schwiegertochter und der Witwe ihres Enkels neu auf. Aus dieser Zeit gibt es nur wenige Eintragungen, die meisten beziehen sich auf das bei Kriegsende geborene Kind ihres Enkels, Heinz-Hermann. Taufe, Kindergarten, Einschulung, Konfirmation. Und auf die Hochzeit seiner Mutter mit Günter Beek. Hier und da ist ein kleines Schwarzweißfoto mit gezackten Rändern eingeklebt.

Sein eigenes Leben zog an Heinz-Hermann Lüders vorüber. Doch eine Antwort auf die Frage, die ihn bewegte, fand er nicht. Wenn das Konto in der Schweiz noch existierte, musste es sich um jenen sagenhaften Schatz handeln. Hatte er mit den Dokumenten Zugang zu dem Vermögen? Offenbar vermutete Wilhelm Nordbrook, der während der Beerdigungsfeier darauf angespielt hatte, Informationen über diesen Schatz in Eleonores Nachlass. Wer im Besitz der Unterlagen war, konnte wohl auf das Vermögen zugreifen. Er musste den Eindringling geschickt haben, der den Sekretär seiner Urgroßmutter durchsucht hatte. Und er würde es vielleicht wieder versuchen. Heinz-Hermann beschloss, seine Mutter und seinen Stiefvater zu warnen.

22

2016

Vorsichtig näherte sich Patrick dem reglosen Körper. Hatte Thomas dieses Geräusch von sich gegeben? War er gar nicht tot? Hatte er sich bewegt? Seinen Pulsschlag hatte er doch geprüft. Geatmet hatte er nicht mehr. Oder doch? Patricks Herz schlug heftig, als er erneut die Hand nach der Halsschlagader seines Onkels ausstreckte. Kalt war der Körper noch nicht, allenfalls fühlte sich die Haut kühl an. Mit den Fingerspitzen tastete er nach einem Zeichen von Leben. War da etwas? Pumpte das Herz noch Blut in den Kreislauf? Ganz schwach war der Puls zu spüren. Oder bildete er sich das nur ein?

Für einen Moment fragte er sich, ob er sein Vorhaben rückgängig machen sollte. In rascher Folge schossen Bilder durch seinen Kopf. Notarzt, Rettungshubschrauber. Polizeibeamte, die den Unfallort untersuchten. Befragung durch Kriminalisten. *Wie kam es zu dem Unfall? Woher stammen die Verletzungen im Brustbereich? Wer erbt das Hotel?* Untersuchungshaft. Gerichtsverhandlung. Gefängnis.

Nein, der Weg stand nicht mehr offen. Er bückte sich tiefer und durchsuchte die Taschen seines Onkels, fand den Schlüsselbund und ein Handy, richtete sich auf, leuchtete noch einmal auf die reglose Gestalt und verließ eilig den Raum. Der Rest würde sich von selbst erledigen. Irgendwann in der Nacht musste er den Toten wegschaffen. Mit dem Mercedes sollte das kein Problem sein.

Sein erster Weg führte ihn zu Thomas' Büro. Er vergewisserte sich, dass kein Angestellter in der Nähe war, schloss auf und betrat den Raum. Der Safe befand sich hinter einer Schranktür. Es war ein altmodisches Modell, das sich mit nur einem Schlüssel öffnen ließ. Oft genug hatte Patrick zugesehen, wie sein Onkel dort Unterlagen abgelegt oder Geld entnommen hatte.

Voller Erregung öffnete er den Tresor. Er wurde nicht enttäuscht. Neben einigen Aktenordnern lagen mehrere Stapel Scheine. Zwanziger, Fünfziger, Hunderter. Die Durststrecke war zu Ende. Seit Monaten hatte er mit dem wenigen Geld auskommen müssen, das Thomas ihm zugeteilt hatte. Ab jetzt war seine Börse wieder gefüllt. Er würde nicht mehr jeden Euro umdrehen, sondern – wie früher, als das Baugeschäft seines Vaters noch reichlich Gewinn abgeworfen hatte – angemessen leben. Als Erstes würde er Laura Lüders ausführen. In die teuersten Restaurants und Bars. Schließlich musste er die Beziehung noch einige Tage pflegen. Und für die Befriedigung seines Verlangens war es sicher hilfreich, Laura ein paar Wünsche zu erfüllen.

Patrick steckte ein Bündel Fünfziger in die Tasche und stutzte. Hinter dem Geld lag eine Pistole. Vorsichtig zog er sie hervor und wog sie in der Hand. Er verstand nicht viel von Schusswaffen, aber dass dieses eine einsatzbereite und tödliche Waffe war, wusste er sofort. Ein beruhigender Gedanke, denn er konnte darauf zurückgreifen, falls es irgendwann einmal nötig werden würde.

Sorgfältig verschloss er den Tresor. Dann setzte er sich an den Schreibtisch, lehnte sich zurück und ließ den Blick durch sein zukünftiges Reich wandern. Noch sah das Büro nach viel Arbeit aus. Aber das würde er ändern. Schon bald. *Wenn sich die Lage beruhigt hat, stelle ich einen Geschäftsführer ein. Der kann sich um alles kümmern. Und ich kümmere mich um die Gäste. Besonders um einige Damen.* Er lachte leise vor sich hin. Menschen mit bestimmten Vorlieben gab es in allen Schichten. Über gewisse Internetportale würde er um allein reisende junge Frauen werben und das Nordbrook als Ziel für die Erfüllung besonderer Bedürfnisse empfehlen. Natürlich nur für Damen aus betuchten Kreisen.

Er schreckte zusammen, als es an der Tür klopfte, besann sich aber rasch auf seine künftige Rolle, wartete ein paar Sekunden und rief dann: »Herein!«

Der Rezeptionist steckte seinen Kopf durch den Türspalt. »Entschuldigung! Ist Herr Nordbrook nicht da? Ich meine …«

»Mein Onkel musste kurzfristig aufs Festland«, unterbrach Patrick ihn rasch. »Ich vertrete ihn. Worum geht es?«

»Hier ist eine Dame, die den Chef sprechen möchte.« Der Angestellte ließ die Tür aufschwingen. Neben ihm stand eine große, blonde Frau.

Mit einer einladenden Handbewegung erhob sich Patrick. »Bitte! Wie kann ich Ihnen helfen?«

Während sich der Rezeptionist zurückzog, betrat die Blonde das Büro. »Ich möchte mit Herrn Thomas Nordbrook sprechen. Ist er im Haus?«

»Tut mir leid«, antwortete Patrick. »Er ist in geschäftlichen Angelegenheiten unterwegs. Wann genau er wiederkommt, kann ich Ihnen nicht sagen. Sie können aber mit mir sprechen. Mein Name ist Nordbrook. Während seiner Abwesenheit bin ich für das Hotel verantwortlich.«

»Es geht nicht um das Hotel«, entgegnete die Frau und trat einen Schritt auf Patrick zu. Sie hielt einen Ausweis in der Hand. »Kriminalhauptkommissarin Rieke Bernstein, Landeskriminalamt, In diesem Fall hätte ich gern die Mobilfunknummer von Herrn Nordbrook!«

Patrick spürte, wie ihm der Schweiß ausbrach. Ziellos suchten seine Augen den Schreibtisch ab. Als wäre die Nummer dort irgendwo hinterlegt. Natürlich hatte er sie im Kopf. Aber wenn die Kommissarin sie wählte, würde es in seiner, Patricks, Hosentasche klingeln. Er griff nach Stift und Zettel.

»Ich schreib sie Ihnen auf«, murmelte er. Als er die ersten Zahlen notierte, kam ihm die rettende Idee. Er vertauschte die letzten beiden Ziffern. Später würde er sich auf einen Irrtum berufen. *Zahlendreher, tut mir leid.*

»Bitte.« Er schob das Blatt über den Schreibtisch. »Wenn es nicht um das Hotel geht«, fragte er, ohne die Kriminalbeamtin anzusehen. »Worum geht es dann? Kann ich Ihnen weiterhelfen?«

Die Blonde nickte. »Sie können mir ein paar Fragen beantworten. In welchem Verhältnis stehen Sie zu Herrn Nordbrook? Sind Sie ein Angestellter?«

»Nein. Ja. Wie man's nimmt.« Patrick spürte Hitze in Kopf und Nacken. Er hoffte, dass die Frau den Schweißausbruch nicht bemerkte. »Ich bin ... ein Verwandter und mache ein Praktikum.«

»Und als Praktikant sind Sie gleich für das ganze Hotel verantwortlich?«

»Na ja, nicht für alles. Thomas – mein Onkel – hat mich gebeten ... während seiner Abwesenheit ... also, ich soll mich um alles kümmern, was so anfällt. Ich war ja schon öfter hier und bin schon länger ... Was wollen Sie eigentlich von ihm?«

Statt ihm zu antworten, stellte sie eine neue Frage. »Wenn Herr Nordbrook Ihr Onkel ist, hat er mindestens eine Schwester oder einen Bruder. Wo finde ich sie oder ihn?«

»Thomas hat keine Geschwister. Er ist auch nicht direkt mein Onkel. Die Verwandtschaft liegt schon ein paar Generationen zurück. Vier oder fünf, glaube ich. Wir kennen uns, weil ich schon als Kind öfter hier war. Ich hab ihn schon immer Onkel genannt.«

»Gehören Sie zur Familie Nordbrook, die in Norden ein Bauunternehmen besitzt?«

Patrick nickte.

»Vielen Dank für die Auskünfte und die Telefonnummer.« Die Kriminalbeamtin wandte sich zum Gehen. Erleichtert atmete Patrick durch. An der Tür drehte sich die Frau noch einmal um. »Kennen Sie die Familie Lüders?«

»Lüders?«, echote Patrick. Zielte die Frage auf Laura? Sollte er zugeben oder abstreiten, dass er sie kannte? Warum wollte sie das wissen? *Wahrscheinlich geht es um Frank Lüders.* Er musste auf der Hut sein, durfte keinen Fehler machen. Bestimmt würde sie auch Laura befragen.

»Haben Sie meine Frage verstanden?«, hakte die Polizistin nach.

»Ja, ja. Entschuldigung! Laura Lüders wohnt hier im Hotel. Aber ich kenne sie nicht näher. Und ihre Familie schon gar nicht. Ich weiß nur, dass denen eine Apotheke gehört.«

»Gut.« Die Kriminalbeamtin lächelte. »Wenn Ihr Onkel auftaucht, sagen Sie ihm bitte, dass ich ihn sprechen möchte. Aber vielleicht erreiche ich ihn ja auf dem Handy. – Auf Wiedersehen, Herr Nordbrook.«

Sekundenlang starrte Patrick auf die Tür, durch die seine Besucherin verschwunden war. Was wollte sie von Thomas? Er konnte unmöglich in Verdacht geraten sein, etwas mit dem Tod von Frank Lüders zu tun zu haben. Aber warum wollte eine Polizeibeamtin vom Landeskriminalamt mit ihm sprechen? Warum hatte sie nach Familie Lüders gefragt? Das Handy in der Hosentasche fiel ihm ein. Sollte er sich als Thomas Nordbrook melden, wenn sie die richtige Nummer herausgefunden hatte und anrief? Oder würde sie seine Stimme erkennen?

Er zog das Smartphone seines Onkels hervor und betrachtete es mit einer Mischung aus Furcht und Widerwillen. Schließlich schaltete er es aus und deponierte es im Safe.

Kaum war er an den Schreibtisch zurückgekehrt, klingelte das Telefon. Die Rezeption. »Frau Bernstein hat noch eine Frage«, meldete sich der Angestellte. »Darf ich den Anruf durchstellen?«

Nachdem Patrick die korrekte Handynummer genannt und sich für den Zahlendreher entschuldigt hatte, verließ er das Büro und suchte sein Zimmer auf, um erneut zu duschen. Er war schon wieder völlig verschwitzt. Außerdem wollte er in Ruhe nachdenken. Darüber, wie er die Leiche verschwinden lassen konnte. Und über Laura Lüders. Ihr Gefängnis musste vorbereitet werden, und er brauchte einen Zeitplan für die nächsten Tage.

*

Weil Thomas Nordbrook auch mit der korrekten Handynummer nicht zu erreichen war, sondern sich immer nur seine Mailbox meldete, suchte Rieke Bernstein Laura Lüders erneut in ihrem Hotelzimmer auf. »Es geht noch einmal um den Tod Ihres Vaters«, erklärte sie der jungen Frau, die sie nach kurzem Zögern hereinbat.

»Ich habe Ihnen doch schon gesagt, dass ich zur Aufklärung nichts beitragen kann.«

Rieke lächelte nachsichtig. »Vielleicht doch.« Sie sah Laura in die Augen. »Sie sind doch auch daran interessiert, dass wir den Mörder finden?«

»Natürlich bin ich das. Aber wie gesagt ...«

»Gut, Frau Lüders«, unterbrach Rieke sie. »Dann verraten Sie mir doch bitte, wer Ihr Zimmer bezahlt. Ich wohne selbst hier und weiß, dass die Preise ein studentisches Budget überfordern.«

Laura wich ihrem Blick aus. »Herr Nordbrook war so freundlich ... Ich muss nichts bezahlen.«

»Weil Sie mit ihm verwandt sind?«

»Wie verwandt?« Laura schüttelte den Kopf. »Wir sind doch nicht ...«

»Warum dann?«

»Weil ... Ich weiß auch nicht. Er hat es einfach angeboten.«

»Einfach so? Ohne Gegenleistung?«

Laura nickte wortlos.

»Das glaube ich Ihnen nicht.« Rieke hatte ein wenig Schärfe in ihren Ton gelegt. »In der Hauptsaison ein solches Zimmer kostenlos zur Verfügung zu stellen ist keine Kleinigkeit. Kein Hotelier macht das ohne Grund.«

Die junge Frau biss auf ihre Unterlippe und starrte auf den Boden. Schließlich hob sie den Kopf. »Patrick hat das vermittelt. Er hat seinen Onkel gebeten, mir ein Zimmer zur Verfügung zu stellen.«

»Bleibt die Frage nach der Gegenleistung«, beharrte Rieke. Mit sanfter Stimme fügte sie hinzu: »Patrick Nordbrook ist in Ihrem Alter. Sie sind eine attraktive Frau. Ging es ihm um – sagen wir mal – eine gewisse Annäherung?«

Erneut nickte Laura stumm.

»Dann hätten wir das geklärt«, stellte Rieke fest. Sie deutete aus dem Fenster. »Vielleicht schauen Sie sich mal den Friedhof an. Sie finden dort das Grab einer gewissen Eleonore Lüders, geborene Nordbrook, die 1970 gestorben ist. Wenn diese Frau zu Ihren Vorfahren gehört, wären Sie weitläufig mit den Nordbrooks verwandt.«

»Den Namen habe schon mal gehört. Ich glaube, mein Großvater hat ihn erwähnt. Seine Großmutter hieß Eleonore. Aber ehrlich gesagt interessiert mich das nicht sonderlich.«

»Eigentlich schade.« Rieke lächelte bedauernd. »Eines Tages werden Sie sich wahrscheinlich dafür interessieren.«

Laura zuckte mit den Schultern.

»Danke, Frau Lüders. Das war's im Moment. Sie bleiben ja sicher noch ein paar Tage. Bitte halten Sie sich weiterhin zu unserer Verfügung!«

*

Nach dem Besuch bei Laura Lüders versuchte Rieke erneut, Thomas Nordbrook zu erreichen. Da er sich nicht meldete, kehrte sie in ihr Zimmer zurück. Kaum hatte sie die Tür hinter sich geschlossen, meldete sich ihr Smartphone mit einer E-Mail von Hannah Holthusen.

Liebe Rieke,
zuallererst: Vor einem Jahr hat sich der Inhaber des Nordener Bauunternehmens Nordbrook, Michael Nordbrook, das Leben genommen. Das hat hier in der Region ziemlich viel Aufsehen erregt. Ich hatte es schon vergessen. Gründe wurden nicht bekannt.
Nun zur Vergangenheit der Norderneyer Familien.
1906 gab es auf der Insel eine große Hochzeit. Eleonore Nordbrook und Hauke Lüders. Die Zeitung hat die Namen aller Gäste und die Rede des Brautvaters abgedruckt. Darin hat Ubbo Emmius Nordbrook unter anderem einen Rückblick auf die Familiengeschichte vorgetragen und die Entstehung des Hotels skizziert. Seine Großmutter Felicitas hatte 1836 Emmius Nordbrook, den Sohn des Medizinalrats Nordbrook,

geheiratet. (Acht Monate später erschien eine Familienanzeige des Paares über die Geburt eines Sohnes.) Felicitas' Vater Jacob Lüders war Apotheker. Er hatte den jungen Leuten ein Gästehaus eingerichtet, damit sie ihren Lebensunterhalt verdienen konnten. Ubbo Emmius hat später daraus das Luxushotel gemacht. 1903 ist ein doppelseitiger Bericht über den Ausbau des Hotels Nordbrook erschienen. Mit – für damalige Verhältnisse – enormen Investitionen ist das Haus großzügig ausgebaut worden. (An anderer Stelle hat der Redakteur die Frage angedeutet, wie der Umbau finanziert worden sei. Eine Antwort habe ich nicht gefunden.)
Später hoffentlich mehr.
Liebe Grüße, Hannah

Rieke las die Nachricht ein zweites Mal. Langsam und sorgfältig. Irgendetwas darin hatte ein Signal aus dem Unterbewusstsein ausgelöst. Eine Assoziation? Eine verschüttete Erinnerung? Eine Unstimmigkeit?

Beim dritten Mal blieb ihr Blick am vorletzten Satz hängen. Offenbar hatte sich bei der Zeitung damals jemand gefragt, woher Ubbo Emmius Nordbrook die finanziellen Mittel hatte. Anscheinend hatte er nicht nachgeforscht. Oder nicht nachforschen dürfen. Oder er hatte nichts gefunden. Hannah würde in einem solchen Fall nichts unversucht lassen, um hinter das Geheimnis zu kommen. Beim Stichwort *Geheimnis* stockte der Gedankenfluss. Vor ihrem inneren Auge erschien das Bild ihres Vaters. Am überladenen Esstisch. Snirtjebraa und Ostfriesentorte. Von Kriegsgeschichten seines Vaters hatte er gesprochen, den Namen Nordbrook erwähnt – und einen Goldschatz.

Sie wählte die Nummer ihrer Eltern. Wie immer meldete sich ihre Mutter. »Ich würde gern Papa kurz sprechen«, sagte Rieke und versicherte, dass alles in Ordnung sei, sie sich nur vergewissern wolle, was ihr Vater im Zusammenhang mit dem Namen Nordbrook erzählt hatte.

Ihr Vater war hörbar erfreut über das Interesse seiner Tochter. »Ja, der Mann hieß Nordbrook. Der war von Norderney. Muss ungefähr im Alter meines Vaters gewesen sein. Zusammen haben sie den Russlandfeldzug mitgemacht. Als er im Sterben lag, hat er meinem Vater gegenüber von einem Goldschatz gesprochen, den es in seiner Familie gab oder gegeben hat. Mehr weiß ich leider auch nicht.«

»Danke, Papa. Du hast mir sehr geholfen.« Rieke verabschiedete sich rasch, um sich wieder auf Hannahs Text konzentrieren zu können. Wenn es einen Zusammenhang zwischen der Kriegsgeschichte ihres Großvaters und dem Bericht über das Hotel vom Anfang des zwanzigsten Jahrhunderts gab, konnte das Gold die Quelle des Reichtums der Nordbrooks sein. Aber was hatten die Lüders damit zu tun? Immerhin stand jetzt fest, dass es zwischen beiden Familien seit zweihundert Jahren verwandtschaftliche Beziehungen gab. Es wurde Zeit, den Hotelier danach zu befragen.

Erneut versuchte sie, ihn unter der Handynummer zu erreichen, die Patrick ihr gegeben hatte. Wieder meldete sich die Mailbox.

Rieke steckte das Smartphone ein und verließ ihr Zimmer. An der Rezeption fragte sie nach Thomas Nordbrook, erntete jedoch nur Schulterzucken und Kopfschütteln. Die Angestellten bedauerten, ihr nicht helfen zu können, und schienen selbst darüber irritiert. Keiner schien zu wissen, wo sich Nordbrook befand. Das war seltsam, denn gewöhnlich hinterließ in einem funktionierenden Betrieb jeder Mitarbeiter, der außerhalb zu tun hatte, wo er war, wie man ihn erreichen konnte und wann er zurückkehrte. Das galt auch für den Hotelchef.

Sie beschloss, in die Dienststelle zurückzukehren, um mit Gabriele Visser, Jan Eilers und Gerit Jensen die vorliegenden Ermittlungsergebnisse auszutauschen.

*

Der Besuch der Kriminalbeamtin hatte Patrick in Unruhe versetzt. Warum wollte sie unbedingt mit Thomas reden? Warum hatte sie nach der Familie Lüders gefragt? Die Fragen kreisten in seinem Kopf. Außerhalb der Familien wusste niemand etwas über das geheime Vermögen. Für den Tod von Frank Lüders gab es für Außenstehende kein Motiv. Er würde mit Dennis reden müssen. Die Frau vom Landeskriminalamt würde ihn wahrscheinlich kaum in ihre Ermittlungstaktik einweihen, aber er konnte bestimmt das eine oder andere Detail aufschnappen. Zur Not würde er ein wenig schnüffeln müssen. Es würde ihm nicht gefallen, aber es war wichtig. *Ich muss wissen, was die Bullen vorhaben.*

Patrick schloss das Büro seines Onkels ab und eilte durchs Treppenhaus in sein Zimmer. Er schwitzte nicht mehr, aber seine Haut fühlte sich klebrig an und verlangte nach einer Dusche.

Unter dem prasselnden Strahl ließ die Unruhe nach. Er dachte an Laura Lüders und die Geldscheine, die noch in seiner Hosentasche steckten. Bis zur nächtlichen Dunkelheit waren noch einige Stunden zu überbrücken. Je länger er darüber nachdachte, desto stärker wurde sein Bedürfnis, Laura ein Spiel vorzuschlagen, das sie noch nicht kannte. Es hatte mit ein paar Seilen und zahlreichen Knoten zu tun. Vorher würde er sie zu einem Drink einladen. Vielleicht nahm sie auch zwei oder drei, dann wäre sie entspannter. Während sie an der Bar ihren Black Mojito – oder was immer sie wollte – genoss, würde er in Gedanken durchspielen, wer welche Rolle übernehmen konnte. Die harten Sachen wie Handschellen und Ketten würde er vorerst weglassen. Aber Hände und Füße fesseln, die Augenbinde tragen und sich von den zarten Flaumfedern des Ticklers streicheln lassen – das sollte gehen. Ja, es würde ihr gefallen. Die Vorfreude auf das Spiel erfüllte ihn mehr und mehr und schob die Fragen der Kommissarin und die Details seines Plans für die Entsorgung der Leiche beiseite. Darüber konnte er sich später Gedanken machen.

Nachdem er frische Sachen angezogen hatte, rief er Laura auf ihrem Zimmer an. »Hast du Zeit?«, fragte er. »Ich würde dich gern zu einem Drink einladen. Und später möchte ich dir etwas zeigen.« Sie schien für die Abwechslung dankbar und willigte ein. »Treffen wir uns in der Bar?«

»Möchtest du einen Black Mojito oder lieber einen Caipirinha? Seit letztem Jahr ist Gin wieder im Kommen. Der Barmann mixt uns auch einen Tom Collins.«

»Ich lasse mich gern überraschen. Bis gleich.« Laura legte auf.

Patrick grinste das Telefon an. »Mit Überraschungen kann ich dienen. Mindestens mit einer.« Gut gelaunt packte er ein kleines Täschchen mit Utensilien, die er nach den Drinks einzusetzen gedachte.

*

Nachdem Gabriele Visser von ihrem Besuch beim Pfarrer und über ihre Erkenntnisse aus dem Besuch der Norderneyer Friedhöfe berichtet hatte, erteilte Rieke Bernstein Jan Eilers das Wort.

»Es gab schon einmal einen Todesfall im Hause Lüders«, begann er und legte die Kopie des Zeitungsartikels von Archivar Kellermann auf den Tisch. »1969 ist ein gewisser Günter Beek durch einen Unfall in der Apotheke ums Leben gekommen. Er ist auf der Treppe gestürzt. Damals haben Kollegen Ermittlungen durchgeführt, aber über Ergebnisse steht da seltsamerweise nichts drin.« Er deutete auf das Blatt.

Gabriele Visser griff danach und überflog den Text. »Walter Tjaden«, murmelte sie. Der lebt nicht mehr. Aber der andere, der hier genannt wird.« Sie tippte mit dem Zeigefinger auf das Blatt. »Peters. Das kann nur Ole Peters sein. Den kenne ich. Dürfte so um die siebzig sein. Vielleicht erinnert er sich an den Fall.«

»Sprichst du mit ihm?«, fragte Rieke.

»Na klar.« Gabriele Visser legte das Blatt zurück auf den Tisch. »Noch heute Abend.«

»Gut.« Rieke zog ihr Smartphone aus der Tasche. »Von Hannah Holthusen habe ich inzwischen auch eine interessante Rückmeldung.« Sie las den Recherchebericht ihrer Freundin vor und berichtete von dem Kriegserlebnis ihres eigenen Großvaters. »Inzwischen glaube ich«, schloss sie, »dass der Schlüssel zur Lösung unseres Falles in der Vergangenheit liegt.«

»Und wie geht's jetzt weiter?«, fragte Gerit Jensen.

»Morgen wissen wir mehr«, antwortete Rieke. »Wenn Gabriele mit diesem Peters gesprochen hat. Vielleicht findet Hannah im Zeitungsarchiv noch weitere Hinweise, und ich habe hoffentlich Thomas Nordbrook erreicht. Für heute können wir Schluss machen.«

Gabriele Visser stand auf. »Ich schaue auf dem Heimweg bei Ole Peters vorbei.«

Jan Eilers erhob sich ebenfalls. Er deutete zur Tür. »Heute könnte es einen besonders schönen Sonnenuntergang geben.

Wir haben ideale Wetterbedingungen. Windstille und Schleierwolken, die von Westen her aufziehen. Das bedeutet wahrscheinlich schlechteres Wetter, aber erst mal gibt es grandiose Farben. Ihr solltet die Gelegenheit nutzen.« Er folgte seiner Kollegin zur Tür. »Tschüss und schönen Feierabend!«

Verstohlen musterte Gerit Jensen Rieke Bernstein. Das war seine Chance. »Hast du heute Abend schon etwas vor?«

Rieke hob die Schultern. »Vielleicht beherzige ich Jans Empfehlung und schaue mir den Sonnenuntergang an. Außerdem habe ich das Gefühl, dass ich mich ein bisschen bewegen muss.«

»Ein Strandspaziergang vielleicht? Vorher ein gutes Essen? Ich ... würde dich gern einladen.« Gerit spürte seinen Puls und hatte gleichzeitig das Gefühl, dass ihm die Röte ins Gesicht stieg.

Sichtlich überrascht sah Rieke ihn an. Ihr fragendes, aber auch warmherziges Lächeln löste einen wohligen Schauder aus. »Keine schlechte Idee. Hast du einen Vorschlag?«

»Seesteg«, stieß Gerit aufgeregt hervor. »Oder Cornelius. Oder Riffkieker. Jedenfalls am Strand.«

»Ein Restaurant am Strand wäre super. Die Auswahl überlasse ich dir. Aber mein Essen zahle ich selbst. Sagen wir um sieben Uhr?«

»Sehr gern.« Gerit nickte eifrig. »Ich hole dich zwanzig vor sieben im Nordbrook ab.«

Rieke stand auf und griff nach ihrer Handtasche. »Also gut. Bis dann.« Sie verließ den Raum.

Gerit sah ihr nach und konnte sein Glück kaum fassen. Er hatte die schönste Frau, die er kannte, zum Essen eingeladen. Und sie hatte zugesagt.

*

Als Rieke ins Hotel zurückkehrte, nahm sie statt des Aufzugs die Treppe. In der zweiten Etage fiel gerade die Tür zu den Zimmerfluchten hinter einem jungen Mann zu. War das nicht Patrick Nordbrook gewesen? Rieke verharrte einen Moment, folgte ihm dann vorsichtig auf den Flur und drückte sich in eine Nische. Nordbrook eilte den Gang hinunter und klopfte an eine der Zimmertüren. Sie wurde geöffnet, und er verschwand im Zimmer von Laura Lüders.

Rieke wartete einen Moment, dann näherte sie sich der Tür. Sie hörte Stimmen, konnte aber nicht verstehen, was gesprochen wurde. Die jungen Leute unterhielten sich offenbar prächtig, denn Laura lachte mehrmals auf.

Sieh an, dachte Rieke. Da haben sich zwei gefunden. Offenbar hilft Leidenschaft gegen seelischen Stress.

Sie verließ die Etage, um ihr eigenes Zimmer aufzusuchen. Dabei dachte sie an die Verabredung mit Gerit Jensen. Irgendwie musste sie ihm beibringen, dass er sich keine Hoffnungen machen durfte. Der junge Kollege war nicht unattraktiv. Aber sie sehnte sich nach Julia. Rieke nahm sich vor, ihre Freundin anzurufen. Noch bevor Gerit kam.

*

Ole Peters blinzelte gegen die Abendsonne, als er die Haustür öffnete. Doch dann erkannte er sie. »Gaby! Was für eine Überraschung. Ich freue mich, dich zu sehen. Komm rein!« Er winkte sie herein. »Magst du einen kleinen Köm?«, fragte er, während er Gabriele Visser zu seiner Wohnstube dirigierte. »Oder lieber Tee mit Kluntjes?«

»Ich hab nicht viel Zeit«, antwortete die Polizeihauptkommissarin.

»Also Köm.« Peters hatte plötzlich eine Flasche in der

Hand. »Setz dich!« Er stellte den Schnaps auf den Tisch und nahm zwei Gläser aus dem Schrank. »Was führt dich zu mir?«

»Ein Fall aus dem Jahr 1969. Damals ist ein gewisser Günter Beek im Haus des Apothekers Lüders tödlich verunglückt. Nach einem Zeitungsbericht habt ihr ermittelt. Walter Tjaden und du. Kannst du dich daran erinnern?«

»Der gute alte Tjaden. Gott hab ihn selig.« Peters nickte betrübt und füllte die Gläser. »Und ob ich mich an den Fall erinnere. Jemand musste Günter Beek einen Schlag verpasst haben, sodass er die Treppe hinuntergestürzt ist. Wir hatten einen Verdacht, konnten dem Mann aber nichts nachweisen. Darüber haben wir uns beide geärgert. Walter noch mehr als ich.« Er schob Gabriele Visser ein Glas zu und hob das andere in die Höhe. »Prost!«

Sie stießen an und kippten den Köm. Für einige Sekunden hörte man nur das Ticken der alten Wanduhr. Schließlich fragte Gabriele Visser: »Wen hattet ihr in Verdacht?«

23

1969

Günter Beek hatte seine Frau im Verkaufsraum der Apotheke unterstützt und war auf dem Weg in die Wohnung. Im Treppenhaus war es – wie immer an trüben Wintertagen – schummrig. Wenn kaum Tageslicht durch die Flurfenster kam, reichte die Beleuchtung aus der Nachkriegszeit nicht aus. Schon oft hatte er sich vorgenommen, neue und moderne Lampen installieren zu lassen. Doch Friederike hielt die Ausgabe für überflüssig. »Wir gehen die Treppe doch im Schlaf«, pflegte sie zu sagen. »Selbst wenn es ganz dunkel wäre. Und Oma benutzt sie nicht mehr.«

Er hatte fast den obersten Treppenabsatz erreicht, als aus dem Nichts ein harter Gegenstand seine Nase traf. Er spürte sie brechen, verlor das Gleichgewicht, ruderte mit den Armen, griff ins Leere, stürzte rückwärts auf die Stufen, wunderte sich über das Ausbleiben des Schmerzes, krachte mit dem Hinterkopf gegen eine Wand, verlor das Bewusstsein.

*

»Da war nichts mehr zu machen. Genickbruch.« Der Arzt packte seine Sachen zusammen und deutete auf den Toten, der mit grotesk verrenkten Gliedmaßen am Fuß der Treppe lag. »Die Gesichtsverletzung sieht nicht danach aus, als ob sie von dem Sturz stammt. Der Mann könnte gestoßen worden und dann die Treppe hinuntergestürzt sein. Deshalb habe ich euch angerufen. Frau Beek ist übrigens in der Küche. Ich habe ihr eine Beruhigungsspritze gegeben.«

»Um die Todesursache zu klären, muss das Opfer gerichtsmedizinisch untersucht werden«, murmelte Polizeihauptwachtmeister Walter Tjaden. »Und dann brauchen wir Unterstützung von der Kripo.« Er ließ sich seine Erschütterung nicht anmerken, aber die Vorstellung, es mit einem Tötungsdelikt zu tun zu haben, beunruhigte ihn. Sechzehn Jahre seit Ende des Krieges wäre das der erste Mord auf Norderney. Seine Pensionierung hätte er gern ohne einen solchen Fall erreicht.

»Vielleicht können wir die Sache selbst aufklären.« Sein junger Kollege, Wachtmeister Ole Peters, schien von dem tödlichen Ereignis wenig beeindruckt zu sein. Vielmehr begeisterte ihn die Aussicht auf kriminalistische Ermittlungsarbeit. »Dass der Mann einen Schlag ins Gesicht bekommen hat, sieht doch ein Blinder«, erklärte er eifrig. »Wahrscheinlich war das ein Drogensüchtiger, der sich in der Apotheke Rauschgift beschaffen wollte. Dafür kommen nicht viele Personen infrage. Soll ich schon mal …?«

»Du bleibst hier und bewachst die Leiche«, unterbrach Tjaden den Redeschwall seines Kollegen. »Ich gehe telefonieren und sorge dafür, dass dich einer unserer Kollegen ablöst. Danach müssen wir uns um die Angehörigen kümmern. Ich spreche mit Friederike, die kenne ich aus der Schulzeit. Du machst dich auf die Suche nach Heinz-Hermann Lüders. Das ist ihr Sohn.«

Peters verzog kaum merklich das Gesicht, widersprach aber nicht. Widerworte gegen Walter Tjaden waren undenkbar. Der Hauptwachtmeister war seit 1945 Dienststellenleiter auf Norderney und eine Autorität, die niemand infrage stellte.

*

»Es tut mir aufrichtig leid, Friederike.« Tjaden saß der Frau, die soeben zum zweiten Mal Witwe geworden war, am Küchentisch gegenüber und hatte ihre Hände ergriffen. »Wir werden alles tun, um den Täter zu finden. Hast du eine Idee, wer das getan haben könnte?«

Friederike Beek schüttelte stumm den Kopf. Ihr Mund war zu einem schmalen Strich zusammengepresst, als wollte sie verhindern, dass ein Wort über ihre Lippen kam.

»Weißt du, ob irgendwas fehlt? Hat der ... Täter etwas mitgenommen? Medikamente? Substanzen, mit denen sich Rauschmittel herstellen lassen?«

»Er war nicht in der Apotheke«, murmelte Friederike Beek. »Er war oben in der Wohnung. Wahrscheinlich hat Günter sich ihm in den Weg gestellt, als er sie wieder verlassen wollte.«

»Fehlt dort etwas? Hast du schon nachgesehen?«

Erneut schüttelte sie den Kopf. »Ich weiß nicht. Soll ich nachschauen?« Sie machte Anstalten, aufzustehen, doch Tjaden hielt ihre Hände fest. »Nicht jetzt. Das hat Zeit. Außerdem kann das Heinz-Hermann machen. Weißt du, wo er ist?«

Sie warf einen Blick auf die Küchenuhr. »Er liefert Medikamente aus. Müsste bald hier sein.«

»Gut.« Tjaden löste seine Hände von ihren. »Dann müssen wir nicht nach ihm suchen.« Er stand auf. »Ich sage meinem Kollegen Bescheid. Bin gleich wieder da.«

Als der Hauptwachtmeister in die Küche zurückkehrte, stand Friederike Beek am Herd und setzte Wasser auf.

»Du musst doch jetzt nicht ...«

»Nur Tee«, antwortete sie. »Ich kann nicht einfach bloß rumsitzen. Muss was tun. Wenn Heinz-Hermann kommt, braucht er was zum Aufwärmen.«

Tjaden nickte wortlos und ließ sich wieder am Küchentisch nieder.

Wenig später stellte Friederike Beek drei Tassen auf den Tisch, schenkte ein und setzte sich Tjaden gegenüber. Stumm rührte sie ihre Tasse um. »Heinz-Hermann hat uns gewarnt«, begann sie schließlich zögernd. »Vor Wilhelm Nordbrook. Der soll jemanden geschickt haben, der das Zimmer von Eleonore durchsucht hat. Wir konnten das nicht glauben. Ich kann mir das auch nicht vorstellen ...« Sie brach ab, als sich die Tür öffnete und Heinz-Hermann eintrat. »Mein Junge! Gut, dass du da bist. Es ist etwas Schreckliches passiert.« Jetzt – endlich – brach Friederike in Tränen aus.

Tjaden erhob sich. »Ich lasse euch mal einen Moment allein. Später würde ich gern noch mit dir reden, Heinz-Hermann.«

*

Der junge Lüders bestätigte die Annahme, dass der Eindringling von Wilhelm Nordbrook geschickt worden sein musste. Er konnte aber keinen Beweis dafür liefern, denn er hatte ihn nicht einmal deutlich gesehen. Aus dem Gespräch während der Beisetzungsfeierlichkeiten schloss er auf Wilhelm und fügte hinzu: »Weil sonst keiner dafür infrage kommt.«

»Also schnappen wir uns diesen Nordbrook«, schlug Peters vor, als er und Tjaden auf dem Weg zur Polizeidienststelle waren. »Bis die Kollegen aus Norden hier sind, kann es noch dauern. In der Zwischenzeit haben wir vielleicht schon ein Geständnis. Dann können die gleich wieder umkehren.«

»Natürlich werden wir Nordbrook befragen«, antwortete Tjaden. »Aber dass er der Täter sein könnte, ist nur eine Vermutung vom jungen Lüders. Wir haben keinen konkreten Anhaltspunkt für seine Täterschaft, geschweige denn einen Beweis.«

»Hat Heinz-Hermann seinen Verdacht begründet?«

Tjaden nickte. »Aber wenig konkret. Wilhelm hat sich beim

Leichenschmaus nach Unterlagen erkundigt, die Eleonore Lüders hinterlassen haben könnte. Am gleichen Tag hat jemand das Zimmer der alten Dame durchsucht.«

»Und nichts gefunden«, vermutete Peters. »Deshalb ist er heute wiedergekommen.«

»Ist anzunehmen. Aber Heinz-Hermann hat ihn nicht gesehen. Und Günter Beek kann nichts mehr sagen. Also wird es schwierig. Wilhelm ist der Sohn eines Hoteliers Nordbrook. Eine angesehene Familie auf Norderney. Wir können ihn nicht einfach unter Verdacht stellen. Jedenfalls nicht ohne einen konkreten Hinweis, der ihn belastet.«

»Aber wenn wir ihn ins Kreuzverhör nehmen ...«

Unwillig schüttelte Tjaden den Kopf. »Es heißt nicht *Verhör*, sondern *Vernehmung*. Seit fünfundvierzig. Schreib dir das hinter die Ohren! Ich hab es schließlich auch gelernt. Im Übrigen kannst du sicher sein, dass Wilhelm Nordbrook nicht ohne Rechtsanwalt erscheint. Ich kenne den Burschen. Der hat schon als Halbwüchsiger auf der Insel Ärger gemacht. Aber die Anwälte seiner Mutter haben ihn immer wieder rausgehauen.«

Peters verzog das Gesicht. »Wir sollten ihm eine Falle stellen. Wonach genau hat er bei den Lüders gesucht? Wenn wir ihm einen Tipp geben, wo er es findet ...«

Tjaden blieb stehen und sah seinen Kollegen nachdenklich an. »Das konnte – oder wollte – Heinz-Herrmann nicht sagen. Es ging um irgendwelche Unterlagen aus dem Nachlass seiner Urgroßmutter.«

»Aber wieso interessiert der sich für das Erbe einer alten Frau aus einer fremden Familie?«

»Berechtigte Frage.« Tjaden hob die Schultern. »Wir werden sie ihm stellen. Aber ich fürchte, er wird sie nicht beantworten.«

In der Dienststelle erwartete sie eine Nachricht vom Kriminalkommissariat Norden. Die Herren Kommissare seien noch mit einem Fall beschäftigt und könnten frühestens am übernächsten Tag auf Norderney eintreffen.

»Dann knüpfen wir uns eben schon mal den jungen Nordbrook vor«, entschied Tjaden. »Geh zum Hotel und bring ihn her! Aber ohne Aufsehen.«

»Und wenn er sich weigert?«

»Dann kommen wir zu ihm ins Hotel. Mit allen Leuten, die wir haben. Vier Polizisten in Uniform. Das dürfte seinem Onkel nicht gefallen.«

*

Als Wachtmeister Peters mit Wilhelm Nordbrook in die Dienststelle zurückkehrte, traf dort auch der Anwalt der Familie ein. Die bekannte Kanzlei Leßing aus Emden unterhielt auf Norderney ein Anwaltsbüro, in dem der jüngste Sohn des Inhabers residierte. Tjaden bat alle in sein Büro und stellte ohne Umwege seine Frage.

»Im Haus der Familie Lüders? Was für ein abwegiger Gedanke, Herr Hauptwachtmeister.« Wilhelm lächelte, verschränkte die Arme und lehnte sich zurück. Er warf seinem Anwalt einen siegessicheren Blick zu. »Glauben Sie im Ernst, dass ein Nordbrook auf Einbruchstour geht?«

»Was ich glaube, steht hier nicht zur Debatte«, knurrte Tjaden. »Tatsache ist, dass Sie sich für Unterlagen aus dem Nachlass seiner Urgroßmutter interessiert haben. Während der Beisetzungsfeierlichkeiten haben Sie Heinz-Hermann Lüders danach gefragt.«

»Da muss der gute Heinzi etwas falsch verstanden haben. Ich habe mich lediglich nach dem kulturellen Erbe der alten Dame erkundigt. Sie hatte ja ein langes Leben hinter sich. Nach fast hundert Jahren muss es doch interessante Erbstücke geben. Bücher, Ansichtskarten, Aufzeichnungen, was weiß ich. Unterlagen, die Geschichten aus längst vergangenen Zeiten erzählen. Natürlich auch Erinnerungsstücke. So was sollte man der Nachwelt erhalten. Nur darauf wollte ich ihn aufmerksam machen. Nicht für mich. Für die Familie ... Lüders.«

Erneut sah er seinen Anwalt an. Der nickte nachdrücklich. »Ich glaube, damit ist schon alles gesagt. Mein Mandant und ich würden jetzt gern gehen.«

»Eine Frage noch, Herr Lüders.« Tjaden hob die Stimme. »Wo waren Sie zur fraglichen Zeit?«

»Diese Frage muss mein Mandant nicht beantworten«, meldete sich der Anwalt erneut zu Wort.

»Lassen Sie's gut sein, Leßing!« Nordbrook machte eine abwertende Handbewegung und grinste vieldeutig. »Wenn der Herr Hauptwachtmeister nach meinem Alibi fragt, bekommt er selbstverständlich eine Antwort. Und zwar eine, die er überprüfen kann. Allerdings bitte ich um Diskretion, denn ich war mit einer Dame zusammen. Sie wird das bestätigen.« Er deutete mit dem Zeigefinger auf Tjaden. »Sie bekommen ihren Namen, wenn Sie versichern, ihn vertraulich zu behandeln.«

»Wir tun, was wir können«, knurrte der Polizist und deutete auf den Telefonapparat. »Rufen Sie das Fräulein an! Wenn die Dame herkommt, müssen wir sie nicht aufsuchen.«

Wilhelm Nordbrook stand auf. »Ich schicke sie zu Ihnen. Aber das möchte ich persönlich mit ihr besprechen. Nicht am Telefon.« Er wandte sich an den Rechtsanwalt. »Wir können doch jetzt gehen, oder?«

»Ich denke ja«, antwortete Leßing und erhob sich ebenfalls. »Der Herr Hauptwachtmeister hat sicher nichts dagegen.«

Mit undurchdringlicher Miene wandte sich Tjaden an Nordbrook. »Es kann aber sein, dass wir noch einmal mit Ihnen sprechen müssen.«

»Stets zu Ihrer Verfügung, Herr Hauptwachtmeister.« Fröhlich grinsend verließ Wilhelm Nordbrook an der Seite seines Anwalts Tjadens Büro. »Danke, wir finden hinaus.«

»Und jetzt?«, fragte Wachtmeister Peters, nachdem sich die Tür geschlossen hatte. Er klang ungeduldig. »Wir können doch nicht die Hände in den Schoß legen.«

»Uns bleibt nichts anderes übrig«, erwiderte Tjaden. »Wenn die Dame, die er uns schicken will, sein Alibi nicht bestätigt, können wir weiter ermitteln. Aber daran glaube ich nicht. Der Bursche war sich seiner Sache sehr sicher. Wir müssen davon ausgehen, dass die Zeugin in seinem Sinn aussagt.«

»Wenn wir den Eindruck haben, dass sie lügt – was dann?«

Tjaden hob die Schultern. »Dann sind wir mit unserer Weisheit am Ende. Nordbrook muss seine Unschuld nicht beweisen. Wir müssen ihm die Tat nachweisen. Erst mal müssen die Gerichtsmediziner eindeutig zu dem Schluss kommen, dass Günter Beek nach einem Schlag ins Gesicht die Treppe hinuntergestürzt ist. Das ist noch keineswegs sicher. Aber selbst wenn, haben wir noch keine Erkenntnis über den Täter.«

»Es kann doch nicht sein«, empörte sich Peters, »dass Nordbrook davonkommt, weil er sich eine Zeugenaussage kauft. Anders kann es ja nicht sein. Eine Frau, die sich darauf einlässt, würde viel riskieren. Sie könnte wegen Beihilfe angeklagt werden. Einige hundert Mark können so ein Risiko nicht ausgleichen.« Er schüttelte verständnislos den Kopf.

»Wir werden sehen«, entgegnete Tjaden. »Auf die Dame bin ich jedenfalls gespannt.«

»Wir werden sie sicher ziemlich schnell weichkochen«, sagte Peters. »Und dann wird sie singen wie ein Vögelchen. Herr Nordbrook wird sich noch wundern.«

Tjaden schüttelte den Kopf. »Singen wie ein Vögelchen? Was ist das für eine Ausdrucksweise! Klingt nach *Edgar Wallace*. Du gehst zu oft ins Kino. Wer hat das gesagt? Heinz Drache? Harald Leipnitz? Joachim Fuchsberger?«

»Kommt im Film öfter vor«, murmelte Peters errötend.

*

Die junge Frau erschien allein. »Rena Janssen«, stellte sie sich vor. »Eigentlich Renate, aber alle nennen mich Rena. Gefällt mir auch besser. Klingt nicht so spießig.«

Wachtmeister Peters führte sie in Tjadens Büro. »Bitte nehmen Sie Platz! Mein Kollege kommt gleich. Er leitet die Ermittlungen. Ich nehme schon mal Ihre Personalien auf.«

»Ermittlungen?« Kräftige schräge Augenbrauen über dunklen Augen wanderten nach oben. »Ich denke, es geht um einen bestimmten Zeitpunkt. Herr Nordbrook sagte mir ...«

»Um einen Zeitraum, Frau Janssen. Aber das besprechen Sie bitte mit Hauptwachtmeister Tjaden.« Peters musterte die junge Frau, die sich auf der Stuhlkante niedergelassen und die Beine übereinandergeschlagen hatte. Ihr Rock war dabei nach oben gerutscht und gab mehr nackte Haut frei, als es sich für eine Dame geziemte. Aber der Begriff schien ohnehin nicht recht zu passen, denn in einem tiefen Ausschnitt wurde der üppige Busen sichtbar, als sie ihre Jacke ablegte. Rena Janssen war auf eine Weise geschminkt, die ihm auf Norderney noch nicht begegnet war. Nicht gerade grell, aber doch auffällig. Wie Sophia Loren auf dem Filmplakat zu *Die Gräfin von Hongkong*. Wo mochte sich Wilhelm Nordbrook die Frau geangelt haben? Auf der Insel war sie Peters jedenfalls noch nie begegnet.

Er notierte ihren Namen. »Ich brauche noch Ihre Adresse. Und Ihren Beruf – wenn Sie berufstätig sind.«

»Haben Sie mal Feuer?«, fragte sie, zog eine Packung *Eve* aus der Handtasche und schob sich eine der Slim-Zigaretten zwischen die Lippen. Nuttenstängel, dachte Peters, griff aber in die Hosentasche und ließ sein Feuerzeug aufschnappen. »Bitte!« Ein Hauch ihres Parfüms wehte ihn an. Plötzlich war er nicht mehr sicher, dass er und Hauptwachtmeister Tjaden mit Rena Janssen so leicht fertigwürden. Ihrer Aufmachung nach stammte sie nicht aus Ostfriesland; wahrscheinlich kam sie aus einer Großstadt und war mit allen Wassern gewaschen.

»Also?«, fragte er.

Sie inhalierte tief und blies den Rauch in seine Richtung. Dabei drehte sie mit dem Daumen einen Ring an ihrer linken Hand. Peters kannte sich damit nicht aus, vermutete aber, dass ein Brillant darauf glitzerte.

»Ich wohne im Hotel Nordbrook. Von Beruf bin ich Künstlerin. Cabaret, wenn Sie verstehen.«

Peters' Gedanken wurden unterbrochen, als Hauptwachtmeister Tjaden das Büro betrat. Er nickte seinem Kollegen kurz zu und wandte sich an die Besucherin. »Bitte behalten Sie Platz!« Er ließ sich auf seinen Bürostuhl fallen und streckte die Hand nach dem Erfassungsbogen aus, der vor Peters auf dem Schreibtisch lag. Der schob ihn näher.

Tjaden warf einen Blick darauf und runzelte die Stirn. »Wir brauchen Ihre Meldeadresse.« Er hob den Kopf und sah Rena Janssen prüfend an. »Zur Sache. Waren Sie gestern zwischen elf und zwölf Uhr mit Herrn Wilhelm Nordbrook zusammen?«

Sie legte den Kopf in den Nacken und blies den Rauch zur Decke. »Lassen Sie mich nachdenken! Ja, um zehn Uhr habe ich gefrühstückt. Danach war ich mit Wilhelm auf meinem Zimmer. Bis halb eins ungefähr. Wollen Sie auch wissen, was wir gemacht haben?«

Tjaden starrte sie wütend an. »Wir ermitteln in einem Mordfall. Mit einer Falschaussage können Sie sich ins Gefängnis bringen.«

Scheinbar erschrocken riss Rena Janssen die Augen auf. »Wenn es nun aber so war? Wilhelm war bei mir. Wir haben ... uns ... amüsiert. Schließlich ist er mein Verlobter.« Sie hob die linke Hand und bewegte die Finger.

»Aha«, sagte Tjaden. »Daher weht der Wind. Ich glaube, wir verschwenden nur unsere Zeit. Sie können gehen. Vorher hinterlassen Sie aber noch Ihre Anschrift. Und ich meine nicht die vom Hotel.« Er schob das Blatt mit den Personalien zurück zu Peters. »Wenn Sie die Insel verlassen wollen, geben Sie uns rechtzeitig Bescheid. Kann sein, dass die Kollegen von der Kripo noch mit Ihnen sprechen wollen.«

Rena Janssen zuckte unbeeindruckt mit den Schultern und gab Wachtmeister Peters die gewünschte Auskunft.

*

»Von wegen ein paar hundert Mark«, fauchte Tjaden, nachdem die Besucherin die Dienststelle verlassen hatte. »Auch ein paar Tausender tun es nicht. Die Dame nimmt gleich das ganze Hotel Nordbrook. Klar, dass sie dem Junior ein Alibi gibt.«

»Vielleicht hätten wir sie stärker unter Druck setzen sollen«, murmelte Peters.

»Wie denn? Die Frau ist so was von abgebrüht.« Er deutete auf den Personalerfassungsbogen. »Die kommt aus Hamburg. Arbeitet wahrscheinlich auf der Reeperbahn. So eine lässt sich nicht so schnell aus der Fassung bringen.«

Missmutig drehte Peters den Kugelschreiber zwischen den Fingern. »Also bleibt uns nichts anderes übrig, als auf die Kollegen aus Norden zu warten. Aber ob die mehr erreichen?«

Tjaden zuckte mit den Schultern. »Das Alibi von Wilhelm Nordbrook werden sie jedenfalls auch nicht knacken. Solange die Janssen bei ihrer Aussage bleibt …«

Er wurde unterbrochen, als sich die Bürotür öffnete und ein junger Mann den Kopf hereinstreckte. »Moin zusammen. Habe gehört, es hat einen Mord gegeben. Habt ihr schon einen Täter?«

»Du hast uns gerade noch gefehlt«, seufzte Tjaden. »Ihr Zeitungsfritzen seid wirklich eine Plage. Woher hast du nun schon wieder …«

»Schnell und aktuell, das ist unsere Devise.« Wolfgang Reimers trat unaufgefordert ein und zog die Tür hinter sich zu. »Wenn wir warten würden, bis ihr uns gnädig eine Pressemitteilung zukommen lasst, könnten wir einpacken. Dann weiß es ohnehin schon ganz Norderney. Also: Was gibt es zum bedauerlichen Ableben von Günter Beek zu berichten?«

»Nichts«, antwortete Tjaden. »Günter ist auf der Treppe gestürzt und hat sich dabei eine tödliche Verletzung zugezogen. Das ist alles.«

»Ein Unfall. Aha.« Die Ironie in Reimers' Stimme war nicht zu überhören. »Und warum ermittelt die Polizei?«

»Ob es Ermittlungen geben wird«, erklärte der Hauptwachtmeister, »wird sich erst noch herausstellen. Wenn die genaue Todesursache feststeht.«

»Also wird Beeks Leiche obduziert?«

»Davon kannst du ausgehen. Wir sind Polizisten, keine Mediziner. Die Fachleute müssen klären, wie es zu dem Unfall kam. Oder ob Fremdverschulden vorliegt.«

Wolfgang Reimers grinste. »Fremdverschulden – ein schönes Wort. Besonders passend, wenn es sich nicht um einen Fremden handelt. Steht Wilhelm Nordbrook unter Verdacht?«

Tjaden und Peters sahen sich verblüfft an. »Wie kommst du denn darauf?«, fragte der Hauptwachtmeister sichtlich verärgert.

»Habt ihr ihn nicht verhört? Und seine Verlobte auch?«

»Es heißt nicht *verhören*, fauchte Tjaden, »sondern *vernehmen*. Aber nicht einmal das trifft zu. Wir haben lediglich Gespräche geführt. Fertig. Aus. Ende. Und jetzt sieh zu, dass du weiterkommst. Sonst mach ich dir Beine.«

Das Grinsen im Gesicht des Reporters wurde noch breiter. »Du hast schlechte Laune, Onkel Walter. Darf ich daraus schließen, dass ihr mit euren Ermittlungen auf der Stelle tretet?«

»Raus!«, brüllte der Hauptwachtmeister. »Oder ich trete gleich mal in eine bestimmte Stelle.«

»Bin ja schon weg.« Reimers nickte den Polizisten zu und verschwand durch die Tür.

Peters deutete mit dem Daumen hinterher. »War das nicht ein bisschen hart?«

»Der Rotzlöffel«, knurrte Tjaden. »Ist gar nicht lange her, da hat er noch Hose und Hemd aus einem Stück getragen. War ein netter Junge. Eigentlich gut erzogen. Aber seit er beim *Badekurier* arbeitet, ist er ganz schön frech geworden.«

»Vielleicht gehört das zu seinem Job«, vermutete Peters. »Er wird doch nicht über eine mögliche Täterschaft Nordbrooks spekulieren? Der hetzt ihm doch sofort seinen Anwalt auf den Hals.«

Tjaden schüttelte den Kopf. »Doof ist er nicht. Bin gespannt, was er schreibt.«

*

Kurz darauf konnte er es lesen:

Tödlicher Unfall in Norderneyer Apotheke
Von Wolfgang Reimers

Am vergangenen Montag ist der Apotheker Günter Beek durch einen tragischen Unfall ums Leben gekommen. Nach Angaben des Dienststellenleiters der örtlichen Polizei, Hauptwachtmeister Tjaden, ist Beek eine Treppe hinabgestürzt und hat sich dabei tödliche Verletzungen zugezogen. Ob Fremdverschulden infrage kommt, wird noch untersucht. Tjaden und sein Kollege Peters haben zwei Personen befragt, machen aber keine Angaben darüber, ob und in welcher Weise diese mit dem Ereignis in Verbindung stehen. Der Unfall ereignete sich in der Apotheke Lüders, die sich seit über hundertfünfzig Jahren im Besitz der Familie befindet. Beek hinterlässt neben seiner Frau einen Stiefsohn. Ob die Witwe das Geschäft allein weiterführt, ist noch nicht bekannt.

An dem Tag, als der Artikel im *Badekurier* und in den *Ostfriesischen Nachrichten* erschien, erreichte das Gutachten der Gerichtsmediziner die Polizeiwache auf Norderney. Todesursächlich war ein Genickbruch infolge des Treppensturzes. Warum Beek die Treppe hinunterfiel, konnte nicht eindeutig ermittelt werden. Ein kräftiger Schlag mit einem Gegenstand hatte dem Opfer die Nase gebrochen. Dass dieser Schlag den Sturz ausgelöst hatte, erschien den Medizinern wahrscheinlich, ließ sich aber nicht beweisen.

»Jetzt sind wir genauso schlau wie vorher«, stellte Hauptwachtmeister Tjaden fest. »Wir dürfen Wilhelm Nordbrook nicht einmal beschuldigen. Wenn die Kollegen von der Kripo nicht noch ein Wunder bewirken, gibt es kein Tötungsdelikt, und Günter Beek ist an den Folgen eines Unfalls gestorben.« Er warf Peters den Bericht zu und seufzte. »Ein Gutes hat die Sache ja. So bleibt Friederike wenigstens das Gerede der Leute erspart, dass sie ihren Mann durch einen Mord verloren hat.«

24

2016

Eine Minute vor der verabredeten Zeit stand Gerit Jensen vor Rieke Bernsteins Zimmer. Er hatte sich beeilt und war ein wenig außer Atem. Vielleicht nicht nur wegen der schnellen Bewegung. Hinter der Tür vernahm er undeutliches Gemurmel. Ob sie telefonierte? Er sah auf die Uhr und verfolgte den Zeiger, bis er exakt zwanzig Minuten vor sieben zeigte, dann klopfte er vorsichtig an.

Als Rieke öffnete, hatte sie ihr Mobiltelefon am Ohr. Sie nickte ihm freundlich zu und winkte ihn herein, während sie weitersprach. Er schloss die Tür hinter sich und sah sich um. Ein derart luxuriöses Hotelzimmer hatte er noch nie gesehen. Höchstens im Film. Ob das LKA die Kosten trug?

Das Telefongespräch zog seine Aufmerksamkeit auf sich. Ob er wollte oder nicht – Riekes Worte drangen an seine Ohren.

»Ja, gerade ist ein Kollege gekommen, um mich abzuholen … Nein, er begleitet mich zu einem Restaurant am Strand. Wir wollen gut essen und den Sonnenuntergang genießen … Ja, das finde ich auch verlockend. Ich hoffe, dass du bald kommen kannst. Norderney ist wunderschön … Nein, weiß ich noch nicht. Wir treten im Moment auf der Stelle. Morgen kann ich vielleicht mehr sagen. Ich rufe wieder an … Danke! Dir auch einen schönen Abend. Bis morgen, mein Schatz … Ich dich auch.« Sie hauchte einen Kuss ins Telefon. »Tschüss.«

Rieke beendete die Verbindung und ließ das Handy in ihre

Handtasche gleiten. »Entschuldige, Gerit. Jetzt bin ich startbereit.«

Jensen war erstarrt. Riekes letzte Sätze am Telefon konnten nur bedeuten …

»Komm!« Rieke unterbrach seinen Gedankengang. Sie hatte die Tür geöffnet und lächelte auffordernd. »Wir können gehen. Ich freue mich schon auf ein leckeres Essen in der Abendsonne.«

»Hast du gerade mit …?« Jensen brach ab. *Es geht mich nichts an. Natürlich hat eine schöne Frau wie Rieke Bernstein einen Freund. Was habe ich mir nur eingebildet?*

»Das war meine Freundin«, erklärte Rieke. »Sie kommt nach, sobald wir den Fall abgeschlossen haben. Und dann machen wir hier Urlaub.« Mit einer Kopfbewegung deutete sie auf die Hotelsuite. »Deshalb das Luxusquartier. Das LKA übernimmt nur einen Teil. Aber Julia verdient gut. Du wirst sie sicher noch kennenlernen. Eine wunderbare Frau.«

»Ihr … lebt … zusammen?«

Rieke nickte. »Bald werden es zehn Jahre. Und wir lieben uns wie am ersten Tag.«

*

Nach Jakobsmuscheln und Steinbutt, Rehrücken und Limonen-Creme hatten sie den Abend mit einem Aquavit beschlossen und waren bis zum Sonnenuntergang am Strand entlanggewandert. Der Abendhimmel hatte ein prächtiges Farbenspiel geliefert und die Welt in warmes Licht getaucht. Jan Eilers hatte mit seiner Vorhersage wohl richtiggelegen, denn nachdem die Sonne verschwunden war, kam Wind auf, und die Dämmerung schien rascher voranzuschreiten als in den vergangenen Tagen.

Rieke hatte das Essen genossen und ein wenig ihren Kollegen bedauert, der unerwartet einsilbig geblieben war. Auf eine seltsame Art hatte er sie verstohlen gemustert, aber vermieden, ihr in die Augen zu sehen. Sie hätte es wissen müssen! Gerit Jensen hatte sich mehr von dem Abend versprochen als nur ein romantisches Diner mit einer Kollegin. Wahrscheinlich waren ihm die Felle davongeschwommen, als sie von Julia gesprochen hatte. Warum war es so schwierig, mit einem Mann einfach nur ein paar angenehme Stunden zu verbringen, ohne sich Gedanken über seine Absichten machen, sich eine Abwehrstrategie gegen Annäherungsversuche zurechtlegen und die Angst haben zu müssen, durch Worte, Blicke oder Bewegungen falsche Signale zu geben?

Die plötzliche Kühle und die rasch zunehmende Dunkelheit hatten sie bewogen, zum Hotel zurückzukehren. Sie waren durch die beleuchtete Stadt geschlendert, und dabei war es Rieke vorgekommen, als wäre auch das Gespräch nichts anderes als ein oberflächliches Flanieren der Worte. Obwohl sie gern noch mit ihrem Kollegen an der Bar einen Drink genommen hätte, verabschiedete sie sich vor dem Nordbrook von Gerit Jensen und ging direkt auf ihr Zimmer.

Als sie auf ihrem Smartphone nachsah, fand sie den Eingang einer weiteren Nachricht von Hannah.

Liebe Rieke,
aus den Familienanzeigen, die im Ostfriesischen Kurier *abgedruckt waren, lassen sich die Stammbäume der Familien Lüders und Nordbrook seit 1870 konstruieren. Zu dem Ehemann von Eleonore Lüders (geb. Nordbrook) habe ich noch einige interessante Artikel gefunden. Er hieß Hauke und hat offenbar wenig Interesse für die Apotheke seines Vaters gezeigt. Stattdessen hat er sich einen – seinerzeit als*

zweifelhaft angesehenen – Namen als Freund der Schauspielkunst gemacht und sich im Norderneyer Kur-Theater betätigt, auch als Schauspieler. Zeitweise muss er verschwunden gewesen sein, denn im Kurier *erschien eine Notiz, dass er vermisst wurde und man nach ihm suchte. Zur gleichen Zeit fanden sich Berichte über einen Mord an einem Arbeiter der Firma des Bauunternehmers Nordbrook aus Norden. Zehn Jahre später hat die Polizei die Tatwaffe entdeckt. Einen besonderen Gehstock mit versteckter Klinge, der Hauke Lüders zugeordnet wurde. Zu einer Verhaftung kam es nicht, denn offenbar hatte er Norderney verlassen und sich in den Militärdienst begeben. Im September 1914 erschien eine Todesanzeige, wonach er in Frankreich gefallen ist.*
Liebe Grüße, Hannah

PS: Gerade sehe ich, dass der Vater von Eleonore, Ubbo Emmius Nordbrook, kurz nach der Hochzeit seiner Tochter gestorben ist. »Plötzlich und unerwartet«, heißt es. Und: »Mitten aus dem Leben gerissen.« Die Todesursache wird weder in der Anzeige noch in dem Bericht über die Beisetzung genannt.
PPS: Komme heute nicht mehr nach Norderney. Übernachte zu Hause in Emden. Will morgen früh wieder ins Archiv.

Rieke legte das Handy ab und ging zum Fenster. Der Wind hatte weiter aufgefrischt. Jetzt jagten dunkle Wolken über den Himmel. Der von Jan Eilers angekündigte Wetterumschwung.

Sie schloss die Fensterflügel und ging ins Bad, um sich abzuschminken. Während sie mit einem getränkten Wattepad Lidschatten und Eyeliner entfernte, kreisten ihre Gedanken um den Todesfall im Hause Lüders von 1969 und um Hannahs

Recherche. Je tiefer sie in die Geschichte der Familien Lüders und Nordbrook vordrangen, desto merkwürdiger wurde das Ganze. Waren die ungeklärten Todesfälle Zufall? Oder hatte es gewaltsame Auseinandersetzungen um einen Goldschatz gegeben? Traf das etwa auch auf den Tod von Frank Lüders und den Angriff auf seinen Vater zu? Wollte ein Mitglied der Familie Nordbrook die Herausgabe des Vermögens erzwingen?

»Es wird höchste Zeit, dass ich mit Thomas Nordbrook spreche«, murmelte sie ihrem Spiegelbild zu und verteilte Reinigungsmilch auf dem Gesicht. »Wenn er morgen nicht auftaucht und immer noch nicht erreichbar ist, lasse ich nach ihm suchen.«

*

Die Bedingungen waren günstig. Eine frühe, tiefschwarze Dunkelheit lag über der Insel. Zudem hatte Regen eingesetzt. Gern wäre Patrick noch geblieben und hätte die Nacht bei Laura verbracht. Um sie nicht zu erschrecken, war er sehr vorsichtig vorgegangen und hatte ihr versichert, dass er ihr nicht wehtun würde. Mit einem Seidentuch hatte er begonnen und zuerst nur ihre Hände gefesselt. Die Augenmaske hatte sie sofort akzeptiert. Und die sanften Berührungen durch die Straußenfedern sichtlich genossen. Noch stärker als beim ersten Mal hatte er sie in Ekstase versetzen, sich selbst durch die Reaktionen ihres Körpers in Erregung bringen und das Liebesspiel zu einem grandiosen Finale führen können. Beim nächsten Mal würden sie vielleicht die Rollen tauschen. Herrliche Aussichten.

Aber jetzt musste er sich um Thomas kümmern. An der Nordseeküste schlug das Wetter schnell wieder um. Auf eine derart finstere Nacht mit dichtem Regen würde er womöglich lange warten müssen, wenn er heute nicht handelte.

Gegen ein Uhr verabschiedete er sich von Laura und kehrte in sein Zimmer zurück, um sich umzuziehen. Schwarze Jeans, schwarzer Kapuzenpulli, schwarze Handschuhe. Zur Sicherheit noch eine Sturmhaube. Und eine Taschenlampe. Für den Transport der Leiche hatte er aus dem Materiallager des Hotels schwarze Müllsäcke besorgt. Um sie fest an den Körper zu binden, würde er zwei oder drei seiner guten Seile opfern müssen. Bedauerlich, aber unvermeidlich.

Er wartete, bis die letzten Geräusche im Haus verklungen waren, dann packte er seine Ausrüstung zusammen und schlich durchs Treppenhaus nach draußen. Der Regen beschränkte die Sicht, aber wenn vor dem Hotel noch Menschen oder auf der Straße Autos unterwegs gewesen wären, hätte er sie erkennen können. Patrick holte den schwarzen Mercedes aus der Garage und rangierte ihn rückwärts vor den hinteren Kellerzugang. Nachdem er den Motor abgestellt hatte, lauschte er einige Sekunden in die Dunkelheit, doch außer dem Rauschen des Regens war nichts zu hören. Er wandte sich dem Eingang zu, öffnete die Tür und schlüpfte hinein.

Im spärlichen Licht der Taschenlampe räumte er die Flaschen aus dem Weinregal, rückte es beiseite und schob den Schlüssel ins Schloss der Stahltür. Als sie aufschwang, richtete er den Strahl der Lampe in den dunklen Kellerraum. Thomas lag noch an derselben Stelle. Aber anders, als er es in Erinnerung hatte. Nicht auf dem Rücken, sondern auf der Seite. Patrick erschrak, spürte, wie sein Puls zu rasen begann. Vorsichtig näherte er sich dem verkrümmten Körper, beugte sich über ihn und verharrte. Kein Lebenszeichen. Mit dem Fuß stieß er gegen die Schulter. Thomas rührte sich nicht. Ein erneuter Tritt, diesmal kräftiger, ließ den Körper auf den Rücken rollen. Der Mund stand offen, die Augen blickten leblos und starr.

Patrick streifte einen Handschuh ab und befühlte den Hals. Diesmal war die Haut kalt. Kein Puls. Eindeutig.

Nun begann der schwierigste Teil der Arbeit. Einen der Müllsäcke streifte er über Kopf und Oberkörper, den anderen über die Beine. Dann umwickelte er sie mit den Seilen und verschnürte den Toten zu einem länglichen Paket. Schließlich zerrte er das unerwartet schwere Bündel durch den Weinkeller in den Gang und von dort zur hinteren Kellertür. Hier legte er es ab und kehrte zurück. Im Schein der kleinen Lampe dauerte das Zurückschieben und Wiedereinräumen des Weinregals deutlich länger als vermutet. Doch Patrick scheute sich, die Beleuchtung einzuschalten. Ein Gast würde sich für den Lichtschein im Kellergeschoss nicht interessieren, aber ein Hotelangestellter konnte auf die Idee kommen nachzuschauen.

Schwitzend kehrte er zum Kellerausgang zurück, verschloss die Tür und zerrte das Paket mit der Leiche die Stufen hinauf, die zur Hofebene führten. Er ließ die Hecktür des Mercedes aufschwingen, um den Körper in den Laderaum hieven zu können. Das erwies sich als unerwartet schwierig, denn es gelang ihm nicht, das glitschige Bündel so zu fassen, dass er es hineinheben konnte.

Schließlich wuchtete er den Oberkörper über die Ladekante, schob die Beine hinterher, drückte sie nach innen und schloss die Heckklappe. Schwer atmend lehnte er sich an den Wagen und fummelte die zerdrückte Packung *John Player Special* aus der Hosentasche.

*

Sie hatte unruhig geschlafen. In ihren Träumen war ein gesichtsloser Mann in ihr Zimmer getreten und hatte versucht, sie ans Bett zu fesseln. Sie hatte sich gewehrt und um sich geschlagen. Und war aufgewacht. Erleichtert, dass es nur ein Traum war, aber auch irritiert war sie aufgestanden und hatte das Fenster geöffnet, es aber sofort wieder geschlossen, weil Wassertropfen von draußen auf die Fensterbank spritzten.

Laura starrte in den Regen und fragte sich, was sie bewogen hatte, Patricks Spiele mitzumachen. Hätte eine Freundin ihr von Fesselspielen vorgeschwärmt oder ihr empfohlen, Bondage auszuprobieren, hätte sie das weit von sich gewiesen. Dabei waren die Experimente, auf die sie sich heute eingelassen hatte, harmlos gewesen, und sie hatten sie in unerwartete Erregung versetzt.

Sexuelle Abenteuer mit Kommilitonen hatte Laura zur Genüge erlebt. Sie waren mal mehr, mal weniger erfreulich gewesen. Die meisten Männer hatten dabei vorrangig ihr eigenes Vergnügen im Sinn gehabt. Patricks Vorschläge waren ihr anfangs fragwürdig erschienen, aber er hatte sich um sie bemüht, mit Geduld und Einfühlungsvermögen ihre Bedürfnisse erkundet und mehr als befriedigt. Trotzdem war er ihr auf eine seltsame Art rätselhaft geblieben. Vordergründig war an ihm und seinen Spielen nichts auszusetzen gewesen. Er war höflich und zurückhaltend gewesen. Laura war sicher, dass er sich zurückgezogen hätte, wenn sie jede Annäherung abgewiesen hätte. Warum zweifelte sie dennoch an seinem Charakter?

Unten auf dem Hof stand ein dunkler Wagen. Sie nahm ihn nur wahr, weil daneben eine Zigarette aufglühte. Vielleicht der Nachtportier, der zu einer Zigarettenpause nach hinten gegangen war. Die dunkle Gestalt war kaum zu erkennen, doch der Figur nach konnte es Patrick sein. Auch seine Bewegungen deuteten darauf hin. Was mochte er dort tun um diese Zeit? Wahrscheinlich irrte sie sich.

Laura schob die Gardine vor und kehrte zum Bett zurück.

Vielleicht sollte sie sich weniger Gedanken um ihre sexuelle Eskapade als um Opa Heinzi machen. Wenn sich sein Krankenhausaufenthalt hinziehen und er tatsächlich Probleme mit der Erinnerung haben würde, konnte sie ihm nicht helfen. *Vielleicht warte ich noch einen Tag oder zwei. Aber irgendwann muss ich wieder nach Göttingen zurück.*

Sie nahm sich vor, die Kriminalkommissarin zu fragen, ob sie noch gebraucht wurde. Patrick würde ihre Abreise bedauern, aber an Gespielinnen für seine Experimente war auf der Urlaubsinsel sicher kein Mangel.

*

Im Regenschatten seines Oberkörpers zündete er eine Zigarette an, inhalierte tief den Rauch und sah sich um. Weit und breit war niemand zu sehen, und die einzigen Geräusche, die er vernahm, waren das Rauschen des Regens und sein eigener Atem. Sein Blick wanderte zu den Gästeetagen. In einem der Zimmer brannte Licht, alle anderen waren dunkel. Durch den Regenschleier war das Fenster nur verschwommen auszumachen. Dennoch hatte er den Eindruck, dass sich dort etwas bewegt hatte. Ganz kurz. Als ob jemand die Gardine zur Seite geschoben hätte. Noch einmal musterte er die Hausfront. Er war nicht ganz sicher, aber das schwach erleuchtete Zimmer konnte das von Laura sein.

Egal. Er zuckte mit den Schultern, warf die halb gerauchte Zigarette auf den Boden und stieg in den Wagen. Bevor er den Motor startete, deaktivierte er den Lichtsensor, damit die Scheinwerfer nicht aufleuchteten. Dann rollte er langsam vom Hof, überquerte den vollen Hotelparkplatz und bog auf die Straße ein. Hier war niemand unterwegs. Die Straßenlampen gaben ein trübes Licht, der Asphalt glänzte vor Nässe. Nach hundert Metern schaltete er das Licht ein und beschleunigte den Wagen.

*

AB HIER BITTE ZU FUSS. Das mit weißen Lettern bemalte Holzschild war kaum zu erkennen, aber Patrick wusste, wo es stand und wie es aussah. Wenige Meter weiter endete der befestigte Weg. Auch für Radfahrer war er ab hier gesperrt. Zusätzlich zu den Schildern zeigten Holzpfähle mit grünen Markierungen das Ende der befahrbaren Strecke an. Aber für den allradgetriebenen GLA war es kein Problem, die Fahrt fortzusetzen. Einer der Pfähle knickte widerstandslos um, als Patrick ihn überfuhr.

Obwohl der Regen nachgelassen hatte, kam er auf dem aufgeweichten Boden nur langsam voran. Bis zu dem Wasserlauf, für den er sich entschieden hatte, weil er breiter war als die anderen und in fast gerader Linie zum Meer führte, waren achthundert Meter zurückzulegen. Je weiter Patrick an den Salzwiesen entlang nach Osten vordrang, desto schwammiger wurde der Untergrund. Auf keinen Fall durfte er sich hier festfahren. Er schaltete in den ersten Gang. Im Schritttempo fraßen sich die Räder durch den sumpfigen Grund, schoben den schweren Wagen näher ans Ziel. Nach dreihundert Metern war Schluss. Trotz 4MATIC drehten die Räder durch.

Patrick stoppte. Ihm brach der Schweiß aus. Hier stecken zu bleiben wäre eine Katastrophe. Mit feuchten Händen legte er den Rückwärtsgang ein und versuchte, so langsam wie möglich, auf tragenden Untergrund zu kommen. Die Räder wühlten im schlammigen Boden, doch plötzlich gab es einen Ruck, und der Wagen bewegte sich wieder. Für einen Moment erwog er zurückzufahren und die Leiche an einem der Strände zu entsorgen. Doch das war riskant, denn das Meer würde sie mit der nächsten Flut womöglich wieder anspülen. Also blieb ihm nichts anderes übrig, als seine Fracht hier auszuladen und zum nächsten Wassergraben zu schleifen.

Patrick zerrte das Paket aus dem Wagen, knüpfte eine Schlinge, die er sich über die Schulter legte und mit dem Fußende verband. Leichter als erwartet rutschte das Bündel über das nasse Gras. Rasch erreichte er den nächsten Wassergraben, zerrte es an die Uferkante und rollte es ins Wasser. Mit einem gedämpften Platschen tauchte es unter, kam im nächsten Augenblick wieder an die Oberfläche und trieb langsam davon.

Etwas atemlos, aber erleichtert zog Patrick die *John Player Special* aus der Tasche und zündete sich eine Zigarette an. Er rauchte hastig, ließ die Kippe fallen und zündete sich eine weitere an. Schließlich kehrte er zum Wagen zurück.

*

Riekes erster Gedanke am Morgen galt dem Goldschatz der Familie Lüders. Habgier war ein häufiges Motiv bei Tötungsdelikten innerhalb von Familien. Wenn es den Schatz überhaupt gab. Oder gegeben hatte. Durch Hannahs Recherche wussten sie nun von zwei Todesfällen. Eilers und Jensen hatten einen weiteren Fall aus dem Stadtarchiv mitgebracht. Rechnete man den mutmaßlichen Mord an Frank Lüders hinzu und wertete den Überfall auf Heinz-Hermann Lüders als Mordversuch, hatte es während der zurückliegenden hundert Jahre in jeder Generation mindestens einen ungeklärten Todesfall gegeben.

Sie schwang sich aus dem Bett und öffnete das Fenster. Blauer Himmel, Sonnenschein. Als wäre nichts gewesen. Das Regengebiet war während der Nacht vollständig durchgezogen und hatte eine frische Luft hinterlassen. Sie fühlte sich kühler an als gestern, aber die Sonne würde sie rasch erwärmen. Nach einem Blick auf die Uhr entschied Rieke, vor dem Duschen und dem Frühstück eine Runde zu laufen.

Auf dem Weg nach draußen blieb sie an der Rezeption stehen. »Ich würde gern Herrn Nordbrook sprechen«, erklärte sie der Angestellten.

Die junge Frau hob die Schultern. »Er ist nicht im Büro. In seiner Wohnung habe ich auch schon angerufen. Dort ist er nicht. Und am Handy meldet er sich nicht. Ich kann Ihnen leider nicht sagen, wo er ist.«

»Kommt das oft vor?«, fragte Rieke, »dass Ihr Chef einfach so verschwindet? Er war schon gestern nicht zu erreichen.«

Die Angestellte schüttelte den Kopf. »Normalerweise hinterlässt er uns genaue Informationen, wo er sich wann und wie lange aufhält. Außerdem ist sein Mobiltelefon eigentlich immer an. Ich verstehe, ehrlich gesagt, auch nicht, wieso …«

»Ist sein Neffe zu sprechen?«, unterbrach Rieke die Empfangsdame. »Patrick Nordbrook?«

Nach einem Blick auf den Computermonitor antwortete sie mit einem missbilligenden Unterton: »Er ist auf seinem Zimmer. Hat sich aber noch nicht gemeldet. Auch nicht blicken lassen. Manchmal vertritt er Herrn Nordbrook. Soll ich ihn anrufen?«

»Ich würde ihn gern sprechen, wenn ich vom Laufen zurückkomme.« Rieke tippte auf ihre Armbanduhr. »In einer Dreiviertelstunde. Würden Sie ihm das bitte ausrichten?«

»Selbstverständlich.« Mit einem zufriedenen Lächeln griff die junge Frau zum Telefonhörer. Es schien ihr zu gefallen, den jungen Herrn Nordbrook aus dem Bett zu klingeln.

Rieke bedankte sich und trabte durch die Hotelhalle zum

Ausgang. Dreißig Minuten würde sie laufen, fünfzehn Minuten brauchte sie zum Duschen und Schminken. Dann würde sie mit Patrick Nordbrook sprechen.

*

Noch deutlicher als bei ihrer ersten Begegnung wirkte Patrick Nordbrook jetzt angespannt. Obwohl er sich wieder hinter dem großen Schreibtisch seines Onkels verschanzt hatte, sah Rieke ihm an, dass er misstrauisch war. Blicke und Körperhaltung drückten Wachsamkeit und Argwohn aus, während er versuchte, möglichst wenig von seinen Gefühlen nach außen dringen zu lassen.

»Ich kann Ihnen leider nicht sagen, wo sich mein Onkel befindet. Er hatte es eilig und hat mir nur zugerufen, dass er einen dringenden Termin auf dem Festland hat. Seitdem habe ich nichts mehr von ihm gehört.«

»Ihre Mitarbeiterin am Empfang hält es für ungewöhnlich, dass niemand weiß, wo er ist und wie man ihn erreichen kann. Da dieser Zustand seit vierundzwanzig Stunden anhält, wird es Zeit für eine Vermisstenmeldung. Finden Sie nicht?«

»Ich weiß nicht.« Der junge Nordbrook hob die Schultern. »Ich meine, ich bin noch nicht auf die Idee gekommen. Aber Sie haben natürlich recht. Ich sollte vielleicht lieber zur Polizei gehen.«

»Das übernehme ich für Sie«, sagte Rieke. »Ich muss ohnehin mit meinen Kollegen sprechen. Einer von ihnen kommt dann zu Ihnen und nimmt das Vermisstenprotokoll auf. Eine Frage hätte ich allerdings jetzt schon. Hinten im Hof habe ich den Wagen Ihres Onkels gesehen. An Rädern und Kotflügeln klebt angetrockneter Schlamm. Und unter dem Fahrzeug stehen kleine Pfützen. Der Mercedes sieht aus, als sei er in der vergangenen Nacht auf unbefestigten Wegen unterwegs gewesen. Wie ist denn Herr Nordbrook zum Hafen gefahren?«

»Mit dem Taxi«, antwortete Patrick. »Das nehme ich jedenfalls an, wenn der Wagen hier ist. War mir noch gar nicht aufgefallen.«

»Sie sind also nicht damit gefahren?« Rieke fixierte ihr Gegenüber, das den Kopf schüttelte. »Wer benutzt ihn sonst noch? Familienangehörige? Jemand vom Personal?«

»Mein Onkel hat keine weiteren Angehörigen. Deshalb bin ich ja ... Jedenfalls schickt er mich manchmal damit los. Auch den ein oder anderen Angestellten. Aber letzte Nacht bin ich nicht damit gefahren.«

25

2016

Gabriele Visser berichtete von ihrem Besuch bei Ole Peters. Rieke Bernstein las die Nachricht von Hannah Holthusen vor. Anschließend notierte sie auf einem Flip-Chart die Übersicht der bisher bekannten ungeklärten tödlichen Ereignisse.

Ungeklärte Todesfälle im Zusammenhang mit den Familien Lüders und Nordbrook

1904 Arbeiter der Baufirma Nordbrook, möglicherweise durch die Hand von Hauke Lüders.

1906 Ubbo Emmius Nordbrook, sehr plötzlich, ungeklärte Umstände.

1969 Günther Beek, Ehemann von Friederike, verwitwete Lüders. Stiefvater von Heinz-Hermann Lüders. Ungeklärte Umstände seines Ablebens. Möglicherweise durch die Hand von Wilhelm Nordbrook.

2015 Michael Nordbrook, Inhaber eines Bauunternehmens. Selbsttötung. Gründe unbekannt.

2016 Frank Lüders, wahrscheinlich durch Mord. Überfall auf seinen Vater, Heinz-Hermann Lüders, bei dem dieser schwer verletzt wird.

»Normal ist das jedenfalls nicht«, bemerkte Jan Eilers, nachdem er die Liste halblaut durchgegangen war. Er wandte sich an Gabriele Visser. »Weiß hier wirklich niemand, warum sich der Bauunternehmer umgebracht hat?«

Die Polizeihauptkommissarin schüttelte den Kopf. »Es gab Gerüchte, die Firma sei pleite. Aber sie arbeitet heute noch.

Solche Geschichten werden immer erzählt, wenn sich ein Geschäftsinhaber umbringt.«

Rieke nickte nachdenklich. »Wer führt das Unternehmen jetzt?«

»Die Witwe. Mit einem Geschäftsführer. Der Sohn interessiert sich wohl nicht dafür. Er hält sich hier auf der Insel auf. Bei seinem Verwandten gleichen Namens.« Gabriele Visser sah Rieke an. »In dem Hotel, in dem du wohnst.«

»Patrick Nordbrook ist der Sohn des Bauunternehmers.« Rieke tippte sich an die Stirn. »Darauf hätte ich auch kommen können. Mit dem jungen Mann sollten wir uns näher beschäftigen. Angeblich weiß er nicht, wo sich sein Onkel aufhält. Auch die Angestellten wissen nichts. Thomas Nordbrook scheint spurlos verschwunden zu sein. Wir werden ihn als *vermisst* einstufen. Und Patrick genauer unter die Lupe nehmen. Ich habe das Gefühl, dass er lügt.«

»Soll ich mich um ihn kümmern?«, fragte Gerit Jensen.

»Danke für das Angebot. Aber dich und Jan würde ich gern um etwas anderes bitten.« Rieke wandte sich an Gabriele Visser. »Kannst du jemanden ins Hotel schicken, der die Vermisstenanzeige aufnimmt? Bei der Gelegenheit soll er die Schlüssel für Thomas Nordbrooks Wagen beschlagnahmen. Kann sein, dass wir den untersuchen lassen müssen.«

»Das kann Dennis machen.« Die Polizeihauptkommissarin stand auf. »Ich sage ihm Bescheid.«

»Und was machen wir?«, fragte Jan Eilers.

»An euch hätte ich die Bitte, bei den Kollegen in Norden nachzufragen, ob es absolut sicher ist, dass beim Tod des Bauunternehmers ein Fremdverschulden ausgeschlossen werden kann. Falls ihr keine eindeutige Auskunft bekommt, wäre ich dankbar, wenn ihr euch ein bisschen im Umfeld der Familie umhört. Dafür müsstet ihr eventuell rüberfahren. Wäre das ein Problem?«

Eilers und Jensen schüttelten synchron die Köpfe. »Kein Thema«, bestätigte Jensen.

Gabriele Visser kehrte in den Besprechungsraum zurück. »Kollege Ullrich ist auf dem Weg zum Hotel.«

»Gut.« Rieke nickte zufrieden. »Könntest du dich noch mal im Krankenhaus nach dem Zustand von Heinz-Hermann Lüders erkundigen? Du hattest ja den Eindruck, dass er uns etwas verschweigt. Wenn er wieder vernehmungsfähig ist, musst du ihn noch einmal befragen. Nicht nur zu dem Überfall, sondern auch zum tödlichen Unfall seines Stiefvaters Günter Beek.«

»Sobald Dennis wieder da ist«, sagte Gabriele Visser, »fahre ich zum Krankenhaus.«

»Ruf mich an, falls du dort Unterstützung brauchst.« Rieke lächelte in die Runde und stand auf. »Ich kümmere mich um die Spurensicherung und höre mich im Hotel um. Außerdem will ich noch einmal mit Laura Lüders sprechen. Ich habe das Gefühl, dass sie uns nicht alles gesagt hat, was sie weiß. Und wir sehen uns heute Nachmittag hier wieder. Bis dahin.«

*

Patrick Nordbrook sah überrascht auf, als sein alter Freund Dennis Ullrich in der Lobby erschien. Gerade hatte er sich gefragt, was er mit dem Mercedes machen sollte. Konnten ihm die Spuren seines nächtlichen Ausflugs gefährlich werden? Die Polizistin, die im Hotel wohnte, schien keinen Argwohn zu hegen. Machte er sich verdächtig, wenn er den Wagen reinigen ließ?

»Du kommst wie gerufen«, empfing er Dennis.

Der Polizist wedelte mit einem Formular und grinste. »Moin Patrick. Ich muss mit dir sprechen.«

»Ich auch mit dir«, antwortete Patrick. »Komm, wir gehen ins Büro.« Er dirigierte seinen Freund zu den Verwaltungsräumen.

»Bist du jetzt hier der Chef?«, fragte Dennis Ullrich, nachdem er sich bewundernd in dem mit schweren dunklen Möbeln ausgestatteten Raum umgesehen hatte. »Ganz schön pompös.«

»Setz dich!« Patrick deutete auf einen Besucherstuhl und ließ sich auf dem Schreibtischsessel nieder. »Nur vorübergehend. Weil mein Onkel Thomas nicht da ist.«

»Deswegen bin ich hier.« Der Polizist hielt das Formular hoch. »Ich soll mit dir die Vermisstenanzeige ausfüllen. Außerdem …«

»Was außerdem?«

»Die Wagenschlüssel.«

»Wagenschlüssel?«

»Die von dem Mercedes GLA. Soll ich mitbringen.« Dennis warf einen Blick zur Tür und senkte die Stimme. »Die Hauptkommissarin vom Landeskriminalamt will ihn eventuell untersuchen lassen. Spurensicherung und so.«

»Weshalb? Der Wagen stand die ganze Zeit hier. Thomas ist mit dem Taxi zum Hafen gefahren.«

»Keine Ahnung.« Dennis hob die Schultern. »Die Frau ist ziemlich speziell. Sie hat herausgefunden, dass es in den Familien Lüders und Nordbrook schon mehrere nicht geklärte Todesfälle gegeben hat. Jetzt will sie in den Familiengeschichten forschen, ob es dafür einen Grund gibt.«

»Und was hat der Wagen damit zu tun?« In Patrick arbeitete es. Konnte die Polizei herausfinden, dass er mit dem Mercedes unterwegs gewesen war?

Erneut zuckte Dennis mit den Schultern. »Das verstehe ich auch nicht. Die Kollegen von der Spurensicherung können wahrscheinlich feststellen, wo der Wagen war. Vielleicht auch, welche Personen darin gesessen haben. Aber wie das mit Frank Lüders' Tod zusammenhängen soll, weiß ich nicht.«

»Weißt du überhaupt irgendwas?«

Dennis nickte eifrig. »Frank Lüders ist zwar ertrunken, aber man hat ihn mutmaßlich gewaltsam unter Wasser gedrückt. Mit einem Fischernetz, das mit Gewichten beschwert war. Also Mord.«

»Das überrascht mich jetzt nicht wirklich«, entgegnete Patrick und unterdrückte ein Grinsen. »Haben die Kommissare oder die Bernstein einen Verdacht, wer ihn umgebracht haben könnte?«

»Nicht den geringsten. Wenn du mich fragst, stochern die im Nebel. Und das wird wohl auch so bleiben. Es gibt keine konkreten Hinweise. Darum graben sie jetzt die alten Geschichten aus. Aber ich glaube nicht, dass das was bringt. Irgendwann geben sie auf.«

Wieder musste Patrick sich beherrschen, um nicht zufrieden zu grinsen. Er deutete auf die Papiere in der Hand des Polizisten. »Na, dann wollen wir mal die Vermisstenanzeige ausfüllen. Du kannst schon mal anfangen. Den Schlüssel für den GLA muss ich nämlich erst suchen.«

Nachdem das Formular ausgefüllt war und Patrick seinem Freund eine Personenbeschreibung diktiert und ein Foto von Thomas Nordbrook herausgesucht hatte, öffnete er den Safe und nahm ein paar Hunderter heraus.

»Du kannst an der Bar was trinken«, sagte er und drückte Dennis die Scheine in die Hand. »In der Zeit kümmere ich mich um die Wagenschlüssel. Du willst ja sicher beide mitnehmen.«

»Natürlich«, bestätigte der Polizist und ließ das Geld in einer Tasche seiner Uniform verschwinden. »Danke!« Er stand auf und wandte sich zur Tür. »Bringst du mir die Schlüssel in die Bar?«

Patrick nickte abwesend. In Gedanken war er schon bei den nächsten Schritten. Bevor er Dennis die Schlüssel aushändigte, würde er den Wagen zum hoteleigenen Waschplatz fahren. Sobald Dennis gegangen war, würde ein Angestellter den Auftrag bekommen, den Mercedes gründlich zu waschen.

Zehn Minuten später drückte er Dennis in der Bar die Schlüssel in die Hand. »Sag deiner Kollegin, sie soll sich beeilen. Der Wagen wird gebraucht. Einige Gäste legen Wert darauf, dass wir sie persönlich zur Fähre bringen. Das können wir schlecht mit dem Transporter machen. Oder mit meinem alten Polo.« Er klopfte seinem Freund auf die Schulter. »Und du hältst mich bitte auf dem Laufenden. Ruf mich auf dem Handy an, wenn es etwas Neues gibt.«

»Okay. Kannst dich auf mich verlassen.« Dennis schob das leere Cocktailglas in Richtung Barkeeper. »Schade, dass ich im Dienst bin. Sonst würde ich glatt noch einen …«

»Du kannst jederzeit wiederkommen«, unterbrach Patrick ihn. »Aber besser ohne Uniform.«

»Natürlich.« Dennis rutschte vom Barhocker und verabschiedete sich. »Bis dahin!«

Patrick kaute auf seiner Unterlippe, während seine Augen dem Besucher folgten, der die Hotelhalle durchquerte und durch den Haupteingang verschwand. Welche Todesfälle mochte es in der Vergangenheit gegeben haben, die für die LKA-Polizistin interessant sein konnten? Der Tod seines Vaters war eindeutig Selbstmord gewesen. Weil Frank Lüders nicht durch einen Unfall ums Leben gekommen war, suchten sie nach einem Täter. Das war zu erwarten gewesen. Deswegen machte er sich keine Sorgen, denn es gab keine Spuren, die zu Thomas oder zu ihm führten. Auch kein erkennbares Motiv. *Die sto-*

chern im Nebel. Dennis' Worte. Und der saß immerhin an der Quelle.

Dennoch blieb ein ungutes Gefühl. Solange die Polizei wegen Lüders – und jetzt auch noch wegen Thomas – auf Norderney ermittelte, war sein Projekt in Gefahr. Andererseits konnte er sein Vorhaben nicht beliebig hinausschieben. Laura würde irgendwann die Insel verlassen. Solange sie sich im Hotel aufhielt, war es ein Leichtes, sie in den Keller zu bringen. Angelika de Boer festzusetzen, um den alten Lüders unter Druck zu setzen, war ungleich schwieriger. Womöglich auch weniger Erfolg versprechend, denn es war unklar, ob Lüders bereit wäre, für sie die Bankunterlagen herauszugeben.

Er musste sich entscheiden. Schon bald. Bis dahin gedachte er jedoch, die Zeit für mindestens eine weitere lustvolle Episode zu nutzen. Er griff zum Telefonhörer und wählte die Nummer von Lauras Zimmer. Sie meldete sich, klang aber reserviert. Statt sofort eine Verabredung anzusprechen, erkundigte er sich nach ihrem Befinden. »Alles okay«, antwortete sie. »Ich wollte den Tag eigentlich am Strand verbringen. Aber jetzt hat mich diese Kriminalbeamtin angerufen. Sie will mich noch mal sprechen. Ich gehe dann später. – Wolltest du etwas von mir?«

»Ich wollte nur hören, ob du da bist. Vielleicht können wir uns später noch sehen. Würde dich gern zu einem Drink einladen. Wie wär's heute Abend in der Hotelbar?«

»Ich weiß noch nicht.« Laura schien zu zögern. »Ich möchte meinen Großvater im Krankenhaus besuchen. Dann muss ich mir langsam Gedanken machen, wann ich Norderney wieder verlasse. Es ist ja schön hier, aber ich muss wieder nach Göttingen zur Uni.«

»Ein paar Tage kannst du sicher noch bleiben«, wandte Patrick ein. »Es sind doch Semesterferien. Oder?«

Laura lachte. »Ich muss trotzdem lernen. Und mich auf ein Praktikum vorbereiten. Vielleicht bleibe ich noch einen Tag. Oder zwei. Wenn es weiter schön bleibt. – Ich muss jetzt Schluss machen. Es hat geklopft. Das ist bestimmt die Kommissarin.«

»Wir können heute Nachmittag noch mal telefonieren«, sagte Patrick rasch. »Oder ich schicke dir eine SMS.«

»Okay«, antwortete Laura und legte auf.

»Einen Tag«, murmelte Patrick. »Oder zwei.« Er musste die Sache vorbereiten. Jetzt. Für den Aufenthalt im Kellerraum würde er eine ausrangierte Matratze aus dem Lager holen. Und einen der Überseekoffer, die dort herumstanden. Darin würde er sie gefahrlos nach unten transportieren können.

*

»Ich muss Sie noch einmal behelligen, Frau Lüders.« Rieke Bernstein blieb stehen, statt sich zu setzen. Das Zimmer, das Laura bewohnte, war schlichter und deutlich kleiner als ihre eigene Suite, aber dennoch luxuriös. Rieke dachte an die Gegenleistung für die Unterbringung. Sie schob den Gedanken beiseite und sah Laura an. »Ich habe den Eindruck, dass Sie uns nicht alles gesagt haben, was Sie wissen.«

Laura zuckte mit den Schultern. »Ich habe Ihre Fragen beantwortet.«

»Nicht alle«, entgegnete Rieke. »Auch wenn Ihnen der Tod Ihres Vaters nicht besonders nahegeht, sollten Sie uns helfen, den Mörder zu stellen. Wir haben herausgefunden, dass es zwischen Ihrer Familie und den Nordbrooks seit über hundert Jahren eine verwandtschaftliche Beziehung gibt. Während dieser Zeit hat es auf beiden Seiten ungeklärte Todesfälle gegeben. Was wissen Sie darüber?«

»Über die Todesfälle? Oder über die Beziehungen?«

»Beides. Alles kann wichtig sein. Jedes Detail kann das Puzzle ergänzen, das wir zusammensetzen müssen. Möglicherweise spielt bei dem Verhältnis zwischen den Familien – und damit auch bei den Todesfällen – ein Goldschatz eine Rolle. Haben Sie davon gehört?«

Laura schüttelte den Kopf. Doch dann hielt sie inne. »Als Kind habe ich mal etwas aufgeschnappt. Opa Heinzi hatte mit meinem Vater über einen Goldschatz gesprochen. Als ich meinen Großvater danach gefragt habe, hat er mir erklärt, dass es um ein Märchen gegangen sei. Und hat es mir erzählt. *Des Königs verlorener Schatz.* Oder so ähnlich. Aber über irgendwelche Todesfälle weiß ich nichts.«

»Sehen Sie, Frau Lüders, das ist es, was ich meine.« Rieke nickte ihr zu. »Ihre Erinnerung passt zu den Hinweisen, die wir bereits gefunden haben. Möglicherweise hängt das Motiv für den Mord an Ihrem Vater mit dieser Geschichte zusammen.«

»Das kann ich mir nicht vorstellen.« Ungläubig sah Laura sie an.

»Ich konnte es mir bis gestern auch nicht vorstellen.« Rieke trat ans Fenster und sah hinaus. Hier gab es keinen Meerblick, nur die Aussicht auf Nebengebäude, einen gepflasterten Hof und einen Teil des Parkplatzes. »Fällt Ihnen sonst noch etwas ein? Ein scheinbar unbedeutendes Detail oder ein Erlebnis, das mit Ihrem Vater und den Nordbrooks zu tun haben könnte?«

»Nein.« Laura schüttelte erneut den Kopf. »Nichts.«

»Sie verstehen sich gut mit Patrick Nordbrook, stimmt's?«

»Was heißt schon verstehen?«, antwortete Laura zögernd. »Wir ... also das ... ist schon ... *sehr* privat.«

»Sie müssen nicht ins Detail gehen.« Rieke wandte sich zu Laura um. »Sie sind erwachsen. Was Sie mit Patrick ... verbindet, ist in der Tat Ihre Privatangelegenheit. Aber wenn unsere

Theorie stimmt, gehören alle Nordbrooks zum Kreis der Verdächtigen. Dann wären auch Sie in Gefahr. Passen Sie auf sich auf, und rufen Sie mich an, wenn Ihnen etwas merkwürdig erscheint!«

»Okay.« Laura nickte, schien aber nicht recht überzeugt. Rieke trat vom Fenster zurück und griff in ihre Handtasche. »Ich lasse Ihnen meine Karte hier. Sie können mich jederzeit ...« Sie unterbrach sich und kehrte rasch zum Fenster zurück. Was sie aus dem Augenwinkel wahrgenommen hatte, elektrisierte sie. War das ...? Sie drückte Laura die Visitenkarte in die Hand und stürzte zur Tür. »Sorry, ich muss mich beeilen. Da draußen ...« Sie brach ab und verließ den Raum.

*

Laura trat ans Fenster und sah hinaus. Dort bot sich das gewohnte Bild. Der Hof, der Parkplatz, Autos. Neben dem Parkplatz wurde ein Wagen gewaschen. War das der schwarze, der vergangene Nacht unter ihrem Fenster gestanden hatte? Was mochte die Bernstein gesehen haben?

Sekunden später sah sie die Polizistin aus dem Haus rennen und auf die Männer zustürzen, die das schwarze Auto reinigten. Laura konnte nicht verstehen, was sie sagte, aber die Szene sah nach einer heftigen Auseinandersetzung aus. Anfangs hatten die Männer die Frau nicht beachtet und ihre Arbeit fortgesetzt. Erst als die Kommissarin ihnen einen Ausweis unter die Nase hielt und lautstark auf sie einredete, sahen sie sich ratlos an und ließen die Hände sinken. Dann packten sie ihre Utensilien zusammen und verließen den Waschplatz.

*

Rieke Bernstein ärgerte sich über sich selbst. Den Wagen von Thomas Nordbrook hätte sie sofort sicherstellen lassen sollen. Wenn die Angestellten gründliche Arbeit geleistet hatten, waren die Spuren jetzt weitgehend beseitigt. Der junge Kollege aus der Polizeidienstelle hatte zwar die Schlüssel, aber der Nachweis eines nächtlichen Ausflugs war möglicherweise nicht mehr zu führen. Wütend stürzte sie in das Büro des Hoteliers.

Patrick sah irritiert auf, als sie, ohne zu klopfen, den Raum betrat. »Hat Ihnen mein Kollege nicht erklärt, dass wir den Wagen untersuchen wollen?«

»Doch.« Nordbrook gab sich unschuldig. »Er steht Ihnen zur Verfügung. Ich hätte nur die Bitte, dass wir ihn bald wieder benutzen können. Wir brauchen ihn für an- und abreisende Gäste.«

»Warum haben Sie ihn waschen lassen?«

»Ihr Kollege hat nicht gesagt, dass wir ihn *nicht* waschen dürfen. War das ein Fehler? Das täte mir leid. Er war ziemlich schmutzig, und in diesem Zustand ...«

Bevor sie die Fassung verlor und noch mehr Fehler machte, verließ Rieke das Büro. Draußen griff sie zu ihrem Handy und wählte die Nummer der Spurensicherung. »Der Wagen, von dem ich gesprochen habe, muss sofort untersucht werden. Hier am Hotel. Die Idioten haben ihn gewaschen. Ich hoffe, Sie finden trotzdem heraus, auf welchem Untergrund er zuletzt unterwegs war.«

Der Chef der Spurensicherungsgruppe besaß eine beruhigende Stimme und klang zuversichtlich. Er schloss mit dem Hinweis: »Wenn es um die Frage geht, wo genau auf der Insel der Wagen gefahren ist, müssen wir Bodenproben nehmen. Das kann ein Weilchen dauern. Aber wir tun, was wir können.«

Rieke spürte, wie sich ihr Puls normalisierte.

*

Auf dem Weg zur Polizeidienststelle in der Knyphausenstraße erreichte sie eine weitere Nachricht von Hannah Holthusen.

Liebe Rieke,

in einer Ausgabe des Kuriers *habe ich eine ausführliche Würdigung des Lebens und Wirkens von Ubbo Emmius Nordbrook gefunden. Er muss auf der Insel großes Ansehen genossen haben. Zu den regelmäßigen Gästen seines Restaurants gehörte beispielsweise Reichskanzler Bernhard Fürst von Bülow, der auch an der Hochzeit von Eleonore Nordbrook mit Hauke Lüders teilgenommen hat. Damals haben die Zeitungen nicht nur Gästelisten veröffentlicht, sondern der Leserschaft auch Geschichten aus dem gesellschaftlichen Leben der höchsten Kreise geliefert. Dazu gehörten auch Berichte über die Reisen des Hoteliers in die Schweiz. Während des Winters hat Nordbrook regelmäßig mit seiner Familie Urlaub im Grandhotel Belvédère in Davos gemacht. Im Anschluss an diese Aufenthalte hat es im Hotel Nordbrook regelmäßig größere Investitionen gegeben. Nach seinem Tod sind derartige Berichte nicht mehr aufgetaucht.*

Liebe Grüße, Hannah

PS: Die Kollegen hier sind sehr nett und hilfsbereit. Der Chef hat mich gefragt, ob ich nicht schon früher anfangen kann. Ich habe große Lust dazu. Morgen komme ich auf die Insel und hole meine Sachen ab. Bin schon sehr gespannt, ob ihr mit euren Ermittlungen weitergekommen seid.

Rieke steckte das Smartphone ein und beschleunigte ihren Schritt. Vor ihrem inneren Auge sah sie einen in der Mode des beginnenden zwanzigsten Jahrhunderts gekleideten Herrn in

Begleitung zweier Damen mit einer eleganten Kutsche vor dem berühmten Hotel vorfahren. Im nächsten Bild saß dieser Herr in einem Büro eines Schweizer Geldinstituts, wo ihn ein ähnlich gekleideter Bankier über den Stand seines Vermögens informierte. Die Herren rauchten Zigarren und tranken Whisky oder Cognac. Was auch immer in jener Zeit angesagt war. So oder ähnlich musste es sich abgespielt haben, wenn sich Hotelier Nordbrook mit frischem Kapital versorgte. So unwahrscheinlich die Geschichte mit dem Goldschatz auch klang, die Hinweise darauf verdichteten sich.

*

In der Dienststelle traf Rieke auf den jungen Kollegen, der sie bei ihrer Ankunft empfangen hatte. Dennis Ullrich. Sofort flammte der Ärger wieder auf. Doch sie sagte sich, dass sie selbst die Verantwortung trug und die Schuld nicht auf den jungen Mann abwälzen konnte. Trotzdem konnte sie nicht verhindern, dass ihre Stimme unwirsch klang.

»Wo sind die Schlüssel von dem Mercedes?«

Ullrich griff in ein Fach und legte wortlos zwei Fahrzeugschlüssel auf den Tresen.

»Haben Sie Herrn Nordbrook gesagt, dass der Wagen untersucht werden soll?«

Der Polizeikommissar nickte. »Selbstverständlich, Frau Hauptkommissarin.«

Rieke wurde bewusst, dass sie sich dem allgemeinen Duzen in der Dienststelle angeschlossen hatte, blieb aber beim *Sie*.

»Haben Sie ihm gesagt, dass der Wagen nicht gewaschen werden darf?«

»Nein, Frau Hauptkommissarin. Das hatte mir niemand aufgetragen.«

Rieke unterdrückte einen Seufzer. »Haben Sie die Vermisstenmeldung zu Thomas Nordbrook?«

»Selbstverständlich, Frau Hauptkommissarin.« Ullrich deutete auf einen Ablagekorb.

»Und? Was haben Sie veranlasst?«

Entgeistert sah Ullrich sie an. »Sollte ich ...?«

Jetzt bin ich ungerecht. Rieke winkte ab. »Schon gut. Ich mache Ihnen eine Liste.« Sie nahm die Papiere aus dem Korb, griff ein leeres Blatt aus einem anderen Ablagekorb und notierte die entsprechenden Maßnahmen.

Information an die Medien. Geschlecht, Alter, Personenbeschreibung ... Mit Zeugenaufruf. Kontobewegungen bei Banken erfragen (Staatsanwalt Rasmussen kontaktieren). Eigenes Boot? (Im Hafen erkundigen, Hafenmeister befragen), Fähren (Videoüberwachung?), Bahnhof Norddeich: Personal befragen, Videoüberwachung? Flugplatz (Passagierlisten?), Handy-Ortung veranlassen, Webcams auf der Insel? Wärmebildkamera? Suchhunde?

Nachdem sie die Stichworte noch einmal durchgegangen war, schob sie dem verdutzten Polizeikommissar das Blatt zu. »Mit dem ersten Punkt können Sie schon mal anfangen. Den zweiten übernehme ich. Rufen Sie bitte Eilers oder Jensen an, sie sollen die Befragung des Bahnhofspersonals übernehmen. Kollegin Visser wird Ihnen sicher gern helfen, wenn sie zurückkommt.«

Wirklich überzeugt vom üblichen Vorgehen bei der Suche nach vermissten Personen war Rieke nicht. Angesichts der Todesfälle in den Familien Lüders und Nordbrook erschien ihr die Geschichte vom Goldschatz immer weniger unwahrscheinlich. Dann wäre Thomas Nordbrooks Verschwinden kein Zufall. Entweder hatte er sich abgesetzt, weil er den Mord an Frank Lüders begangen hatte, oder er war selbst Opfer eines

Tötungsdelikts geworden. Aber wer hätte ihn umbringen sollen? Laura?

Sie suchte die Nummer von Staatsanwalt Rasmussen heraus und griff zum Telefonhörer.

26

2016

Laura Lüders hatte gerade beschlossen, sich um die Buchung ihrer Rückfahrt nach Göttingen zu kümmern, als das Telefon klingelte.

»Guten Tag, Frau Lüders«, meldete sich eine weibliche Stimme. »Hier ist Polizeihauptkommissarin Gabriele Visser. Ich rufe aus dem Krankenhaus an. Ihr Großvater hat die Operation überstanden und ist aufgewacht. Er will mit niemandem sprechen, außer mit Ihnen. Wobei *sprechen* nicht der richtige Ausdruck ist. Zurzeit kann er sich nur schriftlich mitteilen. Können Sie herkommen? Die Ärzte rechnen damit, dass diese Phase nur begrenzte Zeit andauert. Später könnte es wieder schwieriger werden und dann lange dauern, bis er wieder kommunizieren kann.«

»Ich komme«, antwortete Laura und legte auf. Was mochte Opa Heinzi von ihr wollen?

*

Sie erschrak, als die Krankenschwester sie in das Patientenzimmer führte. Ihr Großvater war kaum wiederzuerkennen. Bleich, mit wächserner Haut über eingefallenen Wangen, lag er in den Kissen. Er atmete hörbar – so, als bekäme er nur schwer Luft. Sein Kopf war verbunden, nur Mund, Nase und ein Auge waren sichtbar.

Laura trat ans Bett und nahm seine Hand. Sie fühlte sich

kühl und trocken, knochig und überraschend leicht an. »Opa, wie geht es dir?« Er schlug das freie Auge auf, und über sein Gesicht huschte ein kaum erkennbares Lächeln. Mit der freien Hand griff er nach einem Schalter. Das Kopfteil des Bettes bewegte sich surrend und brachte seinen Oberkörper in eine höhere Position.

Er ließ den Schalter los und deutete mit dem Zeigefinger auf einen Schreibblock auf der Ablage neben dem Bett. Laura erinnerte sich an die Worte der Polizeibeamtin und reichte ihm das Papier und einen Kugelschreiber. »Du möchtest mir etwas ... mitteilen?«

Er nickte und begann zu schreiben. Langsam fuhr der Stift über das Blatt. Die Bewegungen bereiteten ihm sichtlich Mühe. Zwischendurch stieß er unartikulierte Laute aus, die nach Verärgerung klangen. Schließlich sank er erschöpft zurück und drückte Laura den Block in die Hand.

Sie kannte die Handschrift ihres Großvaters, aber die Buchstaben, die er in zittrigen Linien auf das Papier gemalt hatte, waren nur mühsam zu entziffern. *Apotheke. Giftschrank. Braune Ledermappe. Mitnehmen!*

»Ich soll eine Ledermappe aus dem BtM-Schrank holen? Soll ich sie dir bringen?«

Er schüttelte den Kopf, streckte die Hand nach dem Block aus und begann wieder zu schreiben. *Mitnehmen. Göttingen. Gut aufpassen! Nichts sagen!*

Laura konnte sich keinen Reim darauf machen, doch sie mochte ihrem Großvater nicht widersprechen und wollte ihn auch nicht zu weiteren Anstrengungen zwingen. »Alles klar«, sagte sie. »Ich hole die Mappe aus dem Schrank, nehme sie mit nach Göttingen und passe gut darauf auf. Ist das okay«?

Der alte Mann hob eine Hand, streckte einen Daumen hoch und lächelte.

»Aber ich habe keinen Schlüssel für den BtM-Schrank«, wandte Laura ein. »Und Frau Rodenbeck wird ihn nicht ohne Weiteres für mich öffnen.«

Ihr Großvater deutete auf den Kleiderschrank des Krankenzimmers.

»Hast du einen Schlüssel in deinen Sachen?«

Er nickte.

Laura öffnete eine Schranktür und sah hinein. Wenn ihre Erinnerung sie nicht täuschte, trug Opa Heinzi seine Schlüssel stets in der linken Jackentasche. Sie zog das Jackett heraus, griff in die Tasche und hatte einen Schlüsselbund in der Hand.

»Ist er das?« Sie hielt die Schlüssel hoch.

Erneut nickte er.

Sie wollte den Schlüssel, der zum BtM-Schrank gehörte, vom Bund lösen, doch ihr Großvater gab ihr durch Handzeichen zu verstehen, dass sie den ganzen Schlüsselbund mitnehmen sollte. Also steckte sie ihn ein und kehrte zum Bett zurück. Er drückte ihre Hand und lächelte zufrieden.

In der Tür erschien die Krankenschwester. Mit besorgtem Blick kontrollierte sie die medizinischen Versorgungs- und Überwachungsgeräte. Dann deutete sie auf das hochgestellte Kopfteil. »Ihr Großvater sollte sich nicht anstrengen. Es wäre gut, wenn Sie Ihren Besuch nicht zu lange ausdehnen würden.«

»Ich gehe gleich. Will mich nur noch verabschieden.« Doch das gleichmäßige Atemgeräusch von Opa Heinzi sagte ihr, dass er eingeschlafen war. Sie streichelte seinen Handrücken. »Morgen komme ich wieder«, murmelte sie.

*

In der Empfangshalle des Krankenhauses wartete eine uniformierte Polizeibeamtin auf sie. »Gabriele Visser«, sagte diese und streckte Laura die Hand hin. »Ich hatte Sie angerufen. Wie geht es Ihrem Großvater?«

Laura hob die Schultern. »Schwer zu sagen. Die Operation ist gut verlaufen, sagt der Arzt. Alles andere müssen wir abwarten.«

Die Polizistin nickte bedächtig. »Es tut mir sehr leid, dass nach dem Tod Ihres Vaters auch noch Ihrem Großvater dieses Unglück zugestoßen ist. Alles deutet darauf hin, dass er überfallen wurde. Leider hat er vor der Operation uns gegenüber behauptet, er sei gestürzt. Können Sie sich das erklären?«

»Nein. Aber mein Großvater lügt nicht. Wenn er sagt, dass er gestürzt ist ...«

»Wir müssen das nicht diskutieren, Frau Lüders. Früher oder später finden wir heraus, was sich abgespielt hat. Hat er Ihnen gegenüber eine Andeutung gemacht? Was wollte er überhaupt von Ihnen?«

Laura zögerte. »Das ist privat. Hat weder mit meinem Vater noch mit dem Unfall meines Großvaters zu tun. Eine ... familiäre Angelegenheit.«

»Was mit welcher *Angelegenheit* zu tun hat, Frau Lüders, stellt sich oft erst im Nachhinein heraus. Vorerst kann jedes Detail für unsere Ermittlungen von Bedeutung sein. Was Sie uns sagen, behandeln wir vertraulich. Auch und gerade, wenn es sich um Privates handelt. Und ob es ermittlungsrelevant ist, würden wir gern selbst beurteilen.«

»Also gut.« Laura hatte sich entschieden. Sie würde eine unverfängliche Antwort liefern, damit man sie in Ruhe ließ. Was es mit der Mappe im BtM-Schrank auf sich hatte, wollte sie selbst erst einmal herausfinden. Unbewusst tastete sie nach dem Schlüssel in ihrer Tasche. »Ich soll mich mit ... seiner ... Freundin in Verbindung setzen und sie über den Unfall informieren.«

»Verraten Sie uns den Namen und die Adresse der Dame?« Gabriele Visser hatte bereits einen Notizblock gezückt.

»Angelika de Boer. Sie wohnt in Aurich. Schirumer Weg. Die Nummer weiß ich nicht.«

»Kein Problem, die finden wir heraus. Vielen Dank, Frau Lüders.« Die Polizistin schob den Block in ihre Brusttasche und verabschiedete sich.

*

Patrick Nordbrook hatte die Matratze ins Kellergewölbe gebracht, eine Flasche Wasser dazugelegt und das Kofferlager durchsucht. Erstaunlich, wie viele Gepäckstücke sich hier angesammelt hatten. Zwei uralte, aber stabile Exemplare, die möglicherweise schon hundert Jahre hier lagen, hatte er in die engere Wahl gezogen und sich selbst probeweise hineingelegt. Er entschied sich für ein braunes Ungetüm mit umlaufenden hölzernen Beschlägen, in dem sich ein Mensch seiner Größe transportieren lassen würde. Laura war etwas kleiner und deutlich schmaler als er, sie würde problemlos hineinpassen.

Während er den Koffer in sein Zimmer trug, wurde ihm klar, dass er ihn zur nächtlichen Stunde von Lauras Zimmer im ersten Stock durchs Treppenhaus nach unten würde transportieren müssen. Das ging sicher nicht ohne Geräusche ab. Einfacher wäre es, Laura in seinem Zimmer im Erdgeschoss in den Koffer zu sperren. Also würde er sie überreden müssen, zu ihm zu kommen. Die Räume waren ähnlich eingerichtet, aber seit er hier wohnte, hatte er noch nie aufgeräumt. Seufzend stellte er das Gepäckstück ab und machte sich an die Arbeit.

Nachdem Patrick eine dem Damenbesuch angemessene Ordnung hergestellt und eine Decke über den großen Koffer gelegt hatte, holte er eine Sackkarre aus dem Getränkelager und stellte sie unter der Kellertreppe ab. Nach einem Blick auf die Uhr machte er sich auf den Weg zu Lauras Zimmer.

Da sie nicht öffnete, rief er sie an.

»Hallo, Laura«, begrüßte er sie, als sie sich meldete. »Hier ist Patrick. Ich wollte dich gerade besuchen. Bist du am Strand?«

»Ich war im Krankenhaus. Habe meinen Opa besucht. Jetzt habe ich noch etwas in der Stadt zu erledigen. Wir können uns später sehen.«

»Gut«, antwortete Patrick. »Ich melde mich dann noch mal. Wie geht es deinem Großvater?«

»Danke. Alles so weit okay.«

»Das freut mich.« Patrick grinste. »Wie lange bleibt er noch in der Klinik?«

»Keine Ahnung. Die Ärzte wollen sich nicht festlegen. Ich besuche ihn morgen wieder.«

Morgen, dachte Patrick, bekommt er Besuch von mir. Laut sagte er: »Dann bleibst du noch auf Norderney?«

»Auf jeden Fall morgen. Vielleicht auch übermorgen. Mal sehen.«

»Jeder Tag mit dir ist ein Geschenk«, behauptete Patrick.

Es entstand eine Pause, und Patrick stellte sich vor, dass Laura geschmeichelt lächelte.

»Ich muss jetzt Schluss machen«, sagte sie schließlich. »Will in ... ein Geschäft. Wir sehen uns später. Tschau.«

»Bis dahin. Ich freue mich auf dich.« Patrick legte auf, steckte das Mobiltelefon in die Tasche und rieb sich die Hände. Alles verlief nach Plan.

*

»Mein Großvater hat mich gebeten, ihm Unterlagen zu bringen, die er im BtM-Schrank deponiert hat.« Wie zum Beweis hielt Laura das Schlüsselbund hoch. Zu ihrer Überraschung hatte Stefanie Rodenbeck keine Einwände. Sie lächelte freundlich und deutete nach hinten. »Bitte! Ich habe dich lange nicht gesehen. Oder muss ich jetzt *Sie* sagen?«

Laura schüttelte den Kopf. Stefanie kannte sie, seit sie ihre Arbeit in der Apotheke aufgenommen hatte. Früher hatten sie sich gut verstanden. Erst nachdem ihr Vater eine Affäre mit Stefanie angefangen hatte, war das Verhältnis abgekühlt, doch sie empfand noch immer Sympathie für die Apothekerin.

»Wie geht es deinem Großvater?«, fragte Stefanie. »Und wie geht es dir?«

»Opa ist operiert worden, er muss wohl noch eine Weile im Krankenhaus bleiben. Mir geht es gut, danke.« Laura betrat den hinteren Raum und öffnete die Tür des BtM-Schranks. Die braune Ledermappe lag im untersten Fach. Sie nahm sie heraus, verschloss den Schrank und verabschiedete sich von Stefanie Rodenbeck.

Im Café Extrablatt ließ sie sich unter einem der großen weißen Schirme nieder und bestellte einen Cappuccino. Die Bitte ihres Großvaters war ihr seltsam erschienen, dennoch hatte sie sich keine Gedanken um den Inhalt der Mappe gemacht. Aber nun war sie neugierig geworden. Sobald die Bedienung die Tasse vor ihr abgestellt und sich entfernte hatte, klappte sie die altertümliche braune Lederhülle auf.

*

Nachdem Rieke von Staatsanwalt Rasmussen grünes Licht für die Einsichtnahme in Thomas Nordbrooks Bankdaten bekommen hatte, wandte sie sich dem Flip-Chart zu, auf dem sie die Todesfälle in den Familien eingetragen hatte, und ergänzte die Liste um den Namen des Hoteliers. Sie versah ihn mit einem Fragezeichen und schrieb daneben: *Laura?*, und: *Patrick?*

Patrick war ein Nordbrook. Wenn die Geschichte vom geheimen Goldschatz stimmte und der Besitz zwischen den Familien umstritten war, gab es zwei Möglichkeiten: Die Nordbrooks wollten die Familie Lüders zwingen, ihnen das Vermögen – oder zumindest Teile davon – auszuhändigen. Dann könnte Thomas Nordbrook Frank Lüders umgebracht haben. Dafür sprachen der Bericht von Hannah über die erstaunliche Finanzkraft der Hoteliersfamilie in der Vergangenheit und die Durchsuchung der Lüders-Villa. Auch der Überfall auf Heinz-Hermann Nordbrook würde dazu passen. In diesem Szenario fiel auf Patrick kein Verdacht.

Oder es war umgekehrt: Mitglieder der Familie Lüders hatten versucht, den Zugriff auf Gold oder Geld zu erpressen. Dann wäre Patrick erst recht auf der Opferseite. Laura dagegen stünde unter Verdacht. Doch der jungen Frau traute Rieke einen Anschlag auf ihren Großvater nicht zu. Und erst recht keinen Mord am eigenen Vater.

Sie drehte sich mit ihren Überlegungen im Kreis. Es war wie verhext. Hoffentlich brachten die Kollegen der Spurensicherung brauchbare Ergebnisse. Wenn sich feststellen ließe, wer den alten Herrn überfallen hatte und wer in der regnerischen Nacht mit dem Wagen des Hoteliers gefahren war, wären sie einen deutlichen Schritt weiter.

Stimmen und Schritte vor der Tür rissen sie aus ihren Gedanken. Im nächsten Augenblick trat Gabriele Visser in den Raum, nahm die Mütze ihrer Uniform ab und ließ sich seufzend auf einem Stuhl nieder. Mit dem Daumen deutete sie zur Wache. »Welche Laus ist denn dem Dennis über die Leber gelaufen?«

Rieke verdrehte die Augen. »Ich habe ihn wohl ein bisschen

zu streng angefasst. Aber das sollte er verschmerzen können. Hast du noch etwas herausgefunden?«

»Ja und nein.« Die Polizistin lehnte sich zurück. »Der alte Lüders ist operiert worden, es geht ihm den Umständen entsprechend gut. Aber er wollte nur mit seiner Enkelin reden. Angeblich soll sie seine Freundin informieren. Eine gewisse Angelika de Boer aus Aurich.«

»Angeblich?«

»Ich bin nicht sicher, ob Laura die Wahrheit gesagt hat. Es klingt zwar einleuchtend, aber ich hatte den Eindruck, dass Lüders ihr etwas anderes mitgeteilt hat. Habe aber keine Idee, worum es dabei gegangen sein könnte. Es ist nur so ein Gefühl.«

Sie zog ein Blatt Papier aus der Tasche und faltete es auseinander. »Auf dem Rückweg war ich noch mal im Büro der Kirchengemeinde. Die Pfarrsekretärin fand unsere Fragen nach den Familien Lüders und Nordbrook so interessant, dass sie noch weiter in alten Kirchenbüchern recherchiert hat.« Gabriele Visser tippte auf das Blatt. »Das ist das Ergebnis. Es gab schon im achtzehnten Jahrhundert einen Apotheker Lüders auf Norderney. Jacob. Mit seiner Frau Helene hatte er drei Kinder. Sohn Ommo und die Zwillingstöchter Clara und Felicitas. Die männlichen Nachkommen von Ommo waren alle Apotheker. Das geht aus den Eintragungen zu den jeweiligen Eheschließungen hervor. Felicitas hat einen gewissen Emmius Nordbrook geheiratet und ebenfalls Zwillinge bekommen. Einer der Söhne starb mit zwei Monaten, der andere zeugte später wiederum zwei Söhne, Ubbo und Berend. Berend hat die Tochter eines Bauunternehmers geheiratet und ist nach Norden gezogen. Ubbo ist Hotelier auf Norderney geworden.«

»Damit schließt sich die Lücke zu den Erkenntnissen, die

uns Hannah geliefert hat. Ubbo ist derjenige, der den legendären Ruf des Nordbrook begründet hat und im besten Alter verstorben ist.«

»Genau«, bestätigte Gabriele Visser. »Jetzt haben wir den kompletten Stammbaum.«

Rieke seufzte. »So richtig hilft uns das aber auch nicht weiter.«

»Vielleicht doch. Zumindest was diesen ominösen Schatz angeht. Dazu müsstest du deine Freundin bitten, noch mal zu recherchieren. In den Zeitungsausgaben der siebziger Jahre. Zu der Zeit ist ein Gemälde aufgetaucht, das ziemlich viel Wirbel ausgelöst hat, weil es plötzlich wieder verschwunden war. Der *Ostfriesische Kurier* hatte es abgebildet. Ich war ein kleines Mädchen, zehn oder elf Jahre, und habe mich damals in die Szene hineingeträumt, darum erinnere ich mich noch recht genau daran. Aus heutiger Sicht würde man die Darstellung wohl eher als kitschig bezeichnen, aber als Kind war ich davon begeistert. Sie zeigte zwei junge Frauen mit einem gut aussehenden Mann in der Kleidung um 1800. Im Hintergrund war der Strand zu erkennen. Darauf ein kleines Boot und eine Schatzkiste. Das Bild hieß *Claras Geheimnis*.«

»Und du meinst, diese Clara könnte eine der Zwillingsschwestern sein, von denen du gesprochen hast?«

Visser nickte. »Und die Schatzkiste ist ein Hinweis auf die Herkunft des Vermögens, das offenbar zwischen den Familien umstritten ist. Damit hätten wir ein Motiv für den Mord an Frank Lüders. Nebenbei auch für frühere Tötungsdelikte.«

»Und der Selbstmord von Michael Nordbrook?«

»Wann bringt sich ein erfolgreicher Unternehmer um? Eigentlich nur, wenn er pleite ist. Ich bin gespannt, welche Informationen Jan und Gerit mitbringen.«

»Ich auch.« Rieke griff zu ihrem Handy. »Ich rufe Hannah

an. Dieses Gemälde würde ich gern sehen. Und lesen, was darüber geschrieben wurde.«

*

Die Mappe enthielt vergilbte Schriftstücke aus einer längst vergangenen Zeit. Bankunterlagen, ausgestellt von der Graubündner Kantonalbank in Davos auf den Namen Ubbo Emmius Nordbrook, und einen Schlüssel. Ein Konto und ein Schließfach. Dazu verschiedene Formulare, eins mit handschriftlich eingetragenen Nummern und einem Codewort: *Eleonore*. Ungläubig schüttelte Laura den Kopf. *Des Königs verlorener Schatz.* Die Kommissarin hatte nach einem Goldschatz gefragt. Sie hatte das nicht ernst genommen. Aber diese Unterlagen sprachen eine deutliche Sprache.

Also hatte Opa Heinzi sie damals doch belogen. Oder sie nicht belasten wollen. Verwirrende Gedanken schossen ihr durch den Kopf. Gab es das versteckte Vermögen noch? Und wenn – wieso befanden sich Schlüssel und Zugangsdaten im Besitz ihrer Familie? Hatte sie jemand gestohlen? Waren sie ihr während eines Krieges in die Hände gefallen?

Laura griff zum Smartphone, um die Kommissarin anzurufen. *Die Bernstein liegt mit ihrer Vermutung richtig. Es hat diesen Schatz gegeben. Und wenn er noch existiert, versucht gerade jemand, ihn zurückzuholen. Das kann nur der Hotelier sein.*

Während sie die Nummer wählte, erschien das Gesicht ihres Großvaters vor ihrem inneren Auge. Und seine mühsam zu Papier gebrachte Notiz. *Mitnehmen! Gut aufpassen! Nichts sagen!* Plötzlich erschien ihr der Anruf bei der Polizistin wie ein Verrat. Schließlich hatte er ihr die Unterlagen anvertraut. Sie brach den Wählvorgang ab und nahm sich vor, erst mit

Patrick darüber zu sprechen. Der kam zwar aus einem anderen Zweig der Nordbrook-Familie, aber vielleicht wusste er trotzdem mehr. Entschlossen winkte sie der Bedienung, um zu zahlen.

Auf dem Weg zum Hotel erreichte sie eine SMS. *Was hältst du von einem gemeinsamen Abendessen? LG Patrick.*

Das wäre eine gute Gelegenheit, über die seltsame Angelegenheit zu sprechen. Sie antwortete mit einem Wort: *Okay.*

*

Das Archiv des *Ostfriesischen Kuriers* schien gut organisiert zu sein. Nach einer knappen Stunde schickte Hannah Holthusen bereits den Artikel. Für Riekes Smartphone war die Seite zu groß. Sie übertrug die Datei auf den PC.

Das Gemälde war seitenfüllend abgebildet. Eine in der Tat etwas kitschige Szenerie in fotografisch realistischer Darstellung. Halblaut las sie den Text.

Kurioses Fundstück wieder verschwunden.
Von Wolfgang Reimers

Norderney. Bei Renovierungsarbeiten in der Apotheke Lüders wurde ein Gemälde gefunden, das vermutlich aus der Zeit um 1800 stammt. Es trägt den Titel Claras Geheimnis *und zeigt zwei Damen in männlicher Begleitung am Strand. Im Hintergrund sind ein Boot und eine Schatzkiste zu erkennen. Apotheker Heinz-Hermann Lüders wollte den Fund von Kunstexperten untersuchen lassen. Für ihn, aber auch für Norderney sei es interessant, herauszufinden, wer das Bild gemalt habe und worin das Geheimnis jener Dame namens Clara bestehe. Er selbst vermutet, dass die beiden dargestellten Frauengestalten*

Zwillingsschwestern waren und zu seinen Vorfahren gehören. Nachdem das Gemälde aus einem vergessenen Verschlag geborgen worden war und unser Fotoreporter Aufnahmen davon machen konnte, ist das Bild auf unerklärliche Weise verschwunden. Lüders hat Anzeige erstattet, doch Hauptwachtmeister Walter Tjaden sieht nur geringe Chancen, das Gemälde wiederzufinden oder den Täter dingfest zu machen. »Es gibt keinen Ansatzpunkt für Ermittlungen, weder Spuren noch Zeugenaussagen«, sagte der Leiter der Polizeiinspektion.

»Schade.« Rieke deutete auf den Monitor. »Ich hätte gern gewusst, wer der junge Mann gewesen ist und worin das Geheimnis dieser Clara bestand.«

Gabriele Visser deutete auf ihre Notizen. »Laut Kirchenbuch hat eine der Schwestern – Felicitas – einen Nordbrook geheiratet. Clara scheint Norderney verlassen zu haben. Ihr Name taucht nicht wieder auf.«

»Dann werden wir wohl nicht herausbekommen, welches Geheimnis gemeint ist.« Rieke seufzte. »Aber offenbar hat es diesen Schatz tatsächlich gegeben. Wahrscheinlich hat Ubbo Nordbrook ihn später in der Schweiz deponiert und sich bei seinen regelmäßigen Besuchen mit Kapital versorgt. Demnach war das Vermögen im Besitz seiner Familie. Und das passt nicht zu unserer These, wonach jemand versucht, es von Frank oder Heinz-Hermann Lüders zurückzubekommen.«

Ratlos starrte Rieke auf die Abbildung des Gemäldes. »Wie war das noch? Felicitas hat einen Nordbrook geheiratet. Ihre Urenkelin Eleonore, die Tochter von Ubbo, wiederum einen Lüders. Sie könnte das Vermögen, beziehungsweise den Zugang dazu, mitgenommen haben. Dann wäre es in die Hände der Lüders geraten.«

»So herum würde es wieder passen«, bestätigte Gabriele Visser. »Thomas Nordbrook könnte Frank Lüders umgebracht haben, um an das Geld zu kommen.«

Rieke nickte. »Aber warum? Das Hotel läuft gut. Seit Jahrzehnten.« Sie rieb Daumen und Zeigefinger aneinander. »Und das auf hohem Niveau.«

»Niemand weiß, wie die finanzielle Situation wirklich ist. Wir sollten wegen der Bankdaten noch mal nachfragen.«

»Rasmussen hat zugesagt, dass wir sie bekommen. Aber du hast recht.« Rieke griff zum Telefonhörer. »Ich rufe ihn an.«

Während sie mit dem Staatsanwalt sprach, öffnete sich die Tür. Jan Eilers und Gerit Jensen betraten den Raum. Sie ließen sich am Tisch nieder und begrüßten Gabriele Visser mit einem Nicken.

»Moin«, wandte sich Rieke an die Kollegen, nachdem sie das Gespräch beendet hatte. »Schön, dass ihr schon wieder zurück seid. Habt ihr etwas herausgefunden?«

Wieder einmal nickten die beiden Ermittler synchron. Gabriele Visser grinste, Rieke unterdrückte ein Schmunzeln.

»Ja«, begann Eilers. »Nein«, sagte Jensen gleichzeitig. Beide sahen sich an und schüttelten den Kopf. Die Frauen lachten.

»Was stimmt denn nun?«, fragte Rieke.

»Beides«, antworteten die Kollegen im Chor. »Am Bahnhof«, fuhr Jensen fort, »haben wir nichts herausgefunden. Die haben zwar eine Videoüberwachung, aber Thomas Nordbrook war darauf nicht zu sehen. Er hat auch keine Fahrkarte gekauft.«

»Dagegen haben wir eine interessante Information bekommen«, erklärte Eilers. »Über das Bauunternehmen von Michael Nordbrook. Das ist der, der sich voriges Jahr ...«

»Das wissen wir, Jan«, unterbrach Gabriele Visser ihren Kollegen. »Mach's nicht so spannend! Was ist mit der Firma?«

»Sie soll pleite sein«, platzte Gerit Jensen dazwischen. »Insolvent sagt man ja heute.«

»Soll?« Rieke zog die Augenbrauen hoch. »Wie zuverlässig ist die Quelle?«

»Wir müssen das natürlich überprüfen«, gab Eilers zu. Aber es scheint mehr als ein Gerücht zu sein. Wir haben den Hinweis von einem Nordener Kollegen bekommen. Inoffiziell natürlich. Dessen Frau ist mit Claudia Nordbrook befreundet, der Witwe des Unternehmers. Sie hat ihr angeblich anvertraut, dass die Pleite der Grund für den Selbstmord ihres Mannes ist.«

27

2016

Nachdem Rieke ins Hotel zurückgekehrt war, schlüpfte sie aus Schuhen und Kleidung, um zu duschen. Während die Wasserstrahlen auf ihre Haut prasselten, ging ihr der Fall durch den Kopf. Die Erkenntnisse aus den Ermittlungen dieses Tages hatten ihre Laune deutlich verbessert. Zwar gab es noch keine Spur von Thomas Nordbrook, aber der Fall erschien ihr nicht mehr ganz so rätselhaft. Aus dem Irrgarten der Familienverhältnisse war eine übersichtliche Struktur geworden. Woher auch immer das umstrittene Vermögen ursprünglich stammte, es war der Dreh- und Angelpunkt für den Fall Lüders. Darin war sie sich mit den beiden Kollegen und Gabriele Visser einig.

Sie hatten das Krankenhaus gebeten, niemanden zu Heinz-Hermann Lüders zu lassen, und die Überprüfung der finanziellen Verhältnisse des Bauunternehmens Nordbrook angemahnt. Sie selbst würde noch einmal nach Laura sehen und sie bitten, vorsichtig zu sein. Solange Thomas Nordbrook verschwunden blieb, bestand keine unmittelbare Gefahr. Sie zu warnen war trotzdem ihre Pflicht.

Sobald sie sich abgetrocknet und die Haare geföhnt hatte, warf Rieke den Bademantel über und griff zum Telefon, um Julia anzurufen. Ihre Freundin meldete sich sofort. »Seid ihr weitergekommen?«

»Ein gutes Stück«, antwortete Rieke. »Wir haben ein Motiv und einen Verdächtigen.«

»Und morgen nimmst du ihn fest?« Julia lachte leise. »Wunderbar! Dann kann ich übermorgen kommen.«

»Leider ist der mutmaßliche Täter verschwunden. Mit Festnahme ist also so schnell nichts. Aber die Situation hat sich etwas entspannt. Im Augenblick können wir nur warten.«

»Worauf wartet ihr noch?«

»Das endgültige Gutachten der Rechtsmedizin steht noch aus. Und Berichte zur kriminaltechnischen Untersuchung eines Tatorts und eines Fahrzeugs. Außerdem müssen ein paar Konten überprüft werden. Hauptsächlich hoffen wir auf Hinweise, die uns zum Täter führen.«

»Dann hast du morgen nicht wirklich viel zu tun und kannst schon mal für uns einen Strandkorb reservieren?«

Rieke lachte. »So genau lässt sich das nicht vorhersagen. Wenn sich Zeugen melden, die den Mann gesehen haben, den wir suchen, müssen wir uns auf die Socken machen. Außerdem würde ich den Strand lieber mit dir genießen. Es ist wirklich sehr schön hier. Ich freue mich, wenn du kommst. Habe Sehnsucht nach dir.«

»Und ich erst!« Julia seufzte. »Kann es kaum erwarten, dich in die Arme zu nehmen. Außerdem interessiert mich dein Fall. Du hast ja bisher nur Andeutungen gemacht.«

»Einzelheiten kann ich dir nicht erzählen, das weißt du doch. Aber wir haben eine interessante Reise in die Vergangenheit gemacht. Dieser Mord hat eine Vorgeschichte. Und die reicht wahrscheinlich mehr als zweihundert Jahre zurück.«

»Das habt ihr in der kurzen Zeit herausgefunden?«

»Mit Hannahs Hilfe. Sie hat im Zeitungsarchiv recherchiert.«

»Die Journalistin aus Emden?«

»Genau. Sie arbeitet in Zukunft in Norden. Beim *Ostfriesischen Kurier*. Und da durfte sie schon mal ins Archiv. Erstaunlich, was sie ausgegraben hat. Außerdem hat meine Kollegin vor Ort wichtige Hinweise in Kirchenbüchern und auf dem Friedhof gefunden.«

»Du hast wieder tüchtige Helferinnen? Was ist mit dem ostfriesischen Gespann? Ich erinnere mich an die Stimme von Robert de Niro. Hat er dich schon angebaggert?«

»Er nicht.« Rieke lachte wieder. »Aber der andere. Hat mich zum Essen eingeladen. Hab ihm von dir erzählt. Er war ziemlich enttäuscht.«

»Der Arme.« Julias Stimme ließ kein Mitleid erkennen. »Und was ist mit den Frauen?«

»Bist du etwa eifersüchtig?«, fragte Rieke, statt zu antworten. »Gabriele, die Dienststellenleiterin ist genau das Gegenteil von dir. Klein, kräftig, stoppelkurze schwarze Haare, Damenbart. Außerdem ist sie verheiratet und hat zwei Söhne. Hannah Holthusen kennst du ja von den Fotos von Borkum. Sie steht auf Männer. Aber ich könnte ja mal versuchen ...«

»Untersteh dich!«, drohte Julia lachend. »Sonst stehe ich morgen auf der Matte.«

»Darauf würde ich es ankommen lassen.« Rieke gluckste. »Ich wollte schon immer mal zwischen zwei Frauen stehen, die sich meinetwegen gegenseitig die Haare ausreißen.«

»Das könnte dir so passen. Mir scheint, du bist wieder gut drauf. Jedenfalls besser als gestern Abend. Sehr beruhigend. – Was war das?«

»Es hat geklopft.«

»Dann will ich dich nicht länger aufhalten. Wir können ja später noch einmal telefonieren. Bis dahin, mein Steinchen. Ich liebe dich.«

»Ich dich auch. Bis später.« Rieke legte auf und ging zur Tür.

*

»Nehmen wir noch einen Drink an der Bar?«, schlug Patrick Laura vor, nachdem sie im Restaurant des Hotels Nordbrook gegessen hatten. Sie nickte. Für ihr Vorhaben hatte sie noch nicht die richtigen Worte gefunden. Patrick hatte ihr anvertraut, dass sein Onkel vermisst wurde, und nun zögerte sie, ihm gegenüber Thomas Nordbrook des Mordes an ihrem Vater zu bezichtigen. Vielleicht ergab sich später eine Gelegenheit, auf das Thema zurückzukommen. Gegen einen Cocktail war nichts einzuwenden, denn mit ein wenig Alkohol im Blut ließen sich Hemmungen leichter ablegen. »Ja, gern«, bekräftigte sie ihre Zustimmung.

»Darf es wieder ein Black Mojito sein?« Der Barkeeper war offenbar sehr aufmerksam. Laura lächelte ihn an.

»Zwei«, rief Patrick und dirigierte sie in den hinteren Bereich der Bar an einen kleinen Tisch. »Hier stört uns keiner.«

Das Gespräch kreiste um das Nachtleben auf der Insel, Patricks Aufgaben im Hotel und ihr Medizinstudium. Laura berichtete, dass sie zusätzlich zu ihrem Studium ein Krankenpflegepraktikum abgelegt hatte. Die meisten Patienten waren geduldig und dankbar, aber es gab Ausnahmen. »Einmal hat eine Privatpatientin geklingelt, und als ich ins Krankenzimmer kam, hat sie auf ihr Glas gedeutet, das auf der Ablage neben dem Bett stand, und mir befohlen, ihr Wein nachzuschenken.«

»Was hast du gemacht?«, fragte Patrick.

»Ich habe gesagt, dass ich für die Pflege zuständig und nicht als Mundschenk angestellt bin.«

»Stark!« Patrick hob sein Glas und stieß mit ihr an. Dann berichtete er von seltsamen Wünschen der Gäste. »Ein Paar, das jedes Jahr kommt, will immer Zimmer sechs. Und das sprechen sie dann wie *Sex* aus. Und sie bestellen Champagner aufs Zimmer. Ein Gast hat nach unserem Fernsehprogramm für *spezielle Unterhaltung* gefragt. Das Zimmermädchen wusste nicht, was er wollte. Ich musste ihm dann sagen, dass wir keinen Pornokanal haben.«

Laura grinste. »Und was machst du sonst? Ich meine, wenn du nicht gerade Gäste über das Fernsehprogramm aufklärst?«

»Ich bin hier Mädchen für alles.« Patrick lächelte stolz. »Aber irgendwann übernehme ich den Laden. Thomas hat keine Kinder, und ich werde sein Nachfolger.«

»Wow!« Laura leerte ihr Glas. »Dann bist du ja so was wie eine gute Partie. Gibt es noch keine Interessentinnen?«

Patrick schüttelte den Kopf und bestellte zwei weitere Black Mojitos.

Auch nach dem zweiten Cocktail hatte Laura weder nach dem Goldschatz gefragt noch die Beziehung zwischen ihrer und Patricks Familie angesprochen. Inzwischen erschien ihr die Frage nach der Verbindung unpassend. Die Affäre mit Patrick war intensiv, würde aber nicht andauern. So heftig die körperliche Anziehung auch war, so wenig begründete sie eine beständige Beziehung. Jetzt familiäre Angelegenheiten anzusprechen hieße, über Perspektiven zu reden. Und die gab es nicht. Sobald sie die Insel verlassen hätte, wären die Nächte mit ihm nicht mehr als eine angenehme Erinnerung. Heute Abend würde sie vielleicht noch einmal mit ihm schlafen, aber schon morgen würde die sexuelle Eskapade Vergangenheit sein.

Am Vormittag würde sie ihren Großvater im Krankenhaus besuchen, die Schlüssel zurückgeben und ihm sagen, dass sie die braune Ledermappe mitnehmen und gut darauf aufpassen würde. Am Nachmittag würde sie im Zug nach Göttingen sitzen und, so hoffte sie, die verwirrenden Fragen und Empfindungen, die mit dem Tod ihres Vaters und dem Besuch auf Norderney auf sie eingestürmt waren, hinter sich lassen und in eine andere Welt zurückkehren. Schon bei dem Gedanken daran breitete sich ein Gefühl von Leichtigkeit und Entspannung in ihr aus. Vielleicht trug auch der Cocktail dazu bei. Sie hob ihr Glas und stellte fest, dass es leer war.

Patrick sah sie erwartungsvoll an. Hatte er gerade die Lippen bewegt?

»Was hast du gesagt? Entschuldige, ich war gerade in Gedanken …«

»Ich habe eine Flasche Champagner kalt gestellt. Darf ich dich zu mir einladen?«

Laura zögerte. In ihrer Vorstellung erwartete sie ihn in ihrem Zimmer. Sie hatte geduscht und das dünne Kleid angezogen, das sie für heiße Sommertage mitgenommen hatte. Aber an Getränke hatte sie nicht gedacht. Bier oder Sekt aus der Minibar erschienen ihr plötzlich irgendwie unpassend. Gut gekühlter Champagner wäre nicht schlecht. Und warum auch sollte sie nicht zu ihm gehen?

»Du darfst«, antwortete sie schließlich. »Ich nehme die Einladung an. Aber vorher möchte ich mich ein bisschen frisch machen.«

Zufrieden lächelnd stand Patrick auf. »Ich begleite dich zu deinem Zimmer.« Dem Barkeeper rief er zu: »Das geht aufs Haus.« Er nahm ihre Hand und geleitete sie aus der Bar.

Laura spürte ein wenig Unsicherheit in den Beinen, als sie gemeinsam die Hotelhalle durchquerten. Die Cocktails mussten gehaltvoller gewesen sein, als ihnen anzusehen war. Aber egal, dachte sie. Es war ihr letzter Abend im Hotel, und für das, was folgen würde, gab es nur geringe Anforderungen an geistige Leistungen. Es kam auf andere Qualitäten an. Dazu gehörte ein entspannter Körper. Der Kopf war eher hinderlich.

*

Hannah Holthusen strahlte. Sie breitete die Arme aus und umarmte Rieke. »Du bist schon zum zweiten Mal meine Rettung. Damals hast du mich aus dem Sumpf gezogen. Und diesmal hast du mich vor dem Absturz bewahrt.« Sie küsste sie auf die Wange. »Ich werde dir immer dankbar sein.«

»Nun mach mal halblang!« Rieke befreite sich aus der Umarmung. »Und komm erst mal rein!« Sie zog Hannah ins Zimmer und schloss die Tür. »Ich war nur zur richtigen Zeit am richtigen Ort. Gerettet hast du dich selbst. Mit Willenskraft und Stärke. Deine neue Arbeit hast du auch nicht von mir.«

»Aber einen tollen Einstieg.« Hannah folgte Rieke zur Sitzgruppe und ließ sich in einen Sessel fallen. »Diese Recherche hat mir nicht nur Spaß gemacht, sie hat mich auch mit Kollegen zusammengebracht, die mir mit Respekt und Wertschätzung begegnet sind. Das habe ich lange nicht mehr erlebt. Dafür bin ich dir dankbar.«

»Wenn hier jemand dankbar sein muss«, entgegnete Rieke, »bin ich es. Was du herausgefunden hast, ist von unschätzbarem Wert für unsere Ermittlungen. Wir können uns nun ein Bild von den Verhältnissen in und zwischen den beteiligten Familien machen. Wir wissen jetzt, worum es geht. Der Schlüssel zu unserem Fall lag in der Vergangenheit. Du hast ihn ausgegraben.«

»Wie das klingt!« Hannah grinste. »Wäre eine tolle Überschrift. Muss ich mir merken. Für den Artikel über den Fall. Wenn ihr ihn abgeschlossen habt.«

»So weit sind wir leider noch nicht«, schränkte Rieke ein. »Der mutmaßliche Täter ist nämlich verschwunden. Deine Kollegen bringen morgen einen Zeugenaufruf. Irgendjemand hat ihn hoffentlich gesehen.«

»Bestimmt«, bekräftigte Hannah. »Von der Insel kann man nicht so leicht unbemerkt und spurlos verschwinden. Darfst du mir verraten, wer es ist?«

»Natürlich. Steht ja morgen ohnehin in den Zeitungen. Ich hoffe, dass auch die Fernsehanstalten mitziehen. Wir suchen nach Thomas Nordbrook, dem Inhaber des Hotels.«

»Der soll einen Mord begangen haben?« Hannah schob die Unterlippe vor. »Schwer vorzustellen. Aber man sieht wohl niemandem an, ob er einen Menschen umbringen kann.«

»Wem sagst du das.« Rieke nickte und warf einen Blick auf die Uhr. »Ich habe Hunger. Wollen wir zusammen was essen?«

»Sehr gern.« Hannah stand auf. »Ich würde nur gern vorher duschen.«

»Kein Problem.« Rieke zupfte mit spitzen Fingern am Kragen ihres Bademantels. »Ich muss mich ohnehin noch umziehen. Und einen kurzen Besuch erledigen. Hier im Haus. Dauert zusammen höchstens zwanzig Minuten.«

»Das passt doch.« Hannah verschwand im Nebenzimmer.

Wenig später stand Rieke Bernstein vor Laura Lüders' Tür und klopfte. Da niemand öffnete, verschob sie ihr Vorhaben auf später und kehrte in ihre Suite zurück. Im Bad rauschte die Dusche. Hannah hatte das Radio eingeschaltet und sang laut mit Adele: *Hello, it's me. I was wondering if after all these years you'd like to meet …*

*

Der Champagner perlte prickelnd auf der Zunge. Laura leerte das Glas und sah sich im Zimmer um. »Du hast extra aufgeräumt?«

»Woher …?« Verblüfft sah Patrick sie an.

Laura lachte. »Allein lebende männliche Wesen unter dreißig sind selten Ordnungsfanatiker. Für die meisten gilt eher das Gegenteil.«

»Wahrscheinlich hast du recht.« Patrick schenkte nach. »Alla salute!«

»Danke!« Laura hob ihr Glas. »Der Champagner schmeckt richtig gut. Aus dem Weinkeller des Hauses?«

Patrick nickte. »Es gibt ein paar Sorten, die nicht auf der Weinkarte stehen. Für besondere Gäste.«

»Aha«, sagte Laura spöttisch. »Und ich bin ein besonderer Gast?«

»Darauf kannst du ...« Patrick brach ab und grinste verlegen. »Ich meine, klar bist du ... besonders. Sehr sogar. Schade, dass du nicht hierbleiben kannst. Wir würden ein cooles Paar abgeben.«

»Wir beide?« Laura lachte. »Ich glaube, du verwechselst da was. Guter Sex und eine gute Beziehung sind zwei verschiedene Dinge. Du kriegst immer nur das eine oder das andere. Beides zusammen ist die absolute Ausnahme.

»Vielleicht hast du recht.« Patrick zuckte mit den Schultern. »Aber dann sollten wir uns auf das eine konzentrieren.« Er stellte sein Glas ab, trat auf Laura zu und küsste sie gierig. Halbherzig wehrte sie ihn ab, doch plötzlich zündete der Funke, und sie spürte, wie sich die Empfindungen aller Sinne zu einem Rausch zusammenballten.

»Heute tauschen wir mal die Rollen«, flüsterte sie heiser und löste Patricks Gürtel.

»Einverstanden«, murmelte er. »Aber wir nehmen uns Zeit. Ganz viel Zeit. Erst darfst du mich fesseln. Und dann verwöhne ich dich. Okay?«

Nach mehr als einer Stunde lagen beide erschöpft nebeneinander. »Ich habe Durst«, stellte Laura fest. »Hast du noch etwas von dem Champagner?«

»Na klar!« Patrick rollte sich aus dem Bett. »Ich habe die Minibar ausgeräumt, damit ich die Flaschen darin unterkriege.«

Er ließ den Korken knallen und kehrte mit der überschäumenden Champagnerflasche ans Bett zurück. Laura hielt ihm die Gläser entgegen. Doch Patrick ließ die perlende Flüssigkeit über Lauras Körper fließen. Über ihre Brüste, in den Bauchnabel und zwischen die Beine. Erst dann füllte er ihr Glas. »Salute!« Sein eigenes stellte er zur Seite und beugte sich über ihren Bauch.

Laura kicherte, als seine Zunge über ihren Körper glitt. »Das kitzelt.«

*

»Geh schon mal vor!«, sagte Rieke zu Hannah. »Ich will noch kurz mit einer Zeugin sprechen.«

»Jetzt noch?«, fragte die Journalistin.

»Sie ist möglicherweise in Gefahr. Ich möchte sie warnen. Dauert nur ein paar Minuten.«

Auf dem Rückweg vom Restaurant zu ihrer Suite klopfte Rieke an Laura Lüders' Tür. Doch sie war noch immer nicht da. Wahrscheinlich ist sie mit Patrick Nordbrook zusammen, dachte Rieke und eilte zurück ins Foyer, um an der Rezeption nach dessen Zimmer zu fragen. Sie bekam die Auskunft ohne Diskussion, fand die entsprechende Tür und hob die Hand, um anzuklopfen. In dem Augenblick hörte sie von innen Geräusche, die eindeutig dem Liebesspiel eines Paares zuzuordnen waren. Sie schmunzelte und verschob das Gespräch mit Laura auf den nächsten Morgen.

*

In Patricks Zimmer lag Laura mit verbundenen Augen auf dem Bett. Sie war an Händen und Füßen gefesselt und stöhnte lustvoll unter Patricks Berührungen mit dem Tickler.

»Was ist?«, fragte sie, als er mit seinen Bewegungen innehielt.

»Geht gleich weiter«, flüsterte er an ihrem Ohr. »Möchtest du etwas trinken?«

»Ja«, antwortete Laura. »Ist noch was da?«

»Lass dich überraschen!« Patrick öffnete eine Miniflasche Jägermeister. Er nahm einen kleinen Schluck daraus und füllte mit einer Pipette etwas Flüssigkeit hinein.

»Mund auf!«, kommandierte er. »Und dann musst du raten, was ich dir gegeben habe.«

Er leerte das Fläschchen zwischen Lauras geöffnete Lippen.

»Jägermeister?«, vermutete sie, nachdem sie die Flüssigkeit geschluckt hatte.

»Die Kandidatin hat hundert Punkte.« Patrick lachte und fuhr fort, Laura mit den Federn zu streicheln. Dabei beobachtete er sie und wartete auf die Wirkung. Liquid Ecstasy unterdrückte Hemmungen und sorgte für zusätzliche Stimulation. Erst später würde sie einschlafen. Und alles vergessen. Die Droge würde ihre Erinnerung auslöschen. Bis dahin war noch Zeit für einen leidenschaftlichen Höhepunkt. Er verstärkte seine Bemühungen und genoss die hemmungslosen Laute und Bewegungen seiner Partnerin. Sie gierte geradezu danach, ihn ein weiteres Mal aufzunehmen.

*

Zwanzig Minuten später war es so weit. Laura rührte sich nicht mehr, atmete flach und hielt die Augen geschlossen. Zügig, aber ohne Hast zog Patrick sich an. Nach einem weiteren Blick auf das schlafende Mädchen verließ er den Raum und eilte die Treppe hinunter. Er holte erst die Sackkarre, dann den Koffer. Neben dem Bett klappte er das Behältnis auf. Dann rollte er den reglosen Körper über die Bettkante und ließ ihn hineingleiten. Arme und Beine drückte und schob er in den freien Raum. Schließlich lag Laura mit gesenktem Kopf auf der Seite, die gefesselten Hände vor der Brust, die Beine angewinkelt. Ihre Kleidungsstücke stopfte er in die Lücken.

Zu guter Letzt schloss er den Koffer, stellte ihn aufrecht, schob die Sackkarre unter die Kante und kippte die Ladung an. Sie war schwerer, als er erwartet hatte. Auf dem glatten Boden ließ sie sich jedoch leicht bewegen. Vor dem Zimmer lauschte er auf mögliche Geräusche, dann schloss er die Tür und rollte das Gepäckstück zum Aufzug.

Minuten später erreichte er den Weinkeller und begann, das Regal vor der Stahltür auszuräumen. Nach einer knappen Stunde hatte er sein Werk vollendet. Morgen würde er Heinz-Hermann Lüders aufsuchen und ihn vor die Entscheidung stellen. Das Leben seiner Enkelin gegen die Unterlagen der Bank. Patrick war davon überzeugt, dass der alte Mann, ohne zu zögern, auf seine Forderung eingehen würde.

*

Als Laura zu sich kam, brauchte sie lange, um aus dem Wirrwarr von Gedanken, verschwommenen Erinnerungsfetzen und realen Sinneseindrücken ein Bild zusammenzufügen. Trotz größter Anstrengung blieb es unvollständig. Wo war sie? Unter sich spürte sie den Stoff einer weichen Unterlage. Eine Matratze? Dunkelheit und Kälte umfingen sie. Der Kopf schmerzte, Mund und Hals fühlten sich wie ausgetrocknet an. Laura fror. Kein Wunder, denn sie war nackt. War nicht Sommer? Ein Albtraum. Das musste es sein. Gleich würde sie aufwachen, und alles wäre vorbei. Sie würde in ihrem Bett im Studentenwohnheim liegen. Nein, sie war ja auf Norderney. Im Hotel.

Langsam kehrte die Erinnerung zurück. Kein Traum, sondern beängstigende Realität. Ihr Vater – tot. Opa Heinzi – im Krankenhaus. Patrick – war nicht bei ihr. Warum half er ihr nicht? Sie hatten zusammen gegessen, waren in der Bar gewesen, in seinem Zimmer. Sie hatten sich geliebt. Auf eine neue, intensive Weise. Aber dann ... Was war geschehen? So sehr sie sich auch anstrengte – hier versagte ihr Gedächtnis. Unwillig schüttelte sie den Kopf. Warum konnte sie sich nicht erinnern? Sie richtete sich auf, zog die Beine an den Körper und schlang die Arme um die Knie. Dabei berührte ihr Fuß etwas. Sie tastete die Unterlage ab. Ihre Finger stießen gegen einen runden Gegenstand. Eine Taschenlampe. Sie knipste sie an.

Der Lichtstrahl wanderte über schmutzige Wände, die aus grob gehauenen Steinen gemauert waren, kehrte zu ihr zurück und beleuchtete ihre Füße. Dort lag ihre Kleidung. Rasch zog sie die Sachen zu sich heran, schlüpfte in Hemd und Höschen, streifte das Kleid über, stieg in die Schuhe. Mehr gab es nicht gegen die ungewohnte Kälte, die von dem alten Gemäuer ausging. Ja, es war Sommer. Hatte sie nicht im Café in der Sonne gesessen? Und jetzt befand sie sich in einem Kellerraum. Jemand musste sie hier eingesperrt haben. Aber wer? Patrick? Warum sollte er das tun?

Irgendwo musste es eine Tür geben. Sie stand auf und richtete den Strahl der Lampe nacheinander in alle Richtungen. Er blieb an einer rostigen Stahltür hängen. Sie stürzte hin, schlug mit der Faust dagegen, schrie irgendwas, brach in Tränen aus. Die Schläge hatten einen dumpfen, aber kaum wahrnehmbaren Ton erzeugt. Niemand würde sie hören, der nicht direkt auf der anderen Seite stand.

Laura kehrte zur Matratze zurück und stieß dort auf eine Wasserflasche. Sie öffnete sie und trank gierig gegen die Trockenheit ihrer Kehle an. Dann sank sie nieder und gab sich ihren Tränen hin.

28

2016

Rieke erwachte mit dem Gefühl, etwas versäumt zu haben. Oder hatte sie etwas Wichtiges vergessen? Sie warf die Decke von sich und sah zur Uhr. Die Zeiger standen auf halb sieben. Eigentlich zu früh zum Aufstehen, aber sie wusste, dass sie nicht mehr würde schlafen können. Heute würden wichtige Informationen eintreffen. Der Obduktionsbericht, die Erkenntnisse der Kriminaltechniker über Thomas Nordbrooks Wagen, die Spurenakte mit dem Ergebnis der Untersuchung des Kellers der Apotheke Lüders, Auskünfte über die Konten der beteiligten Familien und der Baufirma Nordbrook.

Sie rollte sich vom Bett, zog die Gardinen auf und öffnete ein Fenster, um frische Luft hereinzulassen. Im Nebenzimmer hörte sie Hannah rumoren. Auch sie war offenbar früh aufgestanden. Rieke gähnte und zog die morgendlich-kühle Seeluft ein. Sie würde die frühe Stunde nutzen, um eine Runde zu laufen. Vielleicht würde Hannah sie begleiten.

In dem Augenblick trat die Journalistin aus der Tür. Geschminkt und reisefertig angezogen, in der Hand einen kleinen Koffer. »Guten Morgen, Rieke. Habe ich dich geweckt?«

Rieke schüttelte den Kopf. »Irgendein Gedanke hat mich wach gemacht. Oder eine innere Unruhe. Heute kommen wir hoffentlich wieder einen Schritt weiter, wenn die Untersuchungsergebnisse eintrudeln. – Willst du schon los?«

»Ja. Mein neuer Chef hat mir eine SMS geschickt. Ein Kollege ist ausgefallen. Ich soll um neun in der Redaktion sein und seine Aufgaben übernehmen. Um Viertel nach sieben geht die Fähre. Also muss ich mich beeilen. Frühstück gibt's hoffentlich an Bord.«

»Dann ist heute schon dein erster richtiger Arbeitstag?«

»So ist es.« Hannah strahlte. Plötzlich ließ sie den Koffer fallen, trat mit zwei schnellen Schritten auf Rieke zu und umarmte sie. »Danke für deine Unterstützung! Wer weiß, was passiert wäre, wenn du mich nicht angerufen hättest.«

»Ich wünsche dir einen guten Start und viel Erfolg.« Rieke löste sich aus der Umarmung. »Und lass mal wieder von dir hören!«

Hannah nahm ihren Koffer und ging zur Tür. Mit der Klinke in der Hand drehte sie sich um. »Meinen Anteil für das Zimmer zahle ich selbstverständlich.«

»Das dürfte schwierig werden.« Rieke grinste. »Julia hat die Rechnung schon beglichen. Da kann ich jetzt nichts mehr machen.«

Mit zusammengezogenen Augenbrauen sah Hannah sie an. »Dann … weiß ich jetzt auch nicht. Jedenfalls danke ich euch beiden. Mach's gut! Und grüß Julia von mir.« Sie öffnete die Tür.

»Bis bald!« Rieke winkte der Freundin nach und kehrte zum Bett zurück. Sie nahm ihr Smartphone vom Nachttisch, löste es vom Ladekabel und kontrollierte den E-Mail-Eingang. Noch keine Nachricht von den Kollegen der Kriminaltechnik. Wie auch, es war ja noch viel zu früh.

Sie legte das Smartphone ab und ging ins Bad. Kritisch betrachtete sie ihr Spiegelbild. Waren da neue Falten? Oder nur Abdrücke vom Kopfkissen? Sie zog mit beiden Händen die Wangen glatt. Früher waren die nicht so lange zu sehen gewesen. Überhaupt – so früh am Morgen und so naturbelassen sah die Frau hinter dem Glas ziemlich alt aus. Sie griff sich ins

Haar. »Zum Friseur müsste ich auch mal wieder«, murmelte sie ihrem virtuellen Gegenüber zu. Dann ließ sie ihr Nachthemd fallen und spritzte sich kaltes Wasser ins Gesicht. Duschen würde sie nach dem Laufen.

Als sie in den Flur trat, schoss ihr ein Name durch den Kopf. Laura Lüders. Sie hatte sie warnen wollen, aber am Abend nicht mehr angetroffen. Wahrscheinlich war sie bei Patrick Nordbrook gewesen. Die Geräusche in dessen Zimmer hatten sich ziemlich eindeutig angehört. Sie eilte die Treppe hinunter, klopfte vorsichtig an Lauras Tür und lauschte. Nichts. Entweder schläft sie noch, dachte Rieke, oder sie hat bei ihrem Liebhaber übernachtet. Eigentlich war es ja zu früh, um jemanden zu stören. Sie nahm sich vor, nach dem Laufen oder auf dem Weg zum Frühstück einen weiteren Versuch zu unternehmen.

An der Rezeption fragte sie nach Thomas Nordbrook. »Haben Sie etwas von ihm gehört?« Die Angestellte schüttelte bedauernd den Kopf. »Leider nicht. Und der junge Herr Nordbrook ist auch noch nicht im Büro.«

Rieke bedankte sich und machte sich auf den Weg. Über die Südstraße erreichte sie den Deich und lief auf dem gut ausgebauten Weg in östlicher Richtung an der Wattseite der Insel entlang. In der Bucht luden Surfer ihre Boards von den Fahrradanhängern. Einige standen bereits im Wasser auf den Brettern und richteten ihre Segel auf.

Auf dieser Seite präsentierte sich Norderney völlig anders als an den nördlichen und westlichen Stränden. An der Wasserkante fehlte die Brandung, das Land war grün, und außer ihr und den Surfern war kein Mensch unterwegs. Links breitete sich das Panorama der Insel mit Wasserturm und Leuchtturm aus. Vor ihr lag eine Polderlandschaft, die vom Deich eingerahmt wurde.

Während sie dem Weg zwischen Wattenmeer und Sielteichen folgte, ging ihr der Fall Lüders durch den Kopf. Alle Fakten sprachen dafür, dass Thomas Nordbrook den Mord begangen und sich dann abgesetzt hatte. Dennoch regten sich Zweifel in ihr. Ein Geschäftsmann, der einen Hotelbetrieb organisieren und leiten konnte, hätte seine Flucht gut vorbereitet. Er hätte dafür gesorgt, dass sein Personal ihn bei einer Tagung oder auf einer Reise vermuten musste, damit niemand auf die Idee kam, ihn als vermisst zu erklären oder nach ihm suchen zu lassen. Also wäre er ganz offiziell abgereist, hätte seinen Wagen mitgenommen und die Fähre gebucht. Oder eine Fahrkarte gekauft. Oder die Insel mit dem Flugzeug verlassen. Außerdem hätte er Geld beiseitegeschafft, um sein neues Leben finanzieren zu können. Für all das gab es keinerlei Anzeichen. *Wir müssen eine andere Erklärung in Betracht ziehen. Wir können nicht ausschließen, dass auch Nordbrook getötet wurde. Aber von wem?*

Nachdem sie die Polder umrundet hatte, schlug sie den Weg zum Hotel ein. Sie nahm sich vor, mit ihrem Team eine Variante durchzuspielen, in der Nordbrook ebenfalls Opfer war.

Bei ihrer Rückkehr suchte sie das Büro des Hoteliers auf. Patrick Nordbrook wirkte übernächtigt. Kein Wunder, hatte er doch vermutlich eine heiße Liebesnacht hinter sich.

»Können Sie mir sagen, wo ich Frau Lüders finde?«, fragte sie ohne Umschweife. »Auf ihrem Zimmer habe ich sie nicht angetroffen.«

Er wich ihrem Blick aus und hob die Schultern. »Keine Ahnung. Gestern Abend habe ich sie noch gesehen. Wir haben zusammen gegessen und waren dann in der Bar.«

»Und anschließend?«

»Anschließend?« Nordbrook zögerte. »Sie war noch bei mir«, murmelte er schließlich. »Bis zum Morgen.«

»Aber wo ist sie jetzt? Machen Sie sich keine Sorgen?«

Rieke gab sich keine Mühe, ihre Ungeduld zu verbergen. Einem plötzlichen Impuls folgend, trat sie einen Schritt auf Nordbrook zu. »Ich würde gern einen Blick in ihr Zimmer werfen«, forderte sie barsch.

»Sie können doch nicht einfach ...«

»Doch, ich kann«, erwiderte Rieke. »Wenn Sie mir die Tür öffnen. Das wäre in der Tat die einfache Lösung. Es geht aber auch anders. Ich hole mir einen Durchsuchungsbeschluss und komme mit einem Trupp uniformierter Polizisten ins Haus. Wäre Ihnen das lieber?«

Nordbrook schüttelte den Kopf. »Nein, natürlich nicht.« Sekundenlang starrte er unentschlossen vor sich hin. Rieke wartete. Sie wusste, dass er nachgeben würde.

»Also gut. Ich begleite Sie.« Er öffnete eine Schublade des Schreibtischs und zog eine Schlüsselkarte hervor. »Natürlich mache ich mir Gedanken«, murmelte er und beeilte sich, Rieke zu folgen. »Aber Laura ist unabhängig. Sie kann tun und lassen, was sie will. Und sie hat ihren eigenen Willen, das kann ich Ihnen versichern.«

Lauras Zimmer war aufgeräumt, das Bett unberührt. Ein Smartphone lag auf dem Nachttisch. Rieke wandte sich zu Nordbrook um. »Vielen Dank! Ich komme allein zurecht.«

»Aber ich kann Sie doch nicht ...«

»Sie können«, unterbrach Rieke ihn scharf. »Ich schaue mich ein bisschen um und ziehe dann die Tür hinter mir zu. So einfach ist das.« Sie wies mit einem Kopfnicken zum Flur. »Sie haben doch sicher noch zu tun.«

Nordbrook trat einen Schritt zurück und starrte sie böse an. Rieke hob das Kinn und fixierte ihn, bis er die Augen niederschlug. »Sie gehen jetzt bitte!«

Sichtlich mit sich kämpfend wandte er sich um und verließ den Raum. Draußen blieb er stehen und warf einen unsicheren

Blick über die Schulter. Rieke nickte ihm zu und schloss die Tür. Ein beunruhigender Gedanke hatte sie erfasst. Wenn Laura Lüders nach der Liebesnacht mit Patrick nicht in ihr Zimmer zurückgekehrt war, musste sie jemand daran gehindert haben.

Als Erstes kontrollierte sie das Bad. Auch hier deutete nichts darauf hin, dass Laura den Tag in ihrem Zimmer begonnen hatte. Rieke ging in die Hocke und untersuchte den Abfalleimer. Ein paar Wattepads mit Schminkresten, Papiertaschentücher, eine leere Pillenschachtel. Nichts Ungewöhnliches. Als sie sich aufrichtete, fiel ihr Blick durch die offene Tür auf das gemachte Bett. Darunter leuchtete etwas Helles. Sie ging erneut in die Knie und zog ein Seil hervor. Es hatte die Stärke ihres kleinen Fingers, war glatt und etwa eineinhalb Meter lang. Rieke steckte den seltsamen Fund in die Tasche und nahm sich das Smartphone vor. Es startete ohne Eingabe eines Passworts. Auf den ersten Blick gab es nichts her. Die SMS-Konversation mit Patrick Nordbrook, E-Mails von der Universität und von Kommilitonen. Ein paar Fotos vom Norderneyer Strand und ein Selfie vor der Milchbar. Die KTU würde das Handy genauer untersuchen, falls Laura nicht auftauchte. Rieke steckte es ebenfalls ein. Dass eine junge Frau ohne ihr Smartphone verschwand, war nicht normal. Der Verdacht, sie könnte das Hotel nicht freiwillig verlassen haben, verstärkte sich.

Sie durchsuchte Lauras persönliche Sachen. Offensichtlich war die Studentin nur mit dem Nötigsten gereist. Kleidung und Schuhe für Sommertage, etwas Schmuck, eine Frauenzeitschrift, ein Göttingen-Krimi. Mit mehr als zwei oder drei Tagen Aufenthalt hatte sie offenbar nicht gerechnet. Rieke untersuchte den Koffer. Sie zog eine braune Ledermappe aus dem Seitenfach, die nicht recht zum modischen Outfit der Studentin passte. Die Oberfläche war abgegriffen und brüchig. In der Mappe befanden sich Dokumente. Vergilbte Papiere mit verblasster Schrift. Und ein Schlüssel, der nach Bankschließfach aussah. Rieke nahm ein Blatt heraus und hielt es ins Licht. *Graubündner Kantonalbank, Schweiz* prangte in altdeutschen Lettern auf dem Papier. Ihr Puls beschleunigte sich, als sie begann, die Dokumente durchzublättern.

*

Patrick kehrte ins Büro zurück. Er schwankte zwischen Selbstzweifeln und Wut. Die Bernstein drohte seine Pläne zu durchkreuzen. Als sie ihn aus Lauras Zimmer geschickt hatte, hätte er sie am liebsten erwürgt. Nun würde die Polizei auch nach Laura suchen. Spätestens morgen. Bis dahin musste er sie befreien. Oder sie ganz verschwinden lassen. In ihrem Verlies würde sie in hundert Jahren nicht gefunden werden. Wie auch immer er sich entschied, ihm blieb nicht mehr viel Zeit. Je früher er die Sache im Krankenhaus erledigte, desto schneller war er am Ziel.

Er tastete in der Schublade nach dem Wagenschlüssel. Seine Hand griff ins Leere. Verdammt, der Mercedes war noch immer blockiert. Für seine eigene Kiste hatte er keine Ausnahmegenehmigung vom Verkehrsverbot. Er griff zum Telefon und wählte die Nummer der Polizeidienstelle, hatte Glück und erreichte Dennis. »Was ist mit dem Wagen?«, fuhr er ihn an. »Wir brauchen ihn. Wir können die Gäste nicht auf Dauer mit dem Taxi von der Fähre abholen und wieder hinbringen.«

»Du kannst die Schlüssel abholen«, antwortete der Polizeikommissar. »Die Kollegen von der Spurensicherung sind damit fertig.«

»Und? Was ist dabei rausgekommen?«

»Dazu kann ich nichts sagen. Schon gar nicht am Telefon.«

»Dann ruf mich mit dem Handy an!«

Dennis senkte die Stimme. »Später. Ich kann jetzt nicht.«

»Okay. Aber lass dir nicht zu viel Zeit damit! Und die Schlüssel bringst gefälligst du zurück. Für zusätzliche Wege habe ich keine Zeit.« Ohne eine Antwort abzuwarten, knallte Patrick den Telefonhörer auf den Apparat.

Jemand klopfte an der Tür. Jetzt nicht!, wollte er brüllen, bezwang sich aber und atmete ein paarmal tief durch. Die Bernstein konnte nichts gefunden haben. Er versuchte seiner Stimme einen gelassenen Klang zu geben und rief: »Herein!«

Es war nicht die Kriminalbeamtin, sondern der Restaurantchef. »Entschuldigen Sie die Störung, Herr Nordbrook. Aber wir müssen einige Entscheidungen treffen, die sich nicht länger aufschieben lassen. Weil wir vom Chef noch immer nichts gehört haben ...«

»Kein Problem.« Erleichtert winkte Patrick ihn heran. »Wie Sie sich vorstellen können, habe ich zurzeit sehr viel um die Ohren«, erklärte er dem Angestellten. »In den nächsten Tagen müssen Sie das selbst übernehmen. Sie kennen den Betrieb besser als ich. Also tun Sie, was nötig ist. Personaleinsatz, Bestellungen, Speisekarte. Was auch immer. Bis auf Weiteres haben Sie Vollmacht. Sagen Sie das auch dem Küchenchef!«

»Selbstverständlich, Herr Nordbrook.« Der Mann deutete eine Verbeugung an und zog sich zurück.

Der Besuch des Restaurantchefs erinnerte ihn daran, dass er auch für den Hotelbetrieb jemanden bestimmen musste, der sich um alles kümmerte. Bisher hatten die Mitarbeiter der Rezeption alles reibungslos erledigt. Für Belegungspläne, Empfang von Gästen und die Organisation der Dienstpläne hatte er jetzt keinen Nerv. Er griff erneut zum Telefon und gab die erforderlichen Anweisungen.

*

Nachdem sie Lauras Zimmer durchsucht hatte, kehrte Rieke in ihre Suite zurück. Sie rief Gabriele Visser an und berichtete von ihrem Fund.

»Damit haben wir den letzten Beweis«, kommentierte die Hauptkommissarin. »Es gibt dieses Vermögen, und Lüders hatte den Zugriff. Also kann nur Thomas Nordbrook der Täter sein.«

»Ich fürchte«, entgegnete Rieke, »ganz so einfach ist es nicht. Jetzt ist auch noch Laura Lüders unauffindbar. Wir müssen uns treffen. Kannst du dafür sorgen, dass – sagen wir um neun Uhr – alle in der Dienststelle sind?«

»Sollte kein Problem sein«, antwortete Gabriele Visser. »Ich kümmere mich darum.«

Dankbar legte Rieke auf und ging ins Restaurant, um zu frühstücken. Als sie aus dem Fenster blickte, sah sie Patrick Nordbrook draußen auf ein Fahrrad steigen und davonradeln. Sie schmunzelte. Wahrscheinlich hätte der junge Mann lieber den Mercedes seines Onkels genommen. Der Gedanke an den Wagen des Hoteliers erinnerte sie an die Frage, wer in der Regennacht damit unterwegs gewesen sein mochte. Wahrscheinlich hatten die Kollegen Spuren sichergestellt, die zu Patrick und Thomas Nordbrook und dem ein oder anderen Angestellten führen würden. Doch die Erkenntnis würde sie nicht weiterbringen. Interessanter wäre es zu wissen, wohin der Wagen gefahren war. Wenn der Hotelier damit unterwegs gewesen war, um sich dann mit einem Boot abzusetzen, stellte sich die Frage, wer das Fahrzeug zurückgeholt hatte.

Patrick war mit Laura zusammen gewesen. Hatte er zumindest behauptet. Sie hatte seine Aussage bestätigt. Rieke seufzte, schob die Gedanken an den Fall beiseite und wandte sich dem Büfett zu. Eilig stellte sie sich ein kleines Frühstück zusammen und aß ohne großen Appetit. Es drängte sie, mit den Kollegen die aktuellen Informationen auszuwerten und die neue Situation zu besprechen.

*

Auf dem Flur des Krankenhauses wurde Patrick von einem Pfleger aufgehalten. »Zu wem wollen Sie?«

»Zu Herrn Lüders. Heinz-Hermann Lüders.«

»Sind Sie ein Angehöriger?«

»Ich bin sein Neffe«, log Patrick. »Bin extra aus Leer gekommen, um ihn zu sehen.«

»Herr Lüders darf zurzeit keinen Besuch empfangen«, erklärte der Pfleger. »So leid es mir tut, ich kann Sie nicht zu ihm lassen. Sie können aber mit dem Stationsarzt sprechen, wenn Sie wollen. Ihrem Onkel geht es den Umständen entsprechend gut.«

Patrick erschrak. Seine Zukunft im Nordbrook hing davon ab, dass er *jetzt* mit Lüders ins Geschäft kam. Er spürte, wie sich die Wut in ihm zusammenballte. Und die Angst, alles zu verlieren. Nach allem, was er bisher riskiert hatte, durfte er nicht am letzten Schritt scheitern. Aber an diesem Weißkittel kam er nicht vorbei. Er würde sich etwas einfallen lassen müssen.

»Das ist Pech«, sagte er mit einem Schulterzucken. »Dann muss ich wohl in den nächsten Tagen wiederkommen. Danke für die Auskunft.«

Der Pfleger nickte und verschwand. Patrick schlenderte zum Ende des langen Korridors, ließ sich dort auf einem Stuhl nieder und griff nach einer der Illustrierten, die dort auslagen. Über den Rand der Zeitschrift hinweg behielt er den Flur im Auge und beobachtete Ärzte und Pflegepersonal, die mit schnellen Schritten hin und her eilten. Schließlich tauchte eine Krankenschwester auf, die er vielleicht für sein Vorhaben gewinnen konnte. Sie war um die vierzig, sehr dünn und ging leicht gebeugt. Ihr faltiges Gesicht wirkte abgearbeitet und übernächtigt und trug diesen frustrierten Zug um den Mund, der auf ein fehlendes Sexualleben hindeutete. Im Hotel hatte er die Erfahrung gemacht, dass Frauen dieses Typs für emotionale und körperliche Zuwendungen empfänglich waren.

Er stand auf und ging mit strahlendem Lächeln auf sie zu. Irritiert sah sie ihn an. »Guten Tag«, begrüßte er sie und warf einen Blick auf ihr Namensschild. »Schwester Andrea! Wie schön, dass ich Sie hier treffe.«

Er ergriff die zögernd ausgestreckte Hand und hielt sie fest. »Sie haben sich überhaupt nicht verändert.«

Ihre Miene entspannte sich ein wenig. »Kennen wir uns?«

Er trat noch einen Schritt auf sie zu und lächelte herzlich. »Mike Lüders. Vor fünfzehn Jahren habe ich hier eine Blinddarmoperation überstanden. Sie waren mein guter Engel.«

»Ich kann mich nicht erinnern.«

»Klar. Bei den vielen Patienten. Aber ich freue mich, Sie zu sehen.« Noch immer hielt er ihre Hand und fixierte strahlend ihre Augen. »Ich werde Sie nie vergessen, Schwester Andrea. Und Ihren liebevollen Blick. Sie hatten immer Zeit und ein nettes Wort für mich.«

Der Anflug eines Lächelns huschte über ihr hartes Gesicht. »Ja damals, das waren andere Zeiten. Da konnten wir uns noch um jeden einzelnen Patienten kümmern. Sie müssen ja noch ein Kind gewesen sein. Da möchte man der kleinen Seele helfen.«

Patrick nickte verständnisvoll. »Bei Ihnen ist das bestimmt heute noch so. Anders kann ich Sie mir gar nicht vorstellen.« Er wechselte seinen Gesichtsausdruck. Betrübt sah er ihr in die Augen und verstärkte den Druck auf ihre Hand. »Einer Ihrer Patienten ist mein Onkel.« Er senkte die Stimme. »Er möchte mich sprechen, aber man will mich nicht zu ihm lassen.«

»Herr Lüders, ach ja.« Die Krankenschwester nickte. »Er ist Ihr Onkel? Es stimmt, er soll keine Besucher empfangen. Hat der Stationsarzt gestern verfügt. Ich weiß nicht, warum. So schlecht geht es ihm nicht.« Sie schien zu überlegen. »Vielleicht kann ich Ihnen helfen.«

»Das wäre wunderbar. Sie sind ein Engel, Schwester Andrea.« Patrick strahlte wieder.

»Setzen Sie sich dort hinten hin. Wenn es so weit ist, gebe ich Ihnen ein Zeichen. Das kann aber einen Augenblick dauern. Ich muss erst …« Sie löste ihre Hand aus seinen Händen und sah sich um. »Also bis gleich.«

Die Zeit zog sich hin. Schon nach zehn Minuten begann die Ungeduld in Patrick zu nagen. Einmal sah er Schwester Andrea in Begleitung eines Pflegers den Flur durchqueren. Sie warf ihm nur einen kurzen Blick zu, den er nicht deuten konnte. Nach weiteren zwanzig Minuten hatte sich die Ungeduld in Ärger verwandelt, langsam kochte wieder die Wut in ihm hoch. Sollte sein kleines Manöver misslungen sein? Für einen Augenblick erwog er, sein Vorhaben auf die Nacht zu verschieben, wenn kaum Personal auf der Station war. Aber dann konnte es zu spät sein. Wenn Laura verschwunden blieb, würde die Polizei nach ihr suchen. Womöglich auch im Hotel.

Plötzlich sah er sie. Schwester Andrea stand auf dem Flur und winkte. Patrick sprang auf und eilte zu ihr. Wenig später war er im Krankenzimmer von Heinz-Hermann Lüders. »Er kann kaum sprechen«, hatte Andrea noch geflüstert, bevor sie die Tür geschlossen hatte. »Was er mitteilen will, schreibt er auf.«

29

2016

Er betrachtete den alten Mann und fragte sich, warum dessen Kopf fast vollständig bandagiert war. Der Schlag mit dem Spaten konnte allenfalls eine Platzwunde verursacht haben. Aber egal, das war jetzt nicht das Thema. »Ich habe nicht viel Zeit«, erklärte er. »Deswegen sage ich alles nur einmal. Können Sie mich verstehen?«

Lüders nickte kaum merklich.

»Es geht um Ihre Enkelin Laura«, fuhr Patrick fort. »Sie befindet sich an einem sicheren Ort. Niemand außer mir weiß, wo sie ist. Wenn sie dort bleibt, stirbt sie. Ich lasse sie frei, wenn ich von Ihnen die Bankunterlagen über das Vermögen der Nordbrooks bekomme, das sich Ihre Familie angeeignet hat.«

Der Körper des Patienten geriet in Unruhe. Lüders schüttelte den Kopf, Arme und Beine zuckten, aus seinem Mund drangen unartikulierte Laute. Mit einer Hand tastete er nach der Klingel über dem Bett. Patrick stieß den Arm zur Seite und brachte die Taste außer Reichweite. Er erinnerte sich an den Hinweis der Krankenschwester und entdeckte den Block auf dem Nachttisch. Rasch drückte er dem Mann Papier und Stift in die Hände.

Lüders kritzelte etwas auf das Blatt und hielt den Block hoch. Patrick griff danach und versuchte die Buchstaben zu entziffern. *Alles weg.*

»Was soll das heißen – alles weg?«, fauchte er wütend und schlug mit dem Schreibblock nach der Hand des alten Mannes.

»Wo sind die Unterlagen?« Er packte den faltigen Hals und drückte zu, bis von Lüders nur noch ein Röcheln zu hören war. Dann ließ er los und schob ihm den Block wieder in die Hand. »Aufschreiben!«, zischte er. »Sonst mache ich dich kalt. Und Laura stirbt.«

Mit zitternden Händen schrieb der Alte erneut. Es dauerte eine Weile, bis er Patrick das Blatt reichte. *Habe sie Laura gegeben.*

»Laura hat die Papiere?« Empört schüttelte Patrick den Kopf. »Was für ein übler Trick ist das denn, du alter Sack!« Er packte den Arm des Mannes und schüttelte ihn. »Du lügst! Das hätte sie mir gesagt!«

Wieder schüttelte Lüders den Kopf, stieß dumpfe Laute aus und streckte die Arme nach dem Block aus. Widerwillig drückte Patrick ihm Papier und Stift in die Hand, beugte sich über ihn und starrte ungeduldig auf das Blatt.

Buchstabe für Buchstabe, Wort für Wort entstand der nächste Satz. *Sie ... darf ... nicht ... reden.*

Patrick stöhnte auf. Laura würde sich nichts vorschreiben lassen. Schon gar nicht von diesem altersschwachen Grufti. Oder doch? Sie hatte ehrfürchtig und liebevoll zugleich von ihrem Großvater gesprochen. Dass der in seine Enkelin vernarrt war, hatte Patrick gehört. Vielleicht beruhte die Beziehung auf Gegenseitigkeit. Vielleicht war sein Wort für sie Gesetz. Skeptisch betrachtete er den mageren Alten. Wenn Laura die Papiere hatte, mussten die in ihrem Zimmer sein. Als sie zu ihm gekommen war, hatte sie nichts dabeigehabt. Keine Handtasche, keinen Aktenordner oder Schnellhefter. Ihm brach der Schweiß aus, als vor seinem inneren Auge die Kriminalbeamtin erschien, wie sie ihn aus dem Zimmer schickte und die Tür hinter ihm schloss. Bestimmt hatte die Bernstein alles durchsucht. Wenn ihr die Unterlagen in die Hände gefallen waren ...

Patrick wollte nicht weiterdenken. Es durfte einfach nicht sein. Wut brodelte in seinem Inneren, steigerte sich, drohte zur Raserei zu werden. Am liebsten hätte er Lüders erwürgt und die Einrichtung des Krankenzimmers zerschlagen. Mühsam beherrscht packte er das Kinn des alten Mannes und drehte dessen Kopf zur Seite, sodass er das eine freie Auge sehen konnte. »Wenn du gelogen hast, stirbt Laura. Langsam und qualvoll. An Hunger und Durst.« Das Auge zuckte, die Pupille weitete sich, der Kranke begann am ganzen Körper zu zittern. Als Patrick losließ, klapperten die Zähne des alten Mannes aufeinander. Angewidert wandte Patrick sich ab. Weiter mit Lüders zu verhandeln wäre Zeitverschwendung.

Vorsichtig öffnete er die Tür. Niemand beachtete ihn. Zügig, aber ohne Hast, ging er über den Flur zum Treppenhaus und verließ das Krankenhaus. Vor dem Gebäude zog er sein Smartphone aus der Tasche und tippte eine SMS. *Muss dich dringend sprechen.*

Dennis rief an, als Patrick gerade sein Fahrrad am Hotel abstellte. »Ich hätte mich noch gemeldet, aber im Augenblick ...«

»Hör zu!«, schnitt Patrick ihm das Wort ab. »Du musst rauskriegen, ob die Bernstein Unterlagen mitgenommen hat, die mir gehören. Sie hat ein Gästezimmer durchsucht. Ohne Durchsuchungsbeschluss. Das ist illegal. Ich sehe jetzt nach, ob die Dokumente noch da sind. Wenn nicht, musst du sie mir bringen.«

»Ich kann doch keine Beweismittel ...« Dennis klang empört und ängstlich zugleich. Wieder unterbrach Patrick ihn: »Doch, kannst du. Wirst sehen. Schau erst mal nach, ob sie irgendwelche Papiere mitgebracht hat! Dann rufst du mich wieder an.« Er beendete das Gespräch, hastete durch einen Nebeneingang ins Haus, rannte ins Büro und nahm die Generalschlüsselkarte aus dem Schubfach. Vor Lauras Tür sah er sich um und betrat, nachdem er sich vergewissert hatte, dass niemand in der Nähe war, das Zimmer. Während er hektisch ihren Koffer und den Schrank durchwühlte, spürte er, wie sich sein Ärger in unbändige Wut verwandelte. In jeder Faser seines Körpers spürte er den Drang, einem Menschen Schmerzen zuzufügen. Nicht so einem schwachen Klappergestell wie dem alten Lüders, sondern einem gesunden, kräftigen Mann. Oder einer Frau. Ja, die Bernstein an der Gurgel packen, ihr den Hals zudrücken, sehen, wie sie strampelte und um sich schlug, wie der ganze Körper zuckte, bis er schließlich erschlaffte. Das würde ihm gefallen. Das verfluchte Miststück durfte diesen Kampf nicht gewinnen. In der Wirklichkeit ebenso wenig wie in seiner Fantasie.

Keuchend hielt Patrick inne. Er hatte Lauras Kleidungsstücke zerfetzt und ihre Kosmetikartikel im Bad von der Ablage gefegt. Die Bankunterlagen hatte er nicht gefunden. Entweder hatte der alte Lüders gelogen, oder die Papiere lagen jetzt auf der Polizeiwache. *Hoffentlich meldet sich Dennis bald.* Hatte er den Klingelton überhört? Er griff in die Tasche. Das Smartphone zeigte keinen Anruf an. Wie auch, es waren ja erst wenige Minuten vergangen. Patrick steckte das Handy wieder ein, öffnete am Waschbecken den Hahn und ließ kaltes Wasser über seine Hände laufen, schaufelte etwas davon in sein Gesicht und in seinen Nacken. Langsam ließ das Feuer nach, doch tief in seinem Inneren brodelte es weiter. »Ruf an, du Arsch!«, murmelte er und verließ das Zimmer.

*

Nachdem Jan Eilers und Gerit Jensen eingetroffen waren, legte Rieke das Seil auf den Tisch, öffnete die braune Ledermappe und schob die vergilbten Blätter auseinander. »Das ist der Beweis für die Existenz eines Kontos in der Schweiz. Ich habe Fotos der Unterlagen an unsere Experten im LKA geschickt. Sie sagen, es handelt sich um ein Nummernkonto. Jeder, der diese Papiere vorlegen und das Passwort nennen kann, hat Zugriff auf das Vermögen. Vermutlich ist es nicht unbeträchtlich.«

Jensen deutete auf das Seil. »Und was ist damit?«

»Das habe ich im Zimmer von Laura Lüders gefunden«, antwortete Rieke. »Unter dem Bett. Keine Ahnung, was es damit auf sich haben könnte.«

»Ich schon«, warf Eilers ein. »Wir hatten mal einen Fall, bei dem der Tote ... Also, es war ein Sexunfall. Solche Seile nehmen bestimmte Leute für ihre ... Fesselspiele. Hin und wieder überschreitet einer die Grenze und findet nicht zurück. Besonders beim Self-Bondage. Wenn keiner da ist, der den entscheidenden Knoten löst ...«

»Aber diese Studentin wirkt doch ganz normal«, wandte Gabriele Visser ein. »Ich kann mir nicht vorstellen ...«

»Sie hatte Sex mit dem jungen Nordbrook«, berichtete Rieke, ohne zu erwähnen, wie sie an diese Informationen gekommen war. Dass sie die jungen Leute beim Liebesspiel belauscht hatte, empfand sie nicht als mitteilenswert. »Vielleicht hat er mit ihr ... Egal, im Augenblick gibt es Wichtigeres. Laura ist möglicherweise in Gefahr. Ich wollte sie warnen, nachdem sich abgezeichnet hat, dass es eine Auseinandersetzung zwischen den Familien um dieses Vermögen gab und noch gibt. Aber ich habe sie nicht angetroffen. Im Hotel weiß niemand, wo sie sich aufhält. Das gibt mir zu denken. Und noch etwas.« Sie machte eine Pause. Als alle sie fragend ansahen, fuhr sie fort. »Wir haben einen Fehler gemacht, indem wir die Rolle von Patrick Nordbrook falsch eingeschätzt haben. Der freundliche junge Mann wirkt seit gestern auffallend nervös. Ich habe mich ein bisschen beim Personal umgehört. Er ist nicht der Ferienpraktikant, als den er sich ausgegeben hat. Sein Ziel ist es, das Hotel zu übernehmen. Thomas Nordbrook ist kinderlos und hat schon vor einigen Jahren begonnen, ihn ins Hotelfach einzuarbeiten. Offenbar will er – oder wollte – den Jungen zu seinem Nachfolger aufbauen. Wahrscheinlich gibt es sogar ein entsprechendes Testament. Staatsanwalt Rasmussen lässt das bereits beim Nachlassgericht überprüfen. Es würde bedeuten, dass das Hotel vorzeitig an Patrick Nordbrook fällt, wenn der Hotelier stirbt.«

»Dann hätte er ein Motiv, seinen Onkel zu beseitigen«, rief Gabriele Visser. »Wenn das stimmt, ließe sich folgende Theorie entwickeln: Ohne ihn kann er allein über das Vermögen verfügen. Aber er braucht die Bankunterlagen. Nachdem er Frank Lüders umgebracht und sie bei ihm nicht gefunden hat, hat er dessen Vater bedroht. Weil Heinz-Hermann sie nicht herausrücken wollte oder konnte, hat er ihn niedergeschlagen und sich an Laura rangemacht.« Sie deutete auf die Unterlagen. »Um diese Papiere von ihr zu kriegen.«

»Wenn das stimmt«, meldete sich Jan Eilers zu Wort, »fühlt sich der junge Mann aber sehr sicher. Er muss doch mitbekommen haben, dass wir ermitteln.«

Rieke nickte nachdenklich. »Wir haben eine bestechende Theorie, aber wir haben nichts Konkretes gegen ihn in der Hand. Er scheint das zu wissen. Dass er jetzt so nervös ist, könnte eher damit zu tun haben, dass er diese Papiere sucht, und weniger mit der Angst, dass wir ihm auf die Schliche kommen könnten.«

Die Tür wurde geöffnet, Polizeikommissar Dennis Ullrich trat leise ein und gab durch Handzeichen zu verstehen, dass er nicht stören, sondern nur etwas holen wolle. Während er den Raum durchquerte und sich an der hinteren Wand an einem

Schrank zu schaffen machte, wandten sich Gabriele Visser und die Kriminalbeamten wieder ihrem Thema zu.

»Falls unsere Hypothese zutrifft«, fuhr Rieke fort, »wäre es interessant zu erfahren, wo der Mercedes des Hoteliers in der Nacht war, als es so geregnet hat. Ist denn von der KTU noch nichts gekommen?«

»Heute Morgen war noch nichts da«, antwortete Gabriele Visser. Sie wandte sich zu ihrem Kollegen Ullrich um. »Sind in der letzten Stunde irgendwelche Mails eingetroffen, Dennis?«

Der Polizeikommissar schloss die Schranktür, nickte eifrig und trat an den Tisch. »Gerade eben sind zwei angekommen. Von der Direktion Osnabrück. Hab aber noch nicht reingeguckt.« Neugierig musterte er die auf dem Tisch ausgebreiteten Unterlagen. »Kommen die Ermittlungen voran?«

Rieke warf ihm einen unfreundlichen Blick zu. »Wenn wir Sie brauchen, lassen wir Sie das wissen, Herr Kollege.«

Ullrich hob die Hände. »Entschuldigung. Bin schon weg.« Sein Blick klebte weiter an den Papieren, während er zögernd zur Tür ging und schließlich verschwand.

»Warum bist du so streng mit dem Jungen?«, fragte Jan Eilers. »Der hat zwar eine große Klappe, bemüht sich aber.«

»Mag sein, dass ich mich täusche«, räumte Rieke ein. »Aber mir ist der Bursche nicht ganz geheuer. Tut mir leid.« Sie wandte sich an Gabriele Visser. »Können wir die Mails mal sehen?«

Die Polizeihauptkommissarin hatte bereits das Mailprogramm geöffnet. »Klar. Hier.« Sie drehte den Monitor, sodass alle erkennen konnten, was darauf zu sehen war.

*

Als Dennis endlich anrief, rutschte Patrick das Smartphone aus der Hand, in der er es voller Nervosität hin und her gedreht hatte, und fiel auf den Boden. Fluchend hob er es auf. Über das Display zog sich ein Spinnennetz aus feinen Rissen. »Warum meldest du dich jetzt erst?«, brüllte er wütend ins Telefon.

»Ich konnte nicht früher weg. Die Kollegen von der Kripo sitzen noch zusammen. Mit meiner Chefin. Ich war allein in der …«

»Mann!«, rief Patrick. »Quatsch keine Opern! Was ist mit den Dokumenten?«

»Nur altes Zeug«, berichtete der Polizist. »Vergilbte Blätter von anno Tobak. Die liegen auf dem Tisch. Damit kann man sicher nichts anfangen. Aber da ist auch noch ein Seil.«

»Die Dokumente muss ich haben«, schrie Patrick. »Egal, wie alt sie sind. Die bringst du mir. Wir können uns irgendwo treffen. Muss ja nicht hier sein. Wann hast du Mittagspause?«

»Du willst die ollen Papiere? Was …?«

»Genau die will ich.« Patrick unterdrückte seine Wut und bezwang seine Stimme. Halbwegs neutral klingend fuhr er fort. »Was ich damit will, muss dich nicht interessieren. Ich brauche die Unterlagen. Also, wann und wo?«

»Das sind vielleicht Beweismittel. Die kann ich nicht einfach …«

»Zehntausend Euro«, unterbrach Patrick ihn. »Sofort. Bar auf die Kralle.«

Sein Gesprächspartner schwieg. Er hörte ihn atmen. »Im Ernst?«, fragte er schließlich.

»Zehntausend«, wiederholte Patrick.

»Ich bekomme das Geld sofort?«

»Wenn ich es sage«, bestätigte Patrick. »Wir machen einen sauberen Deal. Ware gegen Kohle. Melde dich, wenn du sie hast! Das Geld liegt bereit. Lauter frische Scheine. Kannst gern schon mal einen Blick darauf werfen.«

»Ist schon okay. Ich werde sehen, was ich tun kann.« Dennis Ullrich legte auf. Ein Triumphgefühl erfasste Patrick. Bis zum Abend hatte er die Unterlagen. Laura brauchte er nicht mehr. Also würde er sie freilassen, damit die Kripo nicht nach ihr suchte.

*

»Wo ist das?«, fragte Rieke und deutete auf den Monitor. Auf einem Kartenausschnitt von Google Earth hatten die Kollegen der Spurensicherung eine Markierung angebracht.

»Im östlichen Teil der Insel«, antwortete Gabriele Visser. »Jenseits des Flugplatzes. Sie deutete auf eine bogenförmige Linie. »Das ist der Deich. Mit einem befahrbaren Weg. Er führt von der Straße Am Leuchtturm hier entlang.« Ihr Finger fuhr über den Monitor. »Und dann im großen Bogen wieder zur Straße zurück.« Sie tippte auf einen Bereich seitlich der Linie. »An dieser Stelle ist der Weg für Kraftfahrzeuge gesperrt. Er führt in die Salzwiesen und zu Wasserläufen, die auf der Wattseite ins Meer münden.«

»Da könnte man gut eine Leiche entsorgen«, warf Gerit Jensen ein. »Einfach ins Wasser werfen. Den Rest macht die Nordsee.«

Rieke nickte. »Ich glaube, wir müssen Patrick Nordbrook genauer unter die Lupe nehmen. Er behauptet, den Wagen nicht gefahren zu haben, und Laura Lüders hat ihm ein Alibi gegeben. Aber das scheint mir jetzt fragwürdig.«

»Also nehmen wir uns den jungen Mann noch mal zur Brust«, schlug Jan Eilers vor. »Bekommen wir mit Rasmussens Hilfe einen Durchsuchungsbeschluss für das Hotel?«

»Könnte schwierig werden«, vermutete Rieke. »Nach der Geschichte mit den Legionellen im Hotel Georgshöhe ist die Justiz vorsichtig geworden. Im Nordbrook übernachten etliche Prominente. Ich habe schon einen ehemaligen Staatssekretär und eine Ministerin gesehen. Solche Leute legen keinen Wert auf polizeiliche Ermittlungen in ihrem Umfeld. Aber ich versuche es natürlich.« Sie wandte sich an Gabriele Visser. »Und was ist noch gekommen?«

»Das Ergebnis der Untersuchung des Kellers der Apotheke. Soll ich die Zusammenfassung vorlesen?«

Jensen und Eilers nickten. »Bitte«, sagte Rieke.

»Der Täter ist durch den Garten gekommen und hat den Hintereingang benutzt. Herr Lüders muss ihm die Tür geöffnet haben. Dann ist er die Kellertreppe hinuntergegangen. Am Spaten haben sich keine Fingerabdrücke finden lassen. Die Blutspuren stammen von Heinz-Hermann Lüders. Nach der Tat hat der Täter die Wohnung aufgesucht und später das Haus auf dem gleichen Weg verlassen.«

»Also hast du mit der Vermutung, dass der alte Apotheker in diesem Punkt gelogen hat, richtiggelegen«, kommentierte Jan Eilers. »Bleibt die Frage, warum.«

»Das finden wir auch noch heraus«, sagte Rieke. »Aber jetzt geht es erst einmal um Patrick Nordbrook und Laura Lüders.« Sie warf einen Blick auf die Uhr und wandte sich an Jensen und Eilers. »Ich schlage vor, dass wir uns in einer Stunde im Hotel treffen. Wenn bis dahin kein Durchsuchungsbeschluss gekommen ist, setzen wir Patrick Nordbrook unter Druck.«

»Hier kommt gerade noch was«, verkündete Gabriele Visser. »Die Bankdaten des Hotels und die der Baufirma Nordbrook.«

»Und?«, fragte Rieke.

»Moment.« Die Polizeihauptkommissarin bewegte die

Computermaus. »Wie wir vermutet haben. Das Bauunternehmen ist pleite, dem Hotel geht es gut.«

»Dann will also Patrick mit dem umstrittenen Vermögen die Firma seines Vaters retten?« Jan Eilers schüttelte den Kopf. »Das passt nicht zu seinem Plan, das Hotel zu übernehmen.«

»Warte!«, rief Gabriele Visser, die konzentriert das Dokument auf dem Bildschirm durchsah. »Hier ist die Lösung. Thomas Nordbrook hat für Michael Nordbrooks Unternehmen gebürgt. Mit seinem Hotel.« Sie sah auf und strahlte ihren Kollegen zufrieden an. »Das renommierte Nordbrook fällt an die Banken, wenn kein Wunder geschieht.«

»Und dieses Wunder«, ergänzte Rieke, »gedenkt Patrick mit dem Vermögen aus der Schweiz zu vollbringen. Damit schließt sich der Kreis.« Mit dem Zeigefinger tippte sie auf ihre Armbanduhr. »Ich versuche es noch mal bei Rasmussen. Wir treffen uns dann im Hotel.« Sie wandte sich an Gabriele Visser. »Hältst du hier die Stellung? Ich finde es besser, wenn vorerst keine Uniformen im Nordbrook zu sehen sind.«

»Na klar.« Die Polizistin nickte. »Wir wollen den mutmaßlichen Täter ja nicht verscheuchen.«

Rieke schob die vergilbten Blätter zusammen und legte sie in die Mappe zurück. »Kannst du das hier irgendwo verwahren?«

»Natürlich.« Gabriele Visser nahm das Seil und die braune Ledermappe und verstaute beides in einem Schubfach ihres Schreibtischs.

*

Nachdem die Kripo-Kollegen die Polizeistation verlassen hatten, wartete Dennis Ullrich auf einen günstigen Augenblick. Der kam, als seine Chefin die Toilette aufsuchte. Nachdem sie über den Flur verschwunden war, durchsuchte er Schränke und Schubladen, fand die braune Mappe und steckte sie unter sein Uniformhemd. Als Hauptkommissarin Visser zurückkehrte, setzte er einen gequälten Gesichtsausdruck auf.

»Was ist los, Dennis?«, fragte sie. »Hast du dich über die Kollegin Bernstein geärgert? Du musst das nicht persönlich nehmen. Die vom LKA sind so. Aber die Rieke ist nicht verkehrt. Selbstbewusst, ja, und anspruchsvoll. Aber im Grunde schwer in Ordnung.«

Jens schüttelte den Kopf. »Das ist es nicht.« Er legte eine Hand auf die Wange. »Ich habe Zahnschmerzen. Die werden von Minute zu Minute stärker. Ich weiß gar nicht, wie ich das aushalten soll. Habe schon Tabletten geschluckt.«

»Stattdessen solltest du zum Zahnarzt gehen«, riet die Dienststellenleiterin fürsorglich. »Am besten machst du dich gleich auf den Weg. Wat mutt, dat mutt. Ich will hier sowieso die Stellung halten. Falls es heute noch einen größeren Einsatz gibt, trommle ich die anderen Kollegen zusammen. Geht auch mal ohne dich.«

»Danke«, murmelte Dennis und vermied es, seine Chefin anzusehen. »Dann gehe ich jetzt. Okay?«

Die Hauptkommissarin nickte. »Gute Besserung.«

Dennis verließ die Wache, stieg auf sein Fahrrad und radelte in Richtung Innenstadt. Sobald er außer Sichtweite war, zog er sein Handy aus der Tasche und wählte Patricks Nummer. Der meldete sich sofort. »Hast du die ... Sachen?«

»Ja«, antwortete Dennis. »Aber der Preis hat sich erhöht. Auf fünfzehn.«

»Zwölf«, sagte Patrick.

»Dreizehn«, erwiderte Dennis.

Sie einigten sich auf zwölftausendfünfhundert Euro.

»Wir treffen uns in der Raiffeisen-Volksbank Fresena«, bestimmte Patrick. »Ich muss noch Geld abheben. Bis gleich.«

Gedankenverloren steckte Dennis sein Smartphone zurück. Der Deal würde laufen. Zwölftausendfünfhundert. Wahnsinn. Mit der Summe ließ sich etwas anfangen. Natürlich würde der Verdacht auf ihn fallen, wenn die Unterlagen nicht mehr da waren. Aber es gab keinen Beweis und keinen Zeugen dafür, dass er sie aus der Schublade genommen hatte. Falls es eine Untersuchung gab, würde die im Sande verlaufen. Früher oder später.

Ein bisschen blieb natürlich immer hängen, und vielleicht würden ihn einige Kollegen schneiden. Aber die Kommissare von der Kripo würden nach der Saison wieder verschwinden, und Gaby würde bald in Pension gehen. Dann kamen Nachwuchskräfte, und er wäre nicht mehr der Jüngste im Dienst. Zur Not musste er sich aufs Festland versetzen lassen. Dieses Risiko war das Geld wert.

*

Patrick stieß einen zufriedenen Laut aus, nachdem er das Gespräch beendet hatte. Er nahm die EC-Karte für das Geschäftskonto aus dem Tresor und machte sich auf den Weg. Die Schlüssel für den Mercedes waren noch nicht wieder da, also nahm er erneut das Fahrrad. Unterwegs malte er sich aus, wie er in Zukunft sein Leben als Hotelier gestalten würde. Thomas war im Urlaub nach Österreich oder in die Schweiz gefahren. – Im Winter, wenn es in den Schneegebieten noch kälter war als an der Nordsee. Patrick träumte von Reisen zur Sonnenseite der Welt. Seychellen, Malediven, Dominikanische Republik. Vielleicht auch Kuba, Mexiko oder Thailand.

30

2016

»In echt gibt es gar keine Piraten«, behauptete Leon, als Lukas mit einem schwarzen Kopftuch, einer Augenklappe und einem rot karierten Halstuch in der Sandburg auftauchte.

»Klar gibt es Piraten«, erwiderte sein Freund und schwenkte ein imaginäres Schwert. »Habe ich selbst gesehen. Im Fernsehen.«

Beide Jungen wandten sich zu Max um, der gerade die höchste Stelle des Burgwalls mit einem hölzernen Stock krönte, an dem ein blauer Wimpel flatterte. »Damit wir unsere Burg immer erkennen«, verkündete er. Als er die erwartungsvollen Blicke seiner Freunde sah, ahnte er, dass sein Urteil gefragt war. Aber wem sollte er recht geben? Im Fernsehen gab es tatsächlich wüste Kerle, die mit kanonenbestückten Booten über die Weltmeere fuhren, um andere Schiffe auszurauben. Er entschied sich für einen Kompromiss. »Früher gab es Piraten«, entschied er. »Im Fernsehen zeigen sie Sachen von früher.«

»Okay.« Lukas nahm den Ball auf. »Dann sind wir eben Piraten von früher. Ich bin der Kapitän.« Er zückte wieder sein Schwert.

»Aber wir haben kein Schiff«, wandte Leon ein. »Nur eine Burg.«

Max ließ seinen Blick über den Strand wandern. Im seichten Wasser planschten andere Kinder mit Schwimmringen und aufblasbaren Gummitieren. Das brachte ihn auf eine Idee. »Ich besorge ein Schiff. Und eine Piratenmütze.« Er fasste sich in die Haare und wandte sich an Leon. »Du brauchst auch noch eine.« Eilig kletterte er aus der Sandburg. »Ich bin gleich wieder da.«

So schnell der Sand es erlaubte, rannte er zum nahe gelegenen Campingplatz, wo seine Eltern den Wohnwagen aufgestellt hatten. Sie kamen jedes Jahr hierher. Max kannte keinen anderen Ferienort, fand das Leben am Strand wunderschön und verstand seine älteren Brüder nicht, die schon auf der Fahrt wegen des langweiligen Aufenthalts im ostfriesischen Bensersiel gemault hatten.

Kurz vor dem Stellplatz stoppte er und vergewisserte sich, dass niemand ihn beachtete. Seine Eltern saßen auf Klappstühlen an einem Tisch und redeten mit ihren Freunden, die ebenfalls jedes Jahr die Sommerferien hier verbrachten. Seine Brüder waren nicht in Sicht. Ein Glück, denn womöglich hätten sie die Luftmatratze nicht rausgerückt, mit der sie manchmal im flachen Wasser herumpaddelten, um irgendwelche Mädchen nasszuspritzen. Eine in Max' Augen höchst uninteressante Beschäftigung.

Vorsichtig schlich er sich näher und betrat geräuschlos den Wohnwagen. Die schwarze Basecap seines mittleren Bruders würde passen. Er zog sie aus dessen Schrankfach und stülpte sie sich verkehrt herum auf den Kopf. Hinter dem Wohnwagen fand er die Luftmatratze. Leise zog er sie hinter sich her, bis er außer Hörweite war. Dann rannte er los, das künftige Piratenschiff hinter sich durch den Sand schleifend.

»Cool«, bemerkte Lukas, als Max atemlos in die Burg zurückkehrte und das knallrote Wasserfahrzeug präsentierte. Im nächsten Augenblick traf auch Leon ein. Er trug eine schwarze Binde auf der Stirn, die sein rechtes Auge halb verdeckte. »Alle Mann anfassen«, kommandierte Lukas. »Das Schiff in die Nordsee!«

Gemeinsam trugen sie die Luftmatratze hinter die Wasserlinie.

Mit dem wackeligen Gefährt in See zu stechen war nicht so einfach, wie sie sich das vorgestellt hatten. Doch mit einiger Mühe und nach etlichen Versuchen gelang es ihnen, hintereinander sitzend, aufs Wasser hinauszupaddeln. Planschenden Kindern ausweichend erreichten sie schließlich einen weniger bevölkerten Bereich.

»Ich sehe ein U-Boot«, verkündete Leon, der vorne saß. »Das können wir uns holen.«

»Okay«, bestätigte Kapitän Lukas. »U-Boot kapern und abschleppen.«

Wenig später hatten sie das längliche schwarze Ungetüm am Schlepptau. Max hielt das lose Ende eines Seils in der Hand, das von dem U-Boot herabgehangen hatte. Unter größter Anstrengung brachten sie ihre Beute in einen sicheren Hafen in der Nähe der Burg.

»Was habt ihr denn da?«, fragte ein erwachsener Schwimmer, der gerade aus dem Wasser kam.

»Wir sind Piraten und haben ein U-Boot erbeutet«, teilte Max bereitwillig mit. »Das bringen wir jetzt in unsere Burg.«

Der Mann lachte. »Na, dann viel Vergnügen. Ich fürchte, euer U-Boot ist ein bisschen zu schwer für euch. Außerdem sieht das aus wie ...« Er brach ab und griff nach einem der Seile, mit denen das Paket verschnürt war, und zog es daran ein Stück in die Höhe. Dann ließ er es wieder fallen. »Das sieht nicht nur so aus, das ist womöglich tatsächlich ...« Wieder ließ er den Satz unbeendet. Plötzlich machte er ein ernstes Gesicht. »Hört mal zu, Jungs! Dieses U-Boot ist in Wahrheit ... eine ... ein ... also, ein Fall für die Polizei.«

»Wir haben nichts gemacht«, rief Max ängstlich »Wir haben nur ...«

»Keine Angst, euch passiert nichts«, versicherte der Fremde. Von den Jungen unbemerkt, hatten sich inzwischen einige Badegäste um die Szene versammelt. Rasch wurde der Ring enger und dichter. Plötzlich flogen aus allen Richtungen Kommentare. Sätze, in denen die Worte *Leiche*, *Toter* und *Mordopfer* vorkamen. Einige Leute fotografierten das Bündel mit ihren Handys.

»Kann mal einer die Polizei anrufen, anstatt hier Bilder zu machen?«, rief der Mann. Er klang sehr verärgert. Leon, Max und Lukas zogen die Köpfe ein. Pirat zu sein war anscheinend nicht ganz ungefährlich.

*

Als sich Rieke Bernstein dem Hotel näherte, fuhr gerade ein Taxi vor. Aus dem Wagen stieg eine Frau, die sie an Julia erinnerte. Sie schüttelte ihr kastanienbraunes Haar, das in der Sonne rötlich leuchtete, griff mit einer Hand in den Nacken und neigte den Kopf zur Seite, sodass es über eine Schulter fiel. Julias typische Handbewegung. Rieke spürte ihren Herzschlag und beschleunigte ihre Schritte. Es *war* Julia. Jetzt beugte sie sich herab und sagte etwas zu dem Fahrer. Als sie sich wieder aufrichtete, begegneten sich ihre Blicke. Ein beglückender Schauer durchrieselte Rieke. Zwar mischten sich kurz Bedenken in das Wohlgefühl, doch überwog die Freude.

Julia winkte. Rieke winkte zurück und fiel in einen Laufschritt. Sekunden später umarmten sich die Frauen. »Was für eine Überraschung!« Rieke küsste ihre Freundin. »Du bist schon da!«

»Komme ich ungelegen?« Julia grinste.

»Ach was!« Rieke schüttelte den Kopf. »Der Fall ist bald abgeschlossen. Und dann genießen wir die Zeit.«

»Siehst du«, antwortete Julia lachend. »Das hatte ich im Gefühl. Außerdem habe ich es in Hannover nicht mehr ausgehalten. Bei dem schönen Wetter konnte ich nicht vernünftig arbeiten. Ich musste immer an Sonne, Sand und Meer denken. Und an dich. Also habe ich mich kurz entschlossen auf den Weg gemacht.« Sie ließ den Blick über den Eingangsbereich des Nordbrook schweifen. »Tolles Hotel. Ist das Zimmer in Ordnung?«

»Super«, antwortete Rieke. »Komm mit rein. Ich zeig es dir.«

Inzwischen hatte der Fahrer das Gepäck ausgeladen. Während Julia sich bei ihm bedankte und zahlte, kamen zwei Pagen aus dem Hotel und kümmerten sich um die Koffer.

Rieke hakte ihre Freundin unter, und gemeinsam betraten sie die Lobby. »Es ist gerade mal Mittag. Wie hast du es geschafft, jetzt schon hier zu sein?«

»Mit dem Flugzeug. Glücklicher Zufall. Ein Geschäftsfreund meines Vaters hat mich mitgenommen. Auf dem Weg nach Borkum hat er mich hier abgesetzt.«

Staunend schüttelte Rieke den Kopf. »In so einer kleinen, wackeligen Privatmaschine?«

»Die war gar nicht so klein.« Julia lachte über Riekes Gesichtsausdruck. »Und wackelig schon gar nicht. Ich durfte zwischendurch sogar mal das Steuer übernehmen. Hat Spaß gemacht.«

Nachdem sie an der Rezeption die Formalitäten erledigt hatte, stellte Julia fest: »Ich habe Hunger. Hast du Zeit für ein Mittagessen?«

»Tut mir leid.« Rieke schüttelte den Kopf. »Gleich kommen zwei Kollegen. Wir müssen eine Vernehmung durchführen. Vielleicht auch eine Durchsuchung.«

»Hier im Hotel?« Jetzt staunte Julia. »Lebst du schon wieder mit einem Tatverdächtigen unter einem Dach?«

»Möglicherweise.« Rieke deutete auf den Aufzug, vor dem die Pagen mit dem Gepäck warteten. »Komm du erst mal richtig an, und mach es dir in unserer Suite bequem. Ich begleite dich nach oben.«

Eine halbe Stunde später verabschiedete sich Rieke von ihrer Freundin. »Ich muss jetzt leider los. Essen kannst du hier im Restaurant. Die Küche ist ausgezeichnet. Oder am Strand. Da ist es natürlich noch schöner.«

Eilers und Jensen warteten in der Hotelhalle auf sie. »Meine Freundin ist überraschend angekommen«, erklärte sie. »Entschuldigt die Verspätung.«

Gerit Jensen winkte großzügig ab. »Die zwei Minuten.«

»Gut. Dann wollen wir mal.« Rieke deutete auf die Tür, hinter der sich der Verwaltungsbereich verbarg. »Patrick Nordbrook ist wahrscheinlich im Büro.«

*

Das Telefon klingelte in dem Augenblick, in dem Gabriele Visser ihr Mittagbrot auspackte. Zwei kräftige Stullen mit Norderneyer Schinken und eine mit Pilsumer Bauernkäse, dazu zwei Tomaten, ein Stück Gurke und etwas Paprika. Das Display zeigte ihr, dass der Anruf aus dem Polizeikommissariat Norden kam. Sie zögerte einen Moment. Sollte sie erst in Ruhe essen und danach zurückrufen? Aber die Kollegen würden es kurze Zeit später wieder versuchen, und sie hätte doch keine Ruhe. Also nahm sie ab und meldete sich.

»Moin. Polizeihauptkommissarin Visser.«

»Moin Gaby, Frieso hie. Wo geiht die dat?«

»Mi geih't gaud. Wat kann ik för di doon?«

»Ik kann wat för di doon.«

»Wat?«

»Jie heid 'n Vermisstenmeldung rutgeven.«

»Jau. Heff wie.«

»De Kollegen ut Esens hebben sück mellt. In Bensersiel is 'n doode Keerl anschwemmt word'n. Moi vepackt. Kun jau Keerl weesen. Schall ik 'n Beld stüren? Van't Gesicht meen ik.«

»Jau mok dat.«

»Gaud, mok ik.«

»Dank di, Frieso.«

»Doar nich för.«

»Holl di munter, Gaby.«

»Ok so, Frieso. Tschüss.«

Wenig später traf ein Foto ein, das ein bleiches, aufgequollenes Gesicht zeigte. Es trug eindeutig die Züge von Thomas Nordbrook.

Gabriele Visser packte die Reste ihres Mittagbrots ein und griff zum Telefonhörer.

*

Rieke, Jan Eilers und Gerit Jensen standen vor der Bürotür des Hoteliers. Eilers hob gerade die Hand, um anzuklopfen, als sich Riekes Smartphone meldete. Sie warf einen Blick auf das Display, um den Anruf wegzudrücken. Doch Jensen, der neben ihr stand, erkannte die Nummer. »Das kann nur Gaby sein. Vielleicht hat sie neue Informationen.«

Skeptisch nahm Rieke den Anruf entgegen. »Hallo, Gaby, gibt's was Neues?«, fragte sie halblaut. Mit zunehmender Aufmerksamkeit lauschte sie dem Bericht der Polizeihauptkommissarin. »Damit ist jetzt alles klar. Danke.«

Ihre Kollegen sahen sie fragend an. »In Bensersiel ist die Leiche von Thomas Nordbrook angeschwemmt worden«, flüsterte Rieke. »Eingepackt in Müllsäcke und gut verschnürt.

Gaby meint, die Seile sehen aus wie das, was ich unter Lauras Bett gefunden habe.«

Jan Eilers deutete mit dem Daumen auf die Bürotür. »Dann haben wir ihn jetzt.« Er zog seine Waffe und nickte Gerit Jensen zu. Der hob die Hand und klopfte an die Tür. Es gab keine Reaktion. Er klopfte noch einmal, heftiger. Im Büro rührte sich nichts. Ratlos sah er Rieke an. »Der Vogel ist ausgeflogen.«

»Weit weg wird er nicht sein.« Eilers steckte die Dienstpistole zurück. »Er weiß ja nicht, dass wir ihm auf der Spur sind.«

Rieke nickte. »Wartet hier. Ich frage an der Rezeption, wo wir ihn finden können.«

*

Patrick Nordbrook war guter Dinge. Die Übergabe war problemlos über die Bühne gegangen. Dennis hatte sein Geld bekommen und er die Schlüssel des Mercedes und eine abgegriffene braune Ledermappe. Mit einem Inhalt, der ihm das Luxusleben ermöglichen würde, von dem er träumte. Mit dem Vermögen in der Schweiz würde er die Bürgschaft ablösen. Und dann ...

Erregende Bilder tauchten vor seinem inneren Auge auf. Luxushotels in aller Welt. Eine Motorjacht in türkisfarbenem Wasser. Nächte mit jungen Frauen, die bereitwillig seine Wünsche erfüllten. Er sah sich selbst zudem als unumstrittenen Chef des Nordbrook, zu dessen Gästen nicht nur hochgestellte Persönlichkeiten, sondern auch Berühmtheiten aus Showbusiness und Filmwelt gehören würden.

Als er vor dem Hotel das Fahrrad abstellte, sah er durch die Scheiben der Eingangstüren jenseits der Halle die blonde Kommissarin. Sie sprach mit dem Rezeptionisten, der bedauernd die Schultern hochzog.

Fragte sie schon wieder nach ihm? Was wollte die Bernstein jetzt noch? Er hatte keine Lust, ihr zu begegnen, und hastete draußen am Haus entlang, umrundete den Haupttrakt und betrat das Hotel durch den Kellereingang. Vorsichtig schlich er nach oben ins Erdgeschoss und näherte sich der Rückseite des Verwaltungstrakts. Von hier aus war das Büro ebenfalls zu erreichen. Er würde die Unterlagen im Safe deponieren und abwarten, bis sich die Polizistin verzogen hatte. Solange sie in der Nähe war, würde er Laura nicht aus dem Kellergewölbe holen können. Zur Not musste er bis zur Nacht warten.

Als er die Zwischentür öffnete, stockte sein Schritt. Vor der Bürotür standen zwei Männer. Patrick stieß einen lautlosen Fluch aus und zog sich geräuschlos zurück. Die Typen gehörten womöglich zu der Kommissarin. Warum kamen sie zu dritt? Unwillig zog er die Brauen zusammen. Die Bullen hatten keinen Grund, ihn festzunehmen. Weder beim Tod von Frank Lüders noch beim Verschwinden von Thomas konnte es Spuren geben, die zu ihm führten.

Über das Treppenhaus erreichte er sein Zimmer. Das Telefon blinkte und signalisierte Anrufe von der Rezeption. Also hatte die Bernstein tatsächlich nach ihm gefragt. Aber hier würden sie nicht nach ihm suchen. Er verstaute die braune Ledermappe unter seiner Kleidung im Schrank und ließ sich aufs Bett fallen. Irgendwann würden die Bullen aufgeben und verschwinden.

*

»Niemand weiß, wo genau sich Patrick Nordbrook im Augenblick aufhält«, berichtete Rieke Bernstein und entschied: »Aber er muss hier irgendwo sein. Wir warten auf ihn.« Sie deutete zu einer Sitzgruppe in der Hotelhalle. »Setzt euch da hin! Ich gehe in die Bar. Da sieht er mich nicht sofort, wenn er kommt. Wenn wir ihn jetzt nicht erwischen, schreiben wir ihn zur Fahndung aus.« Mit einer ausholenden Handbewegung wies sie auf die Hotelhalle. »Nach Möglichkeit sollten wir seine Festnahme nicht hier vornehmen, sondern im Büro von Thomas Nordbrook.«

»Okay.« Eilers und Jensen nickten und schlenderten zu den Sesseln. Rieke zog sich in die Bar zurück und ließ sich auf einem Hocker nieder, von dem aus sie die Hotelhalle im Blick hatte.

*

Patrick hielt es nicht lange im Zimmer. Er nahm die Mappe und schlich durchs Treppenhaus ins Erdgeschoss. Die Männer waren verschwunden. Unbehelligt erreichte er das Büro. Erleichtert ließ er sich auf den Schreibtischsessel fallen. Neugierig blätterte er die Dokumente durch. Ein Kontoauszug aus dem Jahr 1998 wies ein Guthaben von 32 Millionen Schweizer Franken aus. Um die Jahrtausendwende war die Villa am Januskopf gebaut worden. Seitdem hatte offenbar niemand mehr das Konto angerührt.

Patrick jubilierte innerlich. *Zweiunddreißig Millionen.* Zum Greifen nahe. Und womöglich gab es außerdem noch Gold und Diamanten. Schließlich gehörte ein Schließfach dazu. Zehn Millionen würden für die Bürgschaft draufgehen. Aber dann ... Die Welt der Reichen und Schönen würde ihm offenstehen.

Zur Vollendung seines Glücks fehlte nur noch die passende Partnerin. Er dachte an Laura. Sie ins Kellergewölbe zu sperren war eigentlich nicht nötig gewesen. Der alte Lüders wäre in seinem Zustand nicht fähig gewesen, sich seiner Forderung zu widersetzen oder Beweise dafür zu verlangen, dass seine Enkelin in Patricks Gewalt war.

Wenn er einen Weg fand, Laura aus dem Versteck zu holen, ohne dass sie ihn erkannte, ließe sich vielleicht was machen. Wer sie eingesperrt hatte, wusste sie nicht, denn das Mittel würde ihre Erinnerung auslöschen. Wenn er sich als Befreier darstellen konnte, würde sie ihm bestimmt gewogen sein. Aber dazu musste er ihr glaubhaft einen Täter präsentieren. Wusste sie, dass Thomas verschwunden war? Vielleicht konnte er ihm die Sache in die Schuhe schieben. Einen Versuch war es zumindest wert.

Er sortierte die Bankunterlagen in Klarsichthüllen und heftete sie in einen schmalen Ordner. Die alte Ledermappe warf er in den Papierkorb. Irgendwo musste Thomas einen kleinen Aktenkoffer haben, in dem sich die Dokumente verstauen ließen. Er fand das Stahlköfferchen in einem der Schränke und legte den Ordner hinein. Als er den Safe öffnete, um es dort zu deponieren, fiel sein Blick auf die Pistole. Er nahm die Waffe heraus und wog sie erneut in der Hand. Schließlich steckte er sie in die Tasche seines Jacketts. Für den Fall der Fälle.

*

Riekes Magen knurrte vernehmbar. Aber sie wollte ihren Platz jetzt nicht verlassen. Also ließ sie sich vom Barkeeper mit Erdnussflips und Cashewkernen versorgen. Während sie die Snacks vertilgte und mit Mineralwasser nachspülte, sah sie Julia in Begleitung eines elegant gekleideten Herrn die Hotelhalle durchqueren. Gestenreich redete der Mann auf sie ein und deutete dabei in ihre Richtung. Offenbar wollte er Julia in die Bar einladen. Doch Riekes Freundin schüttelte den Kopf. Mal sehen, wie sie den loswird, dachte Rieke und schmunzelte unwillkürlich. Plötzlich wandte Julia den Kopf, entdeckte sie, ließ den Mann ohne eine weitere Erklärung stehen und ging schnurstracks auf Rieke zu.

»Hallo«, begrüßte Julia Rieke und küsste sie. Ihr Blick fiel auf die Erdnussflips. »Statt hier herumzusitzen, hättest du auch mit mir essen können. Dann müsstest du dir nicht dieses ungesunde Zeug einverleiben.«

Rieke hob die Schultern. »Tut mir leid. Ich warte mit zwei Kollegen auf unsere Zielperson. Konnte nicht weg.«

»Oh! Du bist im Einsatz.« Sie sah sich um. »Wo sind die anderen?«

Statt darauf zu antworten, erwiderte Rieke: »Julia, es wäre mir lieb, wenn du mich allein lassen würdest. Ich möchte die Hotelhalle im Auge behalten. Lass uns heute Abend zusammen essen. Okay?«

Julia hob die Hände. »Alles klar, Frau Kommissar. Bin schon weg.« Sie küsste ihre Freundin auf die Wange und wandte sich zum Gehen. »Ich gehe nach oben aufs Zimmer und ziehe mich um. Will ein bisschen an die frische Luft. Bis später.«

*

Auf dem Weg zur Rezeption war Patrick hinter einer Säule stehen geblieben und hatte sich umgesehen. Die Hotelhalle war so gut wie leer. Bei diesem Wetter und um diese Zeit waren die meisten Gäste am Strand. Zwei Männer saßen in den schweren Sesseln und blätterten in Zeitschriften. Durch die Glastür zur Bar hatte er eine blonde Frau sitzen sehen. Ihr Gesicht war nicht zu erkennen, aber eigentlich konnte es nur die Bernstein sein. Eine andere Frau hatte die Halle in Begleitung eines männlichen Gastes durchquert, war zu der Blonden in der Bar gegangen und hatte sie umarmt und geküsst. Aber nicht mit einem Begrüßungskuss auf die Wange, sondern auf den Mund, wie Liebende sich küssen. Der Begleiter hatte sich rasch verdrückt. Die Frau mit den kastanienbraunen Haaren war eine andere als die, mit der die Bernstein vorher zusammengewohnt hatte. Was war das denn? War die Polizistin lesbisch? Und trieb sie es mal mit dieser und mal mit jener?

Nun kam die Braunhaarige quer durch die leere Halle auf ihn zu. Die Fahrstühle waren auf der anderen Seite. Offenbar wollte sie das Treppenhaus benutzen. Patrick musterte sie. Sah gut aus. Ein Jammer, dass ...

»Herr Nordbrook, wir würden Sie gern sprechen.« Plötzlich standen die beiden Typen aus der Lobby neben ihm. »Gehen wir in Ihr Büro!« Einer griff nach seinem Ellenbogen.

Empört sah Patrick die Männer an. Dann breitete sich ein eisiger Schreck in ihm aus. Bullen! Blitzartig lief ein beängstigendes Szenario vor seinem inneren Auge ab. Verhaftung, Vernehmung, Vernichtung. Hatte Dennis ein falsches Spiel gespielt und ihn ans Messer geliefert?

Panik erfasste ihn. Mühsam unterdrückte er den Impuls davonzulaufen. »Was wollen Sie von mir?« In dem Augenblick erreichte die braunhaarige Frau die Gruppe. Ohne nachzudenken, riss er die Pistole aus der Tasche und richtete den Lauf auf sie. Reflexartig zogen die Polizisten ihre Dienstpistolen. »Legt eure Waffen auf den Boden!«, rief Patrick. »Oder die Frau ist tot.« Er packte sie, riss sie an sich und drückte die Mündung gegen ihren Hals.

31

2016

Entsetzt starrte Rieke auf die Szene. Patrick Nordbrook stand vor Eilers und Jensen, hatte Julia gepackt und richtete eine Pistole auf sie. Eine eiskalte Faust griff nach Riekes Herz, drückte es zusammen, ließ das Blut in ihren Adern stocken. Wie in Zeitlupe legten die Kriminalbeamten ihre Waffen auf den Boden. Julia war wie versteinert. Stocksteif presste sie die Arme an den Körper, die Finger gespreizt, die Augen gegen die Decke gerichtet, den Mund leicht geöffnet.

Nach zwei oder drei Sekunden erwachte Rieke aus ihrer Erstarrung, rannte los, zog im Laufen ihre P2000, richtete sie auf Nordbrook. »Nehmen Sie die Waffe runter!«, schrie sie, hörte die Panik in ihrer Stimme und zwang sich zu einer langsamen Gangart. So würde sie nicht zielen können. *Ich muss professionell bleiben,* sagte sie sich, *die Situation beherrschen.* Der Umgang mit einer Geiselnahme gehörte zu vielfach trainierten Verhaltensweisen. Wenn es nur nicht Julia …

»Halt!«, rief Patrick Nordbrook. »Waffe weg! Oder ich drücke ab.« Er rammte den Lauf noch fester gegen Julias Hals.

Rieke blieb stehen, richtete aber ihre Dienstpistole weiter auf Nordbrook. Der umklammerte Julia mit einem Arm und hielt sie direkt vor sich. Ihn zu treffen, ohne ihre Freundin zu gefährden, war unmöglich.

»Legen Sie Ihre Waffe auf den Boden!«, verlangte Nordbrook erneut. Wieder stieß er den Pistolenlauf gegen den Hals seiner Geisel. Julia gab einen erstickten Laut von sich. Zögernd ging Rieke in die Hocke, fixierte Nordbrook dabei, hoffte auf einen Fehler, eine Blöße oder eine ungeschickte Bewegung, die ihr einen sicheren Schuss erlauben würde. Doch erst, nachdem sie die P2000 vor sich abgelegt hatte, rührte er sich, trat einen Schritt zurück, versetzte den Pistolen von Eilers und Jensen Fußtritte. Sie polterten die Stufen zum Kellergeschoss hinab. Dann bedeutete er Rieke, ihre Waffe ebenfalls über den Treppenabsatz zu schieben. Nachdem auch die scheppernd verschwunden war, wies er mit einer Kopfbewegung auf das Treppengeländer. »Handschellen raus! Festmachen!«

Wenig später waren die drei Kriminalbeamten an den stählernen Streben des Geländers fixiert. Die Schlüssel lagen auf der Kellertreppe. Nordbrook zerrte seine Geisel über den Flur in Richtung Büro und verschwand mit ihr hinter der Tür.

Der Vorfall hatte kaum länger als eine Minute gedauert. Noch immer war die Hotelhalle leer, noch immer war kein Mensch zu sehen. Hatte das Personal an der Rezeption nichts gehört? Rieke rief halblaut um Hilfe. Sie wollte nicht schreien, denn Nordbrook könnte sie hören und zurückkehren. Noch war kein Schuss gefallen. Dass Patrick von seiner Waffe Gebrauch machen würde, erschien ihr nicht wahrscheinlich. Aber sicher war sie nicht. Und Julia war in seiner Gewalt. Sie, Rieke, hätte verhindern müssen, dass es dazu kam. Angst und Wut trieben ihr die Tränen in die Augen.

»Wir müssen Gaby informieren.« Die Robert-de-Niro-Stimme von Jan Eilers riss sie aus ihren Gedanken. »Mein Handy ist in der rechten Jackentasche. Vielleicht kann einer von euch … Wenn ich mich bücke …«

Unter allerlei Verrenkungen gelang es Gerit Jensen, das Mobiltelefon seines Kollegen herauszuziehen. Er klemmte es zwischen die gefesselten Hände und tippte mit den Daumen die Nummer der Dienststelle.

»Na, habt ihr den Vogel gefangen?«, meldete sich Gabriele Visser fröhlich.

*

Patrick hatte die Schlüssel für Thomas Nordbrooks Motorboot eingesteckt, den Stahlkoffer aus dem Tresor geholt und das restliche Bargeld darin verstaut. Ein Bündel Geldscheine steckte er in die Tasche. Dann zerrte und schob er seine Geisel über den Flur zum Hinterausgang. Mit der Pistole im Anschlag dirigierte er sie zu dem Mercedes, zwang sie in den Kofferraum und startete den Motor. Wenig später schoss der Wagen durch die Straßen der Stadt in Richtung Hafen.

Das Boot lag gegenüber dem Restaurant Bootshaus am Hansendamm. Bis zum zweiten Steg waren es nur wenige Schritte. Das Problem war nicht die Entfernung zum Steg, sondern die unmittelbare Nähe des Restaurants. Während des Sommers war dort Hochbetrieb. Vor den zahlreichen Gästen, die dort unter den roten Sonnenschirmen zu vermuten waren, konnte er die Frau nicht aus dem Kofferraum steigen lassen, ohne Aufsehen zu erregen. Patrick erwog, sie nach vorn zu holen. Aber auch der Weg vom Auto bis zum Boot war nicht ohne Risiko. Er würde ihr während des gesamten Weges die Waffe in die Seite drücken müssen. Dem ein oder anderen Skipper konnte das auffallen.

Er warf einen Blick in den Rückspiegel. Niemand folgte ihm. Vielleicht brauchte er die Frau gar nicht mehr. Er würde den Wagen einfach vor dem Zugang zum Steg abstellen und sie ihrem Schicksal überlassen. Ohne sie würde er nicht mehr als eine halbe Minute benötigen, um das Boot zu erreichen. Noch einmal so viel Zeit würde es dauern, es startklar zu machen. Weitere dreißig Sekunden später würde er bereits das Hafenbecken verlassen. Dann hätten die Bullen das Nachsehen. Natürlich würden sie alle umliegenden Häfen alarmieren. Aber das würde ihnen nichts nützen. Denn er gedachte nicht auf einer der Nachbarinseln oder in Norddeich an Land zu gehen, wo sie auf ihn warten würden.

*

Noch bevor Gabriele Visser eintraf, hatte ein Hotelpage die ans Geländer gefesselten Polizeibeamten entdeckt, die Schlüssel für die Handschellen aufgesammelt und sie befreit. Hastig steckten sie ihre Dienstwaffen ein und rannten aus dem Haus. In dem Augenblick stoppte der Streifenwagen vor der Tür. Rieke und ihre Kollegen rissen die Türen auf und ließen sich auf die Sitze fallen. »Zum Hafen«, keuchte Rieke. »Schnell!«

Die Polizeihauptkommissarin nickte kommentarlos, schaltete Blaulicht und Sirene ein und trat das Gaspedal durch. Mit quietschenden Reifen jagte der Wagen durch die Stadt. »Keine Sorge«, murmelte sie. »Der entkommt uns nicht. Zur Not halten wir die Fähre an.«

»Vielleicht ist er gar nicht auf der Fähre«, wandte Jan Eilers ein. »Er könnte sich auf der Insel verstecken. Oder Norderney auf anderem Wege verlassen. Mit einem Sportboot. Oder mit dem Flugzeug.«

»Nur die Ruhe«, antwortete Gabriele Visser. »Eins nach dem anderen. Er ist mit dem schwarzen GLA unterwegs. Für die Fähre hätte er eine Reservierung haben müssen. Also wird er ihn irgendwo abstellen. Der Wagen ist nicht zu übersehen. Außerdem muss er seine Geisel loswerden. Er kann sie nicht die ganze Zeit mit vorgehaltener Waffe mitschleppen.«

Beim Wort *Geisel* atmete Rieke Bernstein hörbar ein. Sie kämpfte innerlich um eine professionelle Haltung, ahnte, dass sie ihr kaum gelingen würde, und war dankbar, dass niemand aus dem Kreis der Kollegen auf die Idee gekommen war, sie von der Verfolgung auszuschließen.

»Mit dem Flugzeug kommt er so schnell auch nicht weg«, fuhr Gabriele Visser scheinbar ungerührt fort. »Dafür müsste er ein Ticket haben, und das bekommst du in der Saison nicht von jetzt auf gleich.«

Am Hafen wartete die übliche Autoschlange auf die Verschiffung nach Norddeich. Der Streifenwagen rollte an den Fahrzeugen entlang, die Polizisten hielten Ausschau nach dem schwarzen GLA. Zweimal trat Gabriele Visser auf die Bremsen, doch auf den zweiten Blick war erkennbar, dass es sich um voll beladene Autos von Urlaubern handelte. Sie beschleunigte und umrundete die südliche Spitze des Kais, dann passierte sie in der Gegenrichtung die Fähre am Juist-Anleger. Plötzlich stoppte Visser, öffnete die Tür und stellte sich in den Einstieg. Mit der flachen Hand schlug sie aufs Autodach. »Das muss er sein«, rief sie, ließ sich zurück auf den Sitz fallen, legte den Gang ein und gab Gas. »Drüben, auf der anderen Seite vom Sportboothafen, vor dem Restaurant.«

Erneut wimmerten die Reifen, als sich der Wagen in die Kurve legte und das Hafenbecken umrundete. Gespannt richteten sich die Blicke auf das Ziel. Riekes Herz schlug bis zum Hals. Sekunden später raste das Polizeifahrzeug auf den Mercedes zu. Er stand vor dem Restaurant am Zugang zu den Anlegern, die mit unzähligen Sportbooten gesäumt waren.

Fast hätte Gabriele Visser den GLA gerammt. Wenige Zentimeter vor dessen Heck kam der Streifenwagen mit kreischenden Bremsen zum Stehen. Rieke, Jan Eilers und Gerit Jensen sprangen aus dem Fahrzeug und rannten los. Nur wenige hundert Meter trennten sie von Patrick Nordbrook. Er stand in einem schaukelnden Boot, hatte die Leinen gelöst und war dabei, den Motor zu starten. Im Laufen zog Rieke Bernstein ihre Waffe und hielt Ausschau nach Julia. Ihre Freundin war nicht zu sehen. Sie stockte, schirmte mit der Hand die Augen ab und kniff die Lider zusammen. Nordbrook war allein auf dem Boot. Sie sah sich um. Gabriele Visser stand neben dem Dienstwagen, um den sich inzwischen einige Neugierige versammelt hatten, und telefonierte. Wo war Julia?

Plötzlich heulte ein Motor auf. Das Boot mit Patrick Nordbrook hob den Bug aus dem Wasser und nahm schnell Fahrt auf. Es schoss durch das Hafenbecken und hinterließ schäumende Wellenlinien. Eilers und Jensen waren stehen geblieben und richteten ihre Pistolen auf den Flüchtenden. Aber sie hatten keine Chance, er war zu weit entfernt.

Rieke lief zurück. Gabriele Visser steckte gerade ihr Mobiltelefon ein. »Die Kollegen von der Wasserschutzpolizei sind informiert«, rief sie ihr zu und wandte sich in barschem Ton an die umstehenden Gaffer. »Hier gibt's nichts zu sehen. Gehen Sie bitte weiter!«

Plötzlich hielt sie inne und neigte den Kopf ein wenig zur Seite. Mit beiden Armen winkte sie Rieke zu und bedeutete ihr näher zu kommen, dann tauchte sie auf der Fahrerseite ins Innere des Mercedes. Im nächsten Augenblick öffnete sich dessen Heckklappe. Nur knapp schrammte die Klappe an der Motorhaube des Streifenwagens vorbei. Schließlich erschien ein brauner Schopf. »Wie soll ich denn hier rauskommen?«, rief Julia. »Könnt ihr nicht vernünftig parken?«

*

Patrick lachte laut in den Fahrtwind. Weil der verdammte Motor nicht sofort hatte anspringen wollen, war es knapp geworden. Aber er hatte es geschafft, war den Bullen entkommen. Bis die ein schnelleres Boot aufgetrieben hätten, wäre er längst auf der Nordsee. Die Vorstellung, dass nun überall an der ostfriesischen Küste Polizeibeamte in die Häfen geschickt wurden, um nach ihm und dem Boot Ausschau zu halten, erheiterte ihn. Sie konnten dort warten, bis sie schwarz wurden.

Er umrundete die Ostspitze der Insel, ließ Baltrum rechts liegen und steuerte in nördliche Richtung, hinaus auf die offene See. Hier nahm der Wind zu. Aber das war Patrick gerade recht. Die westliche Strömung kam seinen Plänen entgegen.

Je weiter er sich von Norderney entfernte, desto stärker machte sich auch der Wellengang bemerkbar. Hinter ihm schepperte der Stahlkoffer über den Boden, rutschte von einer Seite auf die andere und knallte gegen die Bordwände. Hinausfallen konnte er nicht, und so genoss Patrick das Geräusch als Signal für seinen Sieg. Das Nordbrook musste er jetzt vergessen. Aber dafür blieb ihm die volle Summe. *Zweiunddreißig Millionen*. Dazu kamen möglicherweise unschätzbare Werte, die im Schließfach auf ihn warteten. Zum eigenen Hotel würde er schon noch kommen. Irgendwie. Irgendwann. Irgendwo.

Vorerst galt es, den Bullen zu entkommen. Da sie an der ostfriesischen Küste nach einem kleinen Motorboot suchen würden, gedachte er, die Flucht mit einem anderen Wasserfahrzeug fortzusetzen und nicht an diesem Küstenstrich an Land zu gehen.

*

Rieke hatte Tränen in den Augen, als Julia aus dem Kofferraum des Mercedes kletterte und sie umarmte. »Ich hatte solche Angst um dich«, flüsterte sie und umklammerte ihre Freundin.

»Mir ist nichts passiert, Steinchen. Alles gut.« Julia lächelte und strich über Riekes Wange. »Allerdings habe ich mir ein paar blaue Flecken eingehandelt. Wie sieht das hier aus?« Sie hob das Kinn und deutete auf die Stelle, auf die Patrick Nordbrook den Lauf der Pistole gepresst hatte.

Rieke sah sie an und schüttelte den Kopf. »Du bist unmöglich. Gerade einer tödlichen Bedrohung entkommen und nur Äußerlichkeiten im Sinn.«

»Ich wusste ja, dass du in der Nähe bist und mich retten würdest. Also musste ich mir nicht in die Hosen machen. Es war nur etwas ... unbequem.«

»Nun lasst's mal gut sein!«, mischte sich Gabriele Visser ein. »Wir müssen uns um Patrick Nordbrook kümmern.«

»Stimmt.« Rieke wandte sich ihrer Kollegin zu. »Hast du außer mit der WSP schon mit anderen Dienststellen gesprochen?«

»Die Küstenwache ist unterwegs. Unsere Kollegen in Norden kümmern sich darum, dass sämtliche Häfen zwischen Greetsiel und Harlesiel überwacht werden. Natürlich auch die auf den Inseln. Von Borkum bis Wangerooge. Irgendwo muss er an Land gehen.«

»Auf einer der Inseln wird er das kaum tun«, vermutete Gerit Jensen, der mit Jan Eilers zu den Frauen getreten war. »Ich glaube, dass er versucht, einen Wagen zu mieten oder zu klauen, um damit zum nächsten größeren Bahnhof zu kommen. Und dann wird er das Land verlassen wollen, weil er damit rechnet, dass bundesweit nach ihm gefahndet wird.«

»Oder er fährt mit dem Boot gleich nach Holland«, ergänzte sein Kollege. »Er könnte sich an Juist und Borkum entlanghangeln und in Eemshaven an Land gehen. Das wäre für ihn relativ risikoarm.«

Rieke wandte sich an Gabriele Visser. »Wir brauchen einen Hubschrauber.«

Die Polizeihauptkommissarin hatte ihr Handy schon in der

Hand. »Wir haben die Hubschrauberstaffel in Rastede bei Oldenburg. Die können in dreißig Minuten hier sein. Ich weiß nur nicht, wer den Einsatz genehmigen muss. Das dauert wahrscheinlich länger als der Flug hierher.«

»Ich übernehme das.« Rieke zog ihr Smartphone aus der Tasche und wählte die Nummer von Robert Feindt.

»Bernstein hier«, sagte sie. »Ich brauche einen Hubschrauber. Sofort. Es geht um die Verfolgung eines mutmaßlichen Doppelmörders.« Zu ihrer Überraschung widersprach der Kriminaldirektor nicht. »Ich will sehen, was ich tun kann. Soll der Heli von Norderney aus eingesetzt werden?«

Rieke bejahte und legte auf. »Lasst uns zum Flugplatz fahren. Wenn ein Hubschrauber frei ist, bekommen wir ihn.« Sie wandte sich an Julia und deutete auf das Restaurant. »Willst du hier was trinken und dich ein bisschen ausruhen?«

Ihre Freundin schüttelte den Kopf. »Ich brauche keine Ruhe. Ich komme mit.«

»Das geht nun wirklich nicht. Bei einem Einsatz darf ich dich nicht …«

»Sie kann doch mit zum Flugplatz kommen«, warf Gabriele Visser ein. »Wir müssen da sowieso warten. Im Hubschrauber können nur zwei Leute mitfliegen.«

*

Mit einem zufriedenen Lächeln beobachtete Sebastian Behrens die Frau, die sich auf dem Vordeck ausgestreckt hatte und dort Sonne und Fahrtwind genoss. Jennifer war jung und hübsch. Sie kannten sich noch nicht lange, aber seine Einladung zu einem Segeltörn auf der Nordsee hatte dazu beigetragen, dass sie sich nähergekommen waren.

Erst wenige Wochen besaß er den Sportküstenschifferschein

und war, was das Segeln auf der Nordsee betraf, noch etwas unsicher. Das Boot hatte er gechartert, um seine neue Freundin zu beeindrucken. Es war ihm offensichtlich gelungen. Und so beglückwünschte er sich zu seiner Entscheidung, auch wenn die Handhabung von Ruderpinne und Schoten noch ungewohnt und deshalb anstrengend war.

Er winkte Jennifer zu, sie winkte zurück. Plötzlich setzte sie sich auf und streckte den Arm aus. »Da braucht einer Hilfe.«

Sebastian wandte den Kopf in die angegebene Richtung. Dort schaukelte ein Motorboot auf den Wellen. Mittschiffs stand ein Mann und winkte mit beiden Armen. Eine Bugwelle war nicht zu sehen, offenbar war der Motor ausgefallen.

»Komm nach hinten, Jenny«, rief er. »Das ist sicherer. Wir müssen wenden.« Seine Freundin griff nach ihren Bikiniteilen und kletterte zu ihm ins Cockpit. Während sie Höschen und Oberteil anzog, leitete Sebastian die Wende ein. Der Wind stand günstig, rasch kamen sie dem Motorboot näher. Sebastian nahm die Segel aus dem Wind.

»Moin«, rief der Skipper, als sie ihn erreichten. »Ihr seid meine Rettung. Mir ist der Außenborder abgesoffen. Hab leider kein Werkzeug dabei. Könnt ihr mir helfen?«

»Komm erst mal an Bord«, antwortete Sebastian. »Ich habe alles da. Aber bei dem Wellengang hier draußen kannst du nicht schrauben. Wir bringen dich in ruhiges Wasser. Oder in einen Hafen, wenn du willst.«

»Das wäre nett.« Der Bootsführer warf ein Seil über die Reling. Sebastian zog das Motorboot an die Bordwand und gab Jennifer ein Zeichen. »Hilf ihm beim Übersteigen!«

Sekunden später war der Schiffbrüchige an Bord. Er trug einen kleinen Metallkoffer bei sich und gab beiden die Hand. »Danke für die Hilfe! Ich heiße Patrick.« Er streckte die Hand nach dem Seil aus. »Das kannst du jetzt mir überlassen.«

Sebastian warf es ihm zu und zog die Schoten an. Das Segelboot neigte sich in den Wind und nahm Fahrt auf. Plötzlich zog Patrick eine Pistole aus dem Gürtel. Er ließ das Seil fahren, an dem das Motorboot hing, und gab mehrere Schüsse auf den Bootskörper ab. Dann richtete er die Waffe auf Jennifer. »Ich übernehme ab sofort das Kommando. Wir fahren die Elbe hinauf.«

Jennifer hatte einen spitzen Schrei ausgestoßen, als die Schüsse gefallen waren. Jetzt hielt sie die Hand vor den Mund, starrte den Fremden mit aufgerissenen Augen an und wimmerte leise vor sich hin. Sebastian deutete auf die Pistole. »Was soll das? Was willst du von uns?«

Patrick stieß einen boshaften Lacher aus. »Nur eine Passage. Von hier nach Hamburg. Weiter nichts. Wenn ihr vernünftig seid, geschieht euch nichts. Ich war gezwungen, das Fahrzeug zu wechseln.« Er warf einen kurzen Blick zurück. Im Kielwasser des Seglers lag das Motorboot bereits tief im Wasser. In weniger als einer Minute würde die See über die Bordwand schlagen und das Boot versenken. Mit zufriedener Miene steckte er die Pistole in den Hosenbund und wandte sich an Sebastian. »Wenn du auf dumme Gedanken kommen solltest, wird sie dafür bezahlen.« Er deutete auf Jennifer.

*

Laura hatte keine Tränen mehr. Ihr Mund war trocken. Nachdem das Entsetzen erst zu Ohnmacht und Verzweiflung und schließlich zu einer unbändigen Wut geworden war, spürte sie nun eine schreckliche Leere in sich. Als hätte eine unbekannte Macht ihrem Körper nicht nur die Flüssigkeit, sondern auch die Kraft entzogen. Entsetzliche Bilder stürmten auf sie ein. Ein vor Hunger und Durst gekrümmter Mensch, ein abgemagerte Körper, ein von trockener Haut überzogenes Skelett. Männer bei Ausgrabungen – in hundert oder tausend Jahren. »Menschliche Knochen«, sagte einer. »Wahrscheinlich von einer Frau. Wie mag die hierhergekommen sein?« Mit dem Spaten stieß er gegen einen Totenkopf. »Hier soll es mal ein Hotel gegeben haben«, antwortete ein anderer.

Um die Bilder zu verscheuchen, schaltete Laura die Taschenlampe an. War das Licht schwächer geworden? Ja, die Helligkeit würde zurückgehen, irgendwann war die Batterie leer, dann saß sie im Dunkeln.

Noch spürte sie ihren Überlebenswillen, wollte sich nicht in ihr Schicksal ergeben. Zum hundertsten Mal stand sie auf, ging zur Tür und schlug mit den Fäusten gegen das rostige Eisen. Wie Hohn klang das dumpfe, kaum wahrnehmbare Geräusch in ihren Ohren. Wieder legte sie ein Ohr an die Tür und lauschte. Nichts.

Oder doch? War da nicht ein leises Fiepen gewesen? Laura schloss die Augen und lauschte angestrengt in die Dunkelheit. Da war es wieder. Aber es kam von der anderen Seite. Sie richtete den Strahl der Taschenlampe in den hinteren Teil des Kellerraums. Am Boden erkannte sie eine Bewegung. Ein kleines graues Etwas huschte an der Wand entlang und verschwand in einer Ecke.

Ein Tier? Eine Maus? Etwas Lebendiges! Laura stürzte in die Richtung, in der das Lebewesen verschwunden war. Mit dem Fuß schabte sie auf dem Boden herum. Kein Mauseloch, aber eine Öffnung. Hastig kratzte sie weiter. Schließlich kam ein kreisrundes Eisengitter zum Vorschein. Eine Verbindung zur Außenwelt? Irgendwo musste die Maus hergekommen sein. Entschlossen rüttelte Laura an den Streben der Abdeckung.

*

»Der Heli ist im Anflug«, sagte der Mann im Tower und deutete nach draußen. »Der Pilot wird die Turbinen aus Zeitgründen nicht abstellen. Ihre Leute müssen unter den laufenden Rotorblättern durchgehen.«

Gabriele Visser sah auf die Uhr. »Das ging ja schneller, als ich dachte«, murmelte sie. »Danke für die Auskunft!« Sie verließ den Kontrollraum und eilte die Treppe hinab. Während sie die Information an Rieke und Jan Eilers weitergab, schwebte der Hubschrauber bereits über dem Landeplatz.

Wenig später saßen Rieke und ihr Kollege Eilers hinter dem Piloten und seinem Operator. Der half den Fluggästen, sich anzuschnallen, und stattete sie mit Headsets aus. Unter den Kopfhörern verringerte sich der Krach der Turbinen, stattdessen vernahmen sie die Stimme des Piloten, der sich mit dem Tower verständigte. »Wonach suchen wir?«, fragte der Operator, nachdem die Starterlaubnis erteilt worden war.

»Nach einer männlichen Person in einem weißen Motorboot mit schwarzem Außenbordmotor.« Sie warf einen Blick auf ihre Uhr. »Hat vor dreißig Minuten den Norderneyer Hafen mit unbekanntem Ziel verlassen.«

In dem Augenblick dröhnte das Triebwerk los, die Maschine erhob sich langsam vom Boden, schwebte einen Augenblick auf der Stelle, neigte sich ein wenig nach vorn und nahm Geschwindigkeit auf. Nur Sekunden später lag die Insel hinter ihnen. In niedriger Höhe jagten sie über die Nordsee. Während die Maschine langsam höher stieg, beobachtete Rieke das Schauspiel der Wellen.

»Wir haben gute Sicht«, meldete sich der Operator in den Kopfhörern. »Da sollte der Mann zu finden sein.«

Rieke und Jan Eilers nickten sich zu. »Hoffen wir's!«, sagte sie und richtete den Blick wieder nach draußen.

Auf der Nordsee waren weniger Boote unterwegs, als sie

erwartet hatte. Schon hatte der Pilot das erste ins Visier genommen. Aus der Ferne sah es aus wie das von Patrick Nordbrook, doch es befanden sich vier Personen darin, die fröhlich winkten. Der Pilot drehte ab und steuerte auf ein anderes Boot zu.

Kurz darauf meldete sich die Küstenwache im Funk. Das Gewässerschutzschiff *Mellum* war, von Wilhelmshaven kommend, bereits auf der Höhe von Wangerooge. Der Schiffsführer wollte wissen, welche Koordinaten er ansteuern sollte. »Fahrt nördlich der Ostfriesischen Inseln in westliche Richtung«, sagte der Operator. »Und haltet Ausschau nach einem weißen Motorboot mit schwarzem Außenborder. Eine männliche Person an Bord.«

Nervosität erfasste Rieke. Bei ruhiger See konnte Patrick Nordbrook eine Höchstgeschwindigkeit von vierzig bis fünfzig Kilometern pro Stunde erreichen. Also dürfte er sich kaum mehr als zwanzig Kilometer von Norderney entfernt haben. Vom Hubschrauber aus konnten sie alle Boote im Umkreis von mehr als zehn Kilometern ausmachen. Warum war er nicht zu entdecken? Hatte er doch das Festland angesteuert, um in einem der Häfen an Land zu gehen?

32

2016

Jennifers Angst war der Verärgerung über diesen dreisten Schnösel gewichen, der zu glauben schien, dass ihm die Welt gehörte, nur weil er im Besitz einer Pistole war. Nachdem sie sich gefragt hatte, was er in seinem Köfferchen transportierte und ob er vielleicht eine Bank überfallen hatte oder mit Drogen handelte, drängte sich nun eine andere Überlegung in ihr Bewusstsein. Sie suchte nach einem Weg, den ungebetenen Gast loszuwerden. Oder wenigstens außer Gefecht zu setzen. »Ich muss zur Toilette«, sagte sie.

»Von mir aus kannst du über die Bordwand pinkeln.« Patrick grinste vieldeutig. »Wir sehen gerne zu. Oder, Sebastian?«

»Ich muss aber …« Jennifer legte beide Hände auf den Bauch.

Auf Patricks Gesicht erschien ein angeekelter Ausdruck. »Dann verschwinde. Aber mach keine Zicken. Sonst …« Er richtete den Lauf der Pistole auf Sebastian. »Segeln können wir auch ohne deinen Skipper.«

Jennifer nickte stumm und stieg den Niedergang zur Kajüte hinunter. Sie ließ sich auf dem Chemieklo nieder und stützte das Gesicht in die Hände. Was ihr in den Sinn kam – vom Messer aus der Pantry über den Hammer aus Sebastians Werkzeugkiste bis zum Notanker als Wurfgeschoss – verwarf sie. Gegen eine Pistole war nicht anzukommen. Als sie die Toilette verließ, vernahm sie ein fernes Brummen wie von einem großen Schiff oder einem Flugzeug. Ihr Blick fiel auf die Seenotsignalpistole. Der Mann, von dem Sebastian das Boot gechartert hatte, war sehr gründlich gewesen und hatte darauf bestanden, auch ihr den Gebrauch zu erklären. Sie nahm das Signalgerät aus der Halterung, schob eine Leuchtpatrone in den Lauf und steckte es hinten ins Bikinihöschen. Beim Hinausgehen griff sie nach ihrer Bluse und schlüpfte hinein.

Das Geräusch kam von einem Hubschrauber, der sich hinter ihnen, quer zur Fahrtrichtung des Segelboots, in niedriger Höhe über dem Wasser bewegte. Er war vielleicht einen oder zwei Kilometer entfernt. Würde man dort die Leuchtkugel wahrnehmen? Jennifer warf Sebastian einen Blick zu. Auch er hatte den Helikopter gesehen. Patrick drehte ebenfalls den Kopf in die Richtung. Aber der Anblick schien ihn nicht zu erschrecken. »Die suchen nach einem Motorboot mit einem einzelnen Menschen.« Er grinste. »Wenn überhaupt.«

Als er erneut den Blick nach hinten wandte, nahm Jennifer die Signalpistole heraus, hob beide Arme über den Kopf und zog den Abzug durch. Zu ihrer Überraschung war der Knall nicht besonders laut, als die rot leuchtende Kugel in den Himmel stieg.

»Bist du bescheuert!«, schrie Patrick und sprang auf. Mit der Faust schlug er Jennifer ins Gesicht. Ihre Unterlippe platzte auf, Blut lief ihr über das Kinn und tropfte auf die Bluse. Sie spürte den Schmerz kaum, denn in ihr machte sich ein Triumphgefühl breit: Der Helikopter beschrieb einen Bogen und kam direkt auf sie zu.

*

Unter großer Anstrengung war es Laura gelungen, die eiserne Abdeckung anzuheben. Sie leuchtete mit der Taschenlampe in den Schacht. Er war nicht besonders tief, weniger als einen Meter. Und groß genug, dass sie hinabsteigen konnte. An seinem unteren Ende zweigte ein seitlicher, ebenfalls runder Kanal ab. Nach dem ersten Impuls hineinzuklettern, zögerte sie. Wenn es dort irgendwann nicht weiterging und sie stecken blieb, war alles aus. Aber gab es eine andere Möglichkeit, ihrem Gefängnis zu entrinnen?

Wieder sah sie sich als zum Skelett abgemagerte Leiche. Nein, so wollte sie nicht enden. Nicht, solange es noch eine Chance gab. Sie schlüpfte aus den Schuhen und ließ sich in den Schacht gleiten. Mit den Füßen voran rutschte sie in den Quergang. Dessen Boden war feucht und glitschig. Es roch modrig. Sie nahm die Taschenlampe zwischen die Zähne und schob sich mit Händen und Ellenbogen voran.

*

»Habt ihr das gesehen?«, fragte Rieke und deutete in die Richtung, in der eine rote Leuchtkugel langsam abwärtsschwebte.

»Scheint ein Segler in Seenot zu sein«, sagte der Pilot. »Das kommt hier öfter vor.« Der Helikopter beschrieb einen Bogen und steuerte auf ein Segelboot zu, das seltsamerweise voll im Wind stand, beachtliche Fahrt machte und keineswegs nach Notfall aussah.

Als sie das Boot erreichten, knallte es metallisch unter dem Hubschrauber. Der Pilot legte die Maschine auf die Seite und erhöhte die Geschwindigkeit. »Da schießt einer auf uns«, rief er, »wir müssen Abstand halten. Unser Heli ist nicht gepanzert.«

Während der Hubschrauber abdrehte, lag das Cockpit des Seglers für einen Moment vor ihr. Rieke sah drei Personen, darunter eine Frau. Einer der Männer hielt eine Pistole in der Hand. Patrick Nordbrook. »Er hat das Segelboot gekapert«, rief sie ins Mikrofon. »Weil er wusste, dass wir nach einem Motorboot suchen würden.«

»Die *Mellum* ist in Sicht«, meldete sich der Operator. »Jetzt ist es nur noch eine Frage der Zeit, bis ...«

»Können Sie mich auf dem Schiff absetzen?«, fragte Rieke.

»Landen können wir auf der *Mellum* nicht«, sagte der Pilot. »Wir können Sie abseilen. Aber das sollten Sie lieber Ihrem Kollegen überlassen.«

Jan Eilers nickte. »Ich mache das.«

Rieke schüttelte energisch den Kopf, »Ich will dabei sein, wenn der Kerl festgenommen wird, und ihn fragen, wo er Laura Lüders festhält.«

Minuten später schwebte der Hubschrauber über dem Deck des Küstenwacheschiffs. Rieke Bernstein hing im Abseilgeschirr und bereute ihren Entschluss für einen Augenblick, als sie in der offenen Tür hockte und der Luftstrom der Rotorblätter an ihr zerrte. Dann kam das Kommando, und sie glitt hinaus. Sekunden später hatte sie wieder Boden unter den Füßen. Zwei Kollegen der Besatzung hakten das Seil aus und halfen ihr aus dem Geschirr. Sie warf einen Blick nach oben und winkte. Der Helikopter drehte ab.

»Willkommen an Bord, Frau Kollegin.« Mit anerkennendem Blick und einem kräftigen Händedruck begrüßte sie einer der Männer. »Sven Tiedjen, Kapitän zur See. Kommen Sie!«

Während er sie zur Brücke führte, begannen die Dieselmotoren zu dröhnen, und das Schiff nahm spürbar Fahrt auf.

*

Je weiter Laura in dem Kanal voranrutschte, desto feuchter wurde es. Ihre Kleidungsstücke waren völlig durchnässt. Rinnsale aus seitlichen Öffnungen, die sie passierte, summierten sich nach und nach zu einem kleinen Bach. Irgendwann stieß sie auf einen größeren Abwasserkanal. Kein Lichtschein wies ihr den

Weg, als sie sich fragte, welche Richtung sie einschlagen sollte. Deshalb folgte sie dem fließenden Wasser. Irgendwo musste das Kanalsystem ja enden. Hin und wieder huschten Mäuse oder Ratten an ihr vorüber; ihr Fell streifte Lauras Hände und Füße. Normalerweise hätte sie sich vor den Tieren geekelt, doch jetzt gaben sie ihr Hoffnung. Auf eine Verbindung zur Erdoberfläche.

Ihre Arme und Beine schmerzten, die Haut brannte an Ellenbogen, Fersen und Handballen. Alles in ihr schrie nach einem Ende der Strapazen oder wenigstens nach einer Pause. Doch der pure Überlebenswille zwang Laura weiterzumachen. Trotz der Nässe und der kühlen Umgebung schwitzte sie vor Anstrengung. Irgendwann verkrampfte sich ihr Unterkiefer, die Taschenlampe rutschte aus den Zähnen, fiel ins Wasser und erlosch. Laura spürte den salzigen Geschmack von Schweiß und Tränen auf ihren Lippen. Plötzlich tauchte weit vor ihr ein schwacher Lichtschein auf. Sie hielt inne und kniff die Lider zusammen. Eine Sinnestäuschung?

*

Mit zunehmender Erregung hatte Rieke den Funkverkehr zwischen der *Mellum* und dem Hubschrauber verfolgt, der sie zu ihrem Ziel dirigiert hatte. Nur etwa hundert Meter trennten sie noch vom Segelboot. Die Maschinen wurden gestoppt, dennoch verringerte sich der Abstand rasch. Auf der Arbeitsplattform des Schiffes hatten sich drei Kollegen von der Küstenwache mit schusssicheren Westen und Maschinenpistolen postiert. Über Lautsprecher forderte der Kapitän die Besatzung des Seglers zum Beidrehen auf.

»Ich gehe mit raus«, sagte Rieke.

Sven Tiedjen schüttelte den Kopf. »Der Mann ist bewaffnet.«

»Ich auch«, antwortete Rieke und deutete auf ihre Dienstwaffe, die im Holster unter ihrer Jacke steckte. »Mit solchen Leuten fertigzuwerden, gehört zu meinem Job.«

Der Kapitän verdrehte die Augen. »Ziehen Sie aber eine Schutzweste über. Und nehmen Sie das mit.« Er schob ihr ein kleines Handfunkgerät zu.

Wenig später stand Rieke zwischen den uniformierten Männern an der Reling. Das Segelboot schaukelte nur wenige Meter neben der Bordwand im Windschatten der *Mellum*.

»Geben Sie auf, Nordbrook!«, rief Rieke. »Sie haben keine Chance.«

Patrick richtete die Pistole auf die junge Frau, die neben ihm stand. »Wenn ihr mir zu nahe kommt, ist sie tot. Als Nächster kommt der Skipper dran. Also macht gefälligst den Weg frei! Ihr habt keine Chance.« Er lachte höhnisch.

Für einen finalen Rettungsschuss war die Zielperson zu stark in Bewegung. Die *Mellum* lag relativ ruhig im Wasser, aber das Segelboot tanzte auf den Wellen. Außerdem wollte Rieke den Täter lebend. Er sollte vor Gericht gestellt werden und für seine Delikte büßen. Vor allem aber wollte sie wissen, was er mit Laura Lüders gemacht hatte. Sie biss sich auf die Unterlippe und spielte in Gedanken verschiedene Szenarien durch. Schließlich winkte sie die bewaffneten Kollegen heran und erklärte ihnen ihr Vorhaben. »Halten Sie das für machbar?«, fragte sie schließlich. Die Männer nickten und gingen wieder auf ihre Positionen.

Rieke drückte die Ruftaste am Funkgerät und erklärte dem Kapitän und dem Hubschrauberpiloten ihr Vorhaben. Danach ließ sie das Gerät auf Senden, damit sie dem Verlauf der Verhandlungen folgen konnten.

»Ich mache Ihnen einen Vorschlag«, rief sie Nordbrook zu. »Sie lassen das Mädchen und den Skipper frei. Und Sie sagen mir, wo Laura Lüders ist. Danach können Sie Ihren Weg unbehelligt fortsetzen.«

Patrick senkte die Waffe und sah Rieke unschlüssig an. Er schien nachzudenken. »Okay«, rief er schließlich. »Teil eins geht in Ordnung. Aber Lauras Versteck behalte ich für mich. Als Versicherung. Wenn ich das Land verlassen habe, erfahrt ihr den Ort.«

Mit diesem Angebot hatte Rieke gerechnet. Natürlich konnte sie es nicht annehmen. Aber sie hatte ihr Ziel erreicht. Nordbrook wäre in den nächsten Minuten abgelenkt, und das unbeteiligte Pärchen würde in Sicherheit sein. Darauf kam es an.

»Einverstanden«, rief sie Nordbrook zu.

Die Kollegen von der Küstenwache warfen Taue zum Segelboot hinüber. Die junge Frau und der Skipper griffen danach und zogen es näher zur Bordwand der *Mellum*. In dem Augenblick, als die beiden über die Reling kletterten, tauchte der Hubschrauber über dem Schiff auf, ging in den Schwebeflug und verringerte seine Höhe. Das Segelboot geriet ins Schaukeln, und die Besegelung knatterte ohrenbetäubend im Luftstrom. Patrick Nordbrook geriet aus dem Gleichgewicht. Statt das Großfall zu sichern, löste er es aus der Halterung. Mit einem Knall sauste das Großsegel am Mast herunter, fiel ins Boot und überdeckte das Cockpit. Darunter schrie und tobte Patrick. Der Hubschrauber drehte ab, die Beamten der Küstenwache sprangen ins Segelboot, Sekunden später hatten sie Nordbrook überwältigt.

*

Mit klopfendem Herzen rutschte Laura auf die Helligkeit zu. Rasch hatte sich der kaum wahrnehmbare Schein zu einem deutlichen Lichtfleck entwickelt. Es war, als fiele irgendwo Tageslicht in das Kanalsystem. Ohne Rücksicht auf die schmerzenden Glieder rutschte Laura voran und näherte sich der Abzweigung, aus der die leuchtenden Reflexe kamen.

Als sie das Kanalrohr erreichte, wurde an dessen Ende ein helles Oval sichtbar. Das musste der Ausgang aus dieser Unterwelt sein. Tränen traten ihr in die Augen und verschleierten den Blick. Dennoch erhöhte sie ihre Anstrengungen, um noch schneller voranzukommen. Sie roch bereits die Freiheit. In den modrig-fauligen Geruch der Abwasserkanäle mischte sich frische Seeluft. Die Öffnung wurde größer, kam auf sie zu, ließ grüne Landschaft und blauen Himmel erkennen. Nur wenige Meter trennten sie von der Freiheit, vom Leben, von der Welt. Doch plötzlich war der Weg versperrt. Mit Gitterstäben, die weder Mäuse noch Ratten aufhielten, aber das Eindringen größerer Tiere oder Menschen verhinderten und ihr den Weg in die Freiheit verwehrten.

*

Während die Besatzung der *Mellum* mit dem Kran, der sonst dem Auslegen oder Einholen von Schifffahrtszeichen diente, das beschädigte Segelboot auf die Ladefläche hievte, befasste sich Rieke Bernstein mit Patrick Nordbrook.

Kapitän Tiedjen hatte seine Kajüte zur Verfügung gestellt. Nordbrook saß ihr gegenüber und starrte sie feindselig an. Seine Hände waren mit Kabelbindern hinter dem Rücken an der Stuhllehne befestigt. Zwischen ihnen lag der silberne Koffer auf dem Tisch. Rieke hatte ihn durchsucht und sich einen Kommentar verkniffen, als sie darin die Unterlagen entdeckt hatte, die aus Lauras Zimmer stammten und die sie mit zur Polizeidienststelle genommen hatte. Gabriele Visser würde klären müssen, wie die Dokumente aus ihrer Schublade in Nordbrooks Hände gelangt waren. Durch Dennis Ullrich? Im Augenblick war eine andere Frage wichtiger.

»Wo ist Laura Lüders?«

Nordbrook hob die Schultern. »Sie haben mich reingelegt. Warum sollte ich Ihnen behilflich sein?«

»Weil es um das Leben eines Menschen geht. Einer Frau, die Ihnen nicht gleichgültig sein sollte. Oder haben Sie Laura getötet? So wie Frank Lüders und Thomas Nordbrook?«

»Sie ist an einem sicheren Ort. Unauffindbar. Wenn sie dort bleiben muss, wird sie sterben. Aber Sie können sie retten.« Sein Blick verharrte kurz auf dem Koffer. »Wenn Sie mich damit gehen lassen, verrate ich Ihnen das Versteck.«

Rieke schüttelte den Kopf. »Ich kann Sie nicht gehen lassen. Sie stehen unter Mordverdacht.«

»Dann werden Sie damit leben müssen, dass Sie für den Tod von Laura Lüders verantwortlich sind.«

Am liebsten hätte Rieke ihre Waffe auf Nordbrook gerichtet, um ihn zur Aussage zu zwingen. *Spuck's aus! Oder ich schieße dir die Eier weg.* Unter Kapitän Tiedjens Leuten würde sie vielleicht Männer finden, die bereit waren, Lauras Versteck aus Nordbrook herauszuprügeln. Aber wollte sie diesen Weg wirklich gehen?

Sie schob die Frage beiseite.

»Es gibt zwei Möglichkeiten«, erklärte sie. »Entweder Sie nehmen einen weiteren Mord auf ihr Gewissen, oder Sie geben uns die Chance, Laura rechtzeitig zu befreien. In diesem Fall würde Ihnen Ihr kooperatives Verhalten bei der Strafzumessung angerechnet werden.«

»Kooperatives Verhalten«, äffte Nordbrook sie nach. »Was soll der Scheiß? Sie können mir überhaupt nichts nachweisen. Weder bei Frank Lüders noch bei Thomas. In Wahrheit haben *Sie* zwei Möglichkeiten. Sie lassen Laura sterben, oder Sie retten sie.«

In Rieke brodelte es. Wenn es nicht gelang, das Mädchen zu befreien, würde sie sich ein Leben lang Vorwürfe machen. Und für Nordbrooks Verurteilung würde eine wichtige Zeugenaussage fehlen. Die Beweislage war dünn, es würde auf einen Indizienprozess hinauslaufen. Wenn dann noch Heinz-Hermann Lüders als Zeuge ausfiele, würde ihnen der aufwendige Nachweis über das Motiv wenig nutzen.

»Es gibt noch eine dritte Möglichkeit«, sagte sie leise. »Wir könnten Sie zur Aussage zwingen.«

»Wie jetzt?« Mit aufgerissenen Augen und offenem Mund starrte Nordbrook sie an. »Wollen Sie mir Daumenschrauben anlegen?«

»Sicher nicht«, antwortete Rieke. »Mittelalterliche Foltermethoden stehen uns nicht zur Verfügung. Aber wir sind nicht blöd. Es gibt andere Möglichkeiten, mit denen man einen Menschen zum Reden bringen kann.«

Verunsicherung spiegelte sich in Nordbrooks Miene, und in seinen Augen sah Rieke einen Anflug von Angst. Sie setzte nach. »Einer meiner Kollegen hat eine Tochter in Lauras Alter. Wenn ihr jemand etwas antun würde, könnte ich für nichts garantieren, der Mann wird leicht jähzornig. Er hat schon gefragt, ob er bei Ihrer Vernehmung dabei sein kann.« Rieke beugte sich vor und fixierte Nordbrook. »Und ich kann nicht ständig auf Sie aufpassen.«

Sie nahm den Koffer vom Tisch und stand auf, um den Raum zu verlassen. In der Tür drehte sie sich um. »Denken Sie darüber nach!«

Als sie die Brücke erreichte, hatten die Männer von der Küstenwache das Segelboot verzurrt. Die *Mellum* nahm Fahrt auf. »Wohin geht's jetzt eigentlich?«, fragte sie. »Nach Wilhelmshaven?«

Kapitän Tiedjen lächelte. »Ich nehme an, Sie wollen zur Polizeidienststelle nach Norderney zurück, um Ihren Tatverdächtigen in der Arrestzelle unterzubringen. Die Aussagen der beiden Segler hier müssen sicher auch protokolliert werden. Außerdem können die ihr Boot dort reparieren lassen. Also bringen wir Sie hin. Nicht zur Dienststelle, aber zum Hafen.«

Rieke bedankte sich, zog ihr Mobiltelefon hervor und wählte Julias Nummer. Etwas atemlos meldete sich ihre Freundin. »Bist du okay, Steinchen? Als du nicht im Hubschrauber warst, habe ich mir Sorgen gemacht.«

»Alles in bester Ordnung«, antwortete Rieke. »Jedenfalls fast. Wir haben Nordbrook geschnappt. Wir wissen nur noch nicht, wo er das Mädchen versteckt hat.«

*

Laura wusste, dass es sinnlos war, aber sie rüttelte am eisernen Gitter und rief um Hilfe. Wahrscheinlich befand sie sich irgendwo außerhalb der Stadt, wo weder Strand noch eine Straße in der Nähe waren. Und deshalb auch kein Mensch. Erschöpft sank sie schließlich gegen die rostigen Stäbe. Sollte die Anstrengung vergeblich gewesen sein? Würde sie hier jämmerlich verrecken?

Irgendwann musste sie eingenickt sein, denn sie erwachte, als etwas ihre Hand berührte. Eine Maus? Eine Ratte? Fingen die Tiere bereits an, sie als ihre Beute zu betrachten? Sie zog die Hand zurück und schlug die Augen auf. Auf der anderen Seite des Gitters stand ein buschiges Bündel mit roter Zunge und wedelndem Schwanz. Der kleine Hund sah sie erwartungsvoll an. Lauf nicht weg, dachte Laura. Du bist meine Rettung. Vorsichtig schob sie die Hand durch das Gitter. Das Hündchen beschnupperte ihre Finger, schleckte mit der Zunge über den

Handrücken. Aus der Ferne hörte sie sein Herrchen rufen. »Carlito! Carliiitooo!! Wo bist du?«

»Nicht weglaufen!«, flüsterte Laura. »Nicht weglaufen, kleiner Hund!« Sie rief laut um Hilfe. Carlito wandte den Kopf in Richtung der Rufe seines Herrn, sah sie wieder an und erneut dorthin, woher die Rufe kamen. Dann fing er an zu bellen.

Ein Mann mit Hundeleine zwängte sich durchs Gestrüpp. »Was ist denn los, Carlito? Warum hörst du nicht?« Als er Laura entdeckte, blieb er stehen und starrte sie mit offenem Mund an.

»Rufen Sie bitte die Polizei!«, schluchzte sie. »Ich bin hier eingesperrt.«

*

Auf der Höhe von Baltrum meldete sich Riekes Mobiltelefon. »Laura Lüders ist in Sicherheit«, sagte Gabriele Visser. »Sie hat in einem Kanalsystem gesteckt. Wir konnten sie befreien und haben sie ins Krankenhaus gebracht. Ihrem Großvater geht es überraschend besser. Er hat uns eine erstaunliche Geschichte erzählt. Von einer Begegnung mit Patrick Nordbrook. Der war an seinem Krankenbett. Einzelheiten später. Wir sind am Hafen und sehen euch schon.«

Rieke Bernstein fiel ein Stein vom Herzen.

Epilog

Rieke und Julia saßen bei gekühltem Weißwein auf der Terrasse der Giftbude und genossen die letzten Strahlen der untergehenden Sonne. Leichte Zirruswolken im Westen sorgten für einen in unzähligen Farben gleißenden Himmel. Vom hellen Gelb der Sonne über sämtliche Orange- und Rottöne bis zum tiefen Blau des Himmels über ihnen breitete sich das Panorama eines Sommerabends aus, wie es farbenprächtiger kaum sein konnte.

»So schön ist die Nordsee. Wie auf einer Kitschpostkarte«, seufzte Julia und machte mit ihrem Smartphone ein Foto. »Das schicke ich meinem Vater. Der müsste auch mal Urlaub machen. Aber wahrscheinlich ärgert er sich nur, wenn ich ihn daran erinnere.«

»Dann lass es lieber«, sagte Rieke. »Ärger ist nicht gesund. Aber ich könnte meinem Chef das Bild schicken. *Ende der Ermittlungen, Anfang der Entspannung.* Oder so ähnlich. Der ärgert sich wahrscheinlich auch. Aber nicht, weil er im Büro sitzen muss, während ich hier den Nordseeurlaub genieße, sondern weil wir den Fall gelöst haben.«

»Neidet er dir deinen Erfolg?«

Rieke hob die Schultern. »Manchmal habe ich den Eindruck. Er kann ziemlich eklig sein. Ich glaube, er ist mit seinem Leben unzufrieden. Eigentlich ein armes Schwein. Ich sollte ihn nicht auch noch mit einem Urlaubsfoto ärgern.«

»Weiß er überhaupt schon, wie das hier gelaufen ist?«

»Er kennt nur das Ergebnis. Dass die Tötungsdelikte aufgeklärt sind. Meinen ausführlichen Bericht schreibe ich später.«

»Das hast du jedenfalls gut hingekriegt.« Julia hob ihr Glas. »Auf deinen Erfolg.«

Rieke stieß mit ihr an. »Ich war es nicht allein. Außerdem haben wir Glück gehabt. Wenn Laura Lüders nicht wieder aufgetaucht wäre, hätte ich ein echtes Problem gehabt. Die Situation war grenzwertig. Lauras Leben gegen Recht und Gesetz. Ich bin heilfroh, dass dieser Kelch an mir vorübergegangen ist. Ob die uns vorliegenden Beweise dann für die Verurteilung Nordbrooks wegen zweifachen Mordes reichen, wird sich allerdings erst bei der Gerichtsverhandlung zeigen.«

»Wo gibt es denn noch Lücken?«

»Im Fall Frank Lüders. Da fehlen uns handfeste Beweise für seine Tatbeteiligung. Aber dass er Thomas Nordbrook umgebracht hat, ist hinreichend belegt. Dafür bekommt er »lebenslänglich«. Nachdem Laura Lüders begriffen hat, dass er es war, der sie eingesperrt hat, hat sie ihre falsche Aussage korrigiert. Sie hat zwar beobachtet, dass er an dem Wagen stand, in den er die Leiche verladen hat, aber nicht begriffen, was da vor sich ging, und ihm ein falsches Alibi gegeben.«

Julia drehte ihr Weinglas im Sonnenlicht. »Wenn ich dich richtig verstanden habe, war das Motiv Habgier. Was passiert jetzt mit dem Vermögen, das Nordbrook sich unter den Nagel reißen wollte?«

»Ich gehe davon aus, dass es Laura Lüders gehört. Ihr Großvater will es jedenfalls nicht. Er ist davon überzeugt, dass es nur Leid bringt. Deshalb hat er uns die Existenz der Unterlagen und den Überfall auf ihn verschwiegen. Er wollte, wie er sagte, den tödlichen Teufelskreis durchbrechen, der durch den Streit um das Geld entstanden und weiter am Leben erhalten worden ist.«

»Das kann ich verstehen.« Julia leerte ihr Glas. »Nach allem, was ihr über die Geschichte der Familien herausgefunden habt. Bleibt zu hoffen, dass Laura mehr Glück damit hat.« Sie nahm die Flasche aus dem Kühler und füllte beide Gläser nach. »Was passiert eigentlich mit dem jungen Polizisten, der die Bankunterlagen aus der Dienststelle geklaut und an Patrick Nordbrook weitergegeben hat?«

»Es gibt eine interne Ermittlung«, antwortete Rieke. »Aber ich glaube nicht, dass man ihm die Tat nachweisen kann. Wahrscheinlich wird er versetzt. Jetzt ist er erst mal beurlaubt und will angeblich nach Las Vegas fliegen.«

»Der hat Nerven.« Julia seufzte. »Wir hätten Panik in einer solchen Situation. Die jungen Leute nehmen alles viel leichter. Sind wir schon so alt, Steinchen?«

»Sind wir nicht.« Rieke lachte leise. »Du weißt doch, nur alte Leute werden älter.« Sie streckte die Hand aus und strich Julia über die Wange. »Solange wir uns haben, mache ich mir darüber keine Gedanken.«

Ich danke

Jutta Donsbach, Christine Parr und Dr. Lili Seide für die kritische Durchsicht des Manuskripts, Kriminalhauptkommissar Michael Artmann und Oberstaatsanwalt Dr. Wilfried Ahrens für fachliche Beratung in polizeilichen und ermittlungstechnischen Fragen, Polizeihauptkommissar Mathias Kutzner für Hinweise auf die Besonderheiten der Polizeiarbeit auf den Ostfriesischen Inseln.

Dieter Rhauderwiek danke ich für die Übertragung ins ostfriesische Platt, Christoph Seidel für nautische und segeltechnische Details sowie für Informationen zum Hubschraubereinsatz und Wolfgang Killmann für Details aus der Norderneyer Clubszene.

Uta Bielefeld hat mir mit Auskünften zum Umgang mit Betäubungsmitteln in Apotheken geholfen und Manfred Mittelstedt mit Hinweisen auf das Post- und Fernmeldewesen um 1900.

Nicht zuletzt danke ich meiner Frau Kristine für begleitende konstruktive Kritik und Unterstützung bei der Arbeit am Manuskript.

Wolf S. Dietrich

BASTEI
LÜBBE
TASCHENBUCH

Weitere Titel des Autors:

Friesische Rache

Über den Autor:

Wolf S. Dietrich studierte Germanistik und Theologie und war als Lehrer tätig. Weitere berufliche Stationen bildeten die eines Wissenschaftlichen Mitarbeiters an der Universität Göttingen und die des Didaktischen Leiters einer Gesamtschule. Heute lebt und arbeitet er als freier Autor in Göttingen und an der Nordsee. Wolf S. Dietrich ist Mitglied im SYNDIKAT, der Autorengruppe deutschsprachiger Kriminalliteratur.
Weitere Informationen finden Sie auf www.nordsee-krimi.de